내 남친 구하러 갑니다

내 남친 구하러 갑니다 1

2019년 01월 25일 초판 1쇄 인쇄
2019년 01월 30일 초판 1쇄 발행

지은이 로토스
발행인 이종주

기획 편집 주종숙 송영경 이은정
경영 지원 배진경
마케팅 김정수

발행처 (주)로크미디어
출판 등록 2003년 3월 24일
주소 서울시 마포구 성암로 330 DMC첨단산업센터 318호
Tel (02)3273-5135 **Fax** (02)3273-5134
홈페이지 rokmedia.blog.me
E-mail queens@rokmedia.com

값 13,000원

ISBN 979-11-354-1101-4 04810 (1권)
ISBN 979-11-354-1100-7 04810 (세트)

I

내 남친 구하러 갑니다

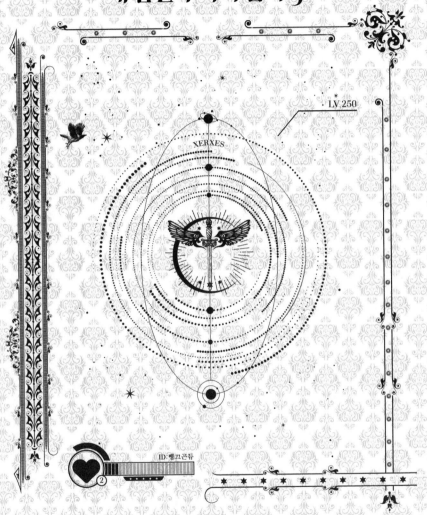

LV.250

XERXES

ID: 맹고곤듀

로토스 장편소설

Queen's Selection

CONTENTS

* * *

어디서부터 잘못된 걸까?

"드디어 깼어! 우리가 처음으로 깼다고!"

루다와 형우가 서버 최초로 게임, 〈저크시즈〉를 클리어한 것?

"자기야, 무슨 안내 창이 떴는데?"

에세나를 구한 영웅이시여, 앞으로의 여정이 당신을 기다리고 있습니다. 함께하시겠습니까?

"오, 이거 하고 또 업데이트되려나 본데?"

엔딩까지 보고 난 후에 뜨는 안내 창에 별생각 없이 덥석 동의를 눌러 버린 것?

"잠깐, 뭐 잘못된 거 아니야?"

화면에서 평소와 다른, 눈조차 뜨고 있기 힘든 강렬한 빛이 뿜어져 나오는데도 그 화면 앞에서 자리를 지켰던 것?

루다는 이 중 무엇이 잘못된 건지 고르라고 한다면 도무지 고를 자신이 없었다.

아무리 생각해도 제가 한 행동 중에 특별히 잘못된 행동은 없었으니까.

"자기야?"

대체 어떤 이유로 일이 이렇게 된 건지 알 수가 없었다.

"뭐야, 어떻게 된 거야?"

루다가 여전히 정신을 차리지 못한 채 주변을 둘러봤다.

"형우야? 최형우!"

아무리 남자 친구를 불러 봐도 대답하는 자가 없었다.

루다가 다시 한 번 눈을 깜빡였다. 그래도 보이는 장면에 변화가 없자 오른손으로 눈을 몇 번이나 비벼 봤다. 그래도 보이는 건 여전히 똑같았다.

"뭐야, 도대체 어디 갔어."

조금 전까지 분명 제 옆에 있던 남자 친구가 갑자기 사라졌다.

도대체 어떻게?

현실을 받아들이지 못한 루다는 넋이 나간 표정으로 집 안을 뒤지기 시작했다. 그리 크지 않은 집 안을 뒤지는 건 별로 오래 걸리지 않았다.

혹시 몰라 있을 리가 없는 침대 밑, 소파 밑, 장롱 안까지 전부 샅샅이 뒤졌다. 하지만 아무리 뒤져도 남자 친구는 보이지 않았다.

그제야 루다는 지금이 어떤 상황인지 조금씩 깨닫기 시작했다.

남자 친구, 최형우가 갑자기 눈 깜짝할 사이에 사라져 버렸다.

"이게 말이 돼?"

사람이 눈앞에서 사라지는 게 말이나 되냐고.

스스로에게 계속 질문을 던졌지만 돌아오는 대답은 '아니오'였다. 그래, 아무리 생각해도 말이 안 되지.

하지만 이미 일어난 일에 말이 되냐고 물어본들 루다가 할 수 있는 일은 없었다.

"어떡하지? 실종 신고 해야 해? 아니야. 그 전에 먼저 전화부터 해보자."

마지막 희망으로 얼른 핸드폰을 집어 들어 남자 친구에게 전화를 걸었다.

남자 친구의 핸드폰이 식탁 위에서 요란하게 울려 댔다.

사실 그럴 수밖에 없었다. 조금 전까지 형우는 같은 집 안에서, 루다의 바로 옆에서, 루다와 게임을 하고 있었으니까.

루다가 멍한 표정으로 통화 종료 버튼을 눌렀다. 그리고 자리에 주저앉았다.

"대체 이게 어떻게 된 일이야?"

몇 번째인지 모를 질문을 던지며 루다가 고개를 들었다. 지금까지 같이 플레이했던 게임이 여전히 화면 안에서 플레이되고 있었다.

"응?"

무슨 일을 해야 할지 몰라 멍하니 화면만 응시하던 루다가 대뜸 얼빠진 소리를 내뱉었다.

아무런 컨트롤도 없이 화면은 〈저크시즈〉의 첫 필드로 돌아가 있었고, 그 안에서 너무나도 익숙한 남자가 보였다. 물론 그래픽에 위화감 없게 바뀌어 있었지만, 보였다.

"내가 미친 건가."

루다는 믿을 수 없다는 듯 눈만 깜빡였다.

그 캐릭터가 입고 있는 옷, 장비들이 전부 남자 친구 캐릭터의 것

9

이었다. 하지만 그 캐릭터의 얼굴만큼은 3D 그래픽으로 아주 잘 구현된 남자 친구의 것이었다.

그럴 리가 없는데 말이지. 이 게임 안에는 형우와 비슷한 외양이라고는 눈 씻고 찾아봐도 없었는데 말이다.

"그래, 새로 업데이트됐나 보다."

루다가 처음 한 행동은 현실도피였다. 현실이 현실 같지 않으니 현실도피라도 해야지 정신이 온전할 것 같았으니까.

그리고 그 순간, 익숙한 목소리가 기계음과 섞여 들려왔다.

– 루다야, 어디 있어? 뭐야, 여기 어디야?

익숙한 목소리였다.

조금 전까지 옆에서 같이 방향키며 공격키를 불이 나도록 눌러 댔던 남자 친구, 형우의 목소리가 낯설 리가 없었다.

루다는 홀린 것처럼 형우의 게임 스틱을 들어 이리저리 조작해 봤지만, 게임 속 형우는 말을 듣지 않았다.

"플레이 캐릭터가 아니라 NPC라도 된 거야?"

저도 모르게 중얼거리고는 흠칫 놀랐다.

"뭘 헛소리람. 이게 말이 될 리가 없잖아."

하하, 허탈하게 웃으면서도 루다는 화면에서 시선을 돌릴 수가 없었다.

아무리 봐도 저건 형우인데. 내 남자 친구인데. 내가 사랑하는 사람인데. 이게 말이나 되냐는 말이야.

저 캐릭터가 형우일 리가 없는데, 루다는 계속 그 캐릭터를 형우라고 생각하고 있었다.

그 순간이었다. 순식간에 검은색의 무언가가 형우를 낚아챘다.

"뭐야, 저게 왜 여기 나와!"

이 초보자 필드에서는 나올 리가 없는 몬스터였다.

루다는 반사적으로 게임 스틱을 들었다. 자타공인 신이 내린 컨트롤 실력을 가진 사람이 루다였다.

지금 따라가면 형우를 구할 수 있다는 생각이 루다의 머릿속엔 가득했다. 그런 희망으로 게임 스틱을 요리조리 조작해 봤지만, 화면 속 그 무엇도 말을 듣지 않았다.

"저게 왜 여기 나오냐고! 야! 이건 왜 말을 안 들어!"

버튼을 누르고, 땅에도 박아 보고, 무슨 짓을 해도 컨트롤이 먹히지 않았다.

한참 씨름하던 루다가 결국 포기한 채 화면을 노려보기 시작했다.

총체적으로 말도 안 되는 일이었다. 하지만 이미 일어난 사실을 없는 일 취급할 수는 없었다.

이 혼란스러운 상황에서 루다가 내릴 수 있는 결론은 단 하나였다.

'내 남자 친구 최형우가 〈저크시즈〉의 게임 안으로 납치됐다.'

생각하고도 스스로가 미쳤다는 생각이 들었다. 하지만 이것 말고는 지금 상황을 설명할 방법이 없는걸.

루다는 머리를 한껏 헝클어뜨렸다.

"아아아악!"

한번 거하게 소리치고는 자리에서 벌떡 일어났다. 그리고 화면에 대고 외쳤다.

"내 남자 친구 내놔!"

말도 안 되는 상황에는 똑같이 말도 안 되는 행동을 해야지.

그러자 순간적으로 화면이 바뀌었다.

퀘스트가 끝나거나 공지 사항이 뜨거나 무슨 일이 있으면 언제나 뜨던 안내 창이 화면에 떠올라 있었다. 그 안내 창을 읽어 주던 목소리가 스피커 밖으로 흘러나오기 시작했다.

> 그를 구하라!
> 퀘스트가 도착했습니다. 당신은 그를 구하기 위해 〈저크시즈〉 안으로 들어가야 합니다.

"뭐?"

> 〈저크시즈〉 안에서 당신은 부활 스킬을 사용할 수 없습니다. 당신은 에세나 진영으로 떨어질 것이며, 에세나의 어느 진영으로 떨어질지는 예측할 수 없습니다. 언제 그를 만날지, 만날 수 있을지 아무것도 확신할 수 없습니다.
> 본 퀘스트를 수락하시겠습니까?

기계처럼 흘러나오던 음성이 끝나고, 언제나 뜨던 창이 화면에 떴다.

퀘스트 수락 여부를 물어보던 'Yes'와 'No'가 적힌 창.

그리고 그 위에선 선택을 서두르라는 의미인지 9부터 숫자가 하나씩 줄어들고 있었다.

루다는 그 창을 허탈하게 응시했다.

남자 친구를 데려가더니 이제는 구하러 들어오라고? 이 상황이 현실인지, 제가 미친 건지, 꿈인지, 뭔지 도무지 모르겠지만 한 가지는 확실했다.

남자 친구를 구하기 위해서는 저 안으로 들어가야 한다는 것.

계속 나오는 허탈한 웃음을 어찌하지 못한 채 화면을 뚫어지게 응시했다.

어느새 숫자는 7까지 줄어들어 있었다.

생각할 것도 없었다. 무조건 예스밖에 없는 선택지였다.

욕을 짓씹으며 엄지손가락을 버튼 위에 올렸다. 마치 재촉이라도 하듯 다시 한 번 음성이 들려왔다.

수락하지 않을 시 '그'는 〈저크시즈〉 안에 갇힌 채, 돌아오지 못할 수도 있습니다.

이제는 협박까지 하네?

다시 한 번 허탈하게 웃었다. 보이지 않는 누군가에게 똑똑히 들리도록, 그녀가 비웃음을 지은 채 한 자 한 자 또렷하게 내뱉었다.

"닥쳐. 내 남자는 내가 구해."

루다는 고민도 없이 'Yes' 버튼을 눌렀다.

다시 한 번 화면 밖으로 터져 나오는 빛무리가 그녀를 덮쳐 왔다.

그 빛이 사라진 방 안에, 더 이상 사람은 존재하지 않았다.

"뭔 이런 거지 같은…….."

거지 같은. 참 여기저기 악조건, 악상황에 써먹기 아주 적합한 말이었다.

'거지 같은'. 그러니까 지금이 이 단어를 루다가 입 밖으로 내뱉기에 딱 적절한 상황이란 말이었다.

그녀는 망연자실한 표정으로 제 손에 들린 단검과, 그 단검이 꽂힌 곳을 바라봤다.

"말이 돼? 이게?"

오늘만 해도 도대체 몇 번이나 내뱉는지 모를 말이었다.

남자 친구인 형우가 게임 안으로 납치된 것도 말이 되지 않는 일이었고, 그녀가 형우를 구하러 게임 안에 들어온 것도 말이 되지 않는 일이었다.

어디 지나가는 사람 붙들고 '저기요, 내가 저기 이세계에서 온 사람이구요, 여기는 게임 속이에요. 당신은 바로바로 NPC!' 한다면 미친

15

사람 취급하기 딱 좋은, 그런 상황이었다.

그마저도 말이 안 되는 일인데, 이건 정말이지 사람을 뼛속까지 괴롭히려고 작정하지 않고서는 있을 수가 없는 일이었다.

그녀는 꽂힌 단검을 바라보며 이걸 뽑아야 하나, 정말 심각한 고민에 휩싸였다.

분명 이 단검을 뽑으면 돌이킬 수 없는 일이 일어날 것이다. 아니, 사실 뽑지 않아도 돌이킬 수 없는 일로 보였다.

왜냐면 그 단검이 꽂힌 곳은 사람의 심장 부근이었으니까.

사건이 벌어진 건 바로 몇 분 전이었다.

눈앞을 가득 메웠던 빛무리가 사그라들고 시야가 전부 트였을 때, 루다는 뭔가 잘못됐다는 걸 깨달았다.

분명 화면 안의 형우는 초보자 필드에 있었다. 그렇기에 자신 역시 초보자 필드에 떨어질 것으로 생각하고 있었다.

굳이 초보자 필드가 아니더라도 그 부근 어딘가 야외에 떨어질 거로 생각했다. 그것이 어디 저 환상소설에서 유구하게 나왔던 전개니까.

그래서 그녀는 퀘스트에 적혀 있던 '에세나의 어느 진영으로 떨어질지는 예측할 수 없습니다.'를 제멋대로 해석하고 있었다.

그러나 정신을 차렸을 때, 그녀는 야외 필드는 개뿔, 어딘지도 모를 곳의 천장에서 떨어지고 있었다.

"누구…… 억!"

'누구냐!'라는 한 남자의 외침은 끝을 맺지 못한 채 끊어져 버렸다.

루다는 떨어지며 저도 모르게 바닥을 향해 손을 뻗었고, 그 손에는 제가 게임 안에서 수도 없이 사용했던 단검이 쥐어져 있었다.

그리고 그 검은 몇 번이나 강화하고 옵션까지 붙여서 이제는 게임 안의 최고 아이템이라고 해도 무방할 그런 명검이었다.

이 상황에 오기까지 최대의 불운은, 그 남자가 루다의 기척을 느끼기에는 그녀가 너무 말도 안 되는 곳에서 너무 쾌속으로 떨어졌고, 루다가 쥐고 있던 단검이 아래로 향하고 있었다는 것이었다.

그 자연적인 법칙을 어기기에는, 침실에 누워 있던 남자는 아직 자연적인 현상을 뒤집을 수 있는 경지가 아니었다.

그렇게 떨어져 버린 루다의 팔에서 딱히 좋지 않은 느낌이 전해져 왔다.

그래서 지금이었다. 이 칼을 뽑아야 하는지, 마는지에 다다른 지금 말이다.

루다 아래 누운 남자는 더 이상 아무 말도 없었다.

혹시 몰라 코에 손가락을 가져다 댔지만 숨 쉬는 게 느껴질 리 없었다.

"이대로 도망가? 말아?"

루다는 칼을 그대로 꽂아 놓은 채 침대에 앉아 방 안을 둘러보았다.

고급스러워 보이는 침대와 흰색, 금색, 보라색으로 장식된 방은 제가 살던 원룸을 한 열 개는 붙여도 모자랄 만큼 넓었다.

군데군데 자리한 장식품부터 창문, 문, 가구들, 그리고 초상화 위에 자리한 멋들어진 문양까지.

그런데 저 문양 어디서 많이 봤는데……. 여기까지 생각한 순간 루다는 결심했다. 도망가자고.

밤을 새워 가며 게임을 플레이한 루다에게 저 문양은 너무나도 낯이 익었다.

군주의 문양. 게임에서 유일하게 '에세나' 진영의 군주만 사용할 수 있는 문양.

"오, 맙소사……."

17

그러니까 루다는 지금, '실수로' 게임 세계의 주축을 이루는 메인 진영의 군주를 죽인 상황이었다.

"무슨 이런 거지 같은."

정말로 거지 같은 상황이었다.

이대로 창문 밖으로 뛰어도 되는지, 창문으로 다가가 아래를 내려다봤다.

창문 아래는 까마득했다. 지금 입고 있는 아이템으로도 살아남을 수 있을지 확신할 수 없는 높이였다.

스킬만 제대로 발휘되면 살 수 있을 텐데, 스킬들이 제대로 먹힐지가 미지수였다.

조금 망설이던 루다는 이내 결심한 모양인지 고개를 끄덕였다.

어찌 됐든 도망가자. 여기에 있다가 언제 들이닥칠지 모르는 기사들에게 포위되는 것보다는 목격자가 없을 때 도망치는 게 나았다.

그렇게 생각하며 창문 밖으로 몸을 던지려다가 멈췄다.

"아차."

까먹을 뻔했네.

루다가 단검으로 다시 시선을 보냈다.

제일 애용하던 무기가 이 단검이었다. 루다의 캐릭터는 민첩을 가득 높인 캐릭터였고, 그 캐릭터에는 저 단검이 제법 잘 맞는 무기 중 하나였다.

저건 챙겨야지.

그렇게 다시 남자에게 다가가 그에게 꽂힌 단검을 세게 쥐었다.

"몰라, 이건 꿈이다, 꿈이야. 아주아주 현실적인 꿈이다."

그녀는 스스로 뭐라고 중얼거리고 있는지도 모른 채 눈을 꾹 감고 단검을 꽉 쥐었다. 그리고 뽑았다.

정말 다시는 느끼고 싶지 않은 느낌이 느껴짐과 동시에 피가 솟구

18

쳤다.

구역질이 나오려는 걸 참았다. 너무 생생했다.

하지만 지금은 도망쳐야 했다. 검을 들고 솟구치는 피를 맞으며 몸을 돌리려는 순간이었다.

"폐하, 기침하셨습니……."

벌컥, 닫혀 있던 문이 큰 소리를 내며 열리고 시종이 들어왔다. 사실 시종인지 아닌지 확실하지 않았지만 아무래도 상관없었다.

지금 중요한 사실은, 루다는 단검을 뽑았고, 그 자리에서 피가 솟구쳤고, 그 피가 한껏 묻어 있는 단검을 든 상태에서 저 남자와 눈을 마주쳤다는 사실이었다.

남자의 놀라서 말을 잇지 못하는 그 표정이 고스란히 그녀의 눈에 들어왔다.

루다는 조용하게 읊조렸다.

"미친, 무슨 이런 거지 같은……."

경악으로 물든 시종과 또 다른 의미로 경악으로 물든 루다의 눈이 몇 초간 마주쳤다.

아주 짧은 시간이었지만 그 당사자들에게는 그리도 길 수가 없었다.

그 잠깐 사이에 온갖 생각을 해 봤지만, 루다는 도무지 방법을 찾을 수가 없었다.

여기서 도망쳐서 저 창문 밖으로 떨어져 봤자 이미 얼굴이 알려진 후였다. 얼굴이 알려졌으니 이제 현상범 포스터에 루다의 얼굴이 그려질 것이 뻔했다.

그 포스터의 현상범들을 찾아서 잡아넣으며 쏠쏠하게 돈을 모았던 것도 문득문득 생각났다.

거기까지 생각을 마친 루다는 제 손의 단검을 다시 바라봤다.

어차피 지금 이 광경을 본 사람은 저 시종밖에 없는데 이참에 저 남자를 죽여 버리면……까지 생각하고는 흠칫 놀랐다.

아니 아무리 게임 속에다가 현실감이 없다고 해도 이렇게 말도 안 되는 생각을 할 줄이야. 그동안 배웠던 도덕 윤리까지 날려 버리고 싶지는 않았다.

순간적으로 든 끔찍한 생각에 그녀는 고개를 절레절레 저으며 어떻게 할까 생각하다가 입을 열었다.

"그, 죄송……합니다?"

사과라도 하자 싶어서.

'한 번만 봐주세요.' 다음에 이어질 말은 마주친 시종의 비명으로 막혀 버렸다.

"으아아아아아아악!"

"……."

루다는 말문이 막혀 아무 말도 하지 못했다.

남자의 비명과 동시에 밖을 지키고 있던 것이 분명한 기사들이 밀려들어 온다.

"폐하, 무슨 일이십니……."

그리고 기사들의 말 역시 거기서 끊겨 버리고 말았다.

치솟았던 피는 멈췄지만, 침대와 바닥은 여전히 흥건했고, 그 피 분수를 맞은 여자가 폐하였던 사람 앞에 서 있었다.

그 폐하의 피가 묻은 단검을 손에 쥔 채.

그리고 그 여자의 얼굴에는 누가 봐도 '아뿔싸, 낭패다.'라는 표정이 지어져 있었다.

이 모든 것이 의미하는 바는 하나였다.

저 여자가 왕을 살해한 암살자라는 것.

기사들이 들어옴으로써 이제 그나마 돌아가려 했던 우회로는 전부 차단됐다.

아, 전부 끝났다. 남자 친구를 찾을 수는 있는 걸까? 정말 다 죽여버려야 하는 걸까? 내가 현상범이 되어 곳곳에 포스터가 붙게 되는 걸까?

여전히 현실감각 따위 저 너머로 내던진 채 남자 친구를 찾아 돌아간다는 목표 하나만을 생각하던 그녀의 눈에 불현듯 이상한 것이 보인다는 것을 깨달았다.

[평기사 Lv.83, 평기사 Lv.65, 기사단장 Lv.153]

"레벨이, 보여……?"

"포위해라!"

루다는 명령에 따라 제 주변을 포위하는 기사들의 머리 위로 시선을 돌렸다.

게임 속에서 캐릭터 위를 따라다니던 레벨 표시처럼 글자는 그들의 움직임을 그대로 따라오고 있었다.

그 궤적을 좇다가 루다는 입을 열었다. 제 주변을 포위하는 자들보다 먼저인 것이 있었다.

"설마……."

중얼거리던 그녀가 입을 열었다. 꼭 확인해야 할 것이 있었다.

"정보."

비르질리오의 단검.
고대 영웅 비르질리오가 죽을 때 남긴 단검으로———

구구절절 부연 설명은 필요 없었다. 단 하나의 정보만 필요했다. 그리고 그 정보를 끝에 가서야 확인할 수 있었다.

강화 +9 (강화 완료)
레벨 제한 - Lv.250

"미친⋯⋯. 완전 게임이잖아."

그녀는 작게 읊조렸다.

말 그대로였다. 완전 게임이었다. 레벨이 보이는 것도. 옵션이 보이는 것도.

그래도 혹시 모르니까 확인을 해 봐야겠다.

루다는 생각하며 작게 중얼거렸다.

"가방."

그녀의 말과 동시에 수납공간이 눈앞에 나타났다. 인벤토리가 시각화되면 이런 느낌이구나.

루다는 눈앞에 나타난 가방 안에서 레벨 제한은 최고 레벨이지만 강화도 뭣도 하지 않은, 단 한 번도 쓰지 않은 활을 하나 꺼냈다.

갑자기 나타난 활에 기사들이 흠칫 놀라 뒷걸음질 쳤다.

당연한 반응이었다. 그들 눈에는 인벤토리 창 같은 것은 보이지 않았으니까.

그들의 눈에 보이는 광경은 어떤 미친 여자가 군주를 죽이고는 혼자 중얼거리더니 없던 활이 그녀의 손에 생겨나는, 그런 터무니없는 광경이었다.

그러든지 말든지, 루다에게 지금 중요한 것은 그녀가 내린 가정이 들어맞는지 확인하는 것뿐이었다.

그녀는 시선을 들고는 제일 먼저 눈이 마주친 [평기사 Lv.65]에게 말했다.

"거기."

호명당하자 한껏 더 긴장한 사내의 얼굴이 보였다.

그의 표정이 어떤 것을 말하고 있는지 싹 무시한 채 그녀가 활을 기사에게로 던졌다.

무언가 바닥에 쿵 부딪히는 소리와 함께 '억!' 하는 짧은 비명이 들렸다.

이게 그렇게까지 거대한 소리를 낼 일인가 싶어 루다는 시선을 소리가 난 방향으로 향했다.

평기사가 루다가 던진 활을 들지 못해 그대로 무릎 꿇고 있었다. 그런 평기사의 손에서 떨어진 활은 그대로 바닥에 박혀 있었다.

"그거, 못 들겠어요?"

'어억.' 신음하던 남자가 상황 분간되지 않은 표정으로 고개를 끄덕이는 것이 보였다.

루다는 단검을 공중으로 한 바퀴 휙 돌렸다가, 손에 다시 받았다. 나는 분명 가벼운데, 그리고 익숙한데.

그녀의 가정이 하나둘 맞아떨어지고 있었다.

그래, 한 가지만 더 확인하자, 생각하며 루다가 중얼거렸다.

"워터 스톰 블레이드."

그녀가 자주 사용하던 스킬이었다. 공격하기 전에 팔을 휘감고 올라오는 물방울 덕에 스킬이 발동됐다는 걸 눈으로 확인할 수 있는 스킬이기도 했다.

분명 이쯤 되면 눈에 물방울들이 보여야 하는데. 하지만 그녀의 눈에는 아무것노 보이지 않았다.

설마, 스킬은 안 먹힌다는 건가? 평타만 먹힌다는 이야기는 아니겠지? 이건 좀 곤란한데.

그렇게 생각하다가 한 가지 깨달은 것이 있었다.

게임 속 캐릭터는 스킬명을 크게 외쳤다는 것. 그것도 조금이 아니라 아주 크게.

'워터 스톰 블레이드!!' 느낌표가 열 개는 붙을 정도로 아주 크게 외치곤 했다.

"미친⋯⋯."

설마, 그렇게 크게 스킬명을 외쳐야 한다는 그런 얘기는 아니겠지?

하지만 다른 건 다 되는데 스킬만 안 되는 건 확실히 이상했다. 확인하기 위해서는 그 짓을 해야 하는데.

그렇지만 그건 정말이지 너무나, 정말이지 너무 오그라드는 일이었다.

'요즘 만화나 영화에서도 그렇게 기술명을 일일이 외치지도 않잖아!'

이놈의 게임은 왜 쓸데없이 그런 것만 고전을 따라갔던 거야.

루다는 주먹을 꽉 쥔 채 속으로 저크시스 욕을 한껏 펼쳤다.

물론 겉으로 볼 때 그녀는 평온하기 그지없었다.

너무나 평온한 암살자의 모습에 갈피를 잡지 못하던 기사들이 한 걸음, 두 걸음, 생각에 잠긴 루다에게 다가오고 있었다.

점점 포위망이 좁아지고 있었다. 이제 더 생각할 시간도 없었다.

한껏 오그라드는 손발을 애써 유지한 채 눈을 질끈 감고 루다가 외쳤다.

"워터 스톰 블레이드!!"

시원한 감각이 오그라드는 손발을 꾹 참고 외친 그녀의 팔을 타고 올라오는 것이 느껴졌다.

그녀의 눈에 팔을 중심으로 물이 소용돌이치며 모여드는 모습이 또렷이 보였다.

그래, 스킬까지 확인됐고.

그녀는 시선을 들었다. 현상금 포스터에 오르지 않으려면 방법은 하나밖에 없었다. 그녀의 얼굴을 본 사람들을 처리하는 것.

"다 필요 없고, 덤벼! 이 쪼렙들아!"

루다의 호기로운 외침에 기사들이 함성을 지르며 그녀에게 덤벼들었다. 아니, 덤벼들었어야 했다.

하지만 아무도 루다에게 다가오지 않았다. 서로 얼굴을 마주 보던 기사들은 조금도 움직일 생각이 없어 보였다.

혼란스러운 침실 안에 가득한 건 침묵뿐이었다.

루다는 순식간에 민망해졌다.

덤비랬는데 왜 안 덤벼, 왜! 기껏 육성으로 '워터 스톰 블레이드!' 이딴 오그라드는 짓거리도 했는데!

차라리 저걸 외치고 저 기사들과 싸웠으면 부끄러움이라도 사라질 텐데. 싸우기는커녕 그 자리에 가만히 못 박혀 있으니 정말 쪽팔려 죽을 것만 같았다.

"안 덤비고 뭐 해……요?"

말을 낮추려다가 어색하게 높였다. 멀뚱멀뚱 서서 자신을 바라보고 있는 기사들에게 던진 말이었다.

다시 시선을 돌려 마주친 기사들의 눈에는 투지가 없었다.

평기사, 기사단장이라 써 붙여진 NPC들의 눈을 마주치고 감정을 찾네 뭐네 하는 상황마저 어이가 없었지만, 어찌 됐건 루다가 느끼기에는 그랬다.

"폐하를 죽인 자가 자네인가?"

확인 사살인가? 하지만 다시 한 번 마주친 저 기사단장의 눈에서는 여전히 싸울 의지라고는 눈곱만큼도 찾아볼 수가 없었다.

루다는 잠시 망설이다가 어렵사리 입을 열었다.

"아, 그러니까 그게, 내가 그러려고 한 건 아니고."

"목숨을 끊은 것이 확실한가?"

루다는 눈으로 다시 보기에도 끔찍한, 제가 죽여 버린 에세나의 군주를 바라봤다. 군주의 머리 위에는 아무런 이름도, 레벨도 적혀 있지 않았다.

이 게임에서 머리 위로 아무것도 보이지 않는다는 것은 한 가지를 의미했다.

머리 위로 아무것도 떠오를 수 없는 상태라는 것.

즉, 저 피 칠갑의 폐하는 죽은 것이 맞다는 이야기였다.

"아무것도 안 뜨는 걸 보니까 확실한 것 같기는 한데……."

루다가 말꼬리를 흐렸다. 깔끔하게 말을 끝마치지 못한 채 동공을 이리저리 굴렸다.

이거 뭐야. 얘네 왜 이렇게 차분해?

의아한 마음을 가득 담아 내뱉은 루다의 말이 끝을 맺기도 전에 기사들이 함성을 내질렀다.

"만세! 죽었다! 왕 새끼가 죽었어!"

"만세!"

만세! 만세! 그들이 기쁨의 환호성을 외쳐 댄다. 당최 이게 무슨 경우지?

루다의 시선이 무장한 기사들 사이를 허망하게 배회했다.

끔찍해 보기도 싫은, 제가 죽여 버린 왕을 향했다가, 기사를 향했다가, 평기사를 향했다가.

그렇게 방황하는 시선처럼 혼란스럽게 돌아가던 머리가 결국 한 가지 결론을 내놓았다.

'뭐야, 폭군이었어? 그럼 내가 폭군을 죽인 거야?'

루다가 이리저리 머리를 굴려 댔다. 도무지 이 사태를 파악하기가 힘들었다. 상황이 계속해서 극단적이었다.

여기에 오자마자 사람을, 그것도 왕을 죽였고, 그 왕을 죽인 것이 바로 발각됐고, 싸워야 한다고 생각했던 상황에서 저들은 만세나 불러 젖히고 있었다.

정말 황당하고도 당황스러운 상황이었다.

시선을 돌리니 어느새 시종과 시녀들도 들어와서 만세를 불러 대고 있었다. 시체가 끔찍하지도 않은 건가?

하긴, 여기는 침략과 전쟁이 자주 일어났다. 그녀보다 시체를 목격한 경우가 더 많을 수도 있었다.

그렇게 루다 나름대로 이해하려 애쓰며 곰곰이 생각했다.

황제의 침실 근처에 있던 자들이 뛰어 들어와서 만세나 불러 대고 있을 정도면 공공의 적 느낌인데.

그럼 난 여기서 은근슬쩍 도망가도 수배서가 붙지 않을 수도 있지 않을까?

그런 희망찬 생각을 속으로 곱씹으며 루다가 은근슬쩍 한 발짝 뒤로 움직였을 때였다.

상황도 잊고 주군의 죽음 앞에서 만세 삼창을 하던 기사들의 시선이 다시 루다에게로 돌아간다.

'아오, 눈은 또 왜 이렇게 좋아!'

작게 읊조리고는 루다가 먹히지도 않을 핑계를 입 밖에 내비쳤다.

"아, 발에 쥐가."

"하지만 주군 살해죄는 명백한 대역죄다. 상황을 고려해서 자네를 봐주고 싶기는 하지만 우리도 율법에 따라 움직이는 기사다 보니 자네를 생포해야 한다. 하지만 목숨만은 붙여 주지."

루다의 변명 따위 들리지도 않는다는 듯 기사단장이라고 써 붙인 남자가 비장하게 말했다.

저 비장함을 방해하고 싶지는 않았지만, 그녀가 보기에는 너무나도 어이가 없는 상황이었다. 그 마음을 가득 담아 루다는 저도 모르게 입 밖으로 내뱉었다.

"저기, 당신 쪼렙이야."

루다의 말을 들은 기사단장의 미간이 찌푸려졌다.

"무슨 소리지?"

물론 그자들은 알아들을 수 없는 말이었다. 쪼렙, 이런 효율적이고도 좋은 단어를 알아듣지 못하다니.

단 두 글자의 단어를 길게 풀어야 했다. 아, 귀찮아. 루다는 생각하며 입을 열었다.

"나한테 덤비면 다 죽는다고."

그 한마디에 침실 안에는 잠시간의 정적이 흘렀다. 그리고 이내 '픕.' 하는 기사단장의 웃음이 들려왔다. 명백한 비웃음이었다.

그 비웃음을 필두로 다른 기사들의 커다란 웃음소리가 침실 안을 가득 메우기 시작했다.

루다는 진지하게 생각했다. 다 죽여 버릴까? 생각하다가 이내 고개를 도리질 쳤다.

제발 게임처럼 생각하지 말자. 어쨌든 피 분수를 뿜으며 사람이 죽기는 하니까.

여기의 감각은 정말 생생했다. 생생하면서도 미묘하게 현실감이 없었다.

현실감이 없는 것은 당연했다. 아직도 믿기지 않았지만, 어찌 됐든 여기는 그녀가 플레이하던 게임 속이니까.

하지만 그런 현실감이 없는 것과는 다른, 무어라 설명할 수 없는

28

느낌이 있었다.

그녀가 한 번도 단련하지 않았을 체술이 몸에 배어 있다든가, 눈에 보이는 이 광경들이 묘하게 익숙하다든가 하는 종류의 것들이었다.

그냥 '이런 행동을 하면 내 몸이 알아서 반응하겠구나.'라는 사실을 자연스럽게 알고 있었다.

조금 전, 단검을 위로 올렸을 때도 마찬가지였다. 태어나서 처음으로 단검을 던져 봤는데, 어떻게 하면 안전하고 효율적으로 던졌다 받을 수 있는지 몸이 본능적으로 파악하고 있었다.

그뿐이 아니었다. 별로 시력이 좋지 않은 그녀의 시야가 또렷했고, 몸에 느껴지는 감각들이 예민했다.

이게 상향 패치라는 건가?

아, 혹시? 그녀의 머릿속에 스쳐 지나가는 의문이 있었다.

난 지금 게임 캐릭터인가, 아니면 내 원래 모습인가? 형우는 원래 모습대로 들어갔던데, 그렇다면 나는?

너무나도 정신없이 흘러가는 상황에 미처 생각지 못했던 것이었다.

그것을 확인하듯 그녀가 제 몸을 한번 휘둘러봤다.

접었다 펴는 손, 또렷이 보이는 시야, 팔, 다리, 손 모양 등 전부 제 몸 그대로였다. 그러니까 게임 속에 들어오기 전 그대로.

그제야 그들의 반응이 어느 정도 이해가 갔다.

그녀는 키는 컸지만 마른 편이었다. 한국에 있을 때보다는 조금 더 근육이 붙은 것 같기는 했다. 몸을 어떻게 잘 쓰려면 붙기는 붙어야겠지.

제 모습을 직접 보지 않아 어떨지는 정확히 모르겠지만 보이는 손목이나 발목은 여전히 마른 편이었다.

더불어 인상. 루다는 그렇게 험상궂은 인상이 아니었다. 눈앞 기사

29

들의 체형에 비하면 그녀는 왜소하기 그지없었다.

한국 평균 키보다 살짝 큰 편이기는 했지만 그래도 왜소한 건 왜소한 거니까.

게다가 여기는 얼마나 강한지에 따라 지위가 결정된다. 겉보기에 허약해 보이는 루다에게 위기감을 느낄 리가 없었다.

한동안 관찰이라도 하듯 제 몸을 이리저리 살피는 루다를 기사들은 공격하지 않은 채 그저 바라보고 있었다.

기사들은, 그리고 기사단장은 루다가 강한 무력의 소유자라는 생각 자체를 하지 못하고 있었다.

당연히 어딘가에 특별한 재주가 있으니 에세나의 군주를 처치했을 것이다. 가령 암살과 같은 재주 말이다.

하지만 그것이 다일 것이다.

에세나에서 두 번째로 강한, 그래서 이것저것 정무까지 처리했던 아르비드는 이 에세나에 군주를 단칼에 처치할 실력자가 있을 것이라고는 생각도 하지 못하고 있었다.

무엇보다 에세나의 실력자였다면 이렇게 뒤늦게 나타나지도 않았을 것이고, 또 이렇게 뒤늦게 저 폭군을 처치하지도 않았을 것이다.

융통성이라고는 없는 아르비드의 입장에서, 어떻게 생각해 봐도 저 여자는 누구나 알고 있을 정도로 강한 자가 아니었다. 하늘에서 뚝 떨어지지 않은 이상.

그러나 공교롭게도, 그녀는 하늘에서 뚝 떨어진 사람이었다.

그것도 모르고 아르비드는 작게 웃었다. 타인의 강함을 알아보지 못하고 당돌하게 나오는 저 여자의 위세가 우스웠다.

혹시 저 암살자가 에세나의 미래를 위해 폭군을 암살한 것이라면 제가 한 수 가르쳐 주겠다 생각하며 그가 입을 열었다.

"자네를 죽일 생각은 없네. 생포해 배후를 알아내어……."

"내 말을 잘못 들은 모양인데. 나 생포 못 한다니까?"

루다가 아르비드의 말을 중간에 잘라 냈다.

발을 두어 번 툭툭 치며 몸을 푸는 모습이 정말로 덤빌 기세였다. 그녀의 얼굴에는 의기양양한 미소가 지어져 있었다.

이렇게 많은 기사와 한 번에 싸워도 충분히 이길 수 있다고 확신하는 모양이었다. 아무래도 폭군을 죽였다는 사실로 자만한 것이 분명했다.

아르비드는 제 손의 검을 고쳐 들었다. 가능하면 평화롭게 생포하고 싶었는데, 어느 정도 그녀의 몸에 상처를 내야겠다는 터무니없는 생각을 하며.

그 순간이었다. 둘 사이에 흐르는 미묘한 긴장감을 끊어 내는 목소리가 들렸다.

"대장님!"

루다가 시선을 돌려 목소리의 주인을 찾았다. 아까 활을 던졌을 때 제대로 듣지도 못하던 자였다.

그의 표정이 하얗게 질려 있었다. 하긴, 아까도 다른 자들이 웃을 때 쟤는 안 웃더라.

모두의 시선을 받으며 그 평기사가 입을 몇 번 뻐끔거렸다.

얼굴이 하얗게 질린 꼴이, 마치 그만큼 중대한 사실을 알아낸 모양이었다.

그는 손가락으로 바닥에 깊게 박혀 있는 활을 가리키며 겨우겨우 하고자 하는 말을 입 밖에 내뱉었다.

"이, 이, 이 활에 있는 증표, 여신 타라의 증표입니다! 여신님의 수호자, 시타라만이 가질 수 있는 증표라구요!"

기사의 외침에 기사들의 시선이 이번에는 루다에게 쏠렸다. 특히 기사단장의 표정이 가관이었다.

이 상황이 사실인지 아닌지 사이에서 극심하게 갈등하고 있는 것이 분명했다.

눈빛에는 여전히 심각함을 장착한 채 기사단장이 루다에게 물었다.

"저 말이 사실인가?"

"글쎄, 사실이겠지."

아마도. 뒷말은 굳이 붙이지 않기로 했다.

루다는 활을 잡은 기사에게 시선을 돌렸다. 시선을 받은 기사가 움찔하는 것이 보였다.

"우선, 그거 내 거니까 줘 봐요."

말을 높일까 낮출까 고민하다가 높이기로 했다. 쟤는 날 비웃지 않았으니까 최소한의 존중은 해 주자.

지목당한 평기사 Lv.65가 활을 있는 힘껏 잡고 들어 올리려 했다. 하지만 바닥에 단단히 처박힌 활은 도무지 그의 힘으로 들 수 있는 것이 아니었다.

루다는 그 활이 꽂혀 있는 곳으로 뚜벅뚜벅 걸어갔다. 의심의 기색이 가득 담긴 시선들이 루다를 따랐다.

주변 시선 따위 신경 쓰지도 않고 태연히 걸어가 활을 잡는다. 그리고 아무 힘 들이지 않고 가볍게 활을 뽑아낸다.

루다는 뽑아 든 활을 둘러봤다. 음각으로 새겨져 있는 별과 달의 문양은 희미한 하얀 빛을 뿜어내고 있었다.

강화와 옵션을 처바르지 않아서 썩 좋은 상태는 아니었지만 나름 쓸 만한 활이었다.

"가방!"

아까보다 조금 더 자연스러웠다.

우선 쓸 일은 없으니까 넣고 보자. 루다는 생각하며 눈앞에 쭉 나타난 인벤토리 창에 활을 휙 던져 넣었다.

갑자기 사라진 활에 표정이 변하는 기사들 따위는 루다의 고려 범위가 아니었다.

저 활과 지금 손에 들고 있는 단검, 그리고 인벤토리 창에 있는 몇 개의 장비들은 전부 여신에게 직접 받은 아이템들이었다.

만렙 전용 던전, 필드 등 만렙 퀘스트를 몇 개 깰 때마다 여신은 장비를 하나둘 얹어 주고는 했다.

그중 제일 처음 받은 것이 저 활이었다. 원거리나 힐러 등은 취향이 아니라 별로 쓰지도 않던 장비였다.

어찌 됐건 여신이 줬으니 여신의 증표가 박혀 있기는 하겠지.

침실에 모인 모두는 자연스럽게 이어지는 루다의 행동을 혼란스러운 얼굴로 바라보고 있었다. 덤비려는 자세는 아예 사라진 상태였다.

아까는 덤비려 하고, 지금은 또 휴전 협정이라도 맺은 것처럼 굴고.

도대체 어쩌라는 건지 알 수가 없었다.

수배지에 올라가지만 않으면 굳이 싸우고 싶은 마음은 없는데 말이야.

어떻게든 지금 상황이 끝나면 형우에 대한 정보를 알아내기 위해 이곳을 떠나려 했다.

우연히도 상황이 그녀에게 유리하게 돌아가는 것 같으니 잘하면 이들에게 정보를 얻어 낼 수 있지 않을까 하는 희망도 솟아나고 있었다.

하지만 그 전에 이 상황이 어서 정리돼야 하겠지.

루다는 자연스럽게 단검을 위아래로 던지고 받으며 아르비드의 다음 말을 기다렸다.

"대, 대, 대, 대장님!"

33

하지만 입을 연 사람은 아르비드가 아니었다.

이번에도 무언가 발견한 모양인지 평기사가 말을 더듬으며 손가락질을 했다. 그의 손가락은 루다의 단검을 향해 있었다.

그래, 게임 안에서도 저렇게 예민한 캐릭터가 있곤 했다. 그리고 저런 애들에 의해 스토리가 진행되곤 했다.

아까도 중요한 사실을 알아챈 그에게 아르비드가 물었다.

"이번엔 또 뭔가?"

"저, 저, 저 단검에도 여신 타라의 증표가 새겨져 있습니다!"

그 말에 루다는 행동을 멈추고는 손에 쥐어져 있는 단검을 살폈다.

"아, 그렇네."

달과 그 주위를 맴도는 별의 문양.

하긴, 이 단검도 여신의 필드 공략 후에 받긴 했다.

"자세히 봐도 되겠습니까?"

어느새 기사단장은 말을 높인 상태였다. 이렇게 순식간에 말을 높일 일인가?

이게 빽의 힘이라는 건가. 생각보다 편한걸.

그녀는 생각하며 고개를 끄덕였다.

"해 봐."

말하고는 손에 쥐어져 있는 단검을 아르비드에게로 던졌다.

"할 수 있으면."

호선을 그리며 날아오는 단검을 그가 받아 냈다. 검을 던진다는 것이 썩 안전한 행위는 아니겠지만 상관없었다. 저렇게 자신만만한 자가 단검 하나 못 잡아챌까.

사실 잡아채든 말든 상관없었다.

못 들면 이 많은 사람 앞에서 쪽팔린 거고 잡아채면 대단하다고 칭찬해 줘야지.

하지만 그럴 리는 없었다. 이 단검 역시 레벨 제한이 200이니까.

호선을 그리며 날아온 단검을 아르비드가 낚아챈다. 그 단검을 잡자마자 아르비드가 무릎을 꿇는다.

불시에 손에서 놓쳐 버린 단검은 활이 그랬던 것처럼 바닥에 꽂혔다.

그 장면을 아르비드가 망연히 쳐다보았다.

저 바닥은 솜도 아니었다. 스펀지도 아니었다. 흙도 아니었다. 단단하기 그지없는 대리석이었다.

무언가가 저렇게 쉽게 꽂혀 들어갈 재질이 아니라는 말이었다. 그런데도 저 단검은 그곳에 단단하게 박혀 있었다.

아르비드가 그 단검을 쥐고 몇 번이나 빼내려 노력했지만, 도무지 뽑힐 생각을 않고 있었다.

그래도 꼴에 레벨은 조금 높아서인지 아까 그 평기사가 시도할 때보단 더 크게 흔들리기는 했다. 하지만 결국 뽑히지 않는 것은 매한가지였다.

그 단검을 뽑아내려는 시도는 관두고 아르비드는 고개를 숙여 단검을 살폈다.

검은색의 손잡이, 금으로 정교하게 검신을 감싸고 있는 장식, 그 한가운데에 당당하게 박힌 아름다운 타라의 문양, 그리고 그 문양 사이로 가볍게 새어 나오는 빛까지.

어떻게 봐도 이 검은 평범한 검이 아니었다.

"이것들은 어디서……."

물어보려는 그의 말은 더는 이어지지 않았다.

열린 창문으로 갑작스러운 강풍이 불어왔다.

그리고 그 강풍에 루다의 긴 머리가 날렸다. 그녀의 이마를 덮고 있던 머리까지.

염색해 밝은 갈색의 머리가 샹들리에의 빛을 받아 밝게 빛났다. 게임 안에서 걸치고 있던 민첩을 높여 주는 망토가 강한 바람을 맞아 용맹하게 흩날린다.

기사들, 시종들, 궁내 사용인들은 갑작스러운 강풍에 눈을 찌푸렸음에도 볼 수 있었다. 그녀 이마에 떠오르는 여신의 증표를.

달을 중심으로 돌고 있는 일곱 개의 별. 이마 위에서 새하얗게 밝은 빛이 빛났다가 사그라든다. 마치 여신의 뜻이라도 내비치듯.

그 신성한 광경을 에세나의 사람들은 절대 놓칠 수가 없었다.

불어왔던 강풍은 언제 그랬냐는 듯 창문 밖으로 자취를 감췄다.

그 장면을 홀린 듯 바라보던 누군가가 중얼거린다. 그리 크지 않은 목소리가 침실에 내려앉은 침묵을 걷어 낸다.

"여신 타라의 음성이 닿을 때, 시타라가 여신의 선물을 지닌 채 내려올 것이다. 시타라에게서 여신의 음성을 찾을 때, 에세나에 하늘이 내린 군주가 강림할 것이니, 그자가 모습을 내비치거든……."

에세나에 두고두고 내려오던 예언이었다. 그리고 루다에게도 굉장히 익숙한 예언이었다. 게임을 플레이하며 몇 번이나 듣고 들었던 말이다.

"경배하라."

홀린 듯 내뱉은 누군가의 말을 아르비드가 끝맺었다. 공간을 울리는 단호하면서도 묵직한 음성이었다.

말을 끝맺음과 동시에 아르비드가 무릎을 꿇었다. 그것이 시작이었다.

침실을 가득 메운 기사들이 무릎을 꿇는다. 시종이, 시녀가, 그 자리에 있는 모두가 무릎을 꿇고, 머리를 조아린다.

기사들이 검을 뽑아 바닥에 박는다. 쾅, 기사들이 검으로 바닥을 두드리는 거대한 소리와 함께 기사단장인 아르비드가 크게 소리친다.

"여신의 증표, 시타라를 뵙습니다."

부복하는 자들 사이에서 루다는 얼떨떨한 표정으로 그들을 바라봤다.

한 차례 바람이 더 불어와 그녀의 머리를 흩트렸다. 그들은 더욱 깊게 고개를 숙였다. 그들의 표정에 자리한 것은 복종이었다.

폭군의 죽음과 동시에, 새로운 군주의 탄생이었다.

02. 첫 번째 퀘스트가 도착했습니다

"폐하."

"폐하라고 하지 마."

"루다 님."

"그 이름도 부르지 말고."

"이루다 님."

"그것도 아니야."

"그럼 어떻게 해야……."

"그냥 거기다가 자료 놓고 나가면 돼."

루다는 왕좌에 비스듬히 앉아 턱을 까딱였다. 짜증이 가득 담긴 그 턱짓에 평기사 Lv.24가 조용히 자료를 두고는 방 밖으로 나갔다.

탁, 문이 닫히는 소리와 함께 루다가 자리에서 일어나 서류 앞으로 향했다. 제 앞에 놓인 서류 뭉치를 집어 들고 그것에 시선을 고정한 채, 옆에 있는 남자에게 입을 열었다.

"이래도 내가 선왕보다 낫다고?"

39

"낫습니다."

"도대체 선왕은 어땠는데?"

"마음에 들지 않으면 칼을 뽑아 학살을 자행했습니다. 매일 밤마다 방에 들이는 여자가 달랐고, 밤 기술이 마음에 들지 않으면 목 없는 시체로 침실 밖으로 끌어냈습니다. 마을 어귀에서 봉기했다는 이유만으로 마을이 학살당했고, 지나가다가 폐하의 치세를 이야기하던 힘없는 자에게……."

"그만. 잘 알았어."

덤덤하게 설명하던 아르비드가 그녀의 제지에 입을 다문다. 그 이후로는 별다른 말이 없었다.

어색하게 공간을 채우던 잠시간의 침묵 후에 아르비드가 다시 입을 열었다.

"그에 비하면 성군이십니다."

"성군 아니라는 것도 잘 알았어."

터무니없는 기사단장의 말에 대꾸하며, 보던 서류를 탁 내려놓았다. 그 행위 하나하나에 귀찮음과 짜증이 뚝뚝 묻어 나왔다.

그래, 그럴 수밖에 없었다. 지금 그녀는 제 팔자에도 없던 왕 노릇을 하고 자빠져 있으니까.

그것도 남자 친구를 찾아야 하는 한시가 급한 이 시국에 말이다.

정말 미쳐서 환장할 노릇이었다. 그녀는 조금 전에도, 심지어 지금 이 순간까지도 '내가 왜 대한민국 사람인가'에 대해 철저하게 고찰하고 있었다.

교육이란 참으로 무서운 것이었다. 살인은 안 돼요! 폭력은 안 돼요! 그 법이 참 무서운 것이었다.

그녀는 만렙임에도 누군가를 죽일 수가 없었다.

깽판 치고 나갈까? 다 부숴 버리고 나갈까? 하며 몇 번이나 망설이

40

고 망설였다.

그리고 그 망설임을 용케도 눈치챈 아르비드가 최형우의 정보를 내건 거래를 걸어왔고, 루다는 수락했다.

그래서 지금 이 순간, 루다는 꼴 같지도 않은 '에세나의 군주'였다. 빌어먹게도.

그녀에게 선택권이 있었는지조차 모르겠다. 이마에 여신의 표식이 빛났다고 하니, 이게 다 여신의 농간인 것 같기도 했다.

제가 여기에 온 것이 여신의 짓인지, 시스템인지, 뭔지도 모를 어떤 불가사의한 것 때문인지도 모르겠다.

뭐든 간에 결론적으로 그녀는 지금 이 상황 중에 마음에 드는 것이 단 하나도 없는 상태였다. 정말이지 단, 하나도. 하나의 하나도!

"그러니까 여신의 증표인 영웅이 에세나에 떨어졌었고, 그 영웅들이 적 진영인 아타나스의 보몹, 아니 군주까지 처치했다. 그리고 이제 그 영웅들이 에세나를 통치할 차례였는데 갑자기 흔적도 없이 사라졌다. 그 영웅들의 이름은 피의 제왕 루드비……히……와, 철혈의 여, 콜록콜록!"

루다는 서류를 읽다가 저도 모르게 목이 막혀 기침을 해 댔다. 숨이 턱 막히는 내용이 그 종이 위에 적혀 있었다.

"괜찮으십니까?"

"내가 지금 괜찮게……!"

걱정스레 물어오는 아르비드의 말에 발끈해 소리치려다가 다시 말을 삼켰다.

"아니, 괜찮아."

떨리는 목소리로 애써 대답을 하고는 겨우 목을 가다듬었다.

오, 세상에. 맙소사. 와우. 오 마이 갓, 신이시여.

루다는 온갖 터무니없는 상황에 나오는 감탄사들이 입 밖으로 새어 나오려는 것을 겨우겨우 틀어막았다.

이럴 줄 알았으면 그러지 않았을 텐데. 과거를 아무리 후회해 본들 소용이 없었다. 아니, 누가 게임 속으로 들어갈 것으로 생각이나 했겠냐고.

그러니까, 최대한 오그라들고 중2스러운 닉네임을 지어 보자! 하는 다짐 아래 한 행위가 어느 진영의 위대한 영웅의 존함으로 박제될지 그 누가 알았겠냐는 말이었다.

그나마 형우는 나았다. 루다의 닉네임은 삥끄곤듀님이었다. 삥끄곤듀님.

와, 진짜 서류에 적혀 있는 그 대목을 읽을 때는 저도 모르게 종이를 찢어 버릴 뻔했다.

갈기갈기 찢지 않고 겨우 내버려 둔 것도 인내심의 최대치였다. 그래도 그 부분에 구멍을 뚫어 버리는 행위까지는 도저히 막을 수가 없었다.

"무슨 문제 있으십니까?"

"아니, 없어. 그러니까 어쨌든. 그들이 왕좌에 앉을 차례였는데 갑자기 사라져 버렸고, 그 자리를 조금 전에 죽은 폭군이 차지하고 있었다는 말이지? 그가 제일 강하니까."

"예, 그렇습니다."

"이름이 뭔데?"

"킬케니입니다."

"킬케니?"

루다는 아르비드의 입에서 튀어나온 이름을 다시 한 번 곱씹었다.

상당히 익숙한 이름이었다. 분명 게임 플레이할 때 들었던 이름인데.

"아, 킬케니!"

"알고…… 계십니까?"

"당연히 알지. 근데 킬케니가 제일 강했다고? 티폰보다 레벨이 낮았는데."

생각에 잠겨 루다가 혼잣말처럼 중얼거렸다. 하지만 그 소리는 그렇게 작지가 않아 알현실 안 루다 근처의 사람이라면 충분히 들을 수 있는 크기였다.

"티폰 말입니까? 반신인 존재입니다. 반신보다 강한 인간이 있을 리가 없습니다."

"응? 티폰이 좀 세긴 한데. 그것보다 센 인간이 없다고 할 정도는 아닌데? 잡는 데 별로 안 걸렸어."

루다의 대수롭지 않다는 듯한 한마디에 장내가 찬물을 끼얹은 듯 조용해졌다.

모두의 얼굴에 떠오른 표정은 하나였다. 내가 지금 무슨 소리를 들은 거지? 그리고 이내 현실 부정에 들어갔다.

"하하, 폐하. 농담도 참. 티폰이라니요. 그 근처에만 가도 독기에 몸이 녹는……."

하지만 기사의 말은 끝을 맺지 못했다.

"내가 아는 몬스터랑 다른가? 티폰, 아튼 지역에 있는 뱀같이 생긴 몬스터 말하는 거 아니야?"

덧붙이는 말이 너무나도 평온했다. 마치 '오늘 삼시 세끼 다 먹었다. 맛있었다.'라는 내용을 말하고 있는 것만 같았다.

예상치도 못한 루다의 한마디에 모두는 정적에 휩싸였다. 그 정적을 뚫고 아르비드가 가까스로 입을 열었다.

"맞습……니다만."

"응, 그 정도면 잡을 만했지. 어쨌든 그것보다 약한 애가 군주였다니. 에세나노 알 만했네."

심드렁하게 말하는 루다를 바라보는 사람들의 표정이 혼란스러웠다.

기사들이 처음 루다를 보고 내린 평가는 하나였다.

꽤 실력 있는 암살자. 그러니까 은신에 능한 암살자 말이다.

여신이라면 만능이겠지만 여신 아래 있는 그들의 상상력은 한정적이었다. 이세계에서 온다느니 그런 초월적인 생각을 그들은 할 수가 없었다.

그들 안에서 루다는 그저 에세나 안에 있던 실력 있는 암살자였다. 그저 폭정에 지친 백성을 위해 여신 타라가 보낸 구원자와 같은 존재일 뿐이었다.

그렇기에 여전히 루다의 실력에 대한 평가는 제대로 이루어지지 못하고 있었다.

강해 봤자 아르비드와 비슷한 수준 혹은 그 이하. 손에 든 단검과 저 체격으로 아무리 힘을 써 봤자 거기에는 한계가 있다고 생각하고 있었다.

물론 허세일 수도 있었다. 하지만 그녀의 뒤에 있는 것은 여신이었다. 그녀의 이마에 나타난 여신의 징표는 결코 무시할 수 없었다.

그렇다면 그녀의 말을 믿어야 한다는 것인데, 아무리 노력해도 절대 쉽게 믿을 수 있는 사실이 아니었다.

순간적으로 아르비드의 머리에 스쳐 지나가는 사실이 하나 있었다. 티폰을 잡은 존재가 있기는 있었다.

여신이 보낸 위대한 영웅, 철혈의 여제 삥끄곤듀님.

혹시 눈앞의 새로운 군주는 그 영웅과 접점이라도 있는 건가. 아니면, 혹시 그 영웅인가?

시선을 들어 이제 갓 군주가 된 루다를 바라봤지만, 그 영웅과 닮은 점이라고는 단 하나도 없었다.

삥끄곤듀님은 커스텀 캐릭터고 루다는 실제 루다의 모습이니 다른 것이 당연하겠지만 아르비드가 그 사실을 알 리 없었다.

혹시 사라진 영웅과 아는 사이인가? 여신과 엮여 있다면 그럴 수도 있겠다.

거기까지 생각이 미친 그는 결국 담아서는 안 되는 말을 입에 담고 말았다.

"혹시 철혈의 여제 삥……."

'끄곤듀님을 아십니까?'라는 아르비드의 말은 끊겨 버렸다. 어디서 생겨났는지 모를 날카로운 것이 그의 옆을 지나 벽으로 날아갔다.

그로 인한 상처는 없었지만 바로 지척을 지나간 날카로운 얼음 조각은 단단한 대리석에 박혀 있었다.

아르비드의 등 뒤로 식은땀이 한 줄기 흘렀다. 그리고 머릿속으로 생각했다. 우리가, 누구를 주군으로 세운 거지.

그들이 어떤 생각을 하든 말든 루다는 대수롭지 않다는 듯, 하지만 단어 하나하나에 힘을 담아 그들에게 경고했다.

"그 이름 다시는 입에 담지 마라."

내 흑역사니까.

뒤에 덧붙일 말은 생략했다. 그렇기에 그 자리의 사람들은 커다란 오해를 머릿속에 담을 수밖에 없었다.

영웅과 적대 관계라니, 도대체 우리는 어떤 자를 주군으로 세운 것인가?

기사들이 어떤 생각을 하든 말든 루다는 잠시간 생각에 잠겼다. 이 세계의 흐름을 알 것 같았다.

루다가 플레이한 〈저크시즈〉는 스토리가 있는 게임이었다. 어떤 게임이나 그러하듯이 신이 있었고, 플레이어는 그곳을 구원하기 위한 영웅이었다.

영웅은 모든 스토리를 깨고 난 후에는 '에세나의 군주'라는 칭호를 얻게 된다. 그것으로 이 게임의 메인 스토리는 클리어였다.

그 뒤로 더 레벨을 올려서 전설의 장소들을 공략할지 안 할지는 플레이어들의 선택이었다. 플레이어에게 에세나의 군주라는 칭호는 말 그대로 칭호의 역할일 뿐이었다.

하지만 실제로 들어온 게임 안에서는 아닌 모양이었다.

에세나의 군주는 정말로 군주였다. 모든 스토리를 깨고, 적 진영의 보스까지 깨고 난 후에 영웅은 진짜로 군주가 되는 것이었다.

하지만 적 진영의 군주를 처치한 후, 영웅은 갑자기 사라져 버렸다. 그래서 루다가 영웅으로 직접 이 게임에 들어오기까지 군주의 자리는 비어 있었다.

그 틈을 타 킬케니가 군주의 자리에 올랐다. 왕의 그릇이 아니었던 그는 폭군이 되었고, 때마침 진짜 영웅인 루다가 이곳에 들어온 것이다. 폭군의 목숨을 끊으며.

여기까지 생각을 정리한 그녀가 입을 열었다.

"그럼 너희가 나한테 원하는 건 적 진영의 보스몹, 아니, 군주만 처치하면 되는 거란 말이지?"

"네, 그렇습니다."

그들이 내건 조건은 간단했다. 적 진영인 '아타나스'의 군주를 처치하는 것.

적 진영의 비어 있던 군주의 자리가 최근에 채워졌다. 최근 아타나스의 군주가 된 자는 역대급으로 최강이었다.

잔인하고, 자비가 없는 자라고 했다. 무엇보다 아타나스의 악신 기예르모의 인도를 받은 자라고 했다.

그런 강대한 자의 등장에 발을 동동 구르던 에세나에도 축복이 내려왔다.

여신 타라가 보낸 시타라인 루다가 뚝 떨어진 것.

여신의 가호를 등에 업으면 이 싸움도 꽤 가망이 있지 않을까? 싶은 것이 에세나 진영 사람들의 생각이었다.

"그 정도야 뭐. 알았어. 그럼 너네도 날 성심성의껏 도와주는 거고."

"시타라 님을 위해서라면 무엇이든 할 것입니다."

아르비드가 고개를 숙이며 근엄하게 말했다. 그 한마디에 루다는 고개를 절레절레 저었다.

어휴, 융통성 없는 놈들.

"나 여기서 꼭 찾아야 하는 사람이 있어."

"인상착의를 아십니까?"

인상착의라. 화면을 통해 형우를 봤을 때, 형우는 평소 외양에 자신처럼 장비만 찬 모습이었다.

그 모습을 기억하며 루다가 말을 이었다.

"검은 머리에 검은 눈. 피부 색깔은 음, 그래, 나 정도고. 키는 183, 그래, 너 정도다. 체격은 그냥 평균이야. 다리는 조금 긴 편이고."

루다가 남자 친구의 외양을 조목조목 설명하기 시작했다. 하지만 그 설명을 듣고 있는 아르비드의 표정이 조금씩 구겨지는 것이 보였다.

"머리는 앞머리 있는 직모야. 지저분하지는 않을……."

계속 외양을 설명하려던 루다의 말이 결국 아르비드의 말에 끊기고 말았다.

"혹시 그분과 어떤 관계입니까? 적입니까?"

"아니? 내 사랑, 내 반쪽, 내 애인인데?"

"혹 존함을 알고 계십니까?"

여러 질문을 던지던 아르비드는 결국 다급히 물었다.

"이름? 최형우. 혹시 알아? 지금 뭔가 짐작 가는 게 있는 표정인데."

"제가 착각한 모양입니다. 혹시 루드비히라는 이름인가 싶어……."

"어, 맞아! 루드비히라는 이름도 있어. 내가 붙이기는 조금 민망하지만, 앞에 피의 제왕이라는 별칭……이라기에는 조금 오그라드는 것도 붙기는 할 거야. 알아?"

반갑다는 듯 처음으로 밝게 웃으며 하는 루다의 말에 아르비드의 표정이 심각하게 굳었다.

아니야, 아닐 거야. 하지만, 왜, 우리의 폐하께서 그를 연인이라고…….

복잡한 속내를 감추며 아르비드가 루다의 말에 답했다.

"알고 있긴 합니다만……."

"오, 알아? 숨기기 없기로 했지? 빨리 말해 봐."

한껏 재촉해 대는 루다의 말에 잠시 망설였다. 이걸 어떻게 받아들여야 할지도 모르는 사실이었다.

"피의 제왕 루드비히, 지금 역사 이래로 아타나스를 강대하게 만들고 있는 그곳 군주의 이름입니다."

방 안에는 또다시 침묵이 찾아왔다. 이번에는 루다마저 할 말을 잃고 있었다.

그녀는 헷갈렸다. 지금, 내가 혼란스러운 것이, 저들이 내 남자 친구의 이름을 '피의 제왕 루드비히'라고 말했기 때문인지. 아니면 적군의 군주라고 소개했기 때문인지. 아니면 그 둘 다인지.

이유가 뭔지 정확히 알 수가 없었다. 뭐가 됐든 정말로 예상 밖의 사태였다.

"내가 잘못 들었나?"

"뭐라고 들으셨습니까?"

"피의 제왕 루드비히가 아타나스의 군주라고."

"잘 들으셨습니다."

"외양은?"

"말씀하신 그대로입니다."

"검은 머리에 검은 눈?"

"이 대륙 통틀어서 검은 머리에 검은 눈을 가진 자는 많지 않습니다. 거의 없다고 볼 수 있죠. 이미 죽은 전대 아타나스의 군주를 제외하고 말입니다."

맞네. 그랬네. 군주들만이 검은 머리에 검은 눈인지는 모르겠지만, 어찌 됐건 루다와 형우가 처치한 최종 보스가 검은 머리에 검은 눈인 것은 맞았다.

아마 〈저크시즈〉의 세부 세계관 안에서 검은 머리에 검은 눈은 희귀하며, 보통 아타나스 진영의 군주가 검은 머리에 검은 눈을 갖고 있다, 정도인 모양이었다.

"그러니까 그쪽 진영의 군주인 루드비히가 자기 입으로 루드비히라고 했대? 최형우나, 형우나, 형우최가 아니라?"

"최형우, 형우는 물론 형우최 같은 이름은 단 한 번도 들어 본 적이 없습니다."

루다가 이해가 가지 않는 부분은 이것이었다. 제 남자 친구인 형우가 아타나스 측에 선다고 하더라도 루다는 고개를 끄덕였을 것이다.

루다와 형우가 에세나의 편에서 플레이한 이유는 하나였다. 시작부터 스토리가 그렇게 진행되기 때문에.

만약 둘에게 선택권이 있었다면 굳이 에세나를 선택할 필요는 없었다.

모종의 이유로 형우가 아타나스를 선택한다 하더라도 루다는 고개를 끄덕였을 것이다. 그건 형우의 선택일 테니.

하지만 여기서 문제는 형우가 피의 제왕 루드비히라는, 진짜 미칠 것 같은 이름을 사용하고 있다는 사실이었다.

그녀는 그 닉네임을 지을 때를 회상했다.

루다와 형우는 게임을 상당히 좋아했다. 게임뿐 아니라 판타지 소설, 만화 등등 10대부터 20대 중반에 다다른 지금까지 그냥 계속 좋아했다. 그렇기에 중2가 뭔지, 오그라드는 것이 뭔지 알고 있었다.

그 오그라듦이 극대화된 닉네임을 〈저크시즈〉 안에서 써먹기로 했다.

별다른 이유는 없었다. 게임을 플레이하면서 낄낄대는 용도 그 이상도 이하도 아니었다.

'피의제왕루드비히2세', '철혈의여제뼹끄곤듀님'이라는 닉네임을 누가 제정신으로 진지하게 사용하겠는가?

"루드비히래, 아니면 루드비히 2세래?"

"처음에는 2세라고 하기는 했습니다만, 2세라는 타이틀 자체가 조금 이상하여 그냥 루드비히라고 부르는 것으로 알고 있습니다."

"최형우라는 이름은 절대 안 알려진 게 분명하고?"

"확실합니다."

"맙소사."

루다는 기가 막히다 못해 말문까지 막힐 지경이었다.

2세까지 지 입으로 말했다는 거잖아?

그러니까, 이 부분이 도무지 말이 안 된다는 이야기였다.

누가 그녀에게 와서 '이름이 어떻게 되나요?' 하면 '이루다입니다.'라고 말하지, '철혈의여제뼹끄곤듀님입니다.'라고 대답할 리는 결단코 없었다.

여기가 게임 속이라는 걸 인지하더라도 절대 그럴 리는 없었다.

저 닉네임은 그냥 장난으로 시작했고 장난으로 끝나는 그런 이름이었다.

제정신이라면 절대 입 밖으로 내뱉을 수조차 없는 그런 의미의 닉네임이라는 말이었다.

하지만 형우는 그렇게 행동했다.

도대체 어떤 생각으로 저 닉네임을 스스로 내뱉은 건지. 도대체 뭐 하자는 생각인 건지. 하나도 알 수가 없었다. 아니, 다 떠나서 그가 형우인지조차 알 수가 없었다.

"그래서 그 루드비⋯⋯히가 어떻게 아타나스의 군주가 됐는지 알아?"

"그들의 신, 기예르모를 상징하는 커다란 갈까마귀를 타고 나타났다고 합니다."

"⋯⋯."

루다는 할 말을 잃었다.

루다가 앞뒤 재지 않고 퀘스트를 수락하고 이곳에 들어온 이유 중하나가 바로 이거였다.

형우가 화면 안에서 커다란 까마귀에게 납치당하는 모습을 눈으로 확인했기 때문에.

커다랗고 새까만 까마귀는 게임 내에서 상당히 강한 몬스터 중 하나였다. 특히나 그 까마귀들이 군집을 이루고 단체로 공격하면 이기기가 힘들었다.

파티를 맺거나 만렙이라도 최소 두 명 이상 협공해야 이길 수 있는 존재들이었다.

루다의 입장에선 적 진영이 아타나스였다.

그 적 진영의, 만렙이 해치우기에도 강한 몬스터가 형우를 납치해 갔으니 거기서 위기감을 느끼지 않았을 리가 없었다. 그렇기에 루다가 여기에 오겠다고 결심한 것이었다.

그리고 지금, 그때의 장면과 아르비드의 말이 겹쳐지고 있었다.

갈까마귀를 타고 나타났다고?

분명 제 눈으로 본 장면은 그 까마귀에게 납치되는 장면이었지만, 이야기가 와전되면 '타고 나타났다.'라는 말로 변할 수도 있었다.

루다는 뭐가 뭔지 알 수가 없었다. 어쨌든 지금 확실한 것은 정황상 아타나스의 군주는 루다가 그렇게도 찾아다니던 남자 친구 형우일 가능성이 크다는 사실 하나뿐이었다. 물론 그것도 백 퍼센트 확신할 수는 없었지만.

여기까지 생각한 루다는 다짐했다.

"가야겠다."

형우를 보러 가야겠다고.

몇 가지 질문에 답하던 아르비드가 갑작스러운 루다의 말에 흠칫 놀란다.

"어딜 말씀하시는 겁니까?"

"아타나스로."

"예?"

"만나 봐야겠다고."

"누굴, 설마……."

"누구긴 누구야. 루드비, 아니 최형우지!"

여기 인간들한테 듣다 보니 저도 모르게 루드비히라고 말할 뻔한 걸 간신히 집어삼키며 답했다.

그래, 만나 봐야겠다. 정황으로 따지자면 루드비히라는 사람은 꼭 찾아야 하는 남자 친구가 맞는 것 같은데, 이렇게도 이상한 점이 많으니 눈으로 직접 보고 판단해야겠다.

확인했다가 아니면 또 어때. 아무리 강한 몬스터래도 레벨 150을 넘는 것은 많이 없었다.

그녀가 처치했던 과거 아타나스의 군주 역시 순수 레벨은 높지 않은 편이었다. 적국의 군주가 악신을 소환해서 보스 몬스터였던 것이지 만약 군주와만 싸웠다면 가볍게 이겼을 것이다.

아타나스의 왕좌에 새로 앉았다고 하니 아직 악신을 소환할 능력은 없을 것이다.

그것만 아니라면 그냥 처치해 버리고 형우를 찾아서 돌아가면 된다.

그런 단순한 생각으로 의자에서 일어나려 할 때였다.

밖에서 커다란 굉음이 들려왔다.

알현실이 술렁거리기 시작했다. 그리고 기다렸다는 듯이 Lv.32라고 적힌 기사가 벌컥 문을 열고는 뛰어 들어왔다.

"폐하!"

"무슨 일이냐?"

"지금 밖에 아타나스의 대장 루드비히가 침략…….”

허락도 없이 문을 열고 들어온 기사는 다급한 모습이었다. 겁에 질린 것처럼 보이기도 했다. 적의에 가득 찬 것처럼 보이기도 했다.

어찌 됐건 앞 문장만 듣더라도 적진의 군주가 에세나에 찾아온 상태라는 것을 알 수 있었다.

말이 끝나기도 전에 먼저 자리에서 일어나 뛰쳐나간 사람은 루다였다.

지금 제가 만나려던 자가 밖에 와 있다고 한다. 왜? 설마, 내가 여기에 온 걸 알고? 아니면, 어떻게 다시 돌아갈 방법을 알아내서? 도대체 무엇 때문에?

이유가 뭐든 상관없었다. 그를, 루드비히를 만나야 했다.

뛰듯이 문으로 향했다. 문을 통해 알현실 밖으로 나가려던 루다가 몸을 틀었다.

내가 여기 구조를 어떻게 알고. 떨어진 곳이 성 안이었는데.

그녀는 일어나 방 안을 휘 둘러봤다. 찾았다, 커다란 창문. 제 몸집 하나 정도는 통과하고도 남을 크기였다.

"상태."

루다는 짧게 중얼거리고는 지금 제 상태를 살폈다.

피통 가득, 마나 가득, 아이템 이상 무, 스킬 발동 이상 무. 모든 것이 최상이었다.

상태를 확인한 그녀가 속도를 높였다.

여기에 온 이유, 목적, 최형우의 얼굴을 확인해야 했다.

그 일념 하나로 달렸다. 오그라들고 자시고는 지금 중요하지 않았다.

창문을 박차고 뛰어내리며 지금 이 높이에서 무사히 저 아래로 내려갈 수 있는 스킬명을 외쳤다.

"창공의 날개!"

"폐하!"

알현실의 기사들이 크게 외쳤다. 아르비드가 자리를 박차고 달려 루다를 향해 손을 뻗는다.

하지만 너무나도 빠른 그녀의 움직임에 그의 손에는 아무것도 잡히지 않았다. 간발의 차였다.

급하게 달려가 창문 밖의 루다를 바라봤다.

그녀의 외침에 따라 날개 형상이 그녀의 등에 나타난다. 그리고 이내 그 형상은 바람이 되어 그녀의 몸을 휘감는다.

아무런 발돋움거리도 없는 허공을 몇 번 발돋움하더니 순식간에 땅에 착지했다. 그녀 주위에 이는 것은 자그마한 모래바람뿐이었다.

그녀가 이 높이의 성에서 저 바닥의 깨알 같은 크기가 될 때까지 걸린 시간은 단 몇 초도 되지 않았다.

아르비드에게는 생전 처음 보는 광경이었다. 겪지도 못한 일이었다.

그녀의 신위가 아르비드에게 있어서는 충격과도 같았다.

타닥, 뛰어 점점 멀어지는 그녀의 잔상을 좇으며 아르비드가 홀린 듯 중얼거렸다.

"타라의 증표, 시타라. ……에세나의 구원자."

✳

루다는 뛰었다. 형우가 나타났다는 곳이 어디인지 정확하지는 않지만 대충 알 것 같았다.

에세나의 성은 국경과 그리 멀지 않은 곳에 자리하고 있었다. 그래서 항상 전시 상태였으며, 최정예 군사력들이 모여 혹시 모를 적들의 급습을 막고는 했다. 지금처럼.

한껏 속도를 높인 루다의 눈에 달려가는 기사들이 보였다. 하지만 그 기사들보다 빠른 것이 루다였다.

한껏 올린 민첩 스탯이 적절하게 발동하고 있었다. 달려가는 기사들을 앞지르며 먼지가 이는 곳으로 향했다.

저곳이 분명했다. 저기에 형우가 있을 것이다. 형우가 아니더라도 제 궁금증을 해결할 그가 있을 것이다.

검은색의 무리가 점점 가까워지고 있었다. 많지는 않지만 족히 몇십은 되어 보였다. 검은 군집이 우리가 적이요, 소리치고 있었다.

루다는 속도를 더욱 높였다. 제일 선두에서 뒤돌아 있는 검은 머리의 어떤 사내가 보였다.

뒤돌아 있기에 얼굴은 알 수가 없었다. 하지만 루다는 알 수 있었다.

55

사귄 햇수가 몇 년인데. 내가 너 하나 못 알아볼까 봐. 저 뒷모습, 확실했다.

몇 번이나 보고 안았던 그 모습이었다.

루다가 땅을 박차고 달려가며 소리쳤다.

"최형우!"

꼭 찾아서 데리고 돌아가야 할 남자 친구의 이름을.

하지만 남자에게서는 아무런 반응이 없었다. 도대체 왜?

내 이름이 불렸을 때 그것이 진짜 이름이라면 보통 반사적으로 반응하고는 한다. 하지만 형우는 반응하지 않았다. 도대체 왜?

이유는 알 수 없었다. 하지만 조금씩 불안해져 왔다.

우선 남자 친구를 뒤돌게 만들어야 하는데, 그러기 위해서 남은 것은 한 가지 방법밖에 없었다.

정말 부르기 싫지만 불러야 하는 이름. 그가 절대 반응할 리 없는 이름.

"루드비히!"

그가 반응하면 안 되는데. 형우는 루드비히라는 이름보다 최형우라는 이름이 훨씬 익숙할 텐데.

하지만 루다의 예상은 철저하게 빗나갔다.

루드비히라고 불린 남자가 뒤를 돌아봤다. 그와 동시에, 루다는 볼 수 있었다.

이목구비가, 머리가, 키가, 체형이, 모든 것들이 그녀의 남자 친구였다. 부정할 수 없는 최형우였다.

'자기야!' 평소처럼 부르려는 순간, 돌아보는 그의 눈과 루다의 눈이 마주쳤다.

그녀는 입을 다물었다.

형우가 맞는데, 뭔가 달라. 그 싸한 느낌을 무어라 설명해야 할지 몰랐다.

우선 멈추자.

루다는 다리에 힘을 줬다. 멈춰야 하는데, 이미 형우에게 안기기 위해 힘껏 달려온 제 다리는 말을 듣지 않았다.

루다는 그 속도 그대로 남자 친구인 형우에게 돌진하고 있었다.

속도를 줄여야 하는데, 속도가 줄여지지 않았다.

에이, 몰라. 설마 남자 친구인데 죽이기야 하겠어.

"자기야!"

루다는 그리움을 가득 담아 소리쳤다.

이제 형우가 팔을 벌려 나를 안아 주고 '무슨 일이야?'라고 말하기만 하면 된다.

그러면 양 진영이 역사 이래로 평화통일이 되는 거고, 우리는 다시 돌아갈 방도를 찾아 집으로 돌아가면 되는 거다.

이 얼마나 평화로운 방법이란 말인가!

하지만 공교롭게도 그런 평화로운 해결 방법은 일어나지 않았다.

"피암마의 칼날."

저음이지만 공간을 가득 메울 정도로 커다란 울림이었다.

잠깐, 설마.

루다의 얼굴에 당혹이 일었다.

저 목소리도 당연히 알고 있었다. 얼마나 많이 들어 왔던 목소린지. 형우의 목소리였다. 내 남자 친구의 목소리.

하지만 내용은 그리 반가운 것이 아니었다.

설마, 저거 나를 향해 한 말은 아니겠지?

'피암마의 칼날'. 형우의 캐릭터가 커다란 대검을 들고 종종 사용했던 스킬이었다.

마나 소모가 대단해서 한 번 사용하고 나면 다시 쓸 수 있을 때까

57

지 대기 시간이 꽤 길긴 하지만, 한 번 발동되면 주변을 초토화시킬 수 있는 대단한 파괴력의 스킬이었다.

"아이스 솔딩 실드!"

루다는 반사적으로 소리쳤다.

루다가 스킬명을 외침과 동시에 형우의 대검에서 거대한 화염이 뿜어져 나오는 것이 보였다.

그 화염은 곧바로 루다에게, 그리고 그 뒤를 따라오고 있는 기사들에게 향하고 있었다.

그 화염의 기세를 바라보는 모든 기사들이 생각했다. 이제 끝이구나.

곧 느껴질 열기를 생각하며 기사들이 눈을 질끈 감았다.

하지만 그들이 예상했던 상황은 일어나지 않았다.

쾌광, 거대한 굉음이 울렸다.

그 있을 수 없는 굉음에 기사들이 감았던 눈을 살며시 떴다.

눈앞에는 믿을 수 없는 광경이 펼쳐져 있었다. 반투명한 벽이 선두에 서 있는 루다를 중심으로 높게 뻗어 있었다.

그리고 그 벽이 이쪽을 향해 돌진하고 있던 거대한 화염 덩어리를 막아 내고 있었다.

이쪽으로 오려고 발버둥 치는 검붉은 화염 덩어리가 얇은 벽에 막혀 춤추듯 제자리에서 휘몰아치고 있었다. 거대한 힘의 충돌 때문에 생긴 반동으로 연기와 먼지들이 바람에 흩날려 시야를 뿌옇게 만들고 있었다.

그 모습이 마치 거대한 자연현상 같았다.

그 광경 단 하나만으로 둘의 싸움이 어떤 경지인지 기사들의 머리에 똑똑히 각인될 수 있었다.

허겁지겁 뒤따라온 아르비드는 눈앞에 보이는 광경에 반사적으로 발을 멈췄다. 위대한 광경을 목도한 그는 더 이상 말을 이을 수가 없었다.

아르비드는 그녀를 처음 만난 순간부터, 폭군의 침실에 불어왔던 바람이 만들어 낸 경건한 그 광경을 아직까지도 떨쳐 내지 못하고 있었다.

그리고 지금 이 광경을 보며 아르비드는 다시 한 번 생각했다.

저 여자만 있다면 에세나를 더욱 강하게 만들 수 있다. 역사에 꼽힐 만큼 강한 군주가 나타났다. 그녀를 절대 에세나 밖으로 보내서는 안 된다.

아르비드가 그런 생각을 하든 말든, 루다에게 그런 건 중요한 것이 아니었다.

거대하게 부딪쳤던 두 힘은 금세 소멸했다.

형우의 몸을 휩싸고 있던 광포한 열기도, 루다의 몸을 휩싸고 있던 광대한 냉기도 어느새 사라진 상태였다.

루다는 제가 펼친 실드가 사라질 때까지 자리에서 멍하게 서 있었다.

이게 무슨 일이지? 도대체 형우가, 내 남자 친구가 나를 왜 공격한 거지?

그녀가 알고 있는 그는 절대 그럴 사람이 아니었다.

5년을 사귀며 그는 루다에게 최선을 다했다. 때린 적도, 욕한 적도, 루다를 향한 거친 말을 입에 담은 적도 단 한 번도 없었다.

처음 만날 당시 욕쟁이에다가 사회성이 조금 부족했던 루다를 받아 주고, 보듬어 주고, 온갖 히스테리를 다 받아 주던 게 형우였다.

형우는 장난을 좋아하지만, 속이 깊었다. 또래들에겐 곧잘 장난을 치더라도 어른들에게는 예의를 다하던 그였다.

제 입으로 말하기는 조금 그랬지만 완벽하다는 수식어를 갖다 대더라도 과하지는 않을 남자 친구였다.

그런 남자 친구가 루다를 공격했다. 그녀를 못 알아보고?

아니, 절대 그럴 리가 없었다. 거울로 확인했을 때 루다는 그냥 루다의 모습 그대로였다. 최형우의 여자 친구 이루다의 모습 그대로.

혼란으로 인한 침묵 속에서 먼지와 연기가 가라앉는 것이 보였다. 뿌옇게 가려졌던 시야가 맑아졌다.

루다는 시선을 들어 지척에 다다른 남자를 다시 바라봤다.

오른쪽 눈썹에 있던 작은 상처, 턱에 있는 점 하나까지. 최형우였다.

그녀의 남자 친구 최형우.

하지만 그의 시선은 루다에게 꽂혀 있지 않았다. 이 세계에 있을 리 없는 루다를 발견하고도 그의 얼굴에는 놀라움도, 반가움도, 그 어떤 표정도 떠올라 있지 않았다.

무표정. 그저 무표정일 뿐이었다. 마치 모르는 사람이라도 보듯이.

"싸우려고 온 것이 아니다."

한동안 맴돌던 침묵을 깨고 한 남자가 걸어 나왔다. 형우는 아니었다. 그 옆에 있던 짙은 회색 머리의 사내.

머리 위에 Lv.152라고 적혀 있는 것을 보아하니 저쪽의 2인자인 모양이었다.

아, 맞다. 레벨.

그 사내 머리 위에 적혀 있는 레벨을 보고 나니 드는 생각이었다.

쟤가 최형우면 조금 다른 형식으로 보일 것이다.

지금 여기 있는 모두는 일종의 게임 캐릭터라서 위에 뜨는 글자의 색이 흰색이었다.

하지만 플레이 캐릭터는 글자색이 옅은 노란색으로 뜨고는 했다.

눈앞에서 루다를 무표정으로 바라보고 있는 저 형우를 꼭 닮은 캐릭터가 정말로 형우라면, 그의 머리 위 글자는 NPC들과 다른 색으로 뜰 것이다.

그런 생각을 하며 루다는 형우의 머리 위로 시선을 올렸다.

캐릭터 이름으로 자리한 [피의제왕루드비히2세]라는 글자는 옅은 노란색이었다. 빼도 박도 못하는 플레이 캐릭터였다.

모든 정황이 그를 최형우라고 알려 주고 있었다.

"싸우지 않으려는 것치고는 최전방 지역에 너무 큰 피해를 주지 않았나?"

넋이 나간 루다 대신 한 발짝 앞으로 나선 자는 아르비드였다. 저쪽도 2인자가 나섰으니 이쪽도 2인자가 나서야 한다는 것이 아르비드의 생각이었다.

무엇보다 힐끔 본 군주가 도무지 저들을 상대할 표정이 아니었으니.

"우리가 평화적으로 해결하려 해도 그쪽에서 전혀 알아듣지를 못해서 말이야."

아타나스 진영의 사내가 비릿한 웃음을 지으며 말했다. 누가 봐도 명백한 도발이었다.

"국경을 넘어 에세나, 그것도 최전방의 왕성을 공격한 것이 어떤 의미인지 모르고 한 짓은 아닐 텐데?"

"아, 몰랐네만 무슨 의미가……."

"조용히."

단호한 목소리가 둘의 대화를 방해했다. 루다였다.

잠시간 넋이 나가 보였던 그녀의 눈에 다시 초점이 돌아와 있었다.

정신을 차리신 모양이군, 아르비드가 생각했다. 하지만 그렇다고 완전히 괜찮아 보이지는 않았다.

그녀를 알게 된 지 고작 몇 시간 되지 않은 그였지만 알 수 있었다.

그녀의 초점은 돌아왔지만 흔들리는 눈동자, 조금 초조한 모양인지 짓씹는 입술이 그녀가 지금 안정적이지는 않다는 것을 보여 주고 있었다.

하지만 그녀의 모습에 비해 그녀 앞 루드비히의 표정은 평온하고 안정적이었다. 아무 말도 하고 있지 않지만 묵직하게 깔리는 분위기는 타고난 군주의 것이었다.

아르비드는 침을 한 번 삼켰다.

역대 최고이자 최악의 적이었다. 저 사람을 과연 루다가 상대할 수 있을 것인가?

아니, 상대할 의향이 있기는 한가? 저 둘은 도대체 어떤 관계인가?

온갖 혼란이 아르비드의 머릿속을 괴롭혀 대고 있었다.

하지만 루다는 그런 것 따위 안중에도 없는 모양이었다. '후.' 한 번 짧은 한숨을 내쉰 루다가 한 발짝 앞으로 나섰다.

그녀의 가벼운 발걸음에 묵직한 긴장감이 감돌았다.

"최형우."

루다가 그녀의 남자 친구, 아니 정확히 말하자면 남자 친구인 듯한 남자를 바라보며 또박또박 이름을 불렀다.

그녀가 찾는다는 그녀 연인의 이름이었다. 하지만 그 부름에 대답하는 목소리는 없었다.

"하, 말이 되냐고 이게. 타란지 타른지 엿이랑 바꿔 먹어도 모자랄 신 같으니라고. 후, 아니야. 진정하자, 진정해."

혼자서 몇 번 중얼거리던 그녀가 다시 입을 열었다.

"루드비히."

"마치 나를 아는 것처럼 말하는군."

"몇 가지만 묻자."

"우리가 문답을 나눌 사이인가?"

루다는 눈을 질끈 감았다.

지금 이 오그라드는 손발을 도대체 어떻게 해야 하지? 제발 그 말투로 말하지 말아 줬으면 좋겠는데.

루다는 죽고 싶었다. 아니, 정신이라도 잃든지 그게 안 된다면 귀라도 안 들리게 하고 싶었다.

도대체가, 항상 붙어 다니던, 몇 년이나 사귀던, 몇 번은 싸우고 헤어지고 다시 만나고 그렇게 온갖 추억을 나누던 남자 친구가 나를 모른 척한다니.

아니, 관대하게 생각해서 거기까지는 그럴 수도 있다고 치자.

하지만 그 남자 친구가 나를 모른 척하는 거에 더해 저런 오그라드는 말투를 사용하고 있었다. 문제는 저 말투를 사용하는 그가 정말 진심으로 보인다는 것이었다.

연기하는 건가? 형우가 아닌 건가?

지금의 루다로서는 도무지 그 무엇도 확신할 수가 없었다.

하는 행동, 말 하나하나가 형우가 아닌데, 그녀의 감은 아주 깊은 곳에서부터 눈앞의 남자가 그녀가 찾아다니는 그녀의 남자 친구라고 말해 주고 있었다.

"응. 그럴 사이니까 문답이나 나누자고 하지. 하, 진짜 어이없네. 내가 왜 내 남자 친구에게 안기지도 못하고 이래야 하는지."

양 진영의 기사들이 그런 둘의 모습을 멍하니 바라봤다.

마치 전쟁이라도 날 것 같은 시작이었는데, 지금은 모든 긴장감이 전부 사라져 있었다.

분명히 적대하는 진영의 군주들끼리 만남인데, 그 둘은 싸울 생각이 없어 보였다. 그들의 대화는 양 진영의 기사들 모두에게 혼란스러운 내용이었다.

딱 보기에도 에세나의 군주는 아타나스 군주를 알고 있었다. 게다가 보이는 감정으로 보자면 적의는 한 점도 없는 것 같았다.

하지만 적 진영에 있는 한 적이었다. 그렇다면 싸워야 하는데, 또 아타나스의 군주 역시 적의를 내비치지 않고 있었다.

조금 다른 점이라면 루드비히는 적의도, 선의도 없다는 것이었고, 루다는 선의를 보이고 있다는 것 정도였다.

"지금 척하는 거 아니지?"

"무슨 척을 얘기하는 거지?"

"하는가, 하는군 등등 판타지 말투 사용하는 거 말이야. 갑자기 중2로 회귀하고 싶다거나 그런 거 아니지? 아니면 신이 그렇게 시켰다든지 집으로 돌아가기 위해서는 그런 오그라드는 말투를 사용해야 한다든지. 그런 것도 아니지?"

"무슨 말을 하는지 도통 모르겠군. 네가 에세나의 새로운 왕인가?"

"아니 지금 그게 중요한 게 아니야."

루다는 점점 치솟는 짜증을 이성으로 최대한 억누른 채 답했다.

그녀는 지금 남자 친구를 데리고 이 게임 밖으로 나가야 하는데, 눈앞의 남자 친구는 계속 터무니없는 말을 지껄이고 있었다.

무언가 사정 때문에 연기를 하고 있는 건지, 정말 기억이라도 잃은 건지, 그 무엇도 확신할 수 있는 것이 없었다.

빙글빙글 머리가 굴러가던 와중에 아, 하고 퍼뜩 한 가지가 떠올랐다.

"타차원의 흐름!"

그래, 이거라면 형우의 진심을 알아낼 수 있지 않을까? 생각하며 스킬을 시전했다.

스킬의 타깃인 루다와 형우, 그리고 그 밖의 사람들은 이제 다른 시간의 흐름 속에 있게 될 것이다.

루다와 형우를 제외한 사람들이 전부 움직임을 멈춘 것이 보였다.

스킬이 제대로 들어간 모양이었다.

"알지? 지금 너랑 나 말고는 우리 대화를 들을 수 있는 사람은 없어. 다시 한 번 물어볼게. 최형우, 나 몰라?"

루다는 루드비히의 눈을 똑바로 마주하며 또박또박 물었다. 혼란스러운 루다와는 달리 그녀의 남자 친구는 아무런 망설임도 없어 보였다.

언제나 봐 왔던 익숙한 얼굴이지만 전혀 다른 분위기를 풍기는 루드비히가 단호한 목소리로 루다의 질문에 답했다.

"내 이름은 최형우가 아니다. 넌 누구지?"

루다는 말문이 막혔다. 진짜 마음 같아서는 멱살이라도 잡고 짤짤 흔들어 대고 싶었다.

네가 최형우가 아니면 누가 최형운데! 소리쳐 말하고 싶은 걸 속으로 꾹꾹 삼켰다.

말문이 막혀 답하지 못하는 루다의 반응에 이어지는 루드비히의 질문은 더욱 가관이었다.

"나를 아는가?"

"허……."

나오는 건 탄식밖에 없었다.

이 무슨 중2스러운 대화의 결정체란 말인가! '나를 아는가?'라니. 어디 판타지 소설이나 만화에서나 봐 왔던 대사가 눈앞에서, 그것도 남자 친구의 입에서 나와 버렸다.

순간 정신이 날아갈 뻔했던 걸 겨우 잡으며 루다가 대답했다.

"당연히 알지."

"나는 누구지?"

나오는 말마다 가관이었다. 계속 말문이 막히려는 걸 겨우겨우 참아 냈다.

하지만 그런 루다와는 달리, 루드비히의 표정은 계속해서 근엄했다. 고뇌에 빠진 것처럼 보이는 그의 말에 루다가 답했다.

"너는 내 남자 친구."

'지구는 둥글다.' 정도로 단순하고도 당연한 어조였다. 루다에게는 당연한 사실이었으니까.

너, 최형우는 내가 사랑하는 남자 친구.

이건 그녀에게 있어 어떻게 생각할 것도 없는 만고불변의 진리였다.

"남자 친구라는 건 연인을 뜻하는가?"

"……단어 선택이 완전 여기 사람 다 됐네."

되받아치는 형우의 말에 한숨이 절로 나왔다.

'연인을 뜻하는가?'라니. 남자 친구라는 단어는 여기에 없지도 않을 말이었다.

하지만 저따위로 말하는 걸 보아하니 그의 안에서 '남자 친구'와 '연인'의 깊이는 조금 다른 의미인 모양이었다. 그리고 이쪽 언어의 뜻으로 파헤쳐 보자면 그와 그녀는 연인이 맞았다.

둘은 서로에게 조금 각별했다. 현대인들의 연애답게 헤어질 수 있다는 가능성이 밑바닥에 조금이나마 깔렸기는 했지만, 그럼에도 헤어지지 않았다.

물론 언젠가 헤어질 수 있겠지만, 그들은 그런 전제를 깔아 두지 않았다. 그들에게 이 인연의 끝이라는 건 고려 사항이 되지 못했다.

그들은 본래 이성을 쉽게 좋아하지 않는 타입이었고, 첫눈에 반한다는 것도 이해하지 못하는 사람들이었다.

그런 둘이 만나서 한눈에 서로에게 끌렸다. 그리고 동시에 뜨거워졌고, 그렇게 서로 사랑하는 사이가 되었다.

그때 당시 루다는 상처가 많아 거칠었고, 형우 역시 사람에게 잘

다가갈 수 있는 성격이 아니었다.

그런 단점들이 둘의 만남으로 인해 많이 호전됐다. 그 과정 동안 둘의 사이는 더욱 단단해졌고, 애틋해졌다.

애인이라는 것이 이렇게 달콤하면서도 삶에 단단하게 녹아들 수 있다는 사실을 서로를 통해 알게 되었다.

타인에게 벽을 세우기 급급하던 형우가 처음 마음으로 받아들인 연인이 루다였고, 사람 자체를 믿지 않던 루다가 자연스럽게 깊은 관계를 맺은 것이 형우였다.

서로는 서로에게 자연스럽게 깊은 사람이 됐고, 서로 말하지 않아도 더 먼 미래까지 생각하는 존재가 되었다.

그것들이 마치 운명과도 같아서, 서로가 서로에게 없다는 것을 상상조차 하지 못했던 둘이었다.

하지만 이게 도대체 무슨 상황인지.

이 상황은 헤어지는 것도 아니었다. 누군가가 이별을 통보한 상황도 아니었다.

심지어 저 루드비히의 날아가 버린 기억 저편의 그는 여전히 자신을 사랑하고 있다는 것을 확실히 알 수 있었다. 그가 게임 속으로 들어간 바로 그때까지도 자신을 찾았으니.

하지만 다시 만난 그는 루다를 모르고 있었다. 정말 먼지 한 톨만큼도 모르고 있었다. 연기하는 것도 아니고 진심으로, 정말로.

진짜 속에서부터 부글부글 끓어올랐다. 화인지 열인지 답답함인지 무엇인지 알 수가 없었다.

아오, 머리를 때려 버리면 다 기억하지 않을까?

루다가 루드비히와 대화하며 수도 없이 생각한 바였다.

하지만 그럴 수가 없었다. 둘 다 진영의 군주니까. 루다가 공격하는 순간 전쟁의 시작이겠지.

루다는 고구마 만 개는 먹은 듯한 답답한 가슴을 꾹꾹 눌렀다. 사이다는 없었다. 그 고구마 중에서도 밤고구마 백 개가 틀어박힌 듯한 목으로 답했다.

"네가 최형우라면 우리는 연인 사이가 맞아. 그런데 불행하게도 나도 확신이 안 서거든. 지금 별로 시간이 없어. 스킬이 끝나기까지 시간이 별로 안 남았거든. 그러니까 자기 질문, 아니 네 질문에 답하기 전에 나도 몇 개만 묻자."

여전히 둘을 제외한 나머지의 시간은 지나치게 느리게 흐르고 있었다. 스킬 유지 시간은 몇 분 남지 않은 상황이었다.

눈앞의 루드비히가 최형우가 맞는지, 맞는다면 도대체 왜 그녀를 알아보지 못하는지, 조금 더 알아봐야 했다.

루다의 말에 루드비히는 별다른 답을 하지 않고 있었다. 저 무표정한 얼굴이 이상하게도 처음 형우를 만난 그날을 떠올리게 해서 속이 뒤틀렸다.

조금 우울한 생각은 넣어 두자. 우선은 이 사태를 해결해야 했다.

형우가 왜, 언제부터, 어떤 기억을 잃은 것인지 자신이라도 유추해야 했다.

"기억이 어디서부터 있어?"

"15일 전부터."

"15일? 2주?"

"그래."

"2주라고? 확실해?"

"확실하다. 정확히 14일 20시간 전부터."

"어…… 그렇게 정확한 건 필요 없어. 그냥, 어, 좀 이상한데."

루다는 팔짱을 끼고는 잠시 생각에 빠졌다.

정말 이상했다. 그녀가 들어온 건 불과 몇 시간 전인데. 왜 형우는

2주 전이라는 걸까?

그녀는 이 게임 속으로 들어온 지 채 하루도 지나지 않았다. 그 전에 형우가 화면에서 온전한 기억으로 저를 찾던 것 역시 몇 시간 전의 사건이라는 말이었다.

이것 역시 좀 알아봐야겠는데, 생각하며 루다가 또 다른 질문을 던졌다.

"네 이름은 어떻게 알았고? 스킬명, 아니 기술 쓰는 주문은 어떻게 알았어? 그래, 지금 네가 가진 모든 기억은 전부 다 어떻게 알았어?"

"정보, 상태, 가방. 말만 하면 알 수 있었다."

기억을 잃었음에도 제 모든 일신의 능력을 쓸 수 있는 이유가 여기 있는 모양이었다.

하지만 여기서 또 이상한 점이 있었다.

기억상실이어도 언어중추 능력은 제대로인 경우가 있다. 그렇지만 그런 경우에는 언어능력만 돌아오지 다른 일반적인 습관이 돌아오지 않는다.

혹여나 다른 일반적인 습관이 날아간다면, 그에게 익숙한, 게임에 들어오기 전의 말투를 쓰면 썼지 저런 오그라드는 말투를 쓸 리는 없었다.

더불어 원래 형우의 세계에도 없던 게임 시스템을 알고 있을 리가 없었다. 많은 것들이 이상했다. 더 알아봐야 해.

루다는 계속해서 질문을 던져 댔다.

"제일 처음 기억이 뭐야?"

"제단 앞."

"제단?"

"검은 까마귀의 신인 기예르모의 제단."

제단? 그 말을 다시 되새기며 루다가 미간을 찌푸렸다.

그녀가 생각한 것과 달랐다.

루다가 본 마지막 장면은 형우가 거대한 까마귀에게 잡혀가는 모습이었다. 루다는 형우가 그 까마귀에게 잡혀 날아가면서 모종의 사건 때문에 기억을 잃은 것으로 생각하고 있었다.

하지만 그의 말대로라면 이미 완성된 군주의 상태로 까마귀를 타고 아타나스에 도착했을 수도 있었다.

'갈까마귀를 타고 나타났다.'라는 소문은 새로운 군주를 조금 더 있어 보이게 만들기 위한 장치라고 생각했다. 하지만 아무래도 그는 진짜로 악신의 수족인 까마귀를 '타고' 나타났던 모양이었다.

조금 더 시간이 필요한데. 하지만 스킬 지속 시간이 조금씩 줄어들고 있었다.

어서 빨리 형우를 설득해서 이쪽으로 데려와야 했다. 아니면 그녀가 저쪽으로 가든지. 어찌 됐건 그와 계속 같이 있어야 했다.

그를 설득해야 해. 그 일념으로 루다가 입을 열었다.

"우선 잘 들어. 넌 지금 기억을 잃었어. 나는 너를 알고 있고. 우리는 연인 사이였어. 우리는 절대 싸울 이유가 없는 사이야."

루다가 양손을 올리며 말했다. 그녀 나름대로 너와 싸울 의사가 없다는 행동이었다.

하지만 그런 그녀를 바라보는 루드비히의 표정에는 불신이 가득했다.

빤히 보이는 저 표정을 바라보며 루다는 정말이지 복장이 터져 죽을 것 같았다.

진짜라고 이 인간아! 진짜라고! 진짜 이참에 헤어져 버릴까?

평소에 하지도 않던 생각까지 하게 되는 고구마였다.

다시 한 번 최대한 끓어오르는 속을 누르며 루드비히에게 한 자, 한 자 힘주어 말했다.

"진짜야. 맹세한다."

이렇게 판타지 어투로 말하면 들어 주려나?

하지만 여전히 불신에 가득 찬 루드비히의 표정은 풀어질 기미가 보이지 않았다.

"네 이름은 무엇이지?"

"이루다."

"처음부터 내게 거짓을 고하는 자를 믿을 수가 없다."

이번에 굳은 건 루다였다.

저건 무슨 신종 헛소리지?

루다는 거짓을 말한 적이 없었다. 내 이름이 이루다라서 이루다라고 말했는데 이루다가 아니라고 하신다면 도대체 어떤 이름을 말해야 한단 말인가?

"무슨 소리야. 난 자기한테 단 한 톨의 거짓도 말한 적이 없어."

"하지만 네 머리 위에는 철혈의 여제 삥끄……."

"아니야!"

제발 그 단어를 말하지 마!

그녀가 속내를 내뱉을 겨를도 없이, 날카로운 파편이 순식간에 형우를 향해 날아갔다.

그녀는 〈저크시즈〉를 플레이하며 아이스 속성에 주력했다. 민첩과 상당한 연관이 있었기에.

루다는 아이스 속성을 최상까지 올렸고, 그로 인해 자동 스킬이 완성된 상태였다.

얼음 칼날을 날리는 아이스 소드나, 상대를 잠시 얼어붙게 만드는 아이스 프로즌 같은 스킬 말이다.

그리고 그 자동 스킬들은 굳이 단축키를 누른다거나 마우스를 클릭하지 않더라도 자동으로 발동되고는 했다. 지금처럼.

루다는 그 자동 스킬이 바로 지금처럼 발동할지는 전혀 몰랐다. 진짜 치고받고 싸울 때나 발동할 줄 알았지, 이렇게 간절히 바라면 이루어질 줄 루다라고 알았을까?

루다의 의도와는 다르게 날아간 날카로운 얼음 파편을 루드비히가 간발의 차로 피해 냈다. 그가 만렙이 아니었다면 얼굴에 구멍이 뚫리고도 남을 아찔한 순간이었다.

겨우 피해 낸 루드비히의 볼에는 한 줄기 피가 흐르고 있었다. 그녀가 날려 보낸 얼음 파편이 만들어 낸 상처였다.

아까까지만 해도 혼란스러웠던 그의 표정은 바뀌어 있었다. 불신에 불신을 더한, 철옹성 같은 불신이었다.

그리고 설상가상으로 전에 없던 적의가 덧씌워져 있었다.

"아, 망했다."

루다는 순간적으로 사태를 파악했다. 무어라 이 상황에 대한 변명을 내뱉으려고 입을 열었다.

하지만 이미 늦었다. 스킬 시간이 끝났다. 둘과 타인들을 막아 뒀던 스킬의 벽이 무너져 있었다.

그리고, 모두가 목격하고 말았다. 루다가 루드비히에게 선방을 날리는 모습을.

그들에게는 몇 초에 불과한 시간이었다. 그사이에 루다가, 루드비히에게 범인이라면 절대 피할 수 없는 얼음 칼날을 몇 개 날려 버리는 모습을 똑똑히 보고 만 것이다.

루드비히 등 뒤에 서 있던 아타나스 진영의 정예군들이 흥분하는 것이 보였다.

그리고 그 제일 앞에, 제 남자 친구인 최형우, 아니, 이제는 루드비히가 되어 버린 남자가 적의를 가득 담아 자신을 바라보고 있는 것이 보였다.

"앞서 말한 모든 것이 이 순간을 위한 것이었나 보군."

"아니……."

거든!

답할 시간조차 없었다. 선방을 맞아 버린 루드비히가 대검을 뽑아 들고 돌진하고 있었다.

와, 진짜 망했다.

설득할 겨를도 없었다. 남은 선택지는 생존을 위한 싸움뿐이었다. 사랑하는 남자 친구와의 싸움뿐.

진짜 미칠 것 같은 마음을 담아 루다가 크게 외쳤다.

"할로우 댄싱 소드!"

그녀의 외침과 동시에 그녀가 들고 있던 단검과 똑같이 생긴 단검 아홉 개가 그녀의 주변에 나타났다.

까가각, 콰과과광!

쇠가 부딪치는 소리와 함께 거대한 굉음이 울려 퍼졌다.

루다의 주변을 빙글빙글 돌던 단검들이 순식간에 그녀에게 향해 오던 루드비히의 대검을 받아쳤다.

어느새 다가온 남자 친구가 지척에 보였다. 시야에 가득 들어온 그의 눈에는 적의가 가득 담겨 있었다.

그 순간 그녀는 깨달았다. 그에게 있어, 이제 자신은 완벽한 '적'이라는 것을.

당연한 듯 공격하는 공격을 루다가 겨우겨우 받아 냈다. 콰앙, 굉음과 함께 거대한 흙먼지가 피어올랐다.

평타만 해도 공격력이 어마어마한 자들의 싸움은 이미 인간의 영역이 아니었다.

하지만 계속해서 뒤로 밀리는 것은 루다였다. 당연했다. 공격하는 자와 방어만 하는 자의 차이는 매우 컸다. 막기에만 급급한 루다는 남자 친구에게 생채기 하나 낼 수가 없었다.

이렇게 몸으로 부딪치며 싸우는 것이 처음인 것도 이유였다. 처음인 것치고 모든 것이 익숙하다지만 그건 '처음인 것치고'였다.

아직 게임 시스템이 정확히 어떻게 적용되는지에 대해 완벽하게 숙지하지 못한 상태였다.

하지만 그 다른 모든 것보다는 머릿속이 너무나도 복잡했다.

그녀는 루드비히를 죽일 생각이 하나도 없는데, 그에 반해 루드비히의 공격은 하나하나가 전부 진심이었다.

진심으로 제 목숨을 노리는 공격을 받아 내면서 루다는 울컥울컥 치밀어 오르는 이 감정이 도대체 뭔지 알 수가 없었다.

답답함인지, 슬픔인지, 짜증인지, 그리움인지, 미움인지, 아니면 그 모든 것을 응축해 놓은 감정인지. 정확히 알 수가 없었다.

그 와중에도 계속해서 드는 생각은 단 하나였다.

내가 왜 내 남자 친구랑 싸워야 하지? 싸우고 싶지 않은데.

그렇다 보니 루다는 루드비히를 도무지 진심으로 공격할 수가 없었다. 지금 처한 모든 상황이 루다의 싸움에 있어 불리했다.

어떡하지. 지금 싸움을 멈추고 그를 설득해 봤자 듣지도 않을 게 분명했다.

그렇다고 싸우자니 도대체 왜 싸워야 하는지 이유조차 모르겠다. 남자 친구가 기억을 잃어서? 고작 그 이유 하나로? 이유가 없는 싸움은 승산이 없었다.

우선 싸움을 멈춰야 했다. 어떻게? 생각해 내야 했다.

그녀는 게임에 있어서는 신컨이었다. 신의 컨트롤. 다른 데서는 돌아가지 않는 머리가 게임에서는 잘만 돌아갔다. 랭킹에 올린 닉네임만 해도 한두 개가 아닐 정도였으니까.

아무리 현실이라고 해 봤자 모든 시스템이 게임이다. 즉, 여기서는 잔머리가 잘 돌아갈 것이 뻔했다.

그 머리로 루다는 맹렬하게 생각했다.

방법, 방법을 찾자. 어떻게든 강제로라도 이 싸움을 멈춰 버릴 방법.

"아."

퍼뜩 떠오르는 방법이 하나 있었다.

지금 둘의 관계를 해결하는 건 꿈도 꾸지 말자. 그냥, 우선 싸움을 소강시키고 어떻게든 조용한 상태에서 그의 기억을 찾을 방도를 찾자.

루다가 다른 데에 정신을 뺏긴 사이 계속해서 루드비히의 공격이 들어왔다.

"플레어 소드."

"타깃."

"파이어 버스트."

원래대로라면 루다 역시 스킬을 사용해서 막는 것이 훨씬 편했다. 하지만 지금은 절대 안 되는 일이었다. 제가 생각한 그 순간을 위해 마나를 함부로 낭비해서는 안 됐다.

루다는 루드비히가 외치는 스킬과 그 횟수를 셌다. 방어에 집중하랴, 스킬을 세랴, 정말 정신이 하나도 없었다.

그리고 그 와중에 주변까지 살펴야 했다. 꼭 이렇게까지 해야 하나? 싶다가도 꼭 이렇게 해야 한다는 결론만 계속 내려지고 있었다. 거지 같았다.

몇 번을 생각해 봐도 루다는 형우가 없으면 안 됐다. 그가 있어야 했다. 찾아서, 함께 돌아가야 했다. 그 목표 하나만으로 들어왔으니까.

그렇기에 이 어지러운 상황에서 형우와 척을 져서는 안 됐다. 우선은 이 싸움을 최대한 좋게 끝내야 했다.

루다는 방어에만 치중하며 루드비히가 마나를 소모하도록 유도했다.

둘은 이 게임을 할 때마다 항상 함께였다. 그래서 그의 특성이 어떤지, 스킬이 어떤지, 컨트롤이 어떤지, 마나는 어떤지, 피통은 어느 정도인지 정말 정확히 알 수 있었다.

그래서 지금 루다는, 제 마나를 최대한 아끼며 그의 마나가 바닥나기를 기다리고 있었다. 곧 사용할 스킬의 타깃 범위까지 예측해 가며.

사실 남자 친구에게만 사용해도 될 테지만 그냥 적 진영의 모두에게 써먹기로 했다. 아직은 미움받고 싶지 않았다.

그나마 다행인 것은 루다와 루드비히의 싸움에 아무도 끼어들지 않고 있었다는 점이다. 그들로서는 차마 끼어들 수 없는 자들의 싸움이었기 때문이지만.

어떤 이유에서든 루다에게는 좋았다. 타깃을 정하기에 더없이 수월한 조건이니까.

더 이상 싸움에 집중하지 않고 방어에만 급급한 루다가 루드비히의 눈에 들어왔다.

"왜 공격하지 않지?"

루드비히가 검을 들고 훅 파고들며 물었다. 미간에 골이 파여 있었다.

그에게는 이 상황이 이해가 되지 않는 모양이었다. 선공을 날린 것이 루다인데, 그 이후로는 단 한 번의 공격도 없었으니까.

"이유를 말해 봤자 믿지도 않으면서."

내리그어지는 대검을 받아 내며 루다가 말했다. 말 그대로였다. 지금 말해 봤자 들을 것도 아니면서.

저것 봐, 지금도 저 눈에 '넌 믿을 수 없다.'라는 말이 적혀 있는 것 같잖아.

이제는 거의 체념을 담아 말하면서 루다는 생각했다. 지도는 사용할 수 있겠지.

"맵!"

있었다. 이미 점령했던 아타나스 진영의 수뇌부, 저들 성의 좌표가 지도에 표시되어 있었다.

"나는 너랑 싸우고 싶지 않거든."

대검을 내지르는 형우의 검을 스킬로 발동한 세 개의 단검이 동시에 막아 냈다. 쇠가 마찰하는 소리가 귀를 찢을 것만 같았다.

루다는 다시 한 번 남은 마나량을 확인했다.

여기서 실패하면 진짜 전쟁이 일어날 수도 있다.

아무것도 해결되지 않은 채 남자 친구와 개싸움을 벌일 수도 있는 상황이었다. 그것도 육탄전으로.

그것만은 정말 피하고 싶었다. 그렇기에 지금 꼭 성공해야 했다.

루드비히가 질러 오는 대검을 튕겨 내고 단검 세 개가 사라진다. 그 반동으로 루드비히가 뒤로 밀린다.

지금이었다.

"헤이스트!"

가뜩이나 높은 민첩에 가속을 걸었다.

루다의 발아래 가속 마법진이 잠시 빛을 뿜어낸다. 탕, 전력을 다한 도약으로 바닥을 박찬다. 사람이라고는 생각지도 못할 정도의 속도였다.

그 속도의 반동으로 공중에 높게 떠오른 루다가 소리친다.

"타깃!"

그녀의 한마디에 아타나스 진영 사람의 머리 위로 작은 날개 모양이 나타났다. 시전자인 루다에게만 보이는 모습이었다.

적 진영 전원의 머리 위에 타깃이 잡힌 것을 확인했다. 그대로 루다가 소리쳤다.

"오귀스트 텔레포트!"

마나 소모가 너무 심해서 웬만하면 사용하지 않던 스킬이었다. 꽝장히 고급 스킬에 속해서 언젠가 사용하지 않을까 생각하며 랭킹을 올린 스킬이었다.

그걸 여기서 사용할 줄이야.

울리는 루다의 목소리와 함께 그 자리에 있던 인구 절반이 사라졌다. 정확히는 머리 위에 날개 모양이 떠올라 있던 아타나스 진영의 사람들이었다.

남은 것은 루다와 루드비히의 검이 만들어 낸 바닥의 자상과, 스킬 난사로 인해 그을리고 젖은 자국들과, 지금의 상황에 짓눌린 기사들의 정적이었다.

탁, 그 정적 속에서 바닥에 착지한 루다의 발소리만이 울려 퍼졌다. 경악에 가득 찬 에세나 진영 기사들의 시선이 루다에게 쏠렸다.

그들이 어떤 눈으로 보든, 바닥에 착지한 루다는 눈앞에 확연히 줄어든 인원을 보며 탄식처럼 중얼거렸다.

"하, 성공했다."

그녀는 성공을 인지하고 나서야 모두가 저를 어떻게 보고 있는지 확인할 수 있었다.

"뭔 일 있어? 왜 그런 표정들이야."

단조로운 어조였다.

탁탁, 옷에 묻은 먼지를 털어 냈다. 그 모습이 너무나도 태연해서, 이전에 어떤 일이 일어났는지는 생각조차 할 수 없을 정도였다.

차마 아무도 입을 열지 못하는 상황에서 역시나 처음 입을 연 자는 아르비드였다.

"어떻게…… 된 겁니까?"

"걔네 진영으로 돌려보냈어. 잘못하면 전쟁이라도 날 것 같아서."

"그렇긴 합니다만, 그, 마법사님이셨습니까? 하지만 단검을…….'

"마법사라기보다는 음, 그냥 마검사라고 생각해. 아, 문 댄서야. 알고 있으려나?"

희귀 직업일 텐데. 뒷말은 생략했다.

"문 댄서라면……."

아르비드의 표정이 경악에 휩싸였다. 오늘 몇 번이나 놀라는지 모를 노릇이었다.

'문 댄서'. 다른 사람이라면 그게 뭐냐고 되물었을 직업이었다. 하지만 아르비드는 알고 있었다. 문 댄서는 아무나 직업으로 가질 수 있는 것이 아니었다.

과거 역사서에서나 몇 번 볼 수 있는 이름이었다. 검과 마법이 최상에 다다랐을 때, 비로소 달빛을 따라 고요하게 상대를 사살할 수 있다 해서 붙여진 이름이 문 댄서였다. 더불어 문 댄서로서 극상에 다다른 모습은 아름답기 그지없다고 했다.

눈앞의 루다가 말한 대로 문 댄서라는 직업을 가진 것이 사실이라면, 그녀는 그로서는 상상할 수 없는 경지의 존재였다.

방금 전 그녀가 시전한 마법은 차원이 달랐다. 대규모 이동술이 분명했다. 아타나스 진영으로 보냈다고 그녀가 직접 말했으니 분명 그럴 것이었다.

텔레포트 자체만으로도 입이 벌어질 지경인데 그에 더해 정확히 타깃을 정해 그들을 통째로 옮겨 버렸다.

아르비드는 다시 한 번 생각했다. 우리는 도대체 누구를 왕으로 세운 거지?

뭐라 말을 붙여야 할지 감도 잡히지 않았다. 그녀의 경지가 너무나도 높았다.

지금 에세나에 주둔해 있는 군대가 전부 덤벼도 이길 수 있을지 확신조차 들지 않았다. 그런 자가 적군의 왕과 아는 사이 같다. 제일 불안한 것이 그것이었다.

어떻게든 그녀를 여기에 있도록 만들어야 하는데. 그 남자를 따라가도록 해서는 안 되는데. 어떻게 그렇게 만들지?

그런 생각을 하며 아르비드가 다시 제 주군, 에세나의 왕, 루다를 바라봤다.

그녀의 표정은 복잡해 보였다. 아까부터 혼란에 가득 차 있었다.

그리고 또다시 뭔가 알 수 없는 말을 중얼거리고 있었다. 그러다가 미간을 확 찌푸렸다.

"퀘스트?"

루다가 중얼거렸다.

제 시야에 거슬리는 것이 있었다. 빨간색의 new 표시가 눈앞에서 반짝거리며 시선을 잡아채고 있었다.

그 표시는 퀘스트 바로 위에서 깜빡이고 있었다.

퀘스트라니, 내가 왜 이걸 볼 생각을 못 했지? 게임 진행에 제일 필요한 것이 퀘스트인데.

"퀘스트!"

그녀의 한 마디에 눈앞에 종이 목록이 좌르륵 뜬다. 접힌 것과 펼쳐진 것. 접힌 것에는 '완료'라는 표시가 찍혀 있었다. 그리고 그 퀘스트에 적힌 완료 시간은 바로 오늘이었다.

완료라고?

"여기 와서 퀘스트 한 적이 없는데?"

그녀는 오늘 퀘스트를 진행한 적이 없었다.

오늘이라면 여기에 도착하고 난 후였다. 도착하고 난 후에 무슨 퀘스트를 해. 퀘스트가 있는 것도 지금 확인했는데.

완료된 것들은 도대체 뭔 내용인데?

그 궁금증에 내용을 확인한 순간, 왜 new 표시가 뜨지 않았는지 알 수 있었다. new를 확인하기도 전에 퀘스트를 전부 클리어했으니까.

[에세나 진영의 성으로 향하라! (완료)]
[에세나의 폭군을 처치하라! (완료)]
[에세나의 군주가 되어라! (완료)]
[아타나스의 군주를 만나라! (완료)]

그 글자들을 가만히 바라봤다. 잠시간의 침묵 후 나오는 것은 허탈한 웃음이었다.

"하하."

이제는 욕도 나오지 않았다.

하하하, 영혼 없는 웃음을 지으며 루다는 망연히 그 목록을 바라봤다.

"장난쳐? 완전히 놀아난 거잖아. 그냥 이렇게 돼야 했던 거였다고?"

완전히 놀아났다. 어찌어찌 지금 이 상황에 부닥친 게 아니라 저 퀘스트가 말하는 대로 그녀가 진행했더라도 결국에는 지금 이 상황이라는 이야기였다.

누군지 모르겠지만 그녀를 여기로 끌고 온 자의 손 위에서 놀아나는 기분이었다.

아니, 퀘스트라며. 남자 친구를 구해서 돌아가라며? 퀘스트 다 하기 전에는 못 돌아간다며? 그럼 뭐 어쩌라고?

심기 불편한 얼굴로 중얼거리는 그녀의 앞에는 여전히 new 표시가 깜빡이고 있었다. 확 하고 종이를 빼 들어 읽었다.

[타라 신전으로 가 신의 음성을 들어라!]

루다는 신경질적으로 종이를 구겨 버렸다.

퀘스트? 지금 또 퀘스트라고? 와, 내가 다시는 RPG 게임 하나 봐라! 퀘스트가 이렇게 거지 같은 건 줄은 몰랐다.

그녀는 신경질적으로 고개를 돌려 이제는 익숙해진 아르비드를 찾았다. 그리고 신성 모독성이 짙은 한마디를 내뱉었다.

"타라 신전이 어디냐? 거지 같은 신 좀 만나러 가자!"

패도覇道의 길을 가는 자, 패왕覇王.

아르비드는 제 옆에서 걷고 있는 루다를 바라봤다.

패왕, 그 단어에 상당히 부합하는 여자였다. 함께 있으면 위험하다는 생각이 문득문득 들고는 했다. 강함이 너무 과했다.

그 강함에 비해 안심할 만한 과거를 하나도 모른다. 말 그대로 어느 날 뚝 하고 떨어졌고, 여신의 증표를 갖고 있었고, 예언의 내용대로 그녀는 왕이 되었다.

예언대로 그 앞날에는 타라의 인도가 함께하는 자였다.

믿을 구석은 그것 하나뿐이었다. 그렇기에 아르비드는 그녀에게 복종했다.

하지만 그럼에도 불안하지 않으냐고 한다면 그것도 아니었다.

제일 큰 이유로는, 새로운 군주는 아타나스 진영의 군주에게 적대감이 없다.

더불어 에세나 진영의 영웅인 삥끄곤듀님에게 적대감을 느끼고 있었다. 물론 그것이 그의 오해라는 것은 아무도 모르지만, 어찌 됐든 겉보기에는 그러했다.

여러모로 에세나에서 나고 자란 아르비드에게 이루다는 규격 외의 인물이었다. 하지만 그럼에도 군주였다. 아르비드는 융통성이 없는 남자니까.

그 모든 것들이 아르비드의 머릿속에서 뛰어다녔다. 폭군을 섬길 때와는 또 다른 문제였다.

왜 새로 오는 군주마다 이 모양인지, 입 밖으로 내뱉을 수 없는 말을 머릿속으로 몇 번이나 되새겼다.

"여기야?"

"예?"

그가 무슨 생각을 하고 있는지 알고 있기라도 하듯 루다의 목소리가 끼어들었다.

갑작스러운 질문에 아르비드는 그저 반문할 뿐이었다. 그 대답이 썩 마음에 들지 않는 모양인지 루다의 미간이 찌푸려진다.

"타라 신전이 여기냐고."

"아, 예."

그제야 아르비드는 주위를 둘러보았다. 하얀 벽돌로 깔린 좁은 길 주변으로는 울창한 숲이 자리하고 있었다.

날은 새벽이지만, 그 나무의 몸체에서 나오는 하얀 빛들이 시간을 잊게 해 주고 있었다.

이곳에 있으면 여신의 은총이라도 잔뜩 받을 수 있을 것만 같았다. 실제로 루다는 이곳에 온 이후부터 스탯이 조금씩 상승한 걸 알 수 있었다.

여신의 성소긴 한 모양인지, 사방이 밝았다. 어두워진 하늘에 떠 있는 달만 아니라면 그 누구도 지금이 새벽이라고 생각하지 못할 정

84

도였다.

그 하얀 벽돌의 끝에는 신전이 하나 우두커니 세워져 있었다. 신전이라기보다는 성소에 가까웠다. 마을 곳곳에 세워진 일반 신전과는 달리 실제로 여신 타라가 탄생했다고 일컬어지는 곳이었다.

그것을 증명이라도 하듯이 거대한 신전에서는 희미한 하얀 빛이 뿜어져 나오고 있었다.

주변을 유유히 한 바퀴 둘러본 루다가 시선을 다시 아르비드에게 향한다.

"아르, 뭐라 그랬지?"

"아르비드입니다."

"그래, 아르비드. 내가 원래 이렇게 막 나가는 사람이 아닌데 내가 지금 화가 많이 났거든. 그러니까 안에서부터 내가 하는 거 방해하면 너희 신변 보장 못 한다."

루다가 아무렇지도 않은 표정으로 말을 끝냈다.

아르비드는 그녀의 말을 어디에서부터 반박해야 할지 감을 잡을 수가 없었다.

원래 이렇게 막 나가는 사람이 아니면 도대체 여태까지 제가 본 건 무엇인지부터 시작해서 이 안에서 더 막 나간다는 발언, 그리고 더 나아가서 방해하지 말라는 선전포고까지. 무엇 하나 불안하지 않은 발언이 없었다.

"무슨……."

두렵도록 불안한 그녀의 말에 무슨 질문이라도 던지려던 아르비드의 말이 멈췄다. 그의 대답이라고는 기대하지도 않았다는 듯, 루다가 성큼성큼 성소로 걸어갔다.

입구에는 마치 출입을 막는 모양새로 커다란 돌이 자리하고 있었다. 아무리 양보해도 문이라고 말할 수가 없는 모양새였다.

그곳을 향해 루다가 망설이지도 않고 성큼성큼 다가간다. 마치 그녀의 눈에 보이는 것이 문이라도 되는 것처럼.

아르비드는 그녀에게 한 발짝 빠르게 다가가며 말을 던졌다.

"그게 그렇게 쉽게 열리는 것이 아니……."

성소에 함부로 침입하고자 하는 자들은 잘못하면 목숨을 잃기도 한다. 그런 연유로 그녀에게 내뱉으려던 경고는 이내 그 끝을 맺지 못했다.

"홀리 스트라이크!"

루다의 목소리가 아르비드의 경고를 집어삼켰다. 그리고 그 커다란 목소리 역시 집어삼키는 거대한 소리가 들렸다. 돌이 문처럼 갈라지며 만들어 낸 커다란 굉음이었다.

열린 돌문 앞에서 루다가 제 뒤에 서 있는 아르비드에게 시선을 향한다.

"뭐라고?"

"아, 아닙니다."

"뭐야, 싱겁게. 그나저나 기사단장, 이름이 그……."

워낙에 이름을 기억하지 못하는 그녀였다. 더불어 이런 판타지스러운 이름은 기억하기가 힘들었다.

"아르비드입니다."

"그래, 아르비드. 나 궁금한 거 있는데."

"하문하십시오."

"내가 타라를 죽이면 어떻게 돼?"

정말 상상도 못 한 질문이었다. 그 누구도 신을 죽이겠다는 발상을 하지 못한다. 그 발상을 처음 보는 저 여자는 아무렇지 않게 하고, 심지어 입 밖으로 꺼낸다.

그녀의 질문에 아르비드는 말을 하려다가 말았다가 하려다가 말았다가 겨우겨우 입을 열었다.

생전 한 번도 들어 본 적 없는 질문에 답을 찾지 못했던 것이 틀림 없었다. 그리고 겨우겨우 찾은 답을 토해 내듯 내뱉었다.

"……있을 수 없는 일입니다."

"하지만 내가 하는 모든 것들이 있을 수 없는 일이라며."

심드렁하게 답하는 루다의 얼굴을 바라봤다.

하긴 그녀의 싸움을 보고 있자면 인간의 신위가 아니었다. 더불어 그녀는 일전에 반신을 죽였던 것에 대해 지나가듯이 가볍게 던졌다.

정말 그것이 사실일까? 확신할 수가 없었다. 하지만 아니라고 단정 지을 수도 없었다.

아르비드는 더더욱 혼란스러웠다. 그녀의 질문에 답하기 위해서는 한 가지 알아볼 것이 있었다.

"폐하께서는 초월자십니까?"

"초월자? 그게 뭔데?"

질문을 받아치는 루다의 얼굴에는 의아함이 묻어 있었다.

"신을 죽일 수 있는 자입니다."

"응? 처음 듣는데."

"많이 알려진 사실은 아닙니다. 기실 신을 죽일 수 있다는 것 자체 가 금기시되어 있으니까요. 허나 폐하께서는……."

아르비드가 말끝을 흐렸다. 제가 말했지만 스스로 생각해도 황당 한 내용이었다.

초월자라니. 아무리 눈앞의 여자가 강하다지만 초월자는 상상조차 할 수 없는 경지였다.

"신은 죽여 본 적 없어."

"……."

"반신은 있는데, 신은 모르겠다. 그래서 말이야."

루다가 잠시 말을 중간에 끊어 냈다. 돌문을 지나 성소 안으로 성큼성큼 들어갔다.

이상하게 불길한 기분이 아르비드를 휘감았다. 그는 급하게 루다의 뒤를 따랐다.

설마. 최악의 상상이 머릿속에 채 펼쳐지기도 전이었다.

쾅과과광!

커다란 굉음이 울려 퍼졌다.

무언가 단단한 것에 날아들어 박히는 소리와 함께, 자욱한 연기가 성소 안을 가득 메웠다.

이 소란의 근원을 알아볼 필요는 없었다. 기분 나쁜 미소를 얼굴에 머금은 채 등을 보이던 루다가 뒤를 돌아봤다. 그리고 아까 끝맺지 못한 말에 덧붙였다.

"오늘 시도해 보려고."

아르비드뿐만이 아니었다. 그녀를 따라온 기사들 모두의 얼굴에 경악스러운 표정이 떠올라 있었다.

그들의 시선이 루다를 봤다가, 그녀의 손끝을 따라 이동했다.

앞으로 내민 그녀의 손끝이 향한 곳에는 열 개의 얼음송곳이 박혀 있는 거대한 석상이 자리하고 있었다. 성소를 장식하는 성스러운 타라의 석상이었다.

순간이었다.

석상을 뚫어 버리기라도 할 듯 회전하던 얼음송곳들이 끼기기긱, 소음을 자아내며 튕겨져 나오더니 바닥으로 떨어졌다.

루다는 눈썹을 꿈틀댔다.

'공격이 먹히지 않아?'

그때였다.

─기다리고 있었습니다.

침묵만이 가득하던 성소 안에 자애로운 음성이 울려 퍼졌다.

루다의 공격으로 갈라져 있던 석상의 틈들이 회복되기 시작했다. 회복되는 틈 사이사이에서 새어 나오던 빛이 성소 전체를 가득 채워 나갔다.

그 자리에 있는 자들의 눈을 멀어 버리게 할 수 있을 정도로 밝은 빛이었다.

주체할 수 없이 밝아지던 그 빛이 갈무리된 것은 순식간이었다. 사라진 빛 뒤에 자리한 것은 석상보다는 작지만, 족히 3미터에는 달하는 순백의 여인이 공중에 떠 있었다.

루다는 그 얼굴을 알았다. 저 얼굴, 빌어먹을 저 면상을 루다가 모를 리가 없었다.

제단에 이름을 등록할 때도 저 여자가 나타났었다. 그때뿐만이 아니었다. 퀘스트를 진행할 때, 몇 번이나 그녀가 나타나곤 했다.

여신, 타라.

그녀를 이곳으로 불러낸 장본인이었다.

발끝까지 오는 여신의 하얀 머리가 흩날렸다. 여신의 모든 것들이 순백이었다. 마치 악신과는 다르다는 것을 보여 주기라도 하듯 그녀가 입고 있는 옷도, 머리도, 눈썹도, 전부 한 치의 어둠도 없는 백색이었다.

그녀의 왼팔을 중심으로 도는 일곱 개의 별과, 그녀의 오른팔을 중심으로 도는 한 개의 달이, 그녀가 진실로 타라라는 것을 보여 주고 있었다.

그 압도할 만한 광경에 한동안 말이 없던 기사들이 무릎을 꿇었다. 그중, 유일하게 서 있는 자는 시타라로 군주가 되어 버린 루다뿐이었다.

어느새 그녀의 몸 주변으로는 사선으로 단검 열 개가 빙빙 돌고 있었다. 금방이라도 달려들어 타라를 공격할 것만 같은 모양새였다.

루다가 제 주변을 빙글빙글 도는 단검 중 하나를 꺼내 들었다. 오른손에 단검을 쥐고는, 제 눈앞 타라를 향해 겨누었다.

짜증이 덕지덕지 묻어나는 얼굴로, 불쾌함을 가득 담은 채 루다가 입을 열었다.

"날 여기로 부른 이유가 뭐지?"

─진정하십시오. 저는 당신의 인도자입니다.

기다렸다는 듯이 변명하는 타라의 목소리에 루다의 입가에 비웃음이 걸렸다.

"너 그거 알아? 아군은 멀리서 잘 살고 있는 멀쩡한 사람을 차원 너머로 부르질 않아. 그것도 남자 친구라는 인질을 잡고 말이야."

─그건…….

"그리고 하나 더."

─?

"네 머리 위로 레벨 보인다."

─……?

"내 손에 죽을 수 있다고, 너."

말 그대로였다. 거대하고 신성한 빛을 뿜어내는 여신의 머리 위로 레벨이 보였다. 볼드체로 떠 있는 걸 보아하니 역시나 유니크 등급의 몬스터가 틀림없었다.

"그러니까 제대로 대답해."

─당신은 저를 죽일 수 없어요.

평온하게 내뱉는 여신의 말에 루다의 미간이 구겨졌다. 여신의 태도가 상당히 마음에 들지 않았다.

이 상황에서 저렇게 평온하게 나올 수 있는 거지? 도대체 뭘 믿고?

아니, 믿고 자시고는 상관이 없었다. 여신의 레벨이 높고 낮고도 사실 그다지 상관없었다. 지금 루다에게 중요한 것은 단 하나였다.

저 타라라는 작자는 한국에서 잘 살아가던 자신을 억지로 여기로 불러냈다. 그렇다면 최소한 미안한 시늉은 해야지.

최소한 양심이라는 것이 있다면 부르자마자 사과를 해야 하지 않을까?

바짝 엎드려 죄송하다 빌어도 모자랄 판에 저 평온하고 당당한 태도라니. 화가 나다 못해 어이가 없었다.

"있어."

루다가 기다렸다는 듯이 대답했다. 그녀의 대답이 끝남과 동시에 퍼엉, 무언가가 터지는 소리가 들렸다.

언제 날아갔는지도 모르는 커다란 얼음송곳이 여신 타라의 두 팔에 박혀 있었다.

"아이스 피어스!"

루다의 외침과 함께 아까처럼 튕겨 나오려던 얼음송곳이 그대로 여신의 팔을 통과했다.

아까와는 달리 여신의 양팔에는 커다란 구멍이 생겨 버렸다. 하지만 그것은 순간이었다. 그 구멍은 언제 그랬냐는 듯이 채워졌다.

그저 여신의 형태만이 보이는 자들의 눈에는 여신이 뛰어난 회복력으로 상처를 치유하고 있는 것처럼 보이겠지.

하지만 루다의 눈에는 여신의 hp가 줄어드는 것이 보였다.

루다는 웃음 지었다. 공격이 먹혀들고 있었다.

"타격이 꽤 있을 텐데. 너 hp 깎였거든."

그것도 눈에 보일 만큼.

하지만 루다의 생각과는 달리 여신은 여전히 평온했다.

−죽일 수 없다는 걸 알게 될 거예요.

"아이소 솔딩 소드!"

여신의 말이 끝나기가 무섭게 곧바로 스킬이 이어졌다. 웃음은 잠시뿐, 루다의 얼굴에는 짜증이 덕지덕지 묻어 있었다.

역시나 저 태도가 마음에 들지 않았다. 위에서 아랫사람을 굽어 내려 보는 저 오만한 태도. 첫 만남부터 마음에 드는 구석이 단 하나도 없었다.

바람을 가르는, 공기를 찢는 듯한 소리가 들린다. 고개를 든 기사들의 눈이 크게 뜨였다.

언제 날아갔는지 모르는 얼음이 이번에는 여신의 복부에 박혔다. 동시에 그 형태가 길어져 여신의 복부를 관통했다. 빛이 터져 나왔다.

휘날리는 바람이 강한 것을 보아하니 타격이 적지 않을 터였다.

루다가 시선을 위로 올려 보니 역시나 hp가 꽤 많이 줄어 있었다. 공격이 제대로 먹혀들었다는 증거였다.

그럼에도 자꾸만 석연찮은 것은 레벨이었다. 적어도 이 에세나 진영을 다스리는, 반신도 아닌 완전하고 지고지순한 여신이라는 존재라면, 레벨이 최소한 루다보다는 높아야 했다.

아타나스의 악신, 기예르모도 형우와 합공하고 나서야 겨우겨우 이겼다. 제 기억이 맞다면, 그 악신의 레벨이 250이 넘어갔다. 그런데 비등비등한 힘을 가진 타라의 레벨이 고작 150이라고? 말이 되지 않았다.

역시나 여신의 복부는 순식간에 회복되고 있었다. 육안으로뿐이지만.

hp는 아까보다 훨씬 많이 깎여 있었다. 그럼에도 여신은 평온했다.

언제까지 평온한지 보자. 생각하며 루다가 입을 열었다.

"문 소드!"

직업 스킬이었다. 일반 스킬에 비해 마나 소모는 크지만 그만큼 공격력은 곱절로 강해지는 스킬이었다.

루다의 함성이 끝남과 동시에 그녀의 몸 주변을 빙빙 돌던 세 개의 단검이 루다의 머리 위로 떠올라 회전하기 시작했다.

저마다의 축을 중심으로 회전하기 시작한 단검들이 더 빠르게 회전할 수 있나 싶을 정도의 속도에 도달했을 때, 그대로 여신에게 돌진했다.

그 검이 그리는 궤적은 뒤로 잔영이 남았다. 뒤따르는 잔상의 모습이 달의 모습과 같았다.

커다랗게 그려지는 초승달의 궤적이, 그 후에 공명하듯 터지는 굉음이, 그리고 그 후에 보이는 검은 폭발이, 지금 이 공격이 평범한 공격은 아니라는 것을 보여 주고 있었다.

기사들은 초조해지기 시작했다. 특히 아르비드가 그러했다. 아까 루다가 했던 말이 자꾸 머릿속에서 재생되고 있었다.

초월자가 되어 보겠다고 했던 말. 지금 그녀의 신위로 본다면, 그것이 허풍 같지는 않았다.

불안해진 아르비드가 한 발짝 앞으로 나섰다. 그것은 다른 기사들도 마찬가지였다. 하지만 다음 발걸음은 떼지 못하고 그 자리에서 우뚝 멈췄다.

칼날같이 날카로운 얼음 조각이 눈 바로 앞에서 그들을 겨냥하고 있었다. 얼음송곳, 제 주군의 공격이었다.

한 걸음도 움직일 수가 없었다. 한 걸음이라도 움직이면 그 얼음 조각은 자신을 관통할 것이다. 본능처럼 알 수 있는 사실이었다.

그나마 다행인 것은, 그 얼음 조각이 아직은 그들을 공격하지 않고 있는 것 정도였다.

그들의 생각을 읽어 내기라도 한 듯, 바로 들려오는 루다의 목소리였다. 그들의 앞에서 등을 보이며 내뱉는 그 한마디에서, 왠지 모를 한기가 뚝뚝 흘렀다.

"움직이지 마라. 움직이면 너희 신변도 보장 못 하니까."

"……."

한 마디라도 잘못하면 폭발한다. 그 생각에 그들은 입을 다물었다.

조금 전 스킬의 영향으로 여신의 생명력은 3분의 1 정도밖에 남아 있지 않았다. 그런데도 타라의 얼굴은 평온했다. 허세라고 하기에도 이상했다. 분명 뭔가가 있다.

루다는 시선을 들어 여신 주변을 살폈다.

그리고 이내 이상한 점을 하나 발견했다. [여신 타라]라고 적힌 이름 옆에는 작게 *1이라는 글자가 덧붙여져 있었다.

여신이라면 여신이지만 또 몬스터라고 생각하면 몬스터였다.

루다는 딱 한 번 그 1, 2 따위의 숫자가 이름 옆에 붙어 있는 것을 본 적이 있었다.

일전에 형우와 아타나스 진영의 악신을 공략했을 때, 악신의 분신이 그러한 숫자를 달고 있었다.

"얼씨구?"

루다는 기가 찼다. 바로 공격하려던 태세를 거두었다.

지금, 처음 내 앞에 나타나면서 본체가 아니라 분신으로 나타나?

"타라 이름 옆에 왜 1이 붙어 있나 했더니 진짜가 아니었어?"

―……。

"어쩐지 신이라고 하기에는 레벨이 낮더라니. 그런데 내가 기분이 너무 안 좋거든. 그러니까 너 한 번만 죽자. 괜찮은 아이템 하나 정도는 드랍하겠지."

말이 떨어지기가 무섭게 공격이 쏟아졌다. 일전의 공격은 마치 준비운동이라도 됐다는 것처럼, 지금 이어지는 공격들은 이전에 비해 그 여파가 상상을 초월했다.

여신이 사방에서 날아드는 얼음을 막아 내고 나면 곧바로 단검의 궤적이 몰아쳤다. 그리고 날아드는 단검이 공격을 다하고 잔상을 흩 뿌리며 사라지면, 바로 루다가 달려가 검을 휘둘렀다.

인간이 이 정도까지 움직일 수 있을까 싶을 정도로 몰아치던 공격 이 멈췄다.

몰아치던 폭발과, 그에 뒤따르던 굉음과, 그 여파로 인한 자욱한 안개가 사람들의 시야를 방해했다가 이내 흩어져 사라졌다.

기이한 침묵이 신전을 물들였다.

그 불안한 침묵에 아르비드를 포함한 기사들이 시선을 들었을 때 는 거대한 여신이 사라진 상태였다. 그리고 그 자리에 서 있는 것은 루다였다.

폭풍 같던 공격, 사라진 여신, 그리고 그 자리에 서 있는 루다.

그들이 내릴 수 있는 결론은 하나였다. 정말로 제 주군이 초월자가 된 것.

그 경악스러운 결과에도 불구하고 그 자리에 서 있는 루다의 표정 은 기쁨도 뿌듯함도 아니었다. 짜증스럽게 바닥을 훑어 내릴 뿐이었 다.

"오, 유니크 등급이라고 꽤 괜찮은 것 좀 드랍했네."

루다는 제 가방에 들어온 여신의 날개를 바라보며 그나마 만족스 럽게 중얼거렸다.

마나 소모 없이 효과적인 공중전을 가능하게 하는 아이템이었다.

이거 유니크 등급 아이템인데. 주는 건 나쁘지 않네, 생각하며 루 다가 입을 열었다.

"엄살떨지 말고 나와. 안 죽은 거 다 아니까."

경악했던 기사들은 이어지는 루다의 한마디에 또 한 번 경악했다. 도대체 무슨 말을 하는 건지.

하지만 그런 루다의 말에 반응하는 것은 거대한 빛이었다.

루다가 있던 자리에, 사라진 여신과 똑같은 크기의, 똑같은 형상의 여신이 다시 나타났다.

소스라치게 놀라는 다른 기사들과 달리 루다는 평온하기 그지없었다. 그런 루다를 보며 여신은 여전히 태연하게 물었다.

―이제 화가 좀 풀리셨습니까?

"퍽이나."

―하지만 제가 당신의 편이라는 것을 믿어 주셨으면 합니다.

"그러니까 지금 본체도 숨겨 놓고는, 나한테 너를 믿어 달라고? 게다가 아직도 이름 옆에 2를 달고 있어?"

―진짜가 아닌 모습으로 나타난 것에 대해서는 사죄드립니다. 허나 그대가 제게 갖고 있는 적대감이 상당해 저로서도 마땅한 대비가 필요했습니다.

말하는 어조는 여전했다. 그래서 화가 가라앉지 않았다.

하지만 동시에 알 수 있었다. 지금 공략 방법을 알지 못하는 상태에서는 저 여신을 죽이면 또 다른 분신이 나올 뿐이라는 것을.

어차피 타라3, 타라4가 나올 것이 분명하니, 루다는 소모적인 싸움을 포기하기로 했다.

마음에 들지 않는 상대에게 맛보는 패배감에 입맛이 상당히 썼다.

루다는 그녀의 주변을 빙빙 돌던 단검을 갈무리했다. 하지만 나쁜 기분을 숨길 생각은 없었다.

"그래 다 내 탓이다 이거지?"

―……그 부분에 대해서는 다시 한 번 죄송하다고 말씀드리고 싶습니다. 허나, 어쩔 수 없었습니다.

기분 나쁜 티를 뚝뚝 흘려야만 사과하는 태도가 정말로 마음에 들지 않았다.

정말 미안했으면 만났을 때 바로 사과했어야지. 한 번 죽고 나서 이제 와 사과라니. 아니, 애초에 저 여신은 사과할 만한 인성이 되지 못했다.

지금 사과하는 이유는 뭔가 루다에게 바라는 것이 있어서일 가능성이 컸다. 자기가 하는 행동이 전부 당연한 존재가 상대방이 기분 나빠 한다고 쉽게 사과할 리가 없었다.

그렇기에 루다는 그녀의 말을 진심으로 들어 줄 의향이 없었다.

"변명은 됐고. 분신까지 만들어 가면서 내 앞에 나타난 이유가 뭐야? 보아하니 나한테 돌아가는 방법을 알려 주려고 나타난 건 아닌 거 같은데."

─……부탁할 것이 있습니다.

그럴 줄 알았지. 저런 종류의 인간, 인간이라고 하기엔 조금 그러지만 그런 성격을 가진 사람들이 다 그렇지 뭐.

"그 전에 하나만 짚고 넘어가자."

─무엇입니까?

"형우를 납치한 게 너야?"

─형우라 하시면…….

"지금 아타나스 진영의 왕 말이야."

─아닙니다.

1초의 고민도 없이 대답이 돌아왔다.

하긴, 형우가 들어오자마자 납치한 것이 갈까마귀이니 여신이 아닐 가능성이 컸다. 그저 다시 한 번 확인하고 싶었을 뿐이었다.

물론 여신의 대답이 진실이라는 확신은 없지만.

"확실해?"

─그대는 그를 납치한 존재에게 거대한 악의를 갖고 있는 것으로 보입니다.

97

"알고 거짓말하는 건 아니지?"

ㅡ제가 부탁드리고 싶은 것이 그대의 염원과 조금 맞닿아 있다고 생각합니다.

"예를 들자면?"

ㅡ그대의 연인을 납치한 자는 아타나스 진영의 악신인 기예르모입니다. 그는 제게 대항하기 위해 제 영웅 중 한 명을 납치했죠. 저는 그에 대항할 방도를 찾다가 그와 같은 거대한 힘을 가진 당신을 이곳으로 데려오게 된 것입니다.

뻔한 이야기였다. 게임 〈저크시즈〉의 후속작이 나온다면 아마 이런 스토리로 진행되겠지.

루다는 여신의 사정 따위 별로 알고 싶지 않았다. 그저 그녀가 어떻게 하면 남자 친구와 집으로 돌아갈 수 있는지, 그것만이 중요했다.

루다는 귀를 후비며 심드렁하게 대꾸했다.

"그래서?"

ㅡ그 악신을 처단해 주십시오.

"그래야 되는 이유는?"

ㅡ그래야 그대의 연인을 데리고 돌아갈 수 있으니까요.

마치 당연한 것을 요구하는 듯한 태도의 여신을 똑바로 바라봤다. 루다는 단검을 다시 한 번 위로 던졌다가 받았다.

쟤를 믿어도 될까? 지금도 저 [여신 타라]라는 이름 옆에는 2라는 숫자가 적혀 있는데. 저것 역시 가짜인데.

하지만 여신의 말이 사실인지 아닌지 판단할 방법도 없었다. 그렇다면 루다에게 남은 최선의 방법은 하나였다.

"그럼 보상은?"

ㅡ예?

최대한 여신에게 보상을 뽑아내는 것.

당연하게 이어지는 루다의 말에 처음으로 여신의 얼굴에 동요라는 것이 자리했다.

"뭘 모른 척 어벙하게 물어봐. 퀘스트를 클리어하면 보상을 줘야 할 것 아니야. 설마 남자 친구 기억 찾아서 데려가는 걸 보상이라고 하는 건 아니겠지? 그 당연한 게 보상이라고? 설마, 대륙의 여신이라는 작자가 그렇게 양심이 없을까?"

팔짱을 끼고 던지는 루다의 목소리에는 비꼬는 기색이 가득했다.

설마 진짜로 타라가 그렇게 생각했다면, 루다는 진심으로 타라를 죽이기 위한 공략법이라도 찾을 심산이었다.

당연하게 물어오는 루다의 말에 무너졌던 여신의 얼굴이 금세 회복된다.

─……무엇을 원하십니까?

"호오, 선제시야? 그렇게 자신만만하다 이건가? 있어 봐. 생각 좀 해 보게."

여신의 승낙에 루다가 생각에 잠겼다. 팔짱을 낀 채 탁탁, 오른손으로 왼쪽 팔을 두드리는 루다의 모습이 정말 거대한 고민거리를 눈앞에 둔 사람 같았다.

탁탁 제 팔을 두드리던 루다의 손이 멈췄다. 그러고는 보상을 정했다는 듯이 고개를 들어 제가 원하는 바를 또박또박 입에 올렸다.

"돈, 내가 평생 먹고살 수 있을 만큼의."

─그게 구체적으로 어느 정도의…….

"내가 갖고 있는 이 게임머니들, 1골드당 내가 살던 곳의 2만 원으로 환전해 줘. 이 정도면 합리적인 거야. 알지?"

말하면서 루다는 머릿속으로 계산기를 두드렸다.

1골드당 2만 원이면 일, 십, 백, 천…….

머릿속으로 떠오르는 공을 세다가 5백억부터 세지 않기로 했다. 그래, 이 정도면 충분해.

루다의 당당한 요구에 잠시간의 침묵이 이어졌다. 당황한 것처럼 보이는 여신의 모습에 루다의 미소가 더욱 짙어졌다.

"싫어? 싫으면 어쩔 수 없지. 난 그럼 남자 친구 안 구하고 돌아갈래. 저런 고구마 답답이는 내 쪽에서 사절이거든. 이참에 헤어지면 되지 뭐. 너, 나 혼자 돌아가게 할 방법 알지? 데려왔으면 보내는 방법은 알 것 아니야?"

물론 거짓말이었다. 그녀는 형우가 없으면 안 된다. 집착이냐고 묻는다면 부정할 수 없었다.

이곳에 떨어진 이후로 몇 번이나 머리를 굴려도 나오는 답은 하나였다.

그녀는 제 남자 친구인 형우와 절대 헤어질 수가 없었다. 즉, 지금 여신 앞에서 하는 말은 허세나 다름없었다.

그럼에도 지금 이렇게 말하는 이유는 하나였다. 루다는 거래를 해야 했다.

루다가 원하는 것을 얻기 위해서는 이쪽에서 아쉬운 게 있는 것처럼 보이면 안 된다. 그것이 거래의 최우선 조건이다. 그것도 저딴 믿을 수 없는 신이라는 작자 앞에서는.

팔짱을 낀 채 당당히 요구하는 루다를 가만히 바라보다가 타라가 입을 연다.

─1골드당 1만 5천 원은 어떠십니까?

타라는 아까와 달리 상당히 조심스러워 보였다. 이것 역시 마음에 들지 않으면 어찌하나 미미한 걱정이 묻어 나오는 어조였다.

"음……."

사실 1골드당 1만 원도 정말 최고였다. 아니 5천 원도 최고였다. 그냥 툭 하고 던진 건데 그걸 1만 5천 원으로 협상하니 루다는 그걸 굳이 거절할 필요가 없었다.

하지만 이건 루다만 가지고 있을 그녀만의 비밀이고. 겉으로는 그런 티를 내서는 안 되지.

"흐음······."

이렇게 안절부절못하는 여신의 모습을 보고 있는 것도 생각보다 즐거웠고.

무엇보다, 여신과 협상하면서 루다의 머릿속에 제시하고 싶은 보상이 하나 더 떠올랐다. 물론 사전에 루다가 생각한 설정이 전제되어 있는지 확인하는 게 급선무였다.

"야."

―예?

"내가 궁금한 게 있는데 말이야."

루다의 말에 여신이 바짝 긴장한 것이 보였다.

아니, 쟤는 내가 때리는 것도 아닌데 왜 저렇게 굳어 있대?

"나 여기서 죽으면 아주 죽는 건가?"

게임 속 세계가 현실 세계가 되면 당연한 일이었다. 하지만 루다에게 이 저크시즈 안의 세계는 가상현실이었다.

그래서 아직 이 안에서 아픔을 느끼고, 치명상을 입으면 죽을 수도 있다는 사실이 살갗으로 느껴지지 않았다. 그저 막연히 죽으면 죽겠지, 정도의 체감일 뿐이었다.

예상치 못한 질문이었던 모양인지 타라가 잠시 멈칫했다.

저 반응 보니까 대답을 듣지 않아도 알 것 같은데.

―······예, 그렇습니다.

"그래? 그럼 다시 살아나게 만들어 줘."

―예?

101

"예만 몇 번째야. 알아들었잖아. 부활시켜 줘. 원래 게임처럼."

—……그건 불가합니다.

"왜?"

—그건 이곳의 규칙이…….

타라가 얼버무렸다. 선뜻 대답하지 못하는 모습에 루다가 미간을 찌푸렸다.

"너 신 아니야?"

—허나 그 위에 세계의 규칙이 있습니다.

"나를 데려온 게 너야, 세계야?"

—…….

"너잖아. 그럼 부활시켜 줘."

—안 됩니다.

타라는 정말 단호했다. 지금 작정하고 연기하는 것이 아니라면 정말 불가한 모양이었다.

"그럼, 한 번."

—?

"한 번만 부활시켜 줘. 너 신이라며. 그것도 태초부터 존재했던 신이라며. 솔직히 창조자가 너인데 네가 그것 하나 못 한다는 게 이해가 안 가긴 하지만 그렇다 치고. 그럼 한 번은 가능하지? 저크시즈에 없던 일도 아니잖아. 초대 왕은 신의 권능으로 한 번 살아났다며. 그럼 신의 권능으로 그 정도는 가능하다는 거 아니야?"

—…….

"안 되는 건 아닌가 보네."

—그럼 부활권 한 번으로 보상을 바꾸겠습니다.

"어허, 어디서 대충 넘어가려고 해? 부활권이랑 1골드당 1만 5천원이라니까."

－하지만 그건 너무…….

설마 과하다고 말하려는 건 아니겠지?

루다가 표정을 구긴 채 타라의 말허리를 중간에서 잘라 버렸다.

"우리 부모님, 직장, 돈, 시간, 치킨, 소주, 회, 내 창창한 청춘, 미래…… 자, 어디까지 더 말해야 해?"

－그게 무엇입니까?

"너한테 끌려오느라 내가 두고 온 것들. 자, 더 나열할까? 아니면 보상해 줄래?"

－……알겠습니다.

"콜."

시원하게 받아들이는 루다의 반응에 타라의 표정이 와락 구겨졌다.

여신이 그러든지 말든지 루다는 호쾌하게 웃으며 메인 퀘스트가 적힌 종이를 휙 하고 타라에게 던졌다.

"그럼 퀘스트 보상에 얼른 적어. 그리고 혹시 모르니까 네 지장 찍고. 아, 그리고 문서화시켜서 서로 나눠 갖는 거 잊지 말고. 자고로 계약은 신중히 하라 했거든."

빙글빙글 오른손으로 단검을 돌리며 하는 루다의 말에 여신의 말문이 막혔다.

타라는 처음으로 생각했다. 왠지, 영웅 후보를 잘못 데려온 것 같다고.

＊

루다는 이곳에 떨어진 이후 처음으로 그나마 만족감이라는 것을 느꼈다.

물론, 퀘스트에 실패하면 받지 못할 금액이지만 그녀에게 퀘스트 실패라는 것은 있을 수 없는 단어였다.

그렇기에 어떻게든 기고 굴러서 퀘스트를 완료한 후에 얻게 될 그 돈이 너무나도 만족스러웠다.

게다가 추가 목숨까지 손에 넣었으니 한 번 정도는 이 한 몸 불살라도 되겠지.

다만 문제가 있다면.

"대체 나는 왜 여신을 죽이는 공략은 찾아보지도 않았지?"

물론 그런 퀘스트가 없기 때문이었지만, 이유와는 별개로 알아보기라도 할걸, 몇 번이고 후회했다.

타라가 말하는 것들은 무책임하기 짝이 없었다.

타라는 루다에게 악신의 처치를 의뢰했을 뿐, 공략이나 그 외 필요한 정보들을 하나도 알려 주지 않았다. 본인도 모른다는 것이 이유였다.

악신을 죽인다는 것은 생각보다 어려운 일이었다.

악신의 완전한 강림이 아닐 때조차도 그 레벨이 제 레벨보다 위였다. 완전한 악신은 레벨이 얼마나 될지 그녀로서는 제대로 짐작조차 할 수 없었다.

그런데 그런 머리 아픈 짓을 직접 게임 속으로 끌려 들어와서, 퀘스트로 완수하라니.

자칫 잘못하면 루다 인생 처음으로 퀘스트를 실패할 수도 있겠다는 생각이 들 정도였다.

여기까지 생각한 그녀는 머리를 가로로 내저었다.

그런 끔찍한 일은 생각하고 싶지도 않았다. 만약 그녀가 퀘스트를 완수하지 못한다면, 이 게임 속에 그대로 갇혀 있을 수도 있다는 말이었다. 절대 안 되는 말이었다.

뭐 하나 확실하지 않은 지금, 그녀는 우선 타라의 말을 믿어 보기로 마음먹었다.

여신은 악신을 공략하기 위한 정보를 알아내는 대로 그녀에게 넘겨주기로 약속했다.

지장까지 찍은 계약이니 그녀가 어길 리가 없겠지. 게다가 메인 퀘스트 하위 목록으로도 뻔히 쓰여 있는 목록이기도 했다.

그래서 루다는 우선은 타라를 믿어 보려고 갖은 노력 중이었다.

그리고 무엇보다 그 퀘스트를 깨기 위해서는 남자 친구의 기억을 찾아볼 궁리부터 해야 했다.

혼자서는 절대 불가능하다. 최소한 만렙이 한 명은 더 있어야 했다.

타라는 지금 상태에서 남자 친구의 기억을 찾을 방법을 모른다고 말했다. 그것은 악신인 기예르모의 짓이기에 타라로서는 손대기가 힘들다는 게 그녀의 설명이었다.

물론 그 대목에서 루다는 타라에게 걸쭉하게 욕 한 바가지를 던져 줬다.

결국, 귀찮은 일이 한가득한 퀘스트, 어떻게 될지도 모르는 남자 친구의 기억, 받을지 말지도 모르는 어마어마한 퀘스트의 보상만이 남았다.

이것들이 지금 루다가 처한 현실이었다.

지끈지끈 아파 오는 머리 때문에 관자놀이를 꾹꾹 누르며 루다는 성소에서 나왔다.

따라 나오는 기사들이 혼란스럽게 루다를 바라봤다가, 눈이 마주치면 다시 고개를 돌리고는 했다.

어쩔 수 없는 현상이었다. 에세나 진영의 충직한 기사로서, 이 사태를 어떻게 받아들여야 할지 짐작조차 할 수가 없었다.

이 전대의 군주조차도 여신에게 적대감을 표하지는 않았다. 저 정도의 불신은 마치, 그래, 마치 아타나스 진영 사람들의 모습과도 같지 않은가?

그런 그들의 생각을 아는지 모르는지, 루다의 목소리가 그들의 단장을 불러 세웠다.

"아르……."

"아르비드입니다."

애써 이름을 기억해 내려고 애쓰는 주군을 향해 아르비드는 자신의 이름을 알려 줬다.

"알비라고 부를게. 알비, 여기 사람들에게 타라라는 존재는 어떤 존재야?"

"예?"

그리고 루다는 그의 이름을 제 나름의 애칭으로 만들어 버렸다.

그 애칭이 갑작스러웠지만 그보다 더 갑작스러운 것은 주군의 깊다면 너무 깊은 질문이었다.

예상치도 못한 질문에 당황하는 아르비드에게 루다가 다시 한 번 질문을 상기시켰다.

"어떻게 그렇게 절대적인 존재가 됐냐고."

"그야 여신님이시니까……."

단 한 번도 받지 못한 질문이었다. 그렇기에 당황스러웠다.

다른 세계에서 건너온 루다로서는 던질 만한 질문이었지만, 아르비드에게는 해는 동쪽에서 뜬다 정도의 당연한 진리와도 같았다. 그렇기에 아르비드는 이 질문에 무어라 답해야 할지 찾을 수가 없었다.

그런 기사단장이자 에세나 2인자의 침묵에, 루다는 다시 한 번 그의 답을 재촉했다.

"너희에게 무얼 해 줬는데. 설마 존재한다는 이유만으로?"

가까스로 답할 말을 찾아낸 아르비드가 겨우겨우 입술을 열었다.

"이 대륙의 존재 자체가 타라님 덕에 가능한 것입니다. 신력의 기반 위에 땅이 존재한다는 것, 그 위에서 생명이 살아 숨 쉬는 것 자체가 여신님의 존재 때문에 가능합니다."

그리고 그것이 루다를 만족하게 해 줄 리는 없었다.

예상 범위 내의 답변에 루다가 심드렁히 반문했다.

"그렇게 배웠다는 거지?"

"……그것이 진리입니다."

"그럼 아타나스는?"

"……."

"아타나스에 있는 자들은 생명이 아닌가? 마물이라도 돼? 똑같은 음식을 먹고 물을 마시고 인간이 아니야? 아타나스에는 땅이 없나? 공중에 둥둥 떠다니는 공중 정원이라도 돼? 그 논리라면 아타나스는 어떻게 존재해?"

쏘는 듯 들어오는 그녀의 질문에 아르비드는 말문이 막혔다. 어떻게 대답해야 할지 알 수가 없었다.

딱 저 논리에 의심을 품고 사람들이 아타나스로 넘어갔다. 아타나스 진영에 넘어간 자들이 의문을 품은 부분이 바로 이것이었다.

악신의 진영에서도 사람은 살 수가 있다. 심지어 그들은 더욱 자유롭고, 더욱 규율에 얽매이지 않는다. 에세나와 같이 숨 쉬고 행동하고 살아 있는데, 더 자유롭기까지 하다.

속박을 싫어하는 자들이라면 자연스레 아타나스 진영으로 넘어갈 수밖에 없었다.

그래서 아르비드는 입을 다물었다. 혼란이 그를 덮쳤다.

입을 다문 그를 재촉하기라도 하듯 루다가 그를 불렀다.

"알비."

"아르비드입니다."

"응, 알비."

"……."

아르비드는 포기했다. 주군은 제 이름을 제대로 불러 줄 의지가 없었다.

그가 어떻게 생각하든 상관없는 루다가 생각에 잠겨 제 의견을 내뱉었다.

"깨끗하고 순수한 존재가 첫 만남부터 제 전력을 숨길까? 제 본체는 어딘가에 처박아 두고 복사본으로 내 앞에 나타났어. 부탁한답시고 제가 부른 존재, 그래, 너희 용어로 시타라라는 사람 앞에 본체가 아니라 분신으로 나타났다고. 제 본모습은 단 하나도 보여 주지 않았는데, 넌 여기에 대해서 어떻게 생각해?"

"……."

아르비드가 침묵했다. 굳건하기는 해도 여신에 대한 의구심에 대해서는 따박따박 할 말 다 하던 그가 잠시 말을 멈췄다.

그 모습에 루다가 웃었다. 물론 비웃음이었다.

"너라도 의심하지 않겠어? 여신이라는 작자에 대해?"

"허나……."

"그놈의 허나, 허나. 너는 방금 침묵으로 대답했다."

"허나!"

"봐 봐, 할 말은 허나밖에 없잖아? 그럼 된 거야."

억지스럽지만 묘한 설득력에 아르비드는 멍하니 루다를 바라봤다.

오른손을 대충 양옆으로 저으며 한 발짝 앞서는 그녀의 모습이 정말로 귀찮아 보였다.

아르비드는 앞서 나서는 그녀에게 무어라 말을 하려다 입을 다물었다. 지금 그로서는 어떻게 루다를 설득할 수가 없을 것 같았기에.

혹시 루다의 질문이 더 이어지면 어쩌나 걱정하는 아르비드의 예상과는 다르게 루다는 더 이상 질문을 던지지 않았다. 마치 제가 원하던 반응을 얻어 낸 듯한 모습이었다.

우선 성으로 가 볼까, 생각한 순간이었다. 눈앞을 방해하는 요란한 빛이 있었다.

새로 도착한 퀘스트였다.

[길페어 마을로 가 악신 기예르모의 기원을 찾아라!]

"하……."

이제는 퀘스트 이름만 봐도 한숨이 절로 나왔다.

악신을 처단하라고 할 때부터 불안하더니 처음 오는 퀘스트부터 기원을 알아보라고 한다.

노가다 퀘스트의 시작이 언제나 이러했다. 신의 기원을 알아봐라.

이 퀘스트만 따라가다 보면 자연스럽게 악신에게 다다를 수 있다고 하니 그나마 다행이라고 생각하며 한 걸음 내디디려는 순간이었다.

방금 접어서 넣어 둔 퀘스트 옆에 또 다른 빛이 깜빡이고 있었다. 붉은색으로 깜빡이고 있는 걸 보아하니 메인 퀘스트였다.

그렇기에 루다는 걸음을 멈출 수밖에 없었다.

"메인 퀘스트가 두 개라고?"

말이 되지 않았다. 다른 게임은 몰라도 저크시즈 안에서 메인 퀘스트는 하나였다.

쭉 이어 가는 중심 스토리가 하나인데, 거기에 하나가 더 온다고?

절대 있을 수 없는 일이었다.

하지만 그냥 넘어가기에 저 깜빡임이 너무나도 요란했다. 요란한 것이 깜빡임인지, 제 머릿속인지는 모르겠지만.

루다는 깜빡이고 있는 양피지에 손을 가져다 댔다. 그리고 그것을 그대로 빼, 쓰인 내용을 읽었다.

[남자 친구 최형우의 깨어진 기억의 조각을 찾아라!]

"……뭐?"

거대한 유혹이었다. 이 제목이라면 퀘스트 내용을 확인하지 않을 수가 없잖아.

루다는 양피지를 펼쳤다. 본능과도 같은 행동이었다.

당신 남자 친구의 기억은 다섯 조각으로 조각나 있습니다.

한시라도 빨리 남자 친구 기억의 조각을 찾아야 당신의 남자 친구 최형우(피의제왕루드비히2세)의 기억을 되돌릴 수 있습니다.

남자 친구의 기억을 되돌려 당신의 세계로 돌아가고 싶다면 퀘스트를 수락하십시오.

루다는 퀘스트를 순식간에 읽어 내렸다. 그리고 혼란에 빠졌다.

도대체 무슨 소리야? 남자 친구를 구하려면 악신을 죽여야 한다며. 그런데 남자 친구와 다시 돌아가기 위해서는 남자 친구의 기억이 필요하다는 것이 도대체 무슨 소리란 말인지.

루다는 서둘러 퀘스트 의뢰자를 확인했다. 도대체 어떤 작자가 보낸 퀘스트지?

게임 스토리상 신은 하나뿐이었다. 그리고 그 신이 보낸 퀘스트가 메인 퀘스트가 되어 버린다.

아, 하나 더 있었다. 기예르모. 악신. 하지만 악신이 내게 퀘스트를 보낼 리가 없는데.

그렇게 생각하며 의뢰자를 확인한 루다는 확 인상을 찌푸렸다.

"뭐야, 뭐가 어떻게 되는 거야?"

그곳에는 '타라'라는, 방금 전 받은 퀘스트의 의뢰자와 정확히 일치하는 이름이 적혀져 있었다.

✳

에세나의 아침이 밝았다.

왕좌에 앉아 있는 루다의 기분이 썩 좋아 보이지 않았다. 어제 퀘스트를 확인한 이후 지금까지 루다의 기분은 한결같았다.

신전에서 여기까지 오는 길 내내 루다는 무언가에 홀린 듯 중얼거리기도 하고, 허공을 휘젓기도 했다.

다른 사람이 하면 미친 짓이겠지만 시타라인 루다가 하는 행동이었기에 주변에서는 그러려니, 할 뿐이었다.

몇 번 팔을 휘젓고 인상을 찌푸리고, 무어라 알아들을 수 없는 말을 몇 번 하더니 인상을 찌푸렸다 놀랐다를 여러 번 반복했다. 그러고는 무언가 포기한 듯 '으아아아!' 크게 소리친 이후로는 그저 일반인처럼 행동할 뿐이었다.

루다가 에세나 진영의 군주가 된 지 이제 일주일 남짓이 지났다.

하지만 아르비드의 체감으로는 한 달은 지난 것 같았다.

그녀의 행보가 너무 아슬아슬했기에. 어디서 어떤 행동을 할지 그로서는 종잡을 수조차 없었다.

가끔은 불안했다.

그녀는 강했다. 그냥 강한 것이 아니었다. 몇 백 년에 한 번, 역사에 전설로 적힐 정도로 강했다. 그녀의 사상이 바람직하지는 않았지만, 그녀가 시타라인 것은 확실했다.

그래서 불안했다.

그녀가 혹시 아타나스로 떠나지는 않을까. 그녀가 내일 당장 그들에게서 등을 돌려 그들을 적으로 대하지는 않을까?

일전에 여신과 나눴던 이야기로 유추하자면, 그녀는 이곳의 사람이 아니었다. 정확히 어떤 개념인지 아르비드로서는 짐작하기도 힘들었지만, 적어도 한 가지는 알 수 있었다.

그녀는 이곳 사람들의 개념으로 설명할 수 있는 자가 아니라는 것을.

하지만 그럼에도 그는 충성해야 했다. 그것이 에세나를 사랑하는 2인자가 할 수 있는 최선이었기에.

그는 그렇게 표정을 숨기고 루다의 옆에 섰다. 불순한 생각은 조금 더 그의 걱정이 형체화됐을 때 하는 것이 옳다. 지금은, 그녀를 보좌해야 했다.

그렇게 스스로를 향해 다짐하는 아르비드의 귀에 그를 부르는 목소리가 들렸다.

"알비."

아르비드는 우선은 그녀를 주군으로 받들기로 결정했다. 그렇게 다짐했음에도 이 익숙지 않은 호칭은 받아들이기 힘들었다.

"……."

해서 아르비드는 답하지 않는 것을 선택했다. 마음에 들지 않는 애칭에 대한 침묵의 시위였다.

하지만 루다에게는 씨알도 먹히지 않는 시위였다. 그의 침묵을 대답으로 받아들인 모양인지 루다가 말을 이었다.

"어제 신전에 가서 타라를 보기 전에, 타라를 본 적이 있어?"

어제저녁에 성에 도착했을 때부터 루다는 무언가 골똘히 고민하고 있었다. 지금 이 질문은 그 고민의 연장선인가?

무엇을 의도하는지 모를 그녀의 질문에 아르비드는 짧게 대답했다.

"직접은 없습니다."

"간접적으로는 본 적이 있다는 말이네?"

"여신상으로나 성서, 각종 역사서에서 확인할 수 있었습니다. 하지만."

"하지만?"

"구체적인 생김새를 알현한 것은 이번이 처음이었습니다."

"너도 정확히는 여신이 어떻게 생겼는지 몰랐다는 거네?"

"……그렇습니다."

아르비드는 대답할수록 자꾸 루다의 무언가에 휘말리는 기분이 들었다.

하지만 또 따지고 보자면 딱히 이상한 질문도 아니었다. 그녀가 물어보는 것은 누구나 물어볼 만한 것이고, 누구나 답할 만한 진실이었다.

그런데도 이상하게 그녀의 질문에 답하면서 그의 안에서 이상한 의구심이 올라왔다.

여신의 사자使者가 던지는 시험일까? 그렇지 않다면 왜 그런 생각이 드는 걸까?

조금의 혼란을 느끼며 아르비드는 루다의 다음 말을 기다렸다.

"그리고 하나 더."

"하문하십시오."

"너희는 왜 내 존재에 대해 의구심을 안 가져?"

"예?"

루다를 바라보던 아르비드의 눈이 크게 떠졌다. 예상치도 못한 질문이었다.

"나한테는 말이야, 너희가 NPC거든."

"NPC 말입니까?"

아르비드가 이해하지 못했다는 듯 루다를 쳐다봤다. 하긴, NPC가 뭔지 알 리가 없지.

"그냥 게임 프로그램이라는 말이야."

그녀가 무슨 말을 하는 걸까? 도통 알아들을 수가 없는 말뿐이었다. 그럼에도 그녀의 뜻을 이해해야 했다. 그것이 주군에 대한 도리였으니.

그런 아르비드의 마음을 아는지 모르는지 루다는 계속 말을 이었다.

"그런데 아무리 생각해도 너희가 시스템화되어 있는 것 같지는 않아."

"무슨 말씀이신지 잘 모르겠습니다."

"여기가 프로그램이 아니라 정말 실제 세상 같다는 거야. 즉, 너희가 전부 실존하는 사람 같다는 이야기고."

"그야 당연히……."

저희는 인간입니다.

아르비드는 말하려던 것을 삼켰다. 왠지 그 말을 할 타이밍은 아닌 것 같아서. 그는 융통성은 없어도 눈치라는 것은 있었다.

"그래, 그렇게 말할 줄은 알았는데, 또 막상 그 입에서 듣고 보니까 좀 혼란스럽네. 그래서 궁금했거든."

숨을 한번 들이켜고는 루다가 다시 입을 열었다. 그 잠깐 사이에 아르비드는 문득, 그녀가 지금 할 말은 밤새 그녀가 고민한 것 중 하나일 수도 있겠다는 생각을 했다.

"나는 너희에게 완벽한 존재인 여신을 공격했어. 그런데 왜 나를 죄인이라고 잡아가지 않아? 왜 적대하지 않아? 하는 행동만 보면 아타나스 진영 인간들이 하는 짓과 다를 바가 없는데 말이야."

루다의 질문은 정말 의외였다. 분명 누군가는 가질 수 있는 의문이었다. 하지만 저 의문을 루다가 내뱉을 거라고 그는 생각한 적 없었다.

"폐하가 시타라인 것은 변하지 않기 때문입니다."

"으음?"

"폐하로 인해 저희는 처음으로 여신의 강림을 봤습니다."

"걔 진짜 여신 아니야."

"여신의 사자라도 말입니다."

사자라기보다는 분신이지만, 설명해 봤자 그게 그거라고 생각할 가능성이 커서 루다는 입을 다물었다.

그녀는 새삼 다시 한 번 생각했다. 얘네 정말 융통성 없구나.

"그렇기에 폐하는 에세나의 군주입니다."

루다가 이곳 군주가 된 이후로 계속 말했던 바였지만, 아르비드는 이제야 이 말을 하면서 웃을 수 있었다.

아르비드는 그제야 안심했다. 제 주군이 하는 말을 처음부터 끝까지 이해할 수는 없었지만 하나만큼은 확신할 수 있었다. 눈앞에 에세나의 군주가 눈을 들어 저희를 똑바로 보기 시작했다는 것을.

완벽한 충성심은 아니었다. 그저 나쁘지만은 않을 것이라는 막연

115

한 믿음이었다.

그가 황성에서 세 명의 황제를 섬기는 동안 적어도 이렇게 아랫사람의 의사를 물어보는 자는 없었다.

지금까지의 주군들은 강함이 기본이었고, 그래서 추앙받았고, 그렇기에 당연히 군주의 자리에 오른 자들이었다.

그런 아르비드가 보기에 루다는 신선했다. 그리고 그 신선함이 에세나의 미래에 나쁘지는 않을 거라는 생각이 들었다.

그래서 아르비드는 평소와는 달리 부드러운 표정을 지을 수 있었다.

"그런 오그라드는 소리를 잘도……."

루다는 말문이 막혔다.

NPC가 아닐 수도 있다는 생각이 들다 보니, 이제야 그들이 하는 말 하나하나가 오그라들기 시작했다.

주군이니 뭐니, 여신의 축복이니 뭐니, 이것이 정말 현실 상황일 수도 있겠다는 자각이 시작되자 이 상황 하나하나가 당황스럽기 시작했다.

게다가 제일 당황스러운 것은 스스로가 이곳의 군주라는 사실이었다. 그리고 이 융통성 없는 기사란 작자들은 자신에게 충성을 다하고 있다는 사실이었다.

그것이 부담스러웠다. 두 개의 메인 퀘스트에서 오는 고민을 제쳐 두고서라도 그것이 그녀를 괴롭히기 시작했다.

단순히 게임 시스템으로 생각할 때는 생각하지 못했던 문제였다. 하지만 어제 여신의 태도가, 그 이후에 보여 주는 그들의 태도가, 전체적으로 모든 것들이, 이것이 시스템만은 아닐 수도 있지 않을까 하는 생각을 그녀에게 심어 주기 시작했다.

그래서 던진 질문이었다. 그리고 아르비드는 답했다.

그녀는 성질이 썩 좋지는 않았지만, 눈치가 느린 편도 아니었다. 그렇기에 알 수 있었다.

지금 저 기사단장은 진심이었다.

그렇게 생각하니 미칠 듯이 오그라들었다. 그리고 어색했다.

하지만 그럼에도 참 이상한 것은, 그 불필요한 진심이 그렇게 나쁘지만은 않다는 것이었다.

그래서 더더욱 오그라들었다. 오그라드는 것인지, 부끄러운 것인지 알 수가 없었지만, 그녀는 그것을 오그라드는 것이라 정의하기로 했다.

"그리고 저희는 그런 주군의 등 뒤를 따를 것입니다."

저 말이 루다를 따른다는 것인지 시타라를 따른다는 것인지 알 수가 없었다. 그래도 하나 정도는 알 수 있었다.

적어도 지금 그의 말에 호의가 담겨 있다는 것을.

그래서 루다는 빠르게 등을 돌렸다.

"어디 가십니까?"

"퀘스트 깨러, 아니, 여신이 던진 의뢰 깨러."

그녀가 영문 모를 소리를 그들이 알아들을 수 있는 말로 풀어 설명한 것은 처음이었다.

오른손으로 허공을 휘저어 상황을 무마시키려 하는 모습이 이제는 익숙해지고 있었다.

성큼성큼 앞서 걸어가는 그녀의 귀가 빨간 것이 보였다. 그 모습에 아르비드는 생각했다. 그들의 새로운 군주는 생각보다 인간적일 수도 있다고.

아르비드는 앞서가는 루다의 뒤를 따랐다.

"따르겠습니다."

"마음대로 해!"

그리고 루다는 처음으로 그들의 요구 아닌 요구를 무시하지 않았다.

✳

"여기가 맞아?"

루다가 아무것도 없는 한적한 길 위에서 아르비드에게 물었다. 그녀의 뒤로는 두 명의 기사가 따르고 있었다.

루다의 질문에 아르비드가 주변을 둘러봤다.

"유르센 마을로 가는 길을 묻지 않으셨습니까?"

"응, 맞아."

"그럼 이 길이 맞습니다. 곧 마을이 보일 겁니다."

루다는 찌뿌둥한 몸을 쭉 폈다. 생각보다 꽤 많이 걸었다. 그나마 다행인 것은 체력이 꽤 높은 편이라 오래 걸어도 버틸 만하다는 사실이었다.

저보다 앞서 걸었음에도 지친 두 명의 기사들은 저 뒤에서 루다 무리를 따라오고 있었다.

훈련된 기사들인데 알아서 오겠거니, 생각하며 루다는 다시 한 번 퀘스트를 확인했다.

[유르센 마을로 가 촌장에게 여신상에 대해 의견을 구하라!]

루다는 인상을 찌푸렸다.

몇 번을 다시 읽어도 참 마음에 들지 않았다. 이런 종류의 퀘스트가 제일 악질이었다. 정확한 것은 지칭하지 않으면서 하라는 것만 많았다.

남자 친구의 기억이 무엇인지 정확하게 알려 주지는 않으면서 무엇을 들어라, 무엇을 먼저 찾아라, 관련 없는 듯 있는 퀘스트를 던진다.

순간적인 충동이 들었다. 이 굉장히 의심 가는 퀘스트를 포기할까 하는 충동이.

하지만 이내 고개를 저었다.

그래, 이번이 처음이자 마지막이다. 한번 해 보고, 아니라면 그때 포기하자. 왜냐면 여기에는 그런 금전적인 보상이 없으니까.

"거의 다 도착했습니다."

말을 듣고 고개를 들자 점점 마을이 보이기 시작했다. 이런 변두리 마을에 뭐가 있다는 이야기인지.

한껏 투덜대며 루다는 유르센 마을로 들어섰다.

보이는 마을의 모습은 그녀가 지내던 수도에 비하면 작고 초라했다. 하지만 그만큼의 안락함도 엿보였다.

주황색 지붕과 간간이 보이는 아름다운 나무들이 그래도 마을의 전경을 꽤 아름다워 보이게 만들고 있었다.

루다는 그 사이사이 길을 성큼성큼 걸었다. 마을 지도가 켜지니 목적지가 보이기 시작했다.

"여기가 마을 회관 맞나?"

도착지로 보이는 건물은 생각보다 컸다.

루다가 문을 두드렸다. 똑똑, 낭랑한 노크 소리가 퍼졌다. 이내 벌컥, 누군가가 문을 거칠게 열고는 모습을 드러냈다.

"누구냐?"

아무도 없지 않을까 걱정했지만 다행스럽게도 사람이 있었다. 머리 위로 떠 있는 이름 옆에 [촌장]이라고 적혀 있는 걸 보아하니 그가 이 회관의 주인인 듯 보였다.

촌장은 대충 40대는 되어 보였다. 루다 일행을 보자마자 바로 불쾌하다는 표정을 지었지만, 그 정도는 무시하기로 했다.

이들이 NPC보다는 사람이라고 인식한 것이 조금 전이었다. 그래서 루다는 존댓말을 쓰기로 마음먹었다.

그래, 얘네는 아직까지 루다를 무시하지 않았다. 지금까지는 생각 없이 반말을 썼지만, 지금은 아니지. 그렇다면 나이대접은 해 주는 게 좋지 않을까?

"저기, 물어볼 게 있는데요."

그렇게 최대한 착하게 마음을 먹은 루다의 질문에 촌장이 답했다.

"그지 같은 년이 여기가 어디라고 감히 함부로 문을 두드려?"

들리는 대답에 루다는 자신의 의견을 철회하기로 마음먹었다. 착하게 말해도 개떡같이 답하니 남은 것은 갑질밖에 없었다.

어차피 다시 한국으로 돌아가면 취준생이고 취직해 봤자 월급쟁이인 것을. 여기서 왕 노릇이라도 해야지.

뒤이어 들어오던 아르비드가 재빨리 촌장을 응징하려 했으나 그보다 더 빠른 것이 루다의 검이었다.

루다의 분신과도 같은 단검이 촌장의 눈앞으로 날아갔다. 쇄액, 바람을 가르는 소리가 그 속도를 여실히 보여 주고 있었다.

"으아아아아악 살……!"

려 주세요! 목숨을 구걸하지도 못할 정도의 시간이었다.

그렇게 날아가던 단검이 지척에서 멈췄다. 촌장의 미간과 검 끝의 간격은 고작 1센티 남짓이었다.

촌장이 주저앉아 덜덜 떨어 댔다. 꼼짝없이 죽는 줄 알았다.

서 있다가 주르륵 무릎 꿇는 촌장을 그대로 따라와 빙글빙글 돌고 있는 단검이 방금 전 그가 본 것이 환영이 아니라는 것을 알려 주고 있었다.

살았다는 안도감과 그럼에도 조금 전 느꼈던 죽음의 문턱이 촌장을 괴롭혀 대고 있었다.

계속 눈앞에 떠오르는 아찔한 상황 속에서 촌장이 거친 숨을 몰아쉬고 있었다. 꼴사나운 모습이었다.

그나마 다행인 건 가랑이 사이가 축축하지 않은 사실 하나뿐이었다.

"보여?"

"예, 예, 예, 예?"

"그 검의 문양 보이냐고."

루다의 질문에 촌장이 기계처럼 일어나서 검 문양을 살폈다. 그의 두 다리가 후들후들 두려움에 떨리고 있었다.

그 모습이 불쌍해 보이기도 했지만 이건 자업자득이지.

루다는 괜히 불쌍해지는 마음을 애써 합리화했다.

두 다리를 제대로 펴지도 못한 촌장이 겨우겨우 시선을 돌려 공중에 떠 있는 단검을 유심히 살폈다.

그렇게 어렵사리 단검을 살피던 촌장이 히익, 소스라치게 놀라는 것이 보였다.

"타, 타, 타라 여신의 문양⋯⋯!"

루다는 심드렁하게 팔짱을 끼고 다음 말을 기다렸다. 저 정도 판에 박힌 반응이면 다음 말은 당신이 황제 폐하! 정도는 되겠지.

"허허허헉, 폐, 폐, 폐, 폐하를 뵙습니다."

그리고 그 한마디는 그대로 촌장의 입에서 흘러나왔다.

아무리 변두리 시골이라고는 해도 군주가 죽고 새로운 군주가 좌에 앉은 것을 모르는 곳은 없었다. 그것도 새로 군주가 된 자가 타라

121

여신의 전폭적인 지지를 받는 시타라라는 것을 모르는 이는 더더욱 없었다.

예상했던 말을 그대로 내뱉는 촌장의 모습을 보고 있자니 생각보다 뿌듯했다. 그래서 루다는 확인차 한 번 더 질문을 던졌다.

"자, 그래서 뭐라고?"

"죽을죄를 지었습니다, 폐하!"

무릎을 꿇고 머리를 조아리는 촌장을 보며 루다는 생각했다. 아, 이래서 갑질을 하는 거구나.

하지만 갑질은 여기까지만 해야지. 갑질도 너무 심해지면 역효과만 일으킨다. 성군이 될 생각은 없었지만 여기저기 이름 날리는 폭군이 되고 싶은 생각은 없었으니까.

스스로 꽤 인간답다는 생각을 하며 루다는 정말 궁금한 것을 물어보기로 했다.

"궁금한 게 있는데."

"예, 마음껏 하문하십시오!"

납작 엎드려 질문을 기다리는 촌장을 잠시 말없이 쳐다봤다. 태도 전환이 너무 빠르잖아. 이 정도로 휙휙 태도가 바뀌면 직업의 귀천 의식 때문에 조금 허탈함이 올 정도였다.

물론 촌장의 관점에서야 당연했지만, 이 정도까지 슈퍼 을이 되지 않아도 되는데, 생각하며 루다는 입을 열었다.

"여기에 여신상이 어디 있지?"

별것 아닌 질문에 촌장이 화들짝 놀라 고개를 들었다가 루다와 눈이 마주치자 다시 고개를 바닥에 박았다.

아까보다 더욱 달달 떨리는 몸이 이러다가 죽는 거 아니야? 하는 걱정까지 들 정도였다.

"소, 소, 송구하옵니다! 저, 여, 여신상은 지금 없습니다."

"응? 말이 다른데?"

퀘스트에서는 여신상에 관해 물어보라고 했다. 게다가 발신인이 타라였다.

정말 타라인지, 이게 어떻게 된 일인지는 모르겠지만, 어찌 됐든 메인 퀘스트를 다루는 타라에게서 온 퀘스트가 잘못될 리가 없었다.

아, 정보 입수이니 이런 종류의 정보를 수집하라는 이야기였을까?

복잡다단한 루다의 생각을 아르비드가 무뚝뚝한 목소리로 끊어 냈다.

"여신상이 없다는 것은 법에 어긋난다."

"어, 그래?"

"그렇습니다."

여신상이 없는 것도 법에 어긋난다니. 여기에는 종교의 자유 따위 없는 모양이었다.

단호한 아르비드의 어조에 루다는 그렇구나, 단순하게 생각할 뿐이었다.

하지만 촌장은 루다처럼 단순하게 받아들이지 않은 모양인지 가뜩이나 처박았던 머리를 더더욱 조아렸다.

"하, 하오나, 여신상은 며칠 전 괴한에 의해 부서졌습니다! 지금 그 범인을 찾고 있습니다. 믿어 주십시오, 폐하!"

목소리가 더욱더 덜덜 떨리는 것이 느껴졌다.

애처롭게 비는 촌장의 시선이 루다를 향했다. 도움을 청하는 촌장의 시선에 루다는 팔짱만 낀 채 가만히 촌장을 바라볼 뿐이었다.

따가운 루다의 시선에 촌장은 둘 곳 없는 시선을 빙빙 돌리다가 아르비드와 눈이 마주쳤다.

아르비드가 썩 내키지 않는 표정으로 촌장의 말에 반박했다.

"여신상이 없다면 황성에 새로운 여신상 제작 의뢰를 넣었어야 한다. 하지만 황성에는 들어온 서류가 없어."

"그, 그것이 깨진 지가 얼마 되지 않아서입니다."

"얼마 되지 않았더라도 손상된 후 바로 올렸다면 아직 내가 제작 의뢰서를 받지 못했을 리가 없다."

"그, 그것이…… 어제 깨졌기 때문입니다!"

아르비드가 추궁할 때마다 촌장은 그럴듯한 변명을 내뱉었다. 딱히 말꼬리를 물고 늘어질 것도 없었다.

하지만 루다는 이상하게 이 촌장이 하는 말을 믿기가 힘들었다. 분명 그럴 수도 있는 일들인데, 마치 준비된 변명 같다는 생각이 계속 들었다.

루다는 팔짱을 낀 채 둘의 대화를 듣다가 아르비드 쪽으로 다가갔다. 뭐라도 좀 더 꼬치꼬치 캐묻고 싶은데, 심증뿐이니 어떻게 할 수도 없었다.

우선 쓸데없는 추궁보다는 퀘스트를 잘 클리어할 방법을 찾는 게 좋을 것 같았다.

"그럼 여신상 의뢰가 들어가면 대충 시간은 어느 정도 걸리지?"

"촉박하게 제작한다 하더라도 3주는 잡아야 합니다."

"너무 오래 걸리는데?"

"조각해야 하고, 사제가 축복도 해야 합니다. 이곳 유르센과 수도 인 하르아느를 왕복하는 시간도 있습니다. 모든 것들을 다 했을 때 아무리 촉박하게 진행해도 3주 이하로는 불가능할 것입니다."

"내가 그걸 제일 최우선으로 처리하라 하더라도?"

"그것을 염두에 뒀을 때의 계산법입니다."

"짜증 나네."

그럼 이제 어떻게 해야 하지? 까마득해졌다.

유르센 마을에 들어서는 순간 좌표를 찍었기에 배달이야 텔레포트로 하면 된다지만, 다시 여기까지 와서 여신상을 살피고, 무엇 때문에 여신상을 살피라고 했는지 알아내고, 해결하고, 뭔지 확실하지도 않은 보상을 받아 내기에는 시간이 너무 오래 걸릴 것이 분명했다.

술술 풀리는 것이 하나도 없었다. 내가 보상 좀 얹어 달라 그래서 복수하는 건가? 하는 생각까지 들 정도였다.

그럼 이제 어떡하지? 최소한 여기에서 무엇을 진행하려면 3주라는 시간을 기다려야 했다. 이게 이렇게 오래 걸리는 퀘스트였나? 잘못 고른 퀘스트였을까?

루다가 고민에 빠졌다.

악신의 기원을 찾으라는 또 다른 퀘스트는 타라를 만났을 때 그녀가 직접 말한 것이었다.

그리고 지금 루다가 진행 중인 퀘스트는 타라와 직접 만났을 때 언급조차 없는 퀘스트였다.

이게 설마 루다가 타라의 말을 잘 듣는지 아닌지 시험해 보겠다는 심산은 아니겠지.

타라가 아무리 염치가 없는 것 같았지만 그 정도까지는 아닐 거라고 루다는 상식적으로 생각하기로 했다.

지금 형우의 기억 조각을 찾는 퀘스트를 진행하기 위해서는 3주가 필요했다.

효율성을 생각했을 때, 그 3주 사이에 무언가를 진행하는 것이 좋았다. 가령 타라가 직접 말한 퀘스트 같은 것 말이다.

하지만 그 퀘스트를 무작정 진행하기에는 미심쩍은 부분이 한두 개가 아니었다. 타라에게 퀘스트가 어째서 두 개인지, 도대체 이게 무슨 일인지 물어봐야 했다.

그러려면 또 여신을 찾아가야 하고. 거기는 성소다 어쩐다 하는 이유로 텔레포트 좌표도 안 찍히는 곳이었다.

루다는 머리가 아파지기 시작했다.

제대로 되는 일이 하나도 없었다.

이것저것 아무리 고민해 봐도 답은 하나였다. 우선은 여기 유르센에서 최대한 할 수 있는 데까지 해 보자.

여신상이 없으면 여신제에 대해서라도 알아보자. 무언가 알아낼 수 있지 않을까?

루다는 아르비드에게 향했던 시선을 돌려 촌장에게 향했다. 촌장이 히익, 하며 흠칫 떠는 것이 보였다.

하지만 루다에게 지금 그런 것은 중요한 것이 아니었다.

"이봐, 촌장. 나는 이 마을의 여신상이 궁금하거든. 여신의 음성이 들렸는데 여기 여신상에 뭔가 특별한 게 있대. 뭔지 알아? 아, 혹시 여신상이 아니면 여신제에 대해서라도."

회관 안에 있던 모두의 시선이 동시에 루다에게 향했다.

여신의 음성이 들렸다는 것이 어떤 것을 의미하는지 그들의 주군은 알고 말하는 것일까?

여신을 직접 만났을 때도 대단하다고 생각했지만, 여신의 음성이 들려서 그 음성을 따라왔다는 것 역시 그에 뒤지지 않는 대단함이었다.

루다가 말하고 있는 것은 에세나의 창조서에나 나올 법한 이야기였다.

그럼 지금까지 루다가 했던 이상한 행동들은 전부 여신과의 대화였던 것인가!

하는, 진실과는 비슷한 듯 다른 결론을 내리며 그들은 조금 더 경건해진 마음으로 촌장의 대답을 기다렸다.

"저, 저희 제사에 그런 특별한 것이 있을 리가요. 그저 다른 제사와 똑같이 여신께 음식을 올리고 기도를 드리는 것뿐입니다!"

루다는 촌장의 대답에 미간을 찌푸렸다.

분명 맞는 말인데, 왜 영 믿기지 않는 것일까?

루다는 감이 좋았다. 머리는 좋지 않아도 감은 좋다고 스스로 확신하고 있었다.

그런 루다가 선뜻 믿을 수 없다는 것은 이 마을에서 무언가가 일어나고 있다는 이야기가 아닐까?

루다는 고민하다가 우선은 자신의 촉이 시키는 대로 진행해 보기로 했다.

여신상이 없다면 여신제에 대해서 알아보면 될 일이었다. 저크시즈의 여신제라고 하면 마을에 다 같이 모여서 진행하니, 제를 올리는 제소나 기도문을 적어 두는 성서 같은 거라도 있겠지.

"그럼 제사는 어디서……."

'지내지?'라고 물어보려는 찰나였다. 문이 벌컥 열리는 소리가 루다의 말을 삼켜 버렸다.

"촌장님, 제 준비가 끝나 가고 있습니다. 이번 사제를……."

들어온 남자가 촌장을 향해 다다다 말하다가 루다 일행을 발견하고는 바로 입을 다물었다.

순식간에 마을 회관 안에는 침묵만이 가득했다.

긴장이 팽배한 침묵 속에서 루다의 시선이 사내에게 갔다가 그 옆으로 돌아갔다.

허락 없이 들어온 사내의 옆에는 열 살을 갓 넘겨 보이는 소년이 잔뜩 겁먹은 얼굴로 서 있는 것이 보였다.

문을 열어젖히고 급한 일이 있는 것처럼 들어왔던 남자는 자리에 우뚝 서서 루다와 아르비드, 기사 그리고 촌장을 몇 번이나 번갈아 보고 있었다.

무릎 꿇고 있는 촌장, 그 앞에 팔짱을 끼고 촌장을 내려다보고 있

127

는 루다, 그 뒤를 호위하듯 에워싸고 있는 세 명의 기사들까지. 지금 상황이 심상치 않다는 것쯤은 바보라도 알 수 있었다.

그 광경을 눈에 담던 사내의 얼굴이 점점 희게 질리는 것이 보였다.

사내는 그 자리에 서서 밖으로 나가지도 못하고 어떻게 하지도 못한 채 엉거주춤 서 있을 뿐이었다.

잠시간의 침묵 후, 입을 연 자는 아르비드였다.

"분명 제를 지내지 않는다고 보고 들었는데."

무언가 탐탁지 않다는 어조가 가득 담긴 목소리였다.

사태가 이상하게 돌아가고 있는 모양인데?

루다는 여기에 조금 더 도움을 보태기로 했다.

"왜? 무슨 문제 있어?"

"제를 지내기 위해서는 여신상이 있어야 합니다."

"호오, 그래?"

루다가 과장되게 맞받아쳤다. 그리고 머리를 조아리고 있는 촌장을 위아래로 훑었다. 그 모습이 마치 먹이를 눈앞에 둔 육식동물과도 같았다.

"지금 이 마을에는 여신상이 없다고 합니다."

루다가 시선을 들어 촌장의 눈과 정확히 마주했다. 루다가 미소 지었다.

"내가 잘못 들었나?"

그녀의 입가에 걸리는 미소는 결코 자애로운 미소가 아니었다. 자애는커녕 촌장의 눈에는, 그녀의 미소가 마치 지옥에서 올라온 악마의 미소와도 같았다.

"그, 그것이 저희가 여신상은 없지만 여신제는 드려야 하기에 어쩔수 없는 선택이었습니다."

128

루다의 기세에 눌린 촌장이 더듬더듬 최대한 변명을 하기 시작했다.

하지만 루다는 이제 그 변명을 믿을 수가 없었다. 촉이 우선 그렇게 말했고, 지금 눈에 보이는 상황이 지금까지 촌장이 했던 짓거리가 거짓말이라고 확신해 주는 것이나 마찬가지였다.

"이게 가능한 일이야?"

루다가 아르비드에게 물었다. 궁금함 반, 가능하지 않을 것이라는 믿음 반으로 던진 질문이었다.

루다의 질문에 아르비드가 잠시 생각에 잠겼다가 입을 열었다. 썩 좋아 보이는 표정은 아니었다.

"불가능한 이야기는 아니지만……."

"석연치 않다는 말을 하고 싶었지?"

"예."

"응, 나도 그래."

팔짱을 끼고 고개를 모로 기울여 말하는 루다의 목소리에는 불쾌함이 담겨 있었다. 아까부터 올라오던 의심이 이제는 확신으로 바뀌었다.

뭐 평소라면 그러려니 하고 넘어갈 수 있겠지만, 퀘스트의 내용이 걸렸다.

퀘스트가 루다를 이쪽으로 향하게 했다.

타라가 루다를 엿 먹이기 위해 부린 수작일 수도 있지만 지금 이들의 태도를 보아하니 그게 아닐 것 같다는 느낌이 강하게 들었다.

분명 여신상이 없어 제사를 지내지 않는다 했으면서, 지금은 여신제를 운운하는 자가 나타났다. 이제까지 그나마 전부 맞아떨어지던 촌장의 변명들이 와장창 깨지는 순간이었다.

루다와 아르비드의 대화에 촌장이 다급하게 끼어들었다.

"억울합니다! 여신상은 며칠 전, 이름 모를 괴한에 의해서 파괴되어 저희 역시 잘 알지 못합니다!"

"그래?"

"그렇습니다! 믿어 주십시오! 카누토, 내가 분명 어제 여신상이 깨졌다고 말하지 않았느냐!"

"죄, 죄송합니다, 촌장님! 잠시 깜빡했습니다! 자, 나가자."

촌장이 사내에게 버럭 소리 질렀다. 의심받은 것이 정말로 억울한 듯 촌장의 눈에는 미미한 눈물마저 맺혀 있었다.

촌장의 타박에 갑자기 난입했던 카누토라는 사내는 다급하게 등을 돌리고는 문고리를 잡았다. 반대쪽 손에는 소년의 손목을 함께 잡은 채.

사내의 손에 잡힌 소년은 거의 끌려 나가다시피 하고 있었다.

"잠깐."

황급히 나가는 그 둘을 루다가 제지했다. 서둘러 걸음을 옮기던 사내의 발이 우뚝 멈췄다.

"어차피 너희도 여신제를 드리고 싶었던 거 아니야? 그런데 불행하게도 여신상이 깨져 있었고, 그래서 아주 불행하게도 너희는 너희가 추앙해 마지않는 타라 여신님께 제를 드리지 못하게 되었어. 그래서 그게 너무 슬플 거야. 그렇지 않아?"

루다의 질문에 촌장이 무언가 변명이라도 할 것처럼 입을 열었다. 하지만 루다는 그가 대답할 틈을 주지 않았다.

대답을 바라고 한 질문이 아니었다. 그냥 답은 정해져 있고 너는 말하면 되는 질문이었다.

촌장의 목울대로 침을 삼키는 것이 보였다. 초조함을 숨기려 했지만 그 초조함을 도무지 감출 수가 없는 모양이었다.

루다는 옳다구나 생각하며 말을 이었다. 빙긋, 절대 촌장에게는 반갑지 않을 미소를 지으며.

"그렇다면, 나도 그 여신제에 참석할까 하는데."

말을 끝맺는 그녀의 표정은 단호했다. 거절은 허용하지 않겠다는 뉘앙스가 다분했다.

"예?"

"지당하신 말씀입니다."

제안도 아닌 일방적인 통보에 상반된 반응이 돌아왔다. 화들짝 놀라는 촌장과 지당하신 말씀이라는 듯 고개를 끄덕이는 아르비드.

루다가 한 걸음, 아르비드에게 다가갔다. 그리고 오른손으로 아르비드의 등을 팡팡, 두드렸다.

"우리 알비가 말이야, 이래 봬도 황성에서 20년은 지낸 사람이야. 그래서 국법에 대해 아아아아주 잘 안단 말이지."

"폐하, 제 나이가 지금……."

몇인 줄 아십니까? 반박하려는 아르비드에게 눈짓을 주었다. 눈치가 없는 자라도 그 눈빛을 보면 알 수 있는데, 눈치가 있는 아르비드는 그녀의 뜻을 단박에 알아챌 수 있었다.

'가만히 있어.'

그래서 아르비드는 루다가 원하는 대로 답하기로 했다. 절로 나오는 한숨은 애써 속으로 삼킨 채.

"그렇다. 황성에서 나만큼 국법에 통달한 사람을 찾기가 힘들지."

그의 어조에서는 알 수 없는 포기마저 느껴졌다.

정확히 원하던 아르비드의 대답에 루다는 고개를 끄덕였다.

'그래, 말귀 잘 알아듣네.'

아르비드만 눈치챌 생각을 하며 루다가 말을 이었다.

"그런데 그런 국법에 통달한 기사단장이 지당하시다잖아? 그래서 말이야."

아까보다 더욱 짙어진 웃음에 촌장이 불안한 표정으로 침을 꿀꺽 삼켰다. 루다가 그 모습을 바라보며 의기양양하게 말을 이었다.

"에세나 진영의 군주로서, 여신의 뜻을 이어받은 시타라로서, 이 사태를 그냥 보아 넘기기 힘들단 말이지. 너희들도 여신상이 없어서 분명 난감했을 거야. 그러니까 여신의 인도를 받는 내가 직접 제에 참가하겠다고. 얼마나 성은이 커. 그렇지?"

말을 끝맺으며 루다가 어깨를 으쓱했다. 이 당연한 말에 반박할 말 있으면 반박해 봐, 하는 태도였다.

루다의 태연한 행동에 아르비드는 조금 어이가 없는 눈빛으로 루다를 바라봤다.

어제는 여신 따위 다 죽여 버릴 것처럼 행동해 놓고는 마치 여신의 충실한 개인 것처럼 말하다니.

하지만 반박할 수 있는 말은 없었다. 이쯤 되면 루다를 섬기는 것이 제 업보라고 느껴질 정도였다.

뻔뻔한 루다가 어이없었지만 그렇다고 루다의 행동을 반대하고 싶은 마음은 없었다. 무엇보다 아르비드 역시 이 마을을 조금 더 조사해 보고 싶었다.

그래서 아르비드는 루다의 장단에 맞춰 주기로 했다.

"예, 지당하신 말씀입니다."

자연스럽게 흘러가는 방향에 촌장은 점점 할 말을 잊기 시작했다. 얼굴 역시 서서히 핏기가 사라지고 있었다.

그래서 루다는 확신했다.

이 마을에 여신상에 관련된 무언가가 있다고.

어쩌면 3주 동안 기다리지 않아도 되겠다, 생각하며 루다가 다시 한 번 질문을 던졌다.

"어때? 싫으면 거절해도 돼."

물론 루다의 질문에 해야 할 촌장의 답은 정해져 있었다.

"황송하옵니다, 폐하!"

정해진 답을, 촌장이 머리를 조아리며 크게 외쳤다.

결국, 촌장은 에세나의 군주이자 여신 타라의 은총을 받는 자를 제사에 초대하고 말았다.

✳

소동 아닌 소동이 지난 후, 촌장은 루다 일행을 숙소로 안내했다. 혹시 모를 귀빈을 위해 마련된, 유르센 마을에서 제일 좋은 숙소였다.

루다는 그 숙소가 마음에 들었다.

제가 살던 원룸을 세 개는 합쳐 놓은 것 같은 크기에, 벽면 하나 전체가 전부 창문이었다.

창문 밖으로는 마을 뒤편의 냇가가 보여 지금까지 혼란스러웠던 마음을 조금이라도 평온하게 만들어 주고 있었다.

조망부터 침대, 내부 크기, 장식까지 루다의 마음에 쏙 들었다.

아, 이런 생활이 익숙해지면 안 되는데. 그래도 언제 이렇게 고급스러운 생활을 하겠어, 하며 루다는 침대에 대자로 드러누웠다.

여기저기 돌아다니고 사람들을 만나고 머리를 써 대느라 피곤했지만 바로 잠이 오지는 않았다.

이 마을에서 어떤 일이 일어나고 있는지 알아내야 했다. 그것이 루다가 그리도 찾아다니던 남자 친구의 기억과 밀접하게 연결되어 있었다.

우선은 퀘스트부터 다시 확인하자. 퀘스트가 진행은 되는 건지 눈으로 확인해야 했다.

"퀘스트!"

"미친?"

뭐가 이렇게 밑도 끝도 없어? 위험에 빠진 소녀를 내가 어떻게 알아. 아니, 그리고 '여신제에 참가하라!'는 또 목록에 왜 들어 있어?

퀘스트가 진행되는 꼴이 가관이었다.

아니, 그럼 뭐 퀘스트 하나 깨고 또 확인하고 하나 깨고 그래야 하는 거야?

그럼 알람이라도 주든가! 띠링, 하고 주면 내가 확인이라도 하지. 그리고 그다음 퀘스트는 뭐가 이렇게 뜬금없어?

〈저크시즈〉가 시중에 나와 있던 게임 중에서 어렵기는 했지만, 이 정도까지는 아니었다.

난이도가 높은 이유는 여러 가지였다. 보스 몬스터의 레벨, 힌트도 없는 퀘스트가 가끔 던져져 노가다를 뛰어야 하는 것 등등.

하지만 그 노가다성 퀘스트에도 최소한 위험에 빠진 소녀의 위치 정도는 알려 주곤 했다.

하지만 이건 뭐, 이 마을의 모든 소녀를 다 뒤져 봐야 할 판이었다.

"아오! 저크시즈 망해라!"

루다는 괴성을 지르며 머리를 헝클어뜨렸다.

도대체 뭘 어쩌라는 건지 알 수가 없었다. 이건 이 마을을 돌아다니며 죄다 뒤져 보라는 말이나 마찬가지였다.

이제는 어디 인터넷에서 공략도 찾아볼 수 없으니 정말 답이 없었다.

머리를 팽팽 굴리다가 그녀는 침대에서 벌떡 일어났다.

하도 머리를 굴리려다 보니 배가 고파졌다. 이렇게 방이 크면 밥도 맛있겠지.

루다는 일어나 1층으로 향했다. 한 칸 한 칸 내려갈수록 맛있는 냄새와 그 냄새의 근원지인 음식들이 눈에 보이기 시작했다.

차려진 음식은 굉장히 푸짐했다. 잘 구워진 스테이크에다가 손질이 잘된 채소, 적당히 묽은 수프, 거기에 고급스럽게 보이는 와인까지 한 상 가득 차려져 있었다.

내려간 곳에는 아르비드와 이름 모를 기사 두 명이 이미 내려와 있었다. 루다가 자리에 앉자 그들이 꾸벅 인사하고는 같이 테이블에 앉았다.

귀찮은 시종 따위 치워 줬으면 좋겠다고 말한 것이 효과가 있었던 모양인지 그곳에는 루다가 황성에서부터 데려온 일행들밖에 없었다.

루다는 그녀의 옆에 앉은 아르비드에게 말을 걸었다. 그래도 눈앞에 맛있는 음식들이 차려져 있으니 아까보다는 조금 기분이 풀려 괜히 실없는 말이라도 하고 싶었다.

"알비."

"예."

"나, 좀 군주에 재능 있는 거 같지 않아?"

"……예, 동의합니다."

어이없다는 표정이 순간 나타났다가 사라졌다. 그 찰나의 표정을 루다는 놓치지 않았다. 대답 전에 자리했던 잠깐의 침묵 역시 놓치지 않았다.

"대답이 늦었어. 무엄하다."

"송구하옵니다, 폐하."

"응, 그렇게 생각 안 한다는 건 알겠다."

"오해입니다."

표정 변화는 없지만 아르비드가 무슨 생각을 하고 있는지 알 것 같았다. 사람이 이렇게 표정을 못 숨기다니.

여전히 진심이라고는 한 톨도 묻어나오지 않는 아르비드의 대답에 루다가 됐다는 듯 오른손을 좌우로 저었다.

아르비드는 입을 다물었다가 다시 열었다.

"하지만 여신제에 참석하신다는 것은 탁월한 선택이었습니다."

"병 주고 약 주기?"

"그럴 의도는 없었습니다."

"그건 나도 알아."

아르비드의 말에 한마디 던져 주고는 몸이 찌뿌둥한지 기지개를 쭉 켰다.

아르비드가 융통성이 없어서 그렇지 이런 말까지 거짓말할 사람은 아니었다. 이제 식기 전에 음식이나 먹어야지.

에세나의 군주를 위한 음식인데 나름 신경 쓰지 않았을까? 스트레스도 받았는데 맛있는 음식이라도 먹으면서 풀어야지.

루다가 밥을 먹으려고 숟가락으로 수프를 뜨려는 때였다. 루다가 갑자기 행동을 멈췄다.

"잠깐!"

본인만 멈춘 게 아니었다. 다급하게 음식을 먹으려던 다른 세 명의 행동까지 저지했다.

"예?"

"아주 깜찍한 짓을 하는데?"

내뱉은 그녀의 어조에는 분노가 담겨 있었다.

조금 전까지 장난치던 루다의 모습과는 정반대의 모습이었다. 입은 웃고 있었지만, 그 웃음 역시 누군가를 향한 비웃음이었다.

어이없다는 듯 웃으며 내뱉는 다음 말은 루다와 같은 테이블에 앉아 있던 세 명 역시 절대 무시할 수 없는 내용이었다.

"수면제를 타?"

"예?"

있을 수 없는 말에 아르비드와 기사 두 명이 화들짝 놀라 동시에 되물었다.

말을 하는 루다 역시 당황스러웠다.

수면제라니? 그 음식들 위에 있는 상태 이상 표시가 없었다면 감지하지도 못했을 것이다.

밥을 먹으려고 코앞으로 끌어온 음식 위에 상태 이상을 보여 주는 보라색 위험 표시가 떠 있었다. 그 옆에 적혀 있는 '수면 이상'이라는 표시는 이 음식 안에 들어 있는 것이 무엇인지 여실히 보여 주고 있었다.

이 나라의 기사에게, 더 나아가 군주에게 바치는 음식에다 수면제라니. 게다가 들어 있는 것이 독이 아니라 수면제라는 것이 더 어이가 없었다.

이 마을이 무언가 숨기고 있다는 것은 알겠는데, 그것이 루다의 생각보다 훨씬 크고 절대 걸려서는 안 되는 일인 모양이었다. 그렇지 않고서야 기사와 황제에게 이런 반역에 가까운 짓을 할 리가 없었다.

그들이 먹는 음식에 탄 것은 지금 당장 그들을 잠들게 만드는 수면제가 아니었다. 지금 저녁을 먹고 촌장이 내어 준 고급스러운 방에 몸을 눕힐 때쯤이면, 그제야 효과가 오는 수면제였다.

같이 식사를 하려던 두 명의 기사가 기겁하며 식기를 내려놓았다.

루다는 들었던 숟가락을 테이블에 진즉 내려놓은 상태였다.

음식을 한술도 뜨지 않은 채, 무언가 생각에 잠긴 듯 루다가 탁자를 두어 번 손가락으로 툭툭 두드렸다.

정확히 어떤 꿍꿍이를 꾸미고 있는 줄을 모르겠다. 하지만 뭐가 됐든 원하는 대로 움직여 줄 수는 없었다.

"정화!"

그녀의 말이 끝남과 동시에 아르비드와 두 명의 기사는 아무것도 보이지 않음에도 테이블에 성스러운 기운이 닿았다가 사라지는 것을 느낄 수 있었다.

"이것은 무슨……?"

"정화했어. 먹어도 돼."

독을 정화했다고? 수면제든 아니든 상태 이상을 불러온다는 점에서 어찌 됐든 독이었다. 그런 독을 정화했단다. 눈앞의 새로운 군주가.

너무 대단한 장면을 계속 봐서 그런지 이제는 놀랍지도 않았다.

그저 지금 더 중요한 것은 음식의 정화 여부보다는 이 음식에 독을 탄 사람이 누구인가 하는 것이었다. 그리고 아르비드도, 두 명의 기사도, 그리고 루다까지도 그 범인이 누구인지 알 것 같았다.

"가서 촌장을 잡아 와야겠습니다."

마을 촌장밖에 없었다. 그에 더해 이상한 건 마을 촌장뿐이 아니었다. 이 마을에는 전체적으로 긴장감이 흐르고 있었다.

무언가 에세나의 군주가 알아서는 안 되는 것을 마을 단위로 꾸미고 있던 것이 분명했다. 바보가 아닌 이상 그 사실을 알아채지 못할 리가 없었다.

아르비드가 표정을 일그러트린 채 자리에서 일어났다. 지금 당장이라도 촌장을 잡아 올 기세였다.

하지만 루다는 아르비드를 만류했다.

"아니, 그냥 있어. 도대체 뭔 짓을 하려고 수면제를 탔는지 궁금하거든."

도대체 왜, 그들은 음식에 수면제를 탔을까?

지금 당장 가서 깽판을 치면 기분이야 편하겠지만 얻는 것은 없었다.

최대한 그들의 의도대로 움직여 주는 것이 좋았다. 그렇기에 루다는 아직은 촌장을 추궁하지 않는 것을 택했다.

하지만 그런 루다의 결정이 아르비드는 마음에 들지 않는 모양이었다.

"허나, 위험합니다!"

"내가? 아니면 너희가?"

루다의 얼굴에는 미소가 걸려 있었다.

아르비드는 코앞에서 턱을 괴고 물어 오는 루다의 질문에 쉽게 답할 수가 없었다. 입술 끝에 걸려 있는 그녀의 웃음에는 자신감이 듬뿍 담겨 있었다.

여기 있는 그 누구도 그녀의 질문에 그녀가 걱정된다고 답할 수가 없었다. 이 자리에서 수면제를 알아챈 것도 그녀뿐이었고, 정화의 의식을 행한 것도 그녀였다.

그뿐만 아니라 이곳에서 그녀에게 한꺼번에 달려든다 해도 그녀를 이길 수 있는 사람은 단 한 명도 없었다.

모두가 입을 다물었다.

"지켜 줄까?"

"……아닙니다. 내일까지 기다리겠습니다."

"괜찮지? 레벨 100대면 웬만한 일에는 죽지 않거든."

"……예, 괜찮습니다."

139

이어지는 루다의 말이 정확히 무슨 말인지 해석할 수는 없었지만, 대충 그녀가 전달하는 바는 알 수 있었다.

너는 약하지 않으니 내가 지켜 주지 않아도 살아남을 수 있지? 하는 질문으로 받아들였고, 아르비드는 거기에 짧게 대답할 뿐이었다.

담백한 대답과는 달리 주군이 나를 믿어 주는구나! 쓸데없이 감동했지만, 루다는 알 리가 없었다.

이러나저러나 어쨌든 루다 일행을 재워 버리겠다는 계획은 겉보기만으로라도 촌장의 뜻대로 흘러가고 있었다.

✱

그들은 식사를 마치고 방으로 돌아왔다. 아르비드는 옆방으로 들여보낸 후였다.

루다는 한숨을 길게 내쉬고는 침대에 누웠다.

이제 자야 했다. 정확히 말하자면 자는 척을 해야 했다. 왜냐면 수면제를 먹었으니까.

루다는 촌장의 계략에 걸렸기 때문에, 이제 푹 자 줘야 하므로.

그렇게 눈을 몇 번 깜빡인 루다는 그대로 눈을 감았다.

피곤한데 잠은 오지 않았다. 제일 싫어하는 감각인데, 루다는 찡그리려던 미간을 애써 막아 냈다. 최대한 자는 척해야지.

가만히 누운 루다의 모습은 무언가 공작을 꾸미는 자들의 눈에는 수면제에 취해 잠든 것처럼 보이기에 충분했다.

루다가 눈을 감고 어느 정도 시간이 흐른 후였다. 갑자기 방 안에 바람이 들이닥쳤다.

루다가 침대에 눕기 전에 창문을 닫아 놨으니 바람이 들어올 리는 없었다. 상황을 대충 파악할 수 있었다. 누군가가 문을 열고 들어왔겠지.

어둠에 숨어들어 온 누군가가 살금살금 루다에게 다가갔다.

그는 루다의 감은 눈 위에서 손을 한 번 휘저었다. 루다는 눈을 뜨지 않았다.

암살자는 성공을 직감하며 칼을 높이 들어 올렸다. 그리고 그대로 찍어 내렸다. 검 끝의 목적지는 루다의 심장이었다.

"어지간히도 얕보였나 보네."

갑자기 들려오는 목소리에 암살자는 눈을 크게 떴다.

목소리가 들려오는 것과 동시에 암살자는 알 수 있었다. 이번 암살은 실패했다. 그만둬야 하나?

하지만 검 끝과 루다의 심장은 이제 1밀리미터도 채 남아 있지 않았다. 이대로 내리찍으면 1초면 끝난다.

찰나의 고민 후 암살자는 그대로 칼을 내리꽂는 것을 선택했다.

그 생각으로 빠르게 내려가는 암살자의 손을 루다가 낚아챘다. 어떤 움직임도 읽어 낼 수가 없었다. 암살자는 제 시야가 뒤집히는 것을 느꼈다.

제 허리 위에 묵직한 것이 느껴졌다. 오랜 암살 경력으로 그는 알 수 있었다. 그는 지금 제압당하고 있었다.

"묻지 않아도 알 것 같지만, 누가 보냈지?"

가소로움이 가득 담긴 목소리였다. 암살자는 지금 제가 처한 상황이 믿기지 않았다. 자신은 일부러 이 여자를 노렸다.

이유는 하나였다. 지금 에세나 지역을 물들이는 소문 때문에.

에세나의 새로운 군주는 그저 여신의 힘을 등에 업었을 뿐인 힘없는 황제라는 소문이 에세나를 물들이고 있었다.

그리고 암살자는 그것을 믿고 있었다. 암살자뿐 아니라 촌장도, 마을 사람들도.

성의 기사들은 그 소문이 거짓이라는 것을 알고 있지만, 직업의 특성상 성 밖에 자주 나가지 않았기에 소문은 쉽게 바로잡히지 않았다. 해서 이미 에세나 전역에 퍼진 이 소문을 바로잡아 줄 수 있는 사람은 많지 않았다.

그렇기에 암살자가 제일 먼저 노린 것이 루다였다. 가진 능력이 타라의 이름뿐이라면 암살에 실패할 리가 없다고 생각해서.

그래서 암살자는 지금 굉장히 당황하고 있었다.

나름대로 생각 후에 움직인 결과가 이것이라니. 임무 실패만으로도 쓰라린데 그의 뒤로 꺾인 팔 역시 너무나도 고통스러웠다.

암살자는 겨우겨우 뒤를 돌아보았다. 그곳에는 루다가 불쾌한 얼굴로 저를 바라보고 있었다.

이대로는 안 됐다. 암살자는 루다에게 작은 검 조각을 날렸다.

최후의 위기 상황에서 사용하는 공격이었다. 보통 상대를 제압했다고 생각해 방심하는 자들에게 높은 확률로 먹히곤 했다.

하지만 루다는 그 공격이 우스워 보였다. 눈에 뻔히 보이는 궤적에, 속도도 파괴력도 썩 높지 않다. 레벨 112짜리가 던지는 공격이 치명적일 리가 없었다.

루다에게 날아가던 검 조각이 언제 나타났는지 모를 얼음 조각에 가로막혔다.

"무슨?"

암살자의 당황에 젖은 목소리가 들렸다. 루다는 그러든지 말든지, 남은 왼손으로 흘러내린 머리를 쓸어 올렸다.

상대가 저럴 여유가 있다는 사실에 암살자는 더욱 암담해졌다. 그러든지 말든지 루다는 제 안에서 이미 내린 결론을 내뱉었다.

"이거 촌장이 시킨 일이지?"

"……!"

확신에 찬 루다의 질문에 아까와는 달리 암살자의 표정에는 아무런 동요조차 없었다.

오히려 무언가 결연한 의지를 다진 눈이었다. 그 눈을 보자 루다는 직감했다.

아, 이 인간 자결하려고 하는구나.

"어디서 마음대로 죽으려고 해."

루다는 그대로 암살자를 벽으로 날려 버렸다. 커다란 덩치가 참 쉽게도 날아갔다.

벽에 등을 처박힌 그의 옷소매에 무언가가 날아와 박혔다. 루다가 날린 얼음 조각이었다.

동시에 그의 입안에 무언가가 채워지는 것이 느껴졌다. 차갑되 죽지는 않을 얼음 덩어리였다.

"혀 깨물고 죽거나 네 혀 뒤에 있는 독 터뜨려서 죽는 건 못한다."

머리를 쓸어 올리며 루다가 말했다. 긴 머리를 넘기고 나타나는 그녀의 표정에는 짜증이 덕지덕지 묻어 나왔다.

"넌 그냥 고개를 끄덕이거나 가로로 저으면 돼. 내 말이 맞으면 끄덕, 아니면 가로로. 알겠지?"

그 질문에 암살자는 아무런 반응이 없었다.

루다가 손가락을 한 번 퉁겼다. 그의 다리가 얼음에 휩싸였다. 급속도로 얼어붙은 다리는 차갑다기보다는 고통스러웠다.

"아이스 애로우."

루다의 말과 동시에 돌진하는 얼음 화살이 암살자의 얼어 있던 다리를 향해 날아갔다.

쨍그랑, 무언가가 깨지는 소리가 들렸다. 동시에 암살자의 얼굴이 일그러지는 것이 보였다.

"엄살 피우지 마. 처음이라 최대한 쉽게 들어간 거니까. 네가 제대

143

로 대답만 해 주면 네 목숨은 살려 줄게. 자, 끄덕."

하얗게 굳은 얼굴로 암살자가 고개를 끄덕였다.

"좋아, 이제야 말을 잘 듣네. 질문은 몇 개 없어. 이거 의뢰한 사람, 여기 촌장이지?"

그가 고개를 끄덕였다.

"너, 너무 의리 없는 거 아니야? 아무리 네 목숨이 중요하대도 네 의뢰인을 이렇게 쉽게 팔아먹어?"

루다가 어이없는 표정을 지었다.

뭐야, 이거 난이도가 갑자기 급감한 기분인데. 뭐가 이렇게 쉬워, 생각하다가 루다가 무언가 깨달았다는 듯 손가락을 퉁겼다.

루다가 한 걸음 걸어 그의 앞으로 다가갔다.

"아니면 촌장보다 더 큰 세력이라도 있나? 예를 들자면 아타나스 진영에서 꽤 실력 있는 자를 암살자로 고용할 만한 좀 거대한 세력 같은 거 말이야."

별거 아니라는 듯 루다가 내뱉었지만 그 내용은 쉽게 무시할 수 있는 것이 아니었다.

암살자의 눈이 크게 떠졌다.

그는 큰 동요를 숨기지 못했다. 설마하니 저 여자가 그 사실까지 알아챌 것이라고는 생각조차 하지 못했기에.

일반적으로는 그가 아타나스 진영인지, 에세나 진영인지 알아챌 수가 없다. 사람 머리 위로 보이는 상태 창에도 그런 것은 나오지 않는다.

루다가 이 암살자를 아타나스 진영의 암살자라고 유추하게 된 것은 방금 그가 던진 검 때문이었다.

루다가 쳐서 떨어뜨린 그 검의 이름은 '타락한 신의 조각'이었다. 악신의 조각을 품에 넣고 사용하는 사람이 에세나의 사람일 리는 없었다.

암살자의 동요는 금세 끝났지만, 그 잠시간의 동요는 루다에게 확신을 심어 주기에 충분했다.

"그래서 촌장을 물어보는 말에 고개를 끄덕인 거구먼. 이 소동을 그저 이 마을의 일로 끝맺으려고. 그렇지?"

암살자는 더 이상 고개를 끄덕이지 않았다. 그 침묵이 오히려 루다에게 확신만 더해 줄 뿐이었다.

"이 마을, 이단이라도 돼?"

그녀의 어조는 질문이 아니었다. 확신을 다시 물어보는 어투였다.

그 순간이었다. 거대한 폭발음이 루다의 방 안을 울렸다.

갑작스러운 폭발음에 루다가 반사적으로 스킬명을 외쳤다.

"아이스 쉴드!"

그녀의 주변에 커다랗고 동그란 벽이 형성되어 그녀를 공격으로부터 방어했다. 그 어마어마한 폭발 후, 방 안을 가득 채운 것은 뿌연 연기뿐이었다.

열린 창문으로 연기가 빠져나가자 방 안 풍경이 다시 눈에 들어오기 시작한다.

"으, 기분 나빠."

암살자는 아무런 움직임도 없었다. 다시는 보고 싶지 않은 꼴로 암살자가 벽에 등을 기댄 채 움직이지 않고 있었다. 죽은 것이 틀림없었다.

"무슨 일이십니까!"

벌컥 문이 열리며 아르비드가 급하게 뛰어 들어왔다가 예상치 못한 연기에 두어 번 기침했다.

아르비드의 시선이 벽에 고정된 채 죽어 있는 한 남자에게 향했다. 암살자는 그대로 미동도 없이 쓰러져 있었다.

"쟤 좀 어떻게 해 줄 수 있어? 꼴 보기 싫어."

루다의 말에 아르비드가 시체에 성큼성큼 다가가 그것을 치우기 시작했다. 뒤이어 달려온 두 명의 기사들과 함께 처리를 끝낸 아르비드가 다시 루다의 방으로 돌아왔다.

방 안에 어질러진 가구들이 조금 전의 육탄전을 여실히 보여 주고 있었다. 루다가 정말 보기 싫어해 피와 사체만 없앴을 뿐이었다.

그나마 조금 깨끗해진 방 안에서 루다가 침대에 앉아 다리를 꼬았다. 그녀의 얼굴에는 짜증이 덕지덕지 묻어 나왔다.

"정말 얕보인 모양인데."

"암습입니까?"

"응, 너희 방에는 안 갔나 봐?"

"아마 다음 표적이 저희였던 모양입니다."

"응, 그런 것 같더라고. 약한 상대부터 빨리 처리하자 생각한 모양인 것 같던데."

아르비드의 미간이 구겨졌다.

약한 상대를 처리한답시고 고른 게 루다라니. 상대를 잘못 골라도 너무 잘못 골랐다.

그렇게 생각하던 아르비드가 루다의 몸에 튄 피 몇 방울을 발견했다.

"다치셨습니까?"

"아니, 이거 내 피 아니야. 알비보다 약한 애를 암습으로 보냈더라고."

"아."

아타나스 진영의 2인자도 아닌 인간을 여기 군주 암습자랍시고 보낸 것이나 마찬가지였다.

대충 이 에세나에, 그리고 에세나를 넘어 아타나스에 루다에 대해

146

소문이 어떻게 퍼졌는지 어느 정도 짐작할 수 있었다.

"저자는 기예르모의 개입니까?"

"네가 봐도 그래 보이지?"

"검은 피를 보니 알 수 있었습니다."

"원래 붉은 피였는데, 내가 이 마을이 이단이냐고 물어봤더니 자살하더라고."

"이단…… 말입니까?"

"응, 기상천외하지?"

루다의 말에 아르비드는 잠시 입을 다물었다.

단순한 사태가 아니었다.

이단이라니. 에세나 곳곳에 이단이 있다고는 알고 있었지만, 루다를 따라온 곳이 이단의 마을일 줄은 몰랐다.

이쯤 되면 단순히 우연이라고 생각하기도 힘들었다.

침대에 앉아서 무언가 생각하던 루다가 무슨 결심이라도 한 듯 자리에서 일어났다. 몸을 푸는 그녀의 모습은 조금 전 아무 일도 없었던 사람의 모습과도 같았다.

"같이 갈래?"

"어디로 가실 생각입니까?"

"어디긴, 촌장 조지러 가야지."

✳

루다와 아르비드, 그리고 두 명의 기사, 이렇게 네 명은 촌장의 집으로 향했다. 새벽인지라 마을에는 어둠뿐이었다.

루다가 띄워 놓은 백색의 구만이 빛을 발하며 주변을 밝힐 뿐이었다. 그 자그마한 빛을 따라가다 보니 어느덧 촌장의 집이었다.

후, 숨을 내쉬며 루다는 집 안으로 성큼성큼 들어갔다.

촌장을 어떻게 조져야 하나. 절대 편하게 해 주지는 말아야지.

몇 번이나 다짐하며 들어선 촌장의 집에서는 아무런 소리도 들리지 않았다.

집 안의 불을 켜고 휘익 둘러봐도 개미 새끼 한 마리도 보이지 않았다.

"얘네들 알고 도망친 거 아니야?"

루다는 촌장이 도망가지는 않았을까 걱정이 되기 시작했다. 암살에 성공하고 돌아와야 하는 자가 아직 돌아오지 않았으니 제 계획이 실패했다고 생각했을 가능성이 컸다.

루다를 따라 집을 여기저기 뒤지던 기사가 루다에게 말을 걸어왔다.

"저기 방에서 불이 새어 나오고 있습니다."

"저기에 숨어 있나?"

망설일 틈도 없었다. 빛이 새어 나온다면 사람이 있는 것이 분명했다.

루다는 그곳으로 성큼성큼 걸어가 문을 확 열어젖혔다. 동시에 찢어질 듯한 비명이 튀어나왔다.

"꺄아아아악!"

목소리의 주인공은 아까 마을 회관에서 봤던 소년이었다.

얘가 왜 여기 있지? 생각하며 주변을 살피던 루다는 순간적으로 당황했다. 아, 여기 욕실이구나. 그리고 소년은, 알몸이었다.

루다는 시선이 그대로 소년에게서 멈춰 있었다. 그래, 소년은 알몸이었다. 분명 소년이었어야 했는데?

아이는 자신에게 꽂힌 시선에 당황한 듯 잠시 멍하니 서 있더니 번뜻 놀라며 후다닥 손에 들고 있던 수건으로 제 몸을 감싸 버렸다.

하지만 이미 그 자리에 있는 모두가 보고 말았다. 있어야 할 곳에 중요한 것이 없는 그 적나라한 소년, 아니 소녀의 알몸을.

자리에서 한동안 가만히 있던 루다가 갑자기 버럭 소리 질렀다.

"너희 다 눈 가려!"

루다는 얼굴을 가리고 한숨을 내쉬었다.

"아니, 이게 대체 무슨 일이야."

말이 돼? 몇 번이나 혼자서 중얼거리던 루다가 소녀에게 성큼성큼 다가갔다.

최대한 루다의 몸으로 소녀를 가릴 심산이었다. 아니, 그게 아니지. 옷이라도 입으라고 해야겠다.

당황해서 생각이 삐거덕거렸다.

걸어가다가 우뚝 멈춘 루다를 보고 무언가 잘못 이해한 모양인지 소녀가 새빨개진 얼굴을 숙이며 기어들어 가는 목소리로 더듬더듬 입을 열었다.

"폐, 폐, 폐하를 뵙습⋯⋯."

"필요 없으니까 옷 입자, 꼬마야. 아, 그리고 너네는 나가 있어."

루다의 말에 아르비드와 기사 두 명은 도망가듯이 후다닥 욕실에서 벗어났다.

이 자리에 있는 모두가 예상치 못한 상황에 당황해 제대로 된 행동을 못 하고 있던 것이 분명했다.

남자들이 전부 밖으로 나간 걸 확인하고 루다는 소녀에게서 몸을 돌렸다. 소녀가 옷을 입을 때까지 기다려 줄 심산이었다.

눈을 둘 데도 딱히 없어 허공을 주시하다가 루다는 퍼뜩 무언가라도 생각난 듯 고개를 들었다. 그러고는 그 생각난 것을 입에 담았다.

"퀘스트!"

혹시 몰라 눈앞에 주르륵 펼쳐진 종이들을 확인했다.

"그렇지! 그래, 이거지."

루다는 기쁨의 환호성을 지르며 new가 깜빡이는 새로운 종이를 찾아냈다.

그래, new가 깜빡인다는 것은 주어진 퀘스트 하나를 클리어했다는 소리였다.

루다는 그 내용을 확인했다.

[유르센 마을에서 위험에 빠진 소녀를 구해라!]
[위험에 빠진 소녀를 발견해라! (완료)]
[new! 소녀에게서 자초지종을 들어 보자! (진행 중)]

어쩌다 발견한 소녀가 퀘스트 해결의 키였다니. 이런 횡재가 다 있나.

"폐하, 다, 다 입었습니다."

때마침 소녀의 떨리는 목소리가 들려왔다.

루다는 퀘스트를 닫고는 소녀에게 몸을 돌렸다. 하얀 상의에 검은 바지를 입은 소녀가 쭈뼛쭈뼛하며 서 있었다.

루다가 소녀에게 다가가 한쪽 무릎을 꿇었다. 눈높이를 맞추기 위함이었다.

놀라 토끼 눈이 된 소녀는 눈에 들어오지도 않는지 루다가 기분 좋게 웃으며 입을 열었다.

"자, 꼬마야. 어떻게 된 일이지? 한번 들어 보고 싶은데."

루다의 질문에 수건을 잡은 소녀의 손이 파르르 떨렸다.

"그, 그게."

소녀는 루다의 질문에 금방 답할 것처럼 굴다가도 몇 번이나 망설였다.

무어라 설명해야 할지 모르겠거나 여기서 루다의 지위가 소녀보다 너무 높아 입이 얼었거나 둘 중 하나였다.

이유가 뭐든지 간에 소녀는 아무 말도 입 밖으로 꺼내지 않고 있었다.

"도와줄까?"

루다는 가만히 기다리다가 조금씩 답답해져 오는 마음에 저도 모르게 질문을 던졌다.

어차피 퀘스트를 진행하려면 도와줘야 하는 것, 바로 본론으로 들어가는 게 좋겠다 싶어서.

하지만 질문 후 곧바로 찾아온 정적에 이게 아닌가 싶었다. 이제 뭐라고 말해야 하지. 퀘스트를 진행해야 하는데.

다음 할 말을 고민하며 볼을 긁적이는 루다의 귀로 자그마한 목소리가 들려왔다.

"……도와주세요."

소녀의 말이 아슬아슬했다.

루다는 여전히 달달 떨고 있는 소녀의 눈을 잠시 바라봤다. 소녀의 눈에 눈물이 맺히는 것이 보였다.

"폐하, 도와주세요. 제발."

눈물 한 방울이 볼을 타고 흘러내렸다. 소녀는 아직 놓지 않은 수건을 꾹 잡은 채 말문이라도 터진 듯 계속해서 중얼거렸다.

도와주세요, 제발, 도와주세요, 폐하.

서럽게 우는 소녀의 모습에 루다는 그 자리에서 아무 말도 할 수가 없었다.

✳

"그러니까 제물이라고?"

"네."

소녀가 떨리는 목소리로 겨우겨우 대답했다. 루다의 표정이 점점 어두워졌다.

"그것도 원래는 네 오빠가 바쳐져야 하는데 네 오빠를 잃을 수 없는 부모님의 성화 때문에 네가 됐고."

"……네."

"그런데 제물로는 남자만 가능하니까 너를 남자로 키웠다? 10년 동안."

"……네."

"와우, 대박이네."

루다는 후, 분노가 섞여 나오는 한숨을 내쉬고는 머리를 한 번 쓸어 넘겼다.

여기 인간들은 무슨 과거에서 살았나. 아니면 변두리라 이상한 관습이라도 생겼나. 저크시즈 안이 전체적으로 그런가? 알 수 없었지만 알고 싶지도 않았다.

루다는 시선을 들어 흐르는 눈물을 애써 눌러 참는 소녀를 바라봤다.

딱 봐도 너무 어렸다. 반발심을 갖고 있다고 한들 아직 열 살 남짓의 나이에 할 수 있는 것이 크지 않을 것이다.

게다가 제물로 바쳐지도록 정해졌으니 마을의 감시가 붙어 도망가는 것조차 여의치 않을 것이다.

돈도 없고, 능력도 없고, 인맥도 없고 아무것도 없었다.

루다는 처음으로 이 게임 안에서 만렙의 능력을 쓸 수 있다는 것에

152

감사했다. 이렇게 꼴같잖은 짓을 하는 자들을 쓸어버릴 수 있지 않으니까.

그나마 다행이라고 생각을 하면서도 점점 더러워지는 기분은 어떻게 할 수가 없었다.

어차피 이 소녀를 도와줘야 한다. 하지만 이렇게 된 것, 좀만 더 철저하게 도와주자.

소녀를 도와줄 것을 다시 한 번 더 다짐했다.

턱을 괴고 알 수 없는 생각에 잠겨 있는 루다에게 아르비드가 말을 걸었다.

"심각합니다."

"그러게 말이야. 무슨 이딴 일이 다 있나 싶어."

분노를 꾹 눌러 삼키며 말하는 루다를 아르비드는 가만히 바라봤다.

에세나에서 그녀의 행동은 파격적이었다. 에세나의 일반 사람들처럼 행동하지도 않아서 가늠하기도 힘들었다.

그래서 전대 군주와는 다른 문제점을 야기하지 않을까 걱정했다. 하지만 어제부터 보여 준 몇 가지 모습에서 아르비드는 희망을 찾아가고 있었다.

"그냥 내버려 두고 싶지는 않아. 게다가 내가 알기로는 아무리 악신이라 해도 제물을 바치지는 않는 거로 알고 있는데."

생각보다 주변을 살필 줄 아는 군주였다. 아니, 더 나아가 어쩌면, 정말 군주다운 군주가 나타난 걸 수도 있다는 생각까지 들 정도였다.

뛰어난 무력과 여신의 지지, 그에 더해 인간다운 면모까지 더해지면 제아무리 승승장구하는 아타나스라 하더라도 이 전쟁을 끝맺을 수 있을 것이라는 희망이 솟아났다.

"예, 맞습니다. 아무리 아타나스 진영이라 하더라도 제에 제물을 쓰는 것이 일반적이지는 않습니다. 그렇기에 심각하다고 말씀드린 것입니다."

솟아나는 희망과는 별개로, 이 마을이 돌아가는 꼴은 심각하기 그지없었다.

둘의 대화를 듣던 꼬마가 중간에 끼어들었다.

"그, 그게, 타라 여신상을 기예르모 신상으로 바꾸기 위해서는 제물을 바쳐야 한다고……."

"여신상을 바꿔?"

여신상을 바꾼다니. 루다가 몇 번이나 게임을 플레이하면서 아타나스 진영과 싸울 때조차도 여신상을 바꾼다든가 하는 이야기는 들어본 적이 없었다.

"아."

그때 무언가 생각난 듯 아르비드의 짧은 탄식 비슷한 것이 들려왔다.

"뭐 아는 거라도 있어?"

"종종 타라 여신상을 악신의 것으로 바꾸면 더 큰 힘을 가질 수 있다고 믿는 자들이 있습니다. 사실 여부는 확실하지 않지만 아마 그것에 관한 이야기를 하는 것 같습니다."

"그러기 위해서 제물이 필요하고?"

"제물을 바치라는 이야기는 없지만, 타라 여신을 믿는 자들의 피를 뿌리면 가능하다는 이야기가 풍문으로 돌기는 합니다."

"뭐 그런 악질적인 이야기가 다 있어? 아니, 그보다 이 꼬맹이는 여기서 나고 자랐으니까 악신을 믿을 것 아니야."

생각해 보니 그랬다.

악신제를 위한 제물까지 준비하는 마을인데, 이곳에서 나고 자란 아이라면 악신을 믿을 수밖에 없지 않을까? 그런데 타라 여신을 믿는 자의 피라니.

앞뒤가 맞지 않는 말이었다.

"아니에요!"

루다의 의심에 소녀가 비명처럼 소리 질렀다. 처절하게 부정하고 있었다.

갑자기 울려 퍼지는 찢어지는 소리에 루다가 반사적으로 귀를 막았다.

"으, 귀 아파."

루다의 반응에 소녀는 역시 놀란 듯 잠시 눈을 커다랗게 떴다가 긴장이라도 풀듯 큰 숨을 내쉬었다.

애써 안심하려 했지만, 또다시 겁에 질렸는지 소녀의 눈에는 다시 눈물이 맺혀 있었다.

"죄, 죄송해요. 하지만 저는 악신을 믿지 않아요! 정말이에요! 믿어주세요! 원래 이 마을도 악신을 믿지는 않았어요! 촌장님이 갑자기 악신의 부름을 받았다며 여신의 존재를 거부하기 시작했어요! 어서 빨리 기예르모의 축복을 받아야 한다며 이곳 아이들을 제물로 바치기 시작한 거예요!"

"혹시 언제부터인지 아는가?"

"그, 그건 저도 잘 몰라요."

"너무 그렇게 무섭게 물어보지 마. 애가 무서워하잖아."

루다는 무겁게 물어보는 아르비드를 날카롭게 쏘아봤다. 아르비드는 괜히 타박하는 루다에게 억울한 눈빛을 보냈지만, 루다는 이미 아르비드에게서 시선을 돌린 상태였다.

루다는 아르비드를 상대할 여유가 없었다. 지금은 급한 상황이었다. 어쩌면 지금 듣는 대답이 나중에 퀘스트 해결의 키워드가 될 수도 있었다.

이 거지 같은 〈저크시즈〉는 이런 사소한 대화에서도 퀘스트가 진행되고는 했다.

최대한 부드럽게 물어봐야 제대로 대답하지 않을까? 생각하며 루다는 몸을 낮춰 최대한 그녀가 지을 수 있는 제일 가증스럽고 부드러운 표정을 지어 보였다.

"혹시 기억 안 나?"

"정확히는 잘 모르겠는데, 제가 태어난 이후부터로 알고 있어요."

"네가 몇 살인데?"

"열한 살이요."

"정말 얼마 안 됐네."

길어 봤자 10년이라는 이야기였다. 게다가 악신의 부름이라니. 그에 더해 제물을 바쳐야지 여신상이 변한다니.

어쩌면 촌장을 들쑤신 사람은 에세나를 헤집고 다니는 뿌리 깊은 이단자일 가능성이 농후했다.

누군가 촌장을 타깃으로 삼아 이상한 말을 흘렸을 수도 있고, 아니면 촌장이 스스로 이단에 심취해 있다가 정신이 나갔을 수도 있었다.

자세한 경위는 알 수가 없지만 한 가지는 확실했다. 촌장을 시작으로 이 마을은 점점 악신을 믿고 있었다.

"소문에 따르면, 타라 여신님의 여신상이 타락되면 이전에는 없던 특수한 힘이 깃든다고 합니다."

"특수한 힘이 깃든다고?"

여신상, 특수한 힘. 그리고 이 변방 마을의 여신제. 이거에 대한 아무런 언급이 없을 리가 없는데.

루다는 서둘러 단어를 외쳤다.

"퀘스트!"

[유르센 마을에서 위험에 빠진 소녀를 구해라!]

[위험에 빠진 소녀를 발견해라! (완료)]

[소녀에게서 자초지종을 들어보자! (완료)]

[new! 여신상에 대한 정보를 들었다. 타락한 여신상을 부수도록 하자! 특별한 힘을 얻을 수도 있다. (수락/거절)]

"미친."

루다는 저도 모르게 중얼거렸다. 물론 기뻐서 내뱉은 한 마디였다.

확인한 퀘스트 목록에는 또다시 new가 떠 있었다.

이렇게 빨리빨리 퀘스트가 진행될 수가 있나? 첫 번째 퀘스트라고 난이도를 낮춰 놨나? 아니면 그저 운이 좋을 뿐인가?

뭐든 간에 루다에게는 좋은 일이었다. 뜻밖의 수확이었다.

갑자기 소파에서 벌떡 일어난 루다에게 나머지 네 사람의 시선이 꽂혔다.

"예?"

"아, 아니야."

소파에서 벌떡 일어났던 루다가 신경 쓰지 말라는 듯 손을 휘휘 내저었다. 대신 속으로 쾌재를 불렀다.

됐다! 퀘스트 자체가 형우의 기억 조각을 찾는 것이었다. 그것 하나 때문에 이렇게 귀찮은 짓을 줄줄이 하는 것이었다.

시작이 여신상을 조사하라는 것이었고, 이제 나오는 퀘스트가 여신상을 부수라는 것이었다.

그 여신상을 부수면 나올 특수한 힘이 무엇일지는 보지 않아도 알 수 있었다.

형우의 기억.

만약 그것이 아니라면, 진짜 에세나건 뭐건 아무것도 모르겠고 다 뒤집어엎어 버리겠다고 생각하며 루다가 입을 열었다.

"여신상은 어디 있는지 알아?"

"그건 저도 몰라요. 제사 때 촌장님이 어디선가 가져와요."

촌장이 악신을 전파했고 그 타락시켜야 하는 여신상을 촌장이 가져온다고 했다.

촌장을 조져 볼까 싶었지만, 우선은 그만두기로 했다. 촌장을 조진다고 전부 다 불어 버릴 것 같지는 않아서.

아까 촌장이 덜덜 떨면서도 상황을 모면한 걸 보아하니 이 상황 역시 어떻게든 빙빙 돌려서 피할 가능성이 컸다.

즉, 우선은 여신제, 아니 이제는 악신제가 되어 버린 제사가 진행되도록 만들어야 한다는 말이었다.

그렇게까지 하는 이유는 하나였다. 일이 계획대로 진행되는 것 같다고 확신하는 딱 그때, 모든 것을 무너뜨리는 것이 절망을 안겨 주기 좋으니까.

이것저것 루다의 계획대로 진행하기 위해서는 촌장이 도망갔는지 아닌지를 먼저 파악하는 것이 우선이었다.

"촌장은 어디 갔는지 알아?"

"아까 제를 위한 준비를 확인한다고 떠났어요."

"우리가 올 줄 알고 도망친 건 아니라는 이야기네."

생각에 잠긴 루다가 소파를 두어 번 툭툭 쳤다.

여신상을 부수면서 소녀를 구출하고, 동시에 촌장을 조질 방법.

하나였다. 이제 곧 진행될 악신제를 뒤집어엎어 버리는 것.

루다는 소파에서 일어나 소녀의 앞으로 걸어가 소녀의 머리를 쓰다듬었다. 잠시 겁에 질려 움찔한 소녀가 놀란 표정으로 루다를 쳐다봤다.

"촌장이 오면 우리가 여기에 있었다고 이야기하지 마. 대신 어떤 남자가 다녀갔는데, 그냥 '성공했다.' 한마디만 하고 떠났다고 전해 줘. 행해야 할 신의 뜻이 있다고 떠났다고, 그 남자가 상당히 바빠 보였다고. 그렇게 전해 줄래?"

"할 수 있어요! 시키는 대로 다 할게요! 그럼 구해 주시는 건가요?"

간절하게 외치는 소녀에게 루다가 싱긋 웃어 보였다. 그 웃음이 진심인지 아닌지는 모르겠지만 소녀는 지푸라기라도 잡고 싶었다. 이것이 소녀의 마지막 희망이었다.

루다는 그런 소녀를 보며 인상을 찌푸리려는 것을 가까스로 참았다.

애를 도대체 어떻게 대했으면 이 지경이 된 거야.

속으로 이 마을과 촌장을 향해 점점 커지는 분노를 억누른 채 루다는 소녀의 머리를 다시 한 번 부드럽게 쓰다듬었다.

"물론이지. 약속할게. 그러니까 우리가 묻는 말에 솔직하게 답해 줘."

"궁금한 건 전부 물어보세요. 뭐든 답할 수 있어요!"

"악신제를 언제 어디서 지내는지 알아? 아, 가능하면 가는 길도 알려 줬으면 좋겠어."

가서 전부 조져 버리게.

이어질 말을 굳이 내뱉지는 않았다.

＊

생각보다 악신제가 치러지는 날짜는 일렀다. 루다가 도착한 날 바로 다음 날이 제의 날이었다.

루다에게 퀘스트를 하사한 타라의 은총인지, 혹은 그저 운인지는 모르겠지만 탁월한 타이밍이었다.

　어둠을 상징하는 악신답게 제를 올리는 시간은 해가 지기 시작하는 황혼이었다. 에세나를 밝히는 해가 자취를 감춰야 여신의 힘이 닿지 않는다고 믿기 때문이었다.

　루다로서는 이해할 수 없는 이론이었지만 이단들이 생각하는 게 다 그렇지 뭐, 하며 대수롭지 않게 넘길 뿐이었다.

　마을 사람들은 집에서 30분 정도 떨어진 제소에 약속이라도 한 듯 모이기 시작했다. 그들의 목적지인 깎아지르는 절벽이 그들을 맞이하고 있었다.

　절벽 깊은 안쪽, 제일 안전한 곳에 자리한 여신상에는 검붉은 것이 덕지덕지 묻어 있었다. 피는 아니었으면 좋겠지만 말라붙은 피를 제외하고는 그 색을 설명할 길은 없어 보였다.

　소녀는 타락한 여신상과 정확히 반대되는 곳, 절벽의 가장자리에 위태롭게 서 있었다. 정확히 말하자면, 소녀는 서 있다기보다는 벼랑에 매달려 있다고 말하는 것이 옳았다.

　검은 천들이 그녀를 칭칭 감싸고 그 천의 끝을 장정들이 잡아당겨 절벽 아래로 떨어지지 못하게 막고 있을 뿐이었다.

　소녀는 그 끝에서 바들바들 떨었으나 아무도 그것은 신경 쓰지 않고 있었다. 심지어 소녀의 가족들조차도.

　지는 해에 생긴 절벽의 그림자가 반대편 땅에 닿았다. 동시에 제의 시작을 알리는 북소리가 들려왔다.

　검은 두건을 칭칭 감은 사제가 앞으로 걸어 나와 기도문을 읊었다. 얼굴은 하나도 보이지 않았다.

　촌장은 그 뒤에서 감격에 젖은 눈으로 순조롭게 진행되는 악신제를 바라볼 뿐이었다.

이 악신제를 끝으로 지긋지긋한 피의 의식도 마지막이었다.

지금의 악신제를 끝내고 나면, 미처 뒤덮이지 못한 여신상의 하얀 부분들이 채워질 것이다. 소녀의 희생으로.

이로써 이곳 유르센 마을 사람들은 완전한 기예르모의 은총을 받게 될 것이다. 이 지긋지긋한 에세나의 하층민 생활에서 벗어날 수 있게 되는 것이다.

소년처럼 보이는 소녀는 사제의 옷 색과 정확히 같은 검은색의 천으로 휘감겨 있었다. 위태로운 절벽 위에 아슬아슬하게 서 있는 소녀의 눈에는 두려움이 가득했다.

악신제에 참가해 기도문을 경청하고 있는 모두는 알 수 있었다. 장정 넷이 그들이 꽉 잡은 검은 천을 놓는다면 저 제물은 벼랑 아래로 떨어지리라는 것을.

"살려 주세요……. 제발 살려 주세요."

계속해서 도움을 요청하는 말이 마치 마지막 힘을 쥐어 짜내듯 입에서 작게 흘러나오고 있었다.

소녀의 눈에서는 눈물이 줄줄 흘렀다. 하지만 아무도 그녀의 말을 들으려고 하지도 않았다.

소녀는 그들에게 마지막 의식을 위한 제물, 그 이상도 이하도 아니었다.

도와주러 온다는 루다는 아직 코빼기도 보이지 않았다.

사실대로 말해 주면 도와준다며. 그러면 안 된다고 몇 번이나 되뇌어도 본능적으로 올라오는 원망을 어떻게 할 수는 없었다.

여신이라서 믿었다. 악신이 아니라서 믿었다. 새로 즉위한 군주는 여신의 축복을 받은 시타라라고 해서 믿었다.

사실 그런 것들은 전부 필요 없었다. 루다는 처음으로 자신의 말을 경청해 준 사람이었다. 그래서 믿고 싶었다.

그랬는데, 또다시 이렇게 버려지는 걸까?

아니야, 조금만, 조금만 더 믿어 보자.

하지만 악신의 사제가 읊던 기도문은 끝나 가고 있었다. 그 기도문이 끝나고 나면 닥칠 것은 제물 의식, 즉 소녀의 죽음이었다.

"흑의 권속 아래 영원할 힘과 영광을 숭배하라."

사제의 마지막 말이 소녀의 마지막과 같았다. 떨어지는 해가 자신의 목숨이라도 되는 것처럼 눈을 질끈 감았다.

그래도 루다에 대한 가느다란 희망은 놓을 수 없었다. 목숨이 끊기기 전까지는 놓을 수 없는 희망이었다.

"여신이 가진 위선을 씻어 내고 강대한 흑신의 힘을 얻기 위한 마지막 의식을 거행하겠습니다."

기도문이 끝난 후, 사제의 말이 끝남과 동시에 사내들이 잡고 있던 검은 천을 놓았다. 소녀를 지탱했던 천은 이제 그 힘을 잃을 수밖에 없었다.

소녀는 발버둥 쳤다. 중심을 잡아야지 조금이라도 버틸 수 있는데. 아니, 버티면 무언가가 달라지기는 할까?

그냥 이대로 내게 남은 건 죽음밖에 없는 것 같아.

소녀가 잡고 있던 마지막 한 줄기 희망마저 놓으려 할 때였다.

"창공의 권능!"

낯선 여자의 목소리가 악신제를 올리던 곳에 울려 퍼졌다.

모두가 주변을 두리번거렸지만, 목소리의 주인공을 찾을 수가 없었다.

그때였다. 절벽 아래에서 커다란 빛이 터져 나왔다.

사람들은 갑작스러운 빛에 눈을 감았다가, 서서히 뜨기 시작했다.

해가 지고 어둠이 내려앉은 마을의 절벽, 그 아래만은 아침과도 같았다.

그리고 그 빛의 한가운데에 자리하고 있는 것은 분명 절벽 아래로 떨어졌던 소녀였다.

눈을 꽉 감고 있던 소녀는 이상한 기운에 살며시 눈을 떴다.

"안 죽었어……?"

그뿐만이 아니었다. 소녀는 마을 사람들의 시선이 자신을 향하고 있다는 것을 알아챘다.

나를 왜 저런 눈빛으로 바라보지?

"저, 저것은 여신 타라의 날개!"

누군가가 큰 소리로 외쳤다.

마을 사람들이 그 목소리의 주인공을 바라봤다가, 촌장을 바라봤다가, 혼비백산해 뒤돌아 달리기 시작했다.

그들은 타라의 시선이 이 변방 시골까지 미치지 않는다고 믿고 있었다. 그래서 그럴 바엔 악신이나 섬기자고 생각하고 있었다.

악신 기예르모는 그의 신자가 어디에 있든 보살피는 자였다. 아타나스의 사제가 와서 속살거린 바에 의하면 그러했다.

타라는 그녀의 신자에게 관심을 두지 않고, 기예르모는 그의 신자에게 관심을 둔다.

그것이 마을 사람들이 굳게 믿던 바였다. 하지만 그 사실이 무너졌다.

"천벌이다!"

마을 사람들이 두려움에 빠져 비참하게 외치는 소리가 들려왔다.

"아이스 솔딩 소드!"

갑작스레 나타난 거대한 벽이 도망가는 사람들을 막았다. 사람들은 속도를 줄이고 그 앞에서 방황하기 시작했다.

절반 이상의 사람들이 이 상황을 어찌하지 못해 발만 동동 구를 때, 다시 한 번 누구인지 알 수 없는 여자의 목소리가 들려왔다.

"타라의 인도를 받은 시타라가 전하는데."

퇴로가 막힌 사람들이 주변을 두리번거렸다.

절벽 위 하늘에는 여전히 거대한 여신의 날개가 성스럽게 자리하고 있었다. 하지만 그 날개를 등에 단 것은 아까의 소녀가 아니라 다른 여자였다.

순백의 갑주가 루다의 온몸을 휘감아 빛을 반사하고 있었다. 소녀는 그런 루다의 목을 꽉 껴안고 여전히 덜덜 떨고 있었다.

"너네는 건들면 안 되는 사람을 건드렸어."

그것은 마치 사형선고와도 같았다. 도주로가 막힌 사람들은 어떻게 해야 할지 몰라 안절부절못하고 있었다.

"괜찮아."

그들이 그러든지 말든지 소녀에게 작게 속삭인 루다가 품에 안겼던 소녀를 절벽 훨씬 안쪽에 내려놓았다. 그러고는 도망가지 않고 자리를 굳건히 지키고 있는 촌장에게 한 걸음, 두 걸음 다가갔다.

"그러게 만렙인 나를 왜 건드렸어?"

루다가 한 걸음씩 다가갈수록 촌장은 한 걸음씩 뒷걸음질 쳤다.

촌장은 왜 사태가 이 지경까지 왔는지 알 수가 없었다.

어떻게 알았는지는 모르겠지만 에세나의 군주는 모든 것을 알고 이 마을에 왔다.

눈앞의 여자는 이번에도 어떻게 타라의 권능을 사용해 나타났지만 강할 리가 없었다. 왜냐면 에세나에 소문이 그렇게 났으니까.

그렇게 확신한 촌장은 뒤로 움직이던 걸음을 멈췄다. 조금 전과는 다른 기세에 루다가 흥미로운 기색을 내비쳤다.

그녀가 그러든지 말든지, 촌장은 목소리를 높였다.

"무엇 하는가! 여신의 졸개에게 머리를 조아릴 생각인가! 우리는 되돌릴 수 없는 길을 걸었다. 마지막이다. 저 아이를 사로잡아! 언제까지 변두리의 별 볼 일 없는 마을로 에세나에 남을 건가!"

촌장의 외침에 마을 사람들이 하나둘 고개를 들어 촌장을 바라보기 시작했다.

눈앞에 가로막힌 벽과 뒤에 자리한 절벽. 그리고 타라의 졸개들.

그 말인즉슨 타라가 분노했다는 말이었다. 그들이 도망칠 곳은 없었다.

"저년부터 사로잡아!"

"제물을 사수해라!"

"인간 취급을 받자!"

"새로운 힘을 위해서!"

온갖 시끄러운 함성들이 마을 사람들 사이에서 들려왔다.

마을 사람들은 대충 세어 보아도 몇 백 명이었다. 고작 네 명과 몇 백 명.

여신이라도 강림한 줄 알았건만 방해하러 온 사람들이 고작 네 명의 사람들이라면 분명 마을 사람들에게 승기가 있었다.

물론 그들만의 생각이었지만, 위기에 처한 자들로서는 그렇게 믿고 싶은 마음이었다.

그 모습들이 루다는 어이가 없을 뿐이었다.

어떻게 레벨이 50을 넘어가는 사람이 단 하나도 없지? 50은커녕 30대가 허다했다. 저 정도면 루다가 스킬을 쓸 것도 없었다.

싸움에 돌입하자 루다의 상태가 자연스럽게 공격 모드로 전환되었다. 루다의 주변에선 여섯 개의 단검이 빙빙 돌기 시작했다.

최대는 열다섯 개지만 그 절반도 필요하지 않았다. 사실 여섯 개도 엄청 과한 것 같은데.

"너네, 하나 알려 줄까?"

제 뒤통수를 누가 노리고 있는지 뻔히 알면서도 아무것도 모른다는 듯 입을 열었다.

"······!"

그녀의 뒤를 노리던 남자는 순식간에 얼음에 사로잡혔다. 어떤 치명상도 보이지 않았다. 살았는지 확신할 수도 없었다.

"너희가 한꺼번에 다 덤벼도 나 못 이겨."

"공격하라!"

여신의 권능이라는 것이 이렇게도 대단한 것이었던 걸까? 그렇다면 다른 사람들을 노리자.

아르비드나 다른 기사들이 더욱 강해 보이기는 하지만, 여신의 힘이라는 미지의 힘을 등에 업은 저 성가신 여자보다는 괜찮을 것 같았다.

하지만 아르비드에게 달려들던 자들은 그의 움직임을 잡지도 못한 채 하나둘 자리에 쓰러지기 시작했다. 그 모습을 지켜보던 루다가 여유롭게 한마디 덧붙였다.

"아, 정정. 알비도 못 이겨."

말하고는 루다는 이제 안전한 곳에 두 발로 서 있는 소녀를 향해 시선을 돌렸다.

"괜찮지, 꼬마야?"

"감사, 흑, 감사합니다."

소녀는 엉엉 우느라 감사 인사를 겨우겨우 끝맺었다. 얘를 지켜야 했지만, 그보다 더 중요한 것은 여신상을 부수는 것이었다.

저 타락한 여신상을 부수면 이 광적인 돌진도 멎으리라는 것이 루다의 계산이었다.

루다는 소녀를 안은 채 스킬을 난자하며 아르비드에게 다가갔다.

"알비, 얘는 너한테 맡겨도 되지?"

"최선을 다하겠습니다."

루다는 겁에 질린 얼굴로 그녀를 쳐다보는 아이의 머리를 한 번 더 부드럽게 쓰다듬었다.

"이 아저씨도 꽤 강해. 믿고 언니 올 때까지 기다려, 알았지?"

그녀의 말에 눈물을 삼키며 고개를 끄덕이는 소녀를 확인하고는 걸음을 돌렸다.

목표는 무조건 저 타락한 여신상이었다.

저 여신상 바로 위에 퀘스트 표시가 깜빡이고 있었다. 그래, 저것만 부수면 형우의 기억 조각을 찾을 수 있다.

그 퀘스트가 진짜인지 아닌지 확실치는 않지만, 시도할 가치는 충분했다.

그런 루다의 걸음을 알아챈 모양인지 몇 십 명의 마을 사람들이 루다 쪽으로 향했다.

"여신상을 지켜라!"

"아, 시끄러워."

루다가 확 인상을 찡그렸다.

정말 정도껏 해야지. 가뜩이나 짜증 나 죽겠는데 더 큰 짜증이 치밀어 올랐다.

"여신의 졸개 따위에게 기예르모는 지지 않는다!"

"아이스 에이지!"

대답할 가치도 없는 말에 루다는 스킬명을 외쳤다. 루다를 중심으로 퍼져 나가는 거대한 냉기가 사람들의 행동을 얼려 버렸다.

하지만 그것은 반경 10미터에 해당하는 사람들뿐이었다.

또 다른 몇 십 명의 마을 사람들이 마지막 발악이라도 하듯 루다를 향해 돌진하고 있었다.

"이거 완전 광신도구먼. 안 비켜?"

스킬이 적용되는 거리가 코앞이었다. 여기서 열 걸음 정도만 앞으로 가면 되는데. 코앞에서 알짱대는 이 사람들이 너무 성가셨다.

"기예르모님은 우리와 함께하신다!"

"마지막 경고야. 비켜."

말하는 동안 스킬 사용 시간이 채워졌다. 루다는 다시 동결 스킬을 사용할 생각으로 입을 열었다.

하지만 루다의 시도는 중간에 멈춰 버리고 말았다. 콰과과광, 거대한 소리가 공간을 울렸다.

"뭐야?"

갑작스러운 소란에 루다가 뒤를 돌아봤다. 아무 생각 없이 뒤를 돌아본 그녀의 눈에 보여서는 안 되는 장면이 보였다.

루다가 세워 놓았던 얼음 장벽이 녹아내리고 있었다. 만렙의 얼음을 녹이는 건 거대한 화염이었다.

"잠깐, 설마."

만렙의 스킬을 무력화시키다니. 절대 있을 수 없는 일이었다. 단 한 가지 상황을 제외하고는.

만렙의 실드를 파괴할 수 있는 것은 단 하나였다. 만렙의 또 다른 공격. 그리고 루다가 알기로 그녀와 같은 만렙은 이 저크시즈 안에 단 한 명이었다.

"오오, 기예르모의 사자시여!"

루다에게 달려들던 자들이 한곳을 향해 머리를 조아렸다.

루다는 그 장면을 멍하니 바라보다가 에라 모르겠다, 등을 돌려 여신상을 향해 냅다 달리기 시작했다. 하지만 그 앞을 누군가가 가로막았다.

"또 너인가?"

익숙한 목소리가 들려왔다. 누군지 굳이 보지 않아도 알 수 있었다.

익숙하지 않을 수가 없는 얼굴. 너무나도 그리워서 만나면 확 안아 버리고 싶다가도, 그럴 수가 없는 남자.

"뭐야, 자기가 왜 여기 나타나."

고개를 들자 눈에 들어온 남자는 최형우, 아니 이제는 최형우라고 불러도 되는지 모를 루다의 남자 친구였다.

정신이 하나도 없었다. 누군가 퀘스트를 방해할 것이라 생각은 했지만, 그것이 남자 친구일 거라 생각한 적은 없었다.

이건 반칙이지. 타라가 눈앞에 있다면 붙잡고 멱살을 짤짤 흔들어 대고 싶었다.

당황에 가득 차 던진 루다의 질문에 루드비히가 무미건조하게 답했다.

"그건 내가 묻고 싶은 말이군."

"제발 좀 비켜 봐."

퀘스트 완료가 코앞이었다. 저 여신상만 깨뜨리면 되는 일이었다.

아무리 신비한 힘이 깃들어 있느니 어쩌니 해도 저건 여신상이었다. 부수면 부서지는 여신상. 그리고 주변에 있는 방해하는 자들이라고는 쪼렙밖에 없었다.

루드비히만 나타나지 않았다면.

"그렇게는 못 하겠군."

돌아오는 답변이 답답하기 그지없었다.

기억 찾아 준대도 이래. 돌아 버리겠네!

"내가 잃어버린 기억 찾아 주겠다고!"

"또다시 거짓말인가?"

"이게 거짓말인지 아닌지는 해 보면 알 것 아니야?"

"두 번은 속지 않는다."

정말 복장이 터지다 못해 산산조각이 날 지경이었다. 말이 통해야

169

말싸움이라도 하지. 이 정도면 벽에 대고 얘기하는 수준이었다.

난 내 남자 친구가 이렇게 답답한 인간이라고 생각한 적은 없는데. 도무지 그와 대화로 풀어 볼 상황이 되지 않았다.

에라, 모르겠다. 루드비히의 등 뒤에 자리하고 있는 여신상을 어떻게든 부숴 보자.

"아이스 애로우!"

"플레임 월!"

하지만 당연한 듯 스킬이 가로막혔다. 이 상황을 어떻게 알았는지는 모르겠지만 루다를 막으러 온 것이 분명했다.

아타나스 진영의 암살자니 뭐 서로서로 연결되어 있을 수도 있고 그렇겠지. 그러니 당연히 루다가 날린 얼음 화살을 그대로 보내 줄 리가 없었다.

갑갑하고 짜증 나고 분하고 아깝고 정말 치솟아 오르는 온갖 감정을 담아 그녀가 소리쳤다.

"제발 좀 비켜!"

"기예르모가 내린 명령이다."

"기예르모가?"

루다의 목소리가 순식간에 가라앉았다. 예상치 못한 정보였다.

지금 루드비히가 움직인 이유는 기예르모가 명령을 내렸기 때문이라 말했다. 그 말은 하나를 의미했다. 지금 루다가 진행하고 있는 퀘스트는 루다를 낚는 낚시성 퀘스트는 절대 아니라는 것. 이것 하나만으로도 족했다.

루다는 제 앞을 막고 있는 형우를 다시 한 번 바라봤다. 그리고 확신했다. 자신은 형우를 죽일 수가 없다. 아니, 상처 입히기도 힘들었다.

'그럼 어떻게 해야 하지?'

루다는 지금도 들어오는 루드비히의 공격을 간신히 막아 내며 생각했다.

어떻게 애한테 치명상을 입히지 않고 저 여신상을 깨지.

원거리 공격을 날리면 어떻게 될 것도 같은데, 날리는 공격마다 루드비히에 의해 가로막혔다.

"달의 궤적!"

"전장의 장벽!"

극심한 마나 소모를 각오하고 던진 직업 스킬도 그의 스킬에 막혀 버렸다.

만렙과 만렙, 그것도 서로 패턴을 알고 있는 사람들의 싸움이라는 것은 그런 것이었다.

그녀는 시선을 흘끗 올려 형우를 바라봤다.

형우는 오롯이 자신만을 바라보고 있었다. 기이할 정도로 자신만 담는 눈빛이었다. 문제는 그 안에 자리한 감정이 애정이 아닌 증오라는 데에 있었다.

그 눈빛을 마주할 자신이 없어서 루다는 다시 시선을 돌렸다.

다음 스킬은 도대체 무슨 스킬을 써야 하지, 어떤 스킬을 써야지 형우를 공격하지 않고 저 여신상을 부술 수 있지?

여신상을 부수고 형우의 기억이 돌아와야 하는데. 아니, 만약 돌아오지 않는다면?

루다가 점점 상념에 빠져들고 있었다.

그녀는 게임에서 만렙과의 전투 중 컨트롤을 멈춘다는 것이 무엇을 의미하는지 알고 있었다. 게임에서도 그런데 현실에서는 설명할 필요도 없었다.

"헛."

간발의 차였다. 형우의 대검이 목을 횡으로 긋는 것을 피해 냈다.

한 걸음 물러나지 않았더라면 저 검에 베일 뻔했다.

목에서 뜨거운 액체가 흐르는 것이 느껴졌다. 그것이 무엇인지 보지 않아도 알 수 있었다. 피였다.

"괜찮으십니까?"

줄곧 이쪽을 신경 쓰고 있던 모양인지 아르비드가 외쳤다. 루다는 쯧, 하고 혀를 찼다.

지금 나를 신경 쓸 틈이 없을 텐데.

아무리 레벨 차이가 크게 난다 하더라도 계속해서 공격을 받으면 hp가 깎일 수밖에 없었다.

실제로 아르비드의 머리 위로 떠 있는 생명력을 나타내는 게이지는 절반 정도 줄어 있었다.

"이쪽은 신경 쓰지 마!"

다급하게 외치며 루다가 자세를 바로잡았다.

남자 친구의 공격은 생각보다 충격적이었다. 그냥 싸워야 하기에 자신을 공격하는 것과는 차원이 달랐다.

아무리 기억을 잃었어도 루다에게 그는 남자 친구였다. 그래서 루다는 저도 모르게 그가 자신을 죽일 수 없으리라고 생각했다.

하지만 그 믿음이 송두리째 무너졌다.

루다는 그를 죽일 수 없고, 그 역시 루다를 죽일 수 없어야 했다. 그것이 얼마나 허황된 욕심이었는지 이제야 루다의 피부로 와닿았다.

루드비히의 대검에 베여 따끔거리는 목이 그녀에게 그 사실을 생생하게 알려 주었다.

"한눈을 팔다니 여유로운 모양이군."

"좀만 조용히 해 줄래? 지금 너는 내 남자 친구가 아니라고 최면 거는 중이거든."

"무슨 소리……."

"아아, 얘는 루드비히다. 최형우가 아니다. 진짜 미친 소리 같지만 얘는 최형우가 아닌 루드비히다. 껍데기만 내 남자 친구다."

루다는 루드비히를 똑바로 바라보며 최면처럼 중얼거렸다. 이 남자는 최형우가 아니다. 그러니까 공격해도 된다.

내가 살아야지. 이러다가 죽으면 형우 기억이 돌아와 봤자 무슨 소용이야.

'루드비히, 루드비히다. 눈앞에 있는 건 루드비히. 루드비히는 최형우가 아니다.'

몇 번이나 되뇌었다. 하지만 다시 고개를 들어 바라본 사람의 모습은 그녀가 찾아다니던 남자 친구와 똑같았다. 아무리 최형우가 아니라고 생각하려 해도 불가능했다.

"미치겠네."

루다가 작게 읊조렸다. 아아, 아무것도 모르겠고 우선 저 여신상부터 어떻게 하자. 루다는 현실도피를 택했다.

저를 공격해 오는 루드비히의 폭발적인 공격을 막으며 겨우겨우 뒤의 여신상을 바라봤다.

"어?"

루다도 모르게 어, 하는 소리가 새어 나왔다. 서로 공격을 하며 루다도 모르게 한두 걸음 여신상에게 다가간 모양이었다.

여전히 여신상을 공격하기 위한 원거리 공격은 루드비히에 의해 번번이 막혔지만, 그래도 조금 더 여신상에 가까워진 거리였다. 그렇기에 아까는 보이지 않았던 것이 루다의 눈에 보였다.

'hp가 보여?'

생각도 하지 못한 것이었다. 여신상인데 hp라니. hp가 높지는 않았지만, 무생물이라고 생각했던 것이 생명이라는 것은 놀라운 일이었다.

물론 엄청 큰 피통은 아니었다. 정말 말 그대로 그녀의 아이스 애로우 하나면 산산조각 날, 그런 하찮은 생명력이었다.

저거 한 방이면 끝이겠는데?

여기까지 생각하던 루다의 머릿속에 퍼뜩 한 가지 생각이 떠올랐다. 여신상을 부술 수 있을 것 같은 방법이.

그리고 루다는 그것을 생각으로만 끝낼 생각이 없었다.

"루나틱 홀딩!"

"루나틱 홀딩!"

"루나틱 홀딩!"

루다는 루드비히를 향해 직업 스킬을 난사했다. 마나가 어마어마하게 많이 들겠지만, 그만큼의 도박을 해서라도 확인해야 할 것이 있었다.

루드비히를 향해 날아간 여섯 개의 단검이 그대로 육망성을 그려 냈다. 그를 중심으로 사방에서 뿜어져 나온 빛이 그의 움직임을 봉쇄했다.

물론 길게 통하지 않을 것이다. 하지만 한 가지 확인해 보기에는 충분했다.

"창공의 권능!"

"아이스 애로우!"

루다는 두 개의 스킬을 동시에 외쳤다. 아이스 애로우 스킬 사용에 반응한 세 개의 얼음 화살이 그대로 루드비히를 지나쳐 루드비히의 등 뒤로, 그리고 하나가 루드비히의 머리를 지나쳐 하늘로 솟구쳤다.

루드비히에게 적용되는 속박 스킬의 지속시간은 고작 5초 남짓이었다.

루드비히는 반사적으로 제 옆구리를 지나쳐 등 뒤, 타락한 여신상으로 향하는 두 개의 얼음 화살을 막아 냈다.

루드비히가 만들어 낸 두 개의 불기둥이 그의 등 뒤에서 하늘을 향해 솟구쳤다가 얼음 화살을 삼키고는 잦아들었다.

"무슨 수작을 부리려는지 모르겠지만……."

싸늘하게 쏘아붙이려던 루드비히의 말이 예상치 못한 루다의 한마디에 끝을 맺지 못하고 허공으로 흩어진다.

"됐다!"

"뭐?"

예상과 전혀 다른 에세나 군주의 반응에 루드비히가 그 자리에 멈춰 섰다.

무슨 소리지. 내 뒤로 날아가는 얼음 화살을 전부 막았는데. 왜 저렇게 기쁜 표정을 짓고 있는 거지?

의아함을 가득 안은 채 고개를 돌려 제 등 뒤의 타락한 여신상을 살폈다. 하지만 루드비히가 지켜야 하는 여신상은 그곳에 있지 않았다.

그때였다. 하늘에서 떨어지는 알 수 없는 조각이 루드비히의 눈에 들어왔다. 부분은 검붉고, 부분은 순백인 것만 봐도 이 조각의 근원이 무엇인지 알 수 있었다.

본래 루드비히가 지켜야 했던 타락한 여신상이었다.

"회수!"

루다의 한마디와 동시에 그녀의 등에 순백의 날개가 활짝 펼쳐졌다. 아까 소녀를 구출할 때 사용했던 아이템이었다.

"이 아이템을 이렇게 사용하게 될 줄은 몰랐다니까."

'여신의 날개', 레어도 아닌 유니크 등급의 아이템이었다. 전쟁 및 싸움에서 이 아이템만 있으면 판도를 바꿀 수 있다는 것이 거짓말은 아닌 모양이었다.

이 날개는 소유자만 사용할 수 있는 것이 아니라, 소유자가 날게 만들고 싶은 것들에게 사용할 수 있었으니까. 제한이 있다면 살아 있는 것에만 사용할 수 있다는 것 정도였다.

그렇기에 아까 이 여신의 날개를 사용해 소녀를 구했고 지금, 이 여신의 날개를 사용해 여신상을 옮겨 부쉈다.

메인 퀘스트: 남자 친구의 기억 조각을 찾아라! (1/5)
　여신상에 대한 정보를 들었다. 타락한 여신상을 부수도록 하자. 특별한 힘을 얻을 수도 있다. (완료)
　완료 시 보상: 28,000골드, 아타나스 군주의 기억 조각

퀘스트의 완료를 확인함과 동시에 루다가 인벤토리를 열었다.

"가방!"

보상에 형우의 기억 조각이 있다고 한다. 그것을 확인해야 했다. 열린 가방 안에는 '기억의 조각'이 들어 있었다.

루드비히는 임무 실패가 충격적인 모양인지 잠시 한눈을 팔다가 이내 정신을 차리고는 다시 루다에게 돌진했다.

그 공격을 피하는 것과 루다가 그 기억의 조각을 가방에서 꺼내는 것은 거의 동시였다.

이제 이걸 어떻게 해야 하지? 던지기라도 해야 하나? 뭐 어쩌라는 거야!

그녀가 꼭 쥐었던 손바닥을 폈을 때였다. 그 안에는 조금 전까지도 분명 보였던 기억의 조각이 사라진 상태였다.

"이게 뭐야?"

루다는 당황한 마음에 모든 행동을 멈췄다. 그와 동시에 루드비히

의 공격을 간발의 차로 막아 내던 루다의 방어까지 전부 멈춰 버렸다.

재빨리 정신을 차렸지만, 루드비히의 검 끝이 루다를 향해 돌진하는 것까지 어떻게 할 수는 없었다. 이전 암살자의 검과는 달리 어마어마한 속도였다. 피할 틈이 없었다.

아, 내 인생이 이렇게 허무하게 끝나는 모양이다.

인정하고 나니 허탈함이 밀려왔다. 아니 여태까지 한 게 뭐가 있다고 이렇게 죽어. 차라리 사고라도 나든가 뭔가 한국에서 죽었으면 억울하지라도 않지.

형우와 지냈던 일들이 주마등처럼 스쳐 지나가려는 순간, 타라에게 받았던 부활권이 생각났다. 하지만 그 부활권을 이렇게 쓸 생각은 없었는데.

죽으면 아플까? 부활은 어디서 하지? 죽기 직전이 되니 온갖 잡생각이 밀려들었다. 그냥 첫 번째 죽음은 편하게 죽었으면, 하고 눈을 꾹 감았다.

하지만 루다의 몸을 관통하는 고통 같은 것은 없었다. 루다가 눈을 가늘게 떠 앞을 살폈다. 돌진하던 루드비히의 검이 루다의 눈앞에서 우뚝 멈춰 있었다.

"응?"

루다의 입에서 얼빠진 소리가 튀어나왔다. 도대체 왜 공격을 안 하지? 지금이 절호의 기회일 텐데.

하지만 여전히 루드비히는 공격할 생각이 없어 보였다. 아니, 공격은커녕 제 몸 하나 가누기 힘들어하고 있었다.

멈췄던 대검이 그대로 바닥에 떨어졌다.

"으, 으억, ……헉!"

무슨 일이지?

내려간 루다의 시선에는 여전히 남자 친구가 보였다. 하지만 그의 상태는 조금 전과 너무나도 달라져 있었다.

마치 당장에라도 죽일 것처럼 검을 내리찍던 사내가 지금은 고통에 몸부림치며 제 앞에 주저앉아 있다.

도대체 무슨 일이지? 루다는 혼란에 휩싸였다.

남자 친구가 너무나도 괴로워하고 있었다. 제 심장을 부여잡았다가, 다시 머리를 부여잡았다가, 너무 아픈 몸을 어떻게 하지 못해 심장을 다시 부여잡고 바닥에서 일어나지 못하고 있었다.

루다는 그런 형우를 향해 한 걸음 다가갔다. 저도 모르게 손을 뻗었다.

이대로 다가가도 되는 거지? 아픈 애인을 두고 죽이라고 한다면 그게 이상한 거잖아. 그렇지?

그녀가 천천히 손을 뻗었다. 예전 같으면 이딴 고민도 없이 바로 달려가서 괜찮냐고, 유난이라도 떨며 걱정해 줬을 텐데, 지금은 이 순간마저도 고민해야 했다.

몸부림치던 루드비히가 고개를 천천히 들었다. 싸우며 흘린 땀과는 전혀 다른 식은땀이 그의 이마를 적시고 있었다.

루다는 남자 친구와 눈이 마주쳤다. 마주한 그의 눈에 더는 적의가 없었다. 적의는 사라지고, 오히려 남은 것은 의아함, 그리고 혼란이었다.

그 심정을 그대로 담은 목소리가 그의 입에서 흘러나왔다.

"루다야……?"

헉, 루다는 잠시 숨을 멈췄다. 정말 바라던 일이 현실이 되었을 때 나타날 수 있는 반응이었다.

시선을 들어 고통에 잠겨 천천히 몸을 일으키는 형우를 바라봤다. 그의 눈이 커다랗게 흔들리고 있었다.

"이게…… 어떻게 된 일이야?"

마주하는 눈을 보며 루다는 알 수 있었다. 남자 친구의, 형우의 기억이 돌아왔다.

그의 반응이 루다가 저크시즈 안으로 들어와 만나고 싸우고 했을 때의 반응과 판이했다. 무엇보다 눈빛이 달랐다.

날이 선 채로 한껏 그녀를 경계하던 그의 눈이 침착하게 가라앉아 있었다. 차분하면서도 부드러운 온기를 담은 검은 눈동자는 그녀가 익히 알던 형우의 눈이었다.

조금 전과는 엄청나게 달라진 그의 분위기에 루다는 확신할 수 있었다.

저 남자는 루드비히가 아닌 최형우다.

그의 기억이 돌아왔다. 확신해도 되는 상황이었지만 그녀 안에 자리 잡은 의심은 여전히 루다를 흔들어 대고 있었다.

"최형우……?"

루다가 불안에 잠긴 목소리로 형우를 불렀다.

"뭐야, 이게 어떻게 된, 윽…….."

하지만 뜻밖의 고통이 엄습한 모양인지 말을 끝맺지 못한 채 형우가 다시 한 번 머리를 감싼다.

형우의 머리가 고통으로 뎅뎅 울려 댔다. 물리적인 고통보다는 정신적인 고통이었다. 기존의 기억에 더해 형우가 하지 않았던 행동들까지 덧입혀지고 있었다.

생전 처음 겪는 일에 형우는 제대로 눈을 뜰 수가 없었다.

말을 잇지 못하는 형우에게 루다가 조심스럽게 한마디 더 보탰다.

"너 최형우 맞아?"

"내가 최형우 아니면 누가…….."

말을 하다가 형우가 말을 멈췄다.

저크시즈에 떨어져서부터 지금까지의 기억이 희미하게 돌아오고 있었다. 전부 다 형우가 한 적 없던 행동이었다. 하지만 분명 했던 행동이기도 했다.

거대한 까마귀에게 납치됐던 때부터 여신 타라를 만난 후, 갑자기 기예르모를 만나는 순간까지도. 그리고 그가 반항할 수 없는 어떤 힘이 형우를 덮쳤다.

그다음 형우가 했던 모든 행동은 그의 의지를 벗어나 있었다.

머리를 부여잡은 채 가만히 제 기억을 곱씹던 형우가 갑자기 표정을 굳혔다. 지금까지와 달리 심각해 보이는 표정이었다.

"미친……."

형우가 미간을 찌푸린 채 중얼거렸다. 루다가 걱정이 가득 담긴 목소리로 다시 물었다.

"괜찮아? 최형우 맞아?"

"루다야, 미쳤나 봐. 이건 미친 거 같은데."

"무슨 소리야, 제대로 말을 해 봐!"

"루다야, 이걸 어떻게 듣고 있었어?"

형우가 거센 동공지진을 일으키며 루다를 바라봤다.

그렇게 말하는 형우의 얼굴이 하얘져 있었다. 조금 전과는 또 다른 충격을 받은 표정이었다.

루다는 형우가 무엇을 말하고 있는지 알 것 같았다.

그래, 그걸 안 부끄러워할 리가 없지.

루다의 얼굴에는 어느새 걱정이 사라지고 장난기가 가득 올라왔다.

"뭐 말하는 거야? 그 판타지 말투?"

"말하지 마, 루다야. 제발."

씨익, 미소를 지은 채 물어 오는 루다의 질문에 형우가 머리를 감싸 쥐었다. 그의 얼굴에는 좀 전과 전혀 다른 고통이 올라와 있었다.

"날 아는가?"

"으아악, 그만해 줘!"

"남자 친구라는 건 연인을 뜻하는가?"

"미안해, 루다야. 내가 다 잘못했어."

형우가 그대로 루다를 불렀다. 입막음용이기도 했으며, 반가움의 표시기도 했다.

"푸하하하."

루다가 밝게 웃으며 그대로 형우를 바라봤다. 거의 울 것 같은 표정이었다. 하긴, 나 같아도 그러겠다.

"루다야…… 내가 다 잘못했어. 그러니까 그만해 줘."

여전히 웃음기를 빼지 않은 루다를 보며 형우가 한마디 더 보탰다. 마치 한마디라도 더 덧붙이면 울기라도 할 기세였다.

여기에 오기 전, 가끔 루다가 그의 약점을 빌미로 놀리면 종종 보여 주던 반응이었다.

그 그리웠던 반응에 루다는 웃음이 나왔다. 동시에 울 것만 같았다. 그래, 이게 형우였다.

내가 하는 말에 웃어 주고, 따뜻하게 나를 바라봐 주는 남자. 같이 있으면 어떤 장난이라도 칠 수 있을 것 같은 남자.

루다가 그대로 형우에게 팔을 뻗었다.

그게 무슨 의미인지 알아챈 형우가 그대로 루다에게 다가갔다.

얼마나 안기고 싶었는지 몰랐다. 그렇게 꼭 끌어안으려는 순간이었다.

"폐하!"

아르비드의 목소리가 들려왔다. 갑작스레 가까워지는 둘의 모습이 다른 사람들에게 이상한 오해를 불러일으킨 모양이었다.

"타차원의 흐름!"

아르비드의 외침과 거의 동시에 형우가 스킬명을 외쳤다.

불투명한 장막을 기준으로 안과 밖의 시간이 다르게 흐르기 시작했다.

루다는 그대로 형우에게 달려가 안겨 들었다.

그대로 안겨 오는 루다를 그대로 꽉 안아 줬다. 단단한 품이 너무 안정적이고 따스했다.

그것이 못내 반가워서 왈칵 울음이 날 것만 같았다. 그 눈물을 꾹꾹 눌러 삼키며 루다가 팔에 힘을 줬다. 절대 다시 놓치지 않겠다는 듯.

"너 최형우 맞지?"

형우가 분명할 텐데, 루다는 그가 형우가 맞는지 확인하고 또 확인했다.

"응. 미안해, 루다야."

형우가 대답하며 루다의 이마에 부드럽게 입 맞췄다. 그 감촉이 너무 익숙했다.

부드러운 눈빛으로 바라보며 조금 흐트러진 루다의 머리를 매만져 줬다.

그 안정감이, 따뜻함이, 그리고 다정함이 너무나도 익숙한 것들이었다.

루다는 이제야 안심이 됐다. 형우의 기억이 정말로 돌아왔구나. 그대로 시선을 올려 형우의 얼굴을 바라봤다.

눈썹을 살짝 덮는 검은 머리. 쌍꺼풀 없는 눈매. 첫인상은 조금 차가워 보이지만 그 눈으로 자신을 바라보며 웃을 때면 그렇게 따뜻해 보일 수가 없었다.

루다는 손을 올려 그렇게도 만지고 싶었지만 닿지도 못했던 형우의 뺨에 갖다 댔다. 형우는 당연하다는 듯 그녀의 손을 따뜻하게 감싸 쥐었다.

"전부 다 돌아온 거야?"

"아닐 거야."

보상으로 받았을 때 그 이름이 기억의 조각이었다. 그것도 다섯 조각. 그럼 이제 20퍼센트밖에 모으지 못했다는 말이었다.

정확히 20퍼센트인지 확신할 수도 없었다. 〈저크시즈〉 게임 시스템은 정말 거지 같았으니까.

한마디로, 지금 형우가 형우인 채로 얼마나 버틸 수 있는지 알 수가 없다는 말이었다.

루다는 인상을 찌푸렸다.

진짜 기예르모인지 뭔지 형우를 여기로 데려온 존재를 얼른 박살을 내고 싶었다.

"미안해."

점점 얼굴이 굳어 가는 루다의 귀에 뜬금없는 사과의 한마디가 들렸다.

"응?"

저를 바라보는 형우의 눈에는 미안함이 가득했다.

"아, 이건 자기한테 화난 게 아니라 상황이 너무 짜증나서. 그래도 이렇게 돌아오니까 너무 좋다."

루다가 다시 미소를 지으며 형우의 얼굴을 감쌌다. 하지만 형우의 표정에는 여전히 미안함이 뚝뚝 떨어지고 있었다.

"그게 아니라……."

말을 골랐다. 기억을 잃었을 때 제가 어떤 행동을 했는지 전부 돌아왔다.

이렇게 루다와 함께 있다 보니 제가 한 짓이 얼마나 해서는 안 되는 짓인지 점점 더 뼈저리게 느껴지고 있었다.

기억이 나갔을 때 내뱉은 중2 말투 따위 중요한 것이 아니었다.

분명 형우의 감정이 아니었지만 그렇다고 없던 일이 될 수는 없었다.

제가 그런 행동을 했다는 사실이 지금도 믿기지는 않지만 그래도 인정할 건 인정해야 했다.

형우는 여자 친구의 목숨을 노렸다.

"미안해."

무어라 말을 하려다 할 수 있는 말이 없다는 걸 깨달았다. 그래서 다시 사과의 말을 담았다.

물론 이 한 마디로 용서받을 수 없다는 것을 알았다. 하지만 이 한 마디 이상으로 어떻게 표현해야 할지 알 수가 없었다.

세상 모든 사과를 뭉쳐도 이만한 진심이 느껴지긴 힘들 것 같았다. 사죄가 가득한 그의 눈빛에 루다는 형우가 무엇을 사과하는지 곧바로 알아차릴 수 있었다.

"자기 잘못이 아닌데."

"하지만 행동을 한 건 나잖아."

형우가 루다의 손을 꽉 잡은 채 말했다. 평소라면 퍼부었을 키스도 없었다.

형우가 어쩔 때 그러는지 루다는 아주 잘 알고 있었다. 너무 미안해서 차마 스킨십을 할 수 없다고 생각할 때.

그만큼 형우는 루다에게 미안해하고 있었다.

그래서 루다는 마음에 들지 않았다. 잘못한 건 기예르모인데 왜 사과는 피해자인 내 남자 친구가 하는 건지. 그 사실 자체가 불쾌했다.

"마음에 안 들어. 타라 좀 패 주러 가야겠어."

"루다야, 잠깐만."

지금이라도 달려 나가려는 듯 몸을 트는 루다를 형우가 잡아 세웠다. 그녀의 성격으로 봤을 때 지금 당장 여신을 만나러 가도 무방했다.

"말리지 마."

"아니, 그게 아니라, 윽……."

영양가 없는 다툼이 형우의 고통스러운 신음에 멈췄다. 괜찮아 보이던 형우가 급작스레 고통을 호소하고 있었다.

"괜찮아?"

"……얼마 안 남은 거 같은데."

형우가 희미하게 웃었다. 그 웃음과 그가 겪고 있는 고통스러운 표정이 한데 섞여 금방이라도 사라질 것처럼 보였다.

불길함이 급격하게 루다를 엄습했다.

"뭐가? 설마 목숨……?"

"루다야, 내가 미워 죽겠지만 죽이지는 말아 줘."

"안 미워. 그런 말 함부로 하지 마. 그럼 뭐가? 기억 다시 돌아오는 거?"

"응, 루드비……인지 뭐 하는 인간 말이야."

형우는 제가 내뱉고도 오그라드는 마음에 손을 어떻게 해야 할지 알 수가 없었다.

루드비히라고 말하고 있지만 그게 바로 형우 당사자였다. 그런데 루드비히라고 3인칭처럼 부르는 꼴이라니. 마치 지킬 앤 하이드의 주인공이라도 된 것 같았다.

"괜찮. 나는 중2병 최형우라도 사랑할 수 있어."

"그게 더 잔인한 거 알지, 루다야?"

결연에 가득 차 내뱉는 루다의 한마디에 형우가 하하, 가볍게 웃어 보였다.

하지만 둘은 알고 있었다. 이제 곧, 이렇게 제정신으로 마주하고 있는 시간도 끝이 난다는 걸.

루다는 속으로 이를 갈았다. 지금 이 순간을 웃으며 보내고 싶었기에 최대한 내색하고 있지 않을 뿐이었지만, 그녀의 마음속에는 여신 타라를 향한, 그리고 악신 기예르모를 향한 분노가 하나둘 쌓여 가고 있었다.

"다섯 조각이라며. 그중에 하나면 적어도 몇 시간은 돌아와야 하는 거 아니야?"

억울했다. 도대체 왜, 내가 여기서 이렇게 남자 친구를 눈앞에 두고 안절부절못하고 있어야 하는지.

감정이 치밀어 올랐는지 루다의 눈에 눈물이 글썽였다. 형우가 엄지로 루다의 눈가를 쓸며 달래 주듯이 말했다.

"기억이 돌아오면 같이 여신 죽이러 가자."

"기억 안 돌아와도 죽이러 갈 거야."

"그래, 가능하면 막타는 남겨 줘."

형우가 쓰게 웃었다. 가볍게 던진 말이었지만 그 안에는 진심이 가득했다.

형우의 웃음이 이상하게도 곧 사라질 사람처럼 보여서, 루다는 형우의 목을 조금 더 세게 끌어안았다.

"가지 마."

그녀도 모르게 내뱉었다. 눈물이 날 것 같았다. 형우의 입술이 루다의 이마에 촉 하고 닿았다가 떨어졌다.

"오귀스트 텔레포트 준비하고 있어."

"응?"

"그 무자비한 또 다른 나……를 보내려면 그냥 텔레포트로는 안 되잖아."

"언제 다시 돌아와?"

"나도 잘 모르겠어. 하지만 아직은, 아윽……."

형우는 루다를 그대로 품에 안은 채 제 머리를 그러쥐며 고통을 호소했다. 잠깐잠깐 찾아오던 두통과는 확실히 달라 보였다.

조금씩 엄습하는 고통에 형우가 무너져 내리고 있었다. 화들짝 놀란 그녀가 형우를 살피기 위해 몸을 뒤로 뺐다.

'괜찮아?' 물으려던 그녀의 말이 짓씹듯 내뱉는 형우의 말에 삼켜졌다.

"너는……."

루다는 직감적으로 알 수 있었다. 지금 말하고 있는 건 형우가 아니다. 형우의 돌아왔던 기억이 다시 사라지고 있었다.

"헉."

형우가, 아니 루드비히가 다시 고통에 휩싸였다.

이걸 어떻게 해야 하지. 이유는 알지만 손을 댈 수가 없었다.

루다는 어찌할 바를 모르고 제 남자 친구의 앞에서 안절부절못할 뿐이었다. 스스로에 대한 무능함이 계속해서 밀려왔다.

"이건…… 너무 짧잖아."

형우가 이를 으득 씹으며 중얼거렸다. 온 얼굴이 일그러져 있었다. 잇새로 거친 숨이 번지고 있었다.

루다가 형우를 붙잡고는 계속 괜찮아? 괜찮아? 하고 묻고 있었다. 그렇게 묻는 루다의 얼굴에는 자괴감, 분노, 걱정, 모든 것들이 한데 담겨 있었다.

"루다야."

몇 번 고통을 토해 내던 형우가 루다를 불렀다. 그는 루다를 저크시즈 안에서 만난다면 꼭 전하고 싶은 이야기가 있었다.

물론 이 안에서 만나지 않기를 빌었지만, 소망은 애석하게도 이루어지지 않았다.

그래서 지금 형우는 최대한 빨리 그가 전하고 싶었던 것을 전해야 했다. 하지만 지금은 길게 말할 여유가 없었다.

형우는 그의 이성이 점점 사라지려 하는 것을 알 수 있었다.

"타라를 믿지 마."

급하게 전한 말에 앞뒤 설명이 전부 생략되어 있었다.

"뭐?"

"타라는, 헉……!"

무언가 더 설명하려던 형우가 말을 멈췄다. 루다의 허리에 감겨 있던 팔에 힘이 들어가는 것이 느껴졌다.

어깨에 느껴지는 가빠지는 그의 숨소리가 그가 얼마나 고통스러운지 여실히 보여 주고 있었다.

"형우야, 괜찮아?"

상태가 정말로 심각해 보였다. 어떻게 해야 하지? 안절부절못하는 루다의 몸이 갑자기 뒤로 밀렸다.

"아야, 갑자기 왜……!"

형우의 손이 닿았던 어깨를 감싸 쥐며 루다가 의아하게 고개를 들었다.

그녀의 눈앞에 형우는 조금 전까지 이야기하던 형우와 분위기가 너무 달랐다. 형우의 얼굴로 경계를 가득 담아 루다를 바라볼 수 있는 사람은 루드비히밖에 없었다.

저를 향하는 그의 눈에 불신이 가득 들어차 있었다.

분명 같은 사람인데 이렇게 다른 표정을 지을 수도 있구나.

이제 루다의 시야에 잡히는 것은 적의에 가득 찬 형우의 표정이었다.

"도대체 무슨 짓을 한 거지?"

"이렇게 빨리 돌아오는 게 어딨어!"

"무슨 짓을 한 것이냐 물었다."

기억이 나갔어도 화가 나면 낮아지는 목소리는 똑같네, 짜증 나게. 게다가 또다시 돌아온 판타지 말투라니, 형우 또 기억 돌아오면 쪽팔려서 어떡하나.

아직은 필요 없는 걱정을 하며 루다가 소리쳤다.

"오귀스트 텔레포트!"

형우의 말대로 텔레포트를 시전할 준비를 끝마친 상태였다. 준비하고 있었기에 다행이지, 모르고 있었으면 또 싸울 판국이었다.

게다가 직전까지 형우였던 그와 진심으로 싸울 자신이 없었다.

루다가 시전한 텔레포트 덕에 눈앞에서 루드비히의 형상이 깔끔하게 사라진다.

마지막으로 마주한 흐릿한 그의 얼굴에 분노가 가득 찬 것이 보였다.

왠지 사라지는 그의 입 모양이 '죽여 버린다.' 같았지만 기분 탓이겠지.

시전자인 형우가 사라짐과 동시에 그녀와 형우의 주변을 막아 뒀던 차원의 벽이 허물어져 내렸다.

벽 바깥의 시간이 다시 원래대로 흘러가기 시작했다.

스킬이 종료되며 이쪽으로 달려오던 아르비드의 모습이 보였다.

"폐하, 무사하십니까!"

"아니."

"혹시 그자가 공격이라도……!"

예상치 못한 대답에 아르비드의 눈이 커졌다.

"아니야, 뭔 말을 못 하겠네. 아무 일도 없었어."

아무렇지 않게 이어진 루다의 말에 아르비드가 안도의 한숨을 내쉬었다.

원래 이렇게 두 진영의 수장들이 자주 부딪치지 않았다. 일반적인 군주들이 부딪쳐도 위험한데, 에세나도 아타나스도 역사적으로 손에 꼽히는 강한 자들이 계속해서 부딪치니 아르비드로서는 걱정이 될 수밖에 없었다.

루다는 아르비드에게 시선을 뒀다가 이내 그 시선을 조금 전 형우가 있던 곳으로 돌렸다.

루다의 몸에 상처라고는 없었다. 하지만 무사하냐고 묻는다면 루다는 차마 그렇다고 답할 수가 없었다.

남자 친구를 오랜만에 만났고, 대화했고, 그리고 금세 떠나보냈다.

그 후에 밀려오는 알 수 없는 감정의 소용돌이 속에서 루다는 형우가 있던 곳을 주시하며 한동안 말없이 서 있을 뿐이었다.

"무슨 일이십니까?"

아르비드가 걱정스레 물어왔다. 그 목소리에 퍼뜩 정신을 차린 루다가 그를 올려 보며 후, 한숨을 깊게 내쉬었다.

"별일은 없고."

"?"

"타라 새끼나 다시 한 번 만나야겠다."

선고하듯 한마디 내뱉고는 루다가 허리에 꽂아 놨던 단검을 다시 빼 손에 그러쥐었다. 위로 던져진 단검이 한 바퀴 돌고는 다시 루다의 손에 안착했다.

어느새 루다를 중심으로 단검 열 개가 빙빙 돌며 회전하고 있었다. 조금씩 느리게 돌던 단검들이 마치 그녀의 기분을 대변하기라도 하듯 속도를 더하기 시작했다.

그녀가 오른손을 위로 올렸다. 동시에 열 개의 단검이 그녀의 팔을 따라 올라갔다.

흘끗 바라본 루다의 얼굴에는 미소가 걸려 있었다. 지독한 분노의 미소와 함께 루다가 입을 열었다.

"우선 여기 좀 처리하고."

단검을 빙빙 돌리며 마을 사람들을 쳐다보는 루다의 눈에 자비란
없었다.

04. 두 번째 퀘스트가 도착했습니다

"괜찮으십니까?"

날씨는 맑았고, 성에는 별다른 큰일이 없었다.

강제로 성으로 옮겨진 루드비히가 당장에라도 루다를 공격하러 쳐들어올 줄 알았는데 그건 아니었다.

요 일주일 동안 루다에게는 별 큰일이 일어나지 않았다. 그렇기에 아르비드의 질문은 이 상황에 나올 질문이 아니었다.

왕좌에 비스듬히 앉아 턱을 괴고 루다가 심드렁하게 아르비드를 쳐다봤다.

'얘가 뭔 소리래.'

루다의 표정은 그렇게 말하고 있었다.

"그 질문 오늘만 몇 번째인 줄 알아?"

"열여섯 번째입니다."

"……말을 말아야지."

'이 인간은 가끔 말이 안 통할 때가 있다니까.'

193

루다가 한숨을 내쉬며 의자에 몸을 파묻었다.

이러고 있을 때가 아닌데. 타라를 찾아가 따져야 하는데, 업무니 뭐니 하도 묶여 있어야 해서 아직 출발도 못 하고 있었다.

분명 게임을 플레이할 때 봤던 군주는 책상머리에 앉아서 결제 도장이나 찍어 대는 존재가 아니었다.

하지만 막상 생각해 보면 루다가 성에 올 때마다 군주는 집무실에서 나와 반갑게 저를 맞이했었다. 그걸 보면 책상머리에 앉아 도장이나 찍었던 것 같기도 하고.

어찌 됐든 군주로서 해야 할 최소한의 일은 이제 끝이었다. 업무는 물론 간소하게 즉위식마저 끝내 놓은 상태였다.

그 모든 일을 일주일 만에 끝내려니 죽어나는 건 황성 사람들이었지만 루다는 그 시간마저 아까웠다.

"타라 신전에나 다시 한 번 가 볼까!"

무언가 생각에 잠겨 있다가, 이내 또 무언가 결심한 모양인지 자리에서 일어나 쭉 기지개를 켜는 루다를 아르비드가 잠시 바라봤다.

이교도의 마을 사건 이후로 루다의 상태가 이상했다. 물론 눈에 띄는 변화는 아니었다. 어떻게 보면 평상시처럼 제멋대로였다.

하지만 아르비드는 알고 있었다.

먹는 양이 줄었고, 취침시간은 그대로인데 기상 시간이 빨라졌다. 여전히 말투는 제멋대로였지만 이전보다 황성 안을 많이 활보하지 않았다.

저 변화는 분명 처음 루드비히를 만난 후에 잠시 나타났었다. 그리고 최근 루드비히를 만나곤 또다시 나타났다.

루다 행동의 변화는 아타나스 진영의 군주를 만났을 때마다 나타났다.

루다와 아타나스 군주의 사이에 무언가 커다란 변화가 있는데, 그것이 무엇인지 아르비드는 알 수 없었다.

이유는 알 수 없었지만 루다의 정신이 불안정한 건 알 수 있었다.

그는 처음으로 모시는 제대로 된 군주를 제대로 보좌하고 싶었다.

"조금 쉬시는 것이 어떻겠습니까?"

"만렙은 체력도 만렙이라."

"무슨 소리인지 모르겠습니다."

"나 정도 되면 가급적이면 지치지 않는다는 이야기야."

"……체력을 말하는 것이 아닙니다."

"응?"

"폐하 스스로 몰아붙이시는 것처럼 보여서……. 주제넘었다면 죄송합니다."

루다가 아르비드를 빤히 바라봤다. 그러다 이내 픽, 바람 빠지는 웃음이 흘러나왔다. 스스로에 대한 비웃음이었다.

"혹시 제가 말실수를 한 것인지……."

"아니야, 그런 건 아니고."

지금 당장 출발이라도 할 기세로 자리에서 일어났던 루다가 다시 앉았다. 예전에는 커다랗고 부담스럽기만 했던 이 의자가 이제는 점점 익숙해지고 있었다.

"융통성이 하나도 없어서 섬세함이라고는 눈곱만큼도 없을 줄 알았는데 제법 하네?"

"……칭찬으로 듣겠습니다."

"응, 칭찬이야."

루다의 한마디에 아르비드의 얼굴에는 묘한 표정이 지어졌다.

그런 표정을 짓든 말든, 루다는 깊은 한숨을 내쉬었다.

아르비드의 말이 맞았다. 쉴 필요가 있었다. 물론 아르비드가 말한 것은 스트레스 없이 푹 쉬는 것이겠지만, 루다에게 그 정도까지의 여유는 없었다.

직접 나가서 움직이는 것보다는 우선 생각을 정리하자. 무엇을 해야 하고, 도대체 무엇이 어떻게 돌아가고 있는지.

생각보다 일이 단순하지가 않았다. 뭐가 어떻게 돌아가고 있는지 알고 있는 것이 하나도 없었다.

그냥 와서 남자 친구만 데려가면 되는 줄 알았는데, 그것이 아니었다. 모든 것이 꼬여 있었다.

남자 친구는 기억을 잃었고, 여신은 악신을 죽이라고 했는데, 또다시 도착한 퀘스트에는 남자 친구의 기억을 찾으라는 말이 적혀 있었다.

모든 것이 엉망진창이었다.

자신은 분명 여신을 만나 이야기를 나눴는데. 그때 만났던 여신은 남자 친구의 기억을 찾는 것보다 그녀가 준 퀘스트가 훨씬 중요하고 꼭 해야 할 일이라고 말했다.

하지만 그 바로 직후에 도착한 퀘스트에는 전혀 다른 내용이 담겨 있었다. 남자 친구의 기억 조각을 찾는 것.

말이 앞뒤가 맞지 않았다. 분명 무언가가 있다.

두 개의 퀘스트는 같은 타라가 보낸 것일까? 아니면 루다를 만난 후 타라의 생각이 갑자기 바뀌었나?

만약 그랬다면 두 번째 퀘스트에 명시라도 되어 있어야 했다. 앞에 퀘스트는 취소하고 또 다른 퀘스트를 수행하라는 식의 안내 문구가 말이다.

하지만 그 무엇도 아니었다. 지금 루다는 메인 스토리를 두 개나 하고 있었다.

마치, 타라가 두 명이라도 되는 것처럼.

여기까지 생각한 루다가 시선을 들어 아르비드를 바라봤다.

"알비."

"……"

"대답."

"……예."

그의 대답에 루다가 뿌듯하게 웃었다. 그 웃음에 아르비드가 울컥했지만 그냥 참기로 했다. 아무래도 좋은 타이밍은 아닌 것 같아서.

"타라가 두 명이라는 것에 대해 어떻게 생각해?"

"예?"

아르비드의 눈치가 맞아떨어진 모양인지 평소보다 진지한 어투로 루다가 질문했다.

예상치 못한 질문에 아르비드의 눈이 커졌다. 살면서 한 번도 들어보지 못한 질문이었다.

일전에 군주께서 아타나스니 기예르모니 물어봤을 때는 몇 번이나 들어 봤던 질문들이기에 그럴 수도 있겠다 싶었다.

하지만 지금 질문은 아니었다. 말도 안 되는 가정이었다.

아르비드는 화들짝 놀라 한동안 아무 말이 없었다.

"그냥 가정일 뿐이야. 뭘 그렇게 놀라?"

가볍게 던져진 루다의 말에 겨우 정신을 차린 아르비드가 답했다.

"있을 수 없는 일이기 때문입니다."

"그건 누가 정하는 건데?"

"역사, 신화, 기원, 과학, 모든 것들이 만들어 낸 진리입니다."

그 질문에 루다의 미간이 찌푸려졌다.

또 저 소리다. 있을 수 없는 일.

"그거 알아?"

"?"

"아리스토텔레스 전에는 지구가 평면이었어."

"예?"

"갈릴레오 전에는 태양이 지구를 중심으로 돌고 있었고."

"무슨 말씀이신지 모르겠습니다."

물론 알아들으라고 한 소리는 아니지. 스스로 진리라고 믿는 것들에 대해 반박하기 위한 예시일 뿐이었다.

머리 위로 물음표를 가득 띄운 아르비드를 루다가 빤히 바라봤다.

"너희가 생각하는 진리가, 진리가 아닐 수도 있다는 말이야. 진리라는 것들이 가끔 뒤통수를 때리고는 하거든."

"……."

"자, 그러니까 다시 한 번 더. 너는 여신이 두 명이라는 것에 대해 어떻게 생각해?"

루다의 질문에 아르비드가 잠시 말을 멈췄다.

그는 고민하고 있었다. 있을 수 없는 가정을 생각하느라 머리가 터지고 있는 것이 분명했다.

"있어서는 안 되는 일입니다."

대답이 달랐다. 있을 수 없는 일과 있어서는 안 되는 일은 그 내재한 의미부터 달랐다.

"왜?"

턱을 비스듬히 괴고 물어 오는 질문에 아르비드가 잠시 생각했다. 한 번도 생각해 보지 않았던 것에 대해 생각하려니 머리가 삐거덕거리는 기분이었다.

생각에 생각을 더해 겨우 이유랍시고 댈 만한 이유가 생겨나자 아르비드가 입을 열었다.

"저희가 신에 대해 믿고 있는 모든 것은 타라님께서 직접 알려 주신 진리이기 때문입니다. 아니더라도 반신의 존재들과 현자들에 의해 거짓 없이 내려오는 것들입니다. 물론 오래된 역사적 인물이나 사건에 대한 것이 변형되는 경우는 있을 수도 있다고 생각합니다. 허나, 여신의 존재 자체에 대한 진리는 흔들릴 수가 없습니다. 반신, 현자, 그리고…….

말을 하다 슬쩍 말꼬리가 흐려진다. 흘끗 루다를 바라보는 그의 눈빛에 루다가 흐려진 그 뒷말을 잡아 잇는다.

"그리고?"

"간간이 에세나에 나타나는 시타라가 이 진리만큼은 변할 수 없는 것이라 말해 왔습니다."

시타라가 루다가 처음은 아니라는 말이었다.

이 세계가 만들어진 지 적어도 3천 년은 넘은 것으로 알고 있었다. 루다가 게임을 플레이할 때 3천 년 넘는 역사 어쩌구를 몇 번이나 봤던 기억이 있었다.

그 오래된 기간 동안 시타라가 없을 리는 없었다. 그런 시타라조차도 타라가 한 명이라고 단언했다는 이야기였다.

즉, 타라라는 여신의 존재에 대해 의문을 표하는 시타라는 루다가 처음이라는 말이었다.

"그렇기에 그 진리가 진리가 아니게 된다면, 너희가 믿는 타라에 대한 신앙의 근본까지 흔들린다 이거네."

"……예."

"그렇게 되면 에세나의 근간이 흔들리고."

"……정확하십니다."

"그런데 이걸 어쩌나."

루다가 옥좌의 손잡이를 두어 번 두드렸다.

확신은 아니었다. 하지만 루다가 겪은 바에 의하면 여신이 두 명일 수도 있다는 결론이 나왔다.

"아무래도 타라가 두 명인 것 같은데."

그 청천벽력과도 같은 한마디에 아르비드는 아무 말도 할 수가 없었다.

"아, 물론 확신은 아니야."

아르비드가 안도의 한숨을 내쉬었다.

루다의 한마디에 눈에 띄게 안심하는 그의 모습이 신기했다.

루다는 무교였다. 신을 열렬히 믿어 본 적 없는 그녀로서 여신에 대한 맹목적이기까지 한 이 신앙심이 이해가 가지 않았다.

"어째서 그렇게 생각하시는지 여쭤도 되겠습니까?"

"여신의 목소리가 들렸는데, 그게 하나가 아니야."

정확히 말하자면 목소리가 들린 것은 아니었다. 하지만 또 어떻게 보면 여신이 직접 무언가를 행하라 명한 것이니, 여신의 목소리가 들렸다는 것도 맞는 말이었다.

무엇보다 여기 사람들한테는 이렇게 풀어 설명하는 것이 훨씬 익숙할 것 같았다.

그녀의 한마디에 아르비드의 표정이 심각해졌다. 원체 진지함이 뚝뚝 묻어 나오는 얼굴이었는데 그 진지함이 최댓값이라도 찍은 표정이었다.

"내가 확신하지 못하는 이유는 내게 온 두 개의 퀘스, 아니 여신의 의뢰가 같은 신에게서 온 것인지, 다른 신에게서 온 것인지 확신할 수가 없어서야."

"여신의 목소리……."

아르비드가 신음하듯 루다의 목소리를 따라 읊조렸다.

루다는 시타라다. 이 황성 안에 루다의 이마에 나타났던 여신의 표식을 목격한 자가 한두 명이 아니었다.

물론 루다가 여신의 목소리가 두 개라고 거짓말하고 있을 수도 있었다. 하지만 그녀가 거짓말을 할 이유가 어디에 있을까?

여신을 욕하기는 해도 루다는 여신의 명을 착실히 수행하는 군주였다. 게다가 며칠 전, 유르센에 가서 이교도들을 처단하기까지 했다.

여신을 적대한다면 그럴 리는 없었다.

게다가 루다는 아르비드의 기준에서 정도를 벗어나는 군주가 아니었다. 그런 그녀가 아무 이유 없이 거짓말을 할 거라는 생각은 선뜻할 수가 없었다.

시타라는 타라의 사자와도 같았다. 그런 시타라가 의심을 품고, 그것을 자신에게 말한다. 이것도 일종의 신언이라 생각해도 되지 않을까?

"말하다 보니 미안해지네."

"예?"

점점 깊어지는 생각을 끊어 내는 말에 아르비드가 고개를 퍼뜩 들었다.

"광신도한테 신을 부정하라는 거, 좀 못 할 짓 아니야?"

제 주군이 던지기에는 너무나도 상식적인 말이라 아르비드의 얼굴에는 얼떨떨한 표정이 떠올랐다.

"……맞습니다."

"오, 이제는 부정도 안 하네?"

루다의 말에 아르비드는 침묵할 뿐이었다.

이전에는 이런 한 마디 한 마디에 루다가 목이라도 내려칠 것이라생각했다. 어쩌면 이전의 군주가 폭군이었기에 더더욱 조심스러운 것일 수도 있었다.

하지만 지금은 알 수 있었다. 제 주군은 생각만큼 잔인하지 않았다. 아니, 어쩌면 잔인하지 못할 수도 있었다.

그녀가 직접 누군가를 죽인 것은 전대 폭군뿐이었다. 그녀의 목숨을 노린 암살자는 자살했고, 이교도에 물든 마을 사람들은 그저 얼음이 되었을 뿐이다. 그녀는 제 손으로 누군가의 목숨을 거둔 적이 없었다.

아르비드는 암살자가 죽은 직후 루다의 상태를 떠올렸다.

그녀는 시체를 제 손으로 처리하지 못했다. 처리는커녕 시체를 제대로 보지도 못했다.

그런 그녀를 보며 누군가를 함부로 죽일 수 있는 자가 아닐 거라 생각했다. 물론, 이곳에서 살아가려면 죽이는 것에 익숙해져야 하지만, 그걸 굳이 강요할 필요는 없었다.

여러 가지 이유로 아르비드는 조금씩 제 의견을 펼칠 수 있었다. 그리고 참 우습게도 그는 아랫사람의 말을 들어 주는 그녀의 모습이 군주의 모습에 조금 더 적절하다고 생각하고 있었다.

꽉 막히지 않은 군주. 그렇다면 스스로도 조금 느슨한 모습을 보이는 것이 맞았다.

"허나 믿고 싶은 것만 믿는 것은 하고 싶지 않습니다."

"호오?"

생각보다 융통성이라는 게 있는 놈 같은데? 루다의 생각이었다.

"그래도 30년 넘게 지켜 온 신앙심이면 좀 그렇지 않아?"

"……28년입니다."

아르비드의 한마디에 루다가 입을 다물었다. 무어라 말을 하려고 입을 열었다가 닫았다가 뻐끔뻐끔 아르비드를 쳐다봤다.

아니 얘는 왜 노안이어서는 사람을 헷갈리게 만들어. 도대체 왜!

갑자기 찾아오는 뻘쭘함에 루다가 큼큼, 헛기침을 하다가 자리에서 벌떡 일어났다.

그 모습을 바라보며 아르비드가 웃음기 어린 한숨을 내쉬었다. 다행히도 루다는 애써 아르비드를 외면하느라 그 모습을 보지 못했다.

루다의 머릿속에는 한 가지 생각만이 가득했다.

에라 모르겠고, 여신이나 만나러 가자!

"그, 저, 나는 뭐시냐 타라를 만나러 가 볼까?"

말도 헛나왔다. 그래 이게 다 한국 사회의 폐해다. 동안이 좋다고 그리도 세뇌를 시키니 이렇게 되는 거 아니야?

"조금 더 쉬시는 게……."

아르비드가 걱정스레 물었지만, 루다는 최선을 다해 손을 내저었다.

그래, 민망해서 일어났지만 일어난 김에 움직이자. 빨리빨리 처리해 버려야지.

"아니, 아니. 괜찮아. 그리고 좀 빨리 내 가설을 확인하긴 해 봐야 할 것 같아서 말이야. 하하!"

'타라가 두 명이다.'라는 가설.

일부러 노린 것은 아니었지만 루다는 제가 직접 만난 타라가 던진 퀘스트는 진행하지도 않은 상태였다. 만약 지금 타라를 만나러 간다면, 그 부분에 대해 반응이 올 것이 뻔했다.

두 개의 퀘스트를 준 것이 같은 타라라면, 계속 진행하면 되지 왜 왔냐는 반응이 나올 것이며, 퀘스트를 준 것이 다른 타라라면, 글쎄, 그렇다면 타라는 어떻게 나올까?

뭐가 됐든, 우선은 만나 보는 게 아무래도 나을 것 같았다. 만나고, 대충 제 가설의 사실 여부에 대해 파악 후, 뭘 조사하든지 해 보는 것이 나을 것 같았다.

루다가 기지개를 쭉 켜고는 아르비드에게 몸을 돌렸다.

"같이 갈래?"

"같이 가도 되겠습니까?"

"어차피 네 신앙심을 흔들어 놓은 것, 거하게 뿌리 뽑아 보자고."

그 한마디에 아르비드의 눈동자가 흔들렸다.

분명 저 말에 따라나서면 안 된다. 하지만 아르비드는 속에서 솟구쳐 올라오는 호기심으로 죄책감을 애써 내리눌렀다.

"예, 따르겠습니다."

에세나의 2인자라면, 에세나에서 나고 자라 훈련받은 자라면 절대 해서는 안 되는 대답을 아르비드는 기어코 입 밖으로 내뱉고 말았다.

✳

─어째서 제가 드린 퀘스트는 진행하지 않은 겁니까? 게다가, 그 마을에는 어떤 경위로 가게 된 것입니까?

루다는 시선을 들어 하얗게 빛나고 있는 타라를 빤히 바라봤다.

'과연 여신님께서 만나 줄까요?'라고 물었던 아르비드의 걱정이 무색하게도, 타라는 기다렸다는 듯이 루다를 반겼다.

반겼다기보다는 제 의뢰를 제대로 수행하지 않는 사람에게 따지는 모습이었지만, 여신이 버선발로 달려 나왔다는 사실이 더욱 중요했다.

루다는 가만히 여신을 올려다보았다. 거대하고 성스러운 여신은 여전히 평온함이 가득한 표정을 짓고 있었다. 하지만 그렇게 말해 오는 그녀의 어조에는 미미한 불쾌함이 들어 있었다.

루다가 생각했던 가설 중 '타라가 두 명이라면'의 가설에 부합하는 행동이었다.

루다는 가만히 팔짱을 끼고 타라의 목소리를 듣다가 고개를 삐뚜름하게 꺾었다.

"그러니까 너는 그 이후로 퀘스트를 준 적이 없다는 거지?"

루다의 질문에는 확신이 담겨 있었다. '그다음에 나한테 퀘스트를 준 타라는, 눈앞에 있는 이 타라가 아니다.'라는 그 확신이.

성소 안에는 잠시 침묵이 감돌았다.

타라는 루다의 질문을 이해하지 못한 것이 분명했다.

타라가 던진 퀘스트를 타라가 모른다니. 그 말인즉슨 루다가 세워둔 가설이 맞아떨어진다는 이야기였다.

그리고 '타라가 두 명이다.'라는 가설이 맞아떨어지는 순간, 루다는 누구도 믿을 수가 없어진다. 더 나아가 눈앞에 있는 타라가 타라가 맞기는 한지, 그것조차 알 수가 없어진다.

악신에 타라가 두 명, 그리고 기억을 잃어버린 형우.

정말 복잡하기 이를 데 없었다. 머리가 터질 것 같았다.

루다는 그 근원지인 눈앞의 저 타라를 죽여 버리고 싶다는 생각까지 하며 시선을 들었다.

"오? 오늘은 본체네?"

루다의 시선에 잡힌 것은 이전 만남과는 달라진 타라의 머리 위 표시였다. [여신 타라]라는 이름 옆에 숫자가 없었다.

게다가 레벨을 나타내는 곳에는 물음표가 표시되어 있었다. 마치 일전에 루다가 형우와 강림한 반쪽짜리 악신을 처음 접했을 때처럼.

레벨이 물음표로 나왔다는 것은 아직 죽일 수 없다는 말이었다. 무언가 조건을 충족해야 레벨이 보일 것이고 그때가 되어서야 타라를 죽일 수 있을 것이다.

애초에 죽일 수가 없다면 이전에는 어째서 본체가 아닌 모습으로 나왔는지 알 수가 없었다. 어쩌면 이제야 루다의 손에 죽지 않을 방법을 찾아낸 것일 수도 있었다.

이게 전부 루다의 오해일 수도 있겠지만.

루다의 안에서 타라는 그만큼 쓰레기 인성을 갖고 있었다.

ㅡ두 번째 만남에서도 신뢰를 깨뜨릴 필요는 없다고 생각해서요.

"그래, 그렇다 치고. 다시 한 번, 너는 그날 나를 만난 이후로 퀘스트를 준 적이 없다는 거지?"

−⋯⋯없습니다.

"그런데 왜 메인 퀘스트가 두 개야?"

−있을 수 없는 일입니다.

루다의 질문에 타라가 단호하게 답했다. 하마터면 음, 그렇지 하고 납득해 버릴 정도로.

"정말로 단호하네. 여기는 뭐 맨날 있을 수가 없대. 이미 일어났는데. 친애하는 여신님. 나는 타라가 유일신이라고 알고 있어. 즉, 모든 것은 타라 여신의 은총 아래 존재해야 한다고. 그런데 그걸 타라 여신이 모른다?"

루다의 말이 맞았다. 타라가 유일신이라는 것은 만고불변의 진리였다. 그리고 타라가 한 말은 그 진리를 깨뜨리는 내용이었다.

"그게 말이 된다고 생각해?"

−있을 수 없는⋯⋯.

말을 이으려는 타라의 눈앞에 종이 하나를 들이밀었다. 루다가 받은 퀘스트 양피지였다.

일반 에세나 사람들이라면 보이지 않겠지만, 타라라면 볼 수 있을 것 같았다. 그리고 그 예상이 맞아떨어진 모양인지, 타라의 시선이 루다가 펼친 양피지에 가서 멈췄다.

주르륵 읽어 내리던 타라의 평온함이 제일 아래에 가서 깨졌다. 그 시선이 멈춘 곳은 발신자의 이름이 적힌 곳이었다.

루다는 의미심장한 미소를 지었다.

"이래도 아니라고?"

둘의 대화가 진행될수록 아르비드의 단단한 표정에 금이 가고 있었다. 듣자 하니 타라가 두 명이라고 했던 주군의 말이 진실에 가까운 모양이었다.

갑자기 반투명한 장막이 솟구쳐 올라와 아르비드를 가둬 버렸다. 갑작스러운 현상에 루다가 재빨리 공격 모드로 전환하고는 타라를 노려봤다.

루다는 저 장막을 알고 있었다. 타차원의 흐름.

원래 그런 용도는 아니었지만, 이곳에 떨어진 후 다른 누군가가 그들의 대화를 듣지 않았으면 좋겠다고 생각할 때마다 사용했던 스킬이었다. 그 스킬을 지금 타라가 사용했다.

─……시스템에 오류가 생길 수도 있습니다. 저는 인간들을 초월하는 힘을 가졌습니다. 하지만 완벽한 존재는 아닙니다. 이 세계, 저크시즈에는 기존에 세워진 시스템이 몇 가지 있습니다. 그리고 몇 개는, 그 시스템 위에서 오류를 일으키기도 합니다.

"오류?"

─예, 그 오류 중 하나가 악신 기예르모의 출현이고, 그 오류는 여신의 힘으로 벅찰 때가 많아요. 그리하여 다른 차원에 살던 당신을 부른 겁니다.

타라의 대답에 루다의 눈썹이 씰룩였다.

시스템, 오류. 익숙한 단어였다.

루다는 여기에 들어와서 이 상황이 현실 상황이라고 생각하며 조금씩 이곳의 생활에 적응해 가고 있었다.

하지만 시스템, 오류라니 마치 진짜 게임이라도 되는 것 같잖아?

팔짱을 끼고 가만히 여신의 말을 듣던 루다가 여신을 빤히 바라봤다.

도대체 얘는 뭐지? 뭔데 시스템이니 오류니 말하고 있는 거지?

이 상황을 실제라고 받아들인 루다에게 다시 한 번 혼란이 찾아왔다. 루다는 그 혼란을 질문으로 대체하기로 했다.

"이참에 하나만 묻자. 여기가 게임 시스템일 뿐이야? 너는 운영자야? 아니면 혹시 게임 제작자?"

ㅡ저는…….

하지만 대답을 원치 않았다는 듯, 루다의 말이 타라의 말을 가로막았다. 그 질문보다 먼저 던져야 할 질문이 있었다.

"아니, 다시 처음으로 돌아와서. 여기는 너한테 있어서 게임이야, 아니면 현실이야?"

ㅡ……지금 그 질문을 하시는 이유가 뭐죠?

"그래야 내가 태도를 확실히 밝히지."

ㅡ어떤 종류의 태도를…….

루다는 아직도 그녀의 앞에서 말을 아끼는 타라가 정말로 마음에 들지 않았다. 제 반응을 살피는 꼬락서니가 도무지 믿을 수 있는 자의 모습이 아니었다.

타라는 무언가 숨기는 것이 있고, 그것 때문에 자신에게 밑바닥까지 보이는 것을 원치 않았다.

이것이 지금까지 있었던 타라와의 대화에서 루다가 내린 결론이었다.

"몰라서 물어? 여기가 너한테 게임이라면, 그리고 여기 있는 알비도, 여기에 있는 모두가 NPC라면, 다 죽여 버려도 나한테는 죄책감 하나 없거든? 설마 게임 시스템인데 내가 그들을 사람 대하듯 대해야 한다고 생각해?"

ㅡ……현실입니다. 저희는 시스템도 아니며 게임 속의 인물들 역시 아닙니다.

"그래, 그렇게 답할 줄 알았어."

'답은 정해져 있고 너는 말만 하면 돼.' 수준의 질문이었다. 여기를 초토화시켜 버린다는데 게임이라고 말할 리가 없었다.

208

하지만 타라는 조금 전 제 입으로 시스템이라 말했다. 그것은 게임에서나 나오던 단어였다.

만약 여기가 게임이라면, 외부랑 어떻게 연결할 방법이 있는 것은 아닐까?

어떻게든 방법을 찾고, 어떻게 하다가 게임 회사를 알게 되면 고소라도 할 수 있지 않을까?

여기서 루다의 생각이 멈췄다. 쭉쭉 뻗어 나가던 생각이 갑자기 가로막혔다.

"여기, 게임 회사가 어디였지……?"

회사, 회사가 어디였지? 다시 돌아가면 회사를 고소할 생각이었다.

믿어 줄 리가 없지만, 혹시 모르니까 그 회사라도 기억하고 그 회사에 무작정 찾아가기라도 할 심산이었다.

하지만 회사 이름이 기억나지 않았다. 루다의 기억에 의하면 많은 사람들이 열광하며 〈저크시즈〉를 플레이했다. 대형 게임 기획 회사에서 낸 유명한 게임처럼, 공식 사이트도 만들어졌던 것 같은데.

그렇게까지 히트를 치면 차기작을 플레이하기 위해서 게임 회사를 기억하는 편이었다. 하지만 게임 회사가 도무지 생각나지 않았다.

"미친, 뭐야. 왜 생각이 안 나."

아무리 머리를 굴려 봐도 회사 이름이 기억나지 않았다.

다른 게임 스킬, 사이트 이름, 가끔 만났던 다른 플레이어, 스킬 트리, 던전 공략 모든 것이 기억나는데 도대체 왜 게임 회사만 기억이 나지 않는다는 말인지.

생각하다가 계속 기억의 벽에 막히는 것이 과하게 답답했다. 가뜩이나 갑갑한데 목구멍에 고구마를 백 개는 들이붓는 느낌이었다.

머리를 굴리고 굴리다가 루다는 더 이상 이 문제에 대해 생각하는 것을 그만두기로 했다. 대신 질문의 답을 여신에게 넘겨 버리기로 했다.

"그래, 그쪽이 대답해 봐. 여기 회사가 어디였지? 이 게임은 어떻게 유통되고 있던 거야?"

─……저크시즈는 게임이 아닙니다.

"그 안에 살고 있는 너희에게는 게임이 아니겠지."

─……게임 회사의 이름이 기억나지 않는 이유는, 처음부터 저크시즈가 게임이 아니었기 때문입니다.

"뭔 소리야."

루다는 미간을 찌푸렸다.

정말 무슨 개소리람. 처음부터 게임이 아니었다니.

컴퓨터 온라인 게임이 아니었던 건 기억한다. 하지만 또 생각해 보면 어떻게 게임을 구매했는지가 기억이 나지 않았다.

아니, 어떻게 이 저크시즈를 알게 되었는지도, 어디서 사고, 어떤 회사였는지. 게임이 만들어지고 유통되는, 자신이 게임을 하게 된 근본적인 과정이 기억이 나지 않았다.

지금 자신의 상태와 눈앞 타라가 지껄이는 말을 연결해 보면, 타라의 말이 진실과도 같았다. 그래서 믿고 싶지가 않았다.

그런 루다의 마음을 아는지 모르는지 타라가 눈을 내리깐다. 마치 미안하다는 듯 루다에게 속죄를 하고 있고, 용서를 바란다는 듯.

─저는…… 더는 악신을 감당할 수가 없었습니다. 그렇기에 에세나의 사람들을 강하게 만들고자 무던히 노력했습니다. 하지만…… 여전히 시스템 안에서 존재하는 저크시즈의 사람들로는 일정 한계를 초월할 수가 없었습니다.

"응, 계속 지껄여 봐."

─……그래서 저는 인간을 초월할 수 있는 다른 사람들을 찾아야

했습니다. 저크시즈의 시스템에서 벗어나면서도 그 안에서 강하게 적응할 수 있는 영웅을 찾아야 했습니다. 저를, 그리고 저크시즈를 도와주기 위해 그들은 강해야 했고, 빠르게 적응해야 했습니다.

"그래서 게임인 척, 뭐 우리를 육성했다. 이런 소리인가?"

—그렇습니다.

그럼 정말 현실인가, 이해하려다가 아까 타라의 말이 떠올랐다.

"그럼 아까 그 시스템이니 뭐니는 뭔데. 시스템이라며. 그건 게임에서나 쓰는 말이라고."

—그것은 그대가 조금 더 알아듣기 편하게 하기 위한 말이었습니다. 저는 일정한 규칙을 세워 놓았고, 그것을 관리하고 있습니다.

"응, 계속해 봐."

—몇 천 년 동안 유지된 규칙은 무너지면 세상이 붕괴될 수도 있습니다.

"그런데 아까는 오류라며."

—작은 오류는 약간의 마찰을 만들어 낼 뿐, 붕괴를 가져오지는 않습니다. 하지만 가끔 그 오류라는 틈에서 예상하지 못한 것들이 탄생하고는 합니다.

"가령 내가 받은 퀘스트 같은 거 말이지?"

—예, 그렇습니다.

루다가 타라의 말을 곱씹었다.

타라의 말은 앞뒤가 맞았다. 신과 대화를 하는 건 처음이었고, 일정한 규칙 위에서 세계가 돌아가는 거라면 그걸 아니라고 부정할 수도 없는 노릇이었다.

그러다 보니 어이가 없었다. 즉, 여기는 일정한 규칙 위에 존재하는 또 다른 현실 세계라는 말이었다.

"하."

루다는 팔짱을 풀었다. 머리를 쓸어 넘겼다. 그것도 분에 차지 않는지 헝클어뜨렸다.

"하하, 하……."

나오는 건 웃음밖에 없었다. 어이가 없다 못해 하늘로 날아갈 지경이었다.

뭐라고? 애초에 게임도 아니었다고? 타라의 쓰임에 적합한 존재가 필요했고, 그래서 게임의 형식을 빌려서 육성했다. 영웅이라는 호칭을 뒤집어씌운 채.

일종의 덫이었다. 게임인 척 낚아서 저크시즈에서 잘 굴릴 수 있도록 만렙을 찍게 만든 후 그대로 데려오기 위한 덫.

그래, 어쩐지 왜 차원 이동을 했는데 내가 만렙인가 싶었지. 왜 게임이랑 똑같나 싶었지. 왜 게임 속인데 레벨이 보이고, 스킬이 사용되는 것 빼고는 모든 것이 현실감이 거대한가 싶었지.

나중에 기술이 발전해 가상현실 게임을 만들어도 이것보단 현실감이 덜할 정도였다.

"하하……."

루다가 허탈하게 웃어 댔다.

타라가 하는 꼴이 우스웠다. 타라가 말하는 것은 하나였다. 제 욕구를 채워 줄 우수한 말이 필요해서 당사자 몰래 육성해서 데려왔다는 것.

하하, 허탈한 웃음을 흘리던 루다가 번쩍 시선을 들어 거대한 타라를 바라봤다.

조금 전까지 짓고 있던 짜증 어린 표정이 증오가 서린 표정으로 뒤바뀌어 있었다.

"개새끼."

눈앞에 존재하는 타라에게 꽤 적합한 단어가 루다의 입에서 툭 하고 튀어나왔다.

"할로우 댄싱 소드!"

타라를 죽일 수 없으리라는 것은 알고 있었다. 하지만 그렇다고 두 손 놓고 가만히 있고 싶지는 않았다. 어차피 죽지도 않는데 화풀이라도 해야지.

루다의 단검이 흰색 빛을 발하며 타라에게 쇄도한다.

"헤이스트!"

루다의 발아래에 백색의 원이 밝게 빛난다. 타앙, 그 마법진을 발돋움 삼아 루다가 타라에게 돌진한다.

그대로 타라를 향해 단검을 내지른다.

"기간틱 소드."

루다의 한마디에 그녀의 단검에 거대한 빛이 검 모양을 형성한다. 그 빛은 그대로 타라의 복부로 향한다.

하지만 은은하게 빛나던 달빛을 담은 무형의 검신은 여신의 복부를 관통하지 못하고 깨어진다.

마치 유리라도 되듯 챙그랑 깨어지는 그 모습에 루다는 그 자리에서 멈춘다. 허공에 잠시 떠 있던 몸을 공중에서 한 바퀴 돌려 충격을 감소시킨 후 탁, 바닥에 착지시킨다.

거친 움직임에 흐트러졌던 그녀의 머리가 다시 가라앉는다.

마나는 반도 쓰지 않았다. 어차피 죽이지도 못할 거 절반 이상은 마나를 써서 여신을 두드려 패 주기라도 하려고 했다.

하지만 타라는 루다의 기술이 몸에 닿지도 못하게 만들었다. 그냥 hp 자체가 깎이지를 못하게 만들어 놨다.

"뭐 이런 놈이 다 있어?"

욕이 절로 나왔다. 아니, 최소한 화풀이는 하게 해 줘야지. 웬일로 본체로 나타났나 했더니 공격받을 가능성 자체를 깡그리 없애고 나타

213

난 모양이었다.

"사기에 공갈·협박에 가지가지 하는데, 거기에다가 제가 죽지 않을 방어는 다 하고 내 눈앞에 기어 나와? 게다가 나한테 도와 달라고? 그 와중에 보상도 내 입으로 말하게 해? 첫 만남에는 사과도 한마디 없어, 그다음에 내가 불쾌한 기색을 보여서야 나한테 미안하다고 말했지. 보상은 말도 안 했어."

루다가 팔짱을 낀 채 타라를 쏘아봤다. 타라의 눈에는 미안함이 가득했다. 그 모습이 가증스러워 보였다.

분노에 젖어 잔뜩 낮아진 목소리로 말을 이었다.

"난 말이야. 너 같은 놈들이 어떤 생각을 하고 있는지 알 거 같아. 넌 당연히 네가 이래도 된다고 생각하고 있겠지. 사람 하나 납치해 와서 네 맘대로 주물러도 된다고 생각하고 있다고. 아니야?"

─아닙니다.

"아무렴 그러시겠어."

─…….

무슨 말을 하더라도 루다는 그것에 대해 한 번 꼬아 생각할 것 같아서 타라는 입을 다물었다.

여기서 한 마디라도 더했다가는 이마저도 돌이킬 수 없을 것 같았다.

루다는 침묵하는 타라를 보며 우선 숨을 골랐다.

딱 봐도 타라는 준비를 많이 하고 나왔다. 그것이 뭔가 꿍꿍이가 있어 보였다.

"아무리 생각해도 말이야, 너는 네 목적을 위해 나를 살려 놔야 해. 너는 나를 죽일 수 없어. 그게 네가 말한 시스템이니 오류인지 뭔지 모르는 거지 같은 것 때문인지 모르겠지만 내가 생각하기에는 그래."

─그게 아닙…….

"너는 나를 죽일 수 없어. 그렇다면 나를 돌려보내고 다른 사람을 데려오면 되는데, 그렇게도 하지 않았어. 왜일까?"

-저는 당신을 도와주기 위해 여기에 있습니다.

"개소리하지 마."

루다의 입에서 으르렁거리는 소리가 튀어나왔다. 끊어지려는 이성을 루다는 겨우겨우 붙잡았다.

"도와줘? 네가 나를 도와준다고? 상황을 이렇게 개처럼 만들어 놓고 나를 도와준다고! 애초부터 게임인 척 가만히 살던 다른 세계 사람을 낚아 놓고서, 도와줘? 정말 어이가 없어서 말이 안 나오네."

루다가 하, 하고 헛웃음을 짓고는 말을 이었다.

"도와주려면, 나한테 악신을 처단하라는 것이 아니라 남자 친구 기억을 찾도록 만들었어야지. 너는 나한테 남자 친구의 기억을 찾을 방법이라고는 단 하나도 알려 주지 않았어. 그래, 이걸 캐물어 봤자 너는 같은 말만 하겠지. 그러니까 하나만 물어보자."

루다는 타라의 눈을 똑바로 바라봤다. 길고 새하얀 속눈썹 아래 자리한 에메랄드 빛깔의 눈은 악과는 거리가 멀어 보였다. 하지만 루다는 그것을 믿을 수가 없었다.

루다의 생각이 맞는다면, 저 타라는 절대 선한 존재가 아니었다. 지금 루다에게 하고 있는 짓거리는 협박이나 마찬가지였다.

"너는 내가 에세나를 떠나 아타나스 진영으로 가는 걸 원해?"

-당신은 시타라입니다.

"폐하!"

갑자기 들려오는 아르비드의 목소리에 루다는 시선을 옆으로 돌렸다. 어느새 타라가 걸었던 타차원의 흐름이라는 스킬이 풀려 있었다.

루다는 어이가 없어 허허, 웃음을 흘렸다. 의도가 정말 빤히 보이잖아.

"와, 너도 대단하다. 여기서 타차원의 흐름을 풀어? 지금 이 사람의 반역을 2인자가 듣고 감시하라 뭐 그런 건가? 머리 굴리지 마. 이래 봬도 게임 플레이 겁나 많이 해서 너 같은 애들 잘 알고 있으니까. 그리고 너 지금 뭐 하나 착각하는 모양인데."

루다가 그대로 타라에게 한 걸음 다가선다. 아르비드는 영문을 모르는 표정으로 옆에 서 있을 뿐이었다.

조금 전까지 그저 언짢아 보였던 자신의 주군이 지금은 진노하고 있었다. 루다를 함부로 건드렸다가는 모든 것을 얼려 버릴 것만 같았다.

루다가 한껏 낮아진 목소리로 입을 열었다.

"나는 저크시즈의 사람이 아니야. 네가 지금 지껄이고 있는 그 맹목적인 신앙심에 나는 들어가지 않는다고. 네가 시타라니 뭐니 지껄이고 있지만 나는 그게 마음에 들지 않으면 여기서 등 돌려 아타나스로 넘어가 버리면 된다는 말이야. 내가 원하는 건 형우와 같이 돌아가는 거지, 에세나를 지배하는 것이 아니라고."

─……그건 잘 알고 있습니다.

몰아붙이는 루다의 말에 타라가 한 박자 늦게 대답했다. 그 모습이 마치 예상외의 사실을 알게 된 모습처럼 보였다.

언행 불일치, 지금 여신의 모습을 표현하는 단어였다. 비웃음이 루다의 얼굴에 떠올랐다.

"반응을 보아하니 내가 군주의 자리라도 탐낼 줄 알았나 보네? 미안하지만 사람 잘못 보셨어. 도대체 뭘 믿고 이러는지 모를…… 아, 설마 계약서인가?"

─…….

루다의 말에 타라가 잠시 멈칫한다. 타라의 무언의 긍정에 루다가 눈을 똥그랗게 뜬다.

216

"와, 얘 진짜 골 때리네."

어쩌면 저렇게 뻔뻔할 수가 있는지.

루다는 이제 면전에 대고 타라를 욕하기도 지쳐 가고 있었다.

"정말? 계약서였어? 히야…… 진짜 사람을 실망시키지를 않네. 한 번 잘 읽어 봐. 거기에 내가 아타나스로 넘어가서는 안 된다는 조항은 없어."

여신의 근처에서 일렁거리던 밝은 빛이 잠시 움찔거리는 것처럼 보였다. 루다의 말 중 틀린 것은 없었다.

계약서에 썼던 조항은 루다가 악신을 처단하고 그런 루다를 타라가 돕는다는 것들이었다. 그 어디에도 루다가 아타나스 진영으로 넘어가면 안 된다는 조항은 없었다.

"게다가 나를 죽이지도 못하고, 다른 영웅을 데려오지 못하는 걸 보아하니 내가 아닌 다른 사람을 데리고 올 수도 없는 모양인데. 내가 이대로 시타라라는 걸 집어치워 버리면 아쉬운 건 누굴까?"

─……무엇을 원하십니까?

잠시간의 침묵 후 타라가 입을 열었다. 루다가 그렇게도 바라던 한 마디였다.

아니, 처음부터 이렇게 물어봤으면 사태가 여기까지 안 왔지. 잘못한 게 누군데, 자꾸 그 가해자가 갑질을 하고 있으니 화가 나지 않고는 버티기가 힘들었다.

타라의 질문에 기다렸다는 듯 루다가 답했다.

"형우의 기억, 돌리는 방법 알려 줘."

─그는 악신의 범위 내에 있는지라…….

"확실해? 악신이 형우의 기억을 주무르고 있는 게 맞아?"

─저는 당신 연인의 기억을 되돌리는 방법을 모릅니다.

루다의 입술에 비웃음이 걸렸다. 그래, 이 반응도 어느 정도 예상했다. 지금까지 말이 계속 돌고 돌았던 이유도 여기에 있었다.

타라는 계속해서 본인이 형우의 기억을 되돌릴 방법을 모른다고 말해 왔다. 하지만 루다는 이미 형우의 기억을 조금 되돌렸다. 타라의 퀘스트 덕분에.

"하지만 우습게도, 타라 여신이 알려 줬어."

−무슨……?

"형우의 기억을 되돌리는 방법을 알려 줬다고. 타라가. 너 말고, 또 다른 타라가."

성소 안에는 침묵만이 가득했다.

루다는 팔짱을 끼고 타라의 답을 기다리고 있었고, 아르비드는 쉴 새 없이 진행되는 대화에 조금씩 상황을 파악하고 있었다.

타라는 아무래도 변명거리를 찾고 있는 것 같았다. 조금 길게 유지되는 침묵에 루다의 입가에 조금 더 진한 비웃음이 걸렸다.

"왜? 이것도 오류야?"

언짢음이 가득 담긴 질문에 타라가 바로 반박한다.

−그것을 믿으십니까?

"그 퀘스트를 했더니 형우의 기억이 돌아왔어. 너 같으면 안 믿겠어?"

−시타라여, 그자의 기억은 악신의 소관입니다. 제가 누누이 말하지 않았나요? 악신이 그자의 기억을 갖고 농락하고 있습니다. 시타라, 당신 연인의 기억을 정상적으로 돌아오게 하는 방법은 악신을 소멸시키는 것뿐입니다.

루다의 질문에 답하는 여신의 목소리에는 걱정이 듬뿍 묻어 나오고 있었다. 정말 거짓이라고는 하나도 없다는 듯이.

물론 타라의 말이 사실일 수도 있었다. 두 진영은 여전히 전쟁 중이었고, 악신은 에세나 진영을 어떻게든 흔들어 놓기 위해 에세나의 군주인 루다를 흔든 것일 수도 있다.

하지만, 만약에 그것이 아니라면? 그 무엇도 모르겠지만 만약 여신의 말이 진실이 아니라면? 가만히 앉아서 되돌릴 수도 있는 형우의 기억을 놓치고 있다는 말이었다.

고심하던 루다가 무언가 결심한 듯 다시 타라를 똑바로 바라봤다.

"내가 악신이랑 딜하는 방법은?"

─그는 말이 통하는 상대가 아닙니다. 게다가 당신은 에세나 진영의 시타라입니다. 그가 당신의 말을 들어 줄 리가 없습니다.

타라가 단호하게 받아쳤다. 아까와 달리 더욱 거대하게 일렁이는 타라의 빛이, 마치 자신의 말이 진실이라고 주장하는 것 같았다.

그렇기에 루다는 생각했다. 믿지 말자.

"그건 안 해 보면 모를 일이지. 내가 가서 형우 아래로 들어가 알비처럼 기사단장이 된 다음에 손잡고 에세나를 쫙 밀어 버리면 전부 끝나는 이야기 아닌가?"

─……그렇게도 원하신다면 말리지는 않겠습니다.

"음?"

생각보다 긍정적인 타라의 답변에 루다의 머리에는 물음표가 떠올랐다. 그런 루다를 바라보며 타라가 말을 이었다.

─하지만 다시 한 번 확언하지만, 불가능합니다. 그는 말이 통하는 상대가 아닙니다. 허나 혹여 그대가 실패해 돌아온다고 하더라도 시타라를 탓할 사람은 없을 겁니다.

마치 자비라도 베푸는 듯한 말투였다. 그 말에 다시 한 번 루다의 미간에 주름이 생겼다.

아직도 지가 갑인 줄 아네?

"하, 제정신이야? 탓하면 안 되지. 내가 이 짓을 하는 이유가 다 너 때문인데. 배려해 주는 척하지 마. 지금 네가 나한테 하는 모든 행동에 정당성은 없으니까. 가령 나를 잡아 둘 생각도 하지 말고."

―……그 부분에 대해서는 사죄를 드립니다.

망설였다가 내뱉는 사과의 말이 전혀 진심처럼 보이지 않았다.

"별로 원치도 않은 사과 엎드려 절 받는 기분으로 받는 것도 참 뭐 같네."

저번에도 그랬다. 사과를 요구해야지만 사과했다. 화를 가득 돋워 놓고 끝에 가서 떡 하고 사과하는 꼴이 정말 마음에 들지 않았다.

"아, 맞다."

까먹을 뻔했네. 정말 중요한 건데 말이지.

루다가 인벤토리에서 계약서를 주섬주섬 꺼냈다. 양피지처럼 말려 있던 종이를 펴서는 조항이 적혀 있는 부분을 타라에게 향하게 했다.

"항목 추가한다."

―항목이라 하면…….

"내가 무슨 짓을 해도 여신 타라는, 그리고 여신 타라의 은총을 받는 에세나 사람들은 나를 죽일 수도, 추방할 수도 없다. 내가 무슨 짓을 하든 내가 버리지 않는 한, 나는 에세나의 군주이며, 타라의 명령을 듣지 않아도 어떤 벌도 받지 않는다."

루다의 목소리는 단호하기 이를 데 없었다. 어떤 짓을 해도 봐주지 않겠다는 의지가 흘러넘쳤다.

―……!

경악에 찬 아르비드의 시선이 루다를 향했다. 하지만 루다는 그것을 무시했다.

이미 흔들린 신앙심, 뿌리 뽑아 보자고 했던 그녀의 말에 거짓이라고는 한 톨도 없었다.

아르비드가 그렇게 바라보든 말든, 타라가 처음 보는 경악에 찬 눈빛으로 저를 바라보든 말든, 루다는 제 할 말을 이었다.

"왜? 이 정도도 안 해 주려고 했어? 속이고, 육성시키고, 남자 친구를 빌미로 나를 부려 먹을 생각이었어?"

—그럴 생각은 기필코 없었습니다.

"개소리하지 마. 지금까지 네가 한 짓을 생각하고 말해. 참 미안하게도 사람 잘못 골랐어. 나는 이제 말도 안 되는 일을 받아들일 생각 없거든. 그러니까 너는 여기서 내 인생관에 한몫 더해 줘야겠어. 나도 너 돕고 너도 나 돕고 상부상조 아니야? 아, 그리고."

썩은 미소를 짓고 있는 루다의 모습에 타라는 직감했다. 제게는 선택권이 없다는 것을.

루다는 손에 쥔 계약서를 팔랑팔랑 흔들었다. 여신이 제 요구를 받아들일 것을 확신하는 태도였다. 그 확신을 담아 루다가 다음 말을 이었다.

"기예르모 있는 곳 찾아서 나한테 말해 주는 거 알지? 말이 통하나 안 통하나 한번 보자고."

✳

루다는 침대에 쓰러지듯 누웠다. 지나치게 푹신한 침대로 몸이 가라앉는 기분이었다.

"하아……."

팔을 대자로 뻗은 채 깊은 한숨을 내쉬었다. 지금 상황에서 나오는 건 한숨밖에 없었다.

모든 것이 마음에 들지 않았다. 그중 제일 마음에 들지 않는 것을 고르자면 오늘 여신을 쥐어 패지 못한 것이었다.

왜 상황이 여기까지 왔는지 생각을 해야 했다. 생각하는 것이 세상에서 제일 싫었지만, 해야 했다.

"상태!"

루다는 우선 상태 창부터 확인하기로 했다.

[철혈의여제삥끄곤듀님]으로 시작하는 닉네임 아래에는 최고 레벨인 250이라는 숫자가 적혀 있었고, 그 옆에는 루다의 직업인 문 댄서가 적혀 있었다.

그리고 그 아래에 온갖 아이스 속성, 체력, 마력 등등 그녀가 찍었던 스탯이 적혀 있었다.

익숙한 상태 창을 확인하고 창을 닫으려는데, 무언가 거슬리는 것이 루다의 눈에 들어왔다.

"응······?"

-기예르모의 가호

당신은 기예르모 신의 가호를 받고 있습니다. 아타나스 진영의 사람들과 더욱 친밀해집니다.

(효과: 아타나스 진영의 적대감 10 감소)

-타락의 씨앗

당신의 마음 깊은 곳에 의심의 씨앗이 뿌리내렸습니다. 하지만 이제 시작입니다. 타라 신을 위해 진심으로 기도드린다면 타락의 씨앗은 다시 모습을 감출 것입니다.

(효과: 여신의 가호 10 감소, ──의 가호 10 증가)

생소한 상태에 루다가 자리에서 벌떡 일어났다.

"뭐야 이건?"

기예르모의 가호, 타락의 시작. 그래, 타락의 시작까지는 그럴 수도 있었다. 타라에게 선전포고와 비슷한 짓을 하고 온 후였다. 그것도 타락이라면 타락이었다.

이걸 일일이 상태 창에 적어 두는 것은 좀 찌질해 보였지만 이미 나타난 건 어쩔 수 없었다.

어쩌면 타라가 지껄이던 시스템이니 뭐니에 속할 수도 있었다. 하지만 또 어떻게 생각해 보면 시스템은 타라의 소관이 아닌가?

"아으, 하나도 모르겠네."

정말 모르겠다. 정확한 건 타락이 시작됐다는 것 하나였다. 아타나스에 가서 악신과 대화를 하거나 딜을 하면 할수록 타락이 더 진행되겠지.

아무렴 어때. 타락이 더욱 진행되면 오히려 기예르모와 말이 통하지 않을까?

타락의 시작보다 지금 더욱 궁금한 것은 '기예르모의 가호'였다. 이 상태가 도대체 왜 생겼는지는 도무지 알 수가 없었다.

루다가 받은 퀘스트는 타라의 퀘스트뿐이었다. 기예르모의 퀘스트라고는 단 하나도 없었다.

기예르모는 만난 적도 없었고, 심지어 기예르모의 가호를 받을 일도 없었다. 무언가 이상하게 돌아가고 있었다.

이쯤 되니 타라가 말했던, 두 번째로 도착한 퀘스트가 정말로 기예르모가 보낸 것일 수도 있겠다는 생각이 들었다.

기예르모의 퀘스트를 클리어했기에 기예르모의 가호가 생겼다고 생각하면 그나마 앞뒤가 맞았다. 그럼 정말 형우의 기억을 모으면 안되는 건가?

"진짜 하나도 모르겠네!"

머리가 터질 것 같았다.

루다는 게임을 좋아했지만, 두뇌 게임은 별로 좋아하지 않았다. 실마리 찾아내고 추리하고 하는 것들이 루다의 취향은 아니었다.

굳이 머리를 쓰라고 한다면 못 쓸 것도 없지만, 쓰기가 싫었다. 하지만 지금은 머리를 써야 할 때였다.

타라가 시스템 어쩌고저쩌고하기에 게임인가 싶었지만, 루다의 기억에 회사도, 구매 경로도 들어 있지 않은 것으로 보아 게임은 아닌 모양이었다.

루다는 타라의 말을 떠올렸다. 타라는 게임의 형태로 영웅들을 육성시켰고, 제 목표에 다다를 만한 사람이 나타나자 납치했다고 말했다.

"응?"

분명 타라가 영웅들을 게임으로 육성했다고 말했다. 하지만 먼저 납치한 쪽은 기예르모 쪽인데?

분명 첫 화면에서 기예르모를 상징하는 거대한 까마귀가 형우를 납치하는 것을 보았다. 그리고 그다음 만났을 때 형우는 기억을 잃은 상태였다.

그건 전부 기예르모의 소행이었다.

그렇다면 게임으로 형우와 루다를 육성시켜야 했던 것은 기예르모여야 했다. 타라가 아니라. 말이 앞뒤가 안 맞는데?

무엇보다, 퀘스트는 또 다른 타라에게서 왔는데, 형우의 기억을 갖고 장난치고 있는 신이 정말 기예르모일까?

아무것도 정확한 것이 없었다. 루다는 다시 한 번 머리를 헝클어뜨렸다.

✳

"나는 아타나스로 가야겠다."

루다가 한마디 내뱉었다. 아침 식사를 하다가 갑작스레 튀어나오는 한마디에 아르비드는 무의식적으로 주변을 살폈다.

요 며칠간 루다는 황성에 거하며 이것저것 군주로서의 책무를 다하고 있었다.

처음 루다가 에세나에 뚝 하고 떨어졌을 때, 걱정하는 목소리도 상당히 컸다. 아무것도 모르는 저 여자를 군주 자리에 앉혀도 되냐는 것이 이유였다.

하지만 시타라의 문양이라는 그 한마디에 모든 불만이 사그라들었다. 더불어 최근에 루다가 해결한 이교도 마을의 사건으로 그녀에 대한 신뢰도는 상승해 있었다.

이교도만이 아니었다. 아타나스 진영의 최악이자 최강의 군주인 루드비히를 루다는 몇 번이나 강제로 귀환시켰다. 그로써 루다의 마법사로서의 면모는 이 대륙에서 최고나 다름없었다.

하지만 이러나저러나 루다는 제 말 한 마디, 한 마디마다 걸고 넘어가는 다른 기사들이 귀찮았다.

아르비드야 어떻게 설득해서 제 말에 불만을 품지 않도록 만들면 된다지만 다른 자들은 아니었다.

그렇기에 그다음부터 보고하는 시간을 제외하고는 기사들을 그녀의 주변에 두지 않았다.

그렇게 나름의 조치를 취하고 나니 굉장히 편했다. 무슨 말을 해도 필요 이상으로 깜짝 놀라는 사람들이 없었으니까.

하지만 그렇다고 아르비드가 그녀의 모든 말에 아무렇지 않은 반응을 보이는 것은 아니었다.

지금처럼 파격적인 그녀의 발언에 무언가 생각에 잠긴 표정으로 침묵하기도 했다. 그래도 소리 높여 방해하는 다른 기사들보다는 백만 배 나은 반응이었다.

"왜, 불만 있어?"

"불만이라기보다는……."

"아니면?"

"사실 정확히 뭐라 말해야 할지 모르겠습니다."

아르비드는 최근 루다를 따라다니면서 머릿속이 혼란스러워질 대로 혼란스러워진 상태였다.

아르비드는 지금 에세나의 율법과는 정반대인 루다의 행보에 맞춰야 할지, 기존의 에세나 사람들의 뿌리박힌 신앙에 맞춰야 할지의 갈림길에 서 있었다.

루다는 아르비드가 무엇을 말하고자 하는지 대충은 알아들을 수 있었다.

"마음 가는 대로 해."

그리고 그의 선택은 루다에게 별로 큰 게 아니었다. 루다를 따라오면 그녀야 편하겠지만, 따라오지 않는다 해서 비난할 생각은 결단코 없었다.

"……정말 아타나스 진영으로 가실 겁니까?"

"봐서."

"그걸 제가 말릴 수 있겠습니까?"

"가능하다면 말려지겠지? 왜, 말릴래?"

"그래서 혼란스럽습니다."

"무슨 말인지 잘 모르겠는데."

"폐하를 말리고 싶은 생각이 들지 않습니다. 아니, 그뿐만이 아니라, 가능하면 폐하를 따라가서 확인하고 싶습니다."

그렇게 말하는 아르비드의 얼굴에는 혼란이 가득했다.

루다를 따르다 보니 루다의 모든 말과 행동이 그녀의 망상은 아니라는 것을 알 수 있었다.

루다를 이해하고자 노력하는 시점부터, 어쩌면 제가 믿고 있던 것들이 진리가 아닐 수도 있다는 생각이 들기 시작했다.

"뭐를?"

"제가 믿고 있던 것이⋯⋯."

"맞는지 아닌지?"

"⋯⋯예."

"그럼 가서 확인해."

아르비드가 고개를 들어 루다의 눈을 마주했다. 루다는 마치 얼굴로 '뭐가 어려워, 따라가면 되지.'라고 말하고 있는 듯했다.

아르비드는 잠시 고민했다.

예전이라면 고민의 이유가 악신에 대한 적대심과 여신 타라에 대한 믿음 때문이었을 것이다.

하지만 지금은 달랐다. 그는 흔들리는 믿음의 근간을 확인하고 싶었지만, 그것보다 더욱 신경 쓰이는 것이 있었다.

아르비드의 신앙에 틈이 생겼다 할지라도 그는 에세나의 사람이었다.

에세나를 사랑하는 2인자로서 군주와 기사단장, 둘이 동시에 에세나를 떠나면 좋을 건 없다는 걸 알고 있었다. 그렇기에 선뜻 루다의 제안을 받아들일 수는 없었다.

한참을 고민하던 아르비드가 이내 마음을 다잡은 듯 옅게 웃었다.

"아니요, 이번에는 여기 남겠습니다."

"왜?"

"제가 따라가면 에세나의 군주와 2인자가 나라에 없는 건데, 그건 에세나에 너무 위험할 것 같습니다."

"그건 그렇지. 그래도 괜찮겠어?"

"돌아오시면 있던 일을 여쭤 봐도 되겠습니까?"

아르비드는 그때 성소에서의 대화로 루다가 아타나스에 가는 이유를 알고 있었다.

어쩌면 루다는 이번 일로 아타나스로 넘어갈 수도 있다. 아니면 가서 어떻게 설득당하고 에세나의 간자 역할을 할 수도 있다.

에세나의 군주이자 시타라가 에세나를 무너뜨리고자 한다면 그만큼 무시무시한 일이 없을 것이다.

하지만 아르비드의 눈에는 흔들림이라고는 없었다.

"날 믿을 수 있겠어? 다녀와서 거짓말할 수도 있는데?"

"그걸 파악해 내는 것 역시 제게 달린 것이겠죠. 그리고⋯⋯."

"음?"

"거짓을 말하지 않으실 걸 압니다."

"내가 저쪽으로 넘어가면?"

"그렇게 되면⋯⋯ 최소한 제게 말씀은 해 주시러 오실 것 같습니다."

확신은 아니었다. 그저 느낌뿐이었다. 그리고 그 느낌은 생각보다 강했다.

아르비드는 그것 역시 군주에 대한 신뢰라고 생각하지 못하고 있었다.

루다는 질린 얼굴을 했다.

타라에 대한 신뢰가 나한테 옳은 것 아니야?

"그렇게 엄청 믿는다는 듯이 쳐다보지 말아 줄래? 조금 양심에 찔리거든."

큼큼, 헛기침을 덧붙이고는 루다가 괜히 물을 한 모금 더 마셨다.

그 모습을 보며 아르비드가 작게 웃었다.

이 짧은 시간에 사람을 얼마나 믿냐고 물어보면 할 말이 없지만, 그래도 루다가 여신과 악신에 관해 거짓말을 할 것 같지는 않았다.

그리고 루다가 지금 보여 주는 반응 역시 아르비드의 믿음을 조금 더 굳어지게 도와줬다.

"알았어. 오면 말해 주고, 만약 아타나스로 넘어가게 되더라도 알려 주러 올게. 그럼 됐지?"

"예."

"하여간. 여기는 융통성이라는 걸 좀 길러야 해. 어라?"

깜빡거리는 퀘스트 창이 루다의 시선을 사로잡았다. 무어라 투덜대던 루다가 금세 말을 멈추고는 그걸 꺼내 읽었다.

"다행스럽게도 두 개가 다 같은 장소네."

새로 온 퀘스트는 저번 형우의 기억을 되돌려 주었던 퀘스트에 이어진 것이었다.

루다는 새로 온 퀘스트 옆에 타라에게 우편으로 온 편지를 펼쳤다. 역시나 둘 다 발신자는 타라였다.

메인 퀘스트: 남자 친구의 기억 조각을 찾아라! (2/5)

아타나스 진영의 마을 루베오로 가 나엘 던전을 클리어하고 봉인된 자를 조우하십시오. 그가 당신에게 신비한 힘에 대해 알려 줄 것입니다.

보상: 봉인된 자의 신비한 힘

이번 퀘스트는 저번 퀘스트에 비하면 상당히 편리했다. 여전히 던전의 위치 따위 정확히 알려 주지는 않지만, 다짜고짜 촌장과 대화

하라 하던 저번 퀘스트보다는 백만 배 친절했다.

더불어 루다가 직접 만난 타라가 보낸 우편에는 악신의 위치가 적혀 있었다.

정확한 위치는 아니었지만 루베오에 기예르모의 마지막 기척이 느껴졌다고 적혀 있었다. 정확한 위치는 본인도 파악하지 못하니 죄송하다는 말까지 덧붙여 있었다.

이제야 죄송하다는 말을 덧붙이네. 저 한마디를 자발적으로 듣기가 이렇게 힘들어서야.

이로써 루다의 다음 목적지는 아타나스 진영의 루베오로 정해졌다.

적 진영으로 에세나의 군주가 넘어가는 것은 커다란 위험이 있었다. 하지만 아무렴 어떤가, 루다에게 별로 중요한 부분은 아니었다.

루다는 형우와 다시 돌아가기 위해서, 이 낯선 곳에서 모든 것이 꼬여 버린 이유를 알아내야 했다.

타라의 말대로 이걸 보낸 자가 기예르모인지 아닌지 한 번 확인해 봐야 했다.

그리고 만약 기예르모라면 어째서 타라를 사칭해서 내게 의뢰를 보냈는지도 물어야 했다.

양피지를 다시 접어 넣고는 생각에 빠진 루다를 잠시간 바라보다가 아르비드가 입을 열었다.

"이번에도 여신의 목소리가 두 개였습니까?"

"응. 이미 수락한 이상 계속 올 것 같은데."

"그 목소리가 타락한 여신상을 부수게 하였다는 것이 사실입니까?"

"응, 맞아. 그래서 내가 타라를 믿기가 힘든 거야."

아르비드는 미간을 찌푸렸다.

그가 루다라 하더라도 믿기가 힘들었을 것이다.

타라의 말대로 기예르모가 타라를 사칭하고 루다에게 의뢰를 요청했다면 어째서 이교도를 처단했겠는가? 모든 것이 의문투성이였다.

"위험하지 않겠습니까?"

"기예르모 만나는 거?"

"예, 아직 폐하께서는 초월자가 아니라 하셨습니다."

"만나면 위험하긴 할 거야."

아무렇지 않게 던지는 루다의 한마디에 아르비드의 미간이 조금 더 깊게 팼다.

"하지만 어쩌겠어. 아무것도 안 하고 가만히 있을 수는 없잖아? 정 안 되면 도망치지 뭐. 죽어도 상관없고."

"예?"

"나 부활권 있거든. 목숨이 두 개야. 죽어도 또 살아나."

아르비드는 얼굴을 와락 구겼다.

"아무리 죽었다 살아날 수 있다고 한들 그렇게 걱정 없이 뛰어들 문제가……."

아닙니다. 말하려다가 아르비드는 입을 다물었다.

말한다고 들을 주군이 아니었다. 그녀의 성격대로라면 듣기 싫다고 아무런 대책 없이 아르비드 몰래 떠나 버릴 가능성이 더 컸다.

그러느니 차라리 기예르모를 만났을 때의 위험을 제외하고 다른 부차적인 위험 요소를 차단하는 것이 더욱 중요했다.

루다라면 그런 것들을 신경 쓰지 않을 것이 분명했다. 그녀의 행동에는 언제나 브레이크가 없었다. 한 번 걱정하고 상황에 뛰어들기보다는, 우선 부딪쳐 보고 깨닫는 경우가 더 많았다.

하지만 그것이 통했던 것은 루다가 부딪힌 곳들이 전부 에세나 안이기 때문이었다.

231

무엇보다 아르비드는 사소한 일로 주군의 행보에 방해가 되는 일이 없었으면 했다.

"아마 아타나스 진영 사람들은 이미 폐하의 외관에 대해 파악하고 있을 겁니다."

"가서 다 쓸어버리면 되지."

"가서 기예르모와 협상하고자 하신 것 아니었습니까?"

"아, 맞아."

까먹었던 것을 기억해 내듯 루다가 말했다. 그 말에 아르비드가 또다시 한숨을 속으로 삼켰다.

"그럼 쓸데없는 싸움은 피하셔야 합니다. 지금 모습으로 괜한 싸움에 휘말리셨다가는 바로 그들에게 적발될 겁니다. 아타나스 진영의 사람들은 에세나보다 훨씬 그들의 신에게 맹목적인 자들입니다. 더불어 이곳보다 훨씬 빨리 그들의 군주에게 소식을 전달할 수도 있습니다."

"형우, 아니 루드비히에게?"

"예."

"그거 좋은 거……."

까지 말하다가 '도대체 무슨 말씀입니까.'라고 말하는 듯한 아르비드의 눈빛을 발견하고는 말을 다시 집어삼켰다.

"아니지. 응, 나도 알아. 아니까 그렇게 쳐다보지 말아 줄래? 어쨌든 알았어. 변장하면 된다는 거지? 근데 마땅히 변장할 건 안 갖고 있는데. 내가 가진 건 이 정도라고. 가방!"

루다가 외치고는 허공에 손을 휘적였다. 몇 번 허공을 뒤지던 루다가 손을 빼 내민 것은 자그마한 앰플이었다.

흰색, 금색, 하늘색 등등 다양한 색깔의 작은 앰플들은 머리 염색약이었다. 그리고 다른 손에 쥐어진 것은 가발들이었다.

"머리 스타일 하나 바꾼다고 사람을 못 알아볼까? 난 아니라고 생각하는데."

루다는 어깨를 으쓱했다.

머리 스타일 하나 바꿨다고 사람을 못 알아보면 미용실에 다녀오는 날마다 자기소개를 새로 했어야지.

에세나의 사람들이 루드비히의 정확한 외양을 모르는 것처럼 아타나스의 사람들이 루다의 정확한 외양을 모를 수도 있었다. 하지만 그건 그럴 수도 있다는 가능성일 뿐이었다.

만약 아타나스에 에세나의 군주가 길거리를 활보한다는 것이 밝혀지면 그것은 전쟁 선포나 마찬가지였다. 루다는 아직 아타나스와 전쟁을 할 생각은 없었다.

어쩌지. 골똘히 생각하는 루다를 흘끗 바라보다가 아르비드가 입을 열었다.

"성별을 바꾸시는 것은 어떠십니까?"

"그거 좋…… 응? 뭐라고?"

"남장 말입니다."

일전에 루다가 아타나스에 가 보겠다 말했을 때부터 생각했던 바였다.

아르비드의 파격적인 제안에 루다의 얼굴에 '얘가 무슨 소리를 하는 거지?'라는 표정이 적나라하게 떠올랐다.

루다가 생각하는 남장은 압박붕대로 가슴을 없애고 옷을 펑퍼짐하게 입는 방법밖에 없었다.

그리고 아무리 그렇게 한다고 한들 들키지 않으리라는 확신도 없었다.

"저기, 알비. 나 나름 나올 데 나오고 들어갈 데 들어간 사람인데? 아니 그건 어떻게 한다고 치더라도 나 머리 자를 생각 없어. 어떻게

233

기른 머린데."

"그 부분이라면 걱정하실 필요가 없습니다."

아르비드가 기다렸다는 듯 품에서 병을 하나 꺼냈다. 자그마한 병 안에는 백색 빛의 액체가 찰랑거리고 있었다.

루다는 그 병을 건네받았다.

"음?"

의문형이 절로 나왔다. 이런 거 게임을 플레이하면서 한 번도 본 적이 없었다.

이런 게 있었어? 이름은 '소망의 물약', 효과는 마시는 자가 원하는 모습으로 변하게 해 준다. 단, 발동 조건이 시타라였다.

"일반적인 사람이라면 불가능하겠지만, 시타라인 폐하시라면 가능하실 겁니다."

루다가 물약을 받아서는 요리조리 살폈다.

'이거 마시면 세 번째 다리도 생겨?'

라는 질문은 아무리 루다라도 물을 수가 없었다. 마시면 알 수 있겠지.

"이거 지금 마셔도 돼?"

"마시면 바로 변화가 올 테니 가고자 하는 시간 전에 편하실 때만 마시면 됩니다."

"변장 기간은?"

"일주일이라고 알고 있습니다."

어차피 오늘 내로 출발할 예정이었고, 크게 일이 꼬이지 않는 이상 일주일 내로 돌아올 계획이었다.

루다는 물약이 든 병뚜껑을 열었다.

"그래, 일주일이면 충분하지."

손에 든 물약을 잠시 바라보다가 이내 입으로 털어 넣었다. 아무래도 예감이 좋았다.

하지만 불행하게도 모든 일이 예상대로 되는 건 아니었다.

루다의 시작은 좋았다. 물론 시작만 좋았다는 말이다.

국경을 넘어오는 것은 생각보다 쉬웠다. 원칙대로라면 에세나 사람인 루다는 아타나스로 텔레포트를 사용할 수 없었어야 했다. 하지만 가능했다.

분명 게임을 플레이할 때는 불가능했는데, 아무래도 타락의 씨앗 혹은 기예르모의 가호가 어떠한 도움을 준 모양이었다.

기예르모의 가호를 조금 더 활성화시켜 더 먼 곳도 시도해 볼까.

아르비드가 알면 소스라치게 놀랄 생각을 하며 루다는 목적지로 향했다.

목적지인 루베오는 국경에서 가까운 곳이었다. 루베오 안으로 바로 텔레포트 할 수는 없었지만, 국경 근처에 들어온 루다는 루베오의 성문 앞까지 별 어려움 없이 다다를 수 있었다.

이유야 어떻든 간에 루다의 잠입 아닌 잠입은 술술 풀리고 있었다. 하지만 거침없던 루다의 발걸음은 길게 늘어선 관문 앞에서 멈추고 말았다.

"이게 뭐야?"

관문 앞에는 루베오로 들어가기 위한 줄이 길게 늘어서 있었다. 족히 잡아도 백 명은 되어 보이는데, 또 그 줄이 아주 천천히 줄어들고 있었다.

이대로 서서 기다리다가는 내일에나 들어갈 수 있을 것 같았다. 벌써 저 앞에는 천을 바닥에 깔고 누워 자는 사람도 있었다.

사람들은 잔뜩 불만에 젖어 수군거리고 있었다.

"아니, 이게 뭔 일이래? 왜 갑자기 경계를 높인다고 지랄이야?"

"쉿, 조용히 해. 윗분 명령이라잖아. 무슨 일이 있나 보지."

"에세나에서 무슨 난리라도 부렸나?"

"그건 나도 모른다네. 어쨌든, 루베오가 이럴 정도면 다른 데는 더 심하겠지. 에이, 이럴 줄 알았으면 좀 빨리 올걸."

루다는 줄 가까이에 다가가 사람들이 하는 소리를 듣다가 다시 서둘러 줄에서 멀어졌다.

"무슨 일이야, 대체?"

방금 전과는 달리, 루다의 얼굴에는 걱정의 빛이 올라 있었다.

그들의 말이 맞았다. 루베오로 들어가는 건 원래는 쉬운 일이었다.

아무리 루베오가 국경 근처의 도시라고 하더라도 에세나와 아타나스의 국경을 넘는 것이 그렇게 쉬운 일도 아니었고, 더 나아가 통행증을 위조하는 것 역시 쉬운 일이 아니었다.

게다가 루베오는 아타나스의 군주가 거하는 수도인 파이사르와 거리가 꽤 먼 곳이었다.

여러 가지 이유로 루베오는 감시의 대상에서 먼 곳이었고, 그만큼 통과하기도 쉬웠다.

통과하기 쉬운 곳이 이렇게 줄이 길게 늘어선 건 무언가 문제가 있다는 말이었다. 어쩌면 루다가 아타나스로 향한다는 말이 퍼진 걸 수도 있지 않을까?

루다는 걱정스레 제 몸을 살폈다.

변장은 완벽했다. 아르비드에게 받은 소망의 물약은 그 효과를 톡톡히 보여 줬다.

루다의 기대와는 달리 물약이 루다를 완전한 남자로 만들어 준 건 아니었다.

물약을 마시며 내심 세 번째 다리가 생기기를 바랐지만 실망스럽게도 물약은 그런 것까지 만들어 주지는 않았다.

옷 안쪽이야 어떻든, 겉보기에 루다는 루다가 아니었다. 근육질의 우락부락한 몸은 아니었지만 골격은 완벽한 남자의 것이었다.

조금 아쉬운 것은 키였다.

골격을 어떻게 많이 손볼 수는 없었던 모양인지 대충 보기에 175 정도의 키로 보였다.

이름은 소망의 물약이면서 180 넘는 키를 달라던 소망도 안 들어주다니, 팬시리 툴툴댔지만 그래도 문제가 있는 건 아니었다.

어쨌든 겉보기에는 남자였으며, 나이 역시 소년기가 남아 있어 많이 잡아 봤자 스물둘 정도 되는 모습이었다.

더불어 머리 색깔도 바뀌어 있었다. 눈이 부실 정도의 금발에 눈동자 역시 푸른색이었다.

누가 봐도 지금의 루다는 세간에 알려진 루다와 전혀 다른 모습이었다. 외양으로 들킬 일은 없었다. 정보가 새어 나갔을 가능성도 적었다.

루다가 루베오로 향한다는 사실을 아는 건 아르비드밖에 없었다. 게다가 루다는 텔레포트를 이용해 아타나스에 들어왔다.

루다가 텔레포트를 이용해 아타나스로 넘어왔다는 건 아르비드조차 알지 못하는 사실이었다.

아무리 생각해도 이 긴 줄의 원인이 루다는 아니었다. 하지만 확신할 수도 없었다.

에세나였으면 이렇게 걱정하지 않는 건데 적 진영의, 그것도 기억을 잃은 남자 친구가 다스리는 곳이라는 게 루다를 이렇게 얽매이게 할 줄은 몰랐다.

'루베오는 아타나스의 진영 중 경비가 삼엄한 곳이 아닙니다. 국경만 넘을 수 있다면 루베오로 들어가는 건 쉬울 겁니다. 그리고…… 만약

237

무슨 일이 일어나더라도 한번 꾹 참아 주셨으면 좋겠습니다.'

문득 걱정이 뚝뚝 떨어지는 표정으로 말을 잇던 아르비드의 얼굴이 떠올랐다.

루다에게 이것저것 주의사항을 말하며 물가에 내놓은 애를 보듯이 보던 그 눈빛을 잊을 수 없었다. 루다는 그런 아르비드를 몇 번이나 안심시키고 왔다.

나름 군주로서의 체통을 지키기 위해서라도 여기서 들킬 수는 없었다. 루다는 줄에서 벗어난 곳에서 생각에 잠겨 서성댔다.

평소라면 그냥 돌진했겠지만 그렇게 되면 형우와 완전한 전쟁에 돌입하게 된다. 그럼 기억의 조각을 찾는 것 역시 물 건너가는 일이 된다. 그건 절대 안 될 일이었다.

혹시 이 긴 줄을 기다리지 않고 아무에게도 들키지 않게 관문을 통과할 방법이 없나 생각해 봤다.

하지만 그런 건 직업 스킬을 사용했을 때만 가능했다.

'기간이 전부 지나기 전, 변장이 풀어지는 유일한 방법은 빛에 관련된 스킬을 사용하는 것입니다.'

루다는 아르비드의 충고를 떠올렸다.

빛에 관련된 스킬이라는 것은 달빛을 사용하는 루다의 직업 스킬을 의미하기도 했다.

즉, 지금 상황에서 루다가 할 수 있는 일은 없다는 말이었다.

결론은 하나밖에 없었다. 가서 줄을 서고 계획대로 위조 통행증을 보여 주는 것.

그러다가 들키면? 그건 그때 생각하자. 정 안 되면 텔레포트로 다시 돌아가야지.

루다가 커다란 각오를 하고 돌아서는 순간이었다.

"이거이거, 뭔가 냄새가 나는데. 무슨 일이십니까? 제가 또 곤경에 처한 사람은 무시하지 못하는 커다란 병이 있어서."

처음 보는 남자가 루다의 앞을 가로막고 있었다.

도대체 이 남자는 누구야? 루다가 당황한 눈으로 눈앞의 남자를 살폈다.

길게 꽁지 내려 묶은 은발 머리, 새파란 눈, 새하얀 얼굴에 서글서글 웃고 있는 입매가 꽤나 훈훈해 보였다.

이 남자가 훈훈해 보이든 아니든 루다에게 중요한 건 그게 아니었다. 이 낯선 곳에서 처음 보는 남자가 대뜸 말을 걸어왔다는 것이었다.

"아니요. 아무 일도 없…….."

는데요. 말하려다가 루다가 입을 다물었다.

바리바리 싸든 짐, 멀리서 온 것 같은 차림새를 보아하니 이 사람 역시 루베오로 들어가려는 사람 같았다.

루다는 팔짱을 낀 채 잠시 고민에 빠졌다. 루베오로 들어가려면 통행증을 갖고 있을 것이 분명했다.

한번 떠보고 루베오로 들어가는 사람이라면 정신이 빠졌을 때 기절시킨 후 통행증을 빼앗자.

지금 상황에서는 그게 제일 확실한 방법이라는, 루다다운 판단을 내리고는 고개를 들었다. 구겼던 표정을 펴고는 최대한 부드러워 보이는 웃음을 지어 보였다.

"다름이 아니라 라셀에서 지금 막 도착했는데, 통행증을 잃어버려서요."

"이런, 통행증을 잃어버렸군요. 이것 참, 아주 운이 좋게도 제가 딱 도와 드릴 수 있는 분이네요!"

"오, 정말요? 어떻게 도와주실 수 있는데요?"

다행이라면 다행이었다. 하지만 의심스럽기도 했다.

루다는 최대한 밝게 대답하며 시선을 남자의 머리 위로 올렸다.

남자 위의 상태를 확인한 순간, 저도 모르게 표정이 굳어졌다.

[스테안, ???, Lv.213]

"2백……."

13……. 저도 모르게 입 밖으로 내뱉으려는 걸 루다가 얼른 집어삼
켰다. 의아한 눈으로 바라보는 스테안에게 애써 아무렇지 않은 척 다
시 질문을 던졌다.

"아니, 아닙니다. 그래서 어떻게 도와주신다고요?"

"제가 이곳 성주와 잘 아는 사이입니다. 제 통행증을 대면 여기 경
비원도 그냥 들여보내 주죠."

스테안의 말을 들으면서도 루다는 아까 본 스테안의 상태에 대해
생각할 수밖에 없었다.

레벨이 213이라고? 아르비드의 레벨이 200이 안 되는데?

213은 아타나스의 2인자나 가질 수 있는 레벨이었다. 그리고 루다
가 알기로 아타나스의 2인자는 아르비드와 비슷한 레벨인 걸로 알고
있었다.

이전에 루드비히를 따라 아타나스의 2인자도 함께 왔을 때 직접 확
인한 바에 의하면 그러했다.

그런데 아타나스의 2인자보다 높은 레벨이라고? 그런 자의 직업란
에는 물음표가 떡하니 적혀 있었다.

무언가 일반적이지 않을 거라는 냄새가 폴폴 풍겼다.

경비가 그냥 통과시켜 준다는 건 눈에 띄지 않는 일반인은 아니라는 말인데, 그런 자가 굳이 루다에게 와서 도와준다고 말한 것도 의심스러웠다.

이자를 때려눕히고 통행증을 빼앗겠다는 생각은 이미 날아간 지 오래였다. 레벨 213과 한 판 붙으면 이 지역에서 눈에 띄지 않을 리가 없었다.

그렇다면 남은 건, 정말 이 남자의 도움을 받는 것밖에 없었다. 금세 계획을 바꾼 루다는 우선 남자의 정체를 은근히 물어보기로 했다.

"우와. 관문을 그냥 통과하다니. 엄청 대단한 사람인가 보네요?"

"하하. 제가 엄청 대단은 아니고, 조금 이쪽 경비원한테 준 돈······ 이 아니고 쌓은 명성이 많아서요."

루다는 굳으려는 표정을 가까스로 밝게 유지했다.

스테안이 애써 밝게 웃으며 덧붙인 이유가 쉽게 넘길 만한 이유는 아니었다. 명성은 분명 핑계고 돈을 좀 먹여서 관문을 통과해 온 모양이었다.

가뜩이나 의심스러운데 경비원들에게 수시로 뇌물을 줬다고? 루다의 눈이 가늘어졌다. 이거 그냥 계획대로 들어가는 게 나은 거 아니야?

그런 루다의 의심을 알아챈 모양인지 스테안이 품을 뒤적여 무언가를 꺼냈다.

"어라. 이거 저를 의심하는 모양인데. 이걸 보시죠. 이게 바로 아타나스의 군주가 직접 만들어 준 통행증이라구요?"

루다가 남자가 내민 통행증으로 얼굴을 가까이 가져다 댔다.

금으로 만들어진 통행증은 철로 만들어진 루다의 통행증보다는 확실히 고급스러워 보였다. 통행증의 제일 아래에는 아타나스 군주의 것으로 보이는 직인이 음각으로 찍혀 있었다.

"흐음, 진짜인 것 같기는 한데……."

"아니, 못 믿을 거면 믿지 마십쇼. 그냥 곤경에 처해 있는 것 같아서 도와주려 한 건데. 오지랖 좀 부리지 말아야지. 괜히 의심만 받고."

남자가 툴툴대며 등을 돌렸다. 저 의심스러운 남자와 엮여야 하는 건지, 엮이지 말아야 하는 건지 루다는 아직 감을 잡지 못한 상태였다.

재빠르게 머리를 굴리던 루다는 우선 남자를 잡아 세우는 걸 선택했다.

일반적이지 않은 남자였다. 레벨도 높고 정체도 알 수 없는 사람의 등장은 가끔 퀘스트 풀이의 열쇠가 되기도 했다.

아니더라도 새로운 이벤트 진행의 시작이 되기도 했고. 어쩌면 루다의 아군이 될 수도 있었다.

혹시 알아? 지금 상황에서 진짜 도움이 될지?

나름의 결론을 내린 루다는 스테안의 팔을 잡아챘다.

"아니, 그게 아니고. 요즘 세상에 도와준다는 선인이 얼마나 있겠어요? 그러니까 잠시 고민한 거죠. 에이, 그렇다고 먼저 가시나."

"이거 참, 또 그렇게 말하니 제가 먼저 갈 수는 없죠. 기분이 좀 상했지만 그래도 급해 보이니 많이 싸게 해 드리겠습니다."

"예?"

루다는 눈만 끔뻑였다. 싸게 해 준다고?

"돈을 받겠다고요?"

"오고 가는 정에는 이게 있어야죠."

스테안이 검지와 엄지를 붙여 동그라미를 만들어 보였다. 루다는 어이가 없었다.

"이거 뭐야? 순 사기꾼 아니야?"

혹시라도 이번 퀘스트에 도움이 되지 않을까 했지만, 돈을 요구한다면 말이 달랐다. 루다는 남자에게서 등을 돌렸다.

스테안이 급하게 루다의 팔을 잡아 세웠다.

"아니, 너무 성질이 급한 거 아닙니까?"

"사기꾼이랑 할 말 없으니 좀 비켜요."

"거참 깐깐하네. 그럼 후불로 합시다."

"예?"

"어차피 지금 저기 못 들어가는 상황이니까 무사히 통과되면 나중에 나한테 돈 주면 되잖아요."

루다는 가려던 발걸음을 멈췄다. 평소라면 무시하고 가던 길을 갔겠지만 지금은 아니었다. 루다가 고민하는 척을 했다.

이 남자의 레벨이 213이다. 관문을 통과한 이유가 돈만은 아닐 것 같았다.

어떤 이유인지 모르겠지만 이곳의 문지기들이 스테안을 아는 것도, 스테안이 별로 어렵지 않게 이곳을 통과할 수 있는 것도 진실일 가능성이 컸다.

퀘스트의 열쇠가 될 가능성, 무사히 성문을 통과할 수 있는 효용성.

먼저 말을 건 게 좀 의심스럽기는 하지만 혼자서 걱정하는 꼴이 안쓰러웠나 보지 뭐.

루다는 단순하게 생각하기로 했다.

"뭐, 후불이라면 그러도록 하죠."

만약 아르비드가 옆에 있었다면 걱정스럽다 못해 죽을 것 같은 표정으로 루다를 바라봤을 것이 뻔했다.

하지만 별수 있나. 이미 이렇게 정한 것 끝장을 봐야 마음이 놓이는 성격이었다.

'괜찮아, 괜찮아. 전부 계산된 일이야.'

루다는 계속해서 자신을 합리화하며 긴 줄로 향하는 스테안의 뒤를 따랐다.

당연히 기다란 줄의 끝에 설 거라고 생각했던 것과는 달리, 스테안은 성큼성큼 걸어 루베오의 입구로 향했다.

"줄 안 서요?"

"따라오라니까요. 내가 금장의 위력을 보여 준다니까."

다른 사람들이 쳐다보든 말든 스테안은 그렇게 걸어 사람들을 일일이 검사하는 문지기의 앞에 섰다.

문지기는 둘을 발견하고는 귀찮다는 표정을 지어 보였다.

"줄을 서십…… 어어, 스테안 님?"

손을 휘휘 저으며 쫓아내려던 경비의 눈이 스테안을 보자 놀란 듯 크게 떠졌다.

"그래, 나야. 잘 지냈지?"

그런 문지기에게 스테안이 아무렇지도 않게 손을 흔들었다. 익숙한 듯 문지기의 어깨에 손을 올리기까지 한다.

그 모습을 보며 루다는 조금 더 기대를 키웠다. 이대로라면 쉽게 통과할 수도 있겠는데?

"안녕하십니까, 스테안 님!"

"그래, 오랜만이야. 그럼 일 잘……."

스테안이 여유롭게 손을 흔들며 문지기를 통과하려는 순간이었다.

"우선 따라가 주셔야겠습니다."

문지기가 스테안의 앞을 막아섰다. 그게 끝이 아니었다. 스테안의 주위를 어디서 나타났는지 모를 다른 문지기 다섯 명이 에워싸고 있었다.

"어어?"

루다는 얼빠진 목소리를 냈다. 상황이 이상하게 흐르고 있었다.

급박하게 돌아가는 상황에 루다가 조심스레 발걸음을 뒤로했다. 하지만 여섯 명의 감시를 피할 수는 없었다.

"아, 이건……."

"그리고 그 옆에 분도요."

나름의 변명을 하려는 틈도 없이, 문지기의 단호한 한마디가 루다를 옭아맸다.

루다의 얼굴이 와락 구겨졌다. 상황이 그녀의 예상과는 너무 다르게 흘러가고 있었다.

지금 드는 생각은 하나밖에 없었다. 아, 망했다.

이럴 줄 알았으면 스테안을 따라오는 게 아니었는데. 하지만 이제와 후회해 봤자 소용없는 일이었다.

이 상황을 벗어날 방법은 하나였다. 스테안과 모르는 척하는 것.

루다가 냉큼 스테안의 곁에서 멀어졌다.

"저는 이 사람 모르는데요."

뻔뻔한 루다의 말에 스테안의 눈이 크게 뜨였다.

"무슨 말이야? 여기까지 같이 와 놓고 날 모른 척할 셈이야?"

"무슨 소리세요? 저희 방금 전에 만났잖아요."

"뭐라고? 너 통행증 없……."

루다가 다급하게 스테안의 입을 틀어막았다. 무언가를 말하려고 읍읍 내는 답답한 소리는 루다의 고려 사항이 아니었다.

온 힘을 다해 스테안의 입을 막으며 루다는 속으로 한껏 욕을 내뱉었다.

미친, 뭐 이런 놈이 다 있어! 자신과 엮여서 이득 볼 것도 없으면서 왜 안 보내 주는 거지. 돈에 눈이 먼 거야 뭐야?

불안하긴 하지만 이렇게 되면 어쩔 수 없었다.

"통행증 있는데요."

루다는 품을 뒤적여 통행증을 꺼냈다. 당당하게 문지기의 눈앞에 통행증을 들이미는 루다를 보며 스테안이 어이가 없다는 표정을 지었다.

"뭐, 아까 없다며?"

"내가 언제? 그리고 언제 봤다고 반말이야?"

"아까 봤지!"

둘의 시선이 허공에서 날카롭게 부딪쳤다. 루다만큼이나 뻔뻔한 남자였다.

이 남자가 퀘스트의 열쇠든 이벤트 시작의 실마리든, 이제 루다와는 상관없었다.

루다가 문지기의 눈앞에서 통행증을 흔들었다. 이 통행증을 확인시키고 모르는 사람이라는 걸 설득시키면 되겠지.

하지만 애석하게도 문지기는 내민 통행증을 보려는 시도조차 하지 않았다.

"어떤 사이든, 무슨 사연이든, 스테안 님과 그 일행을 전부 데려오라는 명령입니다."

"예?"

루다의 입이 떡하고 벌어졌다.

도대체 무슨 소리야?

들으면 안 되는 소리를 들었다는 표정을 지은 건 루다만이 아니었다. 똑같이 얼굴을 와락 구긴 스테안이 다시 표정을 가다듬고는 문지기에게 다가갔다.

"성주는 나한테 명령 못 내리는 거 알잖아? 우리 다 아는 사이에 왜 이래?"

스테안은 최대한 여유로운 척하며 경비의 어깨에 팔을 올렸다. 그

246

말을 듣는 루다의 눈이 가늘어졌다.

성주는 명령을 못 내린다고? 도대체 어떤 존재인데?

하지만 루다의 생각은 이어지지 못했다.

"폐하의 명입니다."

뜻밖의 존재가 문지기의 입에서 언급되었다.

예상치 못한 답변에 순간 침묵이 흘렀다.

"내가 도망가면 어떡하려고?"

그 침묵을 깬 자는 스테안이었다. 그의 표정은 조금 전과는 달리 진지해져 있었다.

스테안의 말이 끝나기가 무섭게 스테안을 둘러싸고 있던 기사 중 두 명이 스테안의 팔을 잡았다. 호송하는 모양새였다.

"이걸로 날 잡을 수 있다고 생각하는 건 아니겠지?"

스테안의 얼굴에 비웃음 비슷한 것이 걸렸다. 그리고 기다렸다는 듯, 어딘가에서 기사들이 우루루 튀어나왔다. 족히 몇 십은 되어 보였다.

"이걸로도 좀 부족한데."

하지만 스테안은 여유만만이었다.

그럴 수밖에 없었다. 레벨이 213인데, 많아 봤자 레벨이 100 언저리인 저 기사들이 스테안에게 어떤 위협도 될 리가 없었다.

아까보다 더욱 긴장한 문지기가 손에 조금 더 힘을 준 채 굳은 목소리로 답했다.

"그렇게 되면 일행분이 위험해질 거라고 했습니다."

"폐하가 그렇게 말했다는 말이지?"

"예."

단호한 대답에는 황제가 어떻게든 처리해 줄 거라는 믿음이 담겨 있었다. 더는 스테안의 말을 들을 것도 없다는 듯 기사들이 둘을 서서히 압박해 오기 시작했다.

두려운 표정으로 그들의 대치를 바라보던 평범한 사람들이 긴장한 채 조금씩 뒤로 물러나고 있었다.

겁에 질린, 무수히 많은 사람을 보다가 루다는 이제야 깨달았다. 갑자기 늘어난 이 줄의 원인은 다름 아닌 눈앞의 이 남자, 스테안이었다.

그리고 루다는 그것도 모른 채 스테안의 제안을 덥석 수락해 버렸다. 루다 스스로 이 진창으로 걸어 들어온 것이나 마찬가지였다.

루다는 머리를 굴리기 시작했다. 상황은 생각보다 더 심각했다. 이미 망한 계획, 여기에 조금 더 안 좋은 걸 끼얹는다고 뭐 얼마나 나빠지겠어.

그래서 루다는 제 몸을 풀기 시작했다.

"이런 말 미안한데."

스테안을 둘러쌌던 기사들의 시선이 팔을 쭉 펴며 기지개를 켜는 루다에게 향했다.

"나도 그쪽을 다 때려눕히고 도망가면?"

루다의 말이 끝남과 동시에 아까보다 더 큰 긴장이 기사들의 얼굴에 덧씌워졌다. 창대와 검 손잡이를 잡은 손이 하얗게 질리는 것이 실제로도 눈에 띌 정도였다.

"아마 그건 불가능할 거다."

그리고 그런 긴장감을 꺼뜨리는 목소리가 들렸다.

루다의 표정이 눈에 띄게 굳었다.

조금 전에 느꼈던 심각함과는 차원이 달랐다. 이 목소리는 절대 들려서는 안 되는 목소리였다. 너무나도 익숙했다. 이 목소리의 주인이 누구인지 모를 리가 없었다.

루다의 고개가 천천히 돌아갔다. 그녀의 시선이 향한 곳에는 예상과 정확히 부합되는 남자가 서 있었다.

"미친……."

탄식에 젖은 목소리로, 저도 모르게 중얼거렸다.

형우, 아니, 루드비히가 왜 여기에 있어!

아타나스에 와서 절대 마주쳐서는 안 되는 남자였다. 루드비히가 거하는 성은 여기서 꽤 먼 곳에 있었고, 아르비드에게 들은 정보에 의하면 루드비히는 루베오에 올 계획이 없었다.

하지만 루드비히는 이곳에 있었다. 도대체 왜?

"아니, 폐하가 왜 여기 있습니까?"

그녀의 궁금함과 정확히 겹치는 질문이 루다의 귀로 들려왔다. 억울함이 가득 담긴 스테안의 목소리였다.

루다의 시선이 스테안에게 향했다.

군주와 기사들에게 둘러싸여 있는 와중에도 그의 얼굴에 두려움이라고는 없었다. 아까의 진지함 역시 사라진 지 오래였다. 말투로 보아하니 둘은 아는 사이 같았다.

문득, 루다의 머리에 한 가지 가능성이 스쳐 지나갔다.

설마 이것도 스테안 때문에?

도무지 아니라고 할 수가 없었다. 아까부터 그랬다. 아타나스의 중요 거점과 거리가 먼 곳에서 있으면 안 되는 거대한 일들이 계속해서 벌어졌다.

그리고 마치 문지기들은 스테안을 발견하자 요주의 인물을 발견한 것처럼 굴었다. 스테안이 그들을 피해 도망가려 하자 기다렸다는 듯이 아타나스의 군주가 나타났다.

아무리 생각해도 이 스테안이라는 남자가 지금 이 사태와 아무런 상관도 없을 거라는 생각을 할 수는 없었다.

루다는 스테안과 루드비히를 번갈아 보았다. 정확한 결론을 내릴 수는 없었지만, 하나는 정확히 알 수 있었다.

지금 여기서 벗어나야 한다는 것.

"저는…… 스테안과 아무런 상관이 없는 사람입니다."

루다가 최대한 억울한 표정을 지은 채 두 손을 올리며 말했다. 루드비히의 시선이 루다에게 향했다.

루드비히의 검고 차가운 눈이 루다를 꼼꼼히 살폈다. 루다의 등 뒤로 한 줄기 식은땀이 흘렀다.

분명 아타나스로 오기 전에 루다는 자신의 상태 창을 살폈다. 이름은 다루로 바뀌어 있었고, 레벨 역시 몇 십이나 하향되어 있었다. 루다의 정체를 루드비히에게 들킬 리는 없었다.

하지만 그럼에도 루다에게 루드비히는 너무나도 익숙한 존재라, 그가 알아볼 수도 있지 않을까 하는 걱정이 자꾸만 올라왔다.

"이름이 뭐지?"

위아래로 훑던 차가운 루드비히의 눈과 다시 마주쳤다.

역시나 알아보지 못했다. 이러길 바랐지만, 막상 알아보지 못하니 그렇게 서운할 수가 없었다.

하지만 그건 지금 상황에 생각해서는 안 되는 사치였다. 지금의 루다에게는 만세라도 불러야 할 상황이었다.

이럴 줄 알았으면 가명 좀 정성스럽게 지을걸. 괜히 상황에 맞지 않은 생각을 해 보며 루다가 대답했다.

"다루입니다. ……폐하."

남자 친구에게 폐하라고 말하려니 갑자기 손발이 오그라들었다. 더 오그라들지 않도록 루다는 손을 꽉 쥐었다.

그러든지 말든지 루드비히는 여전히 아주 진지하고 근엄한 표정으로 루다를 똑바로 바라보고 있었다.

"성은?"

다음에 형우 만나면 또 놀려 줘야지, 생각하며 아타나스에 오기 전부터 생각해 놨던 성을 입에 올렸다.

"멜라튼입니다."

"확실히 들어 본 적 없군."

루다는 안심했다.

그래야 했다. 혹시 모를 사태에 대비해 아타나스에서 중요한 가문의 성은 전부 피한 보람이 있었다.

"아마 아무 짓도 안 했겠지. 보아하니 정말로 아무것도 모르는 것처럼 보이고 말이야."

루다가 맹렬하게 고개를 끄덕였다. 알겠으면 제발 보내 줘.

"하지만."

루다가 갖고 있던 마지막 희망을 와장창 깨부수는 단어였다.

루다는 젠장, 욕이 나오려던 걸 겨우 삼켰다. 제발 조용히 하라고 말하고 싶었지만, 표면상으로 루다는 아타나스의 백성이었다.

"스테안의 일행이니 어쩔 수 없군. 함께 있다가 별 특이 사항이 없으면 보내 주도록 하지."

그래도 보내 준다고 하니 다행이라고 해야 하나. 최대한 낙관적으로 생각하려고 노력하며 루다는 스테안을 바라봤다.

도대체 이 인간이 어떤 인간이기에 이런 거지?

이 상황이 스테안 때문이라는 건 짐작한 바였다. 하지만 아직도 그의 정확한 정체는 알 수가 없었다.

"우선 자리를 옮겨 볼까."

루다가 무슨 생각을 하든 상관이 없다는 듯, 루드비히는 그녀를 향했던 시선을 스테안에게 옮겼다.

"도망가지 못하게 잘 잡아라."

무표정했던 루드비히의 미간에 주름이 잡혔다.

아, 지금 기분이 좋지 않구나. 그러면서 은근히 긴장도 하고 있고.

아무리 기억이 날아가 다른 사람 같다고 하지만, 몇 년간의 연애로 루다는 루드비히의 심정을 알아낼 수 있었다.

군주가 긴장이라니. 역시나 저 남자의 정체가 궁금했다.

"어차피 폐하도 나타나신 것, 도망갈 생각 없으니 이건 좀 놔주시죠. 이 상황에서 도망갈 정도로 바보는 아닌 거 아시잖아요. 고작 자리 비운 거 하나로 죄인 취급은 좀 그렇다고요?"

스테안이 손바닥을 펴 보이며 어깨를 으쓱했다. 그의 말에 기사들이 아까보다 더욱 긴장해 온몸에 힘을 줬다.

루드비히가 그런 스테안과 기사들을 빤히 바라보다가 고개를 끄덕였다. 그 신호를 알아들은 기사들이 팔을 뺐고, 그렇게 스테안은 풀려났다.

"그래도 혹시 모르니 감시는 철저히 하도록."

"성은이 망극합니다, 폐하."

양손이 풀려난 스테안이 과장되게 허리를 숙였다. 루드비히의 눈썹이 불쾌한 듯 치솟았다.

아, 저 표정도 아는데.

저건 별로 좋아하지 않는데 모종의 이유로 쳐 낼 수 없는 사람을 볼 때 짓는 표정이었다.

그렇게 날카롭게 스테안을 바라보던 루드비히가 그대로 몸을 돌렸다.

앞서가는 루드비히를 바라보다가 마치 기다렸다는 듯, 스테안이 재빨리 걸어 루다의 옆에 바짝 따라붙었다. 생글생글 짓고 있는 표정이 얄밉기 짝이 없었다.

도와준대 놓고, 지금 이 남자 때문에 상황이 여기까지 치달았다. 짜증이 나지 않을 리가 없었다.

심기가 불편한 루다의 눈에 옆으로 다가오는 스테안의 행동은 마치 싸우자고 시비 거는 것처럼 보였다. 그래서 루다는 그걸 무시하지 않기로 했다.

"당신 뭐야?"

"나?"

아무것도 모른다는 듯 스테안이 손가락으로 자신을 가리켰다. 그 뻔뻔함을 보고 있자니 어이가 없다 못해 날아갈 지경이었다.

"여기에 당신 말고 누가 있어?"

"내가 뭐냐니? 난 그냥 지나가던 일개 행인인뎁쇼?"

"행인이라는 사람이 금색으로 된 통행증을 갖고 있고, 성주의 명령도 안 통하고, 폐하가 직접 잡으러 와?"

따지고 드는 루다의 말에 스테안이 눈을 도르륵 굴렸다. 당연하게도 다음에 이어지는 말은 루다가 기대했던 대답이 아니었다.

"그러는 그쪽은 뭔데?"

"무슨 소리야. 나야말로 지나가던 행인인데요."

"그런 사람이 통행증을 갖고 있으면서 통행증이 없다고 거짓말을 해?"

스테안의 공격이 루다에게 직격했다. 루다는 찔끔했다.

아까부터 자리를 뜨려는 이유도 여기에 있었다. 분명 이 남자와 엮이면 통행증이 있는데 없다고 거짓말한 이유에 관해 물어볼 게 뻔했다.

"어, 없어졌는 줄 알았지!"

"거짓말은 못하는 성격인가 보네."

씨익 능글맞게 웃으며 하는 말에 루다는 반사적으로 얼굴을 만지다가 아뿔싸, 손을 내렸다.

"거짓말은 잘하는데, 이건 진실이라서 거짓말을 못하는 거야."

"말 같지도 않은 소리를 줄줄이 하는 걸 보니 뭔가 찔리는 게 있는 모양이고."

"당신 지금 내 말에 대답 안 한 거 알지?"

하지만 스테안은 루다의 질문에 대답할 마음이 없어 보였다.

"내가 듣기로 지금 에세나의 군주가 사라졌다고 하던데."

스테안의 얼굴에는 당황은커녕 여유로운 웃음이 걸려 있었다.

뜻밖의 역공에 루다의 심장이 쿵 하고 떨어지는 느낌이 들었다.

설마 들킨 건 아니겠지? 그런데 왜 하필 지금 에세나의 군주 이야기가 나와? 아니야, 그럴 리가 없어. 내가 에세나의 군주라는 걸 들킬 만한 어떤 일도 없었잖아.

아르비드만 아는 사실을 알 리가 없지. 그래, 그냥 나한테 물어보는 거야!

제 나름대로 결론을 내린 루다는 얼른 표정을 평온하게 다잡았다.

"그, 그래? 근데 그게 나랑 무슨 상관일까?"

"그냥 그렇다는 거지. 왜 오버하고 그래? 마치 에세나의 군주라도 되는 것처럼."

스테안은 아까보다 더욱 짙은 웃음을 지어 보였다. 그 웃음을 보는 순간 불안한 마음이 들었다.

분명 루드비히는 루다의 정체를 몰랐다. 루드비히가 루다의 정체를 알고 있음에도 그냥 넘어갔으려나 생각했지만, 왠지 그건 아닌 것 같았다.

루다가 알기로 형우는 거짓말을 잘하는 사람이 아니었다. 어떻게든 거짓말을 하려고 하면 얼굴에 티가 나곤 했다.

아무리 기억을 잃었어도 루드비히는 형우였다. 그 근본이 바뀌었을 리는 없다고 생각했다.

물론 루다의 생각이 전부 틀렸고, 루드비히가 거짓말을 잘하는 사람이 되었을 수도 있었다. 하지만 아무리 생각해도 지금 상황에서 루다의 정체를 알고도 그냥 넘어가는 이유를 찾을 수가 없었다.

이것저것 생각해 봤지만 내릴 수 있는 결론은 하나였다. 아타나스 진영은 루다의 정체를 알지 못한다는 것.

하지만 그렇게 확정 짓기에는 눈앞에 이 얄미운 스테안의 행동이 미심쩍었다.

알 수 없는 이유로 눈치를 챘다고 하더라도 물증이 없었다. 해서 루다는 조금 불안하지만, 우선 얼굴에 철판을 까는 걸 선택했다.

"지금 그거 아타나스인에 대한 모독으로 봐도 되는 거지? 결투 신청인가?"

"어어? 나랑 싸워 보게? 나 생각보다 좀 강한데!"

스테안의 손이 허리춤의 칼로 향했다.

둘의 시선이 팽팽하게 얽혔다. 금방이라도 싸울 기세였다.

하지만 그런 둘의 싸움은 진행될 수 없었다.

"둘이 모르는 사이라더니 아닌 것 같군."

앞서 나가던 루드비히가 뒤돌아 미간을 찌푸린 채 둘을 바라보고 있었다. 그의 눈에는 아까와는 달리 의아한 기색이 담긴 상태였다.

안 돼.

루다는 싸우려고 쏠렸던 몸을 바로 했다.

루드비히에게 있어서 루다는 스테안과 모르는 상태여야 했다. 그래야 빨리 이 상황에서 벗어날 수 있었다.

"아, 아니요! 완전 모르는 사람인데요!"

루다가 손바닥을 펴고는 필사적으로 부정했다. 하지만 그런 루다의 어깨에 툭 하고 스테안의 팔이 걸쳐졌다.

"이거 왜 이래, 다루. 우리 사이에?"

"이것 좀 놓고 말하지?"

으르렁거리는 루다에게 스테안이 한껏 목소리를 낮춘 채 이죽거렸다. 협박이나 다름없었다.

"아까 성문 밖에서 있던 일 전부 다 확 불어 버린다? 이래 보여도 나 나름 신뢰받는 인간이야."

눈을 곱게 접은 그의 웃음이 이상하게 불길했다. 그래서 루다는 우선 스테안의 장단에 맞춰 주기로 했다.

그녀의 어깨에 둘린 스테안의 팔을 반가운 듯 툭툭 쳤다.

"아이고! 오랜만에 만나니까 막 장난을 치고 싶지 뭐야!"

루다가 과장되게 웃었다. 눈을 가늘게 뜨고 둘을 살펴던 루드비히가 이내 별 볼 일 없다는 듯 다시 앞장섰다.

루드비히가 어느 정도 멀어질 때까지 기다리던 스테안이 아까처럼 목소리를 낮춰 속삭였다.

"거짓말 진짜 못한다."

"그쪽 알 바는 아니지 않나?"

"물론 내 알 바는 아니지. 그보다 그쪽, 아무래도 뭔가 켕기는 게 있는 모양인데, 우리 서로 덮어 주기로 하지?"

"덮어 주자니?"

루다가 의심이 가득한 눈으로 스테안을 바라봤다.

딱히 숨기는 건 없어 보였는데 뭘 덮어 주자는 거지?

"나도 그쪽 의심스러운 거 말 안 할 테니까, 그쪽도 내가 먼저 말 건 거 말하지 않는 거로."

루다가 조금 놀란 표정으로 스테안을 바라봤다.

도대체 왜? 스테안이 루다에게 말을 건 게 어떤 잘못이라도 되는 걸까?

하지만 지금 모든 걸 물어보기에는, 앞서가는 루드비히의 앞에 목적지로 보이는 응접실의 입구가 있었다.

그래서 루다는 우선 서로의 약점은 숨기기로 협상하는 게 좋을 거라는 판단을 내렸다. 스테안이 무엇을 숨기는지 알아내는 건 조금 나중의 일이었다.

루다는 제 어깨에 올라가 있는 스테안의 팔을 치우고는 삐뚜름히 팔짱을 꼈다.

"그럼 뭐라고 그래?"

"원래 알던 사이였는데 우연히 다시 만났다고 하는 거지."

도대체 왜?

하지만 루다의 질문보다 스테안의 말이 더 빨랐다.

"아타나스에서 나름 유명인인 나랑 원래부터 알던 사이라고 말하는 게 그쪽한테 더 좋을 테니까."

안 좋은 쪽으로 유명한 건 아니고?

물어보고 싶은 질문은 결국 입 밖으로 내뱉지 못했다. 스테안이 씩 웃어 보이고는 문 앞에 멈춰 선 루드비히에게로 발걸음을 옮겼다.

루다는 앞서가는 스테안을 눈을 가늘게 뜨고 바라봤다.

대체 뭐 하는 남자지? 〈저크시즈〉를 플레이할 때 저런 남자는 한 번도 본 적이 없었다.

저 정도의 레벨은 전설급 몬스터에서나 나오는 레벨이었다.

그걸 처음 보는 남자가 갖고 있고, 그 남자는 아타나스의 군주와 긴밀해 보인다. 절대 그냥 넘길 수 있는 남자가 아니었다. 그런 남자가 루다에게 먼저 접근했다.

혹시 내가 에세나의 군주라는 걸 알고 접근한 건가?

머릿속에 떠오르는 오싹한 생각에 걸음을 멈췄다가 이내 고개를 저었다. 그럴 리가 없었다. 하지만 아니라고 확신할 수도 없었다.

그런 불확실한 건 제쳐 두고서라도 루다의 머릿속에는 아까부터 풀리지 않은 의문이 가득했다.

대체 저 남자는 누구지?

답이 없는 질문을 끌어안은 채, 루다가 발걸음을 빨리했다. 우선은 저들과 방으로 들어가야 할 때였다.

"잠깐."

하지만 루다가 방으로 들어가자마자 루드비히가 그녀의 행동을 제지했다.

여긴 왜 이렇게 뜬금없는 것들이 많아?

루다가 또 뭔 일이냐는 표정으로 루드비히와 그 옆에 서 있는 스테안을 바라봤다.

"잠시 나가 있게."

"예?"

근엄하게 말하는 루드비히를 허탈한 표정으로 쳐다봤다.

여기까지 데려와 놓고 나가라고?

"금방 끝나니까 도망갈 생각은 하지 말고."

옆에서 스테안이 밉살맞게 덧붙였다. 루다의 얼굴이 와락 구겨졌다.

도망갈까 생각한 건 또 어떻게 알고 저렇게 한마디 덧붙인데.

"아, 예."

썩은 표정을 하고는 구 남자 친구이자 현 아타나스 폐하의 명에 따라 방을 나섰다.

진짜 기억 돌아오기만 해 봐라.

속으로 구시렁대며 문을 닫았다. 너무 감정을 실은 모양인지 큰 소리를 내며 닫히는 문 뒤에서 루다가 중얼거렸다.

"아, 바람 때문에. 죄송합니다."

물론 들렸는지 아닌지는 루다가 알 바 아니었다. 쾅 하는 소리에 루다가 던진 투명한 도청 장치가 그들 발밑으로 굴러 들어가는 걸 들키지 않길 바랄 뿐이었다.

　문 바로 앞에 있으면 괜히 엿듣는다고 추궁당할 수도 있으니 그대로 루다는 방에서 몇 걸음 더 떨어져 문밖을 지키고 있는 기사들 옆에 섰다. 다행히 아무도 루다에게 관심을 주지 않았다.

　루다는 팔짱을 끼고 눈을 감았다.

　그녀의 귀로 스테안과 루드비히의 대화가 들려왔다. 게임에서는 대화 창으로 떴는데 이 안에서는 마치 이어폰을 낀 것처럼 귀에 직접 들려오는 모양이었다.

　벽에 등을 기댄 채 둘의 대화에 집중하기로 했다. 어쩌면 이 대화에서 스테안의 정체를 파악할 수도 있다.

　만약 루다에게 유리한 무언가를 잡아내면 그대로 스테안을 협박하기에도 좋았다.

　익숙한 목소리가 대화의 포문을 열었다.

　"왜 떠났지?"

　"폐하, 공교롭게도 저는 원래 자유로운 존재였답니다. 폐하가 오기 전까지만 해도 말이죠."

　루다는 눈을 감은 채 미간을 찌푸렸다.

　원래 자유로운 존재였다고?

　그렇다면 특별한 이벤트가 아닌 이상 그를 만나지 못했던 것도 충분히 이해가 갔다. 하지만 그만한 레벨에 자유로운 존재가 있을 수 있나?

　머리를 굴리면서도 다음 대화를 따라잡기 바빴다.

　"물론 내가 오기 전까지지."

　"그런 관계로 제 방랑벽은 하루아침에 고쳐지는 게 아니라는 말이죠."

　"그래서 그렇게 황성에 붙어 있으라는 명령이 내려왔음에도 밖으

259

로 나다녔나?"

"자유를 갈망하던 자에게 구속이 주어지면 누구나 저처럼 행동할 걸요."

"자네에게 주어진 자유 역시 기예르모께서 하사한 것이다."

"폐하 이곳에 온 지 얼마 안 된 것치고는 상당히…… 신앙심이 깊어지셨네요."

"그대의 신앙심이 부족한 거겠지."

루다는 미간을 찌푸렸다.

말투만 바뀌었지 어디서 많이 듣던 말이었다. 루다를 스테안에 비교하고 루드비히를 아르비드에 비교하면 꽤 익숙한 풍경이었다.

설마…….

하지만 그들은 루다가 생각할 틈을 주지 않았다.

"기예르모님께서는 네가 아타나스 밖으로 나가는 걸 원치 않으신다."

루다는 눈을 번쩍 떴다가 주변을 살피고는 다시 질끈 눈을 감았다.

동요한 걸 들켜서 좋을 건 하나도 없었다.

겉으로 평온해 보이려고 엄청나게 노력하지만 팽팽 도는 머릿속은 어쩔 수 없었다.

아타나스 밖이라고? 그 말인즉슨 아타나스와 에세나를 횡단할 수 있다는 말인데, 그런 존재가 있다는 말은 들은 적이 없었다.

"폐하, 무슨 소립니까? 원래 아타나스 밖으로 저희는 못 나가잖아요."

마치 루다의 의문점을 해결해 주기라도 하듯 스테안이 변명했다. 하지만 루다 안에서 피어난 의심은 꺼질 생각이 없었다.

"기예르모님의 뜻이 그러하다. 마치 원래대로라면 나가길 원하는 것처럼 말씀하시더군. 최근 들어서는 네가 더더욱 나가지 않길 원하시지."

"거참, 그분께선 쓸데없는 걱정이 크네요. 했던 적도 없는 일을 왜 사서 걱정하신답니까?"

"그만큼 그대가 그분에게 신뢰를 주지 못했기 때문이겠지."

"기예르모님도 참 너무하시네요. 1, 2년 모신 것도 아닌데 아직도 절 불신하고 있다니요. 그럼 궁금한 게 있는데 말입니다."

스테안의 어조가 은근하게 변했다.

루다 역시 바짝 긴장한 채 벽에 등을 기댔다. 겉으로 보기에는 그저 쉬고 있는 모양새였다.

"뭐지?"

"폐하께서는 그저 기예르모님의 뜻에 따라 움직이시는 겁니까, 아니면 폐하의 뜻에 따라 움직이시는 겁니까?"

"무슨 의미지?"

"저를 이용할 생각은 없냐고 묻는 겁니다. 저를 써먹을 데는 무궁무진하니까요."

"전쟁을 일으킬 생각이 없냐고 묻는 건가?"

"잘 잡아내시네요."

루다는 숨을 멈췄다.

전쟁. 루다가 절대 바라지 않는 일이었다. 그걸 스테안이 먼저 언급했다.

혹시라도 루다처럼 아타나스의 절대 신인 기예르모에게 반감이 있지는 않을까 했던 것이 금세 사라졌다. 스테안의 은근한 어조는 마치 루드비히에게 전쟁을 종용하는 것처럼 들렸다.

"아직 준비되지 않았다."

"아직이라는 건 언젠가는 준비가 되면 바로 에세나를 쳐 버리겠다는 이야기군요."

"그 여자를 죽일 수 있다는 확신이 있다면."

루다는 손에 힘을 꽉 줬다. 손톱이 팔을 파고들었다.

루다는 그 여자가 누구를 의미하는지 알고 있었다. 바로 루다 자신이었다.

겉으로 동요를 들켜서는 안 된다는 걸 알면서도 루다는 자조했다.

이 상황을 받아들여야지, 하면서도 이렇게 직접 남자 친구의 목소리로 자신의 목숨을 노린다는 걸 들을 때면 평정심을 유지하기가 힘들었다.

루다는 다시 한 번 속으로 되뇌었다.

저건 형우가 아니야. 루드비히다.

누구의 소리인지는 모르겠지만 손톱이 책상을 두드리는 소리가 들렸다. 루드비히는 그런 습관이 없었으니 예상하건대 스테안의 행동이었다.

"폐하께서는 제가 기예르모님의 뜻을 받길 바라시는 겁니까, 아니면 폐하의 명을 따르길 바라시는 겁니까?"

"그것이 내가 선택할 수 있는 건가?"

"기예르모님의 명령은 루드비히 님의 즉위 동안 아타나스의 군주를 따르라는 것이었으니까요. 물론 이것도 언제 거두어질지는 모르겠지만."

"……우선은 기예르모님의 뜻이다."

"우선이라는 건 전쟁 전까지입니까?"

"흑신께서 내게 하신 말씀에 의하면 스테안이 새로운 군주를 보필하며 가급적이면 흑신의 곁에서 충성을 다할 것을 원하시지."

"충성이라면 이미 다하고 있는데요."

뽀로통하게 이어진 목소리에 하, 하는 비웃음이 뒤따랐다.

"그대가? 흑신을 섬기는 반신은 믿을 수 없기로 유명……. 잠깐."

어이없다는 어조가 담긴 루드비히의 말이 이어지다가 갑자기 끊겼다.

뒤이어 도청기 쪽을 향해 걸어오는 발소리가 들렸다. 동시에 콰직 하는 소리와 함께 모든 소리가 사라졌다.

"쳇."

도청기를 들킨 것이 분명했다. 루다가 혀를 찼다. 그나마 다행인 건 그 도청기를 설치한 자가 누구인지 추적할 수 없다는 것이었다.

"설마 나라는 걸 들키지는 않았겠지."

심증은 있어도 물증은 없을 터였다. 물론 심증만으로도 바싹 긴장 해야 했지만, 그보다 더 중요한 것이 있었다.

루다는 마지막 그들의 대화 속에 들렸던 단어를 곱씹었다.

"반신이라……."

루다가 미소 지었다. 의외의 수확이었다.

반신이라는 존재가 있었다. 반신이 이 저크시즈 안에 몇이나 있는 지는 루다도 알지 못했다. 그저 반신이라는 존재가 있고, 그자들은 여신과 함께 저크시즈의 균형을 관장한다는 정도만 알았다.

그런 반신 중 하나는 타락한 반신이라 하여 퀘스트 때문에 형우와 파티를 맺어서 죽인 적도 있었다. 그때의 반신도 200이 넘는 레벨을 가지고 있었다.

지금은 왜 스테안의 상태 창에 물음표가 떠 있는 줄은 모르겠지만 그 물음표에 들어갈 직업이 반신이라고 하면 대충 이 상황이 이해가 갔다.

레벨은 높지만 2인자가 아니며, 적당히 자유롭고 동시에 루드비히 에게 적당히 까불어도 괜찮은 이유는 하나였다. 그가 반신이기 때문 에.

이유를 찾았다고 생각하는 순간, 루다는 퍼뜩 고개를 들었다.

'기예르모 쪽 반신이면 타락한 반신이잖아. 그런데 왜 상태 창에 안 나타나는 거지?'

기본적으로 아타나스 쪽으로 넘어간 존재들이면 상태 창에 '타락한'이라는 수식어가 붙기 마련이었다. 그건 반신도, 신수들도 마찬가지였다.

루다는 골똘히 생각에 잠겼다.

혹시 무언가 더 숨겨진 이유가 있나?

루다는 문득 자신의 상태를 떠올렸다. 제게 붙었던 '타락의 씨앗'. 하지만 루다는 여신에게 대든 것 빼고는 타락에 맞는 행동을 한 적이 없었다.

〈저크시즈〉를 플레이하다 보면 타락했다는 존재는 보통 여신을 배신하고 아타나스로 넘어간 존재에게 붙고는 했다. 그럼 루다가 생각하는 타락과 시스템이 인식하는 타락이 다른 건가?

미간이 절로 찌푸려졌다.

타라가 시스템이라는 걸 언급한 순간부터 머리가 뒤죽박죽이었다.

평소와 다르게 루다가 생각의 늪에 빠져들고 있을 때, 지척에서 익숙한 목소리가 들렸다.

"스테안에게 들었다."

"아, 깜짝이야!"

루다가 화들짝 놀라 고개를 들었다.

그녀 앞에는 루드비히와 스테안이 서 있었다. 루다가 생각에 잠긴 사이 응접실에서의 대화가 끝난 모양이었다.

눈에 띄게 놀란 루다가 이내 추스르고는 아무렇지도 않은 척 둘을 바라봤다. 루드비히의 뒤에서 입을 막고 대놓고 비웃고 있는 스테안은 무시하기로 했다.

"뭘 들어……요?"

"둘이 막역한 사이라고."

도대체 누가 그런 헛소리를 했냐고 물으려던 찰나, 스테안의 얼굴이 눈에 들어왔다. 빙글거리며 웃고 있는 꼴을 보고 있자니 그의 말에 동의하고 싶은 마음이 싹 사라졌다.

"아닌……."

데요. 한껏 성질을 부리며 반박하려는 루다에게 스테안이 눈짓했다. 루드비히의 뒤에서 검지로 루드비히를 가리켰다가 엄지손가락으로 자신의 목을 긋는 시늉을 했다.

그 모습을 보고 있자니 허허, 허탈한 웃음밖에 안 나왔다.

지금 협박하는 거지?

"아, 예."

하지만 루다가 할 대답은 이것밖에 없었다. 그럼 어떡해! 약점이 잡혀 버렸는걸.

하지만 썩은 표정까지 어떻게 할 수는 없는 모양이었다.

"스테안이 내 명령을 듣는 걸 조건으로 자네를 풀어 주기로 했지."

"진짜?"

그리고 그 썩은 표정은 이내 활짝 펴졌다.

태세 전환이 우디르급이었다.

저도 모르게 비죽 튀어나온 웃음에 손으로 입을 가렸다. 하지만 동그랗게 뜬 눈동자에는 해방의 기쁨이 가득했다.

밝게 빛나는 눈으로 스테안과 루드비히를 번갈아 보며 생각했다.

저 첫인상부터 끔찍한 인간이 무슨 일이지? 설마 모든 건 날 도와주기 위한 수단이었나?

"감사합니다!"

아무렴 어떤가. 여기서 벗어나기만 하면 되는 것을.

"단."

등 돌려 사라지려는 루다를 단 한 글자가 멈추게 했다.

스테안이었다.

"폐하 호위 임무만 수행하고 나면."

"그야, 당연…… 뭐?"

밝게 빛나던 눈이 순식간에 야차의 눈이 되었다.

진짜 루드비히 앞만 아니었으면 저 싱글싱글 웃고 있는 스테안의 뒤통수를 한 대 쳐 버리고 싶을 정도였다.

지금도 불안해 죽겠는데, 아타나스의 군주를 호위하라고? 미친 거 아니야?

막역한 사이로 이야기도 끝났고, 서로 약점도 잡고 있으니 더 이상 휘둘리는 건 금물이었다.

해도 해도 이건 아니지! 해서 변명하려 입을 여는 루다의 어깨에 스테안의 팔이 둘러졌다.

이제 루다는 스테안이 언제 어깨동무를 하는지 알 것 같았다. 협박하거나 협상을 제시할 때.

그리고 그 내용은 언제나 그럴듯한 것들이었다. 말려들 게 뻔한데.

하지만 스테안을 뿌리칠 핑계가 없으니 루다는 그가 하는 말을 그대로 듣고 있을 수밖에 없었다.

"네가 누군지 뭔지는 모르겠지만, 이거 한 번만 도와주면 내가 그쪽 원하는 거 들어줄게."

속삭이는 말이 악마의 속삭임과 같았다.

루다는 미간을 좁혔다.

이 인간 말을 믿어도 될까? 반신인 건 알았지만 정확한 정체도 모르는데?

하지만 반신의 약점 아닌 약점을 하나 알고 있었다. 반신은 한 번 내뱉은 약속은 꼭 지켜야 한다. 그러니 스테안은 루다가 원하는 걸 들

266

어줘야 한다.

그리고 루다가 원하는 것은 기예르모와의 대화였다.

기예르모와 대화하고 싶다고 말하지 않더라도 기예르모와 제일 밀접한 곳이 어디인지 물어보면 스테안은 꼼짝없이 루다에게 그것을 알려 줘야 했다.

기예르모의 반신인 그가 그 정보를 모를 리 없었다.

그래서 루다는 고개를 끄덕였다.

"그래, 좋아."

역시나 아르비드가 들으면 까무러칠 대답을 하며 루다가 나름 머리를 굴리기 시작했다.

호위하다가 괜히 단검을 사용하면 의심받을지도 몰라. 그러니까 우선은 별로 세지 않은 척하자.

"아, 그런데 호위를 하기에는 제가 너무 약한데요."

"상관없다. 딱히 누구의 호위를 받지 않아도 되니까. 그저 겉치레일 뿐이지."

"그……렇죠. 하하하."

당연하게 날아오는 루드비히의 대답에 루다는 뒤통수를 긁적였다.

에세나에서도 자주 하던 말인데, 내가 말할 때 이렇게 재수 없었나? 에세나 가서 좀 자제해야지.

"아, 그러면 저는 언제 갈 수 있나요?"

"우리 다루는 예전에는 안 그러더니 많이 바뀌었네."

루다가 눈치 없이 끼어드는 스테안을 흘겨봤다. 제발 좀 조용히 해 줬으면 좋겠다.

이쯤 되니 루드비히가 왜 스스로 나섰는지 알 것 같았다. 와서 직접 뒤통수라도 치고 싶은 모양이었다.

"날 언제……. 내가 뭐가 바뀌었다고 그래? 하하, 나는 여전한걸."

"많이 바뀌었지 뭐. 예전에는 그렇~게 폐하의 호위를 하고 싶다고 노래를 부르더니. 이제는 집에 가고 싶다니 무슨 켕기는 거라도 있어?"

죽여 버리고 싶었다. 참을 인 세 번이면 살인도 면한다는데 루다는 오늘 살인을 열 번은 건너뛴 느낌이었다.

"하하, 하. 폐하의 호위는 언제나 영광된 자리죠. 하지만 저를 기다리는 토끼 같은 자식……은 없지만 저를 기다리는 병약한 어머니가 계셔서요."

"아니, 작년에 치른 장례식은 어머님 장례식이 아니었어?"

"하하, 스테안. 남의 어머니를 죽이다니, 죽어 볼래?"

루다는 그대로 팔을 들어 장난스레 스테안을 밀쳤다. 스테안이 크게 다섯 발자국 멀어졌다. 감정이 실린 게 분명했다.

"어쨌든, 그런 의미로 저는 이번 호위까지만 하고 돌아가겠습니다. 알겠지, 스테안?"

자신을 째려보는 스테안을 무시하며 루다가 다시 한 번 그의 등을 세게 내려쳤다. 아까보다 좀 더 감정이 들어가 있었다.

루다는 그가 달려들까 몸을 비틀어 호위하듯 루드비히의 바로 뒤에 섰다.

어차피 이렇게 된 것, 대충 호위하고 원하는 거나 얻어 내야지.

스테안이 반신이라는 걸 알게 됐다. 그가 이렇게 계속 루다에게 접근하려는 의도가 궁금하기는 했지만 그의 모든 계획에 맞춰 줄 수는 없었다.

"호위는 필요 없으니 지금 당장 돌아가도 된다."

바로 뒤에 선 루다에게 루드비히가 뒤돌아 무심하게 한마디 던졌다. 남자 친구가 쓸모없다는 눈빛을 보내는 건 슬펐지만, 지금의 루다에게는 제일 듣고 싶은 한마디였다.

"감사……!"

"하지만 폐하, 제가 장담하는데 이만한 호위 없습니다. 한번 믿고 맡겨 보시죠."

루다는 저도 모르게 공격하려는 오른손을 자신의 왼손으로 겨우겨우 막아 냈다. 진짜 이렇게 누굴 한 대 때려 버리고 싶은 건 처음이었다.

루다는 두 손을 맞잡고 의도치 않은 공손함을 간직한 채 간절하게 루드비히의 다음 말을 기다렸다.

제발 필요 없다고 말해 줘, 응? 제발!

"원하는 대로."

하지만 루드비히는 루다가 원하는 대답을 해 주지 않았다.

바라지 않던 한마디를 선사하고는 다시 등 돌려 앞서가는 루드비히를 황망히 바라봤다.

"안 가고 뭐 해? 신참 호위?"

스테안이 넋이 나간 루다의 어깨를 툭 치고는 앞장섰다.

루다는 품속의 단검을 조용히 손으로 쥐었다가 풀었다.

내가 보살이었구나. 루다는 깊은 깨달음을 느꼈다.

＊

호위는 별것 없었다. 루드비히의 행보 자체가 별로 중요한 것이 아니었기 때문이다.

원래는 루베오에 자주 오지 않으니 변방에 온 김에 행진이나 한 번 하고 가는 수준이었다. 왜 호위가 필요 없다고 말했는지 알 것 같았다.

아마 스테안이 호위라며 루드비히의 옆에 있는 이유는 스테안을 감시하기 위한 수단임이 분명했다.

위험한 곳에 가는 것도 아니니 그들을 공격할 몬스터도 없었고, 전쟁터도 아니니 적군도 없었다.

그러다 보니 루다는 대체 뭘 해야 할지 알 수가 없었다. 혹시 이 기회에 퀘스트를 진행할 실마리라도 찾을까 해서 한눈판 채 주변을 둘러보다 보니 루다는 계속 헛발질하기 일쑤였다.

조금씩 삐끗하지만 잘 넘겼던 루다의 몸이 갑자기 훅 꺼지는 게 느껴졌다. 화들짝 놀라 팔을 허우적거렸다. 그리고 그런 루다의 팔을 단단한 손이 잡아챘다.

가슴을 쓸어내리고 발밑을 살피니 언제 나타났는지 모를 계단이 보였다. 여기서 떨어진다고 죽을 건 아니었지만 고마운 건 고마운 거였다.

도와준 사람이 누군지 확인하려 고개를 드니 지척에 루드비히의 얼굴이 보였다. 그 모습이 마치 형우 같아 루다는 잠시 넋을 잃었다가 이내 정신을 차렸다.

제대로 정신을 차리고 바라보니 루다를 바라보는 루드비히의 눈에는 한심함이 뚝뚝 흐르고 있었다.

"아무리 호위가 필요 없다지만 이 정도로 필요 없는 건 아니었는데 말이지."

"나도 원래……!"

형우와 루드비히의 간극에 루다는 평소보다 더 울컥하는 마음이 들었다. 그 마음을 가득 담아 반박하려다가 이내 입을 다물었다.

그래, 여기는 아타나스고 나는 일개 지나가던 행인일 뿐이다.

"어찌 감히 흑신의 총애를 받는 폐하를 따라갈 수 있겠니까? 부디 통촉하여 주시옵소서."

그래서 남자 친구에게 쌓인 감정을 좀 담을 겸 루다는 사극 말투를 사용해 비꼬기로 했다.

루드비히의 눈썹이 꿈틀댔다.

설마 비꼬려는 걸 들켰나?

"어디 말투지?"

하지만 돌아오는 질문은 예상외였다.

"예?"

아니 이걸 어디 다른 지방의 말투라고 알아들은 거야? 이세계의 사람이 다 된 남자 친구를 어떻게 받아들여야 할지 알 수가 없었다.

루다가 어떤 표정을 짓든, 루드비히는 그런 루다를 뜯어보듯 빤히 쳐다보고 있었다.

루다의 심장이 콩콩 뛰기 시작했다. 설마 꼴에 남자 친구라고 나를 알아보는 건 아니겠지?

"조금 기이하단 말이지."

"무, 무엇이 말인가요, 폐하?"

"다른 사람과 별로 친분이 없는 스테안과 친한 것하며."

루다의 눈동자가 제 옆에 서 있는 스테안에게 향했다.

스테안이 원래 친한 사람이 없었다고? 그러면서 나와 막역한 사이라고 말해?

반신과 잘 알고 지내는 일개 행인이라니. 의심을 안 하는 게 이상한 수준이었다. 이거 고도의 엿 먹이기 수법 아니야?

하지만 의심받는 상황에서 스테안의 멱살을 잡을 수는 없었다.

공손히 두 손을 맞잡고는 자신을 요리조리 뜯어보는 남자 친구를 긴장한 채 바라봤다.

"아까부터 하는 말이 자꾸 바뀌는 것부터."

"하하, 스테안 때문이지요."

"그래, 그건 스테안 때문이라고 넘어간다 해도. 그대가 속한 가문

말이지."

"저희 가문이요……?"

아무 문제가 되지 않을 성을 썼는데 혹시 잘못된 정보인가?

루다는 흔들리는 동공을 애써 다잡았다.

"그 정도로 강하면 보통 소문이 나기 마련인데 말이야."

"아, 그게……."

팔짱을 끼고 본격적으로 저를 살피는 루드비히의 눈을 최대한 피하며 루다는 머리를 굴리기 시작했다.

"저희 어머니께서 몸이 아파 지금까지 병간호했죠. 그 때문에 집 밖에 나온 적이 별로 없어 못 들으신 거 아닐까요?"

"그럼 지금은 왜 나왔지?"

필사적으로 내뱉은 변명에 생각지도 못한 질문이 따라붙었다.

루다는 최대한 아무렇지 않은 척 흔들리는 동공과 구겨지는 표정을 다잡았다.

"어……머니께서 병을 치료하시려면 루베오에서만 나는 약초가 필요하다고 해서요. 그걸 구하지 못하면 저희 어머니는 금세……."

생각나는 변명이 이것밖에 없었다. 하지만 이 정도면 적당히 먹히지 않을까?

루다는 괜스레 들킬까 눈물을 훔치는 척하며 고개를 뒤로 꺾었다. 썩은 표정을 숨기기 위함이었다.

그리고 스테안과 눈이 마주쳤다.

스테안의 입꼬리가 올라가는 것이 보였다. 웃음을 참고 있었다.

뭐라고 쓸데없는 소리를 지껄일까 봐 루다가 빠르게 고개를 앞으로 돌렸다.

"금세 돌아가시고 말 거예요."

그리고 빠르게, 하지만 간절하게 호소했다.

루다는 필사적이었다. 여기까지 왔는데 절대 들켜서는 안 된다. 절대로!

"그러엄! 우리 다루가 얼마나 효자게요."

웬일로 뒤에 서 있던 스테안까지 동조하고 나섰다. 하지만 절대 좋은 의도 같지는 않았다.

저 악마 같은 놈. 만악의 근원.

속으로 스테안의 욕을 실컷 하면서도 그녀의 등 뒤로 식은땀이 주룩주룩 흐르고 있었다. 여전히 루드비히의 눈은 루다를 관찰하고 있었다.

"그렇군."

몇 초간 빤히 루다를 바라보던 루드비히가 천천히 고개를 끄덕였다.

루다는 절로 나오려는 한숨을 겨우겨우 참아 냈다.

빈틈없이 꼼꼼한 성격의 남자 친구가 좋았는데 그 꼼꼼함이 여기서 발휘될 것이라고는 상상하지 못했다.

"이제 모든 의문이 다 풀리셨나요?"

"그래도 한 가지 남아 있긴 한데."

"그게 뭔가요?"

삐걱거리는 웃음을 억지로 만들고는 루다가 물었다. 뭔지 모르겠지만, 왠지 이게 마지막 관문 같았다.

"레벨이 그 정도인데 왜 이렇게 무능하지?"

하지만 돌아오는 질문은 가관이었다. 계속해서 잡고 있던 긴장감이 탁 풀리는 기분이었다.

그래서 보태 준 거 있냐! 루다는 소리 지를 뻔한 걸 겨우 참아 냈다.

"하, 하하. 고매하신 폐하의 눈에는 저따위 하찮아 보이실 수밖에

273

요."

등줄기에 흘렀던 식은땀이 이제는 차게 식고 있었다.

지금 이 순간, 루다의 머릿속에는 단 한 가지 생각밖에 떠오르지 않았다.

최형우, 진짜 기억 돌아오기만 해 봐!

루다는 이빨을 득득 갈았다.

무시를 당하다니. 루다는 무시당하는 게 정말 싫었다. 물론 못하는 거로 무시하면 어쩔 수 없지만, 이 부분은 못하는 게 아니었다.

루다는 만렙이었고, 아무도 루다에게 싸움으로 시비 걸 수는 없었다. 스테안 정도의 레벨만 아니라면 몇 초 만에 본때를 보여 줄 자신이 있었다.

그런데 고작 이렇게 변장을 했다고 해서 무능한 취급이라니! 자기는 기억이나 잃은 주제에! 누가 누구한테 할 소리람!

해서 루다는 신경을 바짝 세우고 주변을 살피기 시작했다. 물론 이 아타나스 진영에서 간도 크게 루드비히를 노릴 사람이 없다는 건 루다도 알고 있었다.

하지만 혹시 모르니까. 만에 하나 루드비히가 걸려 넘어질 돌멩이라도 발견한다면 그 자리에서 전부 부숴 버릴 생각이었다.

그런 루다의 눈에 딱 적당한 먹잇감이 등장했다. 누군가가 군중 속에서 튀어나와 루트비히 쪽으로 돌진하고 있었다.

루다는 위장을 위해 허리춤에 찬 싸구려 검집에서 검을 재빠르게 빼어 냈다. 그리고 그 남자가 루드비히의 앞에 오기도 전에 그자의 목에 검 끝을 겨누었다.

'훗, 이것 보라고. 얼마나 빠르고 정확해.'

루다의 의기양양함이 그녀의 뒷모습에서도 뿜어져 나왔다.

그 모습을 보며 스테안이 얼굴을 감싸 쥐었다. 웃음을 참기 위함이었다.

루다의 검 끝에 가로막힌 사내가 손을 덜덜 떨었다. 너무 떨어 대그가 들고 있던 바구니에서 과일들이 몇 개 바닥으로 떨어질 정도였다.

"자, 자, 자, 잘못했습니다! 다, 다, 다, 다만 저는 폐하께 이걸 전해 드리고자……!"

남자가 무릎을 꿇고 머리를 조아렸다. 루다는 머쓱해졌다.

아니 그럼 천천히 쭈뼛쭈뼛 나오든지 해야지 대체 왜 돌진하는 거야!

너무나도 뻘쭘해진 마음에 뒤를 돌아보니 스테안이 무릎까지 꿇고는 꺽꺽대며 웃고 있었다.

아니 이게 그렇게 웃길 일이야?

"그, 공격하는 줄 알아서……. 죄송합니다."

머쓱한 사과를 내뱉으며 루다가 검을 검집으로 넣었다. 탁 하는 소리가 짜증스러웠다.

아니, 능력 발휘 좀 해 보려 했더니 이게 뭐람.

루다가 손을 탁탁 털고는 다시 루드비히의 뒤에 가서 섰다. 스테안은 다시 일어나 있었지만 여전히 킥킥대며 웃고 있었다.

"뭘 그렇게 웃어?"

툭 하고 한마디를 내뱉지 않을 수가 없었다. 짜증스러운 말에 스테안이 히죽대며 루다에게 한 걸음 바싹 다가왔다.

"원래 이런 경우는 흔하다고. 정말 변방에서 왔나 봐?"

"그래, 내가 시골에서 와서 모른다. 사람이 모를 수도 있지!"

둘이 싸우든 말든, 루드비히가 걸어 나가서는 사내가 내민 바구니를 받아 들었다. 그러고는 그 안에 든 사과를 한 입 베어 물었다.

기억을 잃은 후 루다에게 했던 행동들만 보면 저 바구니를 내동댕

275

이칠 줄 알았는데, 또 그건 아니라 루다는 안심했다. 그리고 그 모습에 안심하는 자신을 발견하고는 흠칫했다.

저도 모르게 형우가 어딘가 변하지는 않을까 걱정하고 있던 모양이었다.

"그대들의 충성은 고맙게 받도록 하지."

말하는 투는 여전히 루드비히였지만, 그 입가에 맺힌 미소가 형우와 겹쳐져 루다는 울컥하는 마음이 들었다.

형우구나, 그리고 여전히 나는 그에게 적이구나.

그 마음을 죽이기 위해 괜히 스테안에게 언성을 높였다.

"지금이야 충심을 다하니까 다행이지만, 아니었으면 어쩔 뻔했어. 안 그래?"

말하면서 루다는 고개를 끄덕였다.

제가 들어도 맞는 말이었으니까.

평소보다 커진 목소리에 루드비히가 힐끗 뒤를 돌았다. 눈이 마주쳤다. 루다는 다시 흠칫했다.

저크시즈에 떨어져 처음 마주했던 악의적인 눈빛도 아니었으며, 아까 봤던 귀찮은 사람 보듯이 했던 눈빛도 아니었다.

"다루의 말도 맞지. 스테안 그대는 내 위험에 상당히 둔한 감이 없잖아 있어."

루다를 향하는 루드비히의 눈에 온기가 돌았다. 저크시즈에 떨어지고 처음 본 온기였다. 그 모습이 형우와 겹쳐졌다.

"형……용할 수 없이 감사합니다."

루다는 그 모습을 멍하니 쳐다보다가 퍼뜩 정신을 차렸다.

여기서 넋 놓고 있을 여유가 어딨어. 여기는 적 진영이고, 나는 얼른 기예르모와 대화해야 해.

전에 없이 따뜻한 표정을 보여 준 루드비히는 루다가 한눈판 사이

276

에 이미 몇 발자국 앞서간 상태였다.

"폐하께 반했어? 하긴 남자도 반할 만하긴 해."

같이 앞서가지 않은 스테안이 옆에 와서는 깐죽거렸다.

"조용히 하지 그래?"

가뜩이나 심란한데 그 모습을 보고 있자니 짜증이 더 치밀어 올랐다.

으르렁거리는 루다의 목소리에 스테안이 어깨를 으쓱하고는 두어 발자국 멀어졌다. 루다는 털레털레 그들의 뒤를 따랐다.

왜 아타나스 사람들이 루드비히를 칭송하는지 알 것 같았다.

하긴 형우가 어떤 사람인데. 그의 본성이 어디 가지 않는 이상 누군가한테 미움받을 만한 사람이 아니긴 했다.

그래도 루다를 대할 때와 다루를 대할 때의 간극을 직접 겪고 나니 씁쓸했다.

이제 와 루다로 친목을 쌓기에도 늦은 상태였다. 결국 남은 방법은 기억의 조각을 최대한 빨리 모으는 것밖에 없었다.

새삼스레 다시 짜증이 치밀었다.

루다는 얼른 기예르모를 만나고 싶었다. 그리고 따져 묻고 싶었다.

대체 왜 형우를 납치했는지, 왜 그의 기억을 지운 건지, 그렇다면 자신은 왜 부르지 않은 건지.

같이 불러서 차라리 같이 기억을 지웠으면 같은 진영에서 다시 인연을 이어 나가지 않았을까 하는 생각까지 들 정도였다.

보지 못했던 남자 친구의 모습을 보고 감정에 휩쓸려 여기저기 끌려 다니다 보니 어느새 군주의 행렬은 끝나 있었다. 루다의 호위도 이걸로 끝이었다.

맨 처음엔 얼른 이 긴장되는 상황에서 벗어나고 싶다는 생각뿐이었지만, 아까 루드비히의 따스한 표정을 보고 나니 이대로 헤어지기는 아쉽다는 생각이 들었다.

하지만 그렇다고 여기에 남을 수는 없었다. 소망의 물약의 효력은 일주일이 끝이었고, 기예르모를 찾고 그를 만날 때까지 며칠이 소비될지 확신할 수가 없었다.

얼른 위치를 알아내 본래 목적을 달성해야 했다.

루베오를 전부 순회하고 멈춘 곳은 이름을 알 수 없는 언덕 위였다.

기사들은 몇 안 되는 행렬 때처럼 꽤 떨어진 곳에 모여 있었고, 언덕의 정상에는 루다와 스테안, 그리고 루드비히만이 서 있었다.

루다는 흘끔, 루드비히와 스테안을 살폈다. 루다의 눈짓을 제 나름대로 해석한 모양인지 스테안이 먼저 말문을 열었다.

"자, 호위는 끝. 원하는 게 뭐야?"

루다의 마음을 알 리 없는 스테안의 얼굴에는 흥미로운 표정이 가득했다.

"여기서 말해야 하는 거지?"

"안 될 거 있어?"

이제는 알고 물어보는 건지, 모르고 물어보는 건지 가늠할 수가 없었다. 아까 놀리는 웃음과는 달리 상쾌한 웃음을 짓고 있는 게 모르고 묻는 것 같기도 하고.

루다가 팔짱을 낀 채 망설이자 조금 답답했던 모양인지 스테안이 먼저 입을 열었다.

"보나 마나 루베오에서만 난다는 약초를 같이 찾아 달라는 말이겠지? 그 약초 이름이 뭔데? 내가 또 여기는 빠삭하니까 도와줄게."

왠지 이번 말은 정말 도와주려고 한 말 같았다. 아까 루다가 했던 어머니 어쩌구에도 딱 들어맞는 이야기였으니까.

하지만 그 모습이 그렇게 얄미울 수가 없었다.

루다는 우선 변명을 하기로 했다. 아무 말이나 하면서 루드비히를 응접실에서 내쫓을 방도를 구상해야 했다.

"아, 그게, 그…… 내가 이름은 모르고 그냥 루베오에서만 자라는 약초가 좋다고 해서 왔는데……."

"이름을 모른다고?"

"어어. 그 뭐냐, 무슨 던전 근처라던 거 같기도 하고? 던전이 근데 루베오에 있나? 잘 모르겠네, 하하하."

루다는 제가 뭐라고 말하고 있는지도 몰랐다.

분명 부자연스러울 텐데. 몰라, 어떻게든 되겠지.

하지만 그런 아무 말에 이어지는 대답은 예상외였다.

"그럼 그곳인가 보군."

"예?"

루드비히의 첨언에 루다가 반문했다.

거기? 약초와 던전이 같이 있는 그런 곳이 정말로 있단 말이야?

"던전 근처인 데다가 루베오에서만 나는 약초라면 아마 흑신께서 잠시 들렀다던 던전 근처에 있겠지."

"아……. 네, 맞아요. 그렇게 들었어요!"

왠지 루다가 깨야 하는 던전이 맞는 것 같았다. 게다가 거기에 기예르모가 잠시 들렀다고 한다.

던전에 기예르모의 흔적이 있을 거라는 기대는 한 적 없었는데, 어쩌면 아타나스에 온 두 가지를 한 번에 해결할 수도 있었다.

루다는 팔이라도 번쩍 들고 싶은 걸 꾹 눌렀다.

완전 얻어걸렸잖아!

이제 그 던전의 위치와 그곳에 들어가는 방법만 물어보면 된다. 만약 최악으로 파티를 맺어야 하는 던전이면 인원도 구해야 하니 방법도 알아야 했다.

"그 던전 안에 들어가려면 어떻게 해야 하죠?"

"던전 안으로 들어갈 필요는 없을 텐데? 약초는 그 근처에서만 나고, 던전 안에 있는 건 독초다."

"그…… 독초! 독초가 필요해요!"

분명 말도 안 되는 말이었다. 하지만 루다는 던전에 들어가야 했다.

그곳에만 들어가면 루드비히에게 들킬 걱정도 끝이었고, 저 얄미운 스테안을 보지 않아도 된다.

"독초가 필요하다고?"

역시나 여기까지 먹히진 않은 모양인지 루드비히의 눈썹이 꿈틀거렸다. 루다가 움찔했다.

하지만 이미 호의를 좀 얻어 놨는데, 바로 의심은 안 하지 않을까?

루다가 알고 있는 형우는 그런 사람이었다. 그래서 루다는 계속 변명하기로 했다.

"그, 그게. 어머니의 병세가 워낙 심각해서 독초가 필요하다고 의원이 말했거든요."

루다가 스테안에게 시선을 옮겼다. 강렬함이 담긴 눈빛이었다.

반신은 약속을 지켜야 한다. 그러니 지금 묻는 질문에 대답해야 한다는, 그런 강압적인 마음이 꾹꾹 담긴 눈빛이었다.

"스테안, 던전은 어디고 그 안으로 들어가려면 어떻게 해야 하지? 호위는 끝났잖아. 너는 내가 원하는 걸 알려 줘야 해."

스테안이 반신인 걸 알고 있고, 그런 그의 속성을 이용하기 위한 한마디였다.

이로 인해 루드비히의 의심을 살 수도 있었다. 하지만 여전히 심증일 뿐이었다.

만약 루다를 의심하게 된다 해도 상관없었다. 어차피 루다가 기예르모와 대화를 하고 불발된다면 루드비히의 귀에도 들어가게 될 테니까.

우선은 던전 안으로 들어가는 게 시급했다. 던전 안으로 들어가면 죽거나 던전 밖으로 나올 때까지 결계가 생기기 때문에 제아무리 루드비히라도 따라올 수가 없었다.

얼른 입구를 알아내서 루드비히의 기억을 찾고 기예르모와 대화를 한 후, 루드비히가 혼란에 빠졌을 때 에세나로 돌아가는 게 루다의 계획이었다.

"네 의무를 저버리지 마."

루다가 단호하게 덧붙였다. 스테안의 눈이 크게 떠졌다. 동시에 루드비히의 눈썹이 치켜 올라갔다.

스테안의 입꼬리가 비죽 올라갔다. 의미를 알 수 없는 웃음이었다.

"던전에 들어가는 방법?"

"그래, 말해 줘."

루다는 확신했다. 퀘스트의 키도, 기예르모의 단서도 바로 그 던전이었다.

"내 친우가 말해 달라고 하면 어쩔 수 없지. 내가 또 약속 하나는 끝내주게 잘 지키거든."

스테안이 말하며 손을 허공에 휘저었다. 허공에서 길고 새하얀, 하지만 딱 보기에도 화려해 보이는 지팡이가 나타났다.

그 모습에 이상한 기시감이 들었다. 분명 어디서 봤던 장면 같은데…….

생각이 이어질 순간도 없이, 스테안이 그걸 바닥에 크게 박았다.

그걸 보는 순간, 머릿속에 재생되는 장면이 있었다.

"사이프 던전……?"

루다가 넋이 나가 중얼거렸다.

그 던전이 왜 여기 있어? 사이프 던전은 〈저크시즈〉를 플레이할 때 깼던 던전이었다.

그때는 에세나 진영이었는데. 그리고 퀘스트에는 깨야 하는 던전이 나엘 던전이라고 적혀 있었다. 그럼 여기가 사이프 던전이 아닌가?

하지만 아니라고 하기엔 이 언덕 위도, 저 멀리 보이는 새하얀 세계수도, 그리고 그 위에서 지팡이를 땅에 내리찍는 반신도 전부 그때와 똑같은 모양새였다.

그렇다면 여기가 나엘 던전이 아닌 건가? 번지수를 잘못 찾은 걸 수도 있었다.

어쩌면 루베오에는 던전이 두 개일 수도 있었다. 왜 그 생각을 못 했을까!

후회할 틈도 없이 쿠구궁, 땅이 커다란 소리를 내며 진동하기 시작했다. 루다는 이 현상을 알고 있었다. 신을 품은 던전이 열리는 방법이었다.

얼빠진 눈으로 스테안을 바라본 순간이었다. 땅이 움푹 꺼지기 시작했다. 순식간에 사라지는 바닥에 손쓸 틈도 없이 그 안으로 떨어졌다.

그때는 여신의 던전에 흡수됐었는데, 이게 물리적으로 변하면 이런 느낌인 모양이었다.

떨어지는 와중에 루다가 필사적으로 시선을 올렸다. 끄트머리만 남은 지상에서 스테안이 짙은 미소를 지으며 손을 흔들고 있었다.

"약속은 지켰다."

그의 입술은 정확히 그렇게 말하고 있었다. 루다는 그 모습을 보다가 결국 소리 지르고 말았다.

"너 도대체 뭐 하는 인간이야!"

그리고 루다의 외침은 위로 보이는 까마득한 빛과 함께 흔적도 없이 사라졌다.

"아야야……."

루다는 엉덩이를 문질렀다. hp는 깎이지 않았지만 엉덩이는 아팠다.

아마 저크시즈가 아니라면 어디 한 군데 부러져도 이상하지 않을 높이였다. 아무 상처도 없이 살아난 건 어쩌면 만렙이라서 그럴 수도 있었다.

루다는 아무리 생각해도 스테안의 꿍꿍이를 알 수가 없었다. 던전 안으로 들여보내 준 건 감사한 일이었지만, 그렇다고 이렇게 갑자기 떨어뜨릴 필요는 없었다.

앞뒤 사정 설명도 없이 대뜸 지팡이를 휘둘러 던전으로 떨어뜨리다니. 게다가 지금 들어와 있는 던전이 사이프 던전인지 나엘 던전인지조차 알 수가 없었다.

루다는 스테안이 점점 더 의심되기 시작했다. 심지어 스테안이 처음부터 무언가 알고 말을 건 건 아닌지 하는 생각까지 들 정도였다.

에라 모르겠다. 어쨌든 던전에 들어온 건 들어온 거고, 들어왔으니 퀘스트 하나는 완료할 수 있었다.

만약 여기가 루다가 게임을 플레이할 때 깨 봤던 사이프 던전이 맞다면 오히려 루다의 예상보다 빨리 퀘스트를 완료할 수 있었다.

우선 여기가 어떤 던전인지 알아야 했다. 그러기 위해서는.

"맵."

루다가 중얼거렸다.

왜 이 생각을 못 했지? 요 잠깐 정체를 숨긴 채 루드비히와 함께 다니다 보니 스킬이며 상태창이며 사용할 생각을 못 하고 있던 게 분명했다.

루다의 눈앞에 지도가 펼쳐졌다. 지도에 적힌 던전 이름은 퀘스트에 적혀 있던 대로 나엘 던전이었다.

"이게 뭐야."

루다의 시선이 한군데를 향하고 있었다. 그곳에는 던전 클리어 횟수가 적혀 있었다.

분명 이곳은 처음 들어온 곳이어야 했다. 하지만 왼쪽 상단에 적힌 던전 클리어 횟수에는 1이라는 표시가 적혀 있었다.

루다가 눈을 껌뻑거렸다. 아타나스에서 루다가 클리어한 던전은 수도 근처에 자리한 갈까마귀 던전밖에 없었다.

즉, 아타나스 진영 안에서 이미 깼다고 뜰 만한 던전은 단 한 군데도 없다는 말이었다.

"진짜 사이프 던전이야?"

루다는 눈을 깜빡거렸다.

정말 사이프 던전이라면, 도대체 여기는 왜 나엘 던전이라고 표시되어 있으며, 이 던전은 대체 왜 아타나스 진영 안에 있단 말인가?

알 수 없는 것투성이였다.

문득 그렇게도 꼴 보기 싫었던 스테안이 보고 싶어졌다. 왠지 스테안이라면 깐죽대면서도 알려 주기는 했을 것 같아서.

루다는 이 던전을 사이프 던전이라고 생각하기로 했다. 아무리 머리를 굴려도 답은 그것밖에 없었다.

혼란스럽기는 했지만 그래도 나쁜 일은 아니었다. 이미 깼던 던전이라면 공략법을 알고 있으니까 얼른 해치우면서 기예르모를 만날 단서를 찾아내면 되겠지.

루다가 옷을 탁탁 털고는 일어나려고 옆을 짚었을 때였다.

"어?"

루다의 손에 딱딱한 바닥이 아닌 다른 촉감이 만져졌다.

이상하고 괴이한 촉감은 아니지만 분명 만져져서는 안 되는 촉감이었다. 바로 사람의 촉감.

루다의 고개가 천천히 그쪽으로 돌아갔다.

"루드……비히 폐하?"

목소리가 삐걱거렸다.

당연히 혼자 떨어졌을 거라고 생각했다. 도대체 왜 그렇게 생각했을까? 떨어지면서 땅 위로 본 사람은 스테안밖에 없었는데.

루다가 입을 벌렸다가 다물었다가, 너무 눈으로 훤히 보이는 혼란스러움을 보여 주고 있었다.

설마 맵이라고 말한 걸 들켰을까? 사이프 던전이라고 입 밖으로 꺼내 말했나? 아니야, 그런 바보 같은 짓을 하지는 않았을 거야. 하지만 왠지 했을 것 같았다.

루다는 머리를 헝클어뜨리고 싶은 걸 꾹 참아 냈다. 그래도 이 상황에서 미친 듯이 소리 지르지 않은 것만으로도 대단한 자제력이라 할 수 있었다.

루다는 다시 한 번 속으로 스테안을 욕하기 시작했다.

아, 스테안! 빌어먹을 스테안! 보낼 거면 둘이 보낸다고 말을 하든가, 아니면 그냥 나 혼자 보내든가!

예기치 못한 상황에 루다가 눈만 도르륵 굴리다가 이내 다짐했다. 아무것도 모르는 척하자.

"하하, 폐하가 계신 줄 알았으면 진즉 호위했을 텐데요."

"넌 뭐지?"

인상을 찌푸린 루드비히의 얼굴이 고스란히 눈에 들어왔다. 의심의 빛이 가득했다. 하긴, 그럴 만도 했다.

던전에 뚝 떨어져서는 당황한 기색도 하나 없이 혼자 중얼거리는 시골 변방의 사내가 이상하지 않을 리가 없었다.

게다가 루다는 맵이라는 단어를 중얼거렸다.

그걸 들은 게 분명했다.

그래도 사이프 던전까지는 괜찮지 않을까? 그건 형우랑 했던 거니까 지금 루드비히는 못 알아들을 수도 있지.

해서 루다는 여전히 아무것도 모르는 척하기로 했다.

"무슨 질문인지 못 알아듣겠습니다, 폐하하하하하……."

루다가 멋쩍게 웃었다. 하지만 잔뜩 굳은 루드비히의 얼굴은 풀릴 기미가 없었다.

"스테안에게 약속을 지키라고 강요하지 않았나?"

"예? 당연히 사람이 약속을 했으면 지켜야지요! 아이고, 설마 폐하께서는 약속은 어겨야 한다고 생각하시는 건가요?"

루다가 눈을 과장되게 크게 떴다.

그래, 그거 말할 줄 알았지.

루다는 다시 아무 말 모드를 시전했다.

"그에게 약속을 강요한 이유가 그의 정체를 알기 때문이 아니란 말인가?"

당연히 찔렸지만 여기서 그런 티를 낼 수는 없었다.

루다는 과장되게 고개를 흔들었다.

"예? 스테안은 인간 아닌가요? 그 인간이 얄밉고 한 대 때려 주고 싶은 아주 밉살맞은 인간이라는 것 빼고 또 다른 정체가 있다는 말인가요?"

루드비히가 관찰하듯 루다를 살폈다.

"그 인간 정체가 있으면 좀 알려 주세요! 약점으로 좀 써먹게."

루다는 아무런 이상한 점이 없다는 걸 어필하기 위해 괜히 한마디 덧붙였다. 물론 진심이었다.

"막역한 사이라던데."

"친하다고 쌓인 게 없겠습니까. 친해도 가끔은 뒤통수 한 대씩 때려 버리고 싶기도 하고 뭐 그런 게 인간관계 아닌가요, 폐하하하하."

"이제는 스테안뿐만 아니라 그대도 나를 놀리려 드는군."

"하하, 그런 적 없습니다."

"던전에 떨어지면서 뭐 하는 놈이냐고 묻던데."

"아."

루다가 잠시 멈칫했다가 이내 금세 입을 열었다.

정말 끈질기게도 꼼꼼한 남자였다. 남자 친구니까 그냥 내버려 두지 아니었으면 진짜 이미 전쟁이 열 번 일어나고도 남았을 것이다.

"당연히 물을 수밖에요! 갑자기 허공에서 휙 하고 지팡이가 나오더니 땅을 가르는데, 안 놀랄 사람이 대체 어디 있어요? 아, 그것도 아까 폐하가 말씀하신 정체랑 연관이 있는 건가요?"

루드비히가 입을 다물었다.

스테안의 정체는 아마 비밀일 텐데, 그걸 은근히 물으니 입을 다물 수밖에 없었다.

이때다 싶어 루다는 냉큼 화제를 돌리기로 했다.

"어쨌든, 여기는 던전인데 혹시 바로 나갈 수 있는 방법 알고 계신가요?"

던전을 깨는 방법은 이미 알고 있었다. 지금 건 루드비히가 나갔으면 좋겠어서 물어본 말이었다.

"내가 알기로는 입구도 하나고 출구도 하나인 걸로 알고 있다. 그 출구로 향하면서 온갖 몬스터들을 상대하거나."

"상대하거나……?"

"기예르모님을 만나 출구를 열어 달라고 말하는 거지."

"기예르모님을 만날 방법을 알고 계신 건가요?"

루다의 눈이 번쩍 뜨였다.

기예르모를 만난다니. 하긴, 루다가 성소에서 타라를 만날 수 있는 것처럼 루드비히 역시 고대의 던전에서 기예르모를 만날 수도 있었다.

루드비히에게 지금 당장 기예르모를 불러 달라고 간절하게 빌어 볼까 하다가 이내 고개를 저었다.

생각해 보니 기예르모가 자신을 못 알아본다는 보장도 없었고, 먼저 기예르모를 만나 버리면 나중에 퀘스트를 깨기도 힘들어질 게 뻔했다.

그렇다면 우선 루드비히에게 기예르모를 소환할 방법을 알아내거나, 아니더라도 루드비히가 기예르모를 소환해 그가 먼저 던전 밖으로 나가도록 만들어야 했다.

루드비히가 옆에 있다면 대화다운 대화가 진행되지 않을 수도 있을뿐더러, 그 자리에서 루다에게 화를 내며 달려들 수도 있었다. 아니, 달려들 게 뻔했다.

루다가 기예르모를 만날 때는 루드비히가 없는 게 여러모로 좋았다.

루드비히를 먼저 보내고 기예르모와의 대화가 최악으로 끝나 죽음을 맞이한다 하더라도 상관없었다. 루다가 설정한 마지막 부활 장소는 에세나의 황성이었다.

어쨌든 지금의 루다에게 제일 우선은 퀘스트를 깨서 형우의 기억 조각을 하나라도 더 찾는 것이었다.

그나저나 형우 기억 돌아오는 주기가 도대체 어떻게 되는 거지? 간헐적으로 돌아온다고 하더라도 다섯 개 중 하나인데 이쯤 되면 돌아와야 하는 게 아닐까?

곰곰이 생각에 빠져 있는 루다를 빤히 바라보다가 루드비히 역시 자리에서 일어나 묻은 먼지를 털어 냈다. 어디론가 향할 준비를 하는 모양이었다.

"우선 제단으로 가야 하는데, 아마 지금 여기에 계시지 않는다면 응답하시지는 않을 거다."

"예에? 기예르모님은 전지전능한 신이 아니신가요? 그 누구도 아닌 위대하신 폐하께서 부르는데 바로 나타나지 않으시다니요?"

"기예르모님에 비하면 나야 하찮기 그지없지."

"와아, 정말 대단하신 신이에요."

루다는 흑역사 리스트가 하나둘 쌓여만 가는 루드비히를 흐뭇하게 바라보며 되는대로 덧붙였다. 루드비히의 미간이 다시 좁아졌다.

"신성모독인가?"

"그럴 리가요. 소인은 시골 변방에 거주했던지라, 지엄하신 폐하의 권위에 대해 귀동냥으로 들었을 뿐 정확한 걸 알지 아니합니다."

이제는 뭔 말을 해도 그냥 그런 인간이겠거니 하고 넘어갈 것 같아서 루다는 아무 말이나 지껄였다.

이렇게라도 놀리지 않으면 못 해 먹을 짓이었다. 조금이라도 속이 시원하다 생각하며 루드비히가 할 다음 행동을 내뱉었다.

"그럼…… 우선 제단으로 가야 되겠죠?"

"정말이겠지?"

뜬금없는 질문이었다.

"뭐가요?"

"정말 변방에서 온 이름 모를 가문의 자제가 맞는 거겠지?"

"아, 속고만 사셨나. 그럴 일 없으면 제가 왜 제 실력에 폐하 눈에 안 들었겠어요."

"그건 네가 무능해서지."

"아, 예……. 어쨌든 변방에서 살다가 어머니가 위급해 급하게 약초를 구하러 온 게 맞으니까 그만 걱정하고 가시죠. 어차피 폐하도 엄청나게 강하신 것, 수틀리면 그냥 절 죽여 버리셔도 되잖아요."

루드비히의 눈썹이 꿈틀거렸다. 불쾌한 기색이 역력했다.

"나는 아무나 함부로 죽이지 않는다."

그럼 날 죽이려고 했던 건 뭔데! 억울한 생각이 들었다가 다시 그럴 수도 있겠다, 하는 결론에 다다랐다.

아까 호위 때 보여 준 모습을 보면 아타나스를 사랑하는 인자한 군주 그 자체였으니까.

문득 그가 아까 전쟁을 언급했던 것이 생각났다.

"그런데 궁금한 게 있는데요."

말해 보라는 듯 루드비히가 고개를 까딱였다.

"혹시…… 전쟁이 일어날까요?"

"무슨 소리지? 이미 전쟁 중인 것을."

"그거야 그렇지만, 왜, 그, 그…… 예전처럼 대대적인 전쟁 말이에요."

"그건 왜 묻지?"

"아니, 변방이니만큼 전쟁에 대한 공포가 크거든요. 저희 어머니는 거동도 불편해서 움직일 수도 없고요. 그냥…… 여쭤 봤어요."

갑작스럽게 댄 변명이 그럴듯했다. 혹시라도 최악의 상황에 처했을 때 루다를 공격할까 떠본 것도 없잖아 있었다.

하지만 별로 대답할 생각이 없는 모양이었다. 아니라는 대답을 듣고 싶기는 했지만, 별로 대답을 듣지 않아도 상관은 없었다.

별 상관없어 보이는 루다와는 달리 루드비히의 표정은 아까보다 더욱 불편한 표정이 되어 있었다.

"변방에서는 그런 소문이 도는가?"

"아. 예, 뭐……. 병력이 수도를 기점으로 몰려 있는 건 맞잖아요? 지금 에세나에도 무시할 수 없는 군주가 와 있다는 소문도 돌고. 그러다 보니 다들 전쟁이 벌어지면 바로 어딘가로 피신하려고 짐을 싸 놓기도 하고요."

한 번 거짓말이 터지니 술술 나왔다. 보편적으로 틀린 말도 아니었으니 더 그랬다.

그 말을 들으며 루드비히가 진중하게 고개를 끄덕였다. 마치 깊은 생각에 잠긴 것처럼 보였다.

아무 소리도 없이 둘 사이에 침묵이 가라앉았다.

루다가 머리를 긁적였다.

이렇게까지 진지하게 할 말은 아니었는데, 괜히 내 탓인 것 같잖아.

하지만 왠지 깰 만한 분위기는 아닌 것 같아 루다는 가만히 다음 대답을 기다렸다.

"지금 당장 전쟁을 할 일은 없을 거다."

"결국 하긴 할 거라는 이야기군요."

"때가 온다면 말이지."

무언가 더 할 말이 남은 듯 뜸을 들이다가 입을 열었다.

"만약 전쟁이 나도…… 변방의 국민까지 쓸데없이 죽는 일이 없도록 노력하지."

"어……. 그럴 의도로 드린 말씀은 아닌데 감사합니다."

루다가 머리를 긁적였다.

그냥 아까 도청한 거 생각나서 물어본 것뿐이었다. 이렇게까지 군주로서의 면모를 보고 싶은 건 아니었다. 그것도 남자 친구에게서.

그래도 지금 당장 전쟁할 생각은 없다고 하니 다행이라면 다행이었다. 아마 루다가 무슨 짓을 벌이지 않는 이상 큰 전쟁이 터질 일은 없어 보였다.

그렇다면 루다는 두 진영이 긴장 상태에 돌입해 있는 동안 얼른 형우의 기억 조각을 찾아야 했다. 그러기 위해서는 우선 루드비히를 제단으로 보내야지.

"저, 그, 제단으로 먼저 가세요."

"음?"

"저는 여기서 독초를 찾아야 하니까요."

"같이 찾도록 하지."

"예?"

루다의 표정이 순식간에 썩어 들어갔다.

아니, 도대체 왜 이렇게 평민 친화적인데? 물론 원본이 형우니까 그럴 수밖에 없다지만 그래도 해도 너무하잖아!

이래서는 안 됐다. 무언가 먼저 루드비히를 먼저 보낼 방도를 생각해 내야 했다.

"아니, 폐하께서는 통치에 바쁘시고, 성에는 기다리는 기사들도 있을 텐데. 이 정도 던전은 제가 다 알아서 할 수 있습니다!"

하지만 아무리 생각해도 입을 터는 것 말고는 생각나는 것이 없었다.

"그대는 무능해서 중간에 목숨을 잃을 수도 있다."

"아니, 제가 생각보다 별로 무능하진 않다니까요?"

그놈의 무능, 무능. 진짜 정체를 알고 나면 그런 말도 안 할 텐데! 확 밝혀 버려? 하는 말 같지도 않은 생각이 들 정도였다.

루다가 발끈하든 말든 루드비히는 철저하게 무시하고는 앞서가기 시작했다.

"왜 안 따라오지?"

게다가 뒤돌아 가만히 있는 루다에게 질문까지 던졌다. 루다는 미쳐 버릴 것 같았다. 제발 그냥 가면 안 될까?

"저기요, 폐하? 진짜 괜찮다니까요! 제가 민폐를 끼치면 온몸에 두

드러기가 난다고요!"

"시끄러우니 따르도록."

하지만 씨알도 먹히지 않는 짓이었다. 루다는 보이지 않는 곳에서 머리를 헝클어뜨렸다.

최형우! 진짜 기억 돌아오기만 해 봐!

"어딜 가지?"

"예, 예? 독초를 찾아야죠."

갑자기 훅 들어오는 루드비히의 질문에 루다가 움찔했다.

도망치려는 걸 들키는 것도 이걸로 세 번째였다.

루다는 멋쩍게 하하 웃었지만 속은 문드러지고 있었다.

이 정도 됐으면 그냥 보내 줘라, 좀!

제단으로 향하는 내내 루다는 몇 번이나 루드비히의 눈을 피해 도망치려고 시도하고 번번이 실패했다.

기억이 날아갔다고 눈치가 없어지는 것도 아닐 텐데 도망치려는 걸 보면 좀 보내 주지, 굳이 계속 데려가고 있었다.

루다의 앞에서 걷던 루드비히가 갑작스레 걸음을 멈췄다. 그에 바로 뒤로 따라가던 루다가 그의 등에 얼굴을 박고 말았다.

"아, 미안……."

"내가 불편한가?"

"아?"

이건 뭐, 상사가 와서는 내가 불편한가 하고 묻는 거랑 뭐가 달라.

반사적으로 '아니요'라고 대답하려다가 금세 생각을 바꿨다.

왠지 그의 성격상 불편하다고 하면 루다를 이곳에 놔두고 혼자 가 버리지 않을까 싶은 생각이 들었다.

루다는 난감한 듯 손을 공손히 모으고는 애매한 웃음을 지었다.

"아주 살짝……?"

"그렇다면 황성에 부르는 건 생각해 보도록 하지."

"예?"

뭐라고? 나를 황성에 왜 불러?

루다의 등 뒤로 땀 한 줄기가 흐르는 것이 느껴졌다.

"그런 이야기는 처음 듣는데요?"

"변방에서 독초가 약초라고 생각하는 실력 없는 의원의 진찰을 받는 것보다 수도에서 보증된 의원의 진찰을 받는 편이 낫지 않겠나?"

"저…… 저희 동네 의원들도 괜찮아요. 고친 병이 몇 개인데요."

"성에서 일하면 진료비를 조달하기도 훨씬 쉬울 테고 말이지."

"어……. 놀랍게도 저희 집이 의사에게 큰 은혜를 베풀어 무료로 진찰해 줬답니다."

짜잔, 신기한 것이라도 말하듯 루다가 덧붙였다. 그 모습을 바라보다가 루드비히가 피식, 작은 웃음을 흘렸다.

"그렇게까지 말하는 걸 보니 정말로 불편한 모양이군. 강요할 생각은 없으니 자네가 찾던 걸 찾고 나면 보내 주도록 하지. 하지만 이 던전은 정말로 위험하니 독초를 찾을 때까지, 그리고 그 독초가 정말 안전하다는 걸 확인할 때까지는 나와 동행하도록."

"아, 예……."

루다가 할 대답은 이것밖에 없었다. 너무 인자하고 자애로운 군주의 한마디라 루다가 도무지 거절할 수가 없었다.

"아마 기예르모님께서는 자네가 찾던 독초의 행방을 알 수도 있다. 약초처럼 쓰이는 거라면 그렇게 흔한 건 아닐 테니."

"그럼 지금 기예르모님을 만나러 가는 건가요?"

"우선 시도는 해 봐야겠지."

"영광이옵니다."

애써 밝게 들리도록 목소리를 가다듬었지만 그 안에 깃든 음울함은 어떻게 할 수가 없었다.

이쯤 되니 이대로 루드비히를 따라가서 기예르모를 만나는 게 좋은지, 아니면 기예르모가 나타나지 않아 그와 이 던전을 도는 게 좋을지 가늠조차 되지 않았다.

어쨌든 잘하면 아타나스에 건너온 목적 중 하나는 달성한다는 이야기잖아. 이것저것 생각하던 루다는 무언가 결심한 듯 고개를 한번 끄덕였다.

좋아, 제단에 가서 우선 기예르모부터 만나자. 대화가 잘 되면 이 던전을 클리어하는 것까지 가능할 수도 있었다.

만약 협상이 불발되면 퀘스트 실패 메시지가 올 테고, 그러면 다른 곳에 있는 기억부터 찾으면 되겠지.

기억을 한 네 개쯤 찾으면 루드비히보다는 형우에 가까울 테니 그때 어떻게 아타나스와 휴전협정을 맺고 이곳에 오면 될 것이다.

아주 완벽해. 제가 생각해도 획기적인 방안에 만족하며 루다가 미소 지었다.

"뭔가 꿍꿍이가 있는 미소군."

"예? 아니, 폐하께서는 정말 기쁜 미소와 꿍꿍이가 있는 미소도 구분을 못 한답니까?"

루다가 과장되게 입꼬리를 올리며 반박했다.

하여간, 눈치는 빨라서. 루다가 원하는 대로 해 주지 않았던 것도 전부 다 알고 한 짓이 분명했다.

과하게 밝게 웃는 루다를 빤히 바라보다가 루드비히가 툭 하고 한마디를 던졌다.

"왜 스테안과 친하게 지내는지 알겠어."

아무리 루드비히였지만 그 말을 받아들일 수는 없었다.

"아무리 그래도 그건 아니죠!"

"그래, 내가 사과하지."

군주의 사과라니. 스테안도 참 대단한 존재기는 한 모양이었다. 게다가 루다에게 했던 밉살맞고 속을 알 수 없는 행동들 역시 루다에게만 한 건 아닌 모양이었다.

그 이후로 대화는 없었다. 기억을 잃기 전에도 말이 많은 편은 아니었는데, 기억을 잃었으니 그보다 더 말이 없는 게 당연했다.

제단으로 가던 중 뭔가 독초 비슷한 거라도 발견할까 주변을 살폈지만 눈에 들어오는 풀 한 포기도 없었다.

예전에 왔을 때는 그래도 좀 밝은 느낌이었는데 아타나스 진영으로 들어오면서 음울한 기운만 뿜어내고 있었다.

포장되지 않은 돌바닥이 어느새 반들반들한 대리석이 되어 있었다. 재단에 가까워진다는 증거였다.

점점 넓어지는 통로를 지나 아치형 문을 하나 넘으니 웅장한 공간이 눈에 들어왔다.

"와, 굉장히 다르…… 웅장하네요."

타라의 성소와는 많은 것들이 달랐다. 타라의 성소가 흰색으로 휩싸여 있었다면 이곳은 온통 검은색 천지였다.

분명 루다의 기억에는 흰색 제단이었는데 이것 역시 바뀐 모양이었다.

물론 세계수의 뿌리와 닿아 있는 타라의 성소에 비하면 신력은 약한 것 같았다. 하지만 그렇다고 이곳이 무시할 만큼 하찮아 보이지는 않았다.

누가 봐도 이곳이 이 던전에서 제일 중요한 곳이라고 말하고 있었다.

루다도 이곳을 알았다.

던전을 시작하는 방이었다. 여기서 포기하고 나가거나, 아니면 이대로 쭉 몬스터들을 죽이고 던전을 클리어해 보상을 손에 넣거나.

하지만 지금은 목적이 달랐다. 그때는 저 제단에서 타라가 나왔는데 오늘은 기예르모가 나온다는 말이지?

"한번 기예르모님을 불러 보도록 하지."

루드비히가 단으로 성큼성큼 걸어갔다. 루다 역시 그의 뒤를 따랐다.

기예르모는 어떻게 부르려나?

혹시 이번 기회에 알게 되면 다음에 타라가 짜증 나면 기예르모를 불러도 되지 않을까 하는 생각까지 들었다.

해서 루다는 루드비히가 하는 행동을 놓치지 않고 눈에 담기로 했다.

"그런데 기예르모님은 어떻게……. 어?"

어떻게 불러내는지 보려는 심산으로 루드비히의 등 뒤를 따랐지만, 루다의 눈에 보인 것은 의외의 것이었다.

제단 아래에는 빼곡한 글씨가 적혀 있었다. 그리고 그 글자의 첫머리와 말미에 새겨져 있는 것은 타라의 문양이었다.

물론 에세나에 위치했던 던전이었으니 에세나 신의 문양이 적혀 있을 수도 있었다.

하지만 이 제단 아래쪽만 검은 것과 흰 것이 뒤섞여 있는 것하며, 그중 타라의 문양만 흰색으로 밝게 빛나는 것까지. 그냥 지나칠 수 있는 것들이 아니었다.

저도 모르게 제단에 다가가 쭈그려 앉은 채 새겨진 글자를 살피는 루다에게 루드비히가 가까이 다가왔다.

"뭘 그렇게 빤히 보는 거지?"

근엄하게 물어보는 루드비히의 얼굴은 호기심 그 자체였다. 루다의 얼굴에는 의아한 빛이 떠올랐다.

"이거 안 보여요?"

루다가 손가락으로 글자가 새겨진 제단 아래를 가리켰다.

하지만 루드비히는 여전히 알 수 없는 표정으로 손끝만 멀뚱멀뚱 바라볼 뿐이었다. 정말 아무것도 보이지 않는 것처럼 보였다.

대체 왜?

루다도 만렙이고 루드비히도 만렙이었다. 조건은 똑같았다.

아니, 오히려 루다는 에세나 진영의 사람이니 아타나스 진영에 속한 던전은 아타나스 사람인 루드비히에게 모든 걸 보여 줘야 했다.

그런데 대체 이게 왜 안 보이지? 정말 보이지 않냐고 다시 한 번 물어보려는 순간이었다.

─타락의 씨앗의 효과로 이벤트가 발생합니다.

게임을 플레이할 때마다 들렸던 음성이 루다의 귓가에 들렸다. 시스템의 언어이기도 했지만 또 어디서 많이 듣던 목소리였다.

도대체 어디서 들었지? 생각할 틈도 없이 루다의 주변이 순식간에 바뀌었다.

설마 텔레포트? 하지만 루다의 주변을 채운 영상 너머로 놀란 루드비히와 던전 내부가 보이는 걸 보아하니 그건 아닌 모양이었다.

"미친, 설마 이벤트 영상?"

그렇다면 답은 하나밖에 없었다. 이벤트 영상.

루다는 얼떨떨한 심정으로 주변을 둘러봤다. 가뜩이나 검은 던전이 더욱 어두컴컴해져 있었다. 제단을 비치는 밝은 마법구조차 보이지 않았다.

그 시커먼 어둠 한가운데 아주 미세한 빛이 있었다. 어딘가에서 새어 나오는 것도, 발산하는 것도 아니었다.

빛의 형태가 그저 그 자리에 존재했다. 마치 빛의 기원이라도 되는 것처럼.

루다는 그 존재가 무언가 익숙하다고 느꼈다.

그 빛이 일렁였다. 그 자체로 발산하는 아주 약한 빛은 미세한 그림자를 만들었다. 그림자는 무언가가 존재한다는 것을 알려 줬다.

─신이시여, 정말 이것을 택할 것입니까?

그림자의 주인이 호소했다. 그 목소리에는 침통함이 담겨 있었다. 이 목소리도 어딘가 익숙한 목소리인데.

루다가 한 발자국 그쪽으로 다가갔다. 하지만 아주 희미한 빛은 그림자만을 만들어 낼 뿐, 말하는 자의 얼굴을 뚜렷이 보여 주지 않았다.

빛이 다시 한 번 일렁였다. 목소리는 들리지 않았지만 루다는 그것이 긍정이라는 것을 알 수 있었다. 동시에 그 존재가 무엇인지 어렴풋이 짐작이 갔다.

빛을 관장하는 신, 타라.

─진정 소멸을 원하십니까?

조금 전과 똑같이 빛이 일렁였다. 여전히 긍정의 의미였다.

루다의 미간이 찌푸려졌다.

타라가 소멸을 원한다고?

하지만 타라는 지금 살아 있는데, 살아서 나한테 거지 같은 퀘스트를 잔뜩 떠넘겼는데? 그것도 둘이나? 도대체 소멸이라니 무슨 소리야.

아니면 이 빛이 타라가 아닌 걸까? 하지만 루다가 알기로 신이라고 불리는 빛은 타라밖에 없었다.

─신께서 원하신다면…….

슬픔에 잠긴 목소리가 바닥을 긁었다. 듣는 사람조차 비통해지는 목소리였다. 얼굴이 보이지 않는 존재가 손에 든 것을 높이 들었다.

"어?"

루다는 저도 모르게 목소리를 냈다.

저 지팡이 분명 본 적이 있었다. 이 던전에 들어오기 전에, 던전을 여는 열쇠가 바로 저 하얗고 화려하며 신성한 지팡이였다.

ㅡ신께서 소망하시는 대로.

그걸 깨닫는 순간, 말하는 자의 목소리와 어떤 자의 목소리가 겹쳐졌다.

스테안.

루다가 홀린 듯이 그곳으로 다가갔다.

그자가 대체 왜 여기에? 신을 죽였다고? 설마 살신자?

ㅡ신을 보좌하는 반신, 신의 뜻을 받들어 빛을 간직한 소망대로 당신을 소멸시키고, 600ㅡㅡ

"대체 뭘 그렇게 빤히 쳐다보고 있는 거지?"

하지만 갑자기 모든 영상이 눈앞에서 사라졌다.

"아!"

확 짜증이 치밀어 올랐다. 도대체 왜 지금 영상이 끊어지는데!

이벤트 영상에 나온 게 타라인지 뭔지 알아내야 할 것 아니야. 그래서 그 반신이 정말로 스테안인지 아닌지도 알아냈어야 했는데, 갑자기 영상이 왜 끊긴 거야!

짜증이 가득 담긴 눈으로 자신의 팔을 잡고 있는 루드비히를 바라봤다.

"설마……."

버튼을 누르면 종료되는 이벤트 영상이 이렇게 재현되는 건 아니겠지? 이렇게 누가 건들면 없어지는 거로 재현되는 거야?

그럼 이 이벤트 영상은 이렇게 스킵된 건가? 어디엔가 저장되어 있는 것도 아니고? 돌겠네.

루다는 눈앞에 루드비히가 있다는 것도 까먹은 채 머리를 감싸 쥐었다. 뭔가 이게 기예르모와 협상하는 키가 될 것 같았는데. 너무나도 아쉬웠다.

루다는 머릿속이 복잡했다. 기예르모의 제단인데 왜 타라의 영상이 나오는가? 아, 기예르모의 제단이기 때문에 타라의 죽음이 나오는 건가?

그렇다면 정말 타라는 소멸했는가? 그렇다면 자신이 만난 타라는, 그리고 그 외에도 자신에게 퀘스트를 던져 줬던 타라는 대체 무엇이란 말인가?

하나도 알 수 있는 게 없었다.

기예르모의 기원이 뭐였지? 설마 지금 봤던 영상이랑 관련된 건가?

아, 누군가에게라도 물어보고 싶은데, 생각하다가 루다는 고개를 확 들었다.

바로 앞에 물어볼 사람이 있었다.

"형…… 폐하. 기예르모님께서 어떻게 저크시즈에 강림했었죠?"

하지만 루드비히의 대답이 이어지기도 전에 제단 위에서 거대한 존재감이 풍겨 왔다.

설마. 루다가 천천히 시선을 돌렸다.

거대한 형상, 흑으로 온몸을 치장한 존재의 주변으로 검은 연기가 일렁거렸다. 그 어둠은 마치 조금 전 이벤트 영상에서 보았던 어둠과 닮아 있었다.

흰자위도 없이 채워진 검은 눈과 마주쳤다. 거대한 중압감이 루다를 짓눌렀다.

하지만 왜인지 모르게 루다는 이것 역시 익숙하다고 생각했다. 무엇이 익숙하냐 물어본다면 루다는 대답할 수가 없었다.

―내 사람이 내 존재를 다시 묻는군.

"흑신을 뵙습니다."

루드비히가 무릎을 꿇었다.

그 한마디에 루다가 퍼뜩 정신을 차렸다.

맞다, 자신 역시 지금은 아타나스 사람이었다.

루다 역시 루드비히 옆에서 무릎을 꿇었다.

"흑신을 뵙습니다."

기예르모와의 예상치 못한 첫 만남이었다.

젠장, 루다는 속으로 욕을 내뱉었다. 마음의 준비라고는 단 하나도 되어 있지 않았다.

혼란스러운 상태로 옆에서 루드비히가 하는 대로 따랐다.

그를 따라 무릎을 꿇었다가 그를 따라 다시 자리에서 일어났다. 쭈뼛쭈뼛 손을 모은 채 어떻게 해야 하나 머리를 굴리기 시작했다.

지금 눈앞에 보였던 이벤트 영상 때문에 가뜩이나 머리가 복잡한데 그에 더해 기예르모까지 나타났다.

대체 왜 지금 강림한 거지? 설마 이벤트 영상에 정신이 팔린 사이 기예르모를 소환한 건가?

루다는 속으로 혀를 찼다.

가능하면 기예르모를 불러낼 수 있는 의식이 무엇인지 알아내려고 했었는데. 아쉽게도 그 기회를 놓친 모양이었다.

혹시 제단에 뭘 올려놓은 건지 알 수 있지는 않을까 눈을 흘끔 들어 제단을 바라봤지만, 거대한 기예르모의 모습만 보일 뿐 무얼 바쳤는지, 어떤 행동을 했는지 아무것도 볼 수가 없었다.

별로 얻을 것이 없자, 루다는 아까 이상한 글자가 적혀 있던 제단으로 시선을 내렸다.

루다는 인상을 찌푸렸다. 그곳에는 아무것도 적혀 있지 않았다.

혹시 계속 거기에 글자가 있었다면 좌표도 찍었겠다 나중에 다시

올까 했던 계획이 수포가 되었다.

쳇, 루다가 속으로 혀를 찼다. 이거 원, 건질 게 없잖아. 그나마 지금 기예르모를 만난 건 다행이라고 해야 하나.

—그런데 넌 누구지.

표정을 숨긴 채 가만히 서 있는 루다의 귀로 음성이 들렸다. 타라보다는 훨씬 낮고 중후한 목소리였다.

타라는 여신, 기예르모는 남신이라는 것이 맞는 모양이었다.

빛의 성스러움과 어둠의 진득함.

루다는 문득 아까 봤던 이벤트 영상을 떠올렸다가 이내 머리에서 내보냈다.

지금 상황에서 그런 걸 생각할 때가 아니지. 기예르모랑 협상해야 해. 내 목표는 형우의 기억을 다시 되돌려 받는 거야.

루다는 대답을 하기 위해 허리를 폈다. 언제 자세를 바로 했는지 루드비히 역시 바로 서 있는 상태였다.

"그, 어……."

하지만 막상 변장한 상태로 말을 하려니 뭐라고 말해야 할지 금방 떠오르지 않았다. 루드비히에게 자신이 루다라는 걸 들켜서는 안 됐으니까.

눈치라도 보듯 루드비히를 흘끔 바라봤다. 루다와 눈이 마주치자 루드비히가 알았다는 듯 고개를 까딱였다. 진실을 알게 되면 어떤 반응이려나 확인한 것을 오해한 모양이었다.

"스테안과 아는 사이라고 합니다. 찾는 약초가 있다 하니 스테안이 저희를 이 던전 안으로 떨어뜨렸습니다."

—호오, 스테안이 떨어뜨렸다라…….

루드비히의 설명은 완벽했다. 물론 루다인 걸 밝히고 협상을 해야 되는 상황에서는 썩 좋은 건 아니었지만, 어쨌든 지금 상황을 넘기기

303

에는 더없이 좋은 한마디였다.

그럼 여기서 어떻게 입을 털어서 루드비히를 먼저 황성으로 보낸 후 협상을 해 볼까?

우선은 루드비히를 황성으로 보내 달라고 말하려는데, 왠지 분위기가 심상치 않았다. 기예르모를 둘러싸고 있던 어둠이 요동치기 시작했다.

─그런데 네게서 왜 위선의 냄새가 나는가?

"하, 하하. 무슨 소리인지 모르겠습니다."

설마, 루다는 꿀꺽 침을 삼켰다. 위선이라니. 루다는 둘째가라면 서러울 정도로 세상을 솔직하게 사는 인간이었다.

하지만 왠지 기예르모가 말한 위선은 그런 의미가 아닌 것 같았다. 보통 아타나스 진영에서 에세나를 위선이라고 부르고는 하지.

아마 아닐 거야. 상태 창까지 바뀌는데 설마 알아보려고.

하지만 삐질삐질 흐르는 식은땀을 어떻게 할 수는 없었다.

기예르모가 손을 들어 루다를 가리켰다. 갑자기 루다의 아래에서 검은 연기가 훅 하고 올라왔다. 고통은 없었다. 하지만 무언가 샅샅이 파헤쳐지는 기묘한 느낌이 들었다.

고작 몇 초가 지나고, 루다를 휘감았던 어둠은 순식간에 흩어졌다. 루다가 고개를 들어 기예르모를 바라봤다.

"대체 무슨……."

하지만 루다의 말은 이어지지 못했다. 제 몸이 아까와 달랐다.

짧았어야 하는 머리가 길게 어깨에 내려앉아 있었다. 평소보다 높았던 시야가 낮아져 있었고, 군데군데 자리 잡았던 남자의 근육이 느껴지지 않았다.

루다는 금세 알아차렸다. 물약의 효과가 사라졌다. 지금 루다는 루다의 모습이 분명했다.

―내 앞에 타라의 개를 데려왔구나.

기예르모의 불쾌한 목소리가 제단을 무겁게 울렸다. 루다가 입술을 짓씹었다.

설마 싶었는데 신에게는 소망의 물약이 통하지 않는 모양이었다.

루다를 바라보는 루드비히의 눈이 경악과 배신감으로 물들었다.

몇 초간 말을 잇지 못하고 루다만 바라보던 루드비히가 이내 등에서 대검을 빼어 들었다. 이대로 가만히 두면 곧바로 공격해 올 것이 뻔했다.

"잠깐, 잠깐만요! 잠깐! 제발 제 얘기 좀 들어 주세요!"

루다가 다급하게 손을 내밀었다. 여기까지 왔는데 이대로 돌아갈 수는 없었다.

원래 던전부터 클리어하고 기예르모를 찾아야 했던 두 가지 일이 금방 해결될 수도 있는 절호의 기회였다. 여기서 루드비히랑 싸워 버리면 쓸데없는 시간 낭비만 될 뿐이었다.

왜인지 모르겠지만 평소라면 금세 루다에게 달려들었을 루드비히가 루다의 지척에 칼을 겨눈 채로 가만히 노려보고 있었다.

루다는 이게 마지막 기회 같았다. 항복하듯 손을 올리고는 필사적으로 항변했다.

"저기 폐하? 제가 싸우러 왔으면 폐하를 호위하고 거짓말하고 그랬겠습니까!"

"위장하고 들어온 것부터가 의심할 거리지."

요 몇 시간 동안 말 좀 높였다고 다급해지니 저도 모르게 말을 높이고 있었다.

하지만 그것들이 루드비히에게는 중요한 게 아니었다. 루다를 믿을 생각이 없는 루드비히를 바라보고 있자니 철옹성을 마주하고 있는 느낌이었다.

루다는 설득의 대상을 루드비히에게서 기예르모로 돌리기로 했다.

"잠깐, 기예르모님? 할 말이 있습니다!"

"님?"

루드비히의 눈썹이 꿈틀댔다.

"말했잖아요, 아니, 말했잖아. 할 말 있다고."

이제야 알아챈 모양인지 루다가 금세 말을 낮췄다. 어쨌든, 루다는 기예르모에게 할 말이 있었다.

"이자는 이단의 개입니다."

루다가 울컥했다.

아까 다루일 때랑 너무 태도가 다르잖아. 갑자기 억울해졌다. 그 정도로 옆에서 알랑댔으면 좀 봐줘야 되는 거 아닌가?

"저기, 루드비히? 여기까지 오면서 네 등 뒤를 노릴 기회가 얼마나 많았는데, 단 한 번도 널 공격하지 않았다고. 게다가 같이 다니면서 적의를 느낀 적도 없잖아."

"……."

루드비히가 입을 다물었다. 전부 진실이었다.

"봐 봐. 이제 좀 믿어 주지? 진짜 할 말 있어서 온 거라고."

"그 도청기도 네 짓이었나 보군."

무언가 골똘히 생각하던 루드비히가 툭 하고 던졌다. 루다는 뜨끔했지만 시치미를 떼기로 했다.

"도청기? 그건 또 뭐야. 이상한 거 의심하지 말고. 정말 싸울 생각 없습니다, 폐하."

최대한 뻔뻔한 표정을 지어 보이며 루다가 과장되게 허리 숙여 인사했다. 루드비히의 눈썹이 치솟았다.

곧바로 기예르모에게 몸을 돌리고는 손가락으로 루다를 가리켰다.

"이자는 믿을 수 없습니다."

－타라의 개가 아타나스에는 무슨 일이지?

호칭이 조금 언짢기는 하지만 그래도 말을 들어 주려는 의향은 있는 것 같았다.

루다는 보이지 않게 가슴을 쓸어내렸다.

"사꾸 개, 개 하니까 좀 기분 나쁘긴 한데, 강아지라고 생각하고 말할게요. 형우의 기억을 왜 뺏었어요?"

시타라가 기예르모에게 말을 높이다니, 에세나에 있는 타라가 들었다면 억울해 바닥이라도 굴러다닐 태세 전환이었다.

하지만 어쩔 수 있나. 지금 상황에서 불리한 건 루다였다.

－내가 그것까지 시시콜콜 네게 설명해야 하나?

루다의 눈썹이 찌푸려졌다.

아, 성격 한번 더럽게 나쁘네. 어쨌든 저 말이 맞다면 기예르모가 형우의 기억을 조각낸 장본인이 맞다는 이야기였다.

"하긴, 이유는 상관없죠. 형우의 기억 돌려주기만 한다면."

－내가 왜 그래야 하지?

"형우의 기억 돌려주면 내가 아타나스로 넘어갈게요."

"뭐?"

루드비히가 옆에서 끼어들었다. 여전히 불신이 덕지덕지 묻어 있었다. 진짜, 와서 거짓말한 건 별로 없는데 저렇게까지 못 믿다니.

억울해서 죽을 수 있었으면 백 번도 더 죽었을 거라고 생각하며 루다는 루드비히를 애써 무시했다.

－그 말을 내가 어떻게 믿지?

"믿고 자시고가 뭐가 있어요? 여기 시스템 있다면서요. 내가 아타나스로 넘어가면 시스템이 나를 아타나스인이라고 인식할 텐데 뭐가 문제예요? 상태 창에 배신자라고 적히기만 하면 되는 거 아닌가?"

"진심인가?"

"나는 진심 아니면 말 안 해."

정말 파격적인 조건이 맞긴 한 모양인지 루드비히의 목소리가 미세하게 갈라지기까지 했다.

하지만 기예르모의 어둠은 아무런 변화가 없었다. 이 정도 파격적인 제안이면 미세한 동요라도 해야 했는데, 왜 이렇게 평온해?

루다는 기예르모의 반응을 기대했지만 계속 말을 거는 자는 루드비히였다.

하지만 그건 그것 나름대로 좋은 징조였다. 루드비히부터 설득하면 그가 기예르모를 설득할지 어떻게 알아?

"아까는……."

"아, 아까는 아까고, 지금은 지금이지. 어쨌든 내가 아타나스로 넘어가서 나쁠 거 없잖아요? 지금 아타나스 군주도 만렙이고 나도 만렙인데 둘이서 손잡고 그냥 에세나 밀어 버리면 게임 끝나는 거 아닌가?"

루드비히는 입을 다물었다. 표정을 보아하니 설득된 모양이었다.

하지만 기예르모는 여전히 아무런 미동도 없었다. 마치 고민하는 듯한 모양새였다.

아니, 누가 들어도 고민할 게 아닌데 대체 왜 고민하는 거지?

"아니, 생각해 봐요. 고민할 게 없다니까? 타라가 말하길 그쪽이 에세나 밀어 버리려고 형우를 데려왔고, 형우가 원래 에세나 사람이라서 반발할까 봐 기억을 지웠다던데요."

-그래서?

"에세나 정복하고 저크시즈 먹어 버리는 게 목적이면 나도 데려가면 좋다 이거죠. 아, 물론. 형우……."

루다가 여전히 골똘한 표정으로 자신을 바라보고 있는 루드비히를 쳐다봤다. 형우라고 말하면 자기 얘기 하는지 모르겠지.

"……가 아니라 루드비히가 군주고 내가 기사단장 할게요. 여기는 군주가 죽으라고 하면 죽어야 되는 세계잖아요."

물론 목숨이 두 개이니 할 수 있는 말이었다. 그걸 알 리 없는 루드비히는 루다의 모습 전체가 바뀌었을 때만큼이나 깜짝 놀란 표정이었다.

혹시 저 여자가 이상한 꿍꿍이를 가지고 아타나스에 와서 배신하면 어떡하지 하는 의심까지 전부 날려 버리는 파격적인 조건이었다.

무어라 입을 열려는 루드비히의 말을 루다가 막았다. 말은 끝까지 해야 했다.

"대신, 형우의 기억을 돌려주는 전제로요."

사실 에세나를 쓸어버리네 저크시즈를 정복하네 하는 건 루다가 알 바 아니었다.

형우의 기억만 돌아오면 모든 게 해결된다고 생각했다. 혼자 만렙일 때도 거칠 것이 없었는데, 기억이 완전한 형우와 함께 있다면 신들에게 덤벼도 괜찮을 것 같았다.

맨 처음엔 진짜 아타나스로 넘어가 에세나와 싸울까 하는 생각도 했지만, 고작 며칠 지냈다고 에세나 진영의 기사들과 정이 들어 버렸다. 특히 아르비드와.

그들과 싸우라면 진심으로 싸울 자신이 없어졌다.

루다는 그들과 전쟁할 생각이 없었다. 그래서 루다는 머리를 굴리다가 또 다른 방안을 생각해 냈다.

아마 머리 굴리는 걸 좋아하는 타라라면 루다가 아타나스로 넘어갔다는 걸 알게 된 순간, 그들을 상대하기에 역부족이라는 생각을 할 게 뻔했다.

그럼 그때 루다가 에세나를 찾아가서 협상할 생각이었다. 어차피 이렇게 된 것 둘 다 원래 세계로 보내 달라고.

모든 계획은 완벽했다.

루다는 공손해 보이는 척하며 기예르모의 답을 기다렸다.

제단 안에는 묵직한 침묵이 가라앉았다. 루다는 그걸 긍정적인 침묵이라고 제멋대로 해석했다.

마치 그녀의 생각이 맞다고 대답하듯 기예르모가 크게 웃기 시작했다. 낮지만 웅장한 소리가 온 던전을 울렸다.

루다는 희망적인 표정으로 기예르모를 바라봤다.

자, 이제 알았다고 한마디만 해 줘.

—웃기지도 않는 소리!

"아, 왜!"

—타라의 종에게 보여 줄 자비는 없다.

루다는 진심으로 짜증 났다. 융통성 없는 건 여기나 저기나 똑같네.

가지고 있는 모든 패를 던졌다. 만렙이 진영으로 넘어가면 커다란 병력을 얻은 것이나 마찬가지였다. 그런데 그걸 거절한다고?

루다는 지금 상황이 이해가 안 갔다. 말을 잘 들어 주고 있어서 거의 넘어왔다고 생각했는데.

루다는 고개를 루드비히 쪽으로 돌렸다. 루드비히건 형우건 알 바 아니었다. 한 명이라도 더 설득해야 했다.

"뭐라고 말 좀 해 봐! 쟤가 자기 기억 산산조각 냈다잖아! 그래도 신앙심 같은 게 생겨? 내가 도와준다니까?"

하지만 있는 대로 성질이 난 사람의 언성이 높아지지 않을 리가 없었다.

—이제는 이간질인가.

"아니, 상식적으로 생각해 보라니까요. 이게 얼마나 좋은 조건인데! 나 만렙이라고. 지금 아타나스 최대의 적이 난데, 내가 아타나스로 넘어온다니까? 저크시즈 정복하는 데 나쁠 게 뭐가 있어!"

하지만 루다의 말을 들을 가치도 없다는 듯, 기예르모가 팔을 앞으로 뻗었다. 날카롭게 다듬어진 어둠의 칼이 루다에게 쏟아졌다.

"잠깐."

저건 막아야 돼.

"룬 실드!"

루다가 소리쳤다.

직업 스킬 말고는 저걸 막을 수 있는 게 없었다. 마나가 순식간에 줄어들었다. 눈앞을 가로막는 거대한 빛과 함께 어둠이 흩어졌다.

─타라의 개에게 손대는 것 역시 불쾌하군.

짜증이 담긴 목소리와 함께 공격이 멈췄다. 다음 공격을 대비하던 루다가 의아한 표정으로 고개를 들었다. 왜 갑자기 공격을 멈추지?

─네게 여신의 개를 처치할 기회를 주마. 성공하면 천하도 함께 쥐여 주지.

그 한마디를 던진 채 연기를 남기고는 기예르모가 사라져 버렸다. 갑자기 사라진 기예르모를 바라보다가 루다가 허탈하게 웃었다.

뭐 이런 놈이 다 있어? 끝까지 다 들었으면 오케이하고 협상하든가. 안 할 거면 적당한 이유라도 대든가. 애초에 협상할 생각도 없었으면 듣질 말든가!

뒤늦게 울컥, 성질이 치민 루다가 이미 사라진 기예르모를 향해 소리쳤다.

"타라보다 더한 새끼!"

루다의 목소리가 던전 안에 울려 퍼졌다. 바닥을 몇 번 발로 차던 루다가 꿰뚫는 듯한 시선이 느껴져 서서히 고개를 돌렸다.

대검을 뽑아 들고 있는 루드비히와 눈이 마주쳤다. 그러고는 그새 까먹었던 걸 기억해 내고 말았다.

"아뿔싸."

아직 루드비히와의 싸움이 남아 있었다.

루다가 얼른 전투 모드로 전환했다. 하지만 역시나 싸울 생각은 없었다.

저번에는 기억이 돌아온 형우를 만났었기 때문에 싸우기 싫었고, 지금은 기억이 사라진 상태에서도 루다에게 친절했던 터라 싸우고 싶지 않았다.

루다의 주변으로 열 개의 단검이 뱅뱅 돌기 시작했다. 언제라도 달려들면 방어할 준비를 끝낸 상태였다.

하지만 곧바로 공격해 올 거로 생각했던 루드비히는 아직 제자리에 서 있었다. 그의 얼굴에는 의아함이 덕지덕지 붙어 있었다. 지금 상황을 납득할 수 없는 게 분명했다.

그럼 그렇지. 당연히 그럴 수밖에 없었다. 순간적으로 자신이 내민 조건이 부족했나 생각했지만 그럴 리가 없었다.

만약 상대가 기예르모가 아니라 루드비히였다면 지금쯤 악수하며 협상이 완료되었을 게 뻔했다.

아무리 생각해도 이 협상이 결렬된 이유를 알 수가 없었다. 루다가 그나마 생각할 수 있는 건 제가 타라의 사람인 것, 그것 하나뿐이었다.

하지만 그렇기에 아타나스로 넘어가면 상태 창에 아타나스 진영으로 표시된다는 시스템까지 운운했다.

그래도 안 먹힌다니. 게다가 의아한 부분이 하나 더 있었다.

'왜 나를 죽이지 않고 사라지지?'

물론 한 번에 죽일 수는 없겠지만, 이곳에는 기예르모만 있던 것도 아니었다.

흑신인 기예르모의 옆에는 그의 사자이자 아타나스의 군주인 루드비히도 함께 있었다.

기예르모라면 쉽지는 않았겠지만 루다를 죽일 수 있었을 것이다.

만약 기예르모의 말대로 정말 손대고 싶지 않아서 루드비히에게 맡기고 싶었던 거라면 이렇게 그냥 떠날 게 아니라 버프라도 걸고 떠났어야 했다. 하지만 기예르모는 그것조차 하지 않고 그냥 사라져 버렸다.

도대체 왜? 이건 마치 루다가 죽지 않는 것을 바라는 것 같지 않은가?

하지만 아까 기예르모가 루다에게 보여 줬던 그 적의를 생각하면 그럴 리는 없었다.

죽기를 바라지 않으면 받아 주기라도 했어야지. 싫어하는 척은 있는 대로 다 하면서 죽이지는 않고, 그렇다고 받아 주지도 않는다니.

루드비히가 혼란스러운 것도 충분히 이해가 갔다. 이렇게 앞뒤가 다른 행동을 하면 그 누구라도 혼란스러울 게 뻔했다.

아까부터 팽팽한 긴장감 속에 대치하고 있었지만 루드비히는 아직도 루다를 공격하지 않고 있었다. 분명 무언가 고민하는 게 분명했다.

왠지 이대로 공격하지 않을 것 같기도 하고?

루다는 조심스레 발을 움직였다. 단검은 방어를 위해 루다의 주위를 빙빙 돌고 있지만, 루다의 손은 여전히 항복을 표시한 채였다.

다시 루드비히와 눈이 마주쳤다. 그 눈에는 날카로움이 가득했다.

어차피 공격 안 할 거면 그냥 보내 주지! 속으로 구시렁대며 루다가 하하, 머쓱한 웃음을 날렸다.

"하하, 우리 말로 하자."

"거짓말이 아니었군."

"응?"

"내가 기억을 잃었다는 것."

"어어, 맞아! 아, 이제야 믿어 주네."

루다는 미칠 것 같았다. 그렇게 말을 했는데, 이제 와서 그랬구나 이해해 준단 말이야? 하지만 이제라도 믿어 주니 다행이었다.

그럼 이제 설득도 먹히는 건가? 호위할 때만 하더라도 루다로서는 관계 개선이 힘들 줄 알았는데 이렇게 기회가 오다니 다행이었다.

잘하면 이렇게 싸우지 않고 그냥 보내 줄 수도 있지 않을까?

"하지만 기예르모께서는 내 생명의 은인이시다."

"응?"

하지만 루다의 바람대로 이루어지지 않았다.

하긴 저크시즈에 떨어지고 나서 루다의 바람대로 무언가 이루어진 적이 있긴 했나.

소망의 물약조차도 루다의 소망대로 변장시켜 주지 않았는데.

루다는 포기의 한숨을 쉬었다.

"자기……가 아니라 너를 여기로 데려온 당사자가 기예르모야."

"그렇다 할지라도 기억이 있을 때, 몬스터에게 죽을 뻔한 걸 구해 준 분이 기예르모님이시다. 그분이 나의 주군이시다."

루다는 어이가 없었다.

무슨 헛소리야. 맨 처음에 널 죽이려고 했던 게 기예르모 진영의 거대한 까마귀인데.

하지만 지금 그걸 말한다고 한들 믿을까? 믿을 수도 있겠지만 그렇다 하더라도 생명을 구해 줬으니 어쩌고저쩌고할 게 뻔했다.

기억 잃기 전에도 도움받은 건 꼭 갚던 인간이었는데, 그게 기억을 잃은 후에도 저렇게 나타나다니.

루다는 그다음에 나올 말을 알 것 같았다.

"그러니 그분의 명을 어길 수는 없다."

"그래, 그럴 줄 알았다."

루다는 체념의 한숨을 내쉬었다.

하지만 그렇다고 싸우고 싶지는 않았다.

목숨이 하나 더 있다고 하지만 언제 요긴하게 쓰일지 모르는 데다 기예르모에게 죽임을 당한 것도 아니고, 여기서 쓸데없는 싸움으로 목숨을 잃고 싶지는 않았다.

하지만 루드비히는 이대로 금방 싸움에 돌입할 태세였다. 루드비히의 대검에 불꽃이 피어오르기 시작했다.

이대로는 싸움이다. 절대 안 돼.

"잠깐!"

시간을 벌어야 했다. 싸우지 않을 방법을 찾아야 했다. 머리를 굴리던 루다가 퍼뜩 한 가지 방법을 생각해 냈다.

그래, 나한테 집중하지 못하도록 만들면 돼.

그러기 위한 적절한 방법이 생각났다. 루다는 냅다 달리기 시작했다. 우선 이 제단의 출구인 아치문을 넘으면 된다.

던전이 열린 지 오래이니 다른 방으로 통하는 아치문 역시 열린 지 오래였다.

이 제단만 넘으면 게임의 던전답게 몬스터들이 마구 출몰하기 시작한다.

그리고 그 몬스터들은 아군과 적군의 구분이 없었다. 이 던전에 들어오는 모두를 공격하는 것이 그 몬스터들이 할 일이었다.

게다가 이 던전의 난이도는 상당히 높았다. 레벨이 높은 몬스터들이 떼로 덤비는데 협공하지 않고는 버틸 수가 없을 게 분명했다.

다행히도 루드비히보다 루다가 출구에 더 가까웠다. 도망치기 시작하는 루다의 뒤를 루드비히가 따라오기 시작했다.

두 명 모두 출구를 넘었을 때, 그들의 등 뒤로 쾅 하는 소리가 들렸다. 루드비히가 놀라 뒤를 돌아봤다. 제단으로 통하는 굳게 문이 닫혀 있었다.

동시에 커다란 통로 양옆으로 줄 세워져 있던 수십, 아니 백에 가까운 갑옷에서 금속이 마찰하는 소리가 들리기 시작했다.

금세 루다를 공격할 것 같았던 루드비히조차 움직이기 시작하는 갑옷에 시선을 뺏긴 상태였다.

머리 위에 [데스나이트]라고 적힌 몬스터들이 그대로 루다와 루드비히에게 달려들기 시작했다.

역시나 루다의 계산대로였다.

루다는 씨익 웃었다.

"알지? 여긴 적이고 아군이고 없는 거."

덜그럭 소리를 내며 루다에게 찔러 오는 검을 피하며 루다가 호기롭게 외쳤다.

"치사한……!"

이를 악문 루드비히의 목소리가 등 뒤에서 들려왔다. 둘은 등을 맞대고 있었다. 그것만으로도 루다의 심장이 뛰었다.

기억만 날아가지 않았더라도 이렇게 사이좋게 같이 싸울 수 있었을 텐데. 하지만 지금 그럼 감상에 젖을 여유가 없었다.

머리 위로 높게 뛰어드는 몬스터에게 단검을 하나 날렸다. 하얀색의 얼음 장막에 싸인 단검이 그대로 갑옷을 관통했다.

돌진하던 몬스터의 피가 반으로 줄어 있었다. 이 정도면 할 만했다.

루다가 앞으로 쏘아져 나가며 소리쳤다.

"날 죽이려면 같이 싸워야 될걸!"

"쳇."

뒤에서 혀 차는 소리와 함께 쾅, 루드비히의 공격이 몬스터에게 명중하는 소리가 들렸다.

던전 돌파의 시작이었다.

✳

나엘 던전이 난이도가 높은 편에 속했지만 돌파하기에 힘든 던전
은 아니었다.

이 던전은 레벨 200에 막 돌입했을 때 스토리 때문에 한 번 깼던
던전이었다.

그래서 그런지 루다는 몬스터들이 나오는 패턴을 잘 알고 있었다.
사이프 던전과 정확히 일치했다.

그때와 달라진 것이 있다면 빛의 속성이었던 몬스터들이 어둠의
속성으로 바뀌었다는 것과 몬스터들의 레벨이 조금씩 높아졌다는 것
정도였다.

맨 처음 만났던 몬스터들 역시 마찬가지였다. 원래 이 던전을 깼을
때 만났던 갑옷들은 홀리나이트였으며, 레벨 역시 150이었다.

하지만 기예르모의 탓인지 몬스터들의 속성이 바뀌어 있었고 레벨
역시 170으로 올라 있었다.

그래도 갑옷들이 움직인다든지, 바닥에 솟아난다든지, 천장에서
떨어진다든지 하는 등장 방법은 바뀐 게 없어 급습에 대비할 수 있었
다.

하지만 이것도 물론 루다에게만 적용되는 이야기였다.

"조심해!"

루다가 바닥에서 솟아오르는 쉐도워들에게 돌진했다.

"문 댄싱!"

춤추듯 밟은 유려한 스텝이 여섯의 쉐도워들 사이에서 춤추듯 어

질러졌다.

단검 끝에서 피어난 얼음은 그대로 예리한 빛을 만들어 내더니 쉐도워들을 동시에 삼켰다.

"……고맙군."

루다인 상태로 듣지 못할 거라 생각했던 루드비히의 감사 인사를 들었다.

루다의 귀에 걸리는 웃음을 애써 무시한 채 루드비히는 그에게 돌진하는 몬스터에게 검을 휘둘렀다.

기억이 사라진 루드비히에게 몬스터들의 출몰 방법은 익숙한 것이 아니었다. 그래도 몬스터들과의 레벨 차이 때문인지 금세 발견하고 제대로 던전을 돌파하고 있었다.

그래도 등장을 예상하지 못했을 때는 루다가 달려들어 루드비히의 등을 지켜 주고는 했다. 그때마다 조금 흔들리는 눈이 루다를 향하고는 했다.

그 눈빛을 받을 때마다 루다는 쓴웃음을 지으며 저에게 돌진하는 몬스터들을 처치해 나갔다. 하지만 끝이 없는 몬스터들의 등장에 둘의 체력은 점점 줄어들고 있었다.

사이프 던전이자 나엘 던전의 높은 난이도는 몬스터들의 다양한 패턴 때문이기도 했지만, 던전의 길이 때문이기도 했다.

1층을 도는 데만 해도 만렙의 체력이 반이 깎이는데, 그게 끝이 아니었다. 1층을 전부 끝내고 나면 아래층이 남아 있었다.

원래라면 힐러 한 명이라도 데리고 왔어야 했지만, 그나마 최종 레벨의 던전이 아니라 그런지 버틸 만했다.

게다가 루드비히의 몸에 그도 모르게 배어 있는 공격 패턴 덕분에 루다와의 합은 생각보다 잘 맞았다.

아무래도 1층이 끝나고 나면 지하에 내려가기 전에 포션이라도 먹어서 체력 보충을 해 놔야 할 텐데. 과연 눈앞의 루드비히가 그럴 틈을 줄 것인지 확신할 수 없었다.

1층의 끝이 올수록 점점 후련해져야 하는데 자꾸만 불안해졌다.

이 체력, 이 마나, 이 hp로 싸워서 과연 이길 수 있을까? 물론 루드비히도 마찬가지이겠지만 루다보다 좀 더 여유로울 수도 있었다.

아니 다 떠나서 정말 싸워야 하나? 그런 의미 없는 싸움을 해야 해?

생각하는 와중에도 사이프 던전의 1층은 점점 끝나 가고 있었다. 둘만 남은 몬스터의 뒤로, 아래로 내려가는 계단이 보였다. 이 둘만 처치하면 1층은 끝이었다.

그렇게 되면 지하가 남아 있었다. 1층보다는 짧지만 난이도가 더 높은 던전이었다.

기예르모와의 대화도 불발됐으니 최소한 이 던전이라도 깨야 했다. 안 그러면 억울해서 살 수가 없을 것 같았다.

하지만 과연 저 기억을 잃은 남자 친구가 그걸 허락해 줄 것인가?

이 둘을 그냥 죽이지 말아 버릴까. 하지만 루다의 바람은 역시나 이뤄지지 않았다.

루드비히의 대검이 횡으로 그어졌다. 검에서 뿜어져 나온 붉은 화염이 두 몬스터를 동시에 태워 버렸다. 이로써 던전 1층의 클리어였다.

등을 보이던 루드비히가 뒤돌아 루다를 마주했다. 둘은 많이 지쳐 있었다. 얼굴에 흐른 땀이며 흐트러진 머리가 그걸 여실히 보여 주고 있었다.

바닥에 닿아 있던 루드비히의 대검이 들려 올라왔다. 검 끝이 루다를 향해 있었다. 둘의 간격은 고작 두 걸음이었다.

"진짜 나랑 싸우려고?"

"명이시다."

"얻는 건 하나도 없을 텐데."

"무언가를 얻기 위해 따르는 건 아니지."

루다는 입을 떡 벌렸다. 이제 오그라들 만큼 오그라들어서 적당히 면역됐다고 생각했는데 판타지 세계를 너무 얕본 모양이었다.

"……명언 나왔네."

형우 기억 돌아오면 볼만하겠네.

이제 더 이상 말이 통하지 않을 거라는 걸 알았다. 루다는 최대한 남은 힘을 끌어 모았다. 저쪽도 지치기는 마찬가지일 게 뻔했다.

무의식적으로 평소 싸우던 패턴대로 싸웠으면 오히려 루다의 마나가 더 많이 남았을 가능성이 컸다.

"헬 플레임."

용의 형상을 한 화염이 루드비히의 대검을 휘감기 시작했다.

몇 걸음 떨어진 거리에서도 느껴질 화기를 안은 채 루드비히가 그대로 루다에게 돌진했다.

"아이스 솔딩 실드!"

두 개의 기술이 부딪쳤다. 아니, 부딪쳐야 했다. 하지만 루다의 예상과는 다르게 거대한 기술이 부딪치는 굉음은 없었다.

이거 어딘가 익숙한데? 이상한 기시감에 루다가 슬며시 고개를 들었다.

루다를 금세 죽이기라도 할 것처럼 보였던 루드비히가 눈앞에서 넋이 나가 서 있었다.

눈을 크게 뜨고는 대체 이게 어떻게 된 일이냐는 표정으로 루다를 바라보고 있었다. 조금 전과 분위기 자체가 바뀌어 있었다.

이것과 비슷한 걸 저번에 겪은 적 있었다. 다른 타라에게서 받은 퀘스트를 깨고 형우의 기억이 잠깐 돌아왔을 때였다.

320

설마?

루다는 머릿속에 떠오르는 가정을 확인하기로 했다.

따스함을 담아 자신을 바라보는 남자와 어울리는 이름을 조심스레 입에 담았다.

"……형우야?"

"루다야?"

형우의 눈빛이 혼란에 흔들리다가 금세 자리를 잡는다. 또다시 두통이 밀려오는지 머리를 감싸 쥐었다. 하지만 두 번째라 그런지 저번처럼 고통스러워하지는 않는 게 다행이었다.

"형우야!"

기대했던 것과 정확히 같은 반응에 루다의 얼굴이 활짝 펴졌다. 그대로 형우에게 달려들어 안겼다.

갑작스러운 포옹에 형우의 몸이 뒤로 밀렸다가 겨우 중심을 잡고는 루다를 그대로 안아 들었다.

얼른 지하로 내려가서 나머지 던전을 전부 깨야 했지만 지금은 그게 중요한 게 아니었다.

기억 찾아 준 게 사기 아닌가 싶을 정도로 같이 돌아다니는 내내 형우의 기억은 돌아올 생각이 없었다.

서럽다 못해 화가 날 지경이 돼서야 적절한 시기에 형우가 나타났다.

너무 반가운 마음에 그대로 형우의 목을 꽉 끌어안았다. 그간 루드비히를 상대하며 쌓였던 서러움이라도 토해 내듯이 꽉.

그리고 그런 루다의 마음을 이해하는 듯 형우 역시 루다의 등을 꽉하고 안아 줬다.

"오랜만이야, 형우야."

몸을 떼어 내고는 루다가 웃었다. 정말 기뻤다. 하지만 기쁨과 별도로 올라오는 감정이 있었다.

형우는 그 웃음을 맞이하는 순간 등에 오소소 소름이 돋는 걸 느꼈다

"루, 루다야?"

"형우야, 반가운데."

루다가 형우에게 성큼 다가갔다. 형우가 본능적으로 뒷걸음질 쳤지만 뒤는 꽉 막힌 벽이라 더 이상 물러설 수가 없었다.

그런 형우를 보며 루다가 더욱 짙게 웃었다.

"우선 맞자."

그리고 그대로 형우에게 달려들었다. 던전 가득 울리는 주먹 소리와 형우의 단말마를 말릴 수 있는 자들은 없었다.

무자비한 응징의 시간 동안 형우는 어떤 불만도 말할 수가 없었다. 주먹 한 번에 자신이 한 말과 행동이 생각났기 때문에.

미안한 마음도 마음이지만, 그것과는 별개로, 떠오르는 그 기억들을 날릴 수 없다는 게 더 죽을 것 같았다.

루다가 응징하는 대로 가만히 맞자. 지은 죄가 너무 크니 그래야겠다고 다짐했다.

하지만 루다의 벌은 생각보다 가혹했다. 미안한 마음과는 별개로 이대로는 조금 불안했다.

형우는 루다의 눈치를 살피며 슬그머니 손을 올렸다.

"루다야…… 너무너무 미안한데 우리 만렙이야."

"아."

그제야 루다의 시선이 형우의 머리 위로 향했다. 형우의 hp가 눈에 띄게 줄어들어 있었다.

"아, 미안."

"아니요. 제가 더 죄송합니다."

형우가 양팔을 든 채 고개를 푹 숙였다. 루다는 팔짱을 낀 채 그 모습을 바라보다가 휴, 하고 한숨을 내쉬었다.

인벤토리에서 포션을 꺼내서는 형우에게 내밀었다. 사실 진짜로 팰 생각은 없었다.

그냥 투정 부리듯 평소처럼 툭툭 쳤을 뿐인데 만렙이다 보니 그게 공격이 돼서 나간 게 문제였다.

형우가 눈치를 보고는 포션을 마시자 3분의 1정도 줄어들었던 생명력이 금세 차오른다.

언제나 루다를 공격하려 할 때 기억이 돌아오는 게 다행이라고 해야 할지 어이없다고 해야 할지 모르겠지만, 어쨌든 싸우지 않아도 됐다.

게다가 언제나 같이 합을 맞춰 게임을 플레이했으니 던전을 깨기에 더욱 용이할 게 분명했다. 이제라도 기억이 돌아왔으니 다행이지.

그럼에도 원망스러운 건 어쩔 수 없었다. 형우가 원망스러운 게 아니라 이 상황이.

그렇게 붙어 있었는데 이제야 루다를 알아본다. 심지어 자기가 기억 잃은 걸 알았음에도 루다와 싸우려고 했다.

"대체 언제 기억이 돌아오는 거야?"

"그게…… 정확한 규칙은 없는 것 같아."

"뭐라고?"

루다의 목소리가 높아졌다.

그런 게 어딨어.

"아, 진짜. 이 신들 좀 어떻게 하는 방법 없나?"

"루다야 진정해. 그보다 혹시 기억이 몇 조각 났는지 알아?"

루다가 고개를 들어 형우를 바라봤다.

그걸 모르고 있었나? 하긴 생각해 보면 예전에 얘기해 준 적은 없었다.

"응? 다섯 조각이래."

"아, 그럼 딱 그만큼의 시간만큼 기억이 돌아오는 것 같아. 그런데 그 돌아오는 시간이 규칙적이지는 않은 것 같은데."

"아니, 이게 말이 돼? 신은 원래 다 완벽한 거 아니었어?"

루다가 발끈해 목소리를 높였다.

예전부터 생각한 바였다. 여기에 떨어지기 전까지만 해도 신은 전지전능한 존재라고 생각하고 있었다.

그렇게 재수 없고 이해할 수 없는 행동을 할 거면 능력이라도 좋든가.

대체 여기서 사람들 싸움 붙이는 것 말고는 하는 게 도대체 뭔지 알 수가 없었다.

다른 타라 역시 마찬가지였다. 기억을 찾게 됐으면 좀 주기적으로 규칙적으로 만들기라도 하든가. 그래야 시간을 알아서 대화라도 하지.

하여간 타라건 기예르모건 다른 타라건 하나도 마음에 드는 게 없었다.

"그럼 또 언제 사라질지 모른다는 이야기잖아?"

"그렇지."

형우가 애매하게 웃었다. 둘은 동시에 한숨을 내쉬었다. 서로 잡은 채 쓰다듬는 손을 언제 놓아야 할지 아무도 모른다는 점이 짜증 났다.

"던전을 최대한 빨리 깨야겠네."

"그런데 여기는 왜 온 거야?"

"여기 깨면 기억의 조각이 보상이래."

"그럼 빨리 깨야겠네."

"게다가 빨리 안 깨면 언제 루드비히가 나올지 모르거든. 지금도 싸우기 직전에 들어가 버린 거라서. 여기서 대화하다가 루드비히가 다시 튀어나와 버리면 꼼짝없이 싸워야 된단 말이지."

형우가 고개를 끄덕이며 듣다가 루드비히라는 이름이 나올 때마다 복잡한 표정을 지으며 소스라치게 움찔거렸다.

"그리고 걔가 나와 버리면 판타지 말투로 대화해야 하거든."

형우는 거의 울고 싶은 표정이었다.

"루다야……. 내가 진짜 이런 말을 하는 게 염치없는 건 알지만. 제발 그 판타지 말투들은 잊어 주면 안 될까?"

"뭘? 너무 많아서 뭘 잊으라는 건지 모르겠는데? 맞다, 형우야. 이번에 명언 하나 나온 거 알아?"

"어어?"

"무언가를 얻기 위해."

"루다야! 잘못했어! 제발!"

"하긴 누군가를 따르는 게 뭘 얻기 위한 건 아니지."

루다가 팔짱을 끼고는 고개를 주억거렸다.

"아…… 루다야. 정말, 제발 그것만은 잊어 주면 안 될까?"

"나도 잊고 싶은데. 너무 명언이라 가슴에 새겨 두려고."

루다의 얼굴에서는 웃음이 떠날 생각이 없었다.

"그래, 루다야. 네가 즐거워하니까 나도 즐겁기는 한데……."

"어, 형우야. 즐거워?"

"아니야, 내가 잘못했어. 그러니까 제발 잊어 줘."

"그래, 루드비히 말투를 잊기는 힘들겠지만, 잊으려고 노력할게."

"노력이라도 해 줘서 고마워."

형우가 미칠 것 같은 표정으로 포기한 듯 고개를 끄덕거렸다.

웃고 있지만 우는 것 같은 묘한 표정이었다. 그리고 그 표정에 무언가 더 묘한 감정이 덧씌워졌다.

325

"그런데······ 이제는 루드비히라고 부르기로 했구나."

"응. 내가 안 그러려고 했는데. 자꾸 기억을 잃은 최형우를 최형우라고 생각하다 보니까 공격을 제대로 못 하겠더라고. 내가 죽게 생겼는데 어떡해. 그래서 루드비히랑 최형우는 다른 사람이라고 세뇌하기로 했어, 괜찮지?"

"그렇······지."

형우가 어색하게 웃으며 고개를 끄덕였다. 평소와 다르게 웃는 형우를 보며 루다가 미간을 좁혔다.

루다는 이 미소를 알았다. 무언가 꺼림칙한 게 있는데 그 이유가 말하기에는 스스로 생각하기에 찌질한 거라 말할 수 없을 때 짓는 표정이었다.

"나한테 말하고 싶은 거 있지?"

사귄 햇수가 몇인데 이걸 모를 리가 없었다. 가까이에 다가와 전부 안다는 표정으로 물어보는 루다를 보며 형우가 어쩔 수 없다는 듯 웃었다.

그러면서도 선뜻 뭔지 제대로 말하지 않는 모습이 저크시즈로 넘어오기 전의 어떤 날과 겹쳐 보였다.

지금이야 서로 간의 신뢰가 깊어 괜한 일에 질투하지 않지만, 과거 몇 번 질투했을 때의 모습과 똑같았다.

하지만 루다는 아무리 생각해도 형우가 질투할 상황을 떠올릴 수가 없었다. 지금 대화의 어디에서 질투를 한다는 말이지?

"루드비히가 더 좋다거나 그런 거 아니지?"

그 질투의 대상을 듣는 순간, 루다는 웃을 수밖에 없었다.

물론 꾹꾹 참으려고 온갖 노력을 했지만, 한번 터진 웃음은 멈출 수가 없었다.

맑게 퍼지는 웃음소리와 달리 형우는 오른손으로 새빨개진 얼굴을

326

가리고 있었다. 그래도 꼭 잡은 왼손을 놓지 않는 모습이 너무나도 마음에 들었다.

질투하는 모습도, 그 대상이 자기 자신인 것도, 그걸 부끄러워한다고 얼굴을 가리고 있는 것도 모든 게 좋았다.

한참을 웃던 루다는 겨우겨우 웃음을 멈췄다. 예전으로 돌아온 것 같았다. 얼굴을 가리고 있던 형우의 손을 떼어 내서는 다른 손으로 꼭 잡았다.

크게 웃던 웃음은 멈췄지만 여전히 입가에 자리 잡은 미소는 어떻게 할 수가 없었다.

"형우야, 무슨 그런 말도 안 되는 말을 하고 있어. 그런 융통성 제로인 인간이 뭐가 좋다고."

"근데 이것도 이것 나름대로 충격인데."

말을 하면서 눈도 마주치지 못하고 있었다. 루다는 다시 한 번 가볍게 웃고는 나름의 정답을 떠올렸다.

"당연히 호감이야 있지. 그게 다 최형우인데. 본체가 최형우인데 그걸 싫어하는 게 가능해? 자기는 내가 기억 날아가서 막 판타지 말투 쓰고 그런다고 싫어할 거야?"

"……아니."

"거봐. 그런 거라고."

루다는 말하고는 고개를 주억거렸다.

형우가 피했던 시선을 다시 돌렸다. 눈이 마주치자 풋 하는 웃음이 나왔다. 제가 생각해도 어이가 없는 질투였다.

그래도 적당한 대답을 들었으니 그나마 만족스러웠다.

와중에 마음에 들지 않는 것은 이 만남이 언제 끝날지 모른다는 것이었다.

그건 루다 역시 마찬가지였다. 루다는 이것저것 궁금한 게 많았다.

기억이 돌아오면 형우는 루드비히의 모든 걸 기억할 수 있는 건지. 그럼 루드비히는 기억하는 게 하나도 없는 건지.

저번에 사라지면서 했던 타라를 믿지 말라고 했던 건 또 뭔지.

"형우야, 저번에……."

하지만 루다의 질문이 이어지기도 전에 지금까지 깨 왔던 던전 통로의 문들이 쾅쾅 내려가고 있었다.

그것이 의미하는 바는 하나였다. 던전을 깨야 하는 제한 시간이 다가오고 있다는 것.

게임을 플레이할 때는 제한 시간이 지나면 아이템이 사라지고 던전에서 쫓겨나는 페널티가 있었는데, 그게 여기서는 어떻게 재연될지 알 수가 없었다.

게다가 다시 던전에 들어오기 위해서는 또다시 스테안이 필요했다. 아직 믿을 수 없는 그에게 한 번 더 부탁하는 건 무언가 불안했다.

지금 루다가 해야 하는 행동은 단 하나였다.

"우선 던전 먼저 깨자."

루다의 생각과 똑같은 말이 형우의 입에서 먼저 튀어나왔다.

"가자."

루다가 고개를 끄덕였다. 손은 꼭 잡은 채로, 둘은 지하로 내려갔다. 던전 클리어가 코앞이었다.

루드비히와 있던 때보다 형우랑 있을 때가 던전 클리어에 훨씬 수월했다.

컨트롤러로 플레이한 기억이지만, 그게 자연스레 몸에 배어 있었다. 게다가 몬스터들이 어떻게 어디서 출몰할지 둘 다 알고 있다 보니 루다가 굳이 가서 구해 줄 필요도 없었다.

형우가 보낸 화염의 폭격과 그 후에 생긴 연기로 몬스터들의 시야를 차단하면 루다가 단검 열 개를 한 번에 날려 열 마리를 동시에 처리하기도 했다.

"던전 깰 동안은 사라지면 안 돼."

수월한 던전 클리어와, 그걸 가능하게 해 준 게 기억을 잃은 루드비히가 아니라 기억이 돌아온 완전한 형우라는 것이 루다의 심장을 더욱 뛰게 했다. 그래서 진심으로 바랐다.

"알았어. 두 번째 조각 돌아올 때까지 있을게."

루다의 목소리에서 간절함을 느낀 모양인지 형우가 최대한 부드럽게 답했다.

자기가 원한다고 되는 것도 아니면서. 하지만 그렇게 답해 주는 것만으로도 괜찮았다.

스킬을 난사하고, 공격을 막아 내고, 서로 등을 지켜 주며 던전을 깨다 보니 어느새 보스룸 직전이었다.

루다는 형우와 등을 맞댄 채 아까 생각했던 걸 형우에게 확인해 보기로 했다.

"여기 사이프 던전 맞는 것 같지?"

"응, 그런 것 같은데."

형우가 제게로 달려드는 몬스터의 배를 발로 차며 답했다. 루다는 고개를 끄덕였다.

루다의 착각이 아니었다. 여기는 사이프 던전이 맞았고, 모종의 이유로 나엘 던전이 되었다.

이 지하에서조차 출몰한 몬스터들 전부 사이프 던전과 패턴이 동일했다. 그리고 1층에서와 마찬가지로 속성과 레벨은 바뀌어 있었다.

던전의 모양 역시 전체적인 흰색에서, 곳곳 마법구의 빛에 의존해야 시야가 확보될 정도로 어두워져 있었다.

하지만 그런 건 하등 상관없었다. 외양과 속성이 바뀌었다 한들 출몰 패턴만 똑같으면 어려울 건 없었다. 그건 보스 몬스터 역시 마찬가지였다.

"여기 어떻게 깨는지 알지?"

"응."

루다에게 돌진하던 몬스터를 마지막으로, 모든 몬스터의 전멸이었다.

드디어 보스였다. 이걸 깨고 나면 두 번째 기억의 조각이 손에 들어온다. 루다와 형우가 마주 본 채 고개를 끄덕였다.

닫힌 거대한 철문을 열자 익숙한 장면이 재생됐다. 역시나 속성만 바뀌었다는 것이 맞았다.

커다란 방을 가득 채웠던 어둠이 한 꺼풀씩 벗겨진다. 그 벗겨진 어둠이 모여들어 거대한 형상을 형성하기 시작했다.

맨 처음에는 다리 그리고 몸통, 얼굴, 그다음에는 등에 자리한 날개까지.

"이럴 줄 알았지."

아타나스 진영에서 제일 고렙인 몬스터가 까마귀라면, 에세나에서는 유니콘이었다.

사이프 던전을 깼을 때는 그 빛이 모여 만들어진 것이 까마귀였고, 지금은 어둠이 모여 만들어진 것이 유니콘이었다.

[유니콘]이라는 몬스터 이름 앞에는 [타락한]이 붙어 있었다.

어찌 됐든, 속성만 바뀌었을 뿐 등장까지 똑같았다. 그렇다면 공격 패턴 역시 지금까지와 똑같을 것이 뻔했다.

"한 방에 가자."

형우의 말에 루다가 고개를 끄덕이고는 팔을 앞으로 뻗었다. 이 몬스터는 텔레포트를 사용할 수 있는 몬스터였다. 갑자기 사라지기 전에 먼저 묶어 두는 것이 공략이었다.

"루나틱 홀딩!"

앞으로 쏘아져 나간 여섯 개의 검이 유니콘을 중심으로 원을 그렸다. 유니콘이 발버둥 치며 벗어나려 했지만, 그 검에서 뻗어 나온 빛이 유니콘을 묶는 것이 훨씬 빨랐다.

빛 사이에서 유니콘이 요동칠 때마다 hp가 훅훅 깎이기 시작했다. 이제 형우가 이어서 스킬을 난사하면 저 몬스터의 피가 반은 깎이겠지.

그다음에 또 한 번 루다의 직업 스킬이 이어지면 이 던전은 클리어였다.

하지만 이어져야 할 형우의 스킬은 이어지지 않았다.

"형우야, 뭐…….."

해. 루다의 말은 이어지지 않았다.

커다란 대검을 아래로 늘어뜨린 채 형우, 아니 형우였던 남자가 자신을 혼란에 빠져 바라보고 있었다.

루다는 저 눈빛, 저 분위기를 알았다.

"미친, 지금 여기서 기억이 나가는 게 어딨어!"

루드비히로 돌아와 있었다. 유니콘은 루드비히의 등 바로 뒤에서 답지 않게 날카로운 이빨을 드러내며 달려오고 있었다.

루다는 그쪽으로 냅다 달리기 시작했다.

"기간틱 소드!"

루드비히가 썼어야 할 스킬과 제일 비슷한 스킬명을 외치며. 하지만 이걸로는 역부족이었다.

"문 소드……!"

스킬 시전 한 번만 더. 하지만 루다의 말이 끝나는 것보다 루드비히의 등에 유니콘의 이빨이 박혀 들어가는 게 더 빨랐다. 아니, 빠르다고 생각했다.

"플레임 블레이드."

펑, 하는 소리와 함께 유니콘의 얼굴이 불길에 휩싸여 조각난 채 여기저기 흩날리기 시작했다.

머리가 없어진 유니콘의 몸이 기우뚱 기울어지더니 어둠이 되어 흩어지기 시작했다.

그 앞에는 루드비히가 검을 든 채 자리에 서 있었다. 루다는 그 모습을 멍하니 바라보다가 크게 숨을 내쉬었다. 다행이다.

꼼짝없이 죽는 줄 알았다. 본인이야 여분의 목숨을 가지고 있다고 하지만 루드비히는 아니었다.

만약 루드비히가, 그리고 형우가 여기서 목숨을 잃는다면 루다는 무슨 짓을 해서라도 이곳을 멸망시킬 의향이 있었다.

왜 형우가 죽는다는 생각을 못 했을까.

루다는 그대로 달려갔다. 그가 형우인지 루드비히인지는 별로 중요한 것이 아니었다.

"괜찮아?"

"이게 대체 뭐지? 또 기억을 잃은 건가?"

"기억이 돌아왔던 거지. 어쨌든 괜찮아? 다친 데 없지? 저거 독 갖고 있단 말이야."

"구해 줘서…… 고맙군."

루드비히가 미간을 찌푸린 채 인사했다.

긴박한 상황이 지나간 터라 루다의 얼굴에는 웃음이 걸렸다.

"어라, 그럼 나도 생명의 은인……."

루다가 말을 멈췄다. 말을 이을 여유가 없었다.

이게 대체 어떻게 된 일이야! 소리 지를 틈도 없었다.

대체 왜 죽었던 몬스터가 다시 살아나는 건데. 분명 지금까지는 출몰했던 몬스터의 패턴이 정확히 똑같았다. 속성과 레벨만 바뀌었을 뿐이다.

하지만 이번엔 아니었다. 속성이 바뀌었고, 레벨이 높아졌고, 그리고 언데드로 다시 살아났다.

아까와는 달리 검은 몸체를 지닌 유니콘의 머리가 바닥에서 솟아났다.

어둠의 속성인 언데드는 그림자를 이용한다. 그리고 그 그림자가 그대로 루드비히를 집어삼킬 기세였다.

"안 돼!"

루다가 루드비히를 그대로 안은 채 쓰러뜨렸다. 똑같은 레벨, 똑같은 수준인 자들의 몸싸움은 의미가 없었다.

루다의 등이 먼저 바닥에 닿기 시작했다. 그리고 그곳은 언데드의 이빨이 잔뜩 솟아난 곳이었다.

날카로운 수십 개의 이빨이 그대로 루다의 등을 관통했다. 끔찍한 고통이 온몸을 엄습했다.

루다의 눈이 느리게 깜빡거리기 시작했다. 시야가 흐려져 왔다.

분명 hp가 바닥이겠지. 독까지 걸렸으니 치료해야 하는데, 루드비히가 이걸 치료해 줄 리는 없고.

"대체 뭐 하는……."

불투명한 시야에 얼빠진 루드비히의 얼굴이 들어왔다. 사라지는 의식 너머로 목소리가 들렸지만 뭐라고 하는지는 잘 들리지 않았다.

"나도 생명……."

의 은인. 말할 기력도 없었다. 정신을 잃으며 루다는 생각했다.

아, 부활권 이렇게 쓰고 싶지는 않았는데. 그래도 살려서 다행이야.

PLAYER2: 최형우 – 루드비히

루드비히가 혼란스러운 눈으로 루다를 바라봤다. 단 한 가지 생각만이 그의 머릿속을 맴돌고 있었다.

'도대체 왜?'

이 여자는 아르비드의 적 진영인 에세나의 군주였다. 게다가 처음 만났을 때 어이없는 말로 자신을 속이려 했다.

눈에 보이는 이름이 따로 있는데, 다른 이름을 댔다. 첫 만남부터 거짓말의 시작이었다.

그가 아타나스에 떨어진 후, 눈에 보이는 이름과 다른 이름을 대는 자는 단 한 명도 없었다. 그것은 신인 기예르모조차도 예외는 아니었다.

그렇기에 그는 루다의 말이 거짓이라고 생각했다.

루드비히에게 있어서 루다는 믿을 수 없는 자 그 이상도 이하도 아니었다.

맨 처음부터 거짓말을 하고, 마치 진실인 양 속여 루드비히를 회유

하려 했으며, 심지어 루드비히가 방심했을 때 공격해 죽이려 했다.

그렇기에 루드비히는 루다를 완전한 적이라고 생각했다.

아타나스와 에세나는 적대국이었으며, 루다와 루드비히는 적대국의 군주였으니까.

둘은 이미 정해진 원수나 마찬가지였다.

하지만 그 이후로 루다의 행동은 묘한 위화감을 자아냈다. 그건 두 번째 만남부터 그러했다.

기예르모의 명령으로 에세나 변방의 작은 시골에 갔을 때 루드비히는 루다를 다시 만났다.

기예르모는 루다를 그곳에서 만날 수도 있다는 말을 하지 않았다.

'설마 기예르모님께서 모르셨나?'

하지만 이내 고개를 저었다. 전지전능한 기예르모가 그걸 모르지는 않을 거라 생각했다.

무언가 신의 안배가 있겠거니. 어쩌면 이곳에서 에세나의 군주이자 시타라를 처치하라는 기예르모의 계획이 아닐까도 생각했다.

만약 그것이 기예르모의 뜻이라면 조금 과하다는 생각도 들었다. 루다는 루드비히가 일대일로 붙어서 쉽게 죽일 수 있는 자가 아니었으니.

하지만 싸움이 시작되자 그 생각은 바뀌었다.

'어쩌면 이길 수도 있지 않을까?'

희망이 점점 피어올랐다. 그 정도로 루다의 공격은 형편없었다.

이 세계에서의 유일한 호적수임에도 루다는 루드비히의 공격에 번번이 뒤로 밀렸다.

제대로 된 공격이 루다에게서 나오지 않았다. 마치 공격할 수 없는 것처럼.

그때까지도 루드비히는 별다른 이유가 있을 거라 생각하지 않았다. 어쩌면 루다의 실력보다 자신의 실력이 훨씬 우위에 있을 수도 있다는 생각도 했다.

하지만 루드비히가 더 강하다고 치기에는, 둘 사이의 싸움이 빠르게 끝나지 않았다.

둘의 스킬이 계속해서 맞붙었다. 평타로는 절대 이길 수 없었다.

이대로 가다간 마나를 다 써 버릴 수도 있어.

루드비히가 생각한 순간, 루다의 집중력이 흐트러진 것이 보였다. 그 틈을 파고들어 대검을 횡으로 그었다.

그대로 검이 내질러져 루다의 목을 노렸다. 하지만 빠르고 정확하게 파고든 검은 조금의 피만 내보였을 뿐 그가 원하는 치명상을 입히지는 못했다.

놀란 루다의 눈과 마주쳤다.

루드비히는 그녀의 눈에서 이유를 알 수 없는 커다란 원망을 보았다. 그리고 믿을 수 없다는 불신까지도.

'네가 어떻게 나한테 그럴 수 있어?'

그 눈은 루드비히에게 이렇게 말하고 있었다.

루드비히에게 향한 건 그냥 원망이 아니었다. 문득, 여자가 한을 품으면 오뉴월에도 서리가 내린다는 말이 생각났다.

어디서 들어 본 건지는 알 수 없었지만 머릿속에 그 한마디가 퍼뜩 지나갈 정도로 강한 원망이었다.

루드비히는 미간을 찌푸렸다.

둘은 적대 관계고 그녀는 그를 먼저 공격했다. 그랬으면서 왜 저런 표정으로 자신을 바라보는 건지.

'싸운 게 한두 번도 아닌데, 도대체 왜?'

자신이 공격한 게 절대 있어서는 안 되는 일인 것처럼 표정을 일그러뜨렸다.

루드비히의 미간이 더욱 깊이 파였다. 무시하면 되는 표정이었다.

왜 저 얼굴을 보는 순간 자신 역시 망설이게 되는지 도무지 이유를 알 수 없었다.

그녀의 원망 어린, 그리고 상처받았다는 표정이 루드비히의 행동을 저지시켰다.

만약 검을 내지른 후 바로 전력을 다했으면 지금쯤 승자는 루드비히일 수도 있었다. 하지만 그렇게 하지 못했다.

'도대체 왜?'

알 수 없는 의문이 피어올랐다.

먼저 루드비히를 속이려 하고 공격한 여자가 갑자기 배신당했다는 표정을 해서? 하지만 저 여자 역시 자신을 공격하지 않았는가?

하다가 문득 루드비히는 미간을 찌푸렸다.

'나를 공격하기는 했었나?'

생각해 보면 루다가 루드비히를 공격한 것은 맨 처음의 얼음 화살을 제외하고는 한 번도 없었다.

그 공격이 절묘해서 그렇지, 그 공격 역시 루드비히를 공격하기에는 너무 미약한 마법이었다.

갑자기 루드비히가 내렸던 판단이 조금씩 흔들리기 시작했다.

'너는 내 남자 친구였어.'

문득 루다의 한마디가 떠올랐다. 루드비히는 다시 미간을 찌푸렸다.

쓸데없는 상념이었다. 있을 수 없는 일이었다. 그래, 이건 어쩌면 저 여자의 농간에 걸려든 걸 수도 있었다.

"한눈을 팔다니 여유로운 모양이군."

루드비히는 평정을 유지하기 위해 애썼다. 말을 부러 퉁명스럽게 내뱉으며 머릿속으로 수십 번이나 생각했다.

제일 처음 공격을 시작한 자는 눈앞의 이 여자였다고. 그게 어떤 이유가 되든, 시작은 저 여자다.

그렇게 되뇌어야 했다.

만날 때마다 자신을 향한 그녀의 눈에 왜 적의가 없는지, 어째서 단 한 번도 죽이려고 하지 않았는지, 공격이라는 것을 하지 않은 이유가 뭔지 등등은 최대한 생각하지 않으려고 노력했다.

그렇게 생각해야 했으니까. 자신을 죽음에서 구해 준 기예르모가 그렇게 말을 했으니까.

기예르모. 루드비히의 생각이 기예르모에서 다시 멈췄다.

맨 처음 루드비히가 눈을 떴을 때, 그는 아무것도 기억하는 것이 없었다.

말을 할 수는 있었지만 그것을 제외하고는 단 하나도 기억나지 않았다.

눈을 뜬 건 검은색으로 가득한 어떤 제단 앞이었다. 후에 그곳이 기예르모가 탄생한 성소라는 것을 알게 되었다.

그곳에서 루드비히는 갑작스레 나타난 새하얀 유니콘에게 죽을 뻔했다. 그리고 그것을 기예르모가 죽이고는, 자애롭게 말했다.

'너는 나의 사자이며, 나의 뒤를 이을 자다. 그러니 나를 따라 아타나스의 군주가 되어라.'

기예르모는 루드비히를 황성으로 이끌었고, 쉴 곳과 해야 할 것들을 알려 줬다.

그렇게 루드비히는 아타나스의 군주가 되었다. 그 이후로 루드비히는 잘 지냈다.

기억을 잃었다면 왜 기억을 잃었는지, 기억을 찾고 싶다든지 하는 것들이 있어야 했건만, 이상할 정도로 루드비히는 기억을 찾는 것에 아무런 의욕이 없었다.

그저 기예르모가 말한 것을 따르고 아타나스를 통치하는 것이 그의 사명인 것처럼 행동할 뿐이었다. 마치 자아라는 것이 없는 것처럼.

잡념은 그 여자를 만난 이후부터였다. 맨 처음은 괜찮았다. 두 번째 만남부터 조금 의아함이 생겨났다.

그리고 그때부터 황성에 이상한 일이 일어나기 시작했다. 정확히 말하자면 루드비히의 방 안에만.

출처를 알 수 없는 쪽지가 발견되기 시작했다. 그것도 한 번도 꺼내 읽지 않았던 책 사이라든가, 아무도 볼 수 없는 침대 바닥 같은 곳에서.

이걸 찾아서 읽으라고 넣어 둔 건지 싶을 정도로 쪽지를 남기는 곳은 형편없었다.

그리고 그 안에 있는 내용 역시 형편없었다. 쪽지에는 말도 안 되는 말들이 적혀 있었다.

「이상하게 들릴지 모르겠지만, 나는 바로 기억을 잃은 너야.」

그 이후로 무언가 적혀 있어야 했지만 쪽지는 그게 전부였다.

그 이후로 쪽지는 이곳저곳에서 발견됐다. 물론 제대로 찾기 힘든 곳들이었다.

「에세나 진영 군주의 이름은 이루다가 맞아. 더불어 네 이름은 루드비히가 아니라 최형우고.」

「루다를 괴롭히지 말아 줘.」

「기예르모를 믿지 마.」

「에세나로 향해 루다에게 손을 내밀어. 그녀라면 널 받아 줄 테니까.」

쪽지는 무언가에 쫓기는 것처럼 급하게 적혀 있었다. 조금 긴 내용도 있었고, 눈에 띄게 짧은 내용도 있었다.

그런 것들은 별로 중요한 게 아니었다. 쪽지에 적힌 모든 말이 에세나 진영에 유리한 말이었다. 루드비히는 그 자리에서 종이를 구겼다.

"으윽."

루드비히가 발걸음을 멈췄다.

그대로 방 밖으로 나가려는 루드비히의 머리가 지끈 울렸다. 이유를 알 수 없는 두통이었다.

이런 두통은 이전 에세나의 그 여자를 만났을 때 겪었던 것이다. 그리고 쪽지를 발견해 읽을 때마다 두통이 오기 시작했다.

급작스러운 두통에 루드비히는 벽에 등을 기댔다. 눈앞에 무언가 펼쳐질 듯 펼쳐지지 않았다.

장막 너머에 아련한 것이 있는데, 손 뻗으면 닿을 것 같은데 거대한 것이 가로막고 있었다. 그 알 수 없는 막연함이 루드비히의 뇌를 강타하고 있었다.

루드비히는 그대로 무릎을 꿇었다. 난데없는 두통에 식은땀이 흘렀다.

그리고 정신을 차렸을 때, 루드비히의 손에는 또 다른 쪽지가 쥐어져 있었다.

「에세나로 넘어가 에세나의 군주를 만나.」

발신자는 또 다른 자기 자신이었다. 이제는 무시할 수 없었다.

루드비히는 그대로 기예르모에게 찾아갔다. 기예르모가 그의 지표이자 진리나 마찬가지였기에.

모든 것을 털어놓자 기예르모는 엄중한 목소리로 단 한마디만을 내뱉었다.

'타라의 개수작이군.'

기예르모는 또다시 타라의 가식과 위선에 대해 설명했다. 물론 시타라인 그 여자에 관한 말까지.

그것이 루드비히가 듣고 싶던 말이었다. 그래서 루드비히는 고개를 끄덕였다.

생각하지 않고, 평소처럼 평온하게 산다. 그러기 위해서는 그 여자를 믿지 않는다.

그 여자는 그의 적이었으니까. 그게 진리였으니까.

하지만.

"도대체 왜?"

루드비히는 기어코 그 한마디를 입 밖으로 내뱉을 수밖에 없었다.

애써 무시하고 싶었던 의문이다. 하지만 생각해 보면 수십 번이나 생각한 질문이었다.

'도대체 왜?'

왜 공격을 하지 않지? 왜 나를 그런 눈으로 바라보지? 왜 아타나스에 들어와 있으면서도 그 실력으로 아무도 죽이지 않았지? 왜 기예르모와 협상을 하려 했지? 왜 아타나스로 넘어온다고 했지?

왜, 나를 살렸지?

'우리는 절대 싸울 이유가 없는 사이야.'

루다와 처음 만났을 때 그녀가 했던 말이 떠올랐다. 싸울 이유가
없는 사이. 사라진 기억 속 연인.

동시에 그의 방에서 발견했던 메모가 기억났다. 그녀가 했던 말과
단 하나도 엇갈리는 것이 없었다.

그저 엇갈리는 것이라면, 쪽지는 기예르모를 매도했고, 이 여자는
그럼에도 아타나스로 넘어온다는 것 정도였다.

기예르모는 그녀의 말을, 그리고 그 쪽지의 내용을 믿지 말라고 했
다. 간사한 타라의 종이라고.

하지만 그녀의 말이 맞다면 모든 것이 설명됐다.

왜 처음을 제외하고 단 한 번도 그를 공격하지 않았는지, 왜 무자
비한 자신의 공격을 방어하기에만 급급했는지, 왜 아타나스로 넘어온
다고 했는지, 왜 목숨을 걸어가며 자신을 살렸는지. 모든 것들이.

그녀가 자신을 사랑하기 때문이라면 설명됐다.

게다가 아까 기예르모와 그녀의 대화에서 자신의 기억이 조각났
고, 그 조각난 기억을 그녀가 알고 있다는 것까지 확인했다.

루드비히는 머리가 깨질 것 같았지만 지금 그게 중요한 게 아니었
다. 루드비히는 루다를 공격한 언데드를 쳐다봤다.

끼기긱, 소름 끼치는 소리를 내고 있지만 루드비히를 공격하지는
않았다. 마치 본래 노리는 자가 루다였다는 것처럼.

루드비히는 그 모습에 분노가 치밀었다.

'도대체 왜?'

오늘 몇 번이나 생각하는 것이었다.

이유는 생각할 겨를도 없었다. 그것이 자신을 공격하든 아니든, 지금은 저 몬스터를 죽여 버리고 싶었다. 갈가리 찢어 버리고 싶었다.

"나이트 플레임."

검은색과 붉은색으로 이루어진 불꽃이 루드비히의 대검을 감쌌다. 그것이 그대로 언데드에게 향했다. 검은 유니콘의 온몸에 꺼지지 않는 불이 타오르기 시작했다.

"파이어 피어스."

대검에서 튀어나간 불길이 그대로 유니콘의 심장을 꿰뚫었다.

소름 끼치는 괴성이 유니콘의 입에서 튀어나왔다. 온 던전이 떠나도록 괴성을 지르던 유니콘이 점점 떨림을 멈추기 시작했다.

어둠이 되어 흩어지는 유니콘을 보며 루드비히가 비릿하게 웃었다. 이걸로 이 여자의 복수는 끝이다.

여기까지 생각하고 루드비히가 흠칫 놀랐다. 이 여자의 복수? 그렇다면 이 여자가 이렇게 된 것에 분노했다는 말인가?

루드비히가 황급히 고개를 돌려 누워 있는 루다를 쳐다봤다. 눈을 감은 여자의 머리 위로 생명을 나타내는 상태가 눈에 띄게 줄어들고 있었다.

언데드가 가지고 있는 독이 내성이 사라진 그녀의 생명력을 갉아먹고 있었다. 이대로라면 곧 죽을 것이다.

"가방."

루드비히는 본능적으로 가방에서 포션을 꺼냈다. 해독 포션을 먹여 독을 풀었다. 생명력 포션을 먹이려다 루드비히는 순간 멈췄다.

아까 기예르모가 내렸던 명령이 생각났다. 그녀를 죽이라고 했던 것. 하지만 그렇게 할 수는 없었다.

루드비히는 잠시 고민했다. 우선은 이 여자와 대화를 해 보고 싶다. 도대체 어떻게 된 일인지. 어째서 아타나스로 넘어오고 싶은 건

344

지. 그리고 정말로 연인이 맞는 건지.

'여기서 대화를 하는 게 빠르겠지.'

그렇게 생각한 순간, 던전이 흔들리기 시작했다. 마치 무너져 내릴 것처럼.

이유는 알 수 없었다. 던전을 돌파했다고 무너진 적은 없었다. 착각인가?

하지만 그렇다 치기에 천장에서부터 떨어지는 던전의 부분부분은 무시할 수 있는 게 못 됐다.

루드비히는 루다를 품에 안은 채 자리에서 일어났다. 우선은 이곳을 벗어나야 했다.

출구로 향하려는 그의 눈에 반짝이는 상자가 들어왔다. 던전 클리어의 보상이었다.

점점 커지는 진동 속에서 고민하던 그가 결심한 듯 빠르게 상자로 향했다. 인벤토리를 열어 그것을 담고는 출구로 속도를 높였다.

그녀의 말대로 생명의 은인이 한 명 더 늘어 버렸다. 그것도 골치 아픈 생명의 은인이.

무너져 내리는 던전을 벗어나자 눈앞에 밝은 빛이 쏟아졌다. 루드비히는 주저앉은 언덕을 돌아봤다.

루드비히가 알기로 던전은 한 번 돌파한다고 무너지는 곳이 아니었다.

특정한 기간을 두고 자가 재생 되며, 그 안에는 무수한 보고들이 가득하다고 들었다. 그런데 그것이 무너지다니.

"으음……."

루다가 낮은 신음을 뱉었다. 루드비히는 자신의 품에 안긴 여자를 바라봤다. 눈꺼풀이 움찔거렸지만 다시 깨어날 기미는 보이지 않았다.

어쩌면 던전이 무너진 것도 이 여자와 관련 있는 것은 아닐까. 어쨌든 이 여자와 대화를 하는 것이 지금 루드비히에게 제일 필요한 일이었다.

루드비히는 에세나의 군주와 대화를 해 보고 싶었다.

아까 그녀가 했던 말도 그렇고, 지금 깨질 듯이 아픈 머리도 그렇고. 여러 가지 의문을 해소하고 싶었다.

이 여자와의 대화가 의문을 해소하는 데 큰 도움을 줄 것 같았다.

루드비히는 그 자리에서 잠시 고민했다. 이 여자를 다시 에세나로 보내고 마주칠 날을 잡아야 하나? 아니면 이 자리에서 깨워야 하나?

이 자리에서 깨운다면 기예르모의 시선을 피하지는 못할 것이다. 에세나의 군주가 아타나스에 있다는 걸 기예르모가 알게 된 이상 그건 더 이상 비밀이 될 수는 없었다.

그렇다면 어떻게 기예르모의 시선을 피해야 하는가?

"미쳤군."

루드비히는 하, 바람 빠진 웃음을 내뱉었다. 평소라면 하지도 않을 생각을 하다니.

하지만 이미 싹튼 의심은 이대로 누를 수 있는 것도 아니었다. 고민하다가 루드비히는 도박을 하기로 했다.

루다를 다른 사람인 척 속인다.

기예르모는 황성에 나타난 적이 없었다. 나타날 수 없는 것은 아니겠지만 기예르모를 만나야 할 때마다 성소로 갔기에 황성에서 마주친 일은 없었다.

이번에도 루드비히가 스스로 기예르모를 찾아간다면 황성에 올 일은 없을 것이다.

아까도 직접 여자를 마주치기 전까지 아무 조치가 없던 걸 보면 기예르모는 모든 것을 살필 수 없을 수도 있었다.

그렇다면 이 여자와 무사히 황성으로 들어간다면 기예르모의 시선을 피한 것 아닐까?

만약 안 된다면…….

"정말 미쳤군."

에세나를 찾아가 볼까, 하는 생각까지 미쳤다가 루드비히는 고개를 내저었다.

우선은 루다를 데리고 황성에 가는 걸 목표로 삼기로 했다.

루드비히는 고민하다가 인벤토리에서 두 개의 물약을 꺼냈다. 하나는 기절 상태에 걸리도록 만드는 것이었고, 다른 하나는 외양을 바꾸는 것이었다.

우선은 기절한 상태로 황성으로 가야 했다.

그녀가 두 발로 걸어서 아타나스를 활보하는 것보다는 정신을 차리지 못한 상태로 있는 것이 기예르모의 눈을 피하기도 좋았다.

그리고 외양을 바꾸는 것.

소망의 물약.

이 여자가 마신 게 이것이었는지는 모르겠지만, 왠지 비슷할 수도 있다는 생각이 들었다.

소망의 물약을 마시고 외양이 바뀌려면 이 여자 역시 카라트여야 했다. 타라가 시타라의 사자인 것처럼 카라트는 기예르모의 사자를 의미하는 것이었다. 즉, 시타라인 루다는 이 소망의 물약의 효과를 볼 수 없었다.

이걸 어떻게 할 방법이 없을까 고민하다가 루드비히가 눈을 꾹 감았다.

떠오르는 방법은 단 하나였다. 먼저 그 조건을 갖춘 카라트가 입에 머금은 후, 그대로 그녀에게 옮기는 방법.

이게 확실히 먹힌다는 보장도 없었다. 게다가 이 방법을 사용하기

347

위해선…….

"미쳤군."

미쳤다는 말이 몇 번째인 줄도 모르겠지만, 미쳤다는 말이 절로 나오는 행동을 해야 했다.

이걸 진짜로 해야 하나? 하지만 더 이상 생각할 여유가 없었다.

루드비히가 눈을 꾹 감은 채 입에 소망의 물약을 머금었다. 그리고 그대로 루다의 입술에 입술을 가져다 댔다.

부드러운 감촉, 이상하게 요동치는 심장, 그리고 동시에 익숙한 느낌이 루드비히를 감쌌다.

생소한 감각에 멈칫했다가 이내 정신을 차리고는 입에 머금은 물약을 삼킬 수 있도록 도와줬다.

루다의 목울대로 물약이 넘겨지는 모습이 보였다.

"형우……."

안심하려는 찰나, 루다가 알 수 없는 말을 웅얼거렸다.

아니, 이제는 알 수 있었다. 자신이 잃어버린 기억의 주인. 최형우.

루다의 눈꺼풀이 파르르 떨리는 것이 보였다.

그리고 곧바로 상태 이상을 가져오는 물약을 입에 머금었다. 그대로 다시 입술을 겹쳤다.

두근, 하는 박동이 크게 들렸다. 홧홧해지는 얼굴을 왼손으로 감싸 쥐었다.

이게 뭐라고 이렇게 심장이 터질 것 같은지. 그러면서도 이렇게 익숙한 느낌은 대체 왜인지.

루드비히는 제 무릎 위에 얌전히 누워 있는 루다를 바라봤다. 그녀의 외양이 바뀌기 시작했다.

아타나스에서 루드비히를 처음 만났을 때와 똑같은 외양이었다. 짧은 금발 머리에 푸른색 눈.

다른 것은 그때는 완벽히 남자였고, 지금은 남자인지 여자인지 잘 모를 외양이라는 것이었다.

우선 아타나스 사람들의 눈을 피할 정도는 되었다. 그대로 루다를 안아 들었다.

황성으로 돌아가려고 발걸음을 뗀 순간이었다.

"호오?"

익숙한 목소리가 들린 곳에는 빙긋 웃고 있는 스테안이 서 있었다. 아마 루다가 봤으면 욕을 날리며 그대로 뛰어들었을 모습이다.

그리고 그건 루드비히 역시 같은 심정이었다.

스테안이 루베오로 숨지만 않았어도 이런 일은 없지 않았을까. 그런 생각만 가득했다.

마음 같아서는 그대로 달려들어 발길질이라도 하고 싶었다. 아니, 발길질로 가당키나 할까 싶었다.

루드비히가 아무런 행동도 하지 않는 이유는 품에 사람을 안고 있기 때문이었다.

"비키지."

스테안이 과장되게 억울하다는 표정을 지어 보이고는 다가와 루드비히 품 안에 안긴 자를 요리조리 살폈다.

"아니, 웬 여자를……. 여자 맞나요?"

"네게 답할 의무는 없다."

"네, 물론 그러시겠죠. 어쨌든 누군가를 주워 왔네요. 폐하답지 않게."

스테안의 눈이 가늘어졌다. 무언가를 재는 것이 분명했다. 루드비히는 문득 그 모습이 불안해졌다.

이자는 반신이다. 그것도 기예르모의 반신. 이대로 기예르모에게 달려가 모든 걸 전부 말한다면 품 안의 여자가 에세나의 군주인 걸 알게 되는 건 순식간이었다.

루드비히는 머리를 굴렸다. 기예르모의 반신이 기예르모에게 말하지 않도록 하는 방법. 한 가지 방법이 떠올랐다.

"스테안."

루드비히가 스테안을 불렀다. 알 수 없는 기대에 가득 찬 스테안의 눈빛과 마주쳤다.

루드비히는 몇 주 전을 떠올렸다. 스테안을 알게 된 지 얼마 되지 않았을 때였다.

기예르모에게 듣기로 스테안은 아타나스의 반신이었고, 문헌에 적힌 바로 스테안은 에세나로 넘어갈 수 없는 존재였다.

하지만 국경에서 스테안을 마주쳤을 때, 아무리 봐도 스테안은 그때 에세나에서 이쪽으로 넘어오고 있었다.

그때 눈이 마주치자 스테안이 반사적으로 입술에 손가락을 가져다 댔다. 비밀 유지를 요구하는 행동이었다.

그러면서 스테안이 언급한 것이 있었다.

'지금 이 비밀을 지켜 주시면, 후에 폐하의 부탁을 하나 들어 드리겠습니다. 그게 어떠한 것이라도.'

그리고 그 부탁을 여기서 쓰게 될 줄은 꿈에도 몰랐다. 루드비히는 어이가 없어 속으로 헛된 웃음을 삼켰다.

"그때 나와의 거래를 기억하나?"

"거래가 한두 번이었어야죠."

스테안이 흥미가 가득한 표정으로 루드비히의 품 안에 있는 자를 살폈다. 루드비히는 그의 시선을 애써 차단하며 다음 말을 이었다.

"어떠한 부탁이라도 들어주겠다고 한 것."

스테안의 웃음이 더욱 짙어졌다.

"그걸 지금 쓰시게요?"

"나는 황성에 혼자 왔다."

"호오?"

"이자는 네가 데려온 거고."

"폐하의 마음에 든 모양이군요?"

"그건 아니지만……."

마음에 들었다고? 그럴 리가.

루드비히는 온 힘을 다해 부정했다. 호감을 가지면 안 되는 상대에게 호감을 가지는 것만큼 한심한 행동이 없었다.

감정에서 호감을 제외한다면 떠오르는 건 단 하나였다.

"그저 껄끄러운 존재지."

"세간에선 그걸 마음에 들었다고 합니다."

스테안이 기분 좋게 웃었다. 루드비히는 그 웃음이 거슬렸다. 스테안의 기분이 좋을 때는 그가 속으로 어떤 기상천외한 짓을 꾸밀지 모르기 때문에.

"그래서 거래는?"

"분부대로 하죠."

스테안이 과장되게 허리를 숙였다. 거래의 성립이었다.

반신은 약속한 바는 꼭 지켜야 한다는 굴레가 이렇게 요긴하게 쓰일 줄은 몰랐다.

루드비히가 안심한 표정으로 스테안에게 품에 안은 루다를 넘겼다.

"함부로 다룰 생각 하지 말고."

한마디 덧붙이는 건 잊지 않았다.

"여자 맞죠?"

"알려고 하지도 말고."

"오오? 드디어 폐하께서?"

"헛소리 말고 따르도록."

"어라, 이제 보니까 아까 다루인가 그 남자랑 외양이 똑같은데요."

"알려고 하지 말라고 했을 텐데."

쓸데없이 예리한 스테안의 촉은 우선 눌러두는 것이 좋았다. 거래는 이미 성립됐다. 굳이 말을 더 보태 괜한 정보를 넘길 필요는 없었다.

"그런데 이자를 제가 데려온 거라고 해도 괜찮겠습니까?"

"자네가 데려온 자들은 많잖은가? 이 성에서 일하는 자만 해도 열 손가락이 넘어가는 거로 알고 있는데."

"하지만……."

"하지만?"

"이자는 다시 돌아갈 것 아닌가요?"

스테안의 어조는 평소와 다를 것이 없었다. 하지만 그 안에 담긴 의미가 루드비히의 발걸음을 멈추게 했다. 그와 함께 스테안 역시 발을 멈췄다.

둘의 눈이 마주쳤다. 하지만 마주한 스테안의 눈에는 그 어떠한 의도도 없어 보였다. 하지만 그것을 믿을 수는 없었다.

루드비히의 불안전한 기억이 있은 이후로 제일 못 미더운 자를 고르라면 스테안이라고 자신할 수 있었으니까.

"어떻게 알았지?"

"뭐가요?"

스테안은 모른 척했다. 모르는 건지 모르는 척하는 건지는 알 수 없었다.

모르는 것을 굳이 직접 물을 필요는 없었다. 하지만 그렇다고 아예 묻지도 않고 넘어가고 싶지도 않았다.

"……기예르모님의 뜻인가?"

그래서 루드비히는 돌려 물어보는 것을 선택했다. 기예르모가 그녀가 살아 있는 것을 알고 있냐는 질문이었다.

"기예르모님께서는 많은 일을 하시느라 모든 것을 살피지는 못하시죠."

루드비히의 눈썹이 구겨졌다.

아까의 대화로 기예르모를 향했던 믿음에 금이 갔다. 그리고 그걸 눈앞의 스테안이 확인시켜 준 느낌이었다.

아니, 사실 정확히 말하자면 스테안은 항상 같은 말을 했다. 그것을 믿지 않은 것은 자신이었다.

언제나 이유를 생각지도 않은 채 기예르모를 맹목적으로 따랐다. 이상할 정도로.

그리고 기예르모를 향한 믿음에 금이 간 건 바로 저 여자를 만난 후였다.

다시 지끈, 머리가 울려왔다.

"하지만 반신은 신에게 모든 것을 진실로 말해야 한다고 알고 있는데."

"폐하."

스테안이 싱글 웃었다. 아까보다 훨씬 기분 좋아 보이는 웃음이었다.

"진실을 말하지 않는 것이 거짓에 속하지는 않는답니다. 그리고 기예르모님께서는 저를 믿으시거든요. 그것도 아주 많이."

스테안이 다시 걷기 시작했다. 그의 발걸음은 평소보다도 훨씬 가벼워 보였다.

루드비히는 계획대로 기예르모를 찾았다. 그의 생각대로 기예르모는 황성에 나타나지 않았다.

다행이었다. 황성에는 에세나의 군주가 여전히 눈을 감은 채 잠들어 있기 때문에.

황성에 도착해서 루드비히는 어느 정도 회복된 루다에게 생명력 포션을 먹였다.

이번에는 입을 맞추지 않고 그냥 입에 조금씩 붓자 꼴깍꼴깍 잘도 마셨다.

왜 그 민망한 짓을 했는지 다른 의미로 얼굴이 홧홧해지곤 했다.

그런 별 쓸데없는 회상을 하다 보니 어느새 기예르모를 찾을 때마다 들렀던 성소였다.

어둡지만 웅장한 성소에서 낮고 위엄 있는 목소리가 들려왔다.

-타라의 개는 어떻게 되었지?

"그자는……."

붉게 타오르는 기예르모의 눈과 마주쳤다. 마치 그 눈이 모든 것을 꿰뚫어 보는 듯했다.

하지만 이제 그 눈에 모든 진실을 말할 수는 없었다. 계속 올라오는 의심이 있었다.

스테안의 말을 믿어야 하나? 정말 기예르모는 모든 것을 알지 못하는가?

속에서부터 피어나는 의심이 무엇인가? 왜 이런 의심이 생겨나는가?

"죽었습니다."

루드비히는 말을 내뱉고는 긴장에 조여 오는 심장을 애써 무시했다. 티가 나지 않도록 모든 총력을 기울인 상태였다.

–그리고 다시 살아났겠지.

"예?"

그리고 예상외의 대답이 돌아왔다. 루드비히가 반문했다가 가까스로 평정심을 찾았다.

놀라는 게 옳은 반응인가? 지금 이 상황에서 어떻게 반응해야 하지?

기예르모는 자신을 떠보는 것인가? 설마 모든 걸 알고 있었나?

'어떻게 살아났다는 걸 알았지?'

생각하다가 루드비히는 속으로 고개를 저었다. 아니었다. 루다는 다시 살아난 것이 아니라 죽지 않도록 예방한 것이었다.

즉, 루드비히가 루다를 살린 것이었다.

그렇다면 기예르모는 무엇을 말하고자 한 것이지? 루드비히는 필사적으로 고민하기 시작했다. 하지만 답은 없었다.

어차피 이 자리에서 하는 말이 전부 도박이었다. 그다음 말이 무엇이 되었든 도박의 연장선이었다.

루드비히는 기예르모의 말에 맞장구를 치기로 했다.

"그걸 어떻게 아셨습니까?"

–나는 아타나스 땅 위에서 일어나는 모든 일을 알고 있다고 말했을 텐데.

"그렇습니다. 그렇다면……."

어떻게 해야 할까요? 주어가 없는 질문을 던지려 할 때였다.

–그 여자는 그대로 에세나로 향했겠군.

"예?"

불타는 기예르모의 눈과 마주쳤다.

이전에는 저 눈이 모든 것을 살핀다고 알고 있었다.

하지만 지금은?

왜 모든 것을 알아야 하는 아타나스의 신이 에세나 군주의 행방을 모르는가? 왜 전지전능한 신이 자신과 스테안과의 거래를 모르는가?

아니 애초에 왜 그 던전에서 에세나의 군주를 죽이지 않았나?

모든 것이 의문투성이였다.

지금 상황에서 확실한 것은 단 하나였다.

기예르모는 그가 에세나의 군주를 살린 것도, 살아 있는 그녀가 아타나스의 황성 안에 있는 것도, 그녀를 스테안이 보살피고 있다는 것도, 아무것도 모르고 있었다.

루드비히는 애써 평정심을 유지했다. 평탄한 어조로 기예르모에게 답했다.

"예, 그대로 에세나로 향했습니다. 하지만 전부 회복하진 못했으니 국경에서 공격을 당했을 수도 있지요."

기예르모가 원하는 답을.

─그렇군.

기예르모가 흡족한 듯 대답했다. 그의 기분을 말해 주듯 기예르모 주변의 어둠이 부드럽게 춤을 췄다.

루드비히는 깊게 허리를 숙여 인사하고는 그대로 성소를 빠져나왔다. 정리되지 않은 머리로 다시 황성으로 향하려는 순간이었다.

──의 ──가 깨졌습니다.

알 수 없는 상태 창과 함께 극심한 두통이 그를 엄습하기 시작했다.

애써 한 걸음 한 걸음 내딛던 그가 결국 바닥에 주저앉아 머리를 감싸 쥐었다. 그 정도로 어마어마한 고통이었다.

마치 무언가를 망치로 깨부수는 듯한 고통.

당신은 당신의 의지로 사유할 수 있습니다.

그래서 루드비히는 마지막에 떠오르는 안내 창을 확인하지 못했다.

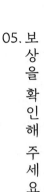

05. 보
상
을
확
인
해
주
세
요

루다가 눈을 떴다.

갑작스러운 빛에 눈을 찌푸렸다가 겨우겨우 다시 떴다. 희미했던 풍경이 몇 번 눈을 깜빡이자 점점 선명해졌다.

깜빡, 눈꺼풀이 오랜만에 빛을 맞는 것처럼 무거웠다.

겨우겨우 눈을 뜨고는 천천히 몸을 일으켰다.

꽤 오래 잔 것 같은 느낌인데 몸은 이상할 정도로 가벼웠다. 하지만 정신은 멍했다.

루다는 뻑뻑한 머리를 애써 굴렸다. 띄엄띄엄 이어지는 기억 속에서 루다의 마지막은 던전 안이었다.

형우의 기억이 다시 사라지고 루드비히가 죽기 직전 루다는 몸을 날려 그를 구해 냈다.

다시 살아난 유니콘이 바닥에서 솟아났고 그 송곳니가 루다의 등을 파고든 후…….

"아! 언데드!"

거기까지 생각한 루다가 번쩍 몸을 일으켰다. 언데드는 아직 살아 있었다.

아마 언데드의 독 때문에 잠시 기억을 잃은 모양인데, 이렇게 팔자 좋게 누워 있을 여유가 없었다.

다급하게 아직 죽지 않은 몬스터를 찾다가 루다는 멈칫했다.

"뭐야?"

이제야 풍경이 눈에 들어오기 시작했다. 루다는 넋이 나가 방을 둘러봤다.

보여야 할 던전 내부도, 몬스터도, 아무것도 보이지 않았다.

눈에 들어오는 건 정갈한 가구와 깨끗한 벽, 창에서 들어오는 빛을 차단하는 커튼 등이었다.

눈에 들어오는 풍경을 분석할 것도 없었다. 이곳은 방이었다. 그것도 꽤나 고위층이 사용할 법한.

"에세나인가?"

아타나스라면 에세나의 군주인 자신을 이렇게 고급스러운 방에 데려다 놓을 리가 없었다. 그렇다면 에세나라는 말인데, 어떻게 에세나로 돌아왔지?

국경을 넘을 수 있는 것도 아니고, 군주가 바로 정신을 잃었는데 그걸 그대로 보내 줄 루드비히도 아니었다.

아, 혹시 형우로 돌아왔을 때 보내 줬나? 그래도 국경을 넘으면 아타나스의 군주 외양을 알고 있는 에세나에서 형우를 가만히 둘 리가 없는데.

머릿속에 온갖 생각이 떠올라 혼란스러울 때였다. 마침 끼이익, 문이 열리더니 사람 한 명이 방 안으로 들어왔다.

"어?"

익숙한 얼굴에 루다는 반사적으로 작은 의문을 표하고 말았다.

360

문 너머에서 나타난 자는 정말 잘 아는 얼굴이었다. 루다가 목숨을 잃기 전에 구해 낸 사람.

"일어났나?"

"형우……가 아니라 루드비히?"

반사적으로 형우라고 부르려다 루다가 금세 호칭을 바꿨다.

왜 형우라고 생각했지? 말투는 누가 봐도 루드비히가 분명했다. 하지만 자신을 바라보는 눈빛에는 전처럼 적의가 담겨 있지 않았다.

아니, 적의가 담겨 있지 않은 수준이 아니라 마치 아군이라도 보는 듯했다. 그녀의 남자 친구 형우처럼.

무슨 꿍꿍이라도 있나? 아니, 꿍꿍이가 있다고 저렇게 사람이 확 바뀔 수가 있나?

급격한 태세 변환에 루다는 마냥 기뻐할 수도 없었다. 그저 멍하니 루드비히를 바라보는 루다에게 그가 성큼성큼 다가왔다.

"몸은?"

루다의 침대 옆 의자에 루드비히가 털썩 앉았다. 그 모습이 꽤 자연스러워 보였다. 마치 루다가 깨기 전까지 그곳에 몇 번 앉았던 것처럼.

그곳에서 루다를 바라보는 루드비히의 눈에는 걱정이 뚝뚝 묻어 나오고 있었다.

퉁명스러운 척하지만 왠지 모르게 다정한 목소리였다. 걱정 어린 말에 루다가 반사적으로 제 몸을 살폈다.

"어? 멀쩡한데."

정말로 멀쩡했다. 아프거나 뻐근한 곳도 없었고, 심지어 피곤하지도 않았다. 아무 걱정 없이 며칠 동안 푹 자고 일어난 것 같은 몸 상태였다.

몸은 괜찮고, 눈앞의 이 남자는 자신을 공격할 생각이 없어 보였다. 아니, 공격할 생각은커녕 진심으로 걱정되는 것처럼 루다를 살피고 있었다.

루다는 저 눈을 알았다. 제가 가끔 감기에 걸리거나 몸이 안 좋을 때마다 형우가 보냈던 눈빛이었다.

그 눈을 왜 루드비히가 하고 있지?

정말 혼란스럽다 못해 머리가 뱅뱅 돌 것 같았다.

"근데……."

그래서 루다는 우선 질문을 던지기로 했다.

루다가 루드비히를 흘끔 바라봤다. 마주한 눈은 뭘 묻고 싶냐고 묻고 있었다.

바로 죽이려 하지 않는 것만으로도 놀라운데 질문을 기다려 준단 말이야?

이쯤 되니 형우가 기억이 돌아왔는데 장난으로 루드비히인 척하는 게 아닌가 싶을 정도였다.

"루드비……히 맞지?"

조심스레 의문을 입 밖으로 내뱉고는 표정 변화를 살폈다. 형우라면 이 한마디에 '루다야, 제발!' 이러면서 경기를 일으킬 것이다.

"쓸데없는 소리는 여전하군."

"루드비히 맞는 것 같은데. 루드형우, 뭐 이런 거 아니지?"

"대체 무슨 소리인지 모르겠군."

"흐음……."

팔짱을 낀 채 이리저리 루드비히를 살피던 루다는 이제 포기하기로 했다. 우선 지금 당장 싸우지 않아도 되니 다행이었다.

휴, 안도의 한숨을 내쉬며 머리를 쓸어 올리려 했다.

"어라?"

평소와 달리 손에 걸리는 게 없었다.

"머리가 짧아졌네?"

머리를 이리저리 만져 보던 루다가 무언가를 찾는 것처럼 방을 둘러봤다. 거울에서 시선을 멈추고는 침대에서 일어나 그쪽으로 다가갔다.

거울에 제 모습을 비춰봤다. 짧은 금발에 푸른 눈, 거울 속의 모습은 아타나스로 건너올 때와 비슷했다.

골격은 제 골격이었지만 머리도, 눈 색도 아타나스에 알려진 루다와는 달랐다.

루다는 제 모습을 요리조리 살펴보다가 저를 빤히 바라보고 있는 루드비히와 눈이 마주쳤다.

루다는 던전에서 기억이 끊겼으니 제 모습을 이렇게 바꾼 건 루드비히일 가능성이 컸다.

"이거 자기, 아니 네가 한 거야?"

"그래."

"염색약 썼어?"

"아니."

"그럼 가발?"

"……아니."

루다가 고개를 갸웃했다. 그 두 개를 제외하고도 이렇게 자연스럽게 머리색이랑 눈 색을 바꿀 수 있는 게 있단 말이야?

"그럼? 나 분명 기예르모 만났을 때 변장 다 풀렸던 것 같은데. 무슨 소망의 물약이라도 먹은 것 같잖아."

"소망의 물약……?"

루다의 중얼거림에 루드비히의 미간이 살짝 움찔거리는 것이 보였다.

"어, 소망의 물약 알아? 설마 그건가? 여기도 소망의 물약이 있

363

어?"

루다가 놀란 눈을 한 채 루드비히에게 다가갔다. 하지만 루드비히의 대답은 바로 나오지 않았다.

미간을 살짝 찌푸린 채 팔짱을 끼고 가만히 있는 모습이 조금 의아했지만 루다는 그 모습을 긍정으로 해석하기로 했다.

만약 아니었다면 바로 '아니'라고 대답했을 게 분명했으니까.

"그런데 그거 조건이 시타라일 텐데. 타라의 물건이 아타나스에도 있단 말이야?"

"……찾아보니 있더군."

루드비히가 눈을 마주치지 못한 채 대답했다. 왠지 모르게 삐거덕거리는 그의 모습에 루다의 눈이 가늘어졌다.

저건 거짓말할 때 형우의 반응이랑 똑같은데.

"정말? 조건이 시타라란 말이야?"

"……무슨 문제라도 있나?"

여전히 눈을 제대로 마주치지는 못하지만 루드비히는 계속 시타라를 조건으로 하는 소망의 물약이 있다고 긍정하고 있었다.

정말 아타나스에서 에세나의 물품을 취급한다고? 전부 이해되지는 않았지만 루다는 고개를 끄덕이기로 했다.

그래, 잘 생각하면 그럴 수도 있지. 굳이 이걸로 거짓말할 이유도 없고.

상황을 보아하니 아무래도 루드비히가 자신의 외양을 바꾼 후 아타나스의 성으로 데려온 것 같았다.

아타나스에서 에세나 군주의 모습을 바꿔서 데려오고, 깨자마자 안부를 묻는다는 것은 결론적으로 하나를 의미했다.

루드비히는 루다를 더 이상 적으로 생각하지 않는다는 것.

"나 또 궁금한 거 있는데."

루다의 얼굴에는 이제 미소가 떠올라 있었다.

형우의 기억이 아직 돌아오지 않았고, 대화하고 있는 상대가 루드비히라고는 하지만 어쨌든 남자 친구와 싸워야 하는 일은 사라진 것이나 마찬가지였으니까.

사실 루다의 안에서는 어느 정도 결론이 난 상태였다. 그저 루드비히의 입으로 확인하고 싶었다.

"뭐지?"

"이제 나를 죽이지 않을 거야?"

루다의 질문에 지금까지와는 달리 루드비히의 얼굴이 눈에 띄게 굳었다.

무언가 고민이라도 하는 것처럼 잠시간 침묵이 흘렀다.

루다는 루드비히의 검은 눈을 마주한 채로 그의 대답을 기다렸다. 담담한 검은 눈동자가 사귀기 전 형우와 비슷해 보인다는 감상을 하며.

이상하게도 불안한 마음은 없었다. 왠지 그의 입에서 나올 대답을 알 것만 같았다.

"……아마도."

루다가 기대했던 정확한 대답은 아니었다. 하지만 그 대답에 루다가 활짝 웃었다.

아마도. 그 말이 의미하는 게 확신은 아니었다. 하지만 마주칠 때마다 죽이겠다고 덤비다가 이렇게 마주한 상태에서, 그것도 아타나스라는 루드비히에게 엄청나게 유리한 곳에서 공격하지 않는다는 것은 루다를 정말 안심시켰다.

"고마워!"

그 사실이 너무나도 기뻤다. 그래서 저도 모르게 루드비히에게 달려들어 그의 목을 끌어안아 버렸다가 퍼뜩 정신을 차리고는 한 발자국 물러났다.

겨우 사이가 호전됐는데 이러다가 다시 칼질이라도 하는 거 아닌가 싶어서.

하지만 물러나 바라본 루드비히는 어떠한 미동도 없었다. 공격은커녕 이전에 본 적 없던 모양새로 잔뜩 굳어 있었다.

"아, 미안."

루다는 두 손을 들고 바로 사과했다. 저건 완전 충격받을 때나 나오는 반응이었다.

아무리 기억이 날아갔다고 하더라도 달려가서 안은 게 그렇게 충격이었나. 그건 또 그것 나름대로 루다에게는 충격이었다.

하지만 이전만큼 슬프지는 않았다. 과거보다야 호전된 상태였으니까.

어쨌든 이런 반응에, 소망의 물약을 먹어서 치유됐고, 심지어 죽이지도 않는다고 하니 나오는 결론은 하나였다.

"나 구해 준 게 자기지?"

"……아마도."

여전히 눈을 마주하지 못한 채 나온 대답이었다.

그 모습에 루다는 풋, 작게 웃음을 내비쳤다. 살짝 눈을 돌려 루드비히를 바라봤다. 고개를 살짝 돌린 그의 귀 끝이 빨개져 있었다.

그럴 줄 알았지. 아까는 정신이 없어서 확인을 못 했는데 아마 아까도 저렇게 귀 끝이 빨개져 있었을 게 분명했다.

저것 역시 형우가 부끄러울 때마다 나타나던 반응이었으니까.

"고마워. 그런데, 음……."

내가 죽었었어? 다시 살아났나? 아니면 살렸어? 물어보려다가 먼저 눈으로 직접 확인하기로 했다.

"상태."

눈앞에 익숙한 상태 창이 주르륵 나타났다. 상태는 아타나스로 떠날 때와 별다를 게 없었다.

아마 상태 창에 적힌 '부활권 (1회 한정)'이라는 게 사라져 있겠지.

"어라?"

하지만 그 자리에는 '부활권 (1회 한정)'이라는 글자가 그대로 적혀 있었다. 여전히 여분의 목숨이 남아 있다는 말이었다.

"나 안 죽었네?"

"무슨 소리지?"

별생각 없이 내뱉은 한마디에 돌아오는 루드비히의 목소리가 심각했다.

루다의 말은 어쩌면 당연한 말이었다. 죽지 않았으니 여기에 있지. 하지만 지금 그녀가 하는 말은 그런 게 아니었다.

"내가…… 안 죽었다고. 하하하. 안 죽었으니까 여기에 있지."

얼버무리는 루다의 반응에 루드비히의 표정이 더욱 심각해졌다. 루다의 말과 함께 기예르모가 했던 말이 생각났다. 다시 살아났냐고 물었던 그 말이.

"혹시 다시…… 살아날 수 있나?"

"어, 알고 있었어? 알고 있었으면 말을 하지 그랬어. 괜히 민망하게."

루다가 멋쩍게 웃었다. 애써 분위기를 풀려는 루다와 달리 루드비히의 표정이 차갑게 굳었다.

"목숨이 두 개라는 말인가?"

"어, 그게…… 내가 좀 땡깡 부려서 쟁취해 낸 결과라고 해야 할까? 이렇게 직접적으로 말하려니까 좀 민망한데."

루다가 조금 작아진 목소리로 말했다. 왠지 남자 친구는 목숨이 하나인데 혼자만 두 개인 것도 미안했다.

물론 지금은 루드비히 스스로는 루다의 남자 친구라는 자각도 없지만, 공격을 하네 마네, 살리네 죽이네 했던 상황에서 혼자만 여분의 목숨이 있다는 거에 마냥 떳떳할 수 없었다.

"목숨이 두 개……."

"당연히 자기, 아니, 네가 불공평하다고 생각할 수도 있는데. 이건 너한테 죽을까 봐 그런 게 아니라 혹시라도 다른 일 때문에 죽을까 봐 받아 낸 거야."

그러니까 오해하지 말라고. 루다는 뒷말을 덧붙이려다가 다시 루드비히를 흘끔 바라봤다.

루다의 변명이 무색하게도 루드비히의 관심사는 그게 아닌 것 같았다.

루드비히는 다른 것을 생각하고 있었다. 그는 루다가 정신을 차리기 전, 기예르모와의 대화를 떠올렸다.

기예르모가 아무것도 모르고 헛소리를 한 게 아니었다. 외려 루다가 죽었다가 다시 살아났냐는 질문은 무언가를 알기에 할 수 있는 말이었다.

물론, 루다는 죽은 적이 없었으며 에세나에 돌아가지 않고 아타나스에 있다는 것이 기예르모가 아는 바와 다르지만.

"혹시……."

"응?"

루다는 루드비히의 표정을 살폈다. 그녀는 목숨이 두 개인데 본인은 아닌 것에 기분 나빠할 줄 알았는데 그게 아닌 모양이었다.

다행이라고 생각하며 루다는 루드비히의 다음 말을 기다렸다.

"최형우……."

"어?"

최형우? 언제나 형우네 뭐네 루다가 먼저 물어봤지 루드비히의 입에서 그 이름이 먼저 나온 적은 없었다. 하지만 지금은 아니었다.

최형우라고? 이어진 의외의 한마디에 루다는 놀란 눈을 한 채 다음 말을 기다렸다.

"최형우와는 이곳과 전혀 다른 곳에서 이동했나?"

루다의 눈이 크게 떠졌다. 예상외의 질문이 루드비히의 입에서 나왔다. 게다가 전혀 다른 곳이라고 말했다.

전혀 다른 곳은 여러 가지 의미가 있겠지만 최형우란 이름과 같이 나온다는 것은 곧 다른 차원을 의미하는 것과 마찬가지였다.

"어, 기억나?"

"기억이 난다기보다는 흐릿하게 무언가가 보이기 시작했다. 기억보다는 마치 저 멀리 꿈인 것처럼."

"뭐가? 뭐가 보이는데?"

"이곳과는 다른 곳. 조금 더 간단하고 단순하게 생긴 방에서 어떤 영상을 본다거나……."

"어, 맞아. 대박. 기억이 돌아오는구나."

루다는 눈물이 날 것 같았다. 원래부터 그랬는지 아닌지는 모르겠지만, 어쨌든 루드비히가 그가 기억을 잃었다는 걸 인정하고 있었다.

스스로 기억을 잃었고, 루다의 남자 친구인 형우의 존재도 인정한다. 그렇다면 루다가 남자 친구의 기억을 되돌리고 싶어 한다는 것까지 부정할 리는 없었다.

루다가 기억을 잃은 동안 루드비히에게 어떤 일이 일어났는지는 모르겠지만 맹목적인 신앙심 때문에 루다에게 칼을 들이밀 일은 없을 것이다.

아마 기억을 한 조각, 두 조각 더 모으기 시작하면 루드비히의 기억 역시 더욱 선명해질 수도 있었다.

그렇다면 기억은? 거기까지 생각하다가 루다가 퍼뜩 고개를 들었다. 보상은? 제대로 갖고 오긴 한 건가? 설마 기억의 조각이 돌아왔나?

기억을 잃은 동안 루드비히의 행동이 많이 바뀌어 있었다. 혹시 기억의 조각이 돌아왔기에 그런 건가?

기억의 조각이 돌아오면 그때처럼 띄엄띄엄 나타나는 게 아니라 이렇게 아예 기억이 합쳐지는 건가? 아니, 기억이 돌아오긴 했나?

루다는 이 의문점을 해결하고 싶었다.

"근데 기억, 아니 혹시 보상은?"

"보상?"

"그 던전 다 깨고 나면 주는 거 있잖아. 설마 안 가져왔어? 안 가져왔으면 가지러 다시 가야 하는데. 아, 그런데 다시 간다고 있나?"

"던전은 무너졌다."

"뭐? 왜?"

그나마 평이했던 루다의 목소리가 금세 커졌다. 루다는 그 던전을 다시 깨야 하나 정도만 생각했지 무너지는 건 생각지도 못했다.

던전이 무너지다니 대체 무슨 소리인지. 루다가 〈저크시즈〉를 플레이하는 동안 던전은 한 번도 무너진 적이 없었다.

게다가 그 던전은 이미 한 번 깬 전적이 있는 사이프 던전이었다. 대체 왜? 원래 무너지는 속성도 아닌데.

하지만 또 생각해 보면 언데드가 나오기도 했다. 무언가 속성이 바뀐 건가? 그런데 그렇다면 도대체 왜? 아무리 생각해도 이유를 알 수가 없었다.

점점 심각해지는 루다의 표정을 바라보며 루드비히 역시 표정을 굳혔다.

"그 이유를 네게 묻고 싶었는데. 아무래도 모르는 것 같군."

"그게 무너질 리가 없는데? 혹시 뭐 잘못 건드린 거라도 있어?"

"언데드를 처치한 것밖에 없는데."

"보스몹 죽인다고 던전이 무너질 리는 없는데."

아무리 생각해도 평소와 다른 무언가의 힘이 작용한 게 분명했다. 그렇지 않고는 항상 멀쩡하던 던전이 무너질 리가 없으니까.

그나저나 던전이 무너지다니. 그렇게 되면 정신을 잃느라 손에 넣지 못한 보상은 어떡하지?

루다는 마지막 희망이 잔뜩 담긴 눈으로 루드비히를 바라봤다.

"아, 안 되는데? 진짜 보상 안 받았어? 무슨 상자 같은 거라도."

"상자?"

가만히 무언가를 생각하던 루드비히가 가방을 말하더니 허공을 뒤적였다. 인벤토리를 살펴보는 모양이었다.

"이거 말하는 건가?"

루드비히가 내민 상자를 바라봤다. 단단하고 커다란 상자 위에는 '던전 클리어 보상'이라는 글자가 적혀 있었다.

"어, 맞아!"

루다가 밝게 소리치며 상자를 받아 들었다. 안을 열어 보니 그 안에는 장비 몇 개와 물약, 그리고 기억의 조각이 있었다.

그리고.

"어, 소망의 물약?"

"뭐?"

루드비히가 다급한 얼굴로 퍼뜩 고개를 들었다. 하지만 루다는 그 모습을 보지 못한 모양이었다.

루다와 루드비히가 깬 던전은 아타나스 진영의 던전이었다. 그런데 아타나스의 던전에서 나온 물약이 에세나의 것이라고?

뭐가 이렇게 의외가 많아? 생각하며 루다가 상자 안에서 꺼내 든 소망의 물약을 요리조리 살펴봤다.

"어라, 이건 조건이 카라트인데?"

가볍게 던진 루다의 말에 루드비히의 얼굴이 희게 질렸다.

"카라트는 기예르모의 사자 말하는 거 맞지?"

"……그렇지."

한 박자 쉬고 루드비히가 답했다. 눈동자를 도르륵 굴리는 게 들키고 싶지 않은 게 있는 모양이었다.

루다가 소망의 물약을 루드비히의 눈앞에 들이밀었다. 그의 반응으로 보아 무언가 있는 게 분명했다.

루다가 무언가 캐려는 표정을 지을 때마다 루드비히는 등 뒤로 땀이 흘러내리는 걸 애써 숨기느라 죽을 맛이었다.

설마 이러다가 아까 입맞춤으로 소망의 물약을 넘겨 준 걸 들키는 게 아닌가 싶었다.

정신을 잃었을 때이니 그럴 리야 없겠지만 제가 모르는 기억을 알고 있는 사람이라는 건 생각보다 더욱 그를 불안하게 만들었다.

그런 루드비히의 불안함을 알 리 없는 루다가 씨익, 더욱 장난스러운 미소를 지은 채 그의 눈앞에서 물약을 흔들어 보였다.

"혹시 내가 먹은 게 이거야?"

"……아니라고 했잖나!"

"아니면 아닌 거지 왜 목소리를 높여? 마치 찔리는 거라도 있는 것처럼?"

루다가 빙글 웃었다. 정말 뭔가 찔리는 게 있는 반응인데.

"그런 거 없다."

루드비히의 목소리가 눈에 띄게 낮아졌다. 하지만 빨개진 귀를 숨길 수는 없었다.

"아니야? 다행이네. 난 또 조건이 카라트인데, 뭔가 다른 방법을 써서 외형을 바꾼 줄 알았지."

"……그 조건은 시티라였다."

"알았어. 자기 말이 다 맞아."

확실히 뭔가 있는 게 분명했다. 하지만 루다는 여기서 그만두기로 했다. 왠지 더 물어보면 폭발할 것 같아서.

형우일 때도 저렇게 숨기고 싶은 걸 계속 캐물으면 나중에 더 안 좋아지곤 했다. 이제 그만할 때가 됐다.

게다가 루다에게는 마지막 최후의 보루가 남아 있었다. 형우. 형우의 기억이 돌아왔을 때 루드비히가 그렇게도 숨기려고 했던 소망의 물약의 비밀을 물어보면 되겠지.

"자, 이제 보상을 나눠 볼까?"

루다는 콧노래를 부르며 손에 들었던 소망의 물약을 테이블에 내려놨다.

상자를 열어 그 안에 있는 보상들을 살펴봤다. 무기는 별로 좋은 게 없었다. 이미 갖고 있는 무기들이 최종 클리어 때 받은 신의 물품들이다 보니 그것들보다 더 좋은 걸 찾기도 힘들었다.

"보상은 어떻게 나누지?"

"나는 필요 없다."

"그건 나도 마찬가지인데, 어?"

루다가 상자를 뒤적이다가 일반적인 것과 다른 걸 발견했다. 루다는 장비, 포션들 사이에서 오래되어 보이는 책을 꺼내 들었다.

"어라, 이거 스킬북이잖아?"

가죽으로 만들어진 책은 꽤 고풍스러운 느낌을 풀풀 풍겼다. 어차피 속성 맞춰서 스킬을 배웠는데, 여기서 더 배울 스킬은 없었다.

하지만 혹시 모르니 보기라도 해야지. 생각하며 루다가 조심스레 책을 펴 적힌 내용을 읽어 내렸다.

-진실의 눈.

남들이 알 수 없는 진실에 다가갈 수 있습니다. 타인이 알리고 싶지 않은 진실을 꿰뚫어 볼 수 있습니다.

조건: Lv.250, 이미 진실을 접한 자

"진실을 접한 자?"

레벨이 만렙인 것도 당황스러웠는데 거기에 진실을 접한 자라니. 레벨이야 충족한다고 하지만 진실을 접한 자라는 건 너무 추상적이었다.

스킬북에 적힌 조건을 읽어 내리다가 그 제일 아래에 적힌 말에 루다가 눈을 동그랗게 떴다.

당신은 조건을 충족합니다. 스킬을 습득하시겠습니까?

"응?"

내가 조건을 충족했다고? 하지만 그런 적은 없었는데. 생각하다가 한 가지가 떠올랐다.

"아!"

던전의 제단에서 있던 일이 생각났다. 갑자기 이벤트 영상이 재생되고 타라의 죽음을 봤던 때가. 그게 진실을 접했다는 것에 속하는 모양이었다.

루다가 스킬북을 든 채 고민에 빠졌다. 이게 과연 유용한가?

스킬을 새로 습득하고 랭크를 올리려면 스킬 포인트를 사용해야 한다. 스킬 포인트는 레벨 업이 될 때마다 지급되는데, 이미 만렙이라 스킬 포인트를 쌓을 기회도 별로 없었다.

이미 모아 둔 걸 사용해야 되는 판국이었다.

루다는 팔짱을 끼고 고민했다.

역사니 진실이니 그런 게 지금 엄청나게 간절하지는 않았다. 하지만 루다는 기예르모도 타라도 완전히 믿을 수가 없었다.

하지만 그들을 죽일 수 있는 방법도 몰랐다. 신을 죽일 수 있는 방법을 알아야 협박이라도 통할 것 같았다.

그리고 그걸 알아내기에는 이 진실의 눈이 제일 적격일 것 같았다.

여기까지 생각한 루다가 결론을 내렸다. 배우자.

"자기야."

루다가 스킬북에 시선을 둔 채 루드비히를 불렀다. 그 호칭에 루드비히가 자연스럽게 루다를 쳐다봤다가 이내 인상을 찌푸렸다.

하지만 그런 건 눈에 보이지도 않는지 루다는 여전히 스킬북에서 눈을 떼지 못하고 있었다.

"이것만 나한테 양보하고 다른 거 다 가질래?"

"그게 뭐지?"

"스킬북인데, 한번 볼래? 아, 치사하게 습득하지는 말고."

"뭐로 보고."

살짝 째려본 후 루다의 손에서 스킬북을 건네받았다. 앞장을 펼쳐 이리저리 살펴보다가 루다에게 다시 책을 내밀었다.

"나는 필요 없는 물건이군."

"그래? 그럼 이건 내가 챙길게. 자, 다른 건 전부 자기 거."

루다는 인벤토리에 스킬북을 챙기고는 상자를 루드비히 쪽으로 밀었다.

상자와 루다를 번갈아 보는 루드비히의 눈에 알 수 없는 망설임의 빛이 보였다. 무언가를 말하고 싶은 듯 입을 벌렸다 다물었다 고민하고 있었다.

"무슨 할 말 있어?"

"그."

"응?"

"자기라는 호칭은…….."

안 써 줬으면 좋겠는데. 흐리는 말꼬리가 귀에 들리는 느낌이었다.

루다가 눈을 크게 떴다가 다시 장난스러운 미소를 입가에 걸었다.

아무래도 옆에서 화내지도 않고 이것저것 해 주기에 루다도 모르게 자기라는 호칭을 쓴 모양이었다.

아마 지금 처음이 아닌 것 같은데 이제야 말하는 걸 보니 계속 참고 있던 것 같았다.

하지만 루다는 바로 호칭을 넣기에는 무언가 아쉬웠다.

"아, 내가 자기라고 불렀나? 그런데 뭐 어때 자기인데. 안 그래, 자기야?"

그래서 괜히 한마디 더 붙여 보기로 했다. 하지 말라는 짓은 더 하는 게 재밌으니까.

게다가 지금의 루드비히는 그렇다고 하더라도 공격하지는 않을 것 같았다.

"…….."

공격은 아니더라도 화라도 낼 줄 알았는데 루드비히는 그냥 침묵하고 있었다. 물론 곤란하다는 빛을 얼굴에 띤 채.

"안 돼?"

루다가 눈을 크게 뜨고 루드비히의 팔을 잡은 채 루드비히를 올려다봤다.

나름 필살의 애교였다. 이게 형우에게는 몇 번 먹힌 적 있었는데 루드비히에게는 확신할 수 없었다.

마주한 루드비히의 눈이 크게 흔들렸다. 이유는 알 수 없었다.

무언가 치열한 고민 끝에 루드비히가 한 손으로 얼굴을 짚었다. 얕은 한숨은 덤이었다.

그 모습까지 보자 루다는 다음에 어떤 대답이 나올지 알 것 같았다. 분명.

"……마음대로."

라는 말이 나오겠지.

정확히 예상한 반응에 루다는 밝게 대답했다.

"그래!"

그 모습에 작은 한숨이 더 따라붙는 건 덤이었다.

루드비히가 그러든지 말든지 루다는 그의 앞에 놓인 상자들을 툭툭 쳤다.

"이것들은 가지기 싫으면 다른 기사들 나눠 줘도 되고……."

"괜찮겠나?"

"뭐가?"

"적국에 이런 무기들을 나눠 줘도."

"전쟁 안 할 거라며? 나도 안 죽일 거라며? 거짓말이었어?"

"아니."

"그럼 됐어."

루다가 활짝 웃었다. 루드비히는 그 모습을 알 수 없는 표정으로 바라볼 뿐이었다.

루드비히의 반응이 중요한 건 아니었는지 루다는 상자를 다시 한 번 뒤적였다.

무기들을 왼쪽으로 치우고 포션들을 오른쪽으로 치우자 전혀 다른 속성의 조각이 눈에 들어왔다.

"그리고 이거는……."

'봉인된 자의 파편'이라고 적힌 결정 조각을 바라봤다. 이건 아무리 봐도 형우의 기억이었다.

"이건 원래 자기 거."

그걸 보고 있자니 감개무량했다. 루다는 시선을 들어 루드비히를 바라봤다. 루드비히는 그 조각에서 눈을 떼지 못하고 있었다.

"기억인가?"

"응. 가져가."

루드비히가 조심스럽게 기억에 손을 뻗었다.

그의 손이 조각에 닿는 순간, 조각이 손가락에 흡수되듯 순식간에 눈앞에서 사라졌다.

루드비히의 눈이 크게 뜨였다가, 얼굴이 구겨지기 시작했다. 무언가 고통스럽거나 혹은 이질적인 것을 받아들이는 것 같았다.

저번처럼 엄청나게 고통스러우려나, 루다는 걱정스러운 눈빛으로 남자 친구를 살폈다. 하지만 머리를 감싸 쥐었던 그의 손이 금세 제자리를 찾았다.

기억이 다시 돌아올 때 보일 것 같았던 고통스러운 표정이 생각보다 금방 끝나 있었다. 두통도 처음보다 적은 것 같았고 돌아오는 과정도 쉬워 보였다.

하지만 분위기가 이상했다. 왜 분위기가 루다가 알던 형우와 다른 것 같지?

"형우야?"

"……."

얼핏 바라본 표정은 형우가 아니라 루드비히 같았다. 오히려 방금 전까지 있던 자가 형우라고 해도 믿을 만했다.

알 수 없는 침묵에 루다가 다시 한 번 남자 친구의 이름을 입에 담았다.

"형우 맞아? 아니면 루드비히……?"

질문이 끝나기가 무섭게 손이 루다의 얼굴을 감싸더니 얼굴이 확하고 다가왔다. 그대로 입술에 부드러운 것이 닿았다. 당연히 형우였다.

하지만 그 기세는 루다가 생각하는 것과는 달랐다. 평소에 가벼운 입맞춤이나 키스를 할 때는 부드러웠다.

하지만 지금은 아니었다. 마치 잡아먹힐 것 같았다. 소유권이라도 주장하듯.

거칠고 정신없는 입맞춤 후에 겨우겨우 숨 쉴 틈이 찾아왔다. 제게서 떨어지는 형우를 루다가 혼란스러운 눈으로 쳐다봤다.

최근 들어 한 번도 이런 적이 없었다. 저크시스에 떨어진 후에도 기억이 돌아오면 우선 이름부터 부르고 얼굴부터 확인하던 남자 친구였다.

갑자기 키스라니. 그것도 예전보다 더욱 진하고 거친 키스였다.

루다는 이유를 알 수가 없어 동그랗게 뜬 눈으로 형우를 바라봤다. 설마 지금의 그는 형우도 루드비히도 아닌 건가 하는 생각까지 들 정도였다.

"루다야."

가만히 형우를 응시하던 루다의 귀에 목소리가 들렸다. 루다의 이름을 제대로 부르는 걸 보아하니 형우가 맞았다.

하지만 그 이름을 부르는 목소리가 이상하게 가라앉아 있었다.

"형우 맞지? 무슨 일이야."

키스가 기분 나쁘지는 않았다. 아니, 오히려 좋고 싫음 중에 무엇이냐고 물어본다면 좋았다. 하지만 이건 너무 급작스러웠다.

379

형우가 루다를 꼭 끌어안은 채 그녀의 어깨에 얼굴을 파묻었다. 허리를 꽉 끌어안는 손에서 부드러우면서도 강한 힘이 느껴졌다.

뒤이어 들리는 한숨과 함께 해서는 안 되는 고백이라도 내뱉듯 형우가 조심스레 제 마음을 내뱉었다.

"나는…… 내가 나한테 질투할 수 있을 거라고는 꿈에도 생각 못 했어."

예상치도 못한 한마디에 루다가 눈을 크게 떴다.

"질투?"

무슨 질투? 루다는 조금 전까지 루드비히와 있던 일들을 떠올렸다.

루드비히에게 무슨 말을 했었더라. 생각하다가 루다는 푸훗, 가벼운 웃음을 짓고 말았다.

형우의 기억이 돌아오기 전 루드비히가 '자기'라는 호칭은 사용하지 말아 달라고 말했다.

그것 외에도 루다 모르게 형우에게 했던 것처럼 루드비히를 대했을 수도 있었다.

루다에게 형우나 루드비히나 둘 다 자신의 남자 친구였다.

물론 기억을 잃어 다른 사람처럼 굴지만, 조금 전 루드비히가 보여 줬던 모습들을 보면 형우의 본성이 아예 사라진 게 아니니까.

루드비히에게서 언뜻언뜻 보이는 형우의 모습들이 루다에게 안정감을 준 것도 맞았다.

루다에게는 루드비히건 형우건 둘 다 너무 사랑스러운 남자 친구지만 형우에게는 그렇지 않을 수도 있겠지.

그런데 스스로에게 질투라니. 루다는 그런 형우의 모습이 의외이면서도 너무나도 귀여웠다.

원래 질투가 없는 건 아니었지만 그때의 질투는 사소했고, 그 표현 방식 또한 루다와 대화 후 해결하는 것이 끝이었다.

아마 지금은 대화로 해결할 수 없으니 이 지경까지 왔겠지.

그렇게 생각하니 루다는 입꼬리가 슬금슬금 올라가는 걸 숨길 수가 없었다.

루다가 그대로 형우의 목을 끌어안았다.

"그게 그렇게 질투가 났어요?"

"……."

형우는 루다의 눈을 은근히 피하고 있었다. 민망해하는 건지, 아니면 아직 기분이 풀리지 않은 건지, 둘 다인지 알 수 없었다.

어쨌든 살짝 찌푸린 미간이 형우의 기분이 아직 저조하다는 걸 보여 주고 있었다.

루다는 형우의 목에 팔을 두른 채 살짝 내리간 형우의 눈을 겨우겨우 마주쳤다.

형우가 움찔하는 것이 보였다. 그 모습이 아까 루드비히가 보여 줬던 모습과 또 겹쳐 보여 루다는 입꼬리를 살짝 올렸다가 가까스로 내렸다.

형우의 상태가 생각보다 진지하니 루다 역시 진지한 대답을 해야 할 것 같았다.

루다는 형우의 볼을 부드럽게 감쌌다.

"옆에 있는 게 자기라, 나도 모르게 자기라는 말이 나간단 말이야."

루다가 최대한 부드러운 목소리로 말했다.

"……."

"그건 다 내가 자기를 그만큼이나 사랑하니까 그런 거 알잖아."

"……그렇지."

형우의 입에서 긍정의 말이 나왔다. 표정을 보아하니 아직 완전히 기분이 풀린 것 같지는 않았다. 그래서 루다는 형우의 눈을 마주하며 웃었다.

루다의 눈을 빤히 바라보던 형우 역시 작은 쓴웃음을 흘렸다. 기분을 풀어 보겠다는 신호였다.

그 모습에 루다의 얼굴에 활짝, 밝은 웃음이 걸렸다.

다시 한 번 기분이라도 풀어 주려는 듯 쪽 하고 형우의 입술에 뽀뽀했다. 애교가 담긴 입맞춤에 형우의 기분이 조금 더 풀리는 게 보였다.

"그래도 다음부터 조심할게."

"아니야. 하고 싶은 대로 해도 돼."

형우가 최대한 웃으며 말했지만 마치 국어책을 읽는 것 같았다.

풋, 작게 웃은 루다가 금세 엄숙한 표정을 지어 보였다.

"마음에도 없는 소리 하지 말기."

콩, 이마를 부딪쳐 오는 루다에게 형우가 어색하게 웃었다.

"너무 티 났지?"

"응."

민망함이 가득 담긴 형우의 질문에 루다가 커다란 긍정을 표했다.

"그래도 조금은 봐줘. 나한테는 둘 다 최형우란 말이야. 기억 잃었다고 쌀쌀맞게 대하는 게 더 어려워."

조심한다고 말은 했지만 사실 루다도 그렇게 자신만만한 건 아니었다.

아직도 아까 루드비히와 형우의 모습이 겹쳐 보였고, 그랬기에 더욱 귀여워 보이는 것도 사실이었다.

그걸 전부 사실대로 말할 수는 없었다. 지금 상황에서 진심을 말해 봤자 관계만 악화될 게 분명했다.

눈썹을 늘어뜨리고 최대한 진심을 담으려고 노력하는 루다를 바라보며 형우가 작게 한숨을 내쉬었다.

루다를 향한 한숨이 아니라 자신을 향한 한숨이었다. 스스로가 한

심해서 내뱉는 한숨.

루다의 이마에 부드러운 입술이 닿았다 떨어졌다. 마주치는 형우의 눈이 이제는 곱게 접혀 웃고 있었다. 이건 긍정의 답이구나.

귀여운 것과 별개로 조금 걱정하던 루다는 보이지 않게 심장을 쓸어내렸다. 정말 비현실적인 세계에 와서 비현실적인 이유로 남자 친구를 달래다니.

신기하긴 했지만 다시 겪고 싶진 않았다. 그나저나 루다는 풀린 형우의 얼굴을 보고 있자니 드디어 궁금한 걸 물어볼 수 있겠다 싶었다.

"아, 그런데 궁금한 게 있는데."

말해 보라는 형우의 눈빛이 돌아왔다.

"자기는 루드비히일 때 기억이 있지?"

"……그렇지."

약간의 망설임 후 형우가 긍정의 대답을 내뱉었다.

루드비히라는 이름 단 네 글자에 형우의 눈빛 역시 조금 가라앉았다. 단순히 루드비히라는 이름이 부끄러워서는 아닌 것 같았다.

그래도 기억이 있을 때와 없을 때를 함께 말해야 하는 상황이니, 형우 앞에서 루드비히라는 이름을 말하지 않을 수도 없었다.

게다가 맨 처음 기억이 돌아왔을 때보다는 훨씬 기분이 풀려 보이니 루다는 하려던 질문을 그만둘 생각은 절대 들지 않았다.

"그치? 내가 궁금한 건 별건 아니고. 아니 대체 루드, 아니 자기……가 기억을 잃었을 때의 그 친구는 왜 나한테 말을 안 해 주는 거야?"

"뭐를……."

형우가 반문하려다 흠칫했다. 왠지 뭔지 알 것 같았다.

"내가 먹은 소망의 물약, 뭐가 있는 거지?"

그리고 정확히 그에 맞는 질문을 루다가 던졌다.

"······아니."

대답하는 형우의 시선이 다른 곳을 향해 있었다. 동공이 살짝 떨리는 것 역시 포착했다. 그래서 루다는 믿을 수가 없었다.

"정말?"

"······."

또다시 확인을 요구하는 질문에 형우는 침묵했다. 이건 분명 대답을 회피하려는 시도가 분명했다.

루다는 계속해서 피하는 형우의 눈동자를 따라 그를 마주 보려 애썼다. 시선을 마주치려 하지도 않고 입도 꾹 다물고 있다.

"아니 왜 다 이것만 물어보면 입을 다무는 거야? 대체 무슨 대단한 비밀이라도 있어?"

둘의 공통된 반응에 루다는 정말 궁금해 미칠 것 같았다.

루드비히는 몰라도 형우라면 바로 대답할 줄 알았는데. 도대체 뭐기에 형우 역시 대답을 피하는 거지?

살짝 높아진 언성에도 형우는 입을 열 생각이 없어 보였다. 이건 정말 말하고 싶지 않을 때 하는 행동이었다.

"뭐 있구나?"

"······루다야, 그건 알려고 안 하면 안 될까?"

형우가 고민하다가 겨우 입을 열었다. 최대한 웃어 보려고 애썼다. 하지만 웃음이 잘 지어지지는 않았다.

말하고 싶지 않은 이유가 루드비히가 그랬던 것처럼 민망해서가 아니었다. 지금 상황이 정말 총체적 난국이었다.

형우의 기억이 사라졌을 때 아예 인격이라는 것이 없으면 상관이 없었다. 하지만 아니었다.

형우가 사라졌을 때 또 다른 자가 생각하고 행동한다. 몇 번이나 루다를 공격했고 죽이려 했다.

그리고 지금은 루다를 도와주려 한다. 그런 자를 루다는 루드비히라고 부르고 있었다.

그쯤 되자 형우는 '기억을 잃었다.'보다는 '다른 인격이 생겼다.'라고 받아들이고 있었다.

그리고 그 다른 인격이 루다에게 입맞춤을 했다.

물론 의도는 따로 있었다. 그저 살리기 위해서. 그리고 기예르모의 눈을 피하기 위해서.

변명하자면 충분히 그렇게 말할 수 있었다.

하지만 루드비히와 달리 형우는 그의 감정과 심장의 울림을 느낄 수 있었다.

그리고 형우가 느낀 것이 맞다면, 루드비히는 루다를…….

"그냥 말해 주면 안 돼? 우리 사이에 비밀이 어딨어?"

그녀의 눈이 대답을 요구하고 있었다. 하지만 형우는 정말로 대답하고 싶지 않았다.

방금 전의 대화로 깨달았다. 루다는 루드비히 역시 형우라고 생각하고 있었다.

조심하겠다고 말은 하지만 그 한마디의 기저에는 '루드비히는 형우다.'라는 공식이 성립되어 있었다.

그건 무슨 말을 해도 이해받을 수 없을 것이다.

사실 누가 그에게 진심으로 공감해 줄까? 스스로가 생각해도 어이가 없는데.

그냥 지금 형우가 원하는 건 한 가지였다. 루드비히의 마음이 루다에게 전해지지 않는 것. 그래서 진실을 전부 말하고 싶지 않았다.

말하고 싶지 않다는 걸 어떻게 설명하지 고민하다가 고개를 들자 코앞에 루다가 다가와 있었다.

호기심에 가득한 눈. 너는 말해 줄 거지? 그런 믿음이 가득 담긴 표정. 그리고 그 믿음을 내뱉는 입술. 제가 기억이 나갔을 때 겹쳤던 입술.

그건 나인데, 또 내가 아니다. 이성적으로 생각하기엔 과부화된 그 안에서 감정적인 무언가 핑, 하고 끊긴 것 같았다.

"형우……?"

심상치 않은 분위기에 열렸던 루다의 입술이 그대로 먹혀 버렸다. 말하고 싶지 않다는 무언의 행동이었다. 다만 대답을 대신한다고 하기에는 그 기세가 너무 거셌다.

루다가 눈을 커다랗게 떴다. 형우야, 다시 한 번 부르려고 입을 열었지만, 소리가 새어 나올 여유 따위는 없었다.

한 손은 형우의 가슴에, 다른 한 손은 그의 목에 감은 채 그대로 뒤로 밀려났다. 고작 입맞춤이었지만 몸이 밀려날 정도였다.

이런 적이 있었나? 그렇게 말이 하기 싫은가? 설마 나한테 화났나? 하지만 화났는데 이렇게 밀어붙인다고?

영문도 모른 채 형우의 키스를 받아 내고 있자니 숨이 막혀 왔다.

루다는 잠시 놔 달라는, 그리고 대화를 해 보자는 의미로 형우의 가슴을 팡팡 쳤다.

그 제스처가 먹힌 모양인지 형우의 입술이 떨어져 나갔다. 그사이에 루다는 참았던 숨을 터뜨렸다.

정신을 차리니 둘은 침대 위였다. 루다는 어느새 침대에 눕혀 있었다.

얼떨떨한 기분으로 제 위에 있는 형우를 올려다봤다.

"도대체 무슨 일……!"

말을 하려다가 루다가 소리를 삼켰다. 마주한 눈빛이 위험했다. 이렇게 정신을 못 차린 건 예전에 첫 여행에서 술 마셨을 때를 제외하고는 없는 것 같은데.

이성적으로 대화를 시도하려던 루다가 다시 고민했다. 뭐라고 해야 다시 정신을 차리지?

하지만 다시 말을 할 여유가 없었다. 그대로 손이 루다의 볼을 감쌌고, 다시 키스가 시작됐다. 아까보다는 조금 부드러워졌다는 게 다행이라면 다행이었다.

하지만 문제는 따로 있었다. 점점 내려가는 손, 무언가에 잠식되는 눈빛.

그 모습을 보고 있자니 루다는 이제 슬슬 걱정이 되기 시작했다. 이러다가 이대로 일 치르겠는데?

아니, 물론 상관은 없지만 이러다가 루드비히의 기억이라도 돌아오면? 그렇게 되면 설명은 내가 해야 하잖아?

아직 기억이 나갔다가 돌아오는 정확한 규칙도 모르는 상태에서 끝까지 받아들일 수는 없었다.

하지만 말을 할 틈을 안 주잖아!

맨정신에 이런 적이 진짜 없던 것 같은데. 도대체 무슨 일이지?

지금 그녀가 해야 할 행동은 하나였다. 어떻게든 지금 상황을 말리는 것.

루다가 아까처럼 다시 한 번 형우의 가슴을 치려고 할 때였다.

"폐하."

문이 벌컥 열리는 소리와 동시에 누군가의 목소리가 들려왔다. 그와 함께 형우의 입술이 떨어졌다.

어떤 미친놈이 군주가 있는 방에 노크도 없이 들어오는 거지?

말로 형용할 수 없는 기분을 느끼며 소리가 들려온 곳으로 시선을 돌렸다.

목소리의 주인공과 눈이 마주쳤다. 눈에 보이는 자의 모습이 정말 익숙했다.

"오, 제가 방해한 모양이군요."

은발에 푸른 눈, 싱글 웃는 모습. 던전에 떨어지기 전에 보았던 얄미운 낯짝. 스테안이었다.

너무 급작스러운 상황에 둘은 키스만 그만뒀을 뿐이지 자세는 아까 그대로였다. 그러니까 뭔 사달이 나기 그 직전. 그리고 그대로 스테안과 눈이 마주친 상황이었다.

그제야 제가 어떤 상황인지 인지한 루다가 반사적으로 형우를 밀어 버리고 말았다.

미안하다고 말할 시간도 없었다. 루다는 옷매무시를 가다듬으며 아무 일도 없던 것처럼 자세를 고쳐 앉았다.

루다는 돌아 버릴 것 같았다. 아니, 중간에 말릴 생각은 있었지만 그게 타인에 의해서는 아니었다.

형우 역시 이제야 정신이 돌아온 모양인지 머리를 쓸어 올리며 얕은 한숨을 내뱉었다.

"노크하고 들어오라고 했을 텐데."

낮게 내리깔린 형우의 목소리가 짜증을 담고 있었다.

루다가 크게 뜬 눈으로 형우를 바라봤다.

지금 판타지 말투 쓴 거 아닌가?

아니, 의문이 아니었다. 확실했다. 방금 또 형우의 기억이 나간 줄 알았으니까.

놀란 눈으로 바라봤지만 기억이 다시 사라질 때의 두통이나 여타 다른 반응이 나타나지 않았다. 그렇다면 형우가 확실한데.

"이럴 줄 알았으면 노크할 걸 그랬네요. 방해할 줄은 몰랐습니다."

"알았으면 나가시지."

미안한 기색이라고는 느껴지지도 않는 모습에 루다가 툭 하니 한 마디를 내뱉고 말았다.

388

누군가가 말려 줬으면 싶었고, 우연히 스테안이 아주 적절한 시기에 나타나긴 했지만 그가 반가운 건 아니었다.

얄미운 얼굴에 저도 모르게 퉁명스러운 목소리가 나가는 건 막을 수가 없었다.

그 한마디에 스테안의 시선이 루다에게 그대로 박혔다. 스테안의 장난스러운 눈빛과 마주쳤다.

"아, 그쪽은…… 누구신지 모르겠지만 저를 알고 있는 것처럼 말하는군요."

"아."

맞다. 그제야 루다는 제가 공식적으로는 스테안과 모르는 사이라는 걸 떠올렸다.

물론 금발에 푸른 눈이 아까 루베오에서 스테안을 만났을 때와 똑같기는 했지만, 그때는 남자의 체형이었고 지금은 누가 봐도 여자의 체형이었다.

제 정체를 숨기려고 루드비히가 소망의 물약을 먹이고 몰래 아타나스의 성으로 데려왔는데 여기서 들킬 수는 없었다.

루다는 금세 표정을 다듬었다.

"모르는 사인데 알면 그냥 나가 주셨으면 좋겠다는 말이죠."

"부적절한 타이밍에 들어온 건 제가 사과드립니다."

스테안이 과장되게 허리를 숙였다. 너무 공손한 모습이 오히려 진심이 아닌 것 같았다.

역시 밉상인 건 아까나 지금이나 변함이 없었다.

이제 형우에게 본론을 말하겠지. 루다는 이제 그만 신경을 끄려했지만 스테안은 아닌 모양이었다.

"그런데 혹시 제 절친 중에 다루라는 사람이 있는데, 혈육 관계 정도 되십니까?"

"뭐?"

스테안의 말에 루다의 언성이 저도 모르게 올라갔다.

저거 혹시 알고 물어보는 거 아니야?

진실을 파헤치려 스테안의 눈을 빤히 바라봤지만 역시나 진심은 알 수가 없었다.

아니 저게 무슨 의도든 루다의 초점은 또 다른 곳에 맞춰져 있었다.

절친? 절친 같은 소리 하시네. 하루 만나고 골탕 먹인 게 절친이냐?

루다는 그 자리에서 일어나 따지고 싶은 마음을 꾹꾹 억눌렀다.

아, 진짜 지금 아까의 외양이었으면 스테안의 멱살을 짤짤 흔들고도 남았을 것이다.

그냥 이대로 달려가서 아무 핑계나 대며 뒤통수라도 때려 버릴까, 아무도 알 수 없는 고민을 하는 와중에도 스테안의 시선은 루다에게 꽂혀 있었다.

마치 무언가를 파헤치기라도 하는 눈빛에 루다는 우선은 참기로 했다.

"다루라는 친구와 외양이 아주아주 많이 닮아서 말이죠."

그런 루다의 마음을 알 리 없는 스테안이 생글 웃었다.

"무슨 일이지?"

둘의 대치 아닌 대치에 엄숙한 목소리가 끼어들었다. 형우였다.

루다는 다시 형우를 바라봤다. 저 어조, 말투, 분명 루드비히가 하던 판타지 말투와 똑같았다.

"별건 아니고, 아까 폐하께서 몇 번이나 데리고 온 분이 무사한지 확인하라고 협박하셨잖아요. 그래서 확인하러 왔는데······."

말을 멈추고 제 입을 막고는 장난스러운 눈빛으로 둘을 번갈아 봤다. 마치 얼레리꼴레리라는 말이 귓가에 들리는 것 같았다.

형우는 또다시 한숨을 내쉬었고 루다는 달려가 뒤통수라도 때려 버리고 싶은 마음을 꾹 눌러야 했다.

"무사하다 못해 펄펄 뛰어다닐 것 같습니다."

한 대 쥐어박고 싶은 걸 꾹꾹 인내하고 퉁명스레 한마디 내뱉었다. 그리고 어련하겠냐는 스테안의 표정에 루다는 또다시 최대의 인내심을 경험할 수 있었다.

"말 안 해도 그런 것 같았습니다. 그럼 하던 일 계속하시길."

점점 썩어 가는 둘의 표정을 보다가 스테안이 고개를 주억거리고는 손을 흔들었다.

금세 뒤돌아 방 밖으로 나가는 모습과 함께 탁, 방문이 닫히는 소리까지 들렸다.

그때까지도 둘 사이에는 침묵뿐이었다.

"하……"

내려앉은 침묵 새로 커다란 한숨이 흩어졌다. 형우가 어쩔 줄 모르는 얼굴로 루다를 바라보고 있었다.

"미안, 루다야."

조금 전, 금방이라도 이성이 사라질 것 같던 형우의 눈이 정상으로 돌아와 있었다. 루다는 그런 형우를 멀거니 바라봤다.

"대체 무슨 일이야?"

"……"

루다의 질문에 형우는 아무 대답도 하지 못했다. 회피보다는 할 말을 고르는 것 같았다.

"말하기 싫으면 말하지 않아도 괜찮아. 그냥 걱정돼서 그래."

루다가 마주한 형우의 눈은 사죄의 빛을 띠고 있었다. 루다는 말없이 사과하는 형우의 얼굴을 잡고 그대로 눈을 마주쳤다.

순해진 눈빛이 루다의 시선을 그대로 담아냈다. 그 눈을 마주한 채 루다가 말을 이었다.

"여기는 우리가 살던 세계와 다르고 오자마자 다른 진영으로 떨어졌잖아. 다시 만나니까 너는 기억이 없고. 아무것도 제대로 확신할 만한 게 없는데, 그 와중에 유일하게 믿을 수 있는 내 남자 친구가 평소와 달라졌어."

루다가 형우의 눈가를 쓸었다.

"제일 잘 아는 사람이 예상치 못한 일을 하면 얼마나 걱정되는지 알아? 그것도 일반적이지 않은 상황에서?"

언제나 활발하던 루다가 조곤조곤 달래듯 말하고 있었다.

그것은 하나를 의미했다. 형우의 행동이 그만큼 심각해 보였다는 것.

이 상황에서 형우가 할 수 있는 말은 하나밖에 없었다.

"미안."

"사과받으려고 한 말은 아니지만, 사과했으니까 받아 줄게."

루다가 빙긋 웃었다.

갑자기 이성을 잃은 형우에게 이유부터 이것저것 꼬치꼬치 캐묻고 싶었지만 아직도 알아내지 못한 스위치를 또 건들고 싶은 마음은 없었다.

"그런데, 정말 무슨 일 있는 거 아니지?"

이건 파고드는 것이 아닌, 정말 걱정이 담긴 질문이었다.

형우가 고민했다. 저도 제가 그렇게 이성을 잃을 줄은 몰랐다. 마치 내가 내가 아닌 것 같은 기분.

형우뿐 아니라 루드비히 역시 제 감정을 제어하면 했지 이성을 잃는 스타일은 아니었다. 그렇기에 형우에게 무의식적으로 루드비히의 모습이 스며든 것도 아니었다.

그냥 질투에 눈이 멀어서? 그렇다고 하기엔 형우는 제 감정을 이상할 정도로 통제하지 못했다.

"무슨 일은 아닌 것 같고."

문득 루드비히가 기예르모를 만났을 때가 떠올랐다. 루드비히가 기예르모에게 거짓말을 한 후, 알 수 없는 고통이 엄습했다.

보통은 형우의 기억이 다시 돌아올 때 나타나는 반응이었지만 그때는 형우가 다시 나타나지도 않았다.

그리고 그때 떠올랐던 창.

'——의 ——가 깨졌습니다.'

그 창이 떠오른 이후 루드비히는 기예르모에 대해 의심이란 것을 하기 시작했다.

생각해 보면 그전에는 기억이 없고 아무것도 의지할 것 없는 상태에서 기이할 정도로 기예르모에게 충성을 다했다.

"아마도……."

형우는 지금 떠오른 생각을 루다에게 이야기해야 할지 고민했다. 이건 결국 루드비히와 연결된 이야기였으니까.

하지만 그렇기에 루다에게 해야 할 이야기이기도 했다. 고민하다가 형우는 루다에게 털어놓기로 했다.

"기예르모가 내 정신에 무슨 짓을 해 놓은 것 같기는 한데……."

"뭐라고?"

가벼운 듯 말했지만 무시할 수 없는 내용에 루다의 언성이 높아졌다.

"기억 말고 다른 거 얘기하는 거지?"

절대 그냥 넘어갈 수 없는 내용이었다. 곧바로 따라붙은 루다의 질문에 형우가 고개를 끄덕였다.

"응."

"기예르모도 개자식이네! 그럼 루드……가 아닌 또 다른 그 친구가 그렇게 행동했던 것도 다 이유가 있던 건가?"

"그냥 루드비히라고 말해도 돼, 루다야."

"정말로……?"

슬쩍 눈치 보는 루다에게 형우가 쓰게 웃으며 고개를 끄덕였다.

이렇게 눈치 보게 만들 생각은 없었는데.

정말로 감정 조절이 제대로 되지 않는 느낌이었다. 그렇지 않고서야 루다에게 그런 기분이 들게 할 리는 없으니까.

형우가 속으로 어떤 반성을 하든 루다에게 지금 중요한 건 그게 아니었다. 정신에 무슨 짓이라니.

그럼 지금까지 루드비히가 했던 행동이 어떤 외부적인 힘 때문에 벌어졌던 일일 수도 있다는 말이었다.

"뭐야, 그럼 괜히 싸웠잖아. 짜증 나게! 그래도 맨 처음 에세나에서 만났을 땐 안 그랬던 것 같은데?"

"거기까지는 나도 잘 모르겠어. 네가 쓰러지고 나서 기예르모를 만났고, 기예르모에게……."

형우가 말하다가 다시 한 번 망설였다. 형우는 루드비히가 루다를 도와줬다는 이야기를 하고 싶지는 않았다.

괜히 루드비히에 대해 좋은 이미지를 가지게 하고 싶지 않은 것이 이유였다.

하지만 말할 수밖에 없었다. 결국에 자신과 이어진 일이니까.

인정하고 싶지 않은 치졸한 질투심을 꾹 누르며 형우가 최대한 담백하게 있던 일을 요약했다.

"기예르모에게 네가 죽었다고 거짓말을 했거든."

"내가 죽었다고?"

"왜냐면 기예르모의 명령이 자기를 죽이는 거였으니까."

"아, 그랬지. 이제야 생각났네. 그런데 그걸 거짓말을 했단 말이지? 기특한데? 그리고?"

"갑자기 나 말고 루드비히한테 두통이 왔고. 그때 상태 창이 떴는데……."

"떴는데?"

"그 상태 창에 정확한 글자가 보이지는 않았어."

"대충도 안 보였어?"

"누군가의 뭔가가 깨졌다는 말이 떴는데."

"누군가의 뭔가가 깨져?"

루다의 표정이 금세 심각해졌다. 누군가의 뭔가가 깨졌다라……. 그 뭔가를 왠지 알 것 같았다.

그런 루다의 생각을 읽기라도 한 듯 형우가 다음 말을 이었다.

"그 뭐는 대충 뭔지 알 거 같거든."

"세뇌……?"

그리고 루다는 제가 생각하던 것을 그대로 내뱉었다. 형우의 눈이 반짝 빛났다. 동의하지 않고서야 지을 수 없는 표정이었다.

"역시 그렇게 생각하지?"

확신을 더하는 형우의 말에 루다가 고개를 끄덕였다.

누군가가 정신에 손댄 것 같고, 조종당하던 당사자가 거짓말을 하자마자 상태 창이 떴다. 무언가가 깨졌다는 상태 창이.

그 상황에서 그 무언가에 들어가는 단어는 세뇌밖에 떠오르지 않았다.

"그럼 누구는 당연히 기예르모겠네."

"나도 그렇다고 생각했는데."

말끝을 흐리며 형우가 생각에 잠겼다. 그 모습을 루다가 의아한 듯 바라봤다.

"기예르모가 확실한 거 아니야?"

"아마 맞을 거야. 그런데…… 저번에 타라를 믿지 말라고 했던 말 생각나?"

"응? 아! 그것도 자기 기억 돌아오면 물어보려고 했는데."

루다가 손바닥을 짝 쳤다. 형우의 기억이 돌아오면 물어봐야지 언제나 생각하다가 급작스러운 상황의 연속에 잠시 묻어 두었던 의문이다.

"그런데 갑자기 그건 왜? 설마 세뇌를 건 게 타라라고?"

"기예르모가 분명 맞을 텐데, 타라도 너무 의심스러워."

"자기 타라 만난 적 없지 않아?"

"아니, 만난 적 있어."

"응?"

의문이 스쳐 지나갔다. 루다가 제가 아는 것들을 기준으로 계산해 봤다.

게임을 하다가 형우가 〈저크시즈〉 안으로 들어가고 루다가 제일 처음 봤던 장면은 까마귀한테 납치되는 장면이었다.

그다음 루다가 아는 건 기억을 잃은 채 아타나스에서 군주가 된 형우였다.

루다가 알고 있는 것들을 엮어 생각했을 때, 형우는 당연히 아타나스로 떨어져 곧바로 기예르모를 만났어야 했다.

그리고 그렇게 된다면 타라를 만날 일은 없어야 했다. 하지만 타라를 만났다고?

무언가 앞뒤가 맞지 않았다.

"맨 처음만 에세나였고 그다음 바로 까마귀한테 납치돼서 아타나스로 간 거 아니었어?"

그렇기 때문에 형우를 구하기 위해 루다가 더욱 급하게 들어온 거나 마찬가지였다.

하지만 형우의 입에서 나온 말은 루다의 머리에 물음표를 띄우기에 충분했다.

"까마귀한테 납치당하고 잠깐 정신을 잃었거든. 그리고 눈 떴을 때 제일 처음 만났던 신이 타라야."

"뭐라고?"

루다의 언성이 어느새 다시 높아져 있었다.

형우도 루다의 반응이 이해가 갔다. 자신도 그게 의아했으니까.

"또 정신을 잃었고, 그다음에 눈 떴을 때 기예르모의 성소 안이었어. 그때는 네가 알고 있는 것처럼 기억을 잃은 상태였고."

루다의 미간이 찌푸려졌다. 루다가 생각했던 것과 너무 달랐다.

"처음 만났을 때 타라가 뭐라고 했어?"

"에세나의 군주가 되어 달라고."

루다의 미간이 더욱 깊게 파였다. 타라가 루다에게 이런 이야기를 한 적은 한 번도 없었다.

외려 기예르모가 아타나스에 군주가 필요해 형우를 먼저 납치했다고 말했다.

무언가 뒤가 구린 신이라고 생각했는데 역시나 루다의 생각대로였다. 무언가 숨기고 있는 게 틀림없었다.

"그리고?"

"나는 다 필요 없으니까 집에 돌려보내 달라고 했고, 타라는 슬퍼했지."

"그리고 정신을 잃었다가 눈을 떴더니 아타나스였단 말이지?"

형우가 고개를 끄덕였다. 루다는 팔짱을 낀 채 생각에 잠겼다.

도대체 뭐가 어떻게 돌아가는 건지 알 수가 없었다.

타라가 하는 꼴이 짜증 났기는 했지만 그 당당한 태도에 홀려 타라의 말이 어느 정도 맞다고 믿고 있던 모양이었다.

아니었으면 지금처럼 충격이라는 느낌은 들지 않았을 테니까.

어쨌든 타라는 형우의 앞에 먼저 나타났고, 먼저 군주가 되어 달라고 했단 말이지? 형우가 거절했고, 그다음에는 눈을 뜬 곳이 기예르모의 앞이고.

루다는 타라가 제게 했던 말들을 떠올렸다.

기예르모를 처리해 달라고 말을 하면서도 루다가 기예르모에게 넘어간다는 걸 필사적으로 말리지 않았다.

'안 된다.'라고 말은 했지만, 절대 안 되는 일이었으면 무슨 수를 써서라도 루다를 넘어가지 못하게 했을 것 같았다.

하지만 타라는 루다가 기예르모와 협상하도록 그가 있는 장소에 대해 귀띔까지 해 줬다. 마치 기예르모와의 협상이 결렬될 걸 알고 있는 것처럼.

둘의 진영은 완전히 나뉘어 있지만 둘은 서로 연결된 느낌이었다.

마치 이쪽에서 일어난 일을 저쪽에서 알 수 있는 방법이 있는 것처럼.

도대체 어떻게? 그에 드는 가정은 하나밖에 없었다.

루다가 형우를 바라봤다. 형우 역시 어떠한 결론을 제 안에 내린 느낌이었다.

루다는 그 결론을 입 밖으로 내뱉기로 했다.

"둘이 같은 편 아닐까?"

"기예르모와 타라가 같은 편인 것 같아."

둘의 눈이 마주쳤다. 같은 내용이 동시에 둘의 입에서 튀어나왔다. 형우와 루다의 눈이 비장하게 빛났다.

형우와 루다가 내린 결론은 같았다. 둘이 같은 편이거나, 둘은 무언가로 연결되어 있다.

맨 처음 에세나 진영에 떨어져 있던 형우가 중간에 어떠한 연결고리도 없이 갑자기 아타나스로 넘어갔을 리는 없었다.

이쯤 되니 타라가 어째서 형우의 기억을 찾는 방법을 알려 주지 않았는지 알 것 같았다. 당당하지 않으니 알려 줄 수가 없던 거겠지.

확신할 수는 없지만 세간에 알려진 것처럼 타라와 기예르모가 서로 완벽하게 적대하는 관계는 아닌 것 같았다.

최소한 상생 관계, 더 나아가면 서로 막역한 사이일 수도 있지 않을까?

더 정확한 결론을 내기 위해서는 그들이 겉으로 적인 척하며 저크시즈에 거짓말하는 이유를 알아내야 했다.

지금 갖고 있는 적은 단서들로 알아내기엔 무리였다. 게다가 루다는 벌써 머리에 열이 오르고 있었다.

타라 새끼, 얼른 죽일 방법을 찾아야 해, 같은 생각 때문에 점점 이성적인 판단이 힘들어지고 있었다.

그래, 이럴 때는 조금 더 차분한 형우와 대화해야지.

"나도 타라랑 대화를 해 봤는데 말이야⋯⋯."

좀 더 진실에 다가가기 위해 루다가 타라와 있던 이야기를 털어놓으려는 순간이었다.

"폐하."

노크도 없이 문이 벌컥 열렸다.

또 스테안이야? 아까와 익숙한 현상에 루다는 짜증을 담아 시선을 돌렸다.

예상과 다르게 눈에 들어온 얼굴은 스테안이 아니었다. 하지만 이상하게 익숙한 얼굴이었다. 시선을 올려 레벨을 보아하니 이곳의 2인자였다.

2인자면 더욱 군기가 바짝 들어 있을 텐데. 루다가 미간을 찌푸렸다. 형우의 얼굴 역시 짜증 난 티가 역력했다.

"스테안에게서 배웠나?"

"예? 여기서 스테안 님이 왜…….."

기분 나쁜 티가 폴폴 풍기는 형우의 어조에 2인자가 바짝 긴장했다. 형우가 한숨을 쉰 채 다시 근엄한 표정을 지어 보였다.

루다는 그런 형우를 신기한 눈으로 바라봤다. 군사를 통솔하는 남자 친구라니.

"무슨 일이지?"

"아, 큰일 났습니다!"

몸을 꼿꼿하게 펴고 말이 빨라지는 걸 보아하니 정말로 다급해 보였다. 말해 보라는 듯 형우가 고개를 까딱였다.

"국경에 에세나의 군사들 수백이 포진해 있습니다!"

"뭐?"

이번에 놀란 건 루다였다. 아니, 갑자기 대체 왜?

루다가 에세나를 떠날 때 아르비드에게 결정권을 맡기고 왔다. 더불어 아르비드에게 제가 아타나스에 넘어간 것을 말하지 않기를 부탁했다.

그에 더해 제가 없을 때 무슨 일이 있어도 아타나스와 괜한 시비가 붙지 않기를 당부하고 왔다.

아르비드의 성정에 루다가 말하지 말라고 한 걸 무시하고 제멋대로 행할 리가 없었다.

그런데 왜 하필 지금?

국경에 군사들이 꽤 있다는 이야기는 잘못 해석하면 전쟁을 하겠다는 의미도 됐다.

루다는 무슨 일이 있어도 전쟁을 피하고 싶었다. 이렇게 전쟁이 발 발하게 둘 수는 없었다.

"전쟁은 무조건 피하라고 말했는데……."

2인자는 들리지 않을 만큼 작은 목소리가 루다의 입에서 튀어나왔 다.

형우의 시선이 루다의 심각한 얼굴로 향했다. 빤히 루다를 바라보 다가 다시 2인자에게 시선을 돌렸다.

"그래서 에세나에서 선전포고라도 했단 말인가?"

"그, 그것은 아니지만 국경에 포진한 군사의 우두머리가 아르비드 인지라……. 쉽게 넘어갈 수 있는 사안이 아닙니다."

루다는 대체 어떤 이유에서 아르비드가 움직였는지 알 수는 없었 다. 하지만 한 가지는 알 수 있었다.

루다는 지금 에세나로 넘어가야 했다.

"이만 가 봐야겠는데."

루다의 중얼거림에 형우의 미간이 움찔, 내키지 않는 기색을 자아 냈다.

"금방 채비를 하도록 하지. 나가 보도록."

"예, 폐하!"

2인자가 뻣뻣하게 경례를 하고는 조심스레 문을 닫고는 방을 나섰 다.

"알비가 국경에 왜 왔지?"

이미 닫힌 문을 뚫어져라 바라보며 루다가 팔짱을 꼈다.

몸이 수분보다 충성으로 이루어졌을 것 같은 아르비드가 아무 이 유 없이 루다의 명령을 어긴다고?

아무리 생각해도 그건 아니었다. 왠지 루다는 타라가 의심스러웠 다. 루다의 명을 거역하려면 타라 정도 거물의 입김이 필요했다.

"알비?"

"아, 에세나 쪽 2인자."

"원래 아르비드 아니야?"

"그렇기는 한데, 아르비드 네 글자 너무 길잖아. 이름은 부르기에 편해야지."

"알비……."

형우가 무언가 마음에 들지 않은 듯 작게 중얼거렸지만 생각에 잠긴 루다의 귀에는 그 말이 들리지 않았다.

우선 전쟁을 막아야 한다는 사실만이 지금의 루다에게 제일 중요한 사안이었다.

그러다 문득 제가 얼마나 정신을 잃고 있었나가 궁금해졌다. 혹시 최장 기간인 일주일이 지나 있으면 무슨 일이 생겼다고 판단해서 국경에 와 있을 수도 있지 않을까?

"자기야. 나 여기에 며칠이나 있었어?"

"쓰러진 것까지 합하면 사흘 정도 있었을 것 같은데."

"그럼 한계인 일주일도 아닌데?"

도대체 왜? 아무리 생각해도 답은 하나였다. 가야 했다.

아르비드가 루다 없이 전쟁을 일으키리라는 보장은 없지만, 아니라는 보장 역시 없었다.

"아무래도 가 봐야겠는데."

루다가 자리에서 일어났다. 형우의 손이 루다의 팔을 잡았다.

"응?"

"가지 마……라고는 못 하겠지?"

깊은 갈망이 형우의 눈동자에 보였다. 루다 역시 가기 싫었다. 사실 도대체 왜 남 일인 전쟁 때문에 남자 친구와 떨어져 있어야 하나 싶은 생각까지 들 정도였다.

"그냥 있을까?"

"있어도 돼?"

진심으로 물어본 건 아니었던 모양인지 형우의 얼굴이 환해졌다.

그런 남자 친구를 보다 보니 루다 역시 계속 여기 있고 싶다는 생각이 들었다. 하지만…… 루다가 고민하다가 쓰게 웃었다.

"전쟁할 수는 없잖아."

"내가 일으키지 않으면 되지."

"하지만 에세나 쪽에서 먼저 침입하면 말이 어떻게 될지 모르지. 나는 저쪽 상황을 잘 모르잖아."

루다에게 아타나스로 넘어오라고 말하고 싶었지만 예전 루다가 기예르모와 나눴던 대화가 떠올랐다.

형우는 루다를 설득할 만한 것이 하나도 없었다. 다시 돌아가려면 어쨌든 신과 대화할 수단이 필요했고, 루드비히는 언제 다시 나타날지도 모른다.

루드비히가 기예르모에게 의심을 갖고 있다고 하더라도 아직은 기예르모의 충직한 사자였다.

에세나가 먼저 침공했다는 말에 어떻게 반응할지는 아무도 알 수 없는 문제였다.

방 안의 분위기가 금세 가라앉았다. 심각해지는 형우를 바라보다가 루다가 애써 웃어 보였다.

이제 곧 떠나는데 이렇게 침울한 분위기로 떠나고 싶지는 않았다. 해서 루다는 분위기를 전환해 보기로 했다.

"근데 자기 판타지 말투 잘 쓰던데?"

"아……."

형우의 얼굴에 미칠 것 같은 표정이 떠올랐다.

"기억이 돌아온 걸 들키면 안 될 것 같아서……. 자기한테 들키고 싶지는 않았는데."

형우가 왼손으로 얼굴을 덮었다. 얼굴은 가렸지만 끝이 빨개진 귀를 가릴 수는 없었다.

"아니, 왜 안 들켜! 엄청 멋있었다고! 나가 보도록."

루다가 형우의 목소리를 따라 괜히 낮춰 말했다. 그 한마디에 형우의 몸이 어쩔 줄 모르고 들썩였다.

"루다야……. 이건 기억이 없을 때 했던 말 따라 하는 것보다 더 타격이 크다."

"왜! 완전 황제 같았다니까?"

"루다야. 루다야……."

형우가 애원하듯이 루다를 안았다. 안음으로써 루다의 입을 막으려 한 게 분명했다.

형우의 품 안에서 억눌린 웃음이 터져 나왔다.

억세게 안았던 품에서 빠져나와 올려다보는 루다의 얼굴에는 여전히 장난기가 가득했다. 하지만 동시에 커다란 아쉬움 역시 덕지덕지 묻어 있었다.

이제는 정말로 떠나야 할 시간이었다.

"그래도 오늘은 기억이 오래 남아 있어서 다행이다."

"그러게."

루다의 이마에 부드러운 입맞춤이 내려앉았다. 마지막 입맞춤이었다.

형우가 루다를 데리고 성을 나섰다. 성 밖 연무장에는 그를 기다리던 군사들이 중장비를 든 채 열 맞춰 군주를 기다리고 있었다.

"폐하가 나오셨다!"

"폐하를 뵙습니다!"

형우의 모습이 보이자 그들이 소리치기 시작했다. 루다는 똘망똘

망한 표정으로 형우의 뒤에서 그 모습과 형우를 번갈아 봤다. 형우의 귀 끝이 물든 게 뒤에서도 보였다.

"저자는……?"

아타나스의 2인자가 처음 보는 루다의 모습에 의문을 표했다.

"내가 데려온 자다. 하지만 사정이 있어 루베오로 가야 하지. 국경의 일도 내가 알아서 처리하지."

"예? 허나 군대가 수백이……."

"에세나의 군주는 없다고 들었는데. 그렇다면 내 상대가 되진 않겠지."

"예, 예!"

"올 때까지 스테안 잘 감시하고."

"예, 폐하!"

이런 면에서는 루드비히에게 감사해야 했다. 엄숙하고 근엄한 군주의 모습을 보여 줬기에 군주의 말이라면 껌뻑하는 모습이었다. 형우의 한마디에 군사들이 부복했다.

루다와 형우가 최대한 의연하게 그곳을 지났다.

아타나스의 군사들이 검은 점으로 보일 때쯤 형우가 울 것 같은 표정을 지었다.

루다는 형우의 손을 꼭 잡은 채 즐겁게 한마디 덧붙였다.

"핸드폰을 가지고 왔어야 했는데."

형우와 눈이 마주쳤다.

"동영상으로 남겨서 두고두고 봤어야 했는데 말이야."

"루다야?"

"너무 멋있다. 내 남자 친구!"

오랜 연애로 알 수 있었다. 루다는 놀리고 있는 게 확실했다. 형우는 포기한 목소리로 힘없이 말했다.

405

"……텔레포트할게."

"그래! 멋있는 황제 남자 친구!"

루다의 손을 잡은 손이 움찔댔다. 커다란 웃음소리와 함께 둘의 모습이 사라졌다.

곧이어 도착한 곳은 루베오, 루다가 맨 처음 도착해서 줄을 설까 말까 고민했던 곳이었다.

그때와 달리 검문소 앞에는 그곳을 지나려는 한두 명을 제외하고 긴 줄 따위는 없었다.

"여기면 에세나로 텔레포트할 수 있다고 했지?"

"응, 맞아."

루다가 고개를 끄덕이고는 아쉬운 마음을 가득 담아 형우를 바라봤다. 저와 똑같은 표정을 짓고 있는 형우의 얼굴을 눈에 꼭꼭 담았다.

할 말이 너무 많았다. 하고 싶은 말도 많았다. 사실 떨어지고 싶지 않았다.

루다가 형우의 볼을 잡은 채 부드럽게 입을 겹쳤다.

"다음에 봐."

"다음엔 내가 찾아갈게."

"응?"

"기다려."

"응."

진심이 담긴 진중한 한마디에 루다가 고개를 끄덕였다. 무슨 일이 생겨 찾아오지 않더라도 상관없었다. 제가 찾아가면 되니까.

괜히 침울해지는 분위기에 애써 웃음을 지어 보였다. 동시에 손을 흔들었다.

"또 봐."

미련이 뚝뚝 묻어 나오는 인사와 동시에 텔레포트를 시전했다. 눈앞에서 형우가 사라졌다.

울컥, 올라오는 복합적인 감정을 꾹 눌렀다.

다시 에세나로 돌아갈 때였다.

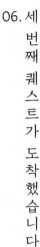

06. 세 번째 퀘스트가 도착했습니다

"폐하."

소리가 난 곳을 루다가 내려다봤다.

아르비드가 난처한 표정으로 루다를 올려다보고 있었고, 그 뒤로 수백의 군사들이 루다의 앞에 부복해 있었다.

텔레포트를 사용해 국경으로 들어왔고, 또 텔레포트를 사용해 전부를 황성으로 옮겼다.

기사들은 경이로움에 휩싸여 존경을 숨기지 못하는 표정을 지었지만, 루다에게는 그게 중요한 게 아니었다.

남자 친구랑 계속 같이 있을 수 있었는데 얘네 때문에 못 있고 온거 아니야. 생각할수록 열이 받았다.

루다가 짜증이 팍팍 묻어 나오는 표정으로 턱을 괸 채 다리를 꼬았다. 고작 하나의 행동에 바짝 긴장해 잿빛이 되어 버린 기사들이 보였다.

형우랑 분위기 좋을 때 억지로 끊어 버리고 에세나로 넘어온 것도 짜증 났는데, 이렇게 정말 군주인 양 앉아 혼내는 것도 썩 마음에 들지는 않았다.

역시 그나마 말이 통하는 사람한테 자초지종을 듣는 게 나을 것 같았다.

"알비 남기고 다 나가."

루다의 한마디에 수백의 군사들이 예를 갖추고는 우르르 연무장에서 사라졌다.

루다의 앞에는 아까의 기사들처럼 한껏 긴장한 아르비드 혼자 서 있었다.

"이제 한번 설명해 봐. 왜 국경까지 군사들을 데리고 나타난 거야?"

"그것이……."

아르비드가 고민했다.

주군이 심기가 불편한 이유가 있을 텐데, 이유를 알 수 없어 말을 고르고 고르다가 핵심적인 이유를 대기로 했다.

"타라께서 찾아왔었습니다. 제게만 신탁을 내리셨으면 상황을 통제할 수 있었겠지만, 신전에 모인 모두에게 신탁을 내리는 바람에……."

"그럴 줄 알았지. 그리고 뭐라고 했는데?"

"폐하께서 위험하다고 하셨습니다."

루다의 눈썹이 꿈틀댔다. 루다가 진짜로 위험한지 확인도 하지 않고 바로 전쟁을 일으킨단 말이야?

"그게 군사 수백을 끌고 전투태세로 구경까지 올 만큼은 아닐 텐데?"

"폐하께서 아타나스 진영에서 공격을 받으셨다고……. 폐하가 위급하시니 폐하를 무사히 모셔 오기 위해서는 적국의 군주를 위협할 만한 군사가 필요하다고 말했습니다."

"허……."

개소리도 참신하게 했네. 아니 물론 루드비히에게 공격을 받은 건 맞지만, 그건 정말 한순간이었을 뿐이다.

그런데 그걸 이용해서 루다를 다시 에세나로 부를 생각을 하다니.

어디까지 알고, 어디까지 이용해 먹으려 한 건지 알 수 없다는 게 마음에 들지 않았다.

"그 과정에서 내가 아타나스로 잠깐 다녀온 건 모두가 알고 있겠네. 내가 아타나스에 있는 걸 여신이 찾아와서 전부 말했으면 말이야."

"예?"

루다의 말에 아르비드가 놀란 표정을 지었다.

"뭘 그렇게 놀라?"

"타라께서는 폐하께서 이미 에세나 안이라고 하셨습니다."

"응? 그런데 왜 국경 근처에 주둔해 있었어?"

"그 근처에 있고, 자칫 잘못하면 아타나스 군사에게 국경에서 공격 당할 수도 있다고 하셔서……."

"이야, 개소리도 대단하게 했네."

"아니셨습니까?"

"나 아타나스에서 방금 넘어왔거든. 너희 만난 게 넘어오자마자야. 그리고 아타나스에서 공격당한 건 하나도 없었어. 오히려 보호받으면 받았지."

"예? 어떻게……. 아, 소망의 물약."

아르비드는 루다가 변장했던 걸 떠올렸다. 만약 들키지 않았다면 공격당할 일도 없기는 했다.

아르비드의 생각과 진실은 달랐지만 굳이 있던 일을 세세하게 설명할 필요는 없었다.

"그렇다면 에세나에 없었다는 말이군요."

"응. 방금 넘어왔어."

"그럼……."

아르비드가 말끝을 흐렸다. 무언가 불안한 기색이 역력했다.

그 모습을 바라보며 루다가 의아한 표정을 지었다. 왜 이렇게 불안해하지? 하다가 루다가 아타나스로 가기 전 아르비드에게 했던 말을 떠올렸다.

하긴 아르비드는 루다가 아타나스에 아예 넘어가기로 했는지 아닌지 모르는 상태였다.

게다가 방금 전 루다가 아타나스에서 보호받았다는 이야기까지 했다. 오해할 요소는 충분했다.

하지만 이렇게 불안해해서야 간다고 생각하다가도 못 하겠네.

루다가 피식 웃었다.

"난 계속 에세나에 있을 거야."

루다의 한마디에 아르비드의 얼굴이 환해졌다.

금세 정신을 차리고 진지한 표정을 짓기는 했지만 루다가 확답하기 전보다 확연히 밝아진 표정을 숨길 수는 없었다.

루다는 그 모습을 바라보며 헛웃음을 삼켰다. 아니 저크시즈에 넘어와서 군주가 된 것도 한 달 정도밖에 안 됐는데 대체 뭘 믿는 거야?

"다른 군사들도 기뻐할 것입니다."

"예의상 하는 말이라도 듣기는 좋네."

어깨를 으쓱이며 대수롭지 않게 하는 말에 아르비드는 아니라고 말하고 싶었지만 말해도 제대로 들을 루다가 아니기에 그만뒀다.

"알비."

"……예."

"나 궁금한 게 있는데."

"하문하십시오."

정말 이건 적응이 안 된다. 이렇게 또다시 온몸이 충성으로 이루어진 것 같은 신하를 보고 있자니 그가 루다의 명령을 괜히 어겼을 리는 없다는 확신이 들었다.

루다는 잠시간 아르비드를 빤히 바라봤다. 기예르모와 타라가 같은 편인 것 같다는 생각을 말할까 말까 고민했다.

하지만 괜히 말해서 혼란을 야기할 수는 없었다.

대신 루다는 제가 내린 가정에 뒷받침해 줄 근거를 한번 찾아보기로 했다.

"언제 아타나스가 생겼다고 했지?"

의외의 질문에 아르비드의 얼굴에 놀란 기색이 떠올랐다.

"602년 전입니다."

"정확히?"

"예."

"2인자가 되려면 역사서 정도는 전부 달달 외우고 있어야 해?"

"저와 실력이 비슷한 자 중에 모든 것을 외우고 있는 자는 많지 않습니다."

"은근 자랑하네?"

"자랑이 아니라……!"

"장난이야. 그리고 자랑해도 돼. 역사 외우는 거 엄청 짜증 나잖아. 몇 년에 뭐가 있고 달달. 난 절대 못 하겠던데."

"역사를…… 잘 아십니까?"

"왜, 알비 진짜 의외라는 듯 물어본다?"

"죄송합니다."

"사과하는 게 긍정이나 마찬가지지. 그나저나 602년 전이라고?"

"예."

602년. 어째서 그때 봤던 이벤트 영상 속 600이라는 말이 떠오르는 걸까?

"아타나스가 생긴 건 기예르모가 나타난 날과 동일하다고 알고 있는데, 맞아?"

"예, 맞습니다."

루다는 팔짱을 끼고 생각에 잠겼다.

게임을 플레이할 때 봤던 영상을 떠올렸다.

이벤트 영상이나 캐릭터들과의 대화를 스킵하지 않은 게 다행이라면 다행이었다.

그 영상에서 원래 평화로웠던 저크시즈가 둘로 나뉜 건 아타나스의 침공 때문이었다고 말했다. 그렇기에 아타나스가 적국이라고.

"먼저 침입한 건 아타나스였고."

"예."

"그걸 타라가 어떻게 손쓰지 못했다고 했지?"

"예."

"그때는 진영이 나뉘기도 전인데 말이야."

"그렇습니다."

"진영이 나뉘기 전 기예르모의 편에 선 자는 고작 다섯, 에세나는 수천만. 그런데 이기지 못했다고. 기예르모는 그때 타라를 죽이기 직전까지 갔지만 결국 죽이지 않았고."

"예…….''

대답하는 아르비드의 목소리가 점점 침잠하고 있었다.

무언가 아귀가 맞지 않은 걸 말하고 싶어 하는 것 같은데, 이미 알고 있는 역사를 나열함으로 달라질 진리는 없었다.

"이상하지 않아?"

고작 다섯인데 수천만의 에세나와 비등할 정도면 신인 기예르모가 타라보다 훨씬 우월한 힘을 가지고 있었다는 말이었다.

그런데 그런 기예르모가 적대하는 타라를 죽이지 않고 그대로 살려 뒀다고? 도대체 왜?

"뭐가 말입니까?"

"아, 아니야."

의아한 표정의 아르비드를 바라보며 제가 생각한 바를 말하려다가 루다가 금세 말을 먹었다.

루다가 아르비드를 믿기는 하지만, 그렇다고 모든 말을 할 수 있는 건 아니었다.

이전에는 그냥 타라가 생각만큼 좋은 신은 아니다, 아타나스의 기예르모도 너희의 생각만큼 나쁘지 않을 수도 있다 정도였다.

하지만 지금 하려는 말은 에세나뿐 아니라 이 저크시즈 자체를 뒤흔드는 말이었다.

타라와 기예르모가 같은 편일 수도 있다는 말.

그 말을 아무렇지 않게 내뱉을 수는 없었다. 게다가 타라의 눈이 어디까지 퍼져 있는지는 아직 루다도 몰랐다.

아르비드에게 루다의 위치를 잘못 알려 준 것이 정말 모르고 한 말인지, 아니면 알고 있음에도 루다를 빨리 에세나의 황성으로 돌아오게 하도록 거짓말한 건지 알 수 없었다.

루다는 우선 그것 먼저 확인해야 했다.

루다는 타라와 기예르모가 세간에 알려진 것만큼 절대적인 적대 관계는 아닐 것이라고 확신하고 있었다.

하지만 타라는 처음부터 이걸 말하지 않았다. 말하지 않은 채 루다와 형우를 이용해 무언가 할 일이 있다는 말이었다.

루다는 문득 두 번째 타라를 떠올렸다.

그 존재가 뭐지? 그건 원래 타라도 모르는 일이었던 것 같은데.

어쩌면 그 또 다른 타라와 대화하는 것이 해결할 수 있는 실마리일 수도 있었다.

"그럼 그건 또 어떻게 만나?"

"예?"

작은 루다의 중얼거림에 아르비드가 되물었다.

"무언가 알아낸 것이 있으십니까?"

"어…… 비밀?"

모든 걸 말할 수 없다 생각한 루다가 할 말은 이것밖에 없었다. 그 한마디에 아르비드의 표정이 눈에 띄게 굳었다.

"이미 흔들린 신앙심……."

"응?"

루다가 큰 눈으로 아르비드를 바라봤다. 이렇게 불만 있는 티 낸 적이 없었는데.

그런데 이미 흔들린 신앙심이라니 뭔 소리지? 생각하다가 루다는 아, 하고 깨달았다.

"아니, 그."

그래, 제가 아르비드의 신앙심을 흔들어 놨지. 그리고 이미 흔들린 신앙심 뿌리 뽑아 보자고 말하기도 했고.

루다가 광신도의 신앙심을 흔들어 왔는데 뭔가를 알아냈다고 해 놓고 말을 하지 않았다. 섭섭할 만도 했다.

그런데 그걸 또 윗사람한테 당당히 요구할 수가 없으니 저렇게 말하다가 만 것일 테지.

루다가 조금 미안한 마음에 잠시 고민에 빠졌다.

"그냥 드린 말씀이었습니다. 깊게 생각하지 않으셔도 됩니다."

"그걸 그냥 한 말이라고 하면 누가 믿겠냐! 있어 봐. 때 되면 다 알려 줄 테니까. 지금은 사정이 있어서 그래."

아까보다 조금 누그러진 아르비드의 눈빛과 마주쳤다.

"너를 못 믿는 게 아니라 내가 어디까지 알고 있는지 모른단 말이야. 그것만 좀 확실해지면 알려 줄게."

"감사합니다."

"감사하긴. 내가 시작한 일인데 책임은 져야지."

그 말에 아르비드의 표정이 다시 원래대로 돌아왔다.

원래 포커페이스였던 것 같은데. 아닌가? 아니면 제가 좀 편해진 걸까?

아타나스의 각 잡혔던 2인자가 떠올랐다. 둘을 비교해 보면 그것보다는 이게 나았다. 초반의 융통성이 메말랐던 모습은 루다가 감당하기 힘들었다.

게다가 지금 대화를 하다 보니 아르비드가 루다의 생각보다 훨씬 루다를 믿고 있다는 걸 알 수 있었다.

만약 타라의 감시망이 엄청 촘촘하지 않다면 아르비드를 완전 자신의 편으로 만들어도 좋을 거라는 생각도 들었다. 아군은 많을수록 좋을 테니까.

아르비드에게 어디까지 말해야 할지, 그래서 루다는 다음 행보를 어떻게 해야 할지 정하기 위해서는 제일 처음 해야 할 일이 있었다.

루다가 기지개를 쭉 켰다.

"나는 또 가 봐야겠다."

"어디를 가십니까?"

또다시 불안에 걱정을 끼얹은 눈이 루다를 바라봤다. 루다는 그런 아르비드를 바라보며 피식 웃었다.

"뭐 해? 너도 갈 준비해야지."

"예? 허나 도착한 지 얼마나 되셨다고……."

417

"에세나의 군주로서 여신님을 만나야 하지 않겠어?"

"아."

나올 리가 없는 말에 고개를 들어 루다의 표정을 살폈다. 루다의 얼굴에 지어진 표정을 보는 순간 아르비드는 바로 깨달았다. 반어법이었구나.

"제가 따라가도 되겠습니까?"

"어차피 들으면 안 되는 말은 못 듣게 하던데 뭐."

"아……."

"갈래, 말래?"

"다음부터는 제 의사를 묻지 않으셔도 됩니다."

무슨 일이 있어도 따라간다는 말이었다. 루다는 그 반응이 썩 마음에 들었다.

"오케이. 그럼 가 볼까?"

✱

"내가 위험하다고 했다며?"

루다는 팔짱을 낀 채 타라를 바라봤다.

이제는 이 순백의 성소도, 저 새하얀 아우라도, 전부 가증스러워 보일 지경이었다.

―아타나스에 에세나의 군주가 돌아다니는 일은 위험하기 마련이죠.

부드럽고 선한 목소리였다. 루다는 그래서 믿을 수가 없었다. 뒤꿍꿍이가 구려도 이렇게 구릴 수가 없었다.

"내가 변장을 하고 갔는데 위험하긴 뭐가 위험해."

―신은 진실을 간파하는 눈이 있습니다. 시타라여, 당신은 기예르

모를 만났을 것이고, 성정이 파괴적인 기예르모는 당신을 보고 적대
감을 내비쳤을 텐데. 아타나스에서 아무런 공격을 받지 않을 리가 없
지요.

"그래?"

예전 같았으면 왜 아르비드에게 제가 에세나에 있다고 거짓말했냐
고 따져 물었을 것이다.

아니더라도 너 기예르모와 같은 편이지? 하고 대놓고 물어봤을 것
이다.

하지만 지금은 아니었다.

루다는 팔짱을 낀 채 타라를 바라봤다.

타라는 처음부터 진실을 숨겼다. 게다가 형우 역시 속였다.

루다가 무언가의 진실에 다가갈수록 진실을 숨길 것이 분명했다.
루다가 대놓고 물으면 당연히 아니라고 대답할 것이다.

진실을 알아내기 위해서는 심리전이 필요했다. 학교 다닐 때도 잘
안 했던 심리전을 여기서 해야 한다니.

어이가 없었지만 형우의 기억을 찾고 집으로 돌아가기 위해서는
어쩔 수 없었다.

"그래도 네 말이 맞았어."

제 패배를 인정하는 루다의 말에 타라의 얼굴에 의외라는 표정이
떠올랐다.

"기예르모가 내 말을 들어 주진 않더라고."

ー강한 파장이 느껴진다 했더니 기예르모를 만나셨군요.

"그럴듯한 제안을 했는데도 내 말은 들은 척도 안 하던데."

ー기예르모는 그런 존재입니다. 그래도 그걸 계기로 저를 믿어 주
시니 다행입니다.

루다는 비웃음이 나오려는 걸 꾹 눌렀다.

"아타나스 쪽 군주까지 시켜서 나를 해치려고 했다니까? 으, 지금 생각해도 긴장돼서 죽을 것 같네."

루다가 마치 정말 위험했다는 듯 과장되게 몸을 떨었다.

옆에서 아르비드가 놀란 표정으로 쳐다봤다. 가서 보호를 받았다고 하셨으면서. 뭐가 진실인지 알 수가 없다는 표정이었다. 그만큼 루다의 거짓말은 완벽했다.

루다는 이 기회에 알 수 있었다. 스스로를 숨기기 위한 거짓말은 서툴지 몰라도 누군가를 엿 먹이기 위한 거짓말은 아주 수준급이 될 수 있다는 걸.

─그래도 목숨 하나로 기예르모의 위험을 알게 되어서 다행입니다.

루다가 고개를 퍼뜩 들었다.

타라가 인자하게 웃고 있었다.

잡았다. 증거.

루다는 미소를 지으려다가 억누르고는 애써 놀란 표정을 지어냈다.

지금부터는 철저한 심리전이다. 타라에게 모든 진실을 알리면 안 돼.

"내가 한 번 죽었다는 건 어떻게 알았어?"

─에세나의 일은 모든 것을 알 수 있으니까요.

타라가 평온하게 말했다. 루다는 비웃고 싶은 걸 꾹 참았다.

루다는 부활권을 사용하지 않았다. 고로 지금 루다의 목숨은 여전히 두 개였다.

하지만 타라는 말했다. 루다가 기예르모를 만나느라 죽었다고. 그건 정확히 루드비히가 기예르모에게 거짓말한 내용이었다.

게다가 에세나의 모든 일을 안다고? 지나가던 개가 웃을 일이었다. 루다의 목숨이 아직 두 개라는 걸 타라는 모르고 있었다.

이로써 확실해졌다.

타라는 에세나의 모든 것을 굽어보는 전지전능한 존재가 아니라는 것을.

루다는 재빨리 머리를 굴렸다. 여기서 증거를 잡았다고 말하는 게 좋을까?

루다는 도대체 왜 루다와 형우를 여기로 데려왔는지. 그 이유를 알고 싶었다. 여기서 바로 루다가 알아낸 바를 바로 말하는 것이 좋은 방법인가?

게다가 루다는 타라를, 그리고 기예르모를 완벽하게 이기고 싶었다. 그리고 죽고 싶지도 않았다. 그러기 위해서는 먼저 둘을 죽일 방법을 찾아내는 게 좋았다.

그렇다면 고작 실마리 하나 잡았다고 몰아붙여서는 안 됐다.

루다의 목표는 집으로 돌아가는 것이었다. 그것도 무사히. 패배하지 않고. 가능하면 승리를 거머쥔 채 형우와 돌아가는 것이었다.

우선은 타라와 기예르모의 관계를 눈치채지 않은 척하는 게 더 좋았다.

"그래서 남자 친구 기억도 찾고 집에 돌아가려면 어떻게 해야 한다고?"

—제가 그 부분에 대해 말하고 싶은 것이 있었습니다.

루다가 말해 보라는 듯 고개를 까딱였다.

—시타라여, 그대가 기예르모의 악질적인 계획에 걸려들어 시간을 허비해 안타깝다는 생각을 계속했습니다.

"아, 그래. 개……."

소리 하지 말고. 루다가 반사적으로 나오려는 말을 집어삼켰다.

"계속 말해 봐."

휴, 큰일 날 뻔했네. 루다는 가슴을 쓸어내렸다.

─이제 기예르모를 믿으면 안 된다는 걸 알게 되었으니 그에게서 오는 퀘스트는 전부 무시하십시오.

그 한마디에 루다는 다짐했다. 또 다른 타라에게서 오는 퀘스트는 계속해야겠다.

─그리고 제가 드리는 기예르모를 없애는 임무를 진행해 주세요. 이 임무를 완료하면 남자 친구의 기억도 다시 돌아올 것이며, 시타라 당신은 다시 살던 곳으로 돌아가실 수 있을 거예요.

"그 임무가 뭔데? 나 노가다 퀘스트는 안 받아."

─노가다…….

"발품 팔아서 엄청 뛰어다녀야 하는 퀘스트 말이야. 그런 거는 내 취향 아니라고."

─어려운 일은 아닙니다. 제가 알려 드린 곳으로 가셔서 그곳을 지탱하는 반석을 파괴해 주시면 됩니다.

"반석?"

─예. 그것은 기예르모에게 계속 힘을 주는 근원 중 하나입니다. 운이 좋게 에세나에서 그 반석이 발견되었지요. 그걸 파괴하면 기예르모의 힘이 많이 줄어들 거예요.

"흐음…….."

루다는 팔짱을 낀 채 생각에 잠겼다.

마음 같아서는 타라의 부탁 따위 단 하나도 들어주고 싶지 않았다. 하지만 이 짜증 나는 타라의 부탁을 들어줘야 하는 이유가 있었다.

루다는 기예르모와 타라가 같은 편이라고 확신하고 있었다. 그건 루다만의 생각이 아니라 형우 역시 동의한 바였다.

그렇다면 타라가 말한, 죽여야 한다는 기예르모가 과연 어떤 존재인가?

타라는 저번부터 계속 형우의 기억을 찾으라는 퀘스트는 기예르모의 농간이라고 말하고 있었다.

하지만 절대 그럴 리가 없었다. 타라와 같은 편인 기예르모가 형우의 기억을 찾도록 도와줄 리가 없었다. 그것도 타라라는 이름을 붙인 채.

게다가 그 퀘스트를 진행했을 때 형우의 기억은 돌아왔다. 그렇다면 또 다른 타라는 과연 어떤 존재인가?

타라와 기예르모가 같은 편인 이상, 타라가 루다에게 기예르모의 힘의 근원 중 하나를 파괴하라고 말할 리가 없었다.

아마 형우의 기억은 루다가 원래 세계로 돌아가지 못하도록 하는 인질일 가능성이 컸다.

그렇다면 형우의 기억을 찾도록 도와주는 존재는 타라의 진정한 적이 아닐까?

그렇다면 타라가 루다에게 죽여 달라고 부탁한 존재는 지금 루다를 도와주고 있는 존재가 아닐까? 왠지 그럴 수도 있겠다는 생각이 들었다.

루다는 생각을 끝내고는 활짝 웃었다.

"좋아. 정말 네 퀘스트를 전부 깨면 형우 기억이 돌아오는 거지?"

─신의 이름으로 약속드립니다.

"오, 완전 자신만만한데? 좋아. 반석 그게 뭐가 어렵다고. 금방 깨 줄게."

─그대가 그리 말해 주니 든든하군요.

타라가 인자하게 웃었다. 루다는 그 웃는 낯에 주먹을 꽂아 넣고 싶은 걸 참느라 죽을 것 같았다.

"아, 맞다. 궁금한 게 있는데."

─무엇이든 물어보십시오, 시타라여.

"내가 아타나스에 갔다가 기예르모를 따르는 반신이라는 존재가 있다고 들었거든. 그런데 에세나에는 그런 존재가 없는 거야?"

스테안은 기예르모를 따르는 반신이었다. 보나 마나 기예르모의 명령에 복종하는 존재겠지. 레벨은 200이 넘었다.

그런 존재가 에세나에도 있다면 최악의 경우 둘과 싸우는 데에 안 좋은 결과가 있을 수도 있었다.

─예전에 티폰이 있었습니다. 하지만 그는 타락했고, 영웅인 그대가 소멸시켰습니다.

"티폰? 아, 걔가⋯⋯. 어? 반신이라는 존재는 다 신을 따르는 존재인 거야?"

─그렇습니다. 하지만 그는 기예르모에게 넘어갈 뻔했고, 영웅의 힘으로 막을 수 있었습니다.

스테안의 이름을 거론하며 그 역시 타락한 존재인지 아닌지 고민하던 때였다.

"영웅⋯⋯!"

옆에서 조용히 둘의 대화를 경청하던 아르비드가 처음으로 한마디를 입 밖으로 내뱉었다. 무언가를 갑자기 깨달은 듯한 표정이었다.

루다는 입술을 깨물었다.

아뿔싸, 들켰다.

머리가 새하얘진 루다의 눈에 아르비드의 입이 움직이는 것이 보였다.

"삥⋯⋯!"

루다가 다급하게 제 입에 검지를 가져다 댔다. 조용히 하라는 의미였다.

아르비드는 금세 입을 닫았다. 무언가 생각이라도 난 모양인지 얼굴이 희게 질리는 것까지 보였다.

뭘 생각했는지는 모르겠지만 입을 다물어서 다행이었다.

루다는 한껏 긴장했던 한숨을 내쉬었다. 적어도 이 상황에서 듣고 싶지는 않은 이름이었다.

여기 대화 끝나면 얼른 가서 소문내지 말라고 해야지.

왠지 아르비드라면 자신이 영웅이었던 걸 아는 순간 자랑스러워하며 에세나 전역에 소문낼 것 같았다.

자신이 뻥끄곤듀님이랑 동일 인물인 게 알려진다니. 상상만 해도 끔찍했다.

루다는 재빨리 이 상황을 무마하고 싶었다.

"하하, 그럼 저쪽 반신 역시 타락한 존재야?"

─……아니요, 원래 기예르모가 데려온 자입니다.

다급하게 물은 질문에 잠깐의 침묵 후 타라가 대답했다.

갑자기 내려앉았던 망설임이 의심스러웠다. 근본이 흔들리니 하나도 믿을 수 있는 게 없었다.

"그래? 아, 나 또 궁금한 게 있는데."

─무엇입니까?

인자한 듯 웃고 있지만 저 미소가 경직되어 보이는 건 기분 탓일까?

"그럼 기예르모는 어느 날 갑자기 나타난 존재야?"

─……질문의 의도를 모르겠군요, 시타라여.

"응? 아니, 그냥 궁금해서. 역사에 의하면 어느 날 기예르모가 나타나서 만렙……이 아니라 엄청 강한 사람 다섯을 데려와 에세나를 이겼다고 했잖아."

─뼈아픈 과거군요.

"그 강한 사람이 반신이야?"

─아닙니다.

"그래? 그런데 그때 기예르모가 데려온 자 중에는 반신이 없잖아."

-무엇을 묻고 싶은지 모르겠군요.

타라는 기분이 좋아 보이지 않았다.

"아니, 왜 그렇게 예민하게 반응해? 다른 다섯이 반신 같은 존재면 우리 싸움이 더 불리하지. 내가 알기로 에세나에 반신은 더 이상 없다고 알고 있는데."

-기예르모에게도 반신은 한 명뿐입니다.

"정말?"

-예.

"확실해?"

-그렇습니다.

"어떻게 그렇게 확신해?"

-예?

"그렇잖아. 타라가 아타나스의 모든 상황을 알고 있지 않은 이상 어떻게 확신하냐는 이야기야. 그러다가 갑자기 '아니었습니다.' 하고 반신만큼 강한 존재가 쫙 나타나면 어떡해?"

-……그럴 리는 없습니다.

"그래도 불안한데……."

루다가 팔짱을 끼고 불안한 듯 타라의 앞을 서성거렸다. 그리고 이상하게도 타라 역시 불안해 보였다.

그렇겠지. 무언가 찔리는 게 있는데 당당할 리가 없지.

"그럼."

루다가 자리에서 우뚝 멈췄다. 루다의 목소리에 타라의 얼굴이 굳었다.

빛의 속도로 인자한 표정을 지었지만 아까부터 계속 타라의 반응을 살피던 루다가 그걸 놓쳤을 리가 없었다.

"나 레벨 상한 깨 주면 안 되나?"

―예?

"넌 레벨이 무슨 말인지 알지?"

―……그렇습니다.

루다는 속으로 하나 더 추가했다.

에세나의 다른 사람을 알아듣지 못하는 레벨, 퀘스트와 같은 말을 타라는 알아듣는다.

"내 레벨 만렙, 그러니까 최고 레벨이 250까지가 한계잖아. 그걸 좀 부숴 달라고."

―그건…… 제 영역이 아닙니다.

"아니, 뭐가 그렇게 영역이 아닌 게 많아? 그러다가 진짜 상대가 엄청 세면 어떡해? 형우도 지금 만렙이라서 기억 돌아오지 않은 채로 아타나스 군주면 나 혼자 어떻게 못 한단 말이야."

루다가 우는소리를 냈다.

―……죄송합니다.

타라가 울며 겨자 먹기로 사과했다.

루다는 생각에 잠겼다.

어떻게 해야지 제가 강해질 수 있는 걸 달라고 하지?

타라와 기예르모는 한 편이다. 까딱 잘못하면 신 둘의 합공에 목숨이 나갈 수도 있었다.

"그럼 어쩔 수 없지. 성스러운 치유 스킬북 좀 구해 줘."

―무슨…….

"최소한 힐은 배워야 할 거 아니야. 내가 이거 서포트 스킬이라 안 배웠는데, 안 되겠어. 뭐라도 하나 살길은 찾아야 할 거 아니야? 네 부탁이 얼마나 위험한 건지 알아? 난 죽고 싶지 않다고."

'성스러운 치유'. 힐 계열의 스킬이었다. 원래 루다는 게임을 플레이할 때 타격감을 즐기는 스타일이었다.

다른 게임이었다면 그래도 원활한 플레이를 위해 힐 계열의 스킬을 배웠겠지만 이 〈저크시즈〉라는 게임은 배울 수 있는 스킬의 한계가 너무 컸다.

어차피 게임은 죽으면 다시 시작해서 플레이하면 되기에 최대한 빨리 깰 수 있는 공격 스킬과 간간이 방어에 스킬 포인트를 쏟아부었다.

하지만 여분의 목숨이라고는 하나밖에 없는 지금, 루다는 치유 계열의 스킬을 배워야 했다.

게다가 다른 것도 아니고 저 성스러운 치유를 배우려는 이유가 있었다.

마나를 엄청나게 잡아먹고, 한 번 더 사용하기까지 쿨타임이 길기는 하지만 채워 주는 피가 엄청나다.

치사 상태에 달한 hp를 풀피로 올려 주는 게 저 성스러운 치유였다. 게다가 상태 이상까지 치료해 준다.

즉사하지 않는 이상 목숨 하나 살리기에는 아주 유용한 스킬이었다.

그만큼 스킬 포인트가 엄청나게 들기는 하지만, 목숨이 걸린 일인데 망설일 필요는 없었다.

나중에 업데이트 때를 대비해 스킬 포인트를 안 쓰고 쌓아 뒀던 게 다행이라면 다행이었다.

ー스킬북은 구해 드리겠습니다.

루다의 요구에 타라의 얼굴에 안도 어린 표정이 떠올랐다. 무언가 더 지독한 요구를 할 거라고 생각했던 모양이었다.

"가능하면 스킬 포인트 더 줘도 좋고."

ー그 부분은 제가 해 드릴 수 없는 부분입니다.

"것 참, 신이라며. 안 되는 것도 많네. 알았어."

─그래도 지금이라도 시타라께서 제 부탁을 들어주실 생각이 들어 다행입니다.

타라가 정말 다행이라는 듯 안도의 한숨을 내쉬었다. 루다는 웃었다.

"그래, 나도 이제라도 기예르모의 실체를 알아서 다행이지."

루다는 억지로 미소를 지으며 마음에도 없는 말을 했다. 타라를 감싼 흰색의 성스러운 기운이 기쁜 듯 물결쳤다.

그래도 타라를 제대로 속이긴 한 모양이었다. 루다는 그 모습이 역겹다고 생각하며 등을 돌렸다.

✳

"이제 정말 시타라의 임무를 실행할 생각입니까?"

성소에서 꽤 벗어나자 아르비드가 물어 왔다.

"그래야지."

아르비드의 얼굴에 복잡한 표정이 떠올랐다. 루다는 뭘 그렇게 심각한가 생각하며 그대로 텔레포트를 사용했다. 둘은 금세 황성에 돌아와 있었다.

조금 아쉬운 건 방이나 복도 같은 세부적인 곳으로 텔레포트는 불가하다는 것이었다.

"타라님을 믿는 것입니까?"

걸어 집무실 안에 들어갔을 때, 뒤따라오던 아르비드가 물었다.

"알비 엄청 아쉬운 것처럼 물어본다?"

"그게 아니라……! 아타나스에 다녀온 후 곧바로 태도가 바뀌셔서 궁금했을 뿐입니다."

순간 언성을 높이려다가 금세 평소 어조를 되찾았다.

저 감정 조절 능력을 배워야 하는데. 시도하지도 않을 생각을 하며 루다가 성큼성큼 걸어가 의자에 털썩 앉았다.

"아타나스에서 있던 일은 비밀."

"아⋯⋯."

"타라를 믿느냐고? 차라리 기예르모를 믿으라고 말해라."

"그렇다면 어째서⋯⋯?"

"믿는 거랑 하라는 대로 하는 거랑 다른 거지. 하라는 대로 하면 집에 갈 수 있다잖아."

"아."

왜인지 아쉬움이 잔뜩 묻어 나오는 표정을 지었지만 책상 위에 쌓인 서류를 바라보는 루다의 눈에 그게 보일 리가 없었다.

루다가 인상을 찌푸린 채 책상 위에 있는 서류들을 뒤적였다. 설마 이거 할 일이랍시고 올려 둔 건 아니겠지.

"이거 내가 다 해야 하는 거 아니지?"

"맞습니다."

"내가 왜 알비한테 권한을 위임하고 갔는데!"

이거 다 도장 찍으라고 그런 거 아니야. 나보다 에세나를 사랑하는 네가 하는 게 나을 거라고 몇 번이나 말했는데. 정말 융통성이라고는 없는 인간 같으니라고.

"그건 제가 처리할 수 없는 사안입니다."

"뭔데?"

"폐하가 군주가 되기 전 영웅과 관련된 사안인데⋯⋯."

"영웅?"

설마 그 영웅이 자신과 형우 얘기는 아니겠지.

루다가 그 서류를 그대로 들고 읽어 내리려는 순간이었다.

"혹시."

망설이는 아르비드의 목소리가 들려왔다. 설마, 루다가 불안한 눈으로 아르비드를 바라봤다.

"삥⋯⋯."

"그 이름 말하지 말라니까!"

다급하게 말함과 동시에 생각했다. 설마 또 공격이 나가는 건 아니겠지.

그렇게 생각하며 멈칫하는 순간, 루다의 바로 앞에 서렸던 냉기가 금세 공중으로 사라지는 것이 보였다. 다행이다.

그 상황을 알 리 없는 아르비드는 급작스러운 외침에 잠시 멈췄다가 고민했다.

"혹시 폐하께서 변절하지 않은 영웅과 같은 분입니까?"

하지만 닉네임만 말하지 않았다 뿐이지, 들키고 싶지 않았던 질문이 아르비드의 입에서 나와 버렸다.

"변절⋯⋯."

루다가 질린 표정으로 아르비드가 말한 단어를 따라 했다.

누가 판타지 세계 아니랄까 봐 저런 오그라드는 단어를 잘도 내뱉는지.

루다는 고민했다. 이걸 사실대로 말할까 말까.

사실 제가 삥끄곤듀님과 같은 사람이라는 걸 밝히고 싶지는 않았다. 하지만 이미 타라가 전부 말한 상태였다.

진짜 도움 안 되는 신 같으니라고.

아마 지금 물어보는 것도 정말 궁금해서가 아니라 확인차 묻는 말일 게 분명했다.

"맞긴 한데⋯⋯."

루다의 대답에 아르비드의 눈이 크게 뜨였다.

"하지만 폐하께서는 다른 곳에서 오셨다고⋯⋯! 혹시 거짓말하신 겁니까?"

"아니니까 그렇게 배신당한 표정 짓지 말아 줄래?"

"영웅의 외양 역시 폐하와 다르다고 알고 있었는데. 아, 혹시 그럼 변절자가 진짜 변절자인……. 아니, 그런데 어째서……."

아르비드가 무언가 말을 하려다가 말다 하며 입을 뻐끔거렸다. 갈피를 잡지 못하는 눈이 정말 혼란에 휩싸인 것처럼 보였다.

"워워, 진정해 봐."

우선 진정시키는 게 먼저였다. 루다의 손짓에 아르비드가 입을 다문 채 루다를 바라봤다.

하지만 그 얼굴에는 역시나 혼란이 가득해 루다는 크게 한숨을 내쉴 수밖에 없었다.

"우선, 내가 그 영웅 맞아."

"허면 왜 이름을……."

"세상에는 별로 원치 않는 이름도 있는 거야. 바꾸고 싶은 이름도 있다고. 개명이라는 게 괜히 있겠어?"

"예? 아, 혹시 부모님께서 억지로……."

"그래, 그런 거."

물론 그 이름을 지어 준 건 부모님이 아니라 루다였지만, 그냥 그대로 넘어가기로 했다.

그 이름을 자력으로 지었다고 하면 마지막 남은 인간의 존엄성을 포기하는 느낌이었다.

"아니, 이건 그냥 궁금한 건데. 그 이름 이상하지 않아?"

"……영웅의 이름은 언제나 위대합니다."

"정말 거짓말 못하는구나. 자, 입장 바꿔서 생각해 봐. 네가 이 이름이었다면 말하고 싶을까?"

"하지만 영웅의……!"

"영웅을 빼고 생각해 봐."

"……."

아르비드가 침묵했다.

그게 긍정이라는 건 듣지 않아도 알 수 있었다.

"응, 그거야. 그런 의미에서 내가 부탁하고 싶은 게 있는데."

"부탁…… 말입니까?"

"응, 왜? 안 돼?"

"명령하셔도 됩니다."

"아니, 이걸 명령으로 내리면 그게 좀 더 슬플 거 같아서 말이야. 어쨌든 내가 부탁하고 싶은 건……."

루다가 깊게 한숨을 내쉬었다.

"내가 그 영웅이랑 동일 인물이라는 건 어디 가서 말하지 말아 줘."

"예? 어째서……."

"……사람은 말하고 싶지 않은 데는 이유가 있는 법이야."

충분히 설명했다고 생각했는데 아닌 모양이었다.

에세나에 영웅의 존재란 생각보다 위대해 그런 거지만 루다는 거기에 공감할 리 없었다.

"알겠습니다."

끝끝내 완벽히 이해한 것 같진 않았지만 아르비드는 순순히 고개를 끄덕였다.

"진짜다."

"예."

"절대 말 안 하기야."

"걱정하지 않으셔도 됩니다."

"좋아."

루다는 그제야 표정을 풀었다.

만약 아르비드가 제 휘하의 군사들에게 지금 군주가 에세나의 영웅과 동일인이라고 말하면 그 소문이 퍼지는 건 순식간이었다.

상상만 해도 소름이 돋아 팔을 문질렀다. 들킨 사람이 아르비드라서 다행이야. 충성으로 이루어진 인간이라는 건 생각보다 믿음직스러웠다.

"그런데……."

아르비드가 운을 뗐다. 고개를 들고 올려다보니 아르비드의 얼굴에는 또 다른 혼란의 빛이 서려 있었다.

"응?"

"그렇다면 아타나스의 군주 역시……."

"응, 맞아."

"변절자가 맞았군요."

"알비 지금 좀 객관성을 좀 잃은 것 같은데."

"예?"

"나도 아타나스에 넘어간다고 말한 적 있다?"

"폐하께서는 다시 돌아오시지 않았습니까?"

"나 넘어가려다가 기예르모가 안 받아 줘서 돌아온 건데?"

아르비드의 얼굴이 충격으로 흙빛이 되었다.

"하지만…… 폐하께서는 충분한 이유가……."

아르비드가 더듬더듬 말을 이었다. 그 안에 망설임이 보였다.

"말하면서도 좀 이중 잣대 같다는 생각이 들지?"

"……."

"형우, 그러니까 루드비히도 나랑 같은 영웅이 맞기는 한데, 충분한 이유는 루드비히한테도 있거든."

"무슨……?"

"기억을 잃었어. 그래서 자기가 에세나의 영웅인지도 모르는 상태야. 그러니까 그한테도 충분한 이유가 있지 않겠어?"

아르비드는 침묵했다. 충격적인 사실에 말을 잇지 못하는 게 분명했다.

"그럼 그 기억은 기예르모가 뺏어 간 것입니까?"

"그렇대."

확신할 수는 없지만. 루다는 뒷말을 굳이 덧붙이지 않았다.

아르비드의 표정이 덩달아 심각해졌다.

"그렇다면 기예르모는 폐하의 적이 되는 것 아닙니까? 그런데 왜 아타나스에 넘어갈 생각을……."

"음……."

루다가 팔짱을 낀 채 어떻게 말할까 고민했다.

그 기예르모랑 타라랑 쿵짝쿵짝 하는 모양이거든. 이 말을 할 수는 없었다.

"내가 여신의 음성이 두 개랬잖아. 그중 하나의 말을 들었더니 남자 친구의 기억이 돌아왔고, 이번에도 또 돌아왔어. 그리고 타라는 그 두 개 중 하나가 기예르모의 농간이랬거든."

"그런데 이번 기회에 아니란 걸 깨달으신 거군요."

"그렇지."

"그렇다면 아타나스에 갈 생각은 사라졌습니까?"

"응, 넘어갈 생각 없어."

"그럼…… 역시나 타라님에 대해 조금 신뢰가 돌아온 것입니까? 물론 완전한 신뢰는 아니더라도."

"아니. 알비, 생각해 봐. 남자 친구, 그러니까 루드비히의 기억이 있는 곳을 알려 준 존재도 타라라고 했잖아. 그런데 기예르모도 아니고 우리가 만나고 온 그 타라도 아니래. 그럼 과연 누굴까?"

아르비드의 눈이 크게 뜨였다.

아, 진짜 말해 주고 싶은데. 둘이 같은 편 같다고 말해 주고 싶은데! 아무리 생각해도 이건 시기상조였다.

게다가 뭔가 루다가 알 수 없는 짓을 해 타라가 아르비드를 구슬리면 루다가 알아낸 것까지 타라의 귀에 들어갈 수도 있었다. 그건 안 될 노릇이었다.

루다가 할 행동은 여전히 아르비드의 흔들린 신앙심을 계속 흔들거리게 놔두는 수밖에 없었다.

"어쨌든 나는 여러 가지 이유로 타라를 믿을 수 없어. 뭐, 원래부터 종교 같은 거 믿는 사람도 아니었고 말이야."

"아……."

"내가 생각하는 건 나중에 때 되면 알려 줄게. 어쨌든 이건 내가 처리해야 되는 문서란 말이지?"

루다가 책상에 놓인 서류들을 가리켰다. 역시나 쌓인 서류가 마음에 들지 않았다.

"예, 이번 수확제에 관련한 일입니다."

"수확제? 그게 왜? 설마 내 참여 여부에 대한 문제는 아니지? 아니, 그런데 수확제랑 영웅은 무슨 상관이야?"

"폐하께서 수확제 때 시타라로서 기도를 드리게 될 텐데……."

"뭐? 내가 왜? 내 동의도 없이?"

"폐하께서 제게 권한을 일임하셨기에, 일반적인 상황인지라 동의를 해 버렸습니다."

루다가 눈을 가늘게 떴다.

이거 일부러 그런 거 아니야?

"취소 못 해?"

"이미 에세나 사람들이 그렇게 알고 있는 터라…… 취소는 가능하겠지만 백성들의 원성이 자자할 겁니다."

"그런 거 상관 없…… 잠깐, 위치가 어딘데?"

"위그드라실과 제일 밀접한 제롬입니다."

"제롬?"

루다는 허공을 뒤적여 퀘스트를 열었다.

아까 타라에게서 온 메인 퀘스트가 있을 텐데.

거기에 적힌 위치가 제롬이랑 비슷하면 굳이 거절할 이유도 없었다.

그래도 위치를 확인하기 전에 먼저 가서 뭘 하는지 정도는 들어 보고 싶었다.

"기도한다는 건 정확히 뭘 어떻게 하는 건데?"

"그저 기도문만 읽고 축복을 내려 주시면 됩니다."

"그래?"

별거 아니잖아. 생각보다 단순해 다행이라 생각하며 퀘스트에 적힌 장소를 확인했다. 타라에게서 온 퀘스트에는 '엘피드'라는 장소가 적혀 있었다.

"제롬이 엘피드랑 가까운 곳이야?"

"예, 바로 옆입니다. 헌데……."

"어, 잠깐만."

무언가 말을 이으려는 아르비드를 저지했다. 퀘스트 창에 깜빡거리는 불이 들어와 있었다. 새로 도착한 메인 퀘스트였다.

지금 읽고 있는 것도 메인 퀘스트인데, 지금 새로 도착한 것도 메인 퀘스트라니.

그렇다면 지금 도착한 건 세 번째 형우의 기억 조각일 가능성이 컸다.

루다는 깜빡이는 양피지를 꺼내 읽어 내렸다.

"오!"

이번에도 장소가 겹쳤다. 보상은 당연히 형우의 기억이겠지.

엘피드가 제롬 바로 옆이고, 제롬에서 기도를 올리고, 새로 온 퀘스트는 또 제롬에 있는 벽을 무너뜨리라고 한다.

첫 퀘스트 때도 겹쳤다. 두 번째 퀘스트는 타라에게서 온 걸 하지 않았으니 알 수 없었다. 그리고 지금 온 두 메인 퀘스트의 장소 역시 겹쳤다.

설마 모종의 규칙이 있는 건가. 에이, 우연이겠지. 의심스러웠지만 우선은 양피지를 접어 다시 넣었다.

운이 좋든 아니든 루다는 세 가지 일을 여기저기 돌아다니지 않고 할 수 있는 상황이었다.

쪽팔린다는 이유로 수확제에 기도문을 읊는 걸 거절할 필요는 없었다.

"기도문 그깟 거, 읊을게. 아, 근데 뭐 하려는 말 있지 않았어?"

"그 영웅에 관한 것 말입니다."

"응."

"원래대로라면 조금 복잡한 문제지만 폐하께서 변절하지 않은 영웅과 같은 분이라면 크게 문제 될 건 없어 보입니다."

"응? 무슨 일이었는데?"

루다가 책상 위에 던져 뒀던 서류를 다시 집어 들어 읽기 시작했다.

평온하게 읽어 내리던 루다의 얼굴이 점점 썩어 들어갔다.

루다가 어떤 생각을 하는지 알 리 없는 아르비드가 그 서류에 적힌 내용을 입 밖으로 내뱉고 말았다.

"제롬에 세워진 영웅의 동상을 현 시타라인 군주의 동상으로 바꿀까 하는 사안이었지만, 두 분이 동일인이라면 현 군주인 폐하의 동상을 세워도……."

"동상의 크기가 얼마만 한데?"

아르비드가 하려는 말을 루다가 급히 잘랐다.

동상은 부끄러웠다. 내 동상이라니. 그것도 성목聖木인 위그드라실 근처에.

아니야, 진정하자. 그 동상의 크기가 제가 다녔던 초등학교마다 있던 일반 사람의 크기일 수도 있잖아. 그래도 싫기는 하지만, 그래, 그 정도면 견딜 수는 있어.

"하르만 성 정도의 높이입니다."

"하르만?"

어디더라, 하다가 그 성이 지금 루다가 있는 집무실, 침실, 그리고 기타 등등이 자리한 이 성의 이름이라는 걸 떠올랐다.

군주가 거하는 성이라는 건 군주의 성답게 웅장하고 높았다. 얼마나 높냐고 물어보면, 멀리서도 그 성이 보일 정도로 높았다. 황성의 성 중에서도 제일 높은 게 하르만 성이었다.

그 말은 하나를 의미했다. 그 동상은 어마어마하게 높고 거대하다는 것을.

그것을 인지한 순간, 루다는 저도 모르게 자리에서 일어나 소리쳤다.

"안 돼! 동상 세우지 마!"

"예?"

아르비드가 놀란 표정으로 쳐다봤다.

"동상 세우지 말라고."

"이유를 알려 주시겠습니까?"

부끄럽고 쪽팔려서. 하지만 그 이유를 대면 납득하지 못할 것 같았다.

루다는 머리를 굴리다가 적당한 이유를 찾아냈다.

"그거 세우면 또 에세나 사람들의 노동력이 많이 들 거 아니야. 안 돼. 세우지 마."

루다의 대답에 아르비드의 얼굴에 존경의 빛이 떠올랐다.

"그럼 원래 있던 동상으로 둘까요."

원래 있던 동상은 영웅의 동상이었다. 그걸 보며 사람들이 뻥끄곤 듀님이니 뭐니 하겠지.

루다는 반사적으로 대답할 수밖에 없었다.

"아니."

"그럼 어떻게……."

아르비드는 말끝을 흐렸다. 말은 하지 않았지만 표정만 보아하니 뭐 어쩌라고 묻고 싶은 모양이었다.

어쩌긴 뭘 어째.

"당연히 부……."

쉬야지. 말을 하려다가 루다가 말을 멈췄다.

부순다고 하면 어떤 반응이 돌아올까? 안 된다고 하면? 그럼 어떡하지?

"동상은 꼭 세워야 하는 거야?"

"폐하께서 원치 않으신다면 세우지 않아도 됩니다."

루다의 표정이 밝아졌다.

"그래? 그럼 내 것도 안 세우고 영웅의 동상도 부수면?"

"폐하께서 영웅이라고 밝힐 생각입니까?"

"응? 아니?"

"그럼 영웅의 동상은 그대로 두셔야 합니다."

"왜?"

"에세나에서 영웅은 절대적으로 추앙받는 존재나 마찬가지입니다."

"군주보다?"

"군주의 자리에 누군가가 앉아 있다 하더라도 영웅이 살아 돌아온다면 그 군주는 자연스레 군주의 자리에서 내려오게 됩니다."

루다가 어이없는 표정을 지었다.

"아니 내가 한 게 뭐가 있다고?"

이번에는 아르비드의 표정에 같은 표정이 떠올랐다. 대체 무슨 소리를 하고 있는 거지? 그 소리가 들리는 듯했다.

"기예르모를 한 번 잠재웠습니다. 타락한 반신을 처치했고, 여차하면 아타나스에게 밀릴 뻔했던 에세나를 구해 냈지요. 악신에게 먹힐 뻔했던 위기의 순간에 나타나 에세나를 구원한 존재가 영웅입니다."

"그야 퀘스, 아니 타라가 시켰으니까 한 거지!"

"에세나 사람들에게 그렇게 말한다면 더욱 위대하다 대답할 겁니다."

아르비드가 미미한 미소를 지은 채 답했다.

왠지 제가 생각하기에도 그럴 것 같아 루다는 어이없는 웃음만 내비쳤다.

"아니 근데 영웅 거 부수고 내 동상 세운다며!"

"폐하는 일반적인 군주와 다르게 시타라이기 때문에 영웅의 자리에 시타라인 군주의 동상을 세우는 건 가능합니다."

"그럼 없애는 것도 가능하겠네!"

"그건 불가합니다."

"뭐야, 그런 게 어딨어! 영웅 거 부수고 내 거 세우는 건 되면서 내가 그것도 부수고 내 것도 안 세우는 건 왜 안 돼?"

"명분이 없습니다."

"……."

루다는 입을 다물었다.

분명 맞는 말이었다. 그래, 명분이 없지.

군주이자 시타라의 동상을 세우기 위해 그걸 부수면 명분이 있지만, 군주의 동상을 세울 것도 아니면서 영웅의 동상까지 부순다면 반발이 어마어마할 것이다.

"그러든지 말든지 그냥 없애 버리면?"

"폐하의 뜻이 그렇다면 어쩔 수 없는 일이겠지요. 원성을 듣는 게 상관없다면 그렇게 행하셔도 됩니다."

하지만 말하는 어투를 보아하니 아르비드 역시 그걸 바라는 건 아니었다.

루다는 고민에 빠졌다.

예전 같았으면 앞뒤 잴 것 없이 그냥 '부숴 버려'라고 말했을 것이다.

여기서 만렙은 루다고 루다를 막을 사람은 별로 없으니까.

하지만 지금 루다는 최악의 경우 타라와 기예르모와의 싸움을 생각해야 했다.

여기서 민심까지 잃는다면 나중에 그 문제가 걸림돌이 될 수도 있었다.

이쯤 되니 루다는 그냥 지금 타라의 퀘스트를 전부 깨고 형우의 기억을 되찾아 돌아갈까, 하는 생각이 들었다. 하지만 이내 고개를 내저었다.

타라를 어떻게 믿고?

아르비드에게도, 그리고 타라에게도 타라의 말을 듣겠다고 했지만 그건 겉으로 보여 주는 모습뿐이었다.

만약 타라의 부탁을 전부 들어줬는데 모른 척하면? 어쩌면 돌려줄 생각 없다며 죽여 버릴 수도 있지 않을까?

'에이, 설마.'

그렇게까지 인성이 못돼 먹진 않았겠지, 싶다가도 아예 그럴 가능성이 없다는 확신은 할 수 없었다.

아무것도 믿을 수 없는 상황에서 지금 가지고 있는 것까지 잃을 수는 없었다.

정말로 싫었지만 루다는 차마 제 입으로 민심 따위 상관없다고 말할 수는 없었다.

"그럼…… 동상 그냥 둬."

대신 한 가지 방법이 있었다.

"아, 그리고 그 수확제 말인데. 일주일 후라고 했나?"

"예. 그렇습니다."

"내가 아타나스에 가서 이것저것 봤는데 말이야."

"?"

루다는 아타나스에서 별로 본 게 없었다. 하지만 제 계획을 위해서는 밑밥을 뿌리는 게 중요했다.

아르비드의 얼굴에 의문이 떠올랐다.

"아타나스 군주가 정치를 아주 잘해 놨더라고."

"그렇……습니까?"

"그래서 말인데. 나도 좀 잘하고 있는 건가 한번 둘러보는 건 어떤

443

가 해.”

“드디어 에세나에 애정이 생기셨습니까?”

“드디어라니, 무슨 소리야? 난 원래 에세나에 애정이 있었다고.”

루다의 한마디에 아르비드의 표정이 굳었다. 대체 무슨 말도 안 되는 말을 하시는 거지, 하고 말하고 있는 듯했다.

하지만 아르비드답게 금세 표정을 가다듬고는 루다의 말에 맞장구를 쳤다.

“그럼 수확제 사흘 전쯤을 두고 군주의 행차를 준비할까요?”

“무슨 소리야?”

“예?”

“내가 군주인 걸 밝히고 에세나를 돌아다니면 누가 나쁜 짓을 하더라도 날 보면 숨길 거 아니야.”

“그렇습니까.”

“당연하지! 어디 안 보는 데서 뒷구멍으로 돈 받는 관리인들도 지네보다 더 높은 사람이 뜨면 청렴결백한 척하는 게 일반적이라고.”

“그렇긴 합니다만. 그렇다면 어떤 방법을 생각하고 계십니까?”

“암행.”

“암행이라 하시면…….”

“내가 정체를 숨기고 몰래 가서 사람들이 얼마나 잘 사는지, 사람들을 괴롭히는 관리인은 없는지 보는 거지.”

“그럼 저도 정체를 숨겨야겠군요.”

“무슨 소리야.”

“예?”

“이 에세나에 아르비드 얼굴 아는 사람이 어얼마나 많은데, 같이 갔다가 들키면 어쩌려고.”

“저를 아는 사람은 많이 없을 터인데.”

루다가 아르비드의 말을 끊고는 검지를 까딱였다.

"아니지. 아무것도 모르네. 여기에 오래 살면 알게 모르게 얼굴이 알려지게 되어 있다니까? 나처럼 아예 이쪽 세계에 떨어진 지 한 달 밖에 안 된 사람이 암행하기에 적격이지."

"허나 폐하도 영웅으로서……."

"그게 말로 설명하기엔 조금 힘든데. 영웅으로 한 건 원격으로 구한? 좀 다른 신분이라고 해야 하나? 어쨌든, 직접 이렇게 부딪치는 건 이게 처음이란 말이지. 그러니까."

루다가 손뼉을 짝 하고 쳤다. 더는 토 달지 말라는 신호나 마찬가지였다.

"나는 머리랑 눈 색 조금 바꾸고 옷도 좀 바꿔 입으면 상관없단 말이야. 아타나스랑은 또 다르잖아. 그렇지 않아?"

"그렇긴 하지만……."

"아니, 대체 뭐가 걱정이야? 여긴 에세나야. 나는 에세나 군주고! 걱정할 거 하등 없다니까?"

"그게 아니라, 정말……."

"응?"

"정말 암행이 목적인 거 맞으십니까?"

눈을 똑바로 마주하고 묻는 질문에 루다는 뜨끔 찔렸다.

당연히 암행이 목적이 아니었다. 루다의 목적은 영웅의 동상을 부수는 거였다. 정체를 숨긴 채.

어떤 괴한이 그 동상을 숨겼다 하면 증거가 없는 이상 뭐라고 할 사람은 없겠지.

게다가 계속 황성에만 있다 보니 답답한 것도 있었다. 수확제라고 하니 가서 좀 즐기고, 동상도 부수고, 또 다른 타라가 보낸 퀘스트도 하고. 완전 일거양득의 계획이었다.

그런데 그걸 의심하다니.

하지만 여기서 들킬 수는 없었다. 무슨 일이 있어도 뺑끄곤듀님의 동상은 없애 버리고 싶었다.

그래서 루다는 아주 격렬하게 고개를 끄덕였다.

"당연하지. 이제 나를 의심하네?"

"그게 아니라 타이밍이 공교로워······."

"대체 무슨 타이밍 말하는 거야? 공교로울 게 하나도 없는데?"

물론 동상 얘기를 듣자마자 아르비드도 없이 암행을 나간다는 타이밍이 공교롭다는 이야기겠지.

하지만 절대 티를 낼 수는 없었다.

"그렇다면 다행이지만."

아르비드가 말을 하다가 멈추고는 고민에 잠겼다.

루다는 짜증이 나려 했다. 아니 눈치가 빠른 건 좋았는데 여기서까지 눈치 빠를 필요는 없잖아.

"그렇다면 다른 기사라도 데려가십시오. 그러다 정해진 시간에 도착하지 못할 수도 있습니다."

"알비, 나 못 믿어?"

"······예."

잠시의 망설임 후 아르비드가 단호하게 대답했다. 예상치 못한 대답에 루다의 눈이 크게 뜨였다.

"오, 이제는 아예 대놓고 말하네?"

"폐하를 정말 믿고 따르지만 지금만큼은 못 믿겠습니다. 그러니 제스를 데리고 가시지요."

"싫······."

어. 루다가 답하려다가 생각했다. 여기서 싫다고 하면 왠지 저 융통성 부족의 아르비드가 루다의 일거수일투족을 귀찮게 할 것 같았

446

다. 그건 안 되지.

"그래."

루다는 냉큼 고개를 끄덕였다. 루다의 대답에 아르비드의 얼굴에 또다시 커다란 의심의 빛이 서렸다.

마치 진실을 재 보기라도 하듯 빤히 바라보는 표정에 루다가 화난 표정을 지었다.

"아니, 그 표정은 뭐야? 데려간다니까? 됐잖아."

"……예. 그럼 언제쯤 출발하실 예정입니까?"

"내일모레?"

"그럼 그에게 그렇게 일러두겠습니다."

"그래 알았어. 그럼 난 너무 피곤하니까 이만 가 본다?"

"쉬십시오."

냉큼 아르비드의 말을 받아들이고 금세 자리를 뜨는 루다를 의심 스럽게 바라봤지만 그렇다고 마땅히 걸고 넘어갈 건 없었다.

루다는 태연하게 손을 흔들어 주고는 집무실 문을 닫고 나왔다. 탁 하는 소리와 함께 루다가 짜증 난 목소리로 중얼거렸다.

"어휴, 저 눈치 빠르고 융통성 없는 알비 같으니라고. 그냥 보내 주 면 좀 좋아?"

루다는 성큼성큼 최대한 빠르게 방으로 향했다. 얼른 가서 스킬이 나 빨리 습득해야지.

"그래야 내일 몰래 황성을 뜨지."

아무도 듣지 못한 말을 중얼거리며 루다가 낄낄 웃었다.

이틀 후에 제스를 데리고 가긴 왜 데리고 가. 그냥 혼자 좌표 찍고 가면 되지.

"멍청한 알비 같으니라고."

날 몰라도 너무 모르네.

447

방으로 향하는 루다의 발걸음이 그렇게 가벼워 보일 수가 없었다.

　그날 저녁, 신전에서 사제가 찾아왔다.

　책을 한 권 전해 주기 위함이었다. 루다는 기쁜 표정으로 그 책을 받았다.

　타라가 보낸 스킬북을 손에 넣고는 루다가 음흉하게 웃었다.

　"좋아, 준비 끝이다."

　작게 들린 그 중얼거림에 아르비드가 루다를 바라봤지만 루다는 무슨 일 있냐는 표정으로 아르비드를 뻔뻔하게 쳐다볼 뿐이었다.

　아르비드는 아까 했던 대화가 떠올랐지만 주군에 대한 신뢰로 고개를 저었다.

　그리고 다음 날 아침, 황성이 발칵 뒤집혔다.

　"큰일 났습니다!"

　"무슨 일이지?"

　제 방문을 벌컥 열고 들어온 제스에게 아르비드가 시선을 던졌다.

　제스는 잔뜩 긴장한 표정으로 어떤 종이를 아르비드의 손에 넘겨줬다. 충격적인 한마디와 함께.

　"간밤에…… 폐하께서 이걸 남기시고 사라지셨습니다."

　두통이라도 온 듯 눈을 질끈 감았다가 뜬 아르비드가 그 종이를 읽기 시작했다.

　점점 읽어 내리는 아르비드의 손이 부들부들 떨리기 시작하고 손아귀의 종이가 점점 구겨지기 시작했다.

　「아무리 생각해도 암행은 혼자 해야 지독한 관리도 잡고 그럴 것 같아. 그렇지 않아? 그러니까 난 먼저 가 있을게. 천천히 쉬다가 수확제 때 봐!

알비를 아주 많이 아끼는 루다가.」

아르비드의 눈에 드물게 타오르는 불꽃이 보였다. 설마 싶었던 일
이 일어났다.
군주가 암행을 핑계로 새벽을 틈타 도주해 버렸다.

빛무리와 함께 좁은 골목에 로브를 쓴 사람이 나타났다. 골목에 텔레포트한 루다가 중얼거렸다.

"상태."

원래대로라면 황성에서 상태 창을 확인하고 왔어야 했지만 상황이 급박했다.

아르비드도 그렇고 황성 내 시종들도 그렇고 너무 부지런하단 말이지.

그나마 다행인 건 황성 내에서 텔레포트가 가능하다는 점이었다. 침실에서 텔레포트가 가능한 지역까지 빛의 속도로 달려가 그 자리에서 그대로 텔레포트를 시전했다.

다행히 아무에게도 들키지 않았고, 들켰다 하더라도 루다를 막을 수는 없었다.

그래도 루다가 남겨 둔 쪽지를 발견할 때까지 어느 정도의 시간을 벌 수 있다는 게 좋았다.

루다의 한 마디에 그녀의 눈앞에 상태창이 주르륵 떴다. 스킬창으로 넘어가자 어젯밤 루다가 습득한 스킬이 눈에 보였다.

> -진실의 눈 : 랭크9 (숙련도 0%)
> 남들이 알 수 없는 진실에 다가갈 수 있습니다. 타인이 알리고 싶지 않은 진실을 꿰뚫어 볼 수 있습니다.

> -성스러운 치유 : 랭크9 (숙련도 0%)
> 아픈 사람을 치유할 수 있습니다. 이 스킬을 배우면 상태 이상이 눈에 보입니다.

둘 다 랭크가 9에다가 숙련도는 0퍼센트였지만 우선은 배웠다.

이걸 배우느라 남아 있던 스킬 포인트를 거의 다 사용해 버렸지만 후회는 없었다.

그래도 고급 스킬 하나 정도 더 배울 스킬 포인트는 있으니 괜찮겠지.

나중에 꼭 필요한 스킬이 있으면 배워야지. 우선은 지금 배운 스킬로 충분했다.

상태 창에 바뀐 게 없나 휙휙 넘기다가 한 가지 이전과 달라진 걸 발견했다.

루다의 미간이 찌푸려졌다.

타락의 시작이라. 그런데 타락이라고 하는 건 보통 에세나에서 아타나스로 간 사람들한테 붙는 말 아닌가?

루다는 이제 기예르모조차 의심하는 상태였다. 그런데 이렇게 타락이라는 말이 붙을 수 있나 알 수가 없었다.

루다는 이전에 보이지 않는 누군가의 가호가 증가한다는 것을 보았을 때, 그 보이지 않는 곳에 들어갈 이름이 기예르모라고 생각했다.

하지만 기예르모가 아니었다. 그렇다면? 루다에게 지속적으로 오는 또 다른 메인 퀘스트가 떠올랐다. 어쩌면?

팔짱을 끼고 고민에 빠진 루다의 귀로 겁에 질린 목소리가 들려왔다.

"귀, 귀, 귀신!"

고개를 돌리자 한 남자가 희게 질려 루다를 향해 손가락질하고 있었다.

귀신? 생각하다가 루다가 제 꼴을 떠올렸다.

머리 색과 눈 색을 바꿨지만 그것도 조금 불안해서 로브까지 입었다. 회색의 거무죽죽한 로브이니 이렇게 빛이 잘 들지 않는 골목에서는 칙칙해 보일 수도 있구나 싶었다.

"아닙니다. 아니에요. 지나가던 마법사입니다."

루다가 얼른 얼굴을 가리던 후드를 내렸다. 금발에 푸른 눈, 아타나스에서 내놓고 다녔던 얼굴이 드러났다.

더 나은 외양을 생각하기도 귀찮은 데다가 형우랑 추억도 있는 외양이니 괜찮다 싶어 이 모습으로 변신했다.

드러난 루다의 모습에 겁에 질렸던 사람들의 표정이 금세 풀리는 것이 보였다.

생각보다 사람이 많네? 그럼 여기 도착해서 제가 중얼거리고 상태창을 보고 했던 걸 다 구경하고 있던 건가? 갑자기 민망해졌다.

그런데 분명 좁은 골목에 떨어졌을 텐데 여기에 왜 이렇게 사람들이 많지?

"여기는……."

루다가 주변을 둘러봤다. 이 골목에는 열 명 정도의 사람들이 있었고, 입은 행색을 보아하니 잘사는 사람들은 절대 아니었다. 아마 빈민가인 모양이었다.

루다의 미간이 찌푸려졌다.

신이 있고 그렇게 현신할 정도면 빈민가는 없어야 되는 거 아닌가? 이래서 신을 못 믿겠다니까.

어쨌든 여기 있는 사람들에게 볼일은 없었다. 얼른 퀘스트 깨고 동상을 부숴 버려야지, 하는 마음으로 발걸음을 떼려는 찰나였다.

"오오, 마법사!"

"마법사!"

골목에 주저앉은 사람들에게서 술렁거림이 들려왔다. 심지어 몇몇은 루다를 둘러싸고 신기한 사람 보듯 구경하고 있었다.

"방금 쓴 건 마법이요?"

"아, 네. 그런데요."

루다는 고민했다. 왠지 이상한 서브 퀘스트의 향기가 나는데. 사람들이 붙잡는 걸 어떻게 해야 하지. 뿌리쳐야 하나? 아니면 들어 봐야 하나?

"마법이면 누굴 고칠 수도 있는 거 아니요?"

"이 사람아! 그런 게 어딨나! 못 배운 티 좀 내지 말게!"

루다의 고민을 알 리 없는 사람들이 저마다 한마디씩 던지기 시작했다. 그런데 고친다고?

"고쳐요?"

"그냥 마법사요? 에이, 좋다 말았네. 난 또 누구 고칠 수 있는 줄 알았지."

남자의 얼굴이 금세 실망한 표정으로 바뀌었다. 루다가 시선을 돌려 사람들의 머리 위를 살폈다.

사람들의 이름 옆에 10도 안 되는 레벨들이 있고, 그 옆에 질병 표시가 떠올라 있었다. 한 명이 아닌 모두의 머리 위에.

루다가 고민했다. 평소라면 그냥 넘어가겠지만 루다는 지금 힐 계열 스킬의 숙련이 필요했다. 열 명이면 그래도 숙련도가 50퍼센트는 차지 않을까?

조금 불안한 것이 있다면, 원래라면 그 질병 표시 옆에 질병 이름이 보여야 했지만 보이지 않는다는 것이었다. 그럼 고칠 수 없다는 말 아닌가?

루다가 고민하다가 대답했다.

"아니요. 의술 좀 배웠는데. 확실하지는 않지만 한번 해 볼게요."

"오오! 의사분이시군요!"

"아니, 해 본다는 말이지 확실하지는 않아요."

"저 그런데 저희가 돈이 없는데……."

사람들의 얼굴이 금세 거무죽죽해졌다.

하긴 빈민가면 치료받을 돈이 없겠지. 다행히도 루다는 돈이 필요 없었다. 대신 다른 것이 필요했다.

"돈은 됐고요. 제가 여기에 텔레포트…… 그러니까 갑자기 나타났다는 걸 아무한테도 말하지 말아 주세요."

"아니, 그건 위대한 마법 아닙니까?"

어디서 들은 건 있는 모양이었다. 이걸 조건으로 안 걸면 어딘가에 소문이 날 게 분명했다.

"위대한 건 모르겠지만, 어쨌든 소문내지 말아 주세요."

"알겠소! 거 공짜로 치료해 주는 데 그 정도는 당연히 해 드려야지!"

"다른 사람들도 전부요."

"아, 당연하지!"

"걱정 마십쇼!"

사람들이 여기저기서 격렬하게 고개를 끄덕였다.

그래, 이 정도면 됐겠지. 이렇게까지 했는데 설마 소문을 내겠어.

"자, 그럼 제 주변으로 모이세요. 거기도, 그쪽 분도."

"그래, 시키는 대로 해야지!"

루다의 말에 사람들이 전부 루다의 주변으로 몰려들었다. 그렇게 모두가 스킬 가용 범위 안에 모였다.

"범위 지정!"

성스러운 치유는 범위 지정, 타깃 지정 두 가지가 가능했다.

범위를 지정하면 치유하는 사람의 수만큼 마나가 많이 들겠지만 지금은 상관없었다.

여기 있는 사람들이 hp가 많아 봤자 루다의 10분의 1도 되지 않으니 루다의 마나가 흔들릴 일이 없었다.

루다의 한마디에 그녀의 주변으로 스킬을 사용할 수 있는 범위가 지정된 것이 눈에 보였다. 그녀에게만 보이는 모습이었다.

그대로 루다가 외쳤다.

"성스러운 치유!"

루다의 외침에 그녀의 주변에 밝은 빛무리가 나타나 사람들을 휘감고는 금세 사라졌다.

"됐나?"

효과가 뜨고 실패 메시지가 없는 걸 보니 된 것 같기는 한데.

확신할 수 없어 사람들의 머리 위를 바라봤다. 다행히 아까 있던 질병 표시가 전부 사라져 있었다.

"상태!"

창에 들어가 스킬 창을 보니 '성스러운 치유' 옆의 숙련도가······.

"으엉?"

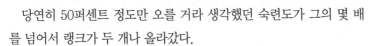

-성스러운 치유 : 랭크7 (숙련도 63%)

당연히 50퍼센트 정도만 오를 거라 생각했던 숙련도가 그의 몇 배를 넘어서 랭크가 두 개나 올라갔다.

아니, 이게 대체 뭔데 이렇게 숙련도를 빠방하게 줘? 이 이름 모를 질병이 엄청 난이도 높은 질병이었나?

루다가 어이가 없어 스킬 창을 말없이 바라봤다.

루다가 그러든지 말든지 사람들은 제 몸을 살펴보기 시작했다. 여기저기 살펴보던 사람들이 저마다 한마디씩 하기 시작했다.

"고름이 전부 사라졌어!"

"몸이 가벼워!"

"이것 보게, 그 병 이후로 짓물렀던 다리가 전부 나았어!"

한마디씩 외치던 사람들의 시선이 루다에게 닿았다.

"아, 이제 됐지요? 저는 그럼 이만⋯⋯."

하지만 루다의 말이 끝나기도 전에 사람들이 바닥에 무릎을 꿇는 것이 먼저였다. 루다의 등 뒤로 땀 한 줄기가 흘렀다.

설마 나 군주라는 거 들킨 거 아니지? 이대로 텔레포트라도 써서 도망가야 하나?

고민하는 루다의 귀에 전혀 예상 밖의 한마디가 들려왔다.

"성녀시여!"

"오오, 성녀시여! 드디어 신께서 성녀를 내리셨도다!"

루다는 벙 쪄서 연신 허리를 굽히는 사람들을 쳐다봤다.

대체 이게 무슨 경우지? 영웅인 것도, 군주인 것도 숨겼더니 대뜸 성녀라니?

"전 성녀가 아닌⋯⋯."

데요.

루다가 말을 할 여유도 주지 않고 사람들이 루다의 발아래로 더욱 모여들었다. 무릎을 꿇고 비는 사람들도 있었다.

"성녀시여. 제발, 제발⋯⋯ 제롬을 구해 주십시오!"

"예?"

"성녀라면 하실 수 있으십니다!"

그 모습을 바라보며 루다가 생각했다.

아, 잘못 걸렸다. 그 스킬 사용이 그렇게 대단해 보일 줄은 몰랐는데. 군주 피하려다 성녀 되게 생겼네. 무슨 핑계를 대고 빠져나가지.

하지만 루다의 바짓가랑이를 잡은 사람들은 루다를 보낼 생각이 없어 보였다.

"성녀시여, 지독한 전염병이 제롬을 뒤덮고 있습니다! 제발 구해 주십시오!"

전염병?

이 상황을 빠져나가려던 루다가 머리를 굴리기 시작했다.

"지금 당신들이 걸렸던 병이랑 같은 병인가요?"

"그렇습니다! 성녀시여!"

"아, 저기. 성녀라는 말은 하지 마시고요. 음…… 전염병인가요?"

"병이 퍼지는 속도를 보면 전염병이 맞는 것 같긴 하지만 아무도 확신하지 못하고 있습니다."

"아니, 여기에 의사들 있을 거 아니에요. 게다가 제롬은 엄청나게 큰 도시 아닌가?"

"의사들 역시 확신하지 못하고 있어요. 그저 해열제와 진통제만 쥐여 줄 뿐이죠. 그러면서 돈은 얼마나 받아 처먹는지! 여기 있는 사람들도 그들에게 돈만 갖다 바치다가 거리에 나앉고, 아주 악마 같은 놈들!"

"어이구, 말조심해요. 그러다가 괜히 귀에 들어가면 그것도 처방 안 해 준다고."

"에잉, 어쩌다가 그런 무리들이 의사랍시고 여기에 들어와서는."

옆에서 듣고 있던 여자가 팔을 치며 말렸다. 루다가 인상을 찌푸렸다.

아무래도 엄청 악독한 무리 같은데.

그런데 아무리 그래도 의사라면 전염병인지 아닌지 정도는 알아내야 하지 않나? 그래야 돈을 뜯어내기도 편할 테고 말이다.

"그 의사들이 전염병인지 아닌지도 모른대요?"

"처음엔 원인을 모르겠다고 했다가 그다음에는 유행성 독감이라고 했다가, 이제는 전염병 같다고 하는데. 확신을 안 한다 이거죠."

말을 들어 보니 전염병이 시작된 지 꽤 된 모양이었다. 그렇다면 황성에 거하던 루다의 귀에 들어왔어야 했다.

이렇게 와서 무릎 꿇고 빌 정도면 상태가 심각하다는 이야기였고, 그렇다면 에세나를 사랑하는 아르비드가 루다에게 말하지 않았을 리가 없었다.

"근데 왜 수도에는 그런 말이 안 들어왔지?"

"아이고, 성녀께서는 수도에서 오신 분인가 보군요."

"네, 뭐 그렇죠."

"그 병이 이곳에서 발병된 지 일주일도 되지 않아 아마 수도까지 통신이 닿지 않았을 겁니다."

제롬은 황성에서 꽤 먼 곳이었다. 어쩌면 루다가 출발할 때쯤 소식이 닿을 수도 있었다.

그런데 전염병이 시작된 지 며칠 정도 지났는지 알 수가 있나? 하긴 여기는 다른 세계니 그럴 수도 있겠다 싶었다.

아까 듣기로 전염병이 많이 진행된 것 같아 병이 돌기 시작한 지 꽤 지났나 싶었는데 아닌 모양이었다.

병이 발견된 지 일주일도 되지 않았다면 생각보다 금방 끝날 수도 있는 일이었다.

"정확히 며칠 됐는지는 모르고요?"

루다의 질문에 사람들이 서로의 얼굴을 바라봤다.

"자네 아나?"

"아니."

하지만 한 명도 제대로 아는 사람이 없어 보였다.

"그건 모르오. 아마 저기 의사들이 알지 않을까?"

"걔들이 알겠어? 뭘 안다고."

"그렇지, 지들이 하는 게 뭐가 있다고!"

다시 의사를 향한 욕이 시작됐다. 심지어 바닥에 침을 뱉는 사람들도 있었다.

진짜 개판인가 본데. 불신이 이 정도까지 어마어마한 걸 보아하니.

어쨌든 루다는 제가 고쳐야 할 사람의 수를 대충이라도 파악하고 싶었다.

"어쨌든 일주일은 안 됐고. 지금 얼마나 많은 사람이 아픈데요?"

"많이?"

"많이 얼마나요?"

"저 알아요."

여기서 제일 어려 보이는 소년이 손을 번쩍 들었다.

"아까 의사들이 말하는 거 들었어요. 제롬의 절반 정도가 병에 걸렸으니 돈 좀 만지겠다고."

"아주 고얀 놈들 아니야!"

"의사 협회인지 뭔지만 아니었어도 아주 그냥!"

도덕성이라고는 보이지도 않는 그 말에 사람들이 다시 욕설을 내뱉기 시작했다.

하지만 루다는 다른 의미로 낯빛이 어두워졌다. 많아 봤자 백 명 정도라고 생각했다. 하지만 절반?

제롬은 큰 도시였다. 그곳의 절반이면 몇 백, 아니 수천은 된다는 말이었다.

"미쳤네."

이제야 의사들이 왜 전염병이라고 확신하지 못하는지 알 것 같았다.

일주일도 안 되는 사이에 몇 천 명이 병에 걸렸다면 저주라고 칭할 정도였다.

"도와주시면 안 될까요, 성녀시여!"

사람들이 다시 허리를 굽히고 손바닥을 비비며 빌기 시작했다. 심

461

지어 몇몇은 눈물을 흘리기 시작했다. 그 모습을 도무지 무시할 수가 없었다.

맨 처음에는 스킬 숙련도나 좀 올려 볼까 하고 시작한 일인데 이렇게 일이 커질 줄이야. 아픈 사람 보고 이득을 생각해서 벌을 받는 모양이었다.

하지만 그냥 놔둘 수 없었다. 루다는 제가 했던 행동을 후회하며 대답했다.

"……도와 드리죠."

*

루다는 사람들이 이끄는 대로 걸었다.

걷는 동안 가는 길 곳곳에 바닥에 나앉은 사람들이 여럿 보였다. 그 사람들에게 시선을 주지 않으려 했지만 그럴 순 없었다.

"환자들이 한곳에 모여 있다고 들었는데요."

그래서 지금 그곳으로 향하는 중이었다. 그런데 그곳이 아닌 다른 곳에도 있는 사람들이라니. 설마 환자가 아닌가?

"예. 하지만 저들은 의사들을 위해 일했던 사람들이라……."

"저 사람들이 의사들이라고요?"

하긴, 의사들도 사람인데 전염병을 피해 간다는 보장도 없었다. 하지만 돌아오는 대답은 달랐다.

"아니요. 물론 의사들 중 전염병에 걸린 자들도 있지만 저들이 의사들은 아니고요."

"그럼요?"

"사람들이 몰려서 따지러 갔을 때 폭력을 행사하던 무리죠."

그 대답에 루다의 입에 떡 하고 벌어졌다.

용역을 썼다고? 지금 용역을 부렸다고 말한 거야?

"의사 개인이요?"

에이 설마. 의사인데. 물론 한국에서도 모든 의사가 도덕적이라는 건 아니었다.

하지만 이건 아니지. 남들을 고친다는 자들이 사람을 부려서 따지러 온 사람들을 쫓아내?

"아니요. 의사 협회가요."

그 대답에 루다는 기가 막혀 입만 벌리고 있을 수밖에 없었다.

개인이면 차라리 그럴 수도 있었다. 하지만 협회가 그런다는 건 아주 조직적으로 돈을 뜯으려고 눈을 까뒤집었다는 이야기였다.

"허……"

루다가 자리에 멈췄다.

"아주 그냥 썩은 놈들이라니까요!"

"황성…… 아니 수도에는 그런 말 없었는데."

설마 아르비드가 중간에 잘랐나?

하지만 제롬은 큰 도시였다.

루다의 황성이 있는 셸체나가 국경에 밀접해 있기에 성이 세워지고 발전했다고 하면, 제롬은 성목聖木인 위그드라실을 지켜야 하기에 병력이 몰려 발전한 곳이었다.

셸체나 다음으로 사람들이 제일 많은 곳이 제롬인데, 이런 제롬에서 의사 협회가 단합해 악행을 저지르는 걸 아르비드가 가만히 둘 리가 없었다.

무슨 일이 있다면 제 선에서 해결했을 것이고, 만약 간단하게 해결이 나지 않았다면 루다에게 말했을 것이 분명했다.

그것도 아니라면 루다가 아르비드를 잘못 봤거나. 하지만 아무리 생각해도 그건 아닌 것 같은데.

생각에 잠긴 루다에게 조잘조잘 말하던 더그가 설명을 덧붙였다.

"아마 제롬 밖으로 소문이 나진 않았을 겁니다."

"왜요?"

"어쨌든 지금 에세나와 아타나스는 전쟁 중이니 힘이 없는 자들은 잘 돌아다니지 않지요. 이미 사는 곳에 사는 것이 일반적입니다."

"그렇……군요."

"그 상태에서 돈독 오른 타리안이라는 의사 놈이 협회장으로 앉았고, 그놈이 제롬의 영주를 매수해 버렸죠. 영주는 아주 홀딱 넘어가 버렸고요!"

"거참……."

루다는 할 말을 잃었다.

루다가 말한 암행은 분명 핑계였다.

저크시즈에 떨어진 후 신이라는 존재가 있으니 그럭저럭 사람들이 선하게 살아갈 수 있을 거라고 막연히 생각했다. 하지만 전혀 아니었다.

이렇게 되면 핑계로 나온 암행으로 진짜 악독한 관리를 잡게 생겼다. 평소라면 귀찮았지만 이번만큼은 아니었다.

생각해 보니 환자가 몇 백인 줄 알고 수락했다가 졸지에 수천 명을 고쳐야 하는 상황도 다 그놈들 때문이었다.

루다는 저를 괴롭힌 사람을 잊는 인간이 절대 아니었다.

"여기 영주 이름이 뭔데요?"

"키로스입니다."

"들어 본 적 없는데……."

키로스, 키로스. 루다는 그 이름을 잊지 않으려고 속으로 중얼거렸다.

우선 황성에 돌아가면 이쪽에 감찰을 보내야지. 하지만 그 전에 직접 루다의 손으로 들쑤셔 놓고 싶었다. 안 된다면 아르비드가 직접 해도 되고.

마음 같아서는 지금 당장 영주 멱살을 잡고 짤짤 흔들어 의사들을 루다의 발아래 무릎 꿇게 하고 싶었지만 루다는 지금 군주인 것을 들키면 안 되는 상황이었다.

어쨌든 정체를 숨기고 동상을 부숴야 하는 의무가 있었다.

루다가 팔짱을 끼고 생각하다가 씨익, 미소를 지었다. 좋은 방법이 떠올랐다.

"우선 저 사람들 먼저 고쳐 주죠."

"예? 하지만 저놈들은 전부 저희를 핍박하던……!"

더그의 말이 끝나기도 전에 루다가 길바닥에 몸져누워 있는 사람들에게 성큼성큼 다가갔다.

"이봐, 깡패들."

그들이 아픈 건 상관이 없다는 듯 깔고 누워 있는 장판을 발로 툭툭 쳤다. 뜬금없는 행태에 험상궂게 생긴 자들이 루다를 노려봤다.

루다를 안내하던 사람들은 잔뜩 겁에 질린 표정으로 루다의 뒤에서 안절부절못하고 있었다.

"뭐야, 이년은? 내가 이깟 병 하나 걸렸다고 너 같은 계집년 어떻게 못 할 것 같아?"

"응."

루다가 활짝 웃으며 답했다.

누워 있는 놈들의 얼굴이 사납게 구겨졌다. 그중 한 명이 분을 이기지 못했는지 일어나 루다에게 달려들었다.

"조심……!"

뒤에서 비명과 함께 목소리가 들려왔다. 하지만 그 말이 끝날 겨를도 없었다.

거칠게 달려들던 남자의 몸이 허공으로 붕 뜨더니 바닥에 쿵, 하고 떨어졌다. 순식간의 일이었다.

루다 덩치의 몇 배는 되어 보였던 남자는 어느새 루다에게 제압당해 그녀의 발아래에 깔려 있었다.

"어휴. 얼마나 깡패 짓을 하고 다녔으면 니네 머리 위에 깡패라고 적혀 있냐."

루다의 발밑에서 발버둥 치는 남자의 머리 위를 보며 루다가 중얼거렸다. 그 모습을 보는 모든 사람의 얼굴에 경악의 빛이 서려 있었다.

'스킬 안 썼으니까 괜찮겠지.'

그 안에서 루다만이 태평하게 앞날을 생각할 뿐이었다.

루다는 그녀의 발아래에서 발버둥 치는 남자를 한 번 꾹 누르고는 가볍게 미소 지었다.

물론 당하는 사람 처지에서는 그 모습이 악마의 웃음으로 보였지만 루다가 신경 쓸 건 아니었다.

"이봐, 깡패들."

"누가 깡패라는 거냐!"

"너네지 그럼 누구야? 어, 그쪽 덤비게?"

루다가 제 쪽으로 달려오려는 남자에게 눈짓했다. 남자가 자리에 멈춰 움찔하는 모습이 보였다.

"어쭈, 까불어? 레…… 아, 이 말 하면 안 되지. 어쨌든 까불면 좀 후회할 텐데."

루다가 비웃으며 인벤토리에서 칼을 꺼냈다. 애용하던 단검을 꺼내려고 했으나 그 생각은 금세 접어 넣었다.

단검은 루다의 트레이드마크나 마찬가지인데 여기서 사용했다가 아르비드의 귀에라도 들어가면 들키는 건 시간문제였다. 그러니까 차

466

라리 이 롱소드로 연막을 쳐 버리자.

"나 칼 들었다?"

루다의 한마디에 덤벼들려던 열댓 명의 깡패들이 주춤거렸다.

굳이 칼이 아니더라도 제압할 수 있었지만 실력은 최대한 숨겨야 하니까. 이쯤 되면 덤비지는 않겠지.

만족스럽게 웃으며 루다가 말을 이었다.

"못된 놈들한테 돈 받고 억울한 사람들 패고 다니면 그게 깡패지 뭐야. 그리고 너네 머리 위에 깡패라고 적혀 있다니까? 너넨 그냥 에세나 공식 깡패야."

"그, 그래서 우릴 죽일 거냐?"

"내가? 왜 그딴 쓸데없는 짓을 해? 아닌데?"

"그럼 원하는 게 뭔데."

"우선."

루다가 칼을 남자의 미간 사이로 가져다 댔다. 물론 위협용이었다.

"말이 짧다?"

"워, 원하는 것이 무엇입니까?"

"옳지. 깡패들. 너네 의사들한테 쫓겨났지? 살려 달라고 돈 없다고 했더니 모른 척하면서 다 쫓아내 버렸지?"

"그, 그걸 어떻게…….."

"그딴 놈들 하는 꼬라지야 딱 보면 알지."

너무 전형적이잖아.

"너네 살고 싶지 않냐?"

"그걸 말이라고 해?"

"어허, 말이 짧다."

"요?"

"그래, 살고 싶지. 그렇다면 내가 좋은 기회를 줄게."

어정쩡하게 서 있던 깡패들의 눈이 불신으로 흔들리기 시작했다.

"진짜니까 그런 눈으로 보지 말아 줄래? 내가 너네도 살려 주고 깡패 신분도 벗겨 주지."

"성녀님! 아무리 성녀님이어도 그건 안 됩니다!"

루다의 한마디에 들고 일어난 건 루다의 뒤에 모여 있던 제롬 사람들이었다.

루다는 눈을 질끈 감았다.

진짜 이따가 저 호칭 절대 말하지 말라고 해야지. 루다가 검을 쥐지 않은 손을 들어 이쪽으로 다가오려는 사람들을 제지했다.

사람들이 다시 입을 다물었다. 하지만 불신에 찬 깡패들은 여전히 믿을 수 없다는 듯 술렁거렸다.

"믿을 수 없다! ……요!"

루다의 발아래에서 협박을 당하던 깡패가 소리쳤다.

"진짜라니까? 내가 너네 살려 줄 수 있어. 대신, 내가 너네 살려 주면 너네는 이제 절대로 의사 협회에서 일 안 하기."

"그, 그 정도야!"

"그리고."

"?"

"여기 마을 사람들 경호하기. 의사 놈들이 너네 같은 깡패들 데리고 깽판 치러 오면 너네가 다 쫓아내. 만약 뒷구멍으로 딴생각하는 놈들 있으면……."

루다가 발아래 깔려 있던 깡패를 다른 놈들이 모여 있는 곳으로 찼다. 그리고 순식간에 그쪽으로 이동해 뽑아 든 검을 겨눴다.

순식간에 일어난 일에 그곳에 있는 사람들은 무슨 일이 일어났는지 알아볼 수 없었다.

다만, 한 가지 확실한 건 알 수 있었다. 여기에 있는 누구도 이 여자의 상대가 될 수 없다는 걸.

두려움에 덜덜 떨고 있는 자들에게 칼을 겨눈 채 루다가 말했다. 웃음을 띤 채.

"니들 다 내 손에 죽는다."

그 한마디에 깡패들이 빛의 속도로 부복해 머리를 조아리기 시작했다.

"예, 예! 대장!"

"대장이라니! 이분은 성녀님이시다!"

"아니야! 차라리 대장이라고 불러!"

"예!"

후……. 순간 지끈거리는 머리에 한숨을 내쉬고는 칼을 칼집에 넣었다. 스릉, 하는 소리에 깡패들이 움찔 떠는 것이 보였다.

그러든지 말든지 루다가 그들을 바라본 채 중얼거렸다. 약속은 받아 냈으니 이제 고쳐 줘야지.

"범위 지정."

루다의 주변으로 스킬 가용 범위가 보였다. 그대로 루다가 외쳤다.

"성스러운 치유!"

루다의 외침이 끝나자마자 아까와 똑같은 빛무리가 깡패들을 감쌌다가 금세 사라졌다.

루다를 주변으로 펼쳐졌던 빛이 사라진 후, 깡패들의 반응은 아까 사람들과 똑같았다. 제 몸을 여기저기 살펴보더니 병의 증세가 사라지자 이내 만세를 외치기 시작했다.

"몸이 다 나았다!"

"지독한 고름이 사라졌다!"

그리고 그들이 루다를 향해 몸을 돌렸다. 그녀를 바라보는 그들의 눈에는 아까 같은 사나움이 아니라 굳건한 신뢰가 자리하고 있었다.

그들이 건장한 몸을 굽혀 루다에게 굴복했다.

"성녀님을 따르겠습니다!"

따른다는 건 물론 좋았다. 하지만 이건 진짜, 정말로 아니었다.

그래서 루다는 결국 참지 못하고 그 자리에서 소리쳤다.

"아! 성녀 아니라고!"

루다의 고통스러운 외침에 사람들의 눈이 크게 뜨였다. 순식간에 조용해진 좌중을 루다가 짜증 어린 표정으로 둘러봤다.

이대로 뒀다가는 루다가 제롬에서 어딜 가든 성녀라고 부를 게 뻔했다. 그렇게 놔둘 수는 없었다.

"그 성녀라는 말 한 번만 더 하면 치료는 무슨, 집에 갈 거예요."

루다의 한마디에 사람들의 얼굴에 의문의 빛이 서렸다. 도대체 왜? 하는 표정이었다. 그렇게 저들끼리 눈빛을 교환하다가 무언가 알아내기라도 하듯 이내 고개를 주억거렸다.

"그래, 우리 성…… 아니 대단한 분께서 겸손하시기도 하지. 원하신다면 말하지 않으면 되지요! 은인이 싫어하는 행동을 할 수는 없지."

"아니, 그게 아니라……."

졸지에 겸손한 사람이 되어 버렸다. 아니 그런 거랑 전혀 상관없이 진짜 정말로 듣기 싫을 뿐인데.

사람 면전에 대고 성녀라고 하면 쪽팔리지 않느냐고 따져 물으려다가 반짝반짝 빛나는 눈빛을 보고는 입을 다물었다.

아, 뭔 말을 해도 안 먹히겠구나. 그래도 말하지 않는다고 하니 다행이었다.

성녀라는 호칭이 싫은 것도 있었지만 그에 더해 성녀라는, 일반적이지 않은 인물에 대한 소문이 돌기 시작하면 에세나의 기사들에게 정체를 들키는 건 시간문제였다.

아르비드의 성격상 직접은 아니더라도 루다를 찾기 위해 사람들을 보냈을 텐데, 그때 최대한 시간을 벌기 위해서는 이 소동을 줄여야 했다.

여전히 존경에 가득 찬 사람들의 눈을 바라보며 루다가 큰 한숨을 내쉬었다.

"마음대로 생각하시고. 성녀라고 말하지만 마세요. 절대로요. 다른 사람들한테도 성녀라고 하면 절대 안 고쳐 준다고 다 소문내고요. 그냥 집에 가 버린다고."

"네, 성…… 아니, 위대하신 분이여."

"그 위대하신 분이나 은인도 하지 말고요."

"그렇다면 뭐라 불러야……. 그렇지! 저희가 귀인의 존함도 모르는군요! 귀인의 존함이 무엇입니까!"

"아."

루다가 재빨리 머리를 굴리기 시작했다.

내가 바보지. 여기 오면서 가짜 이름도 생각하지 않았다니.

하지만 머릿속에 떠오르는 이름이라고는 다루밖에 없었다. 하지만 그 이름은 아타나스에서 사용했으니 쓸 수 없었다. 그렇다면 다른 이름으로는…….

"다이루요."

이 정도면 되겠지. 누가 들으면 거기서 거기라고 생각할 이름을 대고는 루다가 흡족하게 고개를 끄덕였다.

루다랑은 엄청 다른 이름이고, 비슷하다면 아타나스에서의 이름과 비슷할 텐데, 반신인 스테안과 군주인 루드비히나 아는 이름을 여기의 누군가가 알 리는 없겠지.

태평한 루다의 생각에 부응하기라도 하듯 사람들이 밝은 표정으로 루다를 따라 고개를 끄덕였다.

"다이루 님! 다이루 님이셨군요. 아이고, 이제야 존함을 들었네. 감사합니다, 다이루 님."

"아, 예에. 그래요. 그, 얼른 사람들이 모여 있는 곳으로 가야 하지 않겠어요? 환자가 어마어마하게 많다면서요."

"그렇죠! 다이루 님의 천사와 같은 마음씨에 언제나 감동받습니다!"

루다는 깨달았다. 아, 성녀니 귀인이니 은인이니 하는 문제가 아니었구나. 그냥…… 모든 게 총체적으로 문제였다.

루다는 이제 대답하기를 포기했다. 입을 꾹 다문 채 더그를 따르는 와중에도 그는 조잘조잘 루다를 찬양하는 걸 멈추지 않아 몇 번이나 한숨을 내쉬어야 했다.

루다가 그러든지 말든지 조잘대던 더그가 어떤 건물 앞에서 걸음을 멈췄다.

"도착했습니다, 다이루 님."

건물은 그리 커 보이지 않았다. 그 건물 옆으로, 그리고 그 뒤로 커다란 천막이 몇 개 더 보였다.

"저 천막에도 환자들이 있나요?"

"사실……."

더그가 무언가 말하기 힘든 것이 있는 듯 망설였다. 루다의 미간이 찌푸려졌다.

"죄, 죄송합니다! 여기가 전부가 아닙니다!"

"네?"

"여기서 20분 정도 걸어가면 한 곳이 더 있고 또 다른 곳에 더…… 총 네 군데입니다."

"뭐가 그렇게……."

많은지 따져 묻고 싶었지만 루다는 냉큼 입을 다물었다.

그래, 아까 제롬의 절반 정도라고 했지. 그렇다면 아무리 천막을 세웠다 하더라도 여기에 전부 수용할 수 있을 리가 없었다.

"혹시……."

묻고 싶지는 않지만 루다는 현재 상황을 파악해야 했다.

"사망자가 나왔나요?"

"다행스럽게도 아직은 나오지 않았습니다. 하지만 이곳에 있는 환자들은 정말 급한 환자들입니다! 제일 처음 전염병에 걸린 것이나 마찬가지라 병의 진행이 제일 많이 된 자들입니다."

다행이라면 다행이었다. 어쨌든 제일 급한 곳으로 데려왔다는 말이지. 그래도 일 처리가 빠릿빠릿한 것 같아 루다의 마음에 들었다.

"어라, 그런데 그쪽들은 여기로 왔으면 됐는데 왜 그 골목에서 골골대고 있었어요?"

"사실 저희는……."

"왜긴 왜야! 우리 말은 듣지도 않고 의사 쪽에 붙으려다가 버림받은 거지!"

갑자기 들리는 목소리에 루다가 뒤를 돌아봤다.

"의사가 되신다더니 여긴 무슨 낯짝으로 나타나! 썩 꺼지지 못해?"

"리, 릴리!"

흰색 의복을 입은, 릴리라고 불린 여자가 더그에게 손가락질하고 있었다.

"의사가 된다고?"

루다의 중얼거림에 더그의 낯이 거무죽죽해졌다.

"다이루 님! 숨겨서 죄송합니다! 사정은 전부 말씀드릴 테니, 아니, 잘못한 건 저밖에 없으니 부디 제롬을 살려 주십시오!"

"아이고 낯짝도 두꺼워라! 여기가 어디라고 와서 난리야, 난리는!"

더그의 말에 릴리가 화난 목소리로 빽 소리쳤다. 뜬금없는 상황에

473

루다가 혼란스러운 표정으로 둘을 번갈아 봤다.

대체 무슨 일이야.

"뭘 모르고 오셨나 본데. 더그 저 인간이 의사의 말만 철석같이 믿고 사람들을 데려갔다고! 저 인간 따라간 자들은 다 빈털터리가 됐고."

"더그 아저씨는 잘못 없어요!"

릴리의 신랄한 한마디에 뒤에 따라오던 꼬마가 울분에 차 소리쳤다.

"이제는 어린애까지 꼬드겼어? 역시 미래의 뻔뻔한 의사가 될 만해? 저 많은 사람들을 꾀어내고 말이야!"

"더그 아저씨는 저희 데리고 가서 저렴한 가격에 치료해 달라고 했다가 돈도 전부 잃었단 말이에요! 의술 가르쳐 준다고 거짓말한 것도 의사고! 우리 편에서 실랑이하다가 병까지 걸렸단 말이야!"

빽 하고 소리 지른 꼬마는 급기야 울기 시작했다. 옆에 서 있던 소년이 난감한 표정으로 다가가 꼬마를 달래기 시작했다.

그 가운데에서 더그는 아무 말도 하지 못한 채 고개만 푹 숙이고 있었다.

언성이 높아지는 그 사이에서 루다가 둘을 번갈아 봤다. 대충 듣고 있자니 상황을 알 것 같았다.

"잠깐만요."

루다가 둘의 사이로 빠르게 끼어들었다.

"더그."

"예, 성…… 아니 다이루 님!"

"의사 지망생이었어요? 그래서 의사한테 붙으려고 했고?"

"그…… 제가 배우면 좀 더 싼 가격에 사람들을 고칠 수 있지 않을까 하는 마음에……."

"하이고, 말은 잘하지!"

"그러다가 전 재산을 전부 뺏겼구요."

더그가 말없이 고개를 끄덕였다.

"그러다가 병까지 얻었고."

"네……."

더그가 개미라도 기어가는 듯한 목소리로 작게 대답했다.

"허……."

루다는 탄식의 한숨을 내뱉었다.

제롬의 상태는 생각보다 심각했다. 보아하니 파가 두 개로 나뉜 모양이었다. 의사들에게 호의적인 파와 아닌 파로.

제롬 사람들의 의사에 대한 적대감은 정말 어마어마했다. 그러다 보니 더그의 의도가 어찌 됐든 의사 쪽에 가서 한번 붙었다는 사실만으로 그는 제롬 공공의 적이 되어 있었다.

아까 루다에게 이것저것 설명한 걸 떠올리면 더그 역시 제롬을 생각하는 사람일 것이다. 그리고 어쩌면…….

"더그. 혹시 의술을 배워서 의사 협회의 의사들이 아니더라도 사람들이 치료를 받을 방법을 만들고 싶었던 거예요?"

루다의 질문에 더그의 눈이 크게 뜨였다.

"어, 어, 어떻게……."

"한번 말해 보면 대충 알 수 있거든요. 아까 했던 말들 거짓말 아니잖아요."

"알아 주셔서 감사합니다, 다이루 님!"

더그는 이 자리에서 무릎이라도 꿇을 기세였다. 하지만 둘의 언쟁에 정말 많은 수의 사람이 모인 상태였다. 여기서 제발 무릎은 안 꿇었으면 좋겠는데.

루다의 바람을 알아채기라도 한 건지 아까 더그와 언성을 높이던 릴리가 비아냥거리는 목소리로 끼어들었다.

"병이 걸리긴 뭐가 걸려! 보아하니 멀쩡해 보이는구먼! 거짓말을 하려면 좀 제대로 해야지! 꺼져! 나가!"

릴리가 정말로 꺼지라는 것처럼 거칠게 손을 휘저었다. 그러다가 더그 뒤의 무리를 발견하고는 표정을 굳혔다.

그쪽을 빤히 바라보던 릴리의 표정이 마치 무언가를 알아내기라도 한 것처럼 아까보다 훨씬 분노에 찬 표정으로 바뀌었다.

"저 뒤에는 의사 협회가 부리던 놈들 아니야? 지금 협박이라도 하려고 저놈들을 데려온 거야? 안 되지! 절대 안 돼! 여기는 양보 못 해!"

릴리의 절박한 외침에 뒤에서 구경만 하던 사람들이 슬금슬금 앞으로 나서기 시작했다.

이런 상황에 뒤로 의사들을 위해 폭력을 일삼았던 사람들을 데려왔으니 이런 반응이 나올 법도 했다.

심지어 누군가는 건물에 기대 세워 뒀던 몽둥이를 챙겨 들고 있었다.

루다는 상황이 이렇게 흐르도록 내버려 두고 싶지 않았다.

우선 여기 사람들을 도와주기로 했다. 그리고 말 같지도 않은 행태를 부리는 의사들과 영주에게 화가 나기도 했다.

사실 무엇보다 루다는 스킬의 랭크를 올려야 했다.

"저 천막 안에 누워 있는 사람들이 병 걸린 사람 맞죠?"

사람들이 긴장으로 대치하는 침묵 속에서 상대적으로 담담한 루다의 목소리가 들려왔다.

순식간에 사람들의 시선이 루다에게 쏠렸다. 그러든지 말든지 루다의 얼굴은 미미한 짜증이 붙은 걸 제외하면 평온하기 그지없었다.

"예, 예. 맞습니다!"

모두의 침묵 속에서 더그가 기쁜 표정으로 대답했다.

그래, 답은 저분이었다. 저분이 기적을 보여 주면 모두가 희망을 가질 수 있을 거야.

그런 더그의 희망에 부응하기라도 하듯 루다가 천막 쪽으로 성큼성큼 걷기 시작했다.

"어딜 가! 저 인간도 의사야? 절대 안 돼! 돈 못 내!"

"돈 내라고 안 하니까 좀 조용히 해 봐요."

결국 짜증을 참지 못하고 루다가 일축했다. 루다의 한마디에 사람들의 얼굴에 의아한 기색이 떠올랐다.

그러든지 말든지 성큼성큼 걸어 천막 안으로 들어간 루다가 그 안을 둘러봤다.

누워 있는 사람은 어림잡아 백 명 정도로 보였다. 아무리 고급 스킬이라도 이 인원을 한꺼번에 치유할 수는 없었다. 하지만 저 사람들에게 보여 줄 정도는 되겠지.

"범위 지정."

루다가 누워 있는 사람들 한가운데로 걸어가 중얼거렸다. 역시나 아까처럼 루다의 주변에 지정된 범위가 보였다.

"무, 무슨 짓을."

릴리가 달려들려 막으려 했지만 더그가 그런 릴리를 제지했다.

"한 번만, 제발 한 번만 믿어 주게! 이번엔 정말 구원자를 데려왔어! 한 번만!"

간절하게 말하는 더그를 바라보다가 릴리가 입술을 꾹 깨물었다. 정말 마지막이야. 그녀의 표정이 그렇게 말하고 있었다.

루다가 그 소란 속에서 깊게 한숨을 내쉬었다.

정말 이런 쇼까지 하고 싶지는 않았는데. 이 상황을 해결하려면 이 방법밖에 없었다.

진짜. 이러다가 수도에 금세 소문이 퍼지고 기사들이 잡으러 들이 닥치면 어쩌지? 아, 몰라. 그 전에 얼른 영웅 동상을 부숴야지 별수 있나.

질끈, 눈을 감은 루다가 팔을 앞으로 뻗었다. 마치 성스러운 느낌을 자아내는 것처럼.

표정에는 근엄함을 더하고 목소리에는 낭랑함을 더했다. 그 상태 그대로 소리쳤다.

"성스러운 치유!"

평소보다 더 크게 외친 한마디에 밝은 빛이 루다를 중심으로 내려 앉았다가 신기루처럼 사라졌다.

아까는 바깥이라 몰랐는데, 그 밝은 빛은 바람까지 일으켜 루다가 입은 로브마저 펄럭이게 만들었다.

'나는 지금 쇼하는 거다. 이번 한 번만이다.'

속으로 최면이라도 걸듯 중얼거린 루다가 제게서 제일 가까운 사람에게 다가가 몸을 낮췄다.

"몸 한번 확인해 봐요. 아마 다 나았을 거예요."

갑자기 나타난 여자, 그리고 내려앉은 성스러운 빛에 눈만 껌뻑이던 환자가 반사적으로 제 몸을 더듬거리기 시작했다. 점차 그의 눈이 크게 뜨이기 시작했다.

"모, 모, 몸이 다 나았어!"

경악 어린 외침을 시작으로 그 주변의 사람들이 저마다 제 몸을 더듬거리기 시작했다.

"온몸을 덮었던 고름이……!"

"피부가 너무 깨끗해!"

사람들이 소란스럽게 술렁거렸다. 멀리서 각오하라는 눈빛을 보내던 릴리가 헐레벌떡 달려와 사람들을 살피기 시작했다. 여기저기 살펴보던 릴리 역시 커진 눈으로 더듬거렸다.

"몸이 다…… 나았어."

그 한마디가 끝남과 동시에 사람들이 루다에게 허리를 숙이기 시작했다.

"감사합니다, 감사합니다!"

심지어 몇몇 환자들은 눈물을 흘리기 시작했다.

"구원자, 드디어 제롬에 구원자가 강림했다!"

"성녀님! 감사합니다!"

루다는 결국 할 말을 잃고 말았다.

제가 초래한 일이지만, 정말 성녀는 진짜 아니었다. 그래도 쇼는 성공했다.

이 쇼가 끝나면 성녀만큼은 말하지 말라고 해야지. 생각하며 천막 안을 빙 둘러보던 루다의 눈에 누군가가 들어왔다.

누워 있거나, 혹은 지금 사태 때문에 군중에 휩쓸려 허리를 숙인 사람들 사이로 유일하게 허리를 숙이지 않은 자가 있었다.

그리고 그 모습이 너무나도 눈에 익었다. 물론 몇 번 만난 적은 없지만 진짜, 정말로 눈에 익었다. 하지만 여기에 있어서는 안 되는 자였다.

루다는 얼빠진 표정으로 그자의 이름을 입에 담고 말았다.

"스테안……?"

기예르모의 반신이 여기 왜 있어?

"예?"

"아니, 아무것도 아니에요."

루다의 중얼거림에 바로 근처에 있던 남자가 반문했다. 루다는 손사래를 치며 애써 얼버무렸다.

깜짝 놀란 나머지 스테안의 이름을 저도 모르게 내뱉었다가 루다가 황급히 입을 다물었다.

여기서 알은척하면 안 되는 이름이었다. 얼굴 보고 놀랐다고 그 이름을 입 밖으로 내뱉다니. 바보같이. 그래도 크게 말하지는 않았으니 못 들었을 수도 있어.

하지만 루다의 바람과는 반대로 스테안이 루다를 향해 다가왔다. 성큼성큼 내딛는 발걸음이 무언가 할 말이 있어 보였다.

금세 루다의 눈앞에 다다른 그가 루다의 팔을 붙잡고는 그대로 밖으로 향하기 시작했다.

충분히 뿌리칠 수도 있었지만 우선은 스테안의 의도대로 움직이기로 했다. 기예르모의 반신이 어떤 이유로 이곳에 있는지 궁금했으니까.

그에 더해 잘하면 스테안의 약점을 빌미로 한 번 더 반신과의 계약을 거래할 수 있지 않을까 하는 생각도 들었다.

못 이기는 척 따라가려는데, 둘의 앞으로 릴리가 막아섰다.

"아니, 아무리 귀인이라도 그렇지. 성녀님을 이렇게 강제로 데려가면 안 되죠!"

릴리가 스테안의 앞을 막아섰다. 그 한마디에 루다의 눈이 커졌다.

"귀인이라고?"

루다가 릴리와 스테안을 번갈아 봤다.

분명 스테안을 귀인이라고 칭했다. 도대체 왜?

하지만 루다의 중얼거림은 들리지도 않은 모양인지 릴리, 그리고 릴리뿐만 아니라 다른 사람들까지 합세해서 스테안을 막고 있었다.

스테안이 살짝 난처하게 그 광경을 바라보다가 특유의 여유로운 미소를 입에 걸었다.

"아, 할 말이 있어 성녀님을 잠시만 빌리는 겁니다. 해코지하지 않아요."

스테안이 최대한 예의 바르게 덧붙였다. 그 모습이 루다를 대하던 모습과는 사뭇 달랐다.

'뭐야, 왜 저렇게 착한 척해.'라는 생각에 스테안의 말 속 성녀라는 단어를 잡아챈 건 조금 후였다.

구겨진 얼굴을 애써 펴며 루다가 말했다.

"아, 잠깐 대화 좀 하고 올게요."

여유로운 척 걱정해 주는 사람들에게 손을 흔들었다. 그래도 할 말은 꼭 해야지.

"성녀라고 하지 말아요! 구원자도! 귀인도! 하면 집에 갈 거니까!"

루다가 단말마와 같은 한마디를 내뱉고는 스테안의 손에 이끌려 자리에서 사라졌다. 뒤에서 술렁거림이 들려왔지만 알 바는 아니었다.

환자들이 있던 천막에서 나와 몇 걸음 걸어가자 인적이 드문 건물 뒤편이 나왔다.

"이 손 좀 놓죠?"

주변에 아무도 없는 것을 확인하자 루다가 거칠게 팔을 털어 냈다.

"아, 죄송합니다. 너무 반가워서요."

루다의 눈을 마주하며 스테안이 빙긋 웃었다. 햇빛에 빛나는 벽안이 아름다울 법도 했지만 루다에게는 그 모습이 그리도 얄미워 보일 수 없었다.

루다가 팔짱을 낀 채 태연하게 웃고 있는 스테안을 그대로 바라봤다.

"오랜만입니다?"

안 좋은 의미로 활활 타오르는 루다의 눈빛을 마주하면서도 스테안은 아무렇지도 않다는 듯 뻔뻔하게 인사했다.

"오랜만이니 오랜만이라고 말하죠."

"저 아세요?"

루다가 최대한 시치미를 떼며 물었다. 기 싸움에서 밀리고 싶은 생각은 하나도 없었다.

그 모습에 스테안의 입가에 또다시 여유로운 웃음이 걸렸다.

아니, 이 인간은 기예르모의 반신인 주제에 왜 이렇게 여유로운 거야? 혹시 허세인가?

"나는 그쪽을 모르는데, 그쪽이 날 아는 것처럼 내 이름 불렀잖아요."

하. 루다가 헛웃음을 지었다.

"귀도 밝아. 그래서 날 모른다는 말이죠? 뭐, 모를 수도 있지, 그럼. 아는 사인데 이렇게 날 끌고 천막 밖으로 나왔겠어."

루다가 팔짱을 낀 채 고개를 주억거렸다. 빈정거리는 투가 역력했다.

"왜 날 데리고 나왔는지는 모르겠지만. 할 말 없으면 다시 들어가 볼게요. 아, 맞다. 여기서 곧 수확제가 열린대요. 수확제가 열리면 군주랑 기사단장도 온다던데. 그들한테 무언가의 진실을 밝히면 타라의 귀에도 들어가겠죠?"

협박이나 마찬가지였다. 나는 네 이름을 알고, 네가 여기 있어서는 안 되는 존재인 걸 알고 있으니 알아서 기라는.

루다가 원하는 건 반신인 스테안과의 거래였다. 그에 더불어 이 낯짝 두꺼운 스테안이라는 작자가 당황한 채 바짝 고개를 숙이는 걸 보고 싶기도 했다.

루다는 지금 승기를 잡았다고 생각했다. 루다를 보자마자 데리고 천막 밖으로 나온 걸 보면 말 다 했지.

"그럼 내가 안에 들어가서 다 말해도 되는 거죠?"

하지만 돌아오는 건 루다의 예상과 전혀 다른 한마디였다. 루다는

482

저도 모르게 반문했다.

"뭘?"

"여러분의 성녀가 에세나의 군주이자 얼마 전 사라진 영웅이라고."

루다의 얼굴이 와락 구겨졌다.

"뭐야, 너 어디까지 알고 있어."

루다가 스테안을 향해 성큼, 한 발자국 다가갔다.

어떻게 알았지? 염색만 했으니 원래 루다를 알고 있는 사람이라면 알아볼 수도 있었다.

하지만 스테안은 군주로서의 루다를 마주했던 적이 없었다. 스테안을 이 모습으로 마주한 건 아타나스의 황성에서였다.

"아는 거 많이 없어요. 그리고 그쪽…… 이번에는 이름을 뭐로 지었을까?"

의외의 한마디에 루다의 눈가가 씰룩였다.

설마 알고 있진 않겠지.

"혹시 다이루 같은 이름은 아니겠지?"

"다이루가 뭐가 어때서!"

아무도 모를 이름이구먼! 잘 지었다고 생각했는데 괜히 공격이 들어오자 루다가 발끈해 소리쳤다.

"숨길 생각이 있는 건지 궁금해서 말이죠. 예전에도 그렇고."

"다루나 다이루나!"

소리 질렀다가 루다가 황급하게 입을 틀어막았다.

루다의 지금 모습은 다루 때의 모습이 아니었다. 황성에서 루드비히와 있었을 때의 모습이다.

그러니 스테안이 이 모습으로 알고 있는 것도 그때 그 민망한 순간의 모습일 게 분명했다.

스테안의 함정에 말려들고 말았다. 젠장, 여우 같은 놈. 하지만 이

483

미 뱉은 말을 주워 담을 수는 없었다.

"오, 다루였어?"

루다의 한마디에 스테안의 눈이 크게 뜨였다. 하지만 이상하게도 그 얼굴이 많이 놀란 표정은 아니었다.

아무리 사람이 뻔뻔하고 여유롭다 하더라도 몰랐던 사실을 알게 되면 눈이라도 깜짝하지 않나?

루다의 미간이 찌푸려졌다.

이 인간은 무슨 포커페이스의 별에서 오기라도 한 건지. 왜 마치 원래부터 알고 있던 것처럼 굴어?

"어?"

거기까지 생각한 루다의 눈이 크게 뜨였다. 무언가 깨달음을 담은 눈으로 앞의 스테안을 바라봤다. 스테안은 여전히 빙글빙글 웃고 있었다.

그래, 원래 알고 있던 것처럼.

아타나스에서 만났을 때도 이 인간은 뭔가 의뭉스럽게 굴었다. 게다가 그가 했던 말.

'마치 에세나의 군주라도 되는 것처럼.'

마치 떠봤다는 듯이 물었지만, 그냥 떠보기에는 의심스러운 한마디였다. 이미 알고 있지 않는 이상 딱 집어서 물을 수 없는 말이기도 했다.

"너 알고 있었지?"

"뭘?"

대뜸 쏘아 오는 루다의 질문에 스테안이 어깨를 으쓱했다.

"알고 있었잖아."

"아, 도대체 뭘 말하는지 모르겠네!"

"전부 알면서 모르는 척한 거였어."

루다의 안에서는 이미 확신이 선 상태였다.

스테안이 루다에게 의미심장하게 대했던 것, 생판 처음 만나는 상대임에도 죽마고우라며 친한 척을 했던 것. 전부 알고 한 짓이었다.

대체 언제부터 알고 있었지? 반신이라서 모든 걸 알고 있었나? 기예르모가 변장했던 루다를 보자마자 루다인 걸 알았던 것처럼?

루다가 팔짱을 낀 채 스테안을 위아래로 훑었다. 여전히 무슨 말을 하는지 모르겠다, 하는 표정과 행동이었다.

"처음부터 고의로 접근했네."

루다가 날카롭게 스테안을 바라봤다. 스테안이 어깨를 으쓱했다. 무슨 말이냐는 것처럼 보였지만, 또 굳이 입 밖으로 부정하지는 않았다.

루다는 그걸 스테안식 긍정이라고 받아들였다. 저 인간 성격에 아닌 걸 어깨만 움직여서 표현할 리 없으니까.

"나한테 원하는 게 뭐지? 왜 나한테 접근했어?"

"무슨 말인지 모르겠다니까."

루다는 그 말을 믿지 않기로 했다.

"그럼 이번에도 고의적으로 접근한 건가?"

"시타라여. 내가 한 일은 곤경에 처한 것처럼 보이는 수상한 사람을 도와주고, 그러다가 폐하께 걸렸고, 그러다가 네 소원을 들어준 것밖에 없어."

"사실대로 말하지 않으면 기예르모에게 말할 거야."

"호오? 나 같은 일개 아타나스의 시민을 기예르모님이 신경이라도 쓸 거라 생각해?"

"기예르모는 자신의 반신이 아타나스 밖으로 나가는 걸 싫어하지.

그래서 루드비히에게 감시를 명령했고."

"그 도청기는 네 짓이었군."

"글쎄."

루다가 스테안이 한 것처럼 그대로 어깨를 으쓱했다.

"좋아!"

잠시 무언가 고민하던 스테안이 결론이라도 낸 듯 손뼉을 쳤다.

"뭐가?"

"거래하자."

스테안이 능글맞게 웃었다.

뭔 개소리야. 루다의 얼굴에 떠오른 표정이 그렇게 말하고 있었다.

"너는 들키면 안 되고, 나도 들키면 안 되니까. 둘이 서로 눈감아 주기."

"내가 왜? 여기는 에세나야. 내 신분이 밝혀져 봤자 나를 적대하는 사람들이 없지만 네 신분이 밝혀지면 너는 목숨이 위험할 텐데?"

"그건 해 보면 알겠지."

루다의 눈이 가늘어졌다. 믿는 구석이 있는 게 분명했다.

"그러니까. 내가 가서 네가 어떤 존재인지 사람들한테 말해도 된다는 거지?"

"과연 믿을까?"

"타라에게 말해도 되는 거고."

"상관은 없어. 너야말로 다이루가 에세나의 군주이며 영웅이라고 말해도 되는 거지?"

"……."

말해도 상관은 없지만 웬만하면 말하지 않았으면 좋겠다. 설마 이런 느낌인가?

이 부분에 대해서는 언쟁해 봤자 도돌이표일 게 뻔했다. 루다는 이게 아닌 다른 부분을 파고들기로 했다.

"그래, 그건 그렇다 치고. 에세나에 온 이유가 뭔데? 기예르모의 반신이면서 사람들은 왜 도와주고?"

하긴 기예르모와 타라가 같은 편이니 에세나를 도우러 들어온 건가?

"도와주기 위해 온 건 아니야. 왔더니 여기가 이 지경이더라고."

"그래서 도와주고 있었다고?"

"뭐 겸사겸사?"

"왜?"

루다의 질문이 반사적으로 튀어나갔다. 타라와 기예르모가 한편이라고 하더라도 어쨌든 이곳은 에세나였다.

반신이 제 위험까지 감수하며 에세나 진영의 사람들을 도와줄 이유는 없었다. 도대체 왜? 정말 궁금한 바였다.

"……."

무어라 잘도 대답하던 스테안이 입을 다물어 버렸다. 마치 말하기 싫다는 듯.

"의사도 못 하는 걸 네가 어떻게 도와줘? 반신이 의술이 있었나? 아니면 스킬?"

하지만 루다처럼 스킬을 사용해 치료했으면 사람들이 루다를 보고 구원자니 성녀니 할 리가 없었다. 그 칭호는 눈앞의 스테안에게 향했겠지.

"그러는 넌?"

침묵을 고수하던 스테안이 그대로 루다에게 물었다. 아까와는 달리 묻는 눈빛이 이상하게 가라앉아 있었다.

대뜸 진지한 모습에 루다가 움찔했지만, 그렇다고 대답하고 싶은 생각이 든 건 아니었다.

"알아서 뭐 하게?"

"정말 성녀라도 되고 싶은 건가? 영웅도 마다하던 자가? 그렇다 치기에 성녀라는 호칭도 싫어하고 말이야."

"당연하지! 누가 그딴 호칭을 좋아해! 별로 대단한 것도 아닌데 오그라드는 건 딱 질색이야."

"싫다면서 왜 도와줘?"

진지해진 표정이 루다를 옭아맸다. 아까의 능글맞은 웃음도, 장난기 가득 서린 목소리도 어느새 사라진 상태였다.

그의 질문을 그냥 무시하고 넘겨도 상관없었다.

하지만 왜인지 이유를 알 수 없지만, 루다는 여기서 그 이유를 고해야 할 것 같았다.

"치유 숙련도 좀 높이려고 그랬다! 그러다가 잘못 꼬여서 수천 명 다 힐 해 주게 생겼지만."

"그럼 지금이라도 도망가면 되잖아."

루다가 미간을 찌푸렸다.

듣자 듣자 하니 짜증 나는데.

"아타나스는 원래 그래?"

"뭐?"

"수천 명 살릴 수 있는 능력이 되는데도 그냥 자리 떠 버리냐고. 아, 가뜩이나 영주랑 의사 협회인지 뭐시기 때문에 짜증 나는데 성질 건드리지 말지?"

게다가 지금 동상도 부숴야 하는데 너랑 시간이나 죽여야 되는 거냐고.

루다가 올라오는 성질에 머리를 헝클어뜨렸다.

어떤 모습을 보여 주든, 지금 루다의 대답에는 그녀의 진심이 담겨 있었다.

그 모습을 빤히 바라보던 스테안이 마구 웃었다. 도대체 왜 웃는지 알 수가 없었다.

"시타라여."

"그 호칭도 짜증 나니까 부르지 마."

"이루다."

루다가 눈을 마주쳤다. 장난기가 가득했던 벽안이 이상할 정도로 침잠해 있었다. 생소한 모습에 의문 서린 표정으로 스테안을 마주했다.

"나와 한 가지 거래하지 않을래?"

뜬금없는 질문이었다. 거래는 아까 서로의 정체를 숨겨 주기로 하고 끝난 거 아니었나? 하지만 지금 말하는 거래는 그게 아닌 모양이었다.

"무슨 거래?"

"엘피드에 위치한, 타락을 받치는 반석으로 날 안내해 줘."

"엘피드?"

엘피드는 제롬의 바로 옆에 있는 마을이었다. 그리고 타락을 받치는 반석. 타라가 루다에게 부숴 달라고 한 것이었다. 그곳에 스테안이 왜?

"거긴 왜?"

날카로운 목소리로 루다가 반문했다.

"별건 없어. 확인할 게 있어서."

설마 타라의 명령이 그곳의 반석을 부숴 달라는 걸 알고 방해하려는 걸까?

하지만 방해해도 하등 상관없었다. 루다의 레벨이 스테안보다 높았다.

더불어 루다는 타라의 퀘스트를 그렇게 성심성의껏 클리어할 생각

이 없었다. 아니, 오히려 말을 듣는 척하면서 타라를 엿 먹일 생각이
컸다.

처음부터 루다를 속인 존재의 부탁을 쉽게 들어줄 수는 없었다.

게다가 이건 반신과의 거래다. 후에 어떤 일이 일어났을 때, 스테
안을 잘 활용할 좋은 기회기도 했다.

"내가 그 부탁을 들어주면 네가 해 줄 건 뭔데?"

"세계의 진실."

무슨 헛소리야?

루다가 미간을 찌푸렸다. 그럴 줄 알았다는 듯 스테안이 가볍게 웃
고는 한마디 덧붙였다.

"네가 궁금해하는 것 중 하나. 그걸 알려 줄게."

스테안의 대답에 루다의 얼굴에 놀란 표정이 떠올랐다.

"내가 궁금해하는 거?"

루다의 반문에 스테안이 고개를 끄덕였다.

루다가 믿을 수 없다는 눈으로 스테안을 바라봤다. 세계의 진실 다
음에 루다가 궁금해하는 것이라는 말을 했다.

그 말인즉슨 스테안은 루다가 이 세계의 진실 중 무언가를 궁금해
한다고 생각한다는 의미였다.

도대체 어떻게? 그냥 떠본 건가?

루다는 스테안이 어디서부터 어디서까지 알고 있는지 확신할 수
없었다. 하지만 이걸 그냥 넘기기에는 이 기회가 아까웠다.

스테안이 세계의 진실이라는 말을 했다는 건 루다가 알지 못하는,
그리고 에세나 사람들이 알지 못하는 무언가의 진실이 있다는 의미였
다.

하지만 여기서 어떻게 알았냐느니, 그게 어떤 의미라느니 곧바로
물어볼 수는 없었다.

루다에게 스테안은 기예르모의 반신이었다. 기예르모의 반신이라고 함은 타라와 간접적으로 연결되어 있다는 의미가 됐다.

루다는 뻐딱하게 서서 스테안의 말을 한번 튕겨 내 보기로 했다.

"그게 뭔 줄 알고?"

"뭐든."

불만이 담긴 채 던진 질문에도 스테안은 가볍게 웃어 보일 뿐이었다.

뭐든. 혹하는 말이었다. 그렇다면 타라의 약점을 가르쳐 달라고 한다면 가르쳐 줄 건가? 물어보지 않는 이상 알 수는 없었다.

루다가 고민에 잠겼다. 사실 스테안과의 거래로 비슷한 걸 생각하지 않은 건 아니었다.

루다는 궁금한 걸 추려 봤다.

우선 기예르모와 타라의 목적이 뭔지. 죽었던 타라는 누군지. 스테안, 너는 도대체 어떤 존재인지. 타라가 또 하나 더 있는지.

이 정도가 궁금한 것들이었다.

그리고 하나같이 루다가 만난 타라의 귀에 들어가면 위험한 질문들이기도 했다.

"내가 뭘 물어봤는지 기예르모의 귀에 들어갈 확률은?"

"기예르모님께서 먼저 묻지 않는 이상 난 절대 답하지 않아."

"흐음…… 나와의 거래보다 기예르모의 명령이 상위에 있다는 말이네."

"그렇지."

"그래도 내가 물어보는 건 전부 대답할 수 있고."

"진실에 관련된 것 하나."

"왜 하필 하난데? 쪼잔하게."

"그게 법칙이거든."

"무슨 법칙?"

물어보고는 루다가 미간을 찌푸렸다. 법칙, 예전에 타라와 대화할 때 들었던 것이 몇 개 떠올랐다.

무언가를 해 달라고 하면 법칙 때문에 불가하다는 대답이 돌아왔다.

그리고 지금 스테안 역시 법칙 때문에 하나 이상을 알려 주는 것은 불가하다고 말했다.

"신을 상회하는 법칙이라는 게 있는 모양인데?"

"지금 질문 던진 건가?"

"아니, 아니! 아, 이거 진짜 성가시네."

스테안의 질문에 루다가 황급히 고개를 저었다. 짜증이 밀려왔다.

무슨 말장난하는 것도 아니고. 정말 궁금한 걸 물어보기 전까지 타라와 기예르모, 그리고 저크시즈에 관련된 질문을 함부로 던질 수도 없었다.

뭐 이런 게 다 있어. 성가시게.

뭘 물어볼까 고민하다가 루다는 생각이 더 필요하단 걸 깨달았다.

잘하면 진실의 눈 스킬로 궁금한 걸 알아볼 수도 있었다. 그걸로 알아내지 못한 걸 나중에 스테안에게 물어봐도 되지 않을까?

"지금 당장 말 안 해도 되지?"

"물론. 하지만."

"?"

"언제 또 볼 수 있을지는 모르니까. 이따 헤어지기 전까지 물어보는 게 좋겠지."

"설마 이거 답해 주기 싫어서 아타나스에서 안 넘어온다거나 그럴 생각은 아니지?"

루다가 팔짱을 낀 채 툴툴거렸다.

"그렇게 불안하면 아타나스로 잡으러 오든가."

"내가 못 할 거 같아?"

"아니니까 말한 거야."

스테안이 담담한 목소리로 답했다. 루다가 눈을 가늘게 떴다.

너무 순순한데. 저 안에 어떤 꿍꿍이가 담겨 있는지 알 수 있는 건 없었다.

아무리 재 봐도 스테안은 루다를 골탕 먹일 생각은 없는 것 같았다.

아니, 오히려 루다에게 전에 없던 호의까지 보이는 것 같았다.

루다의 감이 맞다면 굳이 그의 제안을 거절할 필요는 없었다.

"좋아, 엘피드의 반석까지 데려다줄게. 아, 거래에 하나만 더 추가."

"들어 보고 가능하면?"

"거참 깐깐하네! 나도 거기서 할 일 있으니까 나 방해하지 말기."

"거기서 할 거 있다고?"

루다의 말에 스테안의 표정이 살짝 굳었다. 예상과 다른 반응이었다.

하긴, 제가 어디에서 뭘 할지 낱낱이 알고 있는 게 이상했다. 설마 방해한다는 건 아니겠지?

"왜, 방해할 거야?"

"아니. 그냥 볼일 있어서 가는 거니까 걱정하지 마."

"너무 순순하니까 의심스러운데……."

루다가 스테안을 위아래로 훑었다. 스테안이 아타나스에서부터 지은 죄가 있으니 그럴 수밖에 없었다.

사람을 의심한다는 건 썩 좋은 일은 아니었지만 그 상대가 스테안이라면 말이 달라지지.

493

의심 가득한 눈초리에 스테안이 양손을 펴 보이며 결백을 주장했다. 빤히 바라보던 루다의 눈매가 겨우겨우 풀렸다.

하긴, 반신의 거래인데. 존재 의미가 담긴 일에 거짓말할 리는 없겠지.

"좋아. 이걸로 거래 성립."

"잘 부탁해."

거래 성립을 알리는 한마디에 스테안이 살짝 웃으며 손을 내밀었다.

이건 뭐 하자는 거지? 루다가 애매한 눈빛으로 내밀어진 손을 쳐다봤다.

스테안은 기예르모의 반신 아닌가? 왜 저한테 무언가를 알려 주려고 하지? 아, 타라와 기예르모가 한 편이라서 그런가?

아니, 그렇다고 치기엔 타라도 기예르모도 루다에게 무언가를 숨기기 바빴다.

루다가 어정쩡한 자세로 스테안이 내민 손을 빤히 바라보고 있자 스테안이 내민 손을 약하게 흔들었다.

"악수 몰라?"

"아니, 아는데……."

"잘 부탁한다고."

스테안이 고개를 까딱였다.

아까부터 너무 호의적이었다. 처음부터 한 행동은 의심받을 만하게 해 놓고서는 또 이렇게 서글서글하게 나오다니.

그 손을 빤히 바라보다가 에라 모르겠다. 루다가 덥석 손을 잡았다.

이거 잡는다고 죽는 것도 아니고. 그냥 이쪽에 첩자 하나 만든다고 생각해 보지 뭐.

맞잡은 손을 두어 번 흔들고 났다.

"적응 안 되게."

루다가 큼큼, 어색함을 몰아내려 괜히 헛기침을 했다. 뜻밖의 거래가 성립됐다.

손을 놓고 길게 기지개를 켠 스테안의 얼굴에는 예의 그 여유롭고 능글맞은 웃음이 돌아와 있었다.

그래, 이게 스테안이지. 이제는 괜히 안심할 정도의 본모습이었다.

그 웃음을 입가에 건 채 스테안이 루다에게 물었다.

"그래서 언제 출발할 거야?"

"어? 아!"

스테안이랑 거래니 뭐니 말하다 보니 시간이 훌쩍 지나 있었다. 가서 동상을 부수는 것과 여기를 치료해 주는 것 둘 중에 뭘 먼저 할까 고민하다가 이내 결심한 듯 고개를 끄덕였다.

어차피 사람들한테 희망을 잔뜩 안겨 주고 왔으니 여길 먼저 처리하는 게 좋겠다. 동상은 아무도 보지 않을 때 빨리 가서 부수고 오지 뭐.

그나저나.

"너 여기에서 귀인이라고?"

"뭐, 나름?"

"뭘 어떻게 했는데?"

루다는 빨리 처리하고 할 일을 전부 끝내고 싶었다. 일주일을 잡고 왔는데, 생각보다 큰 사건에 꼬여 들어 여유 시간이 줄어들고 있었다.

혹시 스테안이 오래 걸리더라도 치유하는 어떤 방법을 갖고 있다면 도움을 받는 것도 좋겠다 싶어 던진 질문이었다.

그에 스테안의 얼굴에는 뜻밖의 쓴웃음이 떠올랐다.

"병을 고쳐 줄 수는 없었고. 그냥 포션으로 처리했지."

"포션?"

"고쳐 주는 건 아니고 완화해 주는 거야."

"무슨 포션인데?"

아까 듣자 하니 생명력 포션도, 상태 이상 포션도 먹히지 않았다. 그런데 무슨 포션?

"이거."

스테안이 품을 뒤적이고는 루다에게 포션 하나를 내밀었다. 투명한 병에 담긴 액체는 빛을 받아 오색찬란하게 빛나고 있었다. 그 병의 위쪽에 익숙한 글자가 쓰여 있었다.

"성수……?"

루다가 스테안의 손에서 냉큼 병을 뺏어 요리조리 살피기 시작했다. 성수가 맞았다.

"성수를 왜……?"

성수는 병을 치료해 주는 것이 아니었다. 가끔 신성력을 올리기 위해 사용되거나, 마법 속성을 부여할 때 사용되거나, 아니면 저주를 풀 때 사용되기도 했다.

여기까지 생각한 루다가 고개를 번쩍 들었다.

"저주."

스테안과 눈이 마주쳤다. 어떠한 감정도 읽히지 않았다. 그 모습이 마치 긍정처럼 보였다.

"이거 저주야?"

질문이었지만 그 안에는 미미한 확신의 빛이 서려 있었다.

저주. 이 병이 저주라고 한다면 이해되지 않던 것들을 이해할 수 있었다.

일주일도 안 되는 시기에 엄청난 사람들이 병에 걸린 것도, 의사들이 이유를 찾아내지 못한 것도, 루다의 치유 스킬이 먹힌 것도, 그리고 스테안이 건넨 성수가 그 병을 완화해 준 것도. 전부.

"대체 어떻게 된 일이야."

제롬은 저주에 노출되면 안 되는 곳이었다. 위그드라실에 제일 근접한 도시라는 건 그런 걸 의미했다.

성스러운 기운에 휩싸여 어떠한 저주에서도 제일 안전해야 하는 곳이 저주에 노출되어 사람들이 죽어 간다고? 뭔가 잘못돼도 한참 잘못되고 있었다.

"어떻게 된 일이야?"

"원하는 진실이 이거야?"

푸르게 빛나는 눈동자가 깊게 빛났다.

"이것도 진실에 포함되는 거야?"

스테안이 웃었다. 긍정도 부정도 아닌 답에 루다가 인상을 찌푸렸다.

"아, 거래 아니어도 알려 주면 어디가 덧나냐!"

"놀랍게도 덧나서."

루다가 스테안을 째려봤지만 달라지는 건 없었다.

이것도 진실이라고? 이게 어떻게 된 일인지 물어볼까? 생각하다가 고개를 저었다.

아니야. 조금만 더 찾아보자. 분명 저주의 근원이 있을 것이다. 그걸 찾을 수도 있으니까.

우선 궁금한 것을 스테안과 헤어지기 전까지 한데 모아 두는 게 좋을 것 같았다.

"됐어, 치사하게. 궁금한 건 이따가 물어볼 테니까 우선 사람들 좀 고치고. 너 마나 포션 있어?"

"이거?"

스테안이 품을 뒤적이더니 푸른색 병을 꺼내 흔들었다.

"응, 그거. 그거 좀 공급해 줘. 옆에서 밥도 좀 주고 음료수도 좀 주고."

"엄청 무리할 것처럼 말하는 것 같은데."

과장되게 놀란 표정을 짓는 스테안을 흘끔 바라봐 주고는 그대로 천막을 향해 걷기 시작했다.

"나 바쁘거든. 여기는 하루 만에 해결할 거야."

"하루?"

이번에는 좀 놀란 모양인지 뒤에서 스테안의 커진 목소리가 들렸다. 앞서 걷던 루다가 그대로 뒤돌았다.

"당연하지. 보기나 하라고."

그녀의 얼굴에는 의기양양한 미소가 걸려 있었다.

✳

스테안과의 대화 후 돌아온 루다는 그때부터 바쁘게 움직이기 시작했다.

그냥 스킬명만 외치면 되는 거라 맨 처음에 루다는 이 일을 쉽게 생각했다. 하지만 모든 일이 생각처럼 쉽게 될 리는 없었다.

'무슨 사람이 이렇게 많아!'

수천 명이라는 숫자는 생각보다 어마어마한 수였다. 공격 스킬을 사용할 때도 마나를 사용했지만 그때는 다칠 위험에 잔뜩 긴장해 있었기에 정신적 소모가 이렇게 큰 줄은 몰랐다.

마나는 정신력을 의미한다. 정신력이 고갈될 때마다 루다의 몸 상태 역시 확연하게 나빠지는 걸 느낄 수 있었다.

"일란, 포션 좀."

그때마다 루다는 스테안을 찾았다. 스테안 역시 제 정체를 숨기기 위해 다른 이름을 사용하고 있었다.

루다의 한마디에 바로바로 포션과 빵, 음료수 등이 제공됐지만 그래도 죽을 거 같은 건 어쩔 수 없었다.

아, 이럴 줄 알았으면 한 이틀 잡을 걸 그랬나. 괜히 오늘 안에 전부 처리한다고 했나?

하지만 대체 뭔 정신이었는지 루다는 이미 이곳의 사람들에게 하루 만에 아픈 사람들을 전부 고쳐 준다고 선전포고한 상태였다.

그들의 초롱초롱 빛나는 눈을 보고 있자니 말을 무를 수도 없었다.

'어휴, 이래서 사람은 말조심해야지.'

먹히지도 않을 후회를 하며 루다가 한숨을 내쉬었다.

그래도 포션으로 마나 고갈을 막고, 사람들의 도움을 받아 말을 타고 움직이다 보니 어느새 세 번째 건물에 다다라 있었다.

앞의 두 곳에 있던 천 명을 넘는 환자들이 전부 루다의 스킬로 건강해졌다. 그리고 루다의 랭크 역시 4랭크가 되어 있었다.

이 정도 빠르기로 모든 환자를 치료하고 나면 1랭크에 다다를 수도 있었다.

긍정적으로 돌아가는 상황을 보면서도 루다는 마음을 놓을 수 없었다. 만약 이게 저주라면, 고친다고 전부 해결될 일이 아니니까.

그래도 죽음까지 빠르게 진행되는 건 아닌지라 어느 정도의 여유는 있었다.

"성스러운 치유!"

더그의 안내를 받아 도착한 세 번째 건물. 그 옆 환자들이 누워 있는 천막 안에서 루다가 스킬명을 외쳤다.

루다의 한마디에 그녀를 휘감는 성스러운 빛은 이제 익숙했다. 사람들의 놀란 얼굴도, 감격에 차오르는 눈물도 전부 익숙했다.

"모두! 이분을 성녀라고 부르지 말게! 이분은 다이루 님이네!"

이제는 굉장히 적절한 타이밍에 사람들에게 충고를 날리는 더그도 익숙했다.

"감사합니다!"

"다이루 님, 감사합니다! 오오!"

이렇게 허리를 숙이며 연신 존경스러운 눈빛을 보내는 환자들도, 그 뒤로 제 차례를 기다리는 사람들도 전부 익숙했다.

그래, 이 기세로 여기, 그리고 이다음 건물의 모든 환자를 치료해 주고 뜨자.

그 생각으로 발걸음을 떼려는 순간이었다.

"무슨 짓이야!"

"안 돼! 절대 못 들여보낸다!"

전혀 익숙하지 않은 소란이 바깥에서부터 들려오기 시작했다. 루다는 그걸 무시하려고 했다.

어차피 밖에는 아까 치료해 주고 데려온 깡패, 아니 경호원들도 있었다. 자신을 먼저 치료해 달라고 깽판 부리는 사람들이 없는 건 아니었지만 그자들이 잘 제지하고는 했다.

루다는 지금도 그런 소동의 연장선이라고 생각했다.

하지만 그 소란은 줄어들 생각을 하지 않고 점점 루다가 있는 곳으로 가까워지기 시작했다.

"무슨 일이야?"

루다가 뒤돌아선 순간, 천막 안으로 남자 여럿이 들어섰다. 천막 입구를 넘어 험상궂게 생긴 남자 다섯과 흰옷을 입은 두 명의 남자, 그리고 고급스러운 옷을 걸치고 배가 불뚝 나온 남자 한 명이 걸어 들어왔다.

그 기세가 범상치 않았다. 루다는 그대로 시선을 그들의 위로 올렸다. 의사, 영주, 깡패. 그들의 머리 위로 꼴 보기 싫은 직업이 늘어져 있었다.

그중 붉은 머리를 한, 딱 봐도 인상이 좋아 보이지 않는 의사와 눈이 마주쳤다.

"오호라 네년이구나!"

그자가 루다에게 삿대질을 하며 소리쳤다.

"제롬에 나타났다는 꼴같잖은 성녀가."

그 한마디의 루다의 이마에 빠직, 분노의 주름이 잡혔다.

"성녀……?"

되묻는 루다의 목소리가 싸늘했다.

다른 욕은 들리지도 않았다. 성녀라는 단어만 귀에 콕콕 들어왔다. 어디서 감히 성녀라고 불러?

한기가 장내를 순식간에 뒤덮었다. 다른 사람들의 얼굴에 긴장의 빛이 역력했다.

불쾌한 기색 없이 눈 하나 깜짝 안 하고 사람들을 치료해 주던 저 성녀가 얼굴을 굳히고 분노를 표할 때는 딱 한 가지 상황밖에 없었다. 그녀가 성녀라고 불렸을 때.

"지금 성녀라고 했냐?"

루다가 차가워진 목소리로 다시 한 번 물었다. 갑자기 온몸에 오싹 돋아나는 소름에 여섯 명의 남자가 움직임을 멈췄다가 얼른 정신을 차렸다.

내가 저런 여자한테 쫄다니! 이건 저 여자 때문이 아니라 그 옆에 있는 다른 놈들 때문이다!

쓸데없는 자존심은 사람의 목숨을 단축시키는 법이다.

"사람들이 성녀라고 떠받들어 준다고 기고만장해 있나 보군."

"다시 한 번 성녀라고 해 보시지? 목숨이 아깝지 않다면."

싸늘한 미소와 함께 루다가 검집에서 롱소드를 뽑아 들었다. 그 날 카로운 모습에 루다를 마주한 의사와 영주들의 등에 소름이 오소소 돋았다.

자존심 때문에 그녀의 말을 듣고 싶지는 않았지만 입이 절로 다물 어지는 것을 막을 수는 없었다.

"에이잇! 시끄럽다! 이 뒤에 사람들이 안 보이나? 게다가 이들뿐만 아니라 밖에 더 많은 사람이 있지!"

의사의 말에 루다의 얼굴이 굳었다. 그걸 잘못 해석한 의사가 겁도 없이 지껄였다.

"하하! 드디어 힘의 열세를 깨달았나 보군. 순순히 우리의 제안을 듣는 게 어떤가?"

루다가 얼굴을 굳힌 건 절대 열세를 깨달아서가 아니었다.

바깥에 더 많은 수의 깡패가 있다면, 그리고 루다가 그들과 싸우게 된다면 최악의 경우 그녀의 힘이 만천하에 드러날 게 분명했다.

성녀가 나타났으며 제롬에 있고 엄청 강하다고 소문이 돌기 시작 하면, 아르비드가 루다의 정체를 알아내지 못할 리가 없었다.

루다가 주변을 둘러봤다.

수백의 환자들, 걱정이 가득한 눈으로 그녀를 바라보고 있는 더그 와 릴리.

여기서 싸운다면 수많은 목격자를 만들어 내는 것이나 마찬가지였 다. 절대 여기서 싸움을 할 수는 없었다.

"아, 경호원들은 뭐 하는 거야!"

루다가 머리를 헝클어뜨리며 소리쳤다.

그 모습에 남자들의 얼굴에 득의양양한 미소가 걸렸다. 저들에게 겁을 먹었다고 생각한 게 분명했다.

루다가 찬찬히 남자들의 머리 위를 살폈다. 쟤네들 머리 위에 레벨을 보아하니 루다가 평타만 날려도 한 방에 처리할 수 있었다. 하지만 장소가 장소인 만큼 여기서 싸움은 무리였다.

"나가서 말하지?"

꺼내 들었던 롱소드를 검집에 넣고는 루다가 말했다. 공격의 의사는 접었지만, 한껏 낮아진 목소리가 그녀가 얼마나 기분이 상했는지 보여 주고 있었다.

"공격할 것처럼 굴어 놓고서는 나가서 말하자고?"

한껏 비아냥거리는 목소리가 들려왔다.

"나가서 말할까 여기서 망신당할까?"

눈 깜짝하는 사이 그녀의 허리에서 뽑힌 롱소드가 영주의 목에 닿아 있었다. 명백한 협박이었다.

하지만 그 빠르기를 눈으로 좇을 수 있는 자는 아무도 없었다.

"히이익……!"

파악하지도 못할 새에 제 목에 닿은 검날을 보고는 영주가 새된 소리를 질렀다. 루다의 한쪽 입꼬리가 천천히 올라갔다.

"여기? 밖?"

"밖으로 나와!"

새하얗게 굳은 영주 옆에서 의사가 긴장이 가득 담긴 목소리로 소리쳤다. 루다가 비웃으며 롱소드를 검집에 넣었다.

기세에 몰려 천막 밖으로 나가는 의사 무리의 이마에 땀이 송골송골 맺혀 있었다.

분명 작고 연약한 성녀일 거라고 생각하고 왔는데 대체 이게 뭔지. 물론 건장한 깡패에 비하면 작고 연약해 보이긴 했다. 보이기만.

그들이 툴툴대며 천막 밖으로 나갔다. 나가는 와중에도 그 모습을 바라보는 환자들의 눈에는 걱정의 기색이 역력했다.

나가면서도 루다의 얼굴은 풀어질 기미가 없었다. 경호원들은 대체 뭘 하고 있는 거야. 왜 그들을 고쳐 줬는데.

이런 상황이 오면 재빨리 달려와서 귀찮은 상황 생기지 않게 하라고 고쳐 줬건만 왜 중요할 때는 나타나지 않는 건지. 설마 어디 가서 놀고 있는 건 아니겠지.

'군주인 거 진짜 확 밝혀 버려?'

욱하는 마음에 순간 든 생각이었지만 절대 안 되는 일이었다.

속으로 온갖 욕을 짓씹으며 밖에 나오자 건장한 남자들 수십이 천막과 건물 주변을 둘러싸고 있었다.

대체 경호원들은 어디 간 거야! 루다가 주변을 둘러봤다. 천막 앞에 루다가 치료해 줬던 경호원들이 있었다.

열 명 정도의 경호원 중 반은 바닥에 누워 있었고 나머지 반은 얼굴에 울긋불긋한 상처를 갖고 있었다.

아무래도 여기를 지킬 노력은 했던 모양이다. 머릿수에서 밀려 저 모양이 된 게 문제였지만.

에휴, 도망갔으면 무슨 일이 있어도 혼내 주려고 했는데 저 지경이 될 때까지 같이 싸웠다니. 이건 뭐 구박할 수도 없는 일이었다. 나중에 돈이라도 좀 쥐여 줘야지.

루다가 어떤 생각을 하는지 알 리 없는 의사 무리가 천막 앞 쓰러져 있는 경호원들을 보고는 의기양양하게 웃었다. 이제 루다가 기댈 곳이 없다고 생각하는 것이 뻔했다.

의사 무리가 걷다가 열 명 정도 모여 있는 깡패들 앞에서 섰다. 아마 제일 안전한 장소라 생각하는 모양이었다.

의사 중 제일 덩치가 크고 제일 야비해 보이는 자가 앞으로 나섰다. 그가 루다를 향해 삿대질했다.

"너."

대뜸 부르는 목소리에 루다가 눈을 들어 그의 얼굴을 마주쳤다. 그

504

의 머리 위에는 파이든이라는 이름이 적혀 있었다.

파이든. 짜증 나는 인간의 이름은 머리에 깊이 새겨 둬야지. 나중에 처리하기 용이하도록.

루다의 마음을 알 리 없는 파이든이 그대로 제가 하려던 말을 내뱉었다.

"우리의 동료가 돼라!"

"뭐?"

그의 입에서 나온 뜻밖의 한마디에 루다의 입이 떡하니 벌어졌다.

대뜸 불러서 무슨 말을 하려나 했더니 어디 만화에서 유구하게 써먹던 말이나 던지고 있다니.

"내가 왜?"

루다가 삐딱하게 물었다. 이유는 듣지 않아도 뻔했지만 그래도 혹시나 신박한 대답이 나올까 궁금하기도 했다.

"우리는 의사 협회다."

"그래서?"

"너는 사람들을 고치고 다니는 성녀이니 의사나 다름없지. 그렇다면 의사 협회에 들어오는 게 당연한 일 아닌가? 게다가 우리 협회에 들어오면 돈도 많이 벌 수 있고 더불어 영주님의 지지도 듬뿍 얻을 수 있다!"

말하고는 의사 대장, 파이든이 자신감이 듬뿍 담긴 웃음을 지었다. 그의 이빨 사이에 자리한 금니가 햇빛에 빛났다.

욕망이 덕지덕지 붙은 얼굴을 보아하니 나오는 건 비웃음밖에 없었다.

루다가 생각한 이유와 너무나도 똑같은 대답에 루다가 툭 하고 한마디 내뱉었다.

"나는 돌팔이랑 돈에 굶주린 거지랑 사람들 돈 뺏는 깡패 상대 안

해."

"돌팔이?"

"거지?"

"깡패?"

루다의 한마디에 의사와 영주와 뒤에 따라온 남자들이 분노에 찬 목소리로 소리쳤다.

루다가 들으면 안 되는 소리를 들었다는 표정으로 귀를 후볐다.

"지네가 어떤 인간들인지 다들 알고 있나 보네."

사람들의 얼굴이 붉게 달아오르기 시작했다. 그중 깡패의 두목으로 보이는 자가 루다에게 달려들려는 걸 의사가 급히 막았다.

"저자들의 말을 듣고 뭔가 오해를 한 모양인데, 우리는 정당한 대가를 받고 사람들을 치료해 주는 의사들일세. 저들이 치료를 받지 못한 건 그만한 돈을 내지 못해서지."

"아니, 저 고얀……!"

언제 천막에서 따라 나왔는지 모를 더그와 릴리, 그리고 도망간 줄 알았던 경호원들이 얼굴에 상처들을 덕지덕지 붙인 채 그들에게 화를 내고 있었다.

루다에게서 몇 걸음 떨어져 혹시 모를 사태에 대비해 몽둥이를 손에 들고 있는 그들을 바라보며 루다가 한숨을 푹 내쉬었다.

'아, 따라 나오면 어떡해! 사람들 몰래 힘 좀 쓰려고 했는데.'

루다는 들리지 않을 말을 중얼거리며 눈앞에서 목숨 아까운 줄 모르고 배짱부리는 악인 무리를 바라봤다.

"그럼 내가 딱 두 가지만 물을게."

"뭐든 물어보게."

대답하는 의사의 얼굴에는 당당함이 자리하고 있었다. 돈과 명예. 둘 다 손에 쥐여 준다는데 마다하는 자가 어디 있을까? 그의 얼굴에는 그런 자신감이 붙어 있었다.

물론 루다는 저크시즈에서 돈은 그 누구보다 많이 손에 쥐고 있으며 에세나를 뚫고 나갈 명예를 제 발로 걷어차는 인간이었지만 그걸 그들이 알 리는 없었다.

루다가 무지한 자들을 바라보며 물었다. 마치 자비를 베푼다는 듯한 말투였다.

"여기서 전염병 환자들한테 50골드 미만으로 청구한 사람? 아, 거짓말하지 말기. 다 알고 물어보는 거니까."

"……."

역시나 아무도 손을 들지 않았다.

"그럼 이 중에 전염병 완쾌시켜 준 사람?"

"……."

여전히 아무도 손을 들지 않았다.

"돌팔이 맞네. 돌팔이한테는 일 없습니다. 나 바쁘거든? 비켜."

루다가 그들을 스치고 지나가려는 때였다.

"막아!"

파이튼의 외침에 깡패들이 루다의 앞을 가로막았다. 루다의 앞으로 배불뚝이 영주가 어슬렁어슬렁 걸어 나왔다. 그게 그의 위상을 높여 준다고 생각하는 모양이었다.

"나는 제롬의 영주네. 어떤가? 내 얼굴을 봐서라도 의사 협회에 들어오는 건?"

루다는 어이가 없다는 표정으로 영주를 바라봤다. 그의 얼굴에는 험상궂은 미소가 지어져 있었다. 영주가 제 신분을 말하는 이유는 하나였다. 협박하기 위해서.

루다가 피식 비웃음을 지었다. 그 웃음에 영주의 얼굴이 구겨지는 것이 보였다.

"아까 말했잖아. 나는 돈에 굶주린 거지는 상대 안 한다니까?"

영주의 얼굴이 분노로 붉게 물들기 시작했다.

"이런 고얀 년! 사람들이 성녀라고 떠받들어 주니 지가 진짜 성녀인 줄 알지! 어서 이 건방진 년을 공격해라!"

"아, 성녀라고 부르지 말라고! 짜증 나게!"

루다가 간절하게 외쳤지만 루다의 말을 제대로 들어 주는 자는 없었다.

영주의 명령에 깡패들이 제각기 무기들을 들고는 우르르 루다에게 달려들기 시작했다.

루다가 속으로 계산하기 시작했다. 보아하니 데려온 놈들이 50명은 되는 것 같은데.

여기서 실력을 들키지 않으며 대충 뒤의 경호원들이랑 스테안이랑 싸우려면 어느 정도의 시간을 할애해야 하는가? 머리가 터지도록 생각했지만 답이 나오지 않았다.

'진짜 모르겠네!'

아마 직접 싸울 자들은 저 여섯 남자의 뒤에 서 있는 깡패들일 것이다.

그리고 그 깡패들의 머리 위에 떠 있는 숫자들은 레벨이 100도 되지 않았다.

항상 여신의 퀘스트를 받아 반신이니 던전이니 몬스터, 아타나스의 군주들과 싸우고 다녔던 루다로서 100을 넘지 않는 레벨은 어떻게 조절해야 될지 감도 안 잡히는 숫자였다.

'그래, 그냥 피하기만 하자.'

피하면서 쟤네들의 체력을 깎아 놓으면 지친 깡패들을 남은 경호원들과 스테안이 알아서 처리해 주지 않을까?

루다는 달려드는 깡패 수십을 바라봤다. 그 깡패 하나하나의 움직임이 뚜렷이 보였다. 쪼렙이란 이 정도의 전투력을 가진 모양이었다.

무기가 찔러 오는 곳을 한 발짝 비껴 피하고, 또 내려치는 몽둥이를 간발의 차로 피해 냈다.

당연히 명중할 거라 생각했던 공격이 먹혀들지 않자 깡패들의 얼굴에는 의문이 떠오르기 시작했다.

심지어 몇몇은 주춤하는 것이 보였다. 자, 이쯤 되면 너네가 알아서 처리하겠지?

하지만 뒤에 서 있던 경호원들과 스테안은 가만히 있을 뿐이었다. 경호원들이야 그렇다 쳐도 스테안은 왜 가만히 있는 건데!

"빨리……!"

와서 얘네 처리하지 못해? 하고 말하려는 순간, 루다의 뒤로 쇄액, 바람 소리가 들렸다.

깡패 중에서도 제일 레벨이 높은 자가 루다가 한눈판 틈을 타 칼을 휘두르고 있었다.

'피해야 해!'

루다가 반사적으로 생각했다. 동시에 루다의 앞에 차가운 냉기가 서리는 것이 보였다. 아이스 애로우가 패시브로 나가려는 모양이었다.

"안 돼!"

절대 얼음 속성을 들키면 안 된다. 얼음과 빛 속성은 루다가 에세나의 군주인 걸 알려 주는 것이나 마찬가지였다.

루다의 재빠른 외침에 생겨났던 냉기가 다시 공중으로 사라지는 것이 보였다.

하지만 여전히 루다를 향해 달려들던 깡패 두목의 검은 속도를 줄이지 않고 있었다.

젠장, 이대로 스킬을 사용해야 하나. 아니면 이대로 맞을까? 어차피 쪼렙이니 hp만 조금 날 텐데.

그래, 이대로 한 대만 맞아 주자.

조금이지만 아픔을 각오한 루다가 눈을 꾹 감았다.

하지만 각오한 아픔은 느껴지지 않았다. 설마 이 정도 레벨 차이가 나면 공격도 뜨지 않는 건가? 설마 미스? 하며 루다가 슬며시 눈을 떴다.

하지만 펼쳐진 상황은 루다의 예상과는 판이하게 달랐다.

정체를 알 수 없는 넓은 등이 루다의 앞을 가로막고 있었다. 누군지 모를 이자가 공격을 막아 준 모양이었다.

그자가 얼굴을 루다에게 돌렸다. 그러면 얼굴이라도 볼 수 있지 않을까 싶었지만, 눈만 빼고 로브와 천에 칭칭 감겨져 있어 쉽게 제 얼굴을 보여 주지 않았다.

"이자들은 적인가?"

낮게 깔린 목소리가 루다의 귀에 감겼다.

루다가 눈만 깜빡였다.

나한테 묻는 건가? 도대체 누구인데?

그것보다 들려오는 목소리가 너무나도 익숙했다. 아니, 익숙하다 못해 반가운 목소리였다. 도무지 잊을 수 없는 목소리.

그런데 대체 왜 이 목소리가 여기서 들려?

원래는 이런 말투가 아니었지만 이쯤 되니 이런 말투 역시 익숙해진 상태였다. 그러니까, 목소리의 주인공은.

"루드……!"

하지만 금세 루다의 입을 커다란 손이 틀어막았다.

"쉿."

비밀을 요하는 남자와 눈이 마주쳤다. 그 반응에 이자의 정체를 확신할 수 있었다.

남자 친구의 등장이 반가웠다. 정말 정말로. 하지만 그것과 별개로 떠오르는 의문을 누를 수가 없었다.

루드비히. 아타나스의 군주는 왜 또 여기 있어?

다음 권으로 이어집니다